나는
공산주의자와
결혼했다

I MARRIED A COMMUNIST
by Philip Roth

이 도서의 국립중앙도서관 출판예정도서목록(CIP)은
서지정보유통지원시스템 홈페이지(http://seoji.nl.go.kr)와
국가자료공동목록시스템(http://www.nl.go.kr/kolisnet)에서 이용하실 수 있습니다.
(CIP제어번호: CIP2013004277)

I Married a Communist
Philip Roth

나는 공산주의자와 결혼했다

필립 로스 장편소설 | **김한영** 옮김

I Married a Communist

Philip Roth

문학동네

나의 친구이자 편집자

베로니카 경Veronica Geng(1941~1997)에게 바침

고향 땅에서 수많은 노래를 들었지,
기쁨과 슬픔의 노래들.
그러나 유독 하나가 내 기억에 깊이 새겨졌지,
그건 평범한 노동자들의 노래.
　　자, 몽둥이를 높이 들어라,
　　어영차!
　　다 같이 힘껏 당겨라,
　　어영차!

—러시아 민요 〈두비누시카〉. 1940년대에 소비에트 군악대와 합창단이 연주하고 녹음했다.

1

아이라 린골드의 형 머리는 내 고등학교 시절 첫 영어선생님이었고, 내가 아이라에게 푹 빠진 것도 선생님 때문이었다. 1946년, 머리 선생님은 군에서 막 제대한 참이었다. 선생님은 벌지전투* 때 17공수사단에서 복무했고, 1945년 3월 유럽에서 종전의 서막을 알린 유명한 라인 강 도하작전에도 투입되었다. 그 시절 머리 선생님은 대머리에 깐깐하고 자신만만한 사람이었고, 아이라만큼 키가 크진 않았지만 팔다리가 길고 몸이 탄탄했으며, 한시도 주의를 게을리하지 않고 높은 데서 우리 머리를 살폈다. 그는 달변과 풍부한 지식으로 우리를 주눅들게도 했지만, 대체로 그의

* 2차 대전 당시 서부전선에서 히틀러가 펼친 대반격작전에 연합군이 붙인 이름.

태도와 자세는 꾸밈이 없었다. 그는 설명하고, 명확히 따지고, 우리를 이해시키는 데 남다른 열정을 보였고, 우리가 어떤 주제를 논하든 칠판에 구문도해를 하듯 그 주제를 주요 성분으로 꼼꼼하게 나누었다. 그리고 수업을 연극처럼 과장하는 데 특별한 재능이 있어, 우리가 읽고 쓴 것을 특유의 명쾌한 어투로 엄밀히 따지고 분석할 때도 강렬하고 서사적인 마법으로 우리를 사로잡았다.

단단한 체격과 탁월한 총명함 외에도 선생님은 마음에서 우러나오는 자발성으로 교실을 가득 채웠는데, 교사의 규율에 복종하는 것이 정신발달과 아무 상관이 없다는 것을 아직 이해하지 못한 채 무조건 선생님을 존경하도록 길들여진 아이들에겐 참 뜻밖의 일이었다. 학생의 답변이 틀렸을 때 칠판지우개를 날리는 그의 애교스러운 취미에는 그가 상상한 것보다 더 큰 의미가 담겨 있었다. 아니, 그렇지 않았을지도 모른다. 어쩌면 링골드 선생님은 나 같은 소년들이 자기 생각을 정확히 표현하고 상대의 말에 보다 분별력 있게 답하는 법뿐 아니라 거칠게 굴면서도 멍청해지지 않는 법, 너무 숨어들거나 깍듯이 처신하지 않는 법, 영리한 아이들을 짓누르는 획일적 규범에서 벗어나 사내다운 격렬함을 표출하는 법도 알아야 한다는 걸 정확히 알고 있었을지 모른다.

우리는 머리 링골드 같은 고등학교 남자 선생님이 지닌 힘, 즉 종교적 경건함으로도 교화할 수 없는 남성적 권위를 느낄 수 있었고, 다른 한편으로 머리 린골드 같은 고등학교 남자 선생님의 성직자다운 사명감을 느낄 수 있었다. 선생님은 큰돈을 벌겠다는 미국인 특유의 맹목적 열망에 매몰되지 않았다. 또 여자 선생님들과는 달리, 다른 직업을 고를 수 있었는데도 교사를 평생 직업으로 선택해 우리를 가르쳤다. 선생님은 하루종일 젊은이들과 함께하면서 그들에게 영향을 미칠 수 있기를 바랐고, 젊은이들의 반응에서 삶의 가장 큰 희열을 얻었다.

그의 과감한 수업방식이 나의 자유 의식에 얼마나 큰 자국을 남겼는지 당시에는 명확히 눈에 보이지 않았다. 사실 어떤 아이도 학교나 선생님이나 자기 자신을 그런 식으로 생각하지 못했다. 하지만 사회적으로 독립하고자 하는 갈망이 움튼 것은 선생님이 본보기가 되었기 때문이라는 게 분명했다. 내가 선생님에게 이 이야기를 한 것은, 1950년에 고등학교를 졸업하고 처음으로 선생님과 우연히 마주친 1997년 7월이었다. 선생님은 이제 아흔 살이었지만, 겉으로 드러나는 모든 면에서 여전히 예전의 그 선생님이었다. 교사의 임무는 현실적으로 학생들에게 자기 풍자나 허풍 없이 "누가 뭐래도 난 눈썹 하나 까딱하지 않는다"라는 독립적인 개인의 금언을 몸소 실천하고, 학생들에게 규칙을 위반하려고 알 카포네가 될 필요는 없으며 단지 생각을 하면 된다고 가르치는 것이라고 말하던. 린골드 선생님은 우리에게 이렇게 가르쳤다. "인간 사회에서는 무엇보다 생각이 가장 큰 위반이다." 그러곤 음절마다 손가락마디로 책상을 톡톡 두드리며 덧붙였다. "비-판-적 사-고. 여기에 궁극적 전복이 있다." 나는 선생님에게 말했다. 어린 시절의 나는 합리적이고 자유롭고 중요한 인물이 되기를 갈망하면서도 보호의 울타리 안에서 이상만을 꿈꾸는 세상물정 모르는 고등학생이었던 탓에 선생님을 절반밖에 이해하지 못했지만, 일찍이 선생님처럼 남자다운 사람에게서 그런 말을 들은—몸소 실천하는 모습을 본—덕분에 성장하는 데 가장 귀중한 길잡이를 얻을 수 있었다고.

그러자 선생님은 내게 모든 것을 말해주었다. 내가 청소년일 때는 알지 못했고 알 수도 없었던 아이라의 사생활에 대해, 동생이 죽은 지 삼십 년이 지난 지금도 가끔 곰곰이 생각하며 실소를 터뜨리곤 하는 그 엄청난 불행에 대해. "그 시절 수많은 미국인이 파멸했지. 그들의 신념 때문에 정치의 희생자, 역사의 희생자가 된 거야. 하지만 내 기억에 아이라처럼 파멸한 사람은 아무도 없네. 그건 아이라가 자신의 목숨을 내던지기로 선택했음직한 미국의 위대한 전쟁터에서 일어난 일이 아니었어. 어쩌면 이념, 정치, 역사 같은 걸 떠나서, 진정한 재앙은 결국 개인의 근저에 자리한 나약한 감상이 아닐까 싶네. 실패가 인간을 초라하게 만들었다고 해서 인생을 비난할 순 없어. 한 인간에게서 제멋대로 사회적 지위를 빼앗고 자존심을 깔아뭉개는 기술들을 보면 오히려 인생에 경의를 표해야 하지."

선생님은 내 질문에 자신이 어떻게 사회적 지위를 빼앗겼는지도 얘기했다. 대강 알고 있었지만 자세히는 몰랐던 이야기였다. 나는 1954년 대학을 졸업하고 군복무를 시작한 후 오랫동안 뉴어크* 근처에 오지 않았고, 선생님의 정치적 시련은 1955년 5월에야 시작되었기 때문이다. 우리는 선생님 이야기부터 나누었고, 오후가 다 저물어 내가 더 머물다 저녁식사를 하고 가시라고 권했을 때에야 선생님도 나와 마음이 통해 우리 관계가 보다 친밀한 수준에 이르렀고 동생 이야기를 계속 털어놔도 괜찮겠다고 느낀 것 같았다.

내가 사는 뉴잉글랜드 서부에는 아테나라는 작은 대학이 있다. 이곳에서 노인을 위한 일주일짜리 여름강좌를 여는데, 선생님은 아흔이라는 나이에 '밀레니엄 시대의 셰익스피어'라는 거창한 제목의 강좌에 학생으로 등록했다. 그렇게 해서 선생님이 도착한 일요일에 우리는 우연히 마주쳤고, 나는 선생님을 알아보지 못했지만 다행히 선생님이 나를 알아본 덕분에 우리는 엿새 동안 저녁을 함께 보내게 되었다. 그렇게 해서 이번에는 과거란 놈이, 자신의 문제에 쏟아야 할 시간 외에는 단 일 초도 더 허비하지 않는 재능을 지니고 있으며 중요하지 않은 것에는 시간을 낭비하지 못하는 노인의 모습을 하고 불쑥 찾아왔다. 시간이

* 뉴저지 주 북동쪽에 있는 도시.

그의 건장했던 체격을 초라하게 깎아내리긴 했지만, 그의 성격에는 여전히 피부로 느껴지는 부싯돌 같은 고집이 단단히 들어차 있었다. 친근함이 묻어나는 솔직하고 성실한 말투로 얘기하는 머리 선생님을 바라보며 나는 생각했다. 바로 이것이, 인간의 삶이야. 이게 인내야.

아이라가 공산주의자로 라디오방송 블랙리스트에 오른 지 거의 사 년이 흐른 1955년, 교육위원회는 하원 반미활동조사위원회가 뉴어크에 와 나흘간 청문회를 열 때 머리 선생님이 협조하길 거부했다는 이유로 교직에서 해고해버렸다. 그는 복직했지만 그것은 육 년에 걸친 법적 투쟁이 주 대법원의 5 대 4 판결로 마무리된 뒤의 일이었다. 그리고 복직하면서 체불임금을 받긴 했지만 그것도 가족을 부양하기 위해 육 년 동안 진공청소기를 팔면서 번 돈을 뺀 금액이었다.

머리 선생님이 미소를 지으며 말했다. "뭘 해야 할지 모를 땐 진공청소기를 팔면 된다네. 집집마다 돌아다니며 커비 청소기를 파는 거야. 주인이 보는 앞에서 담뱃재가 가득 담긴 재떨이를 카펫에 쏟아붓고는 청소기로 빨아들이지. 주인 대신 집 안 청소를 해주기도 하고. 그렇게 물건을 파는 거라네. 그 시절 뉴저지의 집 절반은 내가 청소했을 걸세. 그래, 네이선. 많은 사람들이 내게 호의를 베풀었다네. 아내 병원비가 꾸준히 들어가고 아이도 하나 있었지만, 일은 점점 잘 풀려나갔고 많은 사람들한테 청소기를 팔았네. 도리스도 척추측만증이 있었지만 다시 일을 시작했어. 병원 실험실에 복귀해 혈액검사를 했지. 나중엔 실험실 책임자가 됐다네. 그 시절엔 기술직과 의료직에 따로 구분이 없어서, 도리스는 피를 뽑고 슬라이드에 묻혀 검사하는 일까지 모두 했네. 현미경으로 아주 끈기 있고 정밀하게 작업했어. 아주 능숙하고 빈틈없고 정확하고 총명했지. 그녀는 집에서 바로 길만 건너면 있는 베스 이스라엘 병원에서 실험가운을 입은 채 곧장 달려와 저녁을 준비하곤 했다네. 내가 알기로 샐러드드레싱을 플라스크에 담아내는 집은 우리 집밖에 없을 걸세. 삼각플라스크였지. 우린 커피도 피펫*으로 저어 마셨다네. 유리용기는 죄다 실험실에서 가져온 거였지. 형편이 어려워졌을 때 도리스가 생계를 꾸려나간 거야. 우린 힘을 합쳐 위기를 이겨냈다네."

"선생님이 아이라의 형이라서 표적이 된 건가요?" 내가 물었다. "전 늘 그럴 거라 짐작했었거든요."

"글쎄, 알 수 없는 일이지. 아이라는 그렇게 생각했네만. 날 노린 건 어쩌면 내가 교사에게 요구되는 틀에 맞춰 행동하지 않았기 때문일지도 몰라. 아이라와 상관없이 날 노린 건지도 모르지. 네이선, 난 처음부터 선동가였네. 교직의 위엄을 세우려고 열의를 불태웠지. 그게 다른 어떤 것보다 눈엣가시 같았을 거야. 내

* 극소량의 액체를 재거나 옮기는 데 쓰는 눈금이 새겨진 가는 관.

가 처음 교직에 발을 들였을 때 교사가 겪고 있던 수모를 자넨 상상도 못할 걸세. 어린애 취급을 당했지. 위에서 무슨 이야기를 하든, 그게 곧 법이었다네. 토를 달 수 없었어. 몇시에 와라, 정시에 근무시간표에 서명해라, 학교에 늦게까지 남아 있어라. 그리고 계약에 없는 일까지 오후나 저녁 업무로 떠맡겼지. 온갖 허드렛일을 말일세. 한마디로 모욕적이었지.

난 교사노조를 결성하는 일에 발 벗고 나섰네. 그리고 곧 위원회 지도부에, 간부 자리에 올랐지. 난 거침없이 얘기했고, 때로는 내가 생각하기에도 언변이 꽤 좋았다네. 난 모든 해답을 알 것 같았어. 하지만 내 관심사는 교사가 존경을, 그러니까 존경과 정당한 노동의 대가 등을 받아야 한다는 것이었지. 보수, 노동조건, 복지가 열악했거든……

교육감은 절대 내 편이 아니었어. 난 그놈이 교육감으로 승진하지 못하게 반대 운동을 벌여 유명세를 탔지. 난 다른 사람을 지지했는데, 그 사람이 미끄러졌어. 내가 대놓고 그 개자식을 반대했기 때문에 그놈도 날 대놓고 미워했어. 결국 1955년에 도끼가 머리 위로 떨어졌지. 시내에 있는 연방정부 청사에서 열리는 하원 반미활동조사위원회 청문회에 소환된 거야. 증언을 하라고. 의장은 하원의원 월터였고, 다른 위원 두 명이 그와 함께 왔네. 그 세 명이 변호사를 데리고 워싱턴에서 온 거야. 그들은 뉴어크에 퍼진 공산주의의 영향을 샅샅이 조사했는데, 진짜 목적은 노동계와 교육계에 파고든 '공산당 침투 세력'을 조사하는 거였어. 그런 청문회 바람이 디트로이트, 시카고 할 것 없이 전국을 휩쓸었지. 우리도 그런 일이 닥칠 거란 걸 알고 있었어. 피할 수 없는 일이었지. 그들은 청문회 마지막 날인 5월의 어느 목요일, 하루 만에 우리 교사들을 박살냈다네.

난 오 분 동안 증언했네. '당신은 지금이나 예전에 혹시……?' 난 답변을 거부했어. 그러자 이러더군. 선생, 왜 그러시오? 숨길 게 뭐 있다고. 왜 털어놓지 않는 거요? 우린 그저 정보를 원할 뿐이오. 단지 그 때문에 온 거요. 우린 입법을 합니다. 처벌 기관이 아니에요. 기타 등등. 하지만 권리장전에도 나와 있듯 내 정치적 신념은 그들이 신경쓸 문제가 아니지. 그래서 말했다네. '그건 당신들이 상관할 바가 아니오.'

그 주 초에 그들은 아이라가 시카고에 있을 때 관여했던 전기노조연맹을 조사했네. 월요일 저녁 전기노련 조합원 천여 명이 전세버스를 타고 뉴욕에서 건너와 위원들이 머물던 로버트 트리트 호텔 앞에서 피켓시위를 했지. 〈스타 레저〉지는 시위대의 출현을 두고 '의회 조사에 반대하는 세력의 침략'이라고 묘사했어. 헌법적 권리가 보장하는 합법 시위가 아니라, 히틀러가 폴란드와 체코슬로바키아에 그랬던 것처럼 침략이라고 말일세. 위원 중 한 명은 기자들에게, 많은 시위자가 스페인어로 구호를 외쳤는데 그건 그들이 손에 들고 있는 피켓의 의미를 모른다는 증거이

자 공산당의 무식한 '앞잡이'라는 증거라고 말했다네. 자신의 발언에 도사리고 있는 반미국적 성격이 얼마나 부끄러운 것인지 모른 거지. 그는 시위대가 뉴어크 경찰 '타격대'의 감시하에 있다며 자신만만해했지. 기사에 인용된 걸 보니, 뉴욕으로 돌아가는 버스 행렬이 허드슨 카운티를 지나간 후 어느 고위 경찰 간부가 거드럭대며 말했다더군. '그것들이 빨갱인 줄 알았다면 몽땅 잡아 가뒀을 텐데.' 그게 내가 조사받기 위해 목요일에 첫 타자로 불려나갔을 무렵의 지역 분위기였고, 언론의 보도 행태였어.

오 분이 다 되어갈 즈음 내가 협조하길 계속 거부하자 의장이 말하더군. 나 정도의 교양과 이해력을 갖춘 사람이 국가 안전을 위해 위원회가 알고자 하는 것을 말하지 않아 실망이라고. 난 침묵으로 응수했지. 내가 내뱉은 비우호적인 말은 딱 하나였다네. 그 개자식들 중 한 놈이 마지막에 '선생, 당신의 애국심이 의심스럽소'라고 지껄이기에 '난 당신의 애국심이 의심스럽소'라고 되받아친 거야. 그러자 의장이 위원을 계속 '비방'하면 날 퇴장시키겠다고 하더군. '우린 선생의 허튼소리나 비방을 듣자고 여기 앉아 있는 게 아니오'라면서. 그래서 내가 말했지. '나도 마찬가지요. 나도 당신네 비방이나 듣자고 여기 앉아 있는 게 아니오, 의장 나리.' 그러자 분위기가 험악해졌지. 내 변호사가 그만하라고 속삭이더군. 그것으로 내 심문은 끝났고, 나보고 퇴장하라고 하더군.

하지만 내가 의자에서 일어나 나가려고 하자 하원의원 한 명이 나를 불렀네. 아마 나를 자극해 위원회 모독을 유도하려고 그랬겠지. '어떻게 국민의 세금을 받아먹는 사람이 그 빌어먹을 공산당 서약에 충성하면서 소련의 노선을 가르칠 수 있소? 어떻게 스스로 앞잡이 노릇을 하며 공산당 지령을 가르칠 수 있소? 당에서 탈퇴하고 전향하는 게 어떻소? 제발 부탁하는데, 미국인의 삶으로 돌아오시오!'

하지만 난 미끼를 물지 않았지. 내가 가르친 건 작문과 문학뿐, 그 어떤 지령과도 무관하다는 말조차 하지 않았네. 결국 내가 말을 했든 안 했든 별 차이 없었겠지만 말일세. 그날 저녁 〈뉴어크 뉴스〉 최종판 1면에 내 얼굴이 뜨고, 그 밑에 '고집불통 빨갱이 증인'이란 사진 설명과 '반미위원회가 뉴어크의 교사에게 "허튼소리 집어치우라"고 일갈했다'는 기사가 실렸지 뭔가.

그때 위원회에 뉴욕 주 국회의원인 브라이든 그랜트란 자가 있었어. 자네도 그랜트 부부, 브라이든과 카트리나를 기억할 거야. 미국인이라면 누구나 그랜트 부부를 기억하지. 아무튼 그랜트 부부에게 린골드 형제는 로젠버그 부부*와 매한가지였어. 사회적으로 무가치하고 사악한 그 버러지가 우리 가족을 거의 파멸시켰지. 그 이유를 아나? 어느 날 밤 아이라와 이브가 웨스트

* 1950년대 초 소련의 스파이 혐의로 체포되어 사형당했다.

11번가에서 파티를 열었고 거기에 그랜트 부부가 왔는데, 아이라가 오직 자신만이 할 수 있는 방식으로 그랜트를 괴롭혔기 때문이라네. 그랜트는 베른헤르 폰 브라운*의 친구였거든. 아니면 아이라가 그렇게 생각했거나. 여하튼 아이라는 그놈을 호되게 몰아붙였네. 그랜트는 딱 보기에도 약해빠진 상류층 남자였고, 아이라는 그런 사람들이라면 이를 갈았거든. 그랜트의 아내는 여자들이 좋아하는 통속 연애소설을 썼고, 당시 그랜트는 〈저널 아메리칸〉**의 칼럼니스트였지. 아이라가 보기에 그랜트는 망나니 같은 특권층의 화신이었어. 아이라는 그를 싫어했지. 그랜트의 동작 하나하나를 역겨워했고, 그의 정치적 견해를 혐오스러워했어.

큰 소란이 벌어졌다네. 아이라가 고함을 치며 그랜트에게 욕을 퍼부은 거야. 그후 죽을 때까지 아이라는 우릴 겨냥한 그랜트의 복수가 그날 밤 시작된 거라고 주장했지. 아이라는 워낙에 속마음을 있는 그대로 드러냈다네. 솔직하게 행동하고, 감추는 거 없고, 변명 따위도 하지 않았어. 그게 자석처럼 사람을 끌어당겼지만, 동시에 적의 반발을 불러일으켰지. 그랜트도 그런 적 가운

---

* 나치 독일에 협력해 V시리즈 로켓을 개발했고, 나치 독일 패망 후 미국 항공우주국에서 일했다.

** 윌리엄 랜돌프 허스트 소유의 조간지 〈뉴욕 아메리칸〉과 석간지 〈뉴욕 이브닝 저널〉이 통합해 탄생한 석간지. 저속하고 선정적인 내용으로 유명했다.

데 한 명이었어. 말다툼은 삼 분 만에 끝났지만, 아이라에 따르면 자신과 내 운명을 봉해버린 삼 분이었지. 아이라에게 모욕을 당한 자는 율리시스 S. 그랜트의 후손이자 하버드 졸업생이고, 윌리엄 랜돌프 허스트의 수하였어. 게다가 1938년 최고의 베스트셀러 『엘로이즈와 아벨라르』와 1942년 최고의 베스트셀러 『갈릴레오의 열정』을 쓴 작가의 남편이었어. 우린 끝장났지. 망한 거야. 브라이든 그랜트를 공공연하게 모욕함으로써 아이라는 그렇게 잘난 남편의 흠잡을 데 없는 명성뿐만 아니라 그렇게 잘난 아내의 억누를 길 없는 도덕성에도 도전한 거였어.

그 사건 때문에 그 모든 일이 일어난 건지는 잘 모르겠네. 물론 그랜트가 닉슨의 다른 졸개들보다 권력을 더 신중하게 사용한 것도 아니었네만. 그는 국회의원이 되기 전에는 〈저널 아메리칸〉 가십난에 일주일에 세 번 브로드웨이와 할리우드 이야기를 썼는데, 거기에 엘리너 루스벨트를 모독하는 내용을 조금씩 집어넣었다네. 그렇게 해서 공직에 뛰어든 거야. 그렇게 해서 반미활동조사위원회에서 한자리를 차지하게 된 거고. 가십이 지금처럼 큰 사업이 되기 전부터 그 자식은 가십 칼럼니스트였어. 그게 그의 출발점이었고, 그렇게 그는 잘나빠진 개척자들의 전성기를 누린 거지. 콜리 니커보커, 윈첼과 에드 설리번, 얼 윌슨, 데이먼 러니언, 밥 컨시딘, 헤더 호퍼 등이 있었지만, 브라이든 그랜트는 그 무리 중에서도 특히 속물이었네. 그는 거리의 싸움꾼도, 하층민도 아니었고, 사디스나 브라운 더비*나 스틸먼 헬스클럽에 눌러앉아 사기나 치는 족속도 아니었어. 래킷 클럽에 드나드는 어중이떠중이하곤 비교가 안 되는 명문가 귀족이었지.

그랜트는 '그랜트의 정보망'이란 칼럼으로 시작했지. 자네도 기억할지 모르지만, 막판에는 닉슨의 백악관 참모까지 될 뻔했어. 국회의원 시절 그랜트는 닉슨의 총애를 한몸에 받았다네. 닉슨이 그랬던 것처럼 반미활동조사위원회 일원이었고, 국회에서 닉슨 대통령의 강압적인 정책을 많이 관철시켰지. 1968년 새로 구성된 닉슨 행정부가 수석보좌관으로 그랜트의 이름을 거론하던 게 기억나는군. 그걸 없었던 일로 한 게 애석할 따름이야. 닉슨이 내린 최악의 결정이었지. 닉슨이 홀드먼 대신 그 귀족놈을 임명해 워터게이트 은폐 공작을 지휘하게 하는 게 정치적으로 유리하다고 생각했다면, 그랜트의 경력은 쇠창살 안에서 끝났을 텐데 말이야. 미첼과 에일리크먼**의 감방 사이에서. 거기가 그랜트의 무덤이 되는 거였는데. 하지만 그렇게 되지 않았지.

백악관 테이프를 들으면 닉슨이 입이 닳도록 그랜트를 칭찬하지. 녹취록***에 나와. 대통령이 홀드먼한테 말하지. '브라이든의 심장은 오른쪽에 있어. 그는 거칠어. 무슨 일이든 할 거야. 정말

---

* 각각 브로드웨이와 할리우드의 고급 식당.

** 각각 워터게이트 당시 법무부 장관과 닉슨의 내정 담당 보좌관.

*** 재판에 증거로 채택된 유명한 백악관 테이프의 녹취록.

무슨 일이든.' 그리고 행정부의 적들을 어떻게 다뤄야 하는지에 대한 그랜트의 좌우명을 말해주지. 바로 '언론으로 적을 파괴하라'였다네. 그런 다음 대통령은 완벽한 중상모략, 불꽃처럼 격렬하고 보석처럼 화려한 비방으로 상대를 파괴하면서 쾌감을 느끼는 쾌락주의자에게 감탄하면서 이렇게 덧붙이지. '브라이든에게는 킬러 본능이 있어. 그보다 더 아름답게 일을 처리하는 사람은 없다니까.'

그랜트 의원은 잠을 자다 죽었어. 부유하고 막강한 노정치인으로 살다 간 거야. 뉴욕의 스타츠버그에선 아직도 큰 존경을 받아. 고등학교 풋볼구장에 그의 이름을 붙였을 정도니까.

나는 청문회가 열리는 동안 브라이든 그랜트를 지켜봤어. 온 나라를 뒤덮은 망상을 이용해 앙갚음할 방법을 찾고 개인적 복수나 하려는 정치인 이상의 뭔가가 그에게 있을 거라 믿으려 했지. 사람들은 이성의 이름으로 보다 고상한 동기를 찾고, 더 깊은 의미를 찾아. 그때까지만 해도 난 습관처럼 비이성적인 것 앞에서 이성적이 되려 했고, 단순한 것에서 복잡함을 보려 했다네. 전혀 그럴 필요가 없는 상황에서도 지성에 의존하곤 했지. 난 생각했다네. 그는 절대 겉으로 보이는 것처럼 쩨쩨하고 유치하지 않을 거다, 그런 겉모습은 참모습의 십분의 일도 안 될 거다, 그에겐 그 이상의 뭔가가 있을 거다.

하지만 그러지 말라는 법이 왜 없겠나? 옹졸함과 유치함도 거창하게 발전할 수 있어. 무엇이 옹졸함과 유치함보다 더 확고부동할 수 있을까? 옹졸함과 유치함이 사람이 교활하고 집요해지는 걸 가로막을까? 옹졸하고 유치한 게 유력인사가 되겠다는 야심을 방해할까? 권력을 탐하는 데 훌륭한 인생관이 필요한 건 아니라네. 권력에 오르는 데에도 훌륭한 인생관이 필요하진 않아. 사실 고상한 인생관은 껄끄러운 장애가 될 수 있을 거야. 반면 고상한 인생관을 갖지 않는 건 더할 나위 없는 장점이 될 수 있다네. 그랜트 의원을 이해하기 위해 그가 귀족적인 유년기에 겪은 불행을 끄집어낼 필요는 없어. 어쨌든 그는 루스벨트를 증오한 시조 격인 해밀턴 피시에게서 의원석을 넘겨받은 놈이니까. 피시는 루스벨트처럼 허드슨 강 유역의 명문가 출신이야. 루스벨트를 따라 하버드에 들어갔고. 그를 시기하고 미워했지. 그리고 피시의 선거구에 하이드파크*가 포함돼 있었기 때문에 루스벨트 휘하의 의원하고 대결을 펼쳤지. 열렬한 고립주의자**에다 대단한 멍청이였어. 1930년대에 피시는 그 사악한 위원회의 전신에 들어가 의장직을 맡은 최초의 명문가 출신 무지렁이였지. 독선적이고 애국심 선동을 일삼는 편협한 명문가 출신의 전형적인 개자식, 그게 해밀턴 피시였어. 그리고 1952년 그 늙은 바보의

* 뉴욕 주에 있는 루스벨트의 출생지.

** 조지 워싱턴 이래 미국에 대한 유럽의 불간섭을 주장한 고립주의를 말하며, 루스벨트의 먼로주의로 이어졌다.

선거구가 조정될 때 브라이든 그랜트가 그의 밑으로 들어갔어.

청문회가 끝나자 그랜트가 다른 위원들과 변호사가 앉아 있던 연단에서 내려와 증언석 쪽으로 곧장 다가오더군. 그가 바로 나한테 '당신의 애국심이 의심스럽소'라고 했던 작자라네. 하지만 이번엔 정중한 미소를 짓고 있었는데, 마치 그가 발명이라도 한 듯 오직 그만 지을 수 있는 미소였지. 그는 나에게 손을 내밀었어. 난 역겨웠지만 악수를 했지. 그 부조리한 손을 적당히, 정중하게, 권투선수가 싸움 전에 글러브를 맞대듯 살짝 잡고. 그후 며칠 동안 내 딸 로레인이 나를 한심하게 바라보더군.

그랜트가 말했네. '린골드 씨, 내가 오늘 이곳까지 온 건 당신이 결백을 밝히는 데 도움이 될까 해서였소. 당신이 협조적이었다면 더 좋았을 것을. 당신에게 동정적인 사람한테까지 일을 어렵게 만들었군요. 사실 난 뉴어크 청문회에 참석할 예정이 아니었다는 걸 알아줬으면 좋겠소. 당신이 증인으로 나온다는 걸 알고, 오겠다고 자청한 거요. 만일 내 친구이자 동료인 도널드 잭슨 의원이 오면 당신에게 별 도움이 되지 않을 테니까요.'

잭슨은 닉슨이 꿰차고 있던 위원회 자리를 차지한 작자였네. 캘리포니아 의원 도널드 L. 잭슨. 현란한 말솜씨를 지닌 사상가였고, 공개적으로 '미국인이 될 것인지, 미국인이 되지 않을 것인지 결정할 때가 왔다' 같은 발언을 하기도 했지. 개신교 성직자들 사이에서 불순분자를 뿌리 뽑으려고 인간사냥을 주도한 자가 바로 잭슨과 벨드였어. 그 작자들한텐 그게 긴급한 국가적 사안이었지. 닉슨이 위원회에서 나간 후 그랜트는 위원회의 심오한 결론을 이끌어낼 지적 선봉으로 간주됐고, 불행하게도 그는 그 기대에 완전히 부응했다네.

그가 말하더군. '캘리포니아의 고상한 신사보다는 내가 당신에게 도움이 될 거라 생각했소. 당신이 오늘 여기에서 보여준 태도는 유감이지만, 그래도 내 생각에는 변함이 없소. 당신이 하룻밤 푹 잔 후에 결백을 증명하겠다고 결심한다면……'

바로 그때 로레인이 폭발했네. 로레인은 그때 고작 열네 살이었어. 도리스와 함께 내 뒤에 앉아 있었는데, 청문회 내내 제 엄마보다 더 씨근대는 게 들릴 정도였어. 씨근대고 꿈틀대면서 열네 살의 노여움을 간신히 억누르고 있었지. 로레인이 그랜트 의원에게 말했어. '무슨 결백을 증명하라는 거죠? 우리 아빠가 뭘 어쨌다고요?' 그러자 그랜트가 로레인을 바라보며 인자한 미소를 짓더군. 그는 새하얀 은발에 아주 잘생겼어. 체격이 좋았고, 트리플러에서 만든 최고로 비싼 양복을 걸친데다 어떤 부인이든 혹할 만큼 매너가 좋았지. 그가 부드러움과 남자다움이 어우러진 멋진 목소리로 정중하게 로레인에게 말했네. '넌 효녀로구나.' 하지만 로레인은 멈추지 않았어. 도리스도 나도 굳이 아이를 말리지 않았고. '결백을 증명하라고요? 아빤 결백을 증명할 필요가 없어요. 죄를 짓지 않았으니까요. 당신이 아빠에게 죄를 뒤집어씌웠잖아요.' 그러자 그랜트가 말했지. '린골드 양, 잘 모르나본데 네 아빤 전력이 있단다.' '전력요? 무슨 전력이 있는데요? 우리 아빠 전력이 뭔데요?' 그랜트가 다시 미소를 지었네. '린골드 양, 아주 귀여운 아가씨로군.' '내가 귀여운지 안 귀여운지는 이 일과 아무 상관 없어요. 아빠의 전력이 뭐죠? 아빠가 뭘 했죠? 결백을 입증해야 하는 일이 뭐냐고요? 말해보세요, 우리 아빠가 뭘 했는지?' '우리도 네 아빠한테서 그걸 들어야 한단다.' '우리 아빤 이미 다 말했어요. 그런데 당신들이 아빠를 나쁜 사람으로 만들려고 모든 걸 비비 꼬아서 거짓말을 지어내고 있잖아요. 아빠는 결백해요. 그래서 밤에 편히 잘 수 있어요. 하지만 의원님도 그럴 수 있을지는 모르겠네요. 우리 아빤 다른 사람들처럼 이 나라를 위해 싸웠어요. 아빠는 애국심이 뭔지, 전쟁이 뭔지, 미국이 어떤 나라인지 알아요. 조국을 위해 싸운 사람을 이런 식으로 취급해도 되나요? 우리 아빠가 고작 이런 걸 위해 싸웠나요? 당신들이 저기 앉아 아빠한테 죄를 뒤집어씌울 수 있게? 멀쩡한 사람을 헐뜯을 수 있게? 그게 미국이란 나라인가요? 그게 당신이 말하는 애국심인가요? 당신은 미국을 위해 뭘 했죠? 가십 칼럼? 그게 미국적인 건가요? 우리 아빠에겐 원칙이 있어요. 훌륭한 미국적 원칙요. 당신들은 우리 아빠를 파멸시킬 권리가 없어요. 아빠는 학교에서 아이들을 가르치고 최선을 다해 일하는 분이에요. 아빠 같은 선생님이 백만 명은 될 거예요. 그게

문젠가요? 아빠가 너무 훌륭해서? 그래서 그런 거짓말을 하는 거예요? 우리 아빠를 가만 내버려둬요!'

그랜트가 대꾸하지 않자 로레인이 큰 소리로 외쳤지. '왜 말을 못하죠? 저기 연단에 있을 땐 잘했잖아요. 갑자기 벙어리가 됐어요? 입이 얼어붙었어요?' 그쯤에서 나는 내 손을 로레인의 손 위에 올리고 말했지. '됐다, 그만하거라.' 그러자 로레인이 나에게 화를 내더군. '아뇨, 계속할 거예요. 저 사람들이 아빠를 이런 식으로 취급하지 않을 때까지 계속할 거라고요. 무슨 말이든 해보시죠, 그랜트 씨. 이게 미국적인 건가요? 열네 살짜리 앞에서 모두 벙어리처럼 입을 다무는 거? 나한테 투표권이 없다는 게 문제예요? 어쨌든 나는 당신이나 당신의 비열한 친구들한테 절대 투표하지 않을 거예요!' 결국 로레인은 눈물을 터뜨렸고, 그 순간 그랜트가 내게 말했네. '내 연락처를 알 거요.' 그리고 우리 셋한테 미소를 지어 보이고 워싱턴으로 떠났지.

그렇게 된 거라네. 그자들은 사람을 엿 먹이고 나서 '당신은 운이 좋소, 캘리포니아의 고상한 신사가 아니라 나한테 엿을 먹었으니까'라고 말하지.

난 결코 그놈한테 연락하지 않았어. 사실 내 정치적 신념은 아주 현실적인 것이었네. 아이라의 신념처럼 부풀려져 있지 않았어. 난 아이라처럼 세계의 운명 따위엔 관심이 없었어. 그저 직업적인 관점에서 지역사회의 운명에 관심이 더 많았을 뿐이야.

내 관심사는 정치적이라기보다는 경제적이었어. 그리고 근로조건에, 뉴어크 시에서 일하는 교사들의 지위에 초점을 맞췄으니 사회적이라고도 할 수 있겠지. 다음날 칼린 시장이 언론에다 나 같은 사람은 아이들을 가르쳐선 안 된다고 말했고, 교육위원회는 교사답지 못한 행동을 했다는 이유로 나를 심리에 부쳤다네. 교육감은 나를 제거할 절호의 기회라고 생각했지. 난 담당 부서의 질문서에 답하지 않았는데, 그 자체만으로도 부적격이었어. 난 교육위원회에 내 정치적 신념은 내가 뉴어크 교육계의 영어 교사인 것하고는 하등 상관이 없다고 말했지. 해고 사유는 딱 세 가지였네. 불복종, 무능력, 부도덕. 나는 그 어느 것에도 해당되지 않는다고 주장했어. 졸업한 제자들이 위원회 심리에 나와서 내가 교실에서나 그 어디에서도 누구에게 뭔가를 주입하려 한 적이 없다고 증언했지. 학교와 관련된 어느 누구도 내가 영어에 대한 존경심 외에 무언가를 주입하려는 걸 들어본 적이 없었어. 어떤 학부모도, 어떤 학생도, 어떤 동료도. 심지어 군 시절 중대장까지 나를 위해 증언했지. 포트브래그에서 달려와서. 감동적이었다네.

진공청소기를 파는 일은 즐거웠어. 내가 다가오는 걸 보고 길을 건너는 사람들도 있었지. 어떤 사람들은 그런 행동을 창피하게 느끼면서도 나한테 물들까봐 그렇게 행동했어. 하지만 난 개의치 않았네. 교사노조 안팎에서 많은 사람이 날 후원했어. 후원

금이 들어왔고, 도리스의 봉급도 있었고, 난 나대로 진공청소기를 팔았지. 난 모든 직업의 사람들을 만나며 교단 너머에 펼쳐진 현실세계와 접촉했어. 자네도 알다시피, 난 교사라는 전문직에 종사하면서 책을 읽고, 셰익스피어를 가르치고, 아이들이 문장을 도해하고 시를 암기하고 문학을 이해하게 하지 않았나. 그래서 다른 종류의 인생은 가치가 없다고 생각했지. 하지만 세상에 나가 진공청소기를 팔면서 만난 수많은 사람에게 존경심을 품게 되었고, 지금도 그걸 감사하게 생각한다네. 그 덕분에 더 멋진 인생관을 갖게 된 거야."

"만일 법원에서 복직 판결이 나지 않았다면요? 그래도 여전히 더 멋진 인생관을 갖고 계셨을까요?"

"소송에서 졌다면? 그래도 잘살았을 거라 생각하네. 별 탈 없이 살아남았을 거야. 다소 아쉬움이 남긴 했겠지. 하지만 난 기질적으로 크게 흔들리는 사람은 아닌 것 같아. 열린사회에서는 하늘이 무너져도 솟아날 구멍이 있어. 직장을 잃고 신문에서 반역자로 불리는 건 대단히 불쾌한 일이지만 그래도 전체적으로 꽉 막힌 상황, 그러니까 전체주의는 아니었지. 난 감옥에 가지 않았고, 고문도 당하지 않았어. 우리 아이가 따돌림당하지도 않았고. 생계수단을 빼앗겼고 어떤 사람들은 나하고 말도 안 했지만, 어떤 사람들은 날 칭찬했다네. 아내도 날 칭찬했고, 딸도 날 칭찬했고, 또 많은 제자들이 날 칭찬했지. 공개적으로 말일세.

그리고 난 법적 투쟁을 벌일 수 있었어. 나한테는 행동의 자유가 있었어. 인터뷰를 하고, 돈을 모으고, 변호사를 고용하고, 법원에 이의를 신청할 수 있었네. 난 그렇게 했지. 물론 너무 낙담하고 비참해져서 심장마비에 걸릴 수도 있었겠지만, 찾아보면 대안이란 게 있고, 난 그걸 찾은 거야.

만일 노조가 졌다면 난 버티지 못했을 거야. 하지만 우린 지지 않았어. 우린 싸웠고, 결국 이겼다네. 우린 남녀의 임금 격차도 없앴고, 중등학교와 초등학교 교사의 임금 격차도 없앴고, 모든 방과 후 근무를 처음엔 자발적으로 선택할 수 있게 하고, 그다음엔 유급 근무로 만들었지. 우린 병가를 늘리기 위해 싸웠고, 어떤 용도로든 개인이 정한 5일은 쉴 수 있어야 한다고 주장했어. 또 윗선의 편애가 아니라 시험을 통해 승진하게 했고, 그 덕분에 소수자가 공정한 기회를 갖게 됐지. 우린 흑인을 노조에 끌어들였는데, 흑인이 수적으로 우세해지면서 그들도 지도부에 오르곤 했어. 하지만 오래전 일이야. 요즘 노조는 대단히 실망스럽다네. 그저 돈만 밝히는 단체가 됐어. 돈이 다야. 바른 교육을 위해 해야 할 일은 안중에도 없고. 정말 실망스러워."

"육 년 동안 얼마나 힘드셨어요? 그동안 뭘 빼앗기신 겁니까?" 내가 물었다.

"빼앗긴 건 아무것도 없다네. 난 정말 그렇게 생각하지 않아. 물론 그런 상황이 되면 누구라도 잠들지 못하는 밤이 허다해지겠지. 나 역시 밤에 잠을 이루지 못할 때가 아주 많았어. 무수한 밤을 뒤척이며 지새웠네. 이번엔 어떻게 할까, 다음엔 어떻게 할까, 누구를 찾아갈까 등등 온갖 일을 생각하느라. 항상 과거에 일어났던 일을 돌이켜보고, 앞으로 일어날 일을 그려봤지. 그러다보면 어느덧 아침이 오고, 일어나서 해야 할 일을 했다네."

"아이라는 선생님에게 일어난 일을 어떻게 받아들였나요?"

"아, 몹시 괴로워했지. 다른 일들이 아이라를 파멸시키지 않았다면, 그 일이 파멸시켰을 거라고 이야기할 수도 있어. 난 줄곧 내가 이길 거라 확신했고, 동생한테도 그렇게 말했지. 나를 해고할 합법적 근거가 전혀 없었으니까. 하지만 아이라는 계속 이렇게 대꾸했네. '착각하지 마, 그들에게 합법적 근거 따윈 필요 없으니까.' 그렇게 해고된 사람을 너무 많이 알았거든, 그랬어. 결국 내가 이겼지만, 아이라는 내가 겪은 일이 모두 자기 탓이라 생각해서 평생 그 짐을 안고 살았네. 자네에 대해서도 마찬가지였어. 자네한테 일어난 일 때문에."

"저요? 저한텐 별일 없었는데요. 저는 어린애였는걸요."

"아, 자네한테도 일이 있었다네."

물론 자신이 살아온 이야기에 본인이 전혀 모르던 중요한 사건이 포함되어 있다는 걸 뒤늦게 아는 것이 그리 놀라운 일은 아니다. 살아온 인생이라는 것이 정작 본인은 거의 알지 못하는 이야기니까.

선생님이 말했다. "자네도 기억할 테지만, 자네는 대학을 졸업할 때 풀브라이트 장학금을 받지 못했지. 내 동생 때문이었네."

내가 시카고에서 보낸 마지막 해인 1953년과 1954년 사이에 나는 옥스퍼드 대학에서 문학석사 과정을 밟으려고 풀브라이트 장학금을 신청했지만 탈락했다. 우리 반에서 거의 최고였고, 열성적인 추천서들을 함께 제출했는데도. 그제야 그 일이 있은 후 처음으로, 장학금 신청에서 떨어져 충격을 받기도 했지만 영국에서 문학을 공부할 수 있는 풀브라이트 장학금이 반에서 나보다 성적이 한참 뒤진 다른 학생에게 돌아간 것에 더 큰 충격을 받았던 일이 떠올랐다.

"정말인가요, 선생님? 저는 그저 이상하다고, 불공평하다고만 생각했습니다. 운명의 장난이라고 생각했죠. 어떻게 이해해야 할지 전혀 몰랐거든요. 그냥 도둑맞았구나 생각했고, 그뒤 군에 징집됐죠. 선생님은 그걸 어떻게 아셨어요?"

"기관원이 아이라에게 말했지. FBI 요원. 그는 몇 년 동안 아이라를 따라다녔어. 수시로 아이라를 찾아와 연루된 사람들의 이름을 대라고, 그렇게 해서 결백을 입증하라고 회유했지. 자네가 아이라의 조카라는 이유로 그들이 자넬 탈락시켰다네."

"아이라의 조카라고요? 어떻게 제가 조카가 된 건가요?"

"나도 모르겠네. FBI가 모든 걸 항상 정확히 처리한 건 아니었다네. 어쩌면 일부러 제대로 하지 않았는지도 모르고. 아무튼 그 작자가 아이라에게 말했어. '당신 조카가 풀브라이트 장학금을 신청했다며? 시카고에 있는 그 아이 말이야. 못 받았어. 당신이 공산주의자라서.'"

"그 말이 사실이었다고 생각하시는군요."

"틀림없네."

머리 선생님의 이야기에 귀를 기울이는 동안, 그리고 이제는 앙상해진 그의 몸을 바라보며 나는 이런 생각을 했다. 이 체격이 그가 걸어온 모든 일관된 삶의 구현체, 다시 말해 가장 엄밀한 의미에서 자유 외에는 모든 것에 평생 무관심한 채 살아온 삶의 결과물이구나…… 선생님은 본질주의자*이고, 그의 성격은 우연의 산물이 아니며, 그가 어디에서 무엇을 하든, 심지어 진공청소기를 팔 때에도 어떻게든 자신의 존엄을 지켰겠구나…… 머리 선생님(내가 사랑하지 않았고 사랑할 필요가 없었으며, 단지 교사와 학생 간의 계약만 존재했던 사람)은 보다 관념적이고 분별 있고 현실적인 형상의 아이라(내가 사랑했던 사람), 실제적이고 분명하고 명확한 사회적 목표를 가진 아이라라는 생각이 들었다. 영웅적으로 과장된 야망이 없고 세상의 모든 것과 열

* essentialist. 문화유산에 필요불가결한 요소를 가르치는 일이 교육의 근본 기능이라고 주장하는 교육사상가.

정적이고 과열된 관계를 맺지 않은 아이라, 모든 것에 대한 충동과 논쟁 때문에 시야가 흐려지지 않은 아이라. 그런 생각을 하면서 나는 (마흔한 살 나이에도) 여전히 젊음과 강인함의 증거들로 충만하던 선생님의 벗은 상체를 떠올렸다. 내가 기억하는 것은 1948년 가을의 어느 화요일 늦은 오후에 봤던 머리 린골드, 그가 아내와 딸과 함께 살던 리하이 애비뉴 2층 아파트에서 창밖으로 몸을 내밀고 방충망을 떼어내던 모습이었다.

방충망을 떼어내고, 방충망을 끼우고, 눈을 치우고, 빙판에 소금을 뿌리고, 인도를 쓸고, 울타리를 다듬고, 세차를 하고, 낙엽을 모아 태우고, 10월에서 3월까지 매일 두 번씩 지하실로 내려가 난방용 화덕에 불을 지피고, 불씨를 그러모아 묻고, 부삽으로 재를 퍼내고, 재가 가득 담긴 양동이를 들고 계단을 올라가 쓰레기통에 버리는 일. 임차인, 세입자라면 누구나 출근 전과 퇴근 후에 이 모든 허드렛일을 조심스럽고 성실하게, 제대로 할 줄 알아야 했다. 또 아내들 역시 돛대에 올라 출항 준비를 하는 뱃사람처럼 아파트 바닥에 발을 단단히 디딘 채 열린 뒤창 밖으로 몸을 내밀고 바깥 온도야 어떻든 빨랫줄에 빨래를 널고, 빨래에 각각 빨래집게를 꽂아야 했다. 또한 빨랫줄을 가득 채운 세탁물이 뉴어크 공업단지의 하늘에 나부낄 때까지 가족의 빨래를 모두 널고, 빨래가 다 마르면 빨랫줄을 다시 잡아당겨 하나씩 걷어 접고 바구니에 담아 주방으로 가져가 다림질하는 일을 제대로 할 줄 알아야 했다. 가정을 유지하기 위해서는 기본적으로 돈을 벌고, 음식을 준비하고, 규칙을 세우는 일 외에 이처럼 험하고 힘든 뱃일 같은 활동, 예를 들어 기어오르기, 끌어올리기, 잡아당기기, 끌고 가기, 크랭크로 시동 걸기, 줄 풀기 같은 일도 해야 했다. 이 모든 일이 내가 자전거를 타고 집에서 도서관까지 2마일을 왔다갔다하는 동안 내 옆에서 시계장치처럼 맞물려 똑딱똑딱 돌아갔다. 똑딱 똑딱 똑딱, 그것은 그 동네가 살아가는 일상의 메트로놈이었고, 미국 도시의 오래된 존재의 사슬이었다.

린골드 선생님이 사는 리하이 애비뉴 아파트 맞은편에는 딸이 태어나기 전 린골드 부인이 실험실 조수로 일했다는 베스 이스라엘 병원이 있었고, 길모퉁이에는 내가 자전거를 타고 매주 책을 빌리러 갔던 오즈번 테라스 도서관 분관이 있었다. 병원, 도서관, 그리고 선생님으로 대표되는 학교까지, 그 동네의 공공기관은 분명 나를 위해 사실상 하나의 네모난 블록 안에 다 모여 있는 것 같았다. 정말이지 린골드 선생님이 아파트 창문에서 몸을 쑥 내밀고 방충망을 떼어내던 1948년 그날 그 동네는 일상적인 삶의 활기로 가득했다.

브레이크를 잡고 리하이 애비뉴의 가파른 언덕을 내려가던 나는 선생님이 방충망 한쪽 모서리의 고리에 밧줄을 꿰고 "자, 내려보낸다"고 외친 후 2.5층 높이의 건물 벽을 따라 방충망을 내려 보내 마당에 서 있는 남자에게 전달하던 모습을 보았다. 방충망이 내려오자 남자는 밧줄을 푼 다음 그것을 현관 계단에 기대어 쌓아둔 다른 방충망들 위에 올려놓았다. 나는 린골드 선생님의 효율적이면서 운동선수 같기도 한 동작에 강한 인상을 받았다. 그런 동작을 그렇게 멋들어지게 해내다니, 매우 강한 사람인게 틀림없었다.

아파트 앞에 도착해 보니, 마당에 있는 남자는 안경을 쓴 거인이었다. 아이라. 우리 고등학교 '강당'에 와서 에이브 링컨을 연기한, 선생님의 동생. 그는 의상을 갖춰 입고 무대에 올라 혼자서 링컨의 게티즈버그 연설과 두번째 취임 연설을 차례로 암송했고, 그 웅변가의 형 린골드 선생님이 나중에 우리에게 미국의 어느 대통령, 어느 작가가 쓴 것보다 더 숭고하고 아름답다고 말한 문장으로 끝을 마무리했다(맨 끝에 묵직한 승무원 차량을 달고 힘차게 칙칙대며 달려가는 긴 기관차 같은 문장으로, 당시 선생님은 우리에게 그 문장을 도해하고, 분석하고, 토론하게 하는 데 한 교시 수업을 모두 할애했다). "누구에게도 적의를 품지 말고, 모두를 사랑하는 마음으로, 옳은 것을 볼 수 있도록 신이 내려주신 정의를 굳게 믿고 계속 싸워나갑시다. 우리에게 주어진 이 과업을 끝내기 위해, 이 나라의 상처를 치유하기 위해, 싸움터에 나간 자와 그 미망인과 고아를 돌보기 위해, 우리 자신과 모든 나라 간에 의롭고 영원한 평화를 이루고 간직할 수 있는 모든 일을 하기 위해."* 나머지 공연 시간 동안 에이브러햄 링컨은 우뚝한 실크해트를 벗고 노예제 옹호론자인 스티븐 A. 더글러스 상원의원과 논쟁을 벌였다. 상원의원의 대사는 아이언 린**을 학교에 초빙한 장본인인 머리 린골드 선생님이 읽었다(가장 음험한 인종차별 대목에 이르렀을 때 한 무리의 학생, 즉 '현대사연구클럽'이란 이름의 우리 과외토론그룹 회원들이 목청껏 야유를 퍼부었다).

다른 사람들 앞에서 셔츠와 타이는 물론 속옷조차 입지 않은 린골드 선생님을 보는 건 어리둥절한 일도 아니라는 듯, 아이언 린도 프로 권투선수 이상의 차림은 아니었다. 그가 입은 건 반바지와 운동화가 다였으니, 내가 본 사람 가운데 가장 클 뿐 아니라 가장 유명한 남자가 거의 벌거벗고 있는 셈이었다. 아이언 린은 목요일 밤마다 라디오방송에 나왔다. 그가 진행하는 〈자유와 용기〉는 미국 역사에서 감동적인 에피소드를 골라 극화해 들려주는 인기 주간 프로로, 그는 주로 네이선 헤일, 오빌 라이트, 와일드 빌 히콕, 잭 런던 같은 인물을 연기했다. 현실의 그는 이브 프레임과 결혼했다. 이브는 매주 방송되는 레퍼토리 극장 시리즈 중 〈미국 라디오극장〉이란 '진지한' 라디오드라마의 주연 성우였다. 나의 어머니는 미용실에서 읽은 잡지들을 통해 아이언

---

* 링컨의 두번째 대통령 취임 연설의 마지막 문장.

** Iron Rinn. 아이라 린골드의 애칭으로, '강철의 린골드'라는 뜻.

린과 이브 프레임의 모든 것을 꿰고 있었다. 어머니는 절대 그런 잡지를 사지 않았고, 모범적인 가정을 바라는 아버지와 마찬가지로 그런 유의 잡지를 인정하지 않았다. 하지만 미용실 드라이어 밑에서 머리를 말리는 동안에는 그것들을 읽었고, 또 토요일 오후마다 친구인 스비르스키 부인이 그녀의 남편과 운영하는 버건 스트리트의 여성복 가게에 일을 도우러 가거나 그 가게와 나란히 붙어 있는 운터버그 부인의 여성 모자 상점에서 가끔 토요일과 부활절 대목에 장사를 도울 때에는 패션잡지를 하나도 빼놓지 않고 읽었다.

내가 기억하는 한 우리는 〈미국 라디오극장〉을 빠뜨리지 않고 들었는데, 어느 날 밤 그 프로를 청취한 뒤 어머니는 이브 프레임과 아이언 린의 결혼에 대해 그리고 하객으로 참석한 연극계와 라디오계의 스타들에 대해 빠짐없이 들려주었다. 이브 프레임은 소매에 여우모피를 두 줄로 나란히 두른 더스티핑크색 울 투피스를 입었고, 세상 누구도 그녀보다 멋있게 소화하지 못할 그 모자를 썼다. 어머니는 그것을 "베일 달린 이리 와요 모자"라고 불렀는데, 이브 프레임이 무성영화의 인기 스타 칼턴 페닝턴의 상대역으로 나와 젊고 버릇없는 사교계 여성을 완벽하게 연기한 〈내 사랑, 이리 와요〉를 통해 유명해진 스타일이었다. 또한 그녀가 손에 대본을 쥐고 마이크 앞에 서서 〈미국 라디오극장〉에서 연기할 때 쓰는 걸로도 유명한 모자였다. 물론 그것 외에 챙

이 늘어진 펠트모자, 필박스, 파나마 밀짚모자 등을 쓰고 라디오 마이크 앞에서 사진을 찍기도 했다. 어머니가 기억하기로 언젠가 〈밥 호프 쇼〉에 게스트로 출연했을 때는 얇은 실크 베일이 매혹적인 검은색 접시 모양 밀짚모자를 썼다. 어머니는 우리에게 이브 프레임이 아이언 린보다 여섯 살이나 많다는 것, 한 달에 1인치가 넘게 자란다는 그녀의 머리칼은 브로드웨이 무대에 서느라 밝은색으로 염색한 거라는 것, 그녀의 딸 실피드는 줄리아드를 졸업한 하피스트로 이브 프레임과 칼턴 페닝턴 사이에서 태어난 자식이라는 등의 얘기를 들려주었다.

"그게 뭐가 중요해?" 아버지가 말했다. 그러자 어머니가 변명하듯 말했다. "네이선한텐 중요하죠. 아이언 린은 린골드 선생님의 동생이고, 린골드 선생님은 네이선의 우상이잖아요."

부모님은 이브 프레임이 아름다운 소녀였을 때부터 무성영화에서 그녀를 보아왔다. 그녀는 여전히 아름다웠다. 사 년 전 열한번째 생일날 내가 부모님 손에 이끌려 처음으로 본 브로드웨이 연극, 존 P. 마퀀드의 〈고(故) 조지 애플리〉에 이브 프레임이 나왔기 때문에 안다. 연극이 끝난 후, 이브 프레임을 젊은 무성영화 배우로만 기억하던 아버지는 완전히 반해 이렇게 말했다. "그 여자, 표준영어를 유창하게 구사하던데." 칭찬하는 저의를 간파했는지 못했는지 어머니는 이렇게 대꾸했다. "그래요, 하지만 의상은 엉망이던데요. 발음도 좋았고, 연기도 훌륭했고, 안으로 말리는 그 짧은 단발머리도 사랑스러웠지만, 이브 프레임처럼 작은 체구에 살이 붙으면 치마가 길든 짧든 몸에 꼭 끼는 하얀 여름용 피케드레스는 분명히 안 어울려요."

일주일에 한 번 있는 어머니의 마작클럽이 우리 집에서 열리는 날이면 부인들은 이브 프레임이 유대인인가 아닌가를 두고 논쟁을 벌이곤 했는데 특히 몇 달 후 내가 이브 프레임의 저녁식사 자리에 아이라의 손님으로 참석한 뒤로는 더했다. 스타에 열광하는 부인들이 스타에 열광하는 소년 주위에서, 그녀의 진짜 이름이 프롬킨이라는 소문을 두고 끊임없이 수다를 떨었다. 하바 프롬킨. 그녀가 할리우드에 가서 이름을 바꾸면서 의절한 것으로 보이는 프롬킨 가족이 브루클린에 살고 있었다.

진지한 성격의 아버지는 마작이 벌어지는 거실을 지나다 우연히 그런 주제가 들리면 한마디 던지곤 했다. "그게 뭐 중요한가요? 할리우드에선 다들 이름을 바꾸잖아요. 그 여자가 입을 열면 발성 레슨을 하는 것 같아요. 그래서 무대에 올라가면 귀부인을 연기하죠. 항상 귀부인 역이라고요."

"플랫부시 출신이래요. 아버지는 유대인 백정이고요." 여성 모자 상점 주인인 운터버그 부인은 대개 그렇게 끼어들곤 했다.

그러면 아버지는 부인들에게 이렇게 강조했다. "사람들은 캐리 그랜트도 유대인이라고 말해요. 파시스트들은 루스벨트도 유대인이라고 떠들어댔고요. 사람들은 아무 말이나 다 하죠. 난 그런 데 관심 없습니다. 그녀의 연기에만 관심 있을 뿐이죠. 내가 보기엔 최곱니다."

남편과 함께 옷가게를 운영하는 스비르스키 부인이 말했다. "글쎄요, 루스 튜닉의 시동생이 프롬킨 성을 가진 여자와 결혼했거든요. 여기 뉴어크 출신 프롬킨이에요. 그 여자 친척들이 브루클린에 사는데, 이브 프레임이 자기네 사촌이 맞다고 맹세한다는데요."

"네이선은 뭐래?" 어머니의 어릴 적 친구이자 가정주부인 코프먼 부인이 물었다.

"아무 말 안 해." 어머니가 대답했다. 내가 별말 없었다고 말하도록 어머니를 훈련시킨 결과였다. 어떻게 가능했느냐고? 쉬운 일이었다. 어머니가 부인들을 대신해 〈미국 라디오극장〉의 이브 프레임이 정말 브루클린의 하바 프롬킨인지 아닌지 아느냐고 물었을 때, 난 대답했다. "종교는 민중의 아편이에요! 그런 건 중요하지 않아요. 관심 없어요. 난 잘 모르고, 관심도 없어요!"

"거긴 어떻대? 그 여잔 어떤 옷을 입었대?" 운터버그 부인이 어머니에게 물었다.

"어떤 음식을 내놓았대?" 코프먼 부인이 물었다.

"머리는 어떻게 했대?" 운터버그 부인이 물었다.

"그 사람 키가 정말 6피트 6인치래? 네이선이 뭐래? 16사이즈 신발을 신는대? 어떤 사람들 말로는 그냥 광고라던데."

"사진에 나온 것처럼 얼굴에 정말 마맛자국이 있대?"

"네이선이 딸에 대해서는 뭐래? 실피드는 어느 나라 이름이야?" 남편이 우리 아버지처럼 발치료사인 셰셀 부인이 물었다.

"그게 본명이야?" 스비르스키 부인이 물었다.

"그건 유대식 이름이 아니야. 실비아가 유대식 이름이지. 아마 프랑스식 이름일 거야." 코프먼 부인이 말했다.

이번엔 셰셀 부인이 나섰다. "하지만 아버지가 프랑스 사람이 아니잖아. 칼턴 페닝턴이잖아. 이브는 모든 영화에서 그와 연기했어. 그 영화에서 눈이 맞았잖아. 칼턴이 나이든 남작으로 나온 영화 말이야."

"그 모자를 쓰고 나왔던 영화?"

운터버그 부인이 말했다. "세상의 어떤 여자도 이브처럼 모자를 쓰진 못할 거야. 아담한 베레모를 써도 어울리고, 꽃이 달린 디너모자를 써도 어울리고, 베이비돌 밀짚모자를 써도 어울리고, 베일 달린 검은색 챙 넓은 모자를 써도 어울리고, 정말이지 어떤 모자를 써도 어울려. 깃털 달린 갈색 티롤모자를 쓰든, 하얀 저지 터번을 쓰든, 가장자리에 모피가 달린 파카 후드를 쓰든, 뭘 써도 눈부시다니까."

스비르스키 부인이 말했다. "이브가 어느 사진 속에서 입고 있었던 옷은 절대 못 잊을 거야. 금색 자수를 놓은 하얀 이브닝드레스에 새하얀 담비 머프를 하고 있었는데, 그렇게 우아한 옷은 평생 처음 봤다니까. 연극도 있었는데, 제목이 뭐였더라? 우리끼리 보러 갔잖아. 진홍색 울 드레스였는데, 머리끝부터 발끝까지 완벽한데다 정말 매혹적인 당초무늬가……"

"맞아! 그리고 거기에 딱 어울리는 베일 달린 모자! 베일을 구김 처리한 높다란 진홍색 펠트모자였어."

"다른 연극에 입고 나왔던 러플드레스도 기억나?" 스비르스키 부인이 말했다. "그녀처럼 러플드레스를 입는 여잔 세상천지에 또 없을 거야. 검정 칵테일드레스 위에 하얀 더블러플이라니!"

"그런데 실피드란 이름 있잖아?" 셰셀 부인이 다시 물었다. "실피드는 어디서 나온 이름일까?"

"네이선은 알 거야. 네이선한테 물어보자. 지금 집에 있어?" 스비르스키 부인이 물었다.

"숙제하고 있어." 어머니가 대답했다.

"한번 물어봐. 실피드가 어디서 나온 이름인지."

"나중에." 어머니가 말했다.

하지만 어머니는 물어볼 필요가 없었다. 나는 그 황홀한 모임에 다녀온 뒤 비밀이라면서 모든 사람에게 모든 것을 얘기하느라 바빴기 때문이다. 그들은 어떤 옷을 입어? 무슨 음식을 먹어? 식사할 때 무슨 얘기를 해? 거긴 어떤 곳이야? 한마디로 눈부셔.

린골드 선생님 집 앞에서 아이라를 처음 만난 그 화요일은

1948년 10월 12일, 화요일이었다. 만일 월드시리즈가 월요일에 끝나지 않았다면, 나는 선생님의 사생활을 존중하는 마음에서 선생님이 동생과 함께 방충망을 내리던 그 집 앞을 조심스럽게 지나쳤을 것이다. 나는 손을 흔들거나 소리쳐 안녕하시냐고 인사하지도 않고 속도를 유지하며 모퉁이에서 왼쪽으로 핸들을 꺾어 오즈번 테라스 도서관으로 갔을 것이다. 하지만 전날 나는 린골드 선생님 사무실 바닥에 앉아 인디언스가 예전에는 보스턴이 연고지였던 브레이브스를 월드시리즈 최종전에서 이기는 것을 들었다. 선생님은 그날 아침 라디오를 가져왔고, 집에 아직 텔레비전이 없는 아이들, 그러니까 우리 대다수가 선생님의 8교시 영어 수업이 끝나자마자 우르르 복도로 뛰쳐나와 비좁은 영어과장실로 몰려가 브레이브스 구장에서 한창 진행되고 있던 게임을 들을 수 있도록 해주었다.

그러니 예의상이라도 속도를 늦추고 선생님을 부르지 않을 수 없었다. "린골드 선생님, 어젠 감사했습니다." 예의상 마당에 서 있는 거한에게 목례를 하고 미소를 짓지 않을 수 없었다. 그리고 입이 마르고 어색했지만 멈춰 서서 나를 소개하지 않을 수 없었다. 또 그가 "안녕, 친구"라고 대답해서, 그리고 그가 강당에 등장했던 날 오후에 스티븐 A. 더글러스가 링컨의 얼굴에 대고 다음과 같이 말하자 더글러스에게 야유를 퍼붓던 학생 가운데 내가 끼어 있었다는 걸 알아봐서 깜짝 놀라는 바람에, 다소 바보같이 반응하지 않을 수 없었다. "나는 어떤 형태로든 검둥이의 시민권에 반대한다. (우우.) 나는 이 정부가 백인의 기초에 근거해 수립되었다고 믿는다. (우우.) 나는 이 정부가 백인을 위해(우우), 백인의 이익을 위해(우우), 백인의 영원한 번영을 위해 수립되었다고 믿는다. (우우.) 나는 시민권을 검둥이, 인디언, 그 밖의 열등한 인종에게 부여하는 대신(우우)…… 오로지 백인에게 한정해야 한다는 견해에 찬성한다. (우우. 우우. 우우.)"

나는 단순한 예의에서가 아니라 더 깊이 자리잡은 어떤 것(야망, 내 도덕적 확신을 칭찬받고 싶다는 야망)에 이끌려 간신히 수줍음을 누르고 그에게 그 야유를 선동한 게 바로 나였다고 말했다. 아이라의 삼위일체, 세 명의 아이라, 그러니까 연단에 섰던 애국적인 순교자 에이브러햄 링컨과 솔직하고 배짱 좋은 아이언 린이라는 미국 방송인과 뉴어크 1구 출신의 출세한 터프가이 아이라 린골드 모두에게 말이다.

린골드 선생님이 카키색 바지에 모카신만 신은 채 땀을 뻘뻘 흘리며 2층에서 내려왔다. 선생님을 따라내려온 린골드 부인은 얼음물 한 주전자와 유리컵 세 개가 놓인 쟁반을 내놓고 다시 2층으로 올라갔다. 그렇게 해서 1948년 10월 12일 오후 네시 삼십분, 내 어린 시절의 가장 뜨거운 가을날의 가장 놀라운 오후에 나는 자전거를 옆으로 뉘어놓고 영어선생님의 현관 계단에 이브 프레임의 남편이자 〈자유와 용기〉의 아이언 린과 나란히 앉아, 밥 펠러가 거짓말처럼 두 게임이나 패하고, 재키 로빈슨*만큼 존경하진 않았지만 아메리칸리그를 개척한 흑인 선수로 우리 모두가 존경하던 래리 도비가 22타수 7안타를 친 월드시리즈에 대해 얘기를 나눴다.

그런 다음 우리의 대화는 권투로 넘어갔다. 점수에서 뒤지고 있던 루이스가 저지 조 월컷을 KO로 이겼고, 토니 제일이 지난 6월 바로 여기 뉴어크에 있는 루퍼트 경기장에서 3라운드 때 레프트 한 방으로 로키 그라치아노를 쓰러뜨리고 미들급 타이틀을 되찾았는데 몇 주 전인 9월 뉴저지에서 프랑스 선수 마르셀 세르당에게 타이틀을 빼앗겼다…… 아이언 린은 일 분 동안 토니 제일 얘기를 한 다음 윈스턴 처칠에 대해, 그러니까 며칠 전 그를 부글부글 끓게 했던 처칠의 연설, 원자폭탄만이 공산주의자들의 세계 지배를 막을 수 있기 때문에 미국은 비축해놓은 원자폭탄을 폐기하지 말아야 한다고 충고했던 연설에 대해 얘기했다. 그는 리오 듀로셔**와 마르셀 세르당 이야기를 할 때처럼 윈스턴 처칠 얘기를 했다. 그는 듀로셔를 잘난 체하는 놈, 세르당을 하잘것없는 놈이라고 부른 것처럼 주저하지 않고 처칠을 지긋지긋한 반동분자에 전쟁에 미친 놈이라고 불렀다. 그는 처칠이 저 앞 라

* 미국 메이저리그 최초의 흑인 선수.

** 1948년 시즌 중반에 뉴욕 자이언츠를 맡은 감독.

이언스 애비뉴에서 주유소를 운영하는 사람이나 되는 양 얘기했다. 그건 우리 집에서 처칠을 얘기하는 방식과 사뭇 달랐다. 오히려 우리 가족이 히틀러를 얘기하는 방식에 더 가까웠다. 선생님과의 대화에서처럼 그와의 대화에서도 보이지 않는 규범의 선이 무시되었고, 인습적 터부 같은 것을 찾아볼 수 없었다. 스포츠, 정치, 역사, 문학, 경솔하고 독선적인 주장, 극단적 인용, 이상주의적 감상, 도덕적 청렴 등 어떤 것이든 끼어들 수 있었다. 거기엔 이상한 짜릿함, 색다르고 위험한 세계가 있었다. 남을 만족시켜야 한다는 의무에서 해방된 까칠하고 직설적이고 공격적인 세계. 그리고 수업에서 해방된 세계. 아이언 린은 그냥 라디오 스타에 불과한 사람이 아니었다. 어떤 것도 두려워하지 않고 말하는 교실 밖의 자유인이었다.

나는 어떤 것도 두려워하지 않고 말하는 사람, 토머스 페인에 관한 책을 방금 다 읽은 참이었다. 바로 하워드 패스트의 역사소설 『시민 톰 페인』으로, 도서관에 반납할 다른 책과 함께 자전거 바구니에 담겨 있었다. 아이라가 처칠을 비난하는 동안 린골드 선생님은 바구니에서 계단 앞 인도로 굴러떨어진 책들로 걸어가 내가 뭘 읽었는지 책등을 살폈다. 책 가운데 절반은 존 R. 튜니스가 쓴 야구에 관한 책이었고, 나머지 절반은 하워드 패스트가 쓴 미국 역사책이었다. 나의 이상주의(와 인간관)는 두 개의 선을 따라 나란히 형성되고 있었다. 하나는 승리를 향해 싸우는 과정에서 굴욕을 견뎌야 하고 수많은 패배를 겪지만 끝내 승리하는 야구 챔피언을 그린 소설이었고, 다른 하나는 독재와 불의에 맞서 싸운 영웅적 미국인, 미국과 온 인류의 자유를 지킨 수호자를 그린 소설이었다. 영웅적 고난. 이게 바로 내 전공 분야였다.

『시민 톰 페인』은 구성이 익숙한 소설은 아니었다. 그 작품은 꺼지지 않는 지성과 가장 순수한 사회적 이상을 품은 비도덕적인 남자, 작가이자 혁명가인 한 사람의 모순된 삶을 추적해 매우 수사적이고 화려한 문체로 서술하고 있었다. "세상에서 가장 큰 미움을 받았지만, 몇몇 사람에겐 가장 큰 사랑을 받은 사람이었다." "인류 역사를 통틀어 몇 안 되는 타오르는 정신의 소유자." "수백만 민중의 등에 가해지는 채찍을 자신의 영혼으로 느낀 사람." "그의 사상은 제퍼슨의 사상보다는 평범한 노동자의 사상에 더 가까웠다." 이것이 패스트가 묘사한 페인이었다. 그는 가혹하리만치 외골수에 비사교적이었고, 서사나 민담에 나올 법한 투사처럼 텁수룩하고 지저분했으며 누더기를 걸쳤다. 또 무법천지인 전시의 필라델피아 거리에서 구식 소총을 지니고 다녔고, 신랄하고 빈정대는 성격에 종종 술에 취해 매음굴을 드나들었으며, 암살자들에게 쫓겼고, 친구가 없었다. 그는 완전히 혼자 행동했다. "내 유일한 친구는 혁명이다." 그 책을 다 읽었을 때 나는 한 인간이 인간의 자유를 위해 높은 곳에 있는 통치자와 야비한 폭도 모두에게 사회변혁을 요구할 작정이라면, 페인처럼 살다 죽는 것 말고는 다른 방법이 없다는 생각을 했다.

그는 완전히 혼자 행동했다. 패스트가 반항적인 독립정신과 개인적 불행이 낳은 고독한 삶을 비정하게 묘사하긴 했지만, 페인이 완전히 혼자였다는 점만큼 매력적인 것은 없었다. 페인은 심지어 생을 마감할 때도 혼자였다. 말년에 그는 늙고, 병들고, 비참하고, 외롭고, 추방당하고, 배신당했으며, 다른 건 모두 고사하고라도 자신의 신념을 마지막으로 밝힌 〈이성의 시대〉에 다음과 같이 썼다는 이유로 멸시당했다. "나는 유대교회, 로마교회, 그리스정교회, 터키정교회, 개신교회를 비롯해 내가 아는 어떤 교회가 공언하는 어떤 교의도 믿지 않는다. 나 자신의 정신이 나의 교회다." 그의 삶을 읽으면서 나는 용기와 분노를 느꼈고, 무엇보다 내가 믿는 것을 위해 무언가에 얽매이지 않고 싸울 수 있을 것 같은 느낌을 받았다.

린골드 선생님이 자전거 바구니에서 집어들어 우리가 앉아 있는 곳으로 가지고 온 책이 바로 그 『시민 톰 페인』이었다.

"이 책 알아?" 그가 아이라에게 물었다.

아이언 린은 에이브 링컨의 거대한 손으로 내 책을 받아들고 처음 몇 장을 넘기기 시작했다. "아니. 패스트의 책은 읽어본 적 없어. 읽어봐야 하는데. 멋진 사람이야. 배짱 있고. 처음부터 월리스와 함께했지. 〈데일리 워커〉를 볼 때마다 그의 칼럼을 읽긴 하지만, 소설은 이제 읽을 시간이 없어서. 이란에서 복무할 땐 종종 읽었는데. 스타인벡, 업턴 싱클레어, 잭 런던, 콜드웰……"

"그의 작품을 읽을 거라면 이게 가장 좋을 거야." 린골드 선생님이 말했다. "그렇지, 네이선?"

"굉장한 책이에요." 내가 대답했다.

그러자 아이언 린이 내게 물었다. "『상식』이란 책 읽어봤니? 페인의 작품 읽어본 거 있어?"

"아뇨." 내가 말했다.

"읽어보렴." 내 책을 계속 뒤적이며 아이언 린이 말했다.

"하워드 패스트가 페인의 구절을 많이 인용했어요." 내가 말했다.

아이언 린이 고개를 들고 말했다 "'다수의 힘이 곧 혁명인데도, 신기하게 인류는 그 사실을 깨닫지 못하고 수천 년 동안 노예로 살아왔다.'"

"그 책에도 있어요." 내가 말했다.

"당연히 있을 테지."

"페인의 천재성은 어떤 건지 아니?" 린골드 선생님이 내게 물었다. "그건 이런 사람들의 천재성이기도 했지. 제퍼슨, 매디슨 같은 사람들. 그게 뭐였는지 아니?"

"모르겠어요." 나는 대답했다.

"그게 뭔지 알아야 한다." 그가 말했다.

"영국에 도전한 거요."

"많은 사람이 그랬지. 하지만 아니야. 바로 대의를 영어로 표현했다는 거야. 혁명은 완전히 즉흥적이었고, 완전히 무질서했지. 너도 이 책에서 그런 느낌을 받지 않았니, 네이선? 사람들은 그들의 혁명을 표현할 언어를 찾아야 했어. 위대한 목적을 표현할 말을."

내가 선생님에게 말했다. "페인이 말했어요. '내가 작은 책을 쓴 것은 사람들이 무엇을 향해 총구를 겨누고 있는지 알길 원했기 때문이다.'"

"그리고 정말로 그렇게 했지." 선생님이 말했다.

"여길 봐라." 아이언 린이 책 속의 몇 줄을 가리키며 말했다. "조지 3세에 관한 구절이야. 들어봐. '행여 내가 주정뱅이에 멍청하고 완고하고 무가치한 짐승 같은 자에게 충성을 맹세해 내 영혼의 매춘부가 된다면, 지옥의 형벌을 받을 것이다.'"

아이언 린이 〈자유와 용기〉에서 들려주던 호소력 있고 꾸밈없는 목소리로 낭송한 페인의 인용구는 둘 다 내가 옮겨 적고 암기한 십여 개의 문장에 포함돼 있었다.

"그 문장을 좋아하는구나." 린골드 선생님이 내게 말했다.

"네. '내 영혼의 매춘부'란 표현을 좋아해요."

"왜지?" 선생님이 물었다.

얼굴에 내리쬐는 햇살과 아이언 린을 만났다는 흥분 때문에 땀을 흘리던 나는, 이제 6피트 6인치가 넘는 큰 키에 웃통을 벗어던진 두 형제, 내가 열망해마지않는 강인하고 지적인 남성성을 뿜어대는 가식 없는 두 형제 사이에 앉아 마치 수업중인 듯 린골드 선생님의 질문에 답해야 한다는 긴장감 때문에 땀을 뻘뻘 흘리기 시작했다. 야구와 권투 이야기를 하던 사람들이 책에 관해 이야기하고 있었다. 그것도 책 속에 어떤 중요한 주제가 있는 것처럼. 그건 책을 펼쳐들고 그 책을 찬양하거나, 책 때문에 들뜨거나, 책 속에 빠져 주변세계를 외면하는 것이 아니었다. 그건 책과 권투를 하는 것이었다.

내가 말했다. "사람들은 보통 자신의 영혼을 매춘부라고 생각하지 않으니까요."

"그렇다면 '내 영혼의 매춘부'는 무얼 의미하는 걸까?"

"그걸 판다는 거예요. 자신의 영혼을 판다는 거요." 내가 대답했다.

"맞다. '내 영혼을 판다면'보다 '내 영혼의 매춘부가 된다면, 난 지옥의 형벌을 받을 것'이라고 말하는 게 훨씬 더 강렬하다는 걸 알겠니?"

"네, 알아요."

"왜 그게 더 강렬하지?"

"그걸 '매춘부'로 의인화했으니까요."

"그래. 그리고 또?"

"그러니까…… '매춘부'란 단어는…… 흔히 쓰는 단어가 아니에요. 공공장소에서는 들을 수 없죠. 사람들은 글을 쓸 때 '매춘부'라는 단어를 쓰지 않고, 또 남들 앞에서 '매춘부'라고 말하지 않아요."

"왜 안 할까?"

"수치심. 당혹감. 예절 때문에요."

"예절이라. 좋아. 네 말이 맞다. 그렇다면 그건 대담한 표현이겠구나."

"네."

"그래서 페인을 좋아하는 거구나? 그의 대담함 때문에?"

"네. 그런 거 같아요."

"그러면 이제 너는 네가 그 표현을 왜 좋아하는지 그 이유를 알게 된 거야. 이제 넌 게임에서 한발 앞선 거다, 네이선. 네가 그걸 알게 된 건 그가 쓴 한 단어, 딱 한 단어를 봤기 때문이고, 그 단어에 대해 생각을 했기 때문이야. 그런 다음 그 단어를 통해 옳은 것을 꿰뚫어보고, 마치 돋보기로 보듯 그 단어를 통해 이 위대한 작가의 힘의 원천 가운데 하나를 들여다볼 수 있을 때까지 그 단어에 몇 가지 질문을 던졌기 때문이다. 그는 대담한 사람이야. 토머스 페인은 대담해. 하지만 그걸로 충분할까? 그건 단지 공식의 일부야. 대담함에는 목적이 있어야 해. 그렇지 않으면 값싸고 안이하고 저속해질 뿐이야. 토머스 페인은 왜 대담할까?"

"자신의 신념 때문에요."

내 대답에 아이언 린이 갑자기 큰 소리로 외쳤다. "이야, 훌륭한데. 역시 더글러스에게 야유를 퍼부은 학생다워!"

그렇게 해서 오 일 후 나는 새로 결성된 진보당의 대통령 후보 헨리 월리스의 유세가 열리는, 뉴어크 시내에서 가장 큰 극장인 모스크에 아이언 린의 개인 손님 자격으로 초대되었다. 월리스는 루스벨트 내각에서 칠 년 동안 농무부 장관을 역임했고, 루스벨트 3기에 부통령이 되었다. 1944년에는 트루먼에게 밀려 지명받지 못했고, 트루먼 내각에서 잠시 상무부 장관을 지냈다. 1946년 대통령은 스탈린과 협조하고 소련과 친선을 도모할 것을 공공연히 주장한다는 이유로 월리스를 해임했다. 트루먼과 민주당의 눈에는 소련이 이념상의 적일 뿐 아니라, 유럽과 그 밖의 지역에서 서구가 주도해야 할 평화 정착을 가로막는 심각한 위협으로 보이기 시작한 즈음이었다.

민주당 내의 분열, 즉 대통령이 이끄는 반소련 다수파와 월리스 주도하에 트루먼독트린과 마셜플랜을 반대하는 '진보적' 소련 친선파 사이의 분열은 우리 부자지간에도 그대로 나타났다. 월리스가 루스벨트의 참모였을 때부터 그를 지지했던 아버지는 월리스의 출마에 반대했다. 미국인은 전통적으로 제3당 후보를 지지하지 않는다는 이유에서였다. 월리스가 출마할 경우 민주당 내의 진보 쪽 표가 트루먼에게 가지 않아, 공화당 후보인 뉴욕

주지사 토머스 E. 듀이가 당선될 것이 거의 확실했기 때문이다. 월리스 쪽 사람들은 자기네 당이 육칠백만 표 정도를 얻을 거라고 얘기했는데, 이는 일찍이 미국에서 제3당이 기록한 어느 득표율보다 월등히 높은 수치였다.

아버지는 말했다. "네가 지지하는 후보는 민주당의 백악관 진출을 가로막을 뿐이야. 그 때문에 공화당이 이기면 이 나라는 큰 고통에 직면하게 될 거다. 항상 그랬어. 넌 후버와 하딩과 쿨리지*를 몰라서 그래. 공화당이 얼마나 무자비한지 겪어보지 않았으니 모를 거다. 너도 대기업을 경멸하지, 네이선? 그리고 너와 월리스가 '월 스트리트의 거물'이라 부르는 작자들을 경멸하지? 하지만 대기업 집단이 보통 사람들을 어떻게 깔아뭉개는지는 모를 거다. 난 안다. 난 가난이 뭔지 알고, 너와 네 동생이 겪어보지 못한 고생을 알아, 아이고 하느님."

아버지는 뉴어크 빈민가에서 태어났고, 낮에는 빵집 트럭을 몰고 밤에는 야간학교에 다닌 끝에 간신히 발치료사가 되었다. 그리고 평생, 심지어 얼마간 돈을 벌어 집을 장만한 후에도 여전히 당신이 보통 사람이라 부르고 내가 헨리 월리스를 따라 '서민'이라 부르는 계층의 이해에 동조했다. 난 월리스가 자신만의

---

* 허버트 후버(1929~1933), 워런 하딩(1921~1923), 존 쿨리지(1923~1929) 모두 공화당 출신 대통령이다.

뉴딜정책을 추진할 거라며 아버지를 설득하려 했지만, 아버지가 그에게 투표하기를 단호히 거부해 몹시 실망했다. 월리스는 국민 건강보험, 노동조합 보호, 노동자를 위한 사회보장제도를 주장했고, 태프트하틀리법*과 노동 탄압, 먼트-닉슨 법안과 정치적 급진파에 대한 탄압에 반대했다. 먼트-닉슨 법안이 통과되면 모든 공산주의자와 '공산주의전선' 단체들은 정부에 등록을 해야 했다. 월리스는 먼트-닉슨 법안이 경찰국가로 나아가는 첫걸음이고, 미국 국민에게 겁을 줘서 입을 다물게 하려는 시도라고 말했다. 그는 그 법안이 의회에 제출된 어느 법안보다 '더 파괴적인' 법안이라고 주장했다. 진보당은 다양한 견해가 경쟁할 수 있는 생각의 자유를 지지했고, 월리스는 그것을 "견해의 시장"이라 불렀다. 가장 감동적이었던 것은 남부에서 선거운동을 하던 월리스가 흑백으로 분리된 청중 앞에서 연설하기를 거부한 일이었다. 그런 용기와 고결함을 보인 대통령 후보는 처음이었다.

난 아버지에게 말했다. "민주당은 차별을 끝장내기 위해 아무것도 안 할 거예요. 린치와 인두세와 인종차별엔 손도 안 댈걸요. 지금까지도 그랬고, 앞으로도 그럴 거라고요."

"내 생각은 그렇지 않다, 네이선. 해리 트루먼을 지켜봐야 해.

* 1947년에 제정된 미국 노사관계법으로, 노동조합의 활동을 제한하고 단결권에 저항할 수 있는 고용주의 권리 보장을 목적으로 한다.

트루먼은 후보 지명 연설에서 자신의 정강에 인권 조항을 넣었어. 그걸로 남부 고집통들을 제거했으니까 이제 그가 어떻게 할지 잘 지켜볼 필요가 있다."

그해에는 월리스가 민주당에서 탈당했을 뿐 아니라, 아버지가 "고집통"이라 부르고 흔히들 "딕시크랫"이라고 칭하는 남부 민주당원들이 주권민주당이라는 신당을 결성했다. 그들은 사우스캐롤라이나 주지사 스트롬 서먼드를 대통령 후보로 내세웠는데, 서먼드는 과격한 분리주의자였다. 그러니 보통은 민주당으로 가는 남부의 표를 갉아먹는 딕시크랫 덕분에 듀이가 트루먼을 일방적으로 압도할 이유가 하나 더 느는 셈이었다.

매일 밤 주방에서 저녁을 먹을 때마다 나는 헨리 월리스와 뉴딜정책의 부활에 표를 던지도록 아버지를 설득하기 위해 온갖 노력을 기울였고, 아버지는 이번 같은 선거에선 타협할 필요가 있다고 나를 이해시키려고 애썼다. 하지만 나는 벌써 미국 역사상 가장 비타협적인 애국자 토머스 페인을 나의 영웅으로 받아들인 탓에, '타협'이라는 말의 첫 음절을 듣자마자 자리를 박차고 일어나 아버지와 어머니 그리고 열 살 된 동생에게 두 번 다시 아버지와 같이 밥을 먹지 않겠다고 선언했다(내가 흥분할 때마다 동생은 지나치게 격앙된 목소리로 "월리스를 찍는 건 듀이를 찍는 거야"라고 말하곤 했다).

어느 날 저녁 아버지는 새로운 작전을 들고 나와 내가 소중히 여기는 경제적 평등과 정치적 정의 같은 가치를 공화당이 얼마나 우습게 여기는지 나에게 조목조목 교육시키려 했다. 하지만 내겐 쇠귀에 경 읽기였다. 두 거대 정당은 흑인의 인권에 대해 똑같이 비양심적이었고, 자본주의체제에 고유한 불공정 행위에 똑같이 무관심했으며, 이 나라가 평화를 사랑하는 러시아 국민을 의도적으로 자극하면 온 인류를 파멸로 이끌 수 있다는 점을 똑같이 이해하지 못했다. 나는 눈물을 글썽이며 한마디 한마디에 진심을 담아 아버지에게 말했다. "아버지한테 정말 놀랐어요." 마치 고집을 부리면서 타협을 거부하는 쪽이 아버지인 것처럼.

하지만 더 놀라운 일이 기다리고 있었다. 토요일 오후 늦게 아버지가 내게 그날 저녁 모스크에서 열리는 월리스의 유세에 가지 않았으면 좋겠다고 말한 것이다. 아버지와 얘기를 나눈 뒤에도 가고 싶다면 말리지 않겠지만, 적어도 내가 최종 결정을 하기 전에 아버지의 말을 끝까지 들어주기를 바랐다. 그주 화요일에 도서관에서 집으로 돌아와 저녁식사 자리에서 성우인 아이언 린의 개인 손님으로 월리스의 유세에 초대받았고, 린을 만나 온몸이 짜릿했으며, 그가 보여준 개인적 관심에 넋이 나갈 지경이었다고 의기양양하게 이야기했을 때, 어머니의 강한 만류로 아버지는 유세 참석에 제동을 걸지 못했었다. 하지만 이제 아버지는 부모로서 반드시 자신이 해야만 하는 얘기에 내가 냉정을 잃지 않고 귀기울여주기를 바랐다.

린골드 형제만큼 아버지도 나를 진지하게 대하긴 했지만, 아버지에겐 아이라의 정치적 대담함이나 린골드 선생님의 문학적 재능 그리고 무엇보다 나의 예의바름에 대해서는 신경쓰지 않는 듯한 그들의 무관심이 없었다. 반면 린골드 형제는 내가 착한 소년인가 아닌가에는 무관심했다. 린골드 형제는 내가 더 큰 세상으로 나아가게 해준 원투펀치였고, 더 큰 남자가 되려면 무엇이 필요한지 이해시켜줬다. 린골드 형제는 지금의 나에게나 어울릴 법한 어른스러운 반응을 이끌어냈다. 착한 소년인가 아닌가는 그들에게 중요하지 않았다. 단 하나 중요한 것은 나의 신념이었다. 하지만 그들에겐 아들을 위험한 함정에서 멀리 떼어놓아야 하는 아버지로서의 책임이 없었다. 아버지라면 선생님과 다른 관점에서 그런 위험을 걱정해야 한다. 아버지라면 아들의 행동을 걱정해야 하고, 자신의 꼬마 톰 페인을 사회화하는 일을 걱정해야 한다. 하지만 일단 남자의 세계에 발을 들인 꼬마 톰 페인을 아버지가 여전히 아이처럼 교육시킨다면, 아버지는 그걸로 끝이다. 물론 아버지는 여전히 예상치 못한 구덩이를 걱정할 테고, 만일 걱정하지 않는다면 오히려 잘못일 것이다. 하지만 어쨌든 아버지로서는 끝난 것이다. 꼬마 톰 페인은 어쩔 수 없이 아버지를 없는 셈 치고, 아버지를 배신하고 과감하게 뛰쳐나가 인생의 첫번째 구덩이에 발을 내디딜 수밖에 없다. 그다음부터는 진정한 삶의 일관성을 실천하며 일생 동안 한 구덩이에서 다른 구덩이로 발걸음을 옮긴다. 그리고 마침내, 딱히 추천할 만한 다른 이유가 없어도 어쨌든 빠질 수밖에 없는 최후의 구덩이인 무덤으로 걸어들어간다.

아버지가 말했다. "내 말을 끝까지 들어라. 그런 다음 결정해. 얘야, 난 너의 독립성을 존중한다. 월리스의 배지를 달고 학교에 가고 싶지? 그렇게 해. 여긴 자유국가니까. 하지만 사실을 외면해서는 안 돼. 사실을 외면하면 현명한 결정을 내릴 수 없으니까."

위대한 대통령의 존경받는 미망인 루스벨트 여사가 왜 월리스에 대한 지지를 철회하고 등을 돌렸을까? 루스벨트의 신뢰를 한몸에 받던 충직한 내무장관, 그게 아니더라도 인간적으로 훌륭하기 이를 데 없는 해럴드 이커스가 왜 월리스에 대한 지지를 철회하고 등을 돌렸을까? CIO*는 이 나라 역사상 가장 야심만만한 노동단체인데 왜 헨리 월리스를 더이상 지원하거나 지지하지 않기로 결정했을까? 월리스의 선거운동에 공산주의 세력이 침투했기 때문이었다. 진보당을 장악하다시피 한 공산주의자들 때문에 아버지는 내가 유세장에 가지 않기를 바랐다. 아버지는 헨리 월리스가 너무 순진해서 그걸 모르거나 너무 부정직해서 그걸 시인하지 않는 거라고, 하지만 애석하게도 후자가 진실에 더 가까

* Congress of Industrial Organization. 산업별조합회의. 1938년 미국 노동자협회에서 분리돼 결성되었다. 미국 노동자협회에 비해 상대적으로 진보적 성격이 강했으나 1955년 두 기구는 통합된다. 줄여서 산별조합이라 한다.

울 거라고 말했다. 특히 산별조합에서 이미 쫓겨난 적색노조 출신의 공산주의자들은……

"공산주의를 빙자한 탄압이에요!" 나는 소리를 지르고 집을 나왔다. 그리고 14번 버스를 타고 유세장에 갔다. 거기서 폴 로브슨을 만났다. "여기 그 아이가 왔어요, 폴. 스티븐 A. 더글러스에게 보내는 야유를 주도했던 학생이에요." 아이라가 일전에 얘기한 그 고등학생이라고 나를 소개하자, 그는 손을 내밀어 나와 악수했다. 흑인 배우이자 가수인 폴 로브슨은 월리스대통령추대위원회 공동의장이었다. 그는 불과 몇 달 전 먼트-닉슨 법안에 반대하기 위해 워싱턴 기념탑 앞에 모인 오천 명의 시위대 앞에서 〈올드맨 리버〉를 불렀고, 상원 사법위원회에서 (먼트-닉슨 법안에 관한 청문회가 열렸을 때 만일 법안이 통과되면 따르겠느냐는 질문에) "그 법을 위반할 것"이라고 거침없이 대답했으며, (공산당이 무엇을 옹호하느냐는 질문에도) 한 치의 망설임 없이 "흑인의 완전한 평등을 옹호한다"고 대답했다. 그 폴 로브슨이 내 손을 잡고 말했다. "용기를 잃지 말게, 젊은이."

좌파세계와 '무대 뒤' 세계라는 새롭고 이국적인 두 세계에 이중으로 둘러싸인 모스크의 무대 뒤에 연기자와 연사 들과 함께 서 있으려니 마치 메이저리그 선수들과 함께 더그아웃에 앉아 있는 것처럼 짜릿했다. 나는 무대 뒤에서 아이라가 또다시 에이브러햄 링컨 역을 맡을 거고, 이번에는 스티븐 A. 더글러스가 아니라 "전 세계에서 반동 정권을 지지하고, 서유럽을 무장시켜 소련을 위협하고, 미국을 군국주의체제로 몰아가는……" 양당의 전쟁광들에게 맹공을 퍼부을 거라는 이야기를 들었다. 나는 헨리 월리스를 직접 보았다. 나는 그가 군중에게 연설을 하기 위해 무대로 나가기 전 그에게서 채 20피트도 떨어지지 않은 곳에 있었고, 그가 유세를 마친 뒤 환영 리셉션에서 아이라와 어깨를 맞대고 서서 아이라의 귓속말을 들을 때에는 거의 그의 옆에서 있었다. 나는 두 눈을 동그랗게 뜨고 대통령 후보를 바라보았다. 공화당원인 농부의 아들로 아이오와에서 나고 자란 그는 내가 봐왔던 여느 미국인과 다를 바 없이 미국적으로 생겼고 미국적으로 말했다. 그는 높은 물가에 반대하고, 대기업에 반대하고, 인종차별과 차별대우에 반대하고, 프란치스코 프랑코와 장제스 같은 독재자의 비위를 맞추는 정책에 반대하는 정치인이었다. 그 순간 패스트가 페인에 대해 썼던 구절이 떠올랐다. "그의 사상은 제퍼슨의 사상보다는 평범한 노동자의 사상에 더 가까웠다." 그리고 1954년, 그러니까 서민의 후보, 민중과 민중의 정당 후보가 강대 뒤에서 주먹을 불끈 쥐고 "우리의 자유가 지금 맹렬히 공격당하고 있다"고 외쳐 내 온몸에 전율을 일으킨 모스크에서의 그날 밤으로부터 육 년이 흐른 뒤 나는 풀브라이트 장학금을 신청했다 탈락했다.

나는 아무 짓도 하지 않았고 할 수도 없었지만, 공산주의를 무너뜨리려는 광란의 바람은 나에게까지 불어닥쳤던 것이다.

아이언 린은 내가 태어나기 이십 년 전인 1913년에 뉴어크에서 태어났다. 그는 거친 이웃과 매정한 가족 틈에서 불행하게 컸다. 그는 배린저 고등학교에 잠깐 다녔는데, 체육을 뺀 모든 과목에서 낙제했다. 나쁜 시력과 쓸모없는 안경 탓에 선생님이 칠판에 쓴 글씨는 물론이고 교과서마저 읽을 수 없었다. 볼 수 없었고 배울 수 없었기 때문에, 아이라는 어느 날 "학교에 가려고 아침에 일어나는 걸 그만뒀다"고 당시 상황을 설명했다.

아이라는 자신들 형제의 아버지에 대해 말조차 꺼내기 싫어했다. 윌리스의 유세 이후 몇 달 동안 아이라가 내게 했던 말 가운데 가장 충격적이었던 것은 이 말이었다. "아버지하곤 말도 할 수 없었지. 아버진 두 아들에게 눈곱만큼도 관심이 없었어. 일부러 그랬던 게 아냐. 짐승의 본성만 있었던 거지." 아이라의 기억에 사랑이 넘치는 여인으로 남아 있는 그의 어머니는 그가 일곱 살 때 세상을 떠났고, 그 빈자리는 아이라의 표현에 따르면 "동화 속에나 나오는 계모, 진짜 나쁜 여자"가 차지했다. 그는 고등학교를 일 년 반 다니다 중퇴했고, 몇 주 후 열다섯 살 나이에 영원히 집을 떠나 뉴어크에서 도랑 치는 일을 구했다. 전쟁이 터지기 전 대공황이 미국을 휩쓰는 동안 그는 뉴저지를 시작으로 미국 전역을 떠돌며 닥치는 대로 일자리를 구했는데, 대부분이 강한 체력을 필요로 하는 일이었다. 진주만 공습이 일어난 직후 아이라는 군에 입대했다. 그는 시력표가 보이지 않았지만, 시력검사를 받으려는 줄이 워낙 길게 늘어서 있었기 때문에 시력표 주위를 얼쩡거리면서 최대한 많이 외운 다음 제자리로 돌아왔고, 신체검사를 통과했다. 1945년 군에서 제대한 아이라는 일리노이주 캘러멧 시에서 일 년을 보냈는데, 이때 군에서 가장 가까웠던 친구이자 철강 노동자인 공산주의자 존 오데이와 한방을 썼다. 두 사람은 이란의 부두에서 하역병으로 일하며, 무기 원조의 일환으로 테헤란에서 소련까지 이어진 철도로 운송된 군수장비를 내렸다. 일하면서 아이라의 힘을 본 오데이는 친구에게 "아이언맨 아이라"라는 별명을 지어주었다. 매일 밤 오데이는 아이언맨에게 책 읽는 법과 편지 쓰는 법을 가르쳤고, 마르크스주의를 학습시켰다.

오데이는 나이가 아이라보다 열 살가량 많고 머리가 희끗희끗한 남자였다. "그 나이에 어떻게 군에 들어갔는지 아직도 모르겠다니까." 아이라가 말했다. 오데이는 키가 6피트에 전신주처럼 비쩍 말랐지만, 아이라가 만나본 어느 사내보다 강인했다. 그는 짐가방에 가벼운 펀칭백을 넣어 다녔고, 그걸로 펀치타이밍 연습을 했다. 아주 빠르고 강했던 오데이는 '부득이할 경우엔' 두어 녀석을 한꺼번에 손봐줄 수도 있었다. 그리고 영리했다. 아이라는 말했다. "난 정치에 대해 아는 게 하나도 없었어. 정치활동이란 걸 전혀 몰랐지. 나한테 정치철학이나 사회철학은 다 그게 그거였어. 하지만 오데이가 많은 걸 가르쳐줬지. 노동자가 뭔지, 미국이 전반적으로 어떻게 돌아가는지 얘기해줬어. 우리 정부가 노동자에게 어떤 피해를 강요하는지도. 그는 항상 사실에 근거해 자기 말을 뒷받침했지. 그리고 반골이라고 해야 할까? 오데이는 절대 책에 쓰인 대로 행동하지 않는 반항아였어. 그래, 오데이는 나한테 많은 걸 가르쳐줬지. 나도 그걸 알아."

아이라와 마찬가지로 오데이는 독신이었다. 그는 아이라에게 말했다. "결혼에 얽매이는 건 털끝만큼도 원치 않아. 아이는 적의 수중에 놓인 인질이나 다름없어." 오데이는 아이라보다 고작 일 년 더 학교를 다녔지만, 그의 표현을 빌리자면 "말로든 글로든 논쟁할 수 있는 능력"을 "독학으로" 익혔다. 그리고 이를 위해 온갖 종류의 책에서 이런저런 구절을 무조건 베껴 쓰고, 초등학교 문법책을 참고해가며 문장구조를 분석했다. 아이라가 자신의 인생을 뒤바꿔놨다고 공언하는 포켓형 사전을 준 사람이 바로 오데이였다. 아이라가 내게 말했다. "난 매일 밤 사전을 읽었어. 사람들이 소설책을 읽는 것처럼 말이야. 또 아는 사람한테 『로제 유의어 사전』을 보내달라고 해서, 하루종일 배에서 짐을 부리고 난 뒤 매일 밤 어휘력을 늘리기 위해 공부했지."

아이라는 독서의 세계를 발견했다. "어느 날 상급부대에서 책을 산더미처럼 보내왔어. 그건 분명 군이 저지른 최악의 실수 중

하나일 거야." 아이라는 이렇게 말하고 껄껄 웃었다. "결국 서가에 있는 그 책들을 남김없이 읽어치웠단다. 그들은 반원형 막사를 지어 서가를 만들고 책을 비치했어. 그리고 우리한테 '책을 읽고 싶으면 여기 와서 마음껏 고르라'고 했지." 그때(그리고 지금까지도) 그에게 어떤 책을 고를지 얘기해준 사람이 오데이였다.

만난 지 얼마 되지 않았을 때 아이라는 오데이와 함께 이란에 있을 때 오데이가 만들어준 '린골드가 참고할 구체적 제안들'이란 제목의 석 장짜리 목록을 내게 보여주었다. "1. 항상 사전을 소지하고 다닐 것. 반의어와 동의어가 많이 나와 있는 좋은 사전을 준비해, 하다못해 우유배달부에게 쪽지를 남길 때도 이용할 것. 지금까지 해왔던 대로 철자를 아무렇게나 적지 말고 의미 차이에 주목할 것. 2. 글을 쓸 때는 항상 나중에 추가하고 수정할 것에 대비해 한 줄씩 띄어 쓸 것. 개인적인 편지를 쓸 때는 이 방법을 따르지 않아도 괜찮아. 줄을 띄어 쓰면 정확한 표현이 나와. 3. 여러 생각을 한 장 가득 빽빽이 쓰지 말 것. 새로운 생각을 쓰거나 방금 말한 것을 자세히 설명할 때는 한 글자 들여서 새 단락으로 시작할 것. 가지런하게 보이는 맛은 덜하겠지만 읽기는 훨씬 쉬울 거야. 4. 상투적 표현을 피할 것. 다른 데서 읽었거나 들은 것을 인용할 때는 원래와 다른 말로 바꿔서 표현할 것. 요 전날 저녁 도서관에서 시위에 관해 공부할 때 자넨 이런 문장을 썼어. '나는 현 정권의 몇 가지 병폐를 간략히 언급했다……' 아이언맨, 그건 자네가 읽은 거지, 자네 것이 아니야. 그렇게 인용하면 꼭 통조림에서 꺼낸 말처럼 들린다고. 같은 생각을 이렇게 표현하면 어떨까? '나는 여기 이란에서 내 눈으로 목격한 것을 토대로 토지 사유와 외국자본의 지배가 어떤 결과를 낳는지 나의 주장을 펼쳐 보이겠다.'"

전부 스무 개 항목이었는데, 아이라가 그걸 나한테 보여준 것은 나의 글쓰기에 도움을 주기 위해서였다. 내가 학교에서 쓰고 있던 라디오드라마 각본이 아니라, '정치적' 견해를 다질 목적으로 기억날 때마다 나의 '생각'을 적어놓기 시작한 일지에 도움이 되라고. 나는 아이라를 흉내내 일지를 적기 시작했는데, 아이라는 조니 오데이를 모방해 일지를 적기 시작한 것이었다. 우리 셋은 상표가 같은 공책을 사용했다. 대략 가로 4인치, 세로 3인치 크기에 쉰두 줄이 쳐져 있고, 얼룩덜룩한 갈색 마분지를 앞뒤 표지로 대어 맨 위를 박음질한 십 센트짜리 울워스 공책이었다.

오데이가 편지로 책을 언급하면, 아이라는 그게 어떤 책이든 무조건 구했고, 나 역시 같은 책을 구했다. 나는 곧장 도서관으로 달려가 그 책을 빌렸다. 어느 편지에서 오데이가 말했다. "난 요즘 바우어의 『젊은 제퍼슨』을 읽고 있다네. 미국 초기 역사를 다룬 다른 책과 함께 말이야. 당시 통신위원회는 혁명적 생각을 가진 식민지 개척자들이 서로의 계획을 이해하고 조율할 수 있게 한 중요한 기관이었어." 그렇게 해서 나는 고등학교 때 『젊은 제퍼슨』을 읽었다. 오데이는 또 이렇게 써보냈다. "몇 주 전에 『바틀릿의 인용구 사전』 12판을 구입했네. 남들은 참고도서용이라고 생각하겠지만, 실은 여기저기 훑어보는 재미가 있는 책이야." 나는 시내에 있는 중앙도서관으로 달려가 참고도서들 사이에 앉아 일지를 옆에 놓고, 오데이가 그랬을 거라 상상하며 『바틀릿의 인용구 사전』을 한 페이지씩 뒤적이면서 나의 성숙을 촉진시키고 나를 무시 못할 사람으로 만들어줄 지혜를 찾아 헤맸다. 또다른 편지에서 오데이는 말했다. "난 〈코민포름〉(부쿠레슈티에서 발행하는 공식기관지)을 정기적으로 사본다네." 하지만 나는 '코민포름(Cominform)'이 공산당 정보국(Communist Information Bureau)의 약자라 뉴어크의 어느 도서관에서도 찾아볼 수 없을 거라 생각해 신중함이 경고하는 대로 찾아 나서지 않았다.

내 라디오드라마 각본은 대화체였는데, 그 대화는 오데이의 '구체적 제안들'보다는 아이라가 나에게 거듭 들려주거나 마치 그와 오데이가 정말 내 앞에 있는 것처럼 그가 한마디 한마디 연기를 하며 들려줬던 두 사람의 대화에 더 가까웠다. 또 나의 각본에는 아이라가 뉴욕에 가서 성우가 된 뒤에도 오랫동안 불쑥불쑥 튀어나왔던 노동자의 은어가 숨어 있었고, 극 속의 신념들엔 오데이가 아이라에게 써보낸 기나긴 편지들의 영향이 짙게 배어 있었다. 아이라는 내가 부탁할 때마다 그 편지들을 큰 소리로 읽어주었다.

내 주제는 서민의 운명, 유럽에서 전쟁이 끝나던 날 저녁 CBS 라디오의 육십 분짜리 단막극 〈승리의 목소리로〉(대중의 요청에 따라 여드레 후에 한번 더 방송됐다)에서 라디오 극작가 노먼 코윈이 "보통 사람"이라며 찬미했던 평범한 미국인의 운명이었다. 그 단막극을 들은 후 나는 글쓰기를 통해 세상의 악을 바로잡겠다는 문학계의 복음 전도자 같은 열망에 사로잡혔다. 이제 와서 내가 〈승리의 목소리로〉만큼 열렬히 사랑했던 대상이 예술이었는지 아니었는지 같은 건 따지고 싶지 않다. 그 프로그램은 나로 하여금 난생처음 예술의 마법 같은 힘을 느끼게 해주었고, 문학가가 자신의 언어로 무엇을 하길 바라고 기대할 수 있는지에 대한 최초의 생각들을 다져주었다. 그것은 바로 전투에 나선 자들의 투쟁에 신성함을 부여하는 일이었다. (그리고 나를 가르쳤던 선생님들의 주장과 다르게 문장을 '그리고'라는 단어로 시작해도 된다는 걸 가르쳐주었다).

코윈의 라디오드라마는 형식이 느슨하고 줄거리가 없었다. 나는 발치료사인 아버지와 가정주부인 어머니에게 그게 바로 '실험적' 형식이라고 설명했다. 구어체와 두운체를 많이 활용한 그 문체의 일부는 클리퍼드 오데츠, 일부는 맥스웰 앤더슨, 또 일부는 쉽게 알아들을 수 있는 토속적 어법을 무대에 끌어들여 자연스러우면서도 서정적인 색채와 진지한 의미를 살려 토속어를 시적으로 표현하고자 노력한 1920년대와 1930년대의 미국 극작가들에게서 유래했을 것이다. 바로 그 같은 노력이 노먼 코윈의 극에서 문학적 담백함을 지닌 일상 언어의 리듬과 결합했고, 당시 열두 살이던 나는 그 속에 담긴 민주적 정신과 영웅적 시각에 큰 충격을 받았다. 그건 마치 WPA 벽화*를 언어로 옮겨놓은 것 같았다. 휘트먼이 미국을 민초들의 나라로 선언했다면, 노먼 코윈은 보통 사람, 바로 조국을 위한 전쟁을 마치고 그들의 노고를 칭송하는 나라로 돌아오는 미국인의 나라라고 선언했다. 보통 사람은 다름 아닌 미국인 자신이었다! 코윈의 '보통 사람'은 '프롤레타리아'를 대표하는 미국인이었다. 지금에야 이해한 것이지만, 사실 미국 노동자계급이 싸워 쟁취한 혁명은 2차 대전이었다. 2차 대전은 아무리 작은 부분이어도 우리 모두가 참여한 거대한 어떤 것이었고, 우리 민족성의 신화적 실재는 만인의 평등한 참여에 있다는 것을 입증한 혁명이었다.

나도 거기에 포함되어 있었다. 난 유대인 아이였고, 그건 부인할 수 없는 사실이지만, 유대인의 특성을 띠는 데 별 관심을 두지 않았다. 난 그게 무엇인지 몰랐고, 그리 알고 싶지도 않았다. 나는 미국인으로서의 민족성을 가지고 싶었다. 미국에서 태어난

---

* 뉴딜정책의 일환으로 공공사업진흥국(Works Progress Administration)이 가난한 미술가를 고용해 우체국 등 공공기관에 그리게 한 벽화.

우리 부모님에게 그보다 자연스러운 건 없었고, 내게도 그보다 자연스러운 건 없었다. 그리고 노먼 코윈이 구사한 언어로 가담하는 것보다 더 진정 어린 방법은 어디에도 없는 듯했다. 그 언어는 전쟁이 공동체의 가슴에 지핀 흥분된 감정을 순수하게 걸러낸 언어였고, 2차 대전이라는 신성한 의례에 사용된 고귀한 민중의 시였다.

역사의 척도가 축소되어 개인화되었고, 미국의 척도가 축소되어 개인화되었다. 내게는 노먼 코윈의 마법일 뿐 아니라 시대의 마법이었다. 개인이 역사 속으로 흘러들어가고, 역사가 개인 속으로 흘러들어갔다. 개인이 미국 속으로 흘러들어가고, 미국이 개인 속으로 흘러들어갔다. 이는 다분히 1945년 뉴저지에서 열두 살 소년이 라디오 곁에 붙어산 덕분이었다. 대중문화가 하찮은 언어에 여전히 민감하게 영향을 받는 지난 세기와 연결되어 있던 시절, 이 모든 것에는 나를 들뜨게 만드는 면이 있었다.

우리의 작전을 망치지 않고 드디어 이제는 말할 수 있다.
어찌된 일인가, 퇴폐적인 민주주의, 실수를 연발하는 볼셰비키, 멍청하고 나약한 얼간이들이,
갈색 제복을 입은 나치 깡패보다 더 강인하고, 더 영리하다니.
성직자에게 채찍을 휘두르거나, 책을 불태우거나, 유대인을 두드려 패지 않고도, 어린 소녀를 매음굴에 처넣거나, 어린아

이의 피를 뽑아 혈장을 얻지 않고도,

도처에 깔린 보통 사람들, 특별하진 않지만 자유로운 자들이 타성과 가정을 뒤로한 채, 어느 날 아침 일찍 일어나, 싸우기 위해 마음을 도스르고, (아마추어로서) 전투교범을 공부하고, 위험 가득한 평원과 대양을 가로질러 전문가들을 무찔렀다.

그들은 해냈다.

확인하고 싶다면, 연합군 인장이 찍힌, 공식 발표문을 보라.

조간신문에서 그 발표문을 오려내 자식들에게 건네주고, 영원히 간직하게 하라.

〈승리의 목소리로〉가 책으로 발간되자 나는 즉시 한 권을 샀다(도서관 카드로 대출받지 않고 직접 구입한 최초의 양장본이었다). 그리고 65페이지에 가지런히 배열된 자유시 같은 글귀를 몇 주에 걸쳐 암기했다. 특히 길거리에서 흔히 듣는 일상적인 단어로 자유롭고 장난스럽게 쓴 표현("오늘밤 드네프로페트로프스키의 구시가지에서 화끈한 시간이 펼쳐질 것이다")이나, 엉뚱한 고유명사를 집어넣어 놀랍고 감동적인 아이러니를 만들어낸 표현("무시무시한 전사는 자신의 사무라이 검을 떨어뜨렸다. 그의 적은 볼티모어에서 온 식료품점 점원이었다")이 재미있었다. 나는 전쟁이 터졌을 때 거의 아홉 살이었고, 전쟁이 끝날 무렵 열세 살로 가고 있었다. 위대한 전쟁의 끝자락에 라디오에서 흘러나오는 미국 도시와 주의 이름은("뉴햄프셔의 살을 에는 밤공기를 뚫고" "이집트에서 오클라호마 초원에 있는 마을까지" "덴마크에서 애도하는 바로 그 이유로 오하이오 사람들이 애도한다") 어느 것이나 그 또래 소년의 가슴에 기본적으로 자리잡은 애국심을 더욱 강하게 자극하고자 했던 작가의 의도대로 예찬 효과를 십분 발휘했다.

그리하여 그들은 항복했다.

마침내 그들은 쓰러졌고, 쥐새끼는 빌헬름 스트라세 뒷골목에서 죽었다.

절을 받으라, 미국 병사여,

절을 받으라, 보통 사람이여.

오늘 오후 그대 보통 사람들의 발아래 내일의 초인이 엎드린다.

이것이 극이 시작할 때 흘러나오는 찬사였다(라디오에서는 어떤 찬사도 아깝지 않은 우리의 영웅 아이언 린의 목소리와 비슷한 당당하고 단호한 목소리가 흘러나왔다. 바로 하프타임 때 들을 수 있는 결연하고 열정적이면서 거칠고 약간 위협적이기도 한, 영어도 가르치는 우리 학교 코치의 목소리였고, 보통 사람의 집단의식에서 우러나오는 목소리였다). 이것은 코윈의 피날레이자 기도였다. 현재에 뿌리를 내리고 있는 이 기도는 이미 무신론자임이 증명된 나에게 완전히 세속적이고 현세적으로 들리는 동시에 학교에서 하루를 시작할 때 듣는 기도나 대제일 예배 때 유대교회당에서 아버지와 나란히 앉아 듣는 기도서의 구절보다 더 강력하고 대담하게 들렸다.

탄도와 폭파의 주 하느님……
신선한 빵과 평온한 아침의 주 하느님……
코트와 최저임금의 주 하느님……
새로운 자유를 똑같이 나눠주소서……
형제애의 증거를 널리 알리소서……
협상 테이블에 임하여 고난을 물리치고 보통 사람들의 희망을 호위하소서……

수천만의 미국인 가족이 라디오 옆에 앉아, 평소 듣던 익숙한 내용과 나를 일깨운 이 방송을 비교하며 복잡한 심정으로 귀를 기울였다. 순진하게도 나는 내가 그랬듯 그들의 마음속에도 방송을 듣기 전에는 경험해보지 못한 변화와 자기희생의 감정이 호를 거라고 추측했다. 방송의 힘이란! 놀랍게도 라디오에서는 영혼이 흘러나오고 있었다. '보통 사람의 정신'은 민중에 대한 동경을 강하게 고취했고, 미국의 심장에서 끓어오른 말들이 미국의 입으로 즉시 솟구치게 했다. 그 방송은 완전히 평범한 미국인이라고 코윈이 주장했던 "도처에 깔린 보통 사람들, 특별하진 않지만 자유로운 자들"의 역설적 우수성에 보내는 한 시간에 걸친 경의였다.

내가 보기에 코윈은 톰 페인을 현대적으로 재탄생시켰다. 코윈은 당면한 위기를 민주적으로 다루었고, 그것을 길들여지지 않은 어느 한 사람의 문제가 아니라 힘없고 정의로운 모든 사람의 집단적인 문제로 만들었다. 훌륭함과 민중은 하나였다. 위대함과 민중은 하나였다. 온몸이 짜릿해지는 개념이었다. 그리고 상상을 통해서이긴 했지만 코윈은 그 개념을 실현한 것이었다.

전쟁이 끝난 후 아이라는 처음으로 의식적인 계급투쟁에 뛰어들었다. 그는 내게 그전에도 계급투쟁에 참여하긴 했었지만 무슨 일이 어떻게 돌아가는지 전혀 몰랐다고 말했다. 시카고에 있을 때 그는 레코드공장에서 주급 사십오 달러를 받고 일했다. 노조의 고용권이 계약상으로 보장돼, 전기노련에서 조직한 노조가 강력하게 뿌리를 내린 공장이었다. 그사이 오데이는 인디애나 항구의 인랜드 철강회사에서 다시 조직사업을 시작했다. 오데이는 몇 번이나 포기할 생각을 했고, 밤이면 둘의 방에서 아이라에게 좌절감을 토로했다. "쇠고랑 안 차고 육 개월 동안 이 일에 매달릴 수 있다면, 여기 항구에도 당을 제대로 만들 수 있을 텐데.

좋은 사람은 많지만, 필요한 건 조직사업에 시간을 전부 쏟아부을 수 있는 사람이라네. 사실 난 조직하는 데 그리 소질이 없어. 자네가 소심한 볼셰비키들을 끌어모으고, 난 그들의 머리를 깨우치는 일에 치중하면 좋을 텐데. 어쨌거나 이렇게 한탄한다고 뭐가 달라지겠나? 여기 당은 완전히 파산해서 상근자 한 명 두기도 어려운 형편인데. 긁어모을 수 있는 돈은 십 센트 한 닢까지 지도부를 지키거나, 언론에 대응하거나, 발등에 떨어진 수십 가지 일에 들어가고 있어. 난 마지막 수표를 쓴 이후 빈털터리가 됐지만 외상으로 한동안 버텼어. 하지만 세금에 빌어먹을 자동차에 이런 거 저런 거…… 아이언맨, 난 버틸 수가 없네. 이젠 일하러 가야 해."

난 아이라의 입에서 거친 노조원, 심지어 조니 오데이 같은 사람이 자기네끼리 쓰는 말이 튀어나올 때마다 반했다. 그의 문장 구조는 평범한 노동자의 말처럼 단순하지 않았다. 그는 화법의 힘을 알았고, 어휘 사전의 해로운 영향에 물들지 않고 평생 그것을 효과적으로 사용했다. "한동안은 쥐죽은듯 지내야 해…… 경영진이 도끼를 치켜들고 있는 상황에서…… 우리가 핀을 뽑자마자…… 애들이 보도블록을 깨자마자…… 그들이 황견계약을 받아들이라고 강요한다면, 보도 위에 피가 튈 거다…… 그들이 황견계약을 받아들이라고 강요한다면…… 우리가 핀을 뽑자마자…… 애들이 보도블록을 깨자마자…… 보도 위에 피가 튈 거다……"

아이라가 자신이 속해 있던 전기노련의 상황을 설명하고, 그가 일했던 레코드공장 노동자들을 묘사할 때도 난 반했다. "강고한 노조였단다. 진보적이었고, 평조합원들이 주도했지." 평조합원, 이 한마디가 나를 전율시켰다. 고된 노동, 불굴의 용기 그리고 이 둘을 합친 정의로운 대의란 개념이 그랬던 것처럼. "각 교대조 인원이 백오십 명이었는데, 대략 백 명이 격주로 열리는 노조회의에 참석했지. 대부분 시급을 받는 사람들이었는데도 그렇게 많이 참석한 거야. 지금도 그 공장에선 감히 채찍을 휘두르지 못해. 무슨 말인지 알겠니? 상사가 종업원에게 할 얘기가 있는 경우 정중하게 얘기한다는 말이야. 심각한 위반을 저질렀어도 종업원이 사무실로 불려갈 때는 노조 간사가 함께 가거든. 그게 큰 차이를 낳지."

아이라는 정기 노조회의에서 일어나는 일을 모두 말해주곤 했다. "우선 일상 업무를 처리해. 새로운 계약조건 검토라든지 무단결근이나 주차장에 대한 불만 같은 거 말이야. 그러고 나면 전쟁의 위협에 대해 토론하고(소련과 미국 간의 전쟁을 의미했다) 인종차별, 임금인상이 물가를 자극한다는 거짓말 등에 대해……" 이런 얘기가 끝없이 이어졌다. 그건 당시 열대여섯 살이던 내가 노동자의 모든 것, 노동자가 어떻게 말하고 행동하고 생각하는지 간절히 알고 싶어해서만은 아니었다. 아이라가 캘러멧에서 뉴욕으로 건너가 라디오방송국에서 일하며 〈자유와 용기〉란 프로를 통해 아이언 린으로 확고하게 자리잡은 후에도 계속 동료 노동자들의 카리스마 넘치는 언어로 레코드공장과 노조회의 얘기를 하고, 여전히 매일 아침 그 공장으로 일하러 가는 사람처럼 말했기 때문이기도 했다. 실은 매일 아침이라기보다 매일 밤이었다. 그는 공장에 들어가고 얼마 후부터 낮 시간에 '포섭활동'을 하려고 야간 근무를 자청했기 때문이다. 나중에 알게 된 사실이지만, 포섭이란 누군가를 공산당원으로 전향시킨다는 뜻이었다.

이란의 부두에서 복무할 때 오데이는 아이라를 당으로 끌어들였다. 고아는 아니었지만 내가 아이라의 완벽한 개별 지도 대상이었던 것처럼, 고아인 아이라는 오데이의 완벽한 대상이었다.

아이라가 시카고에서 맞이한 첫번째 2월에 그가 속한 노조는 워싱턴-링컨의 생일*에 맞춰 모금행사를 계획했고, 누군가가 이때 아이라를 에이브 링컨으로 분장시키자는 아이디어를 냈다. 깡마르고 단단한 체격, 우둘투둘한 손마디, 인디언처럼 검고 거친 머리, 큰 발로 엉성하게 내딛는 걸음걸이가 링컨으로 제격이

* 조지 워싱턴의 생일인 2월 22일과 에이브러햄 링컨의 생일인 2월 12일을 함께 축하하는 날.

었다. 그가 할 일은 얼굴에 구레나룻을 붙이고, 우뚝한 실크해트를 쓰고, 발목까지 올라오는 버튼구두를 신고, 몸에 안 맞는 구식 검정 양복을 입고 연단에 올라가, 링컨이 노예제를 가장 확실하게 비난했던 링컨-더글러스 논쟁을 낭독하는 것이었다. 그는 '노예제'란 단어에 노동자계급의 강한 정치적 색깔을 부여해 열띤 박수갈채를 받았고, 그 자신도 대단히 흥겨웠던 탓에 즉석에서 그가 구 년 반 동안 학교를 다니면서 유일하게 암기했던 게티즈버그 연설로 넘어갔다. 천지가 개벽한 이래 하늘에서 들려오거나 지상에서 언급된 어떤 문장보다 단호하고 확고한 그 연설문으로 피날레를 장식하자 우레와 같은 박수가 터져나왔다. 손이 엄청나게 유연하고 손마디에 털이 덥수룩한 그는 한 손을 치켜들어 흔들고는, 터무니없이 긴 손가락 가운데서도 가장 긴 손가락으로 모여 있던 노조원의 눈알을 한 번, 두 번, 세 번, 똑바로 찌르는 동작을 취하면서 극적으로 목소리를 낮추어 '민중'의 가슴을 후벼팠다.

아이라가 내게 말했다. "모두 내가 감정에 도취했다고 생각했지. 감정에 휩싸여 흥분했다고. 하지만 감정 때문이 아니었단다. 난 태어나서 처음으로 이성에 도취했어. 처음으로 내가 무슨 말을 하고 있는지 이해했던 거야. 이 나라가 어떤 나라인지 깨달았던 거지."

그날 밤 이후 아이라는 주말과 휴일만 되면 산별조합을 위해

시카고 지역을 돌아다녔다. 그는 링컨의 진정한 고향인 게일즈버그와 스프링필드까지 갔고, 산별조합의 집회, 문화행사, 행진, 야유회 자리에서 에이브러햄 링컨을 연기했다. 또 전기노련 라디오 프로에도 출연했는데, 그의 키가 링컨보다 2인치나 더 큰 것은 아무도 볼 수 없었지만, 모든 단어를 누구나 알아들을 수 있도록 쉽게 말함으로써 링컨을 대중 곁으로 불러오는 훌륭한 일을 해냈다. 사람들은 아이라 린골드가 연단에 서는 날이면 아이들을 데리고 오기 시작했고, 연설이 끝난 뒤 온 가족이 그와 악수하기 위해 그에게 다가가면 아이들은 그의 무릎에 앉아 성탄절 선물로 받고 싶은 것을 얘기해도 되느냐고 물었다. 그리 이상한 일은 아니었지만, 공연을 통해 그가 도와준 노조들은 대개 산별조합과 결별하거나, 1947년 산별조합 위원장 필립 머리가 적색노조와 적색노조원을 제거하기 시작했을 때 축출당한 지역 노조들이었다.

그러나 1948년에 아이라는 이미 뉴욕의 떠오르는 라디오 스타였고, 미국에서 가장 사랑받는 여자 성우 중 한 명과 막 결혼한 상황이었다. 따라서 친소련, 친스탈린 정치세력을 조만간 노동운동뿐 아니라 미국이란 나라 자체에서 영원히 말살시킬 성전(聖戰)에서 당분간은 안전하게 벗어나 있을 수 있었다.

그는 레코드공장에 다니다 어떻게 라디오드라마로 옮겨갔을까? 무엇보다 왜 시카고와 오데이를 떠났을까? 당시 나는 그 일이 공산당과 관계있으리라고는 꿈에도 생각지 못했다. 그가 공산당원이란 사실을 전혀 몰랐기 때문이다.

나는 그저 라디오 작가 아서 소콜로가 시카고에 머물던 어느 날 밤 우연히 웨스트사이드의 조합회관에서 아이라의 링컨 연기를 본 것으로만 알고 있었다. 아이라는 군에서 복무할 때 이미 소콜로를 만난 적이 있었다. 소콜로가 〈이것이 군대다〉라는 쇼를 위해 사병 신분으로 이란에 간 적이 있었던 것이다. 당시 다수의 좌파 인물들이 순회공연에 함께했는데, 아이라는 어느 날 밤 늦게 그들 중 몇 명과 자유토론 시간을 가졌고, 그의 기억대로라면 "세상의 모든 정치문제"를 놓고 토론을 벌였다. 그 자리에 소콜로가 있었다. 소콜로는 항상 대의를 위해 투쟁하는 사람이었기에 아이라는 곧 그를 존경하게 되었다. 소콜로는 유대인으로 어려서부터 디트로이트 거리에서 폴란드 아이들과 싸우며 자랐고,* 그런 그를 한눈에 알아본 아이라는 즉시 동류의식을 느꼈다. 뿌리를 내리지 못하고 떠도는 아일랜드인 오데이에게선 결코 느껴본 적이 없는 감정이었다.

이제 민간인이 되어 〈자유와 용기〉를 쓰고 있던 소콜로가 시카고에 모습을 드러냈을 무렵, 아이라는 에이브러햄 링컨으로 분장하고 링컨의 높고 촌스러운 콧소리, 거인처럼 어색한 동작,

* 디트로이트는 반유대적 인종갈등이 심했던 도시다.

단조롭고 솔직한 어투까지 그대로 흉내내며 무대에서 꼬박 한 시간 동안 링컨을 연기하고 있었다. 그는 링컨의 연설문과 기록을 낭송하거나 읽는 것에 그치지 않고, 현재의 정치논쟁에 관한 청중의 질문에 답하기도 했다. 그는 물가 억제를 지지하는 링컨, 스미스법*을 규탄하는 링컨, 미시시피 주 상원의원 빌보**를 비난하는 링컨이었다. 조합원들은 린골드주의, 오데이주의, 마르크스주의, 링컨주의로 뒤범벅이 된 이 확신에 찬 독학자의 거부할 수 없는 복화술을 사랑했다(그들은 검은 머리에 턱수염을 붙인 아이라에게 "잘한다! 그놈들을 혼내줘, 에이브!"라고 소리쳤다). 소콜로도 마찬가지였다. 소콜로는 아이라를 또다른 유대계 퇴역군인에게 소개해주었다. 좌파 지지 성향을 보이는 뉴욕의 멜로드라마 제작자였다. 이를 계기로 아이라는 오디션을 보게 되었고, 낮 시간대에 방송하는 멜로드라마에서 브루클린 빈민가의 별 볼 일 없는 공동주택 관리인 역을 따냈다.

보수는 주당 오십오 달러였다. 1948년이었음을 감안해도 많은 돈은 아니었지만, 일이 꾸준했고 레코드공장 임금보다는 많

* 세계대전을 앞두고 정세가 혼란했던 1940년에 성립한 치안입법. 전시에는 외국인에 대해 등록과 지문 신고를 의무화한 경우가 흔했지만, 미국에서 평시에 입법된 건 이 법이 처음이었다.

** 1940년대에 흑인과 유대인의 협력을 공격하고, 차별금지 법안에 반대했던 시어도어 빌보를 가리킨다.

은 돈이었다. 게다가 거의 즉시 여기저기에서 다른 일거리가 들어오기 시작해 모든 곳에서 일을 하게 됐다. 그는 대기하고 있던 택시를 잡아타고 이 방송국에서 저 방송국으로, 이 프로에서 저 프로로 옮겨다니며 하루에 여섯 군데에서 일을 하기도 했다. 그는 모든 프로에서 노동자계급 출신 인물이나 정치라고는 모르는 거친 어투의 사내를 연기했다. 그래야 그들의 분노가 설득력을 갖기 때문이라고 아이라는 설명했다. "라디오에 맞게 배알도 잘라내고 뇌도 잘라낸 미국적 프롤레타리아였지." 몇 달 동안 이 모든 일을 꾸준히 소화해낸 덕에 그는 소콜로의 유명한 한 시간짜리 주간 프로 〈자유와 용기〉에 주역으로 발탁되었다.

중서부에 있을 때 골치 아픈 건강상의 문제가 불거졌는데, 이것 또한 동부로 돌아가 새로운 일터에서 운을 시험해볼 동기가 되었다. 아이라는 근육통에 시달렸다. 통증이 얼마나 심했는지 일주일에 몇 번씩, 즉 통증을 참고 어떻게든 링컨 연기를 하거나 포섭활동을 하러 나갈 필요가 없을 때면 곧장 집으로 돌아와 그의 방이 있는 복도 끝의 욕실에서 김이 모락모락 나는 욕조에 삼십 분가량 몸을 푹 담그곤 했다. 그런 다음에는 책과 사전, 노트, 먹을거리를 챙겨 침대로 갔다. 그는 군대에 있을 때 두어 차례 심하게 구타당한 것이 통증의 원인이라고 생각했다. 그를 "깜둥이 편"이라 욕하던 일당이 부두에서 그를 습격했고, 그 최악의 구타 사건으로 아이라는 사흘 동안 병원 신세를 져야 했다.

놈들이 그를 괴롭히기 시작한 것은 그가 부두에서 3마일 떨어진 강기슭의 흑인 부대에 있는 흑인 병사 두 명과 친하게 어울릴 때부터였다. 그 무렵 오데이는 도서관 막사에서 만난 사람들을 조직해 정치와 책에 관해 토론하는 모임을 지도하고 있었다. 부대의 어느 누구도 도서관에 별 관심을 두지 않았고, 일주일에 두 번 정도 저녁식사를 마친 후 어슬렁거리다 그곳에 모여 벨러미의 『돌이켜보면』이나 플라톤의 『공화국』이나 마키아벨리의 『군주론』을 읽고 토론을 벌이는 여남은 명의 사병에게 거의 신경쓰지 않았다. 거기에 흑인 부대에서 근무하는 흑인 병사 두 명이 합류하기 전까지는.

처음에 아이라는 자신을 깜둥이 편이라 부르는 같은 부대원들을 설득해보려고 애썼다. "왜 너희는 유색인종을 잡아먹지 못해 안달이야? 너희 입에서 나오는 흑인 얘기는 죄다 욕뿐이야. 게다가 너희는 흑인만 적대시하는 것도 아니야. 노동자도 적대시하고, 자유주의자도 적대시하고, 지식인도 적대시해. 너희에게 이로운 것도 모두 적대시하고. 사람이 어떻게 군대에서 삼사 년을 보내며 전우가 죽고, 부상당하고, 인생이 망가지는 걸 보면서도 왜 그런 일이 일어나는지, 그게 도대체 어떤 일인지 모를 수 있나? 너희가 아는 거라곤 히틀러가 뭔가를 일으켰기 때문에 징병위원회가 너희를 잡아왔다는 것뿐이야. 내 말이 무슨 뜻인지 알겠나? 너희가 독일놈들이라면 너희들도 똑같은 짓을 할 거란 얘기야. 우리나라엔 민주주의가 살아 있으니 시간이 좀 오래 걸리겠지. 하지만 결국 우리도 그놈들처럼 파시스트가 되고, 독재자가 될걸. 너희가 지껄이는 쓰레기 같은 말을 너희 머리에 집어넣은 사람들 때문에. 이 부두를 관리하는 고위 장교들의 인종차별은 정말 심각해. 하지만 네놈들은 가난한 집에서 태어나 가진 거라곤 동전 몇 푼뿐이면서, 생산라인이나 노동 착취의 현장 혹은 광산의 소모품밖에 안 되는 놈들이면서, 저임금, 고물가, 천문학적 이윤이 판치는 자본주의체제에서 당하기만 하면서도 입만 살아 나불대는 고집불통 개자식이 돼서는 공산주의를 빌미로 유색인종을 탄압하고……" 아이라는 이렇게 그들이 알지도 못하는 얘기를 한껏 퍼부었다.

열띤 논쟁은 아무것도 바꾸지 못했다. 아이라도 인정했듯 그의 급한 성질 때문에 일을 그르쳤던 것이다. "그 작자들을 감동시킬 수 있는 얘기는 많았지. 하지만 애초부터 감정에 휩싸인 나머지 제대로 써먹질 못했어. 그런 부류를 대할 때는 냉정해야 한다는 걸 나중에야 알았지. 어쨌든 난 사실에 입각해 몇 사람을 감동시키기도 했다고 생각해. 하지만 그런 사람들과 대화하기란 아주 어려워. 그들 머릿속에 깊이 뿌리박혀 있는 생각들 때문에. 그들에게 인종차별의 심리적 이유, 인종차별의 경제적 이유, 그들이 '깜둥이'란 단어를 즐겨 쓰는 심리적 이유를 설명해봤자 이해하지 못해. 깜둥이는 그냥 깜둥이니까 깜둥이라고 부른다는 거야. 아무리 설명하고 설명해도 내게 돌아온 답은 그거였어. 아이들 교육이나 개인적 책임을 들먹이며 구구절절 설명했지만 아무 소용이 없었지. 그리고 이러다 죽겠다는 생각이 들 정도로 날 개패듯 팼어."

아이라는 군대 내의 인종 분리를 비판하고 차별 폐지를 요구하는 편지를 〈스타스 앤드 스트라이프스〉지에 보냈다. 이 때문에 깜둥이 편이라는 평판이 실재하는 위험으로 돌변했다. "내 사전과 『로제 유의어 사전』을 사용할 때였어. 난 그 두 권을 탐독하고, 실제로 작문에 적용하려고 노력했지. 나한테는 편지를 쓴다는 게 비계를 세우는 거나 다름없었어. 영어를 아는 사람이라면 틀림없이 날 욕했을 거야. 문법이 개판이었으니까. 하지만 꼭 해야 한다고 느꼈기 때문에 어떻게든 편지를 썼어. 그 정도로 열을 받았거든, 알겠니? 이해하겠어? 이게 잘못이란 걸 사람들한테 말하고 싶었지."

편지가 발표된 뒤 어느 날 그가 화물창 위의 선적 크레인에서 일하고 있을 때였다. 크레인을 조종하는 병사들이 계속 깜둥이를 두둔하면 화물창으로 처박아버리겠다고 협박했다. 그들은 10피트, 15피트, 20피트 높이에서 되풀이해 그를 떨어뜨렸고, 다음에는 화물창 바닥으로 던져버려 가루로 만들겠다고 큰소리쳤다. 무섭긴 했지만 아이라는 그들이 듣고 싶어하는 말을 하지 않았고, 결국 그들은 아이라를 풀어주었다. 이튿날 아침 식당에서 누가 그를 유대인 개자식이라 불렀다. 깜둥이 편을 드는 유대인 개자식. "말 많은 남부 촌놈이었어. 식당에서 항상 유대인하고 흑인을 욕하는 자식이었지. 그날 아침 난 식당에 앉아 있었는데, 식사 시간이 거의 끝날 즈음이라 사람이 별로 없었어. 그런데 그놈이 요란하게 깜둥이와 유대인 욕을 해대기 시작했지. 전날 배에서 당한 일 때문에 속이 부글부글 끓던 차라 더는 참을 수가 없었어. 난 안경을 벗어 나랑 같이 식사하던 동료에게 맡겼어. 여전히 나랑 식사하는 유일한 녀석이었지. 그 무렵 내가 식당에 들어서면, 그곳에서 식사하던 이백 명쯤 되는 사람들이 다들 내 정치적 성향 때문에 나를 외면했어. 어쨌든 난 그 개자식한테 곧바로 걸어갔어. 그놈은 이등병이었고, 난 하사였어. 발로 한번 걷어차니 저쪽 끝으로 나가떨어지더군. 그러자 선임하사관이 다가와 이러는 거야. '이 자식을 고발하고 싶나? 하사관을 모욕한 죄로?' 난 재빨리 생각했어. 이 자식을 고소하든 안 하든 욕먹는 건 똑같을 거라고. 안 그래? 하지만 그다음부터는 내 근처에서 아무도 유대인 욕을 하지 않았어. 그렇다고 흑인 욕까지 안 한 건 아니었지. 여기서도 깜둥이 저기서도 깜둥이 소리가 하루에도 백 번 넘게 튀어나왔으니까. 그날 밤 그 촌놈이 나한테 다시 덤비더군. 우린 반합을 설거지하고 있었어. 그런 놈들이 갖고 다니는 날카로운 작은 칼, 너도 알지? 그걸 꺼내들고 날 공격했어. 하지만 이번에도 혼쭐을 내고 쫓아버렸을 뿐 그 이상은 하지 않았어."

몇 시간 후 아이라는 어둠 속에 매복해 있던 놈들에게 호되게 당한 후 병원에 실려갔다. 그는 레코드공장에서 일할 때부터 시작된 온몸의 통증이 그 잔인한 폭행이 남긴 후유증이라고 생각했다. 이젠 수시로 근육이 결렸고, 발목, 손목, 무릎, 목 부위 관절이 접질렸다. 사실상 아무것도 하지 않을 때에도, 그저 집으로 가는 버스에서 내리거나 저녁을 먹으러 간 식당에서 카운터 너머에 있는 설탕단지를 집으려고 손을 뻗을 때에도 그런 증상이 나타났다.

바로 이 때문에 아이라는 라디오 오디션 얘기가 나왔을 때, 실현 가능성은 별로 없어 보였지만 즉시 제안을 받아들인 것이었다.

아이라가 뉴욕으로 건너가 하룻밤 사이에 라디오 스타가 된 이면에는 내가 아는 것보다 더 많은 음모가 깔려 있었을지 모른다. 하지만 그때 난 그렇게 생각하지 않았다. 그럴 필요가 없었다. 여기 이 사람은 노먼 코윈의 울타리 너머로 내 교육을 확장시키고 있었다. 우선 그는 코윈이 다루지 않았던 군인들 얘기, 예를 들면 그다지 훌륭하지 않은 군인, 〈승리의 목소리로〉의 영웅들 같은 반파시스트가 아닌 군인, 깜둥이와 유대인 놈을 경멸하면서 해외에 파병됐고 귀국할 때도 깜둥이와 유대인 놈을 경멸했던 군인 얘기를 해주었다. 여기 이 사람은 정열적인 인간, 경험의 상처를 안고 있는 거친 인간, 코윈이 언급하지 않고 지나

친 미국의 잔인한 측면을 드러내는 직접적 증거를 몸뚱이에 지니고 다니는 인간이었다. 아이라가 하룻밤 사이에 라디오 스타가 된 것을 설명하기 위해 공산당과의 관계를 들먹일 필요는 없었다. 나에겐 그랬다. 나에게 그는 그저 멋진 사나이였다. 그는 아이언맨, 강철 인간이었다.

2

뉴어크에서 헨리 월리스의 유세가 있었던 1948년 그날 밤, 나는 이브 프레임도 만났다. 그녀는 아이라와 같이 있었고, 하피스트인 딸 실피드도 함께였다. 나는 실피드가 자기 어머니에게 어떤 감정을 느끼는지 전혀 눈치채지 못했다. 그리고 머리 선생님이 내가 어렸을 때 모르고 지나쳤던 얘기들, 내가 이해하지 못했고 이해할 수도 없었던 아이라의 결혼생활을 나중에 들려주기 전까지는 그 모녀의 갈등에 대해서도 알지 못했다. 그건 아이라가 선생님을 보러 오거나 내가 뉴저지 북서부의 징크타운*이라는 작은 마을에 위치한 아이라의 통나무집—그는 "오두막"이라

* 아연광산이 있는 마을이라는 뜻.

불렀다—으로 두세 달에 한 번 그를 찾아가 만났던 이 년 동안에도 아이라에게서 전혀 듣지 못한 이야기였다.

아이라가 징크타운에 틀어박혔던 것은 자연과 더불어 살기 위해서가 아니라 삶을 있는 그대로 경험하면서 살기 위해서였다. 아이라는 11월에도 진흙연못에서 수영하고, 한겨울에 설피를 신고 숲속을 거닐고, 비오는 날이면 뉴저지에서 타던 1939년식 중고 쉐보레 쿠페를 몰고 돌아다니면서 낙농장 일꾼이나 늙은 아연광산 광부와 얘기를 나누며 그들이 현 체제에서 어떻게 착취당하고 있는지 이해시키려 노력했다. 그의 오두막에는 석탄 난로가 있었는데, 그는 난롯불에 핫도그와 콩 굽는 걸 좋아했고 심지어 커피를 끓이기도 했다. 이 모든 것은 자신이 누군지 잊지 않기 위한 노력이었다. 그러니까 아이언 린이란 유명인이 되어 돈과 명성을 얻은 후에도 자신이 여전히 '일반 노동자'에 불과하다는 것, 1930년대에 기차를 훔쳐 타고 가출해 뜻밖의 행운을 거머쥐었지만 여전히 소박한 취미와 기대를 저버리지 않은 소박한 인간이란 점을 잊지 않기 위해서였다. 그는 징크타운에 오두막을 가지고 있는 이유를 설명하곤 했다. "가난한 삶을 몸에 익히기 위해서지. 만일의 경우에 대비해서."

그 오두막은 웨스트 11번가의 흔적을 씻는 해독제이자 그곳에서 벗어날 수 있는 도피처였고, 나쁜 기운을 배출하러 찾는 안식처였다. 또 그가 처음으로 낯선 사람들에게 둘러싸여 하루하루 힘들고 불확실한 삶, 아이라에게는 늘 전쟁이나 다름없던 삶을 살아야 했던 어릴 적 방랑시절과 연결된 곳이기도 했다. 열다섯 살에 집을 나와 뉴어크에서 일 년 동안 도랑 치는 일을 한 아이라는 뉴저지 최북서단 구석으로 가 닥치는 대로 일했다. 여러 공장에서 안 해본 일이 없었고, 때로는 농장노동자로, 야간경비원으로, 잡역부로 일했다. 그리고 열아홉 살을 앞두고 서부로 옮겨가기 전까지 이 년 반 동안 서식스 아연광산의 지하 1200피트 갱도에서 탁한 공기를 마시며 일했다. 발파가 끝나 다이너마이트와 가스의 역겨운 냄새가 먼지와 뒤섞인 지하에서 아이라는 멕시코인들과 나란히 곡괭이와 삽을 들고 일했다. 그는 하층 가운데서도 최하층이었고, 흔히 말하는 막일꾼이었다.

그 시절 서식스 광산에는 조직이란 게 없었다. 세계 도처의 아연광산들처럼 뉴저지 아연광산도 최고의 수익을 냈지만, 그런 만큼 노동자에겐 열악한 일터였다. 회사는 원광석에서 아연금속을 추출해 뉴어크의 퍼세이익 애비뉴로 보냈고, 거기에서 페인트 원료인 산화아연으로 가공했다. 1940년대 말 아이라가 오두막을 구입할 무렵 뉴저지의 아연은 해외 경쟁력을 잃어 광산은 이미 사양길에 접어들었지만, 그래도 여전히 둘째가라면 서러울 만큼 잔인한 삶의 현장이었다. 여덟 시간 동안 지하에서 깨진 돌과 광석을 탄차에 싣고, 여덟 시간 동안 지독한 두통에 시달리며 검붉은 먼지를 삼키고 톱밥 채운 들통에다 용변을 보는 곳,

그렇게 일하고 시간당 사십이 센트를 받는 곳이었다. 그 삶이 그를 외진 서식스 산골로 다시 끌어들였다. 징크타운 오두막은 아이라라는 라디오 스타가 보잘것없고 거칠었던 과거의 자신—아이라는 자신을 "뇌가 없는 인간기계였던 게 확실하다"고 묘사했다—과 결속되어 있음을 솔직하게 드러내는 감상적 표현이었다. 다른 사람 같으면 성공한 뒤에 그런 지긋지긋한 기억 따윈 영원히 지워버리고 싶어했을 것이다. 하지만 아이라는 초라했던 과거의 역사를 체감하지 못한다면 자기 자신을 비현실적이라고 느끼거나 커다란 박탈감에 시달렸을 것이다.

그가 뉴어크에 왔을 때, 단지 형을 보기 위해 리하이 애비뉴에 온 게 아니란 걸 난 꿈에도 몰랐다. 그때 우리는 내가 마지막 수업을 마친 뒤 위콰익 공원으로 하이킹을 나가 호수를 한 바퀴 돈 다음, 마지막에는 코니아일랜드의 핫도그가게 네이선을 비슷하게 흉내낸 밀먼이라는 이름의 우리 동네 노점으로 가서 소스를 친 핫도그 세트를 사먹었다. 수업이 끝난 오후면 아이라는 군복무 시절과 이란에서 배운 것에 대해, 오데이와 오데이의 가르침에 대해, 공장노동자이자 노조원으로 일했던 최근 삶에 대해, 어린 시절 광산에서 삽질하는 막일꾼으로 일했던 경험에 대해 들려주었다. 사실 그때 그는 냉랭한 가정으로부터 벗어날 피난처를 찾던 중이었다. 그가 집에 들어간 첫날부터 실피드는 냉대와 무관심으로 일관했고, 드러내지는 않아도 유대인을 경멸하는 이브 프레임 때문에 그녀와의 사이도 갈수록 멀어지고 있었다.

머리 선생님은 이브 프레임이 모든 유대인에게 그런 건 아니었다고 설명했다. 그녀는 할리우드와 브로드웨이, 라디오방송국에서 만나는 정상급의 성공한 유대인에겐 그러지 않았다. 대체로 자신과 함께 일하는 감독, 배우, 작가, 음악가에겐 그러지 않았다. 그들은 그녀가 웨스트 11번가 저택에 꾸며놓은 살롱에 자주 모습을 드러냈다. 그녀가 경멸하는 부류는 백화점에서 쇼핑할 때 보게 되는 흔해빠진 평균치의 유대인, 카운터 뒤에서 일하거나 맨해튼에서 작은 가게를 운영하며 뉴욕 억양을 쓰는 평범한 유대인, 택시를 모는 유대인, 센트럴파크에서 이야기를 나누며 함께 산책하는 유대인 가족이었다. 거리에서 그녀를 심란하게 만드는 족속은 그녀를 사랑하고, 그녀를 알아보고, 그녀에게 다가와 사인을 요구하는 유대인 부인들이었다. 그들은 그녀의 브로드웨이 시절 관객이었고, 그녀는 그들을 멸시했다. 특히 나이든 유대인 여자를 보면 혐오감을 이기지 못해 신음 소리를 내뱉지 않고는 지나치지 못했다. 그녀는 몸서리치며 말하곤 했다. "저 얼굴 좀 봐! 저 소름끼치는 얼굴을 보라니까!"

머리 선생님이 말했다. "그건 병이었네. 유대인임을 충분히 감추지 않는 사람들을 혐오했지. 그녀는 오랫동안 삶과 나란히 나아갈 수 있었어. 삶 속에 묻혀서가 아니라 삶과 나란히. 그녀는 귀부인처럼 대단히 교양 있고 고상한 역을 택해서 아주 그럴듯하게 연기했어. 부드러운 목소리, 정확한 말투. 1920년대에 여배우를 꿈꾸는 많은 미국 여자들이 영국 귀족의 고상한 스타일을 흉내냈지. 이브 프레임도 당시 할리우드에서 일을 시작하며 그 스타일을 익혔고, 그게 굳어진 거야. 영국 귀족풍 스타일이 밀랍처럼 층층이 쌓이면서 단단히 굳어졌지만, 그 한가운데서 타오르고 있던 심지는 결코 고상한 귀족풍이 아니었다네. 그녀는 동작, 부드러운 미소, 연극적인 겸양, 섬세한 몸짓 등 모든 걸 알았어. 하지만 가끔 자신의 평행선에서 벗어났고, 그러면 여지없이 본모습이 드러나고 말았지. 그럴 땐 어처구니없는 일이 벌어지곤 했네."

"전 그런 낌새를 전혀 눈치채지 못했습니다." 내가 말했다. "이브는 항상 친절했고 저를 많이 생각해줬거든요. 마음이 따뜻했고, 절 편안하게 해주려고 애썼죠. 그렇게 하기 쉽지 않았을 텐데도요. 전 쉽게 흥분하는 아이였고, 그녀는 라디오에 출연하던 시절이었는데도 수많은 영화 스타에게 둘러싸여 있었거든요."

난 그 말을 하다 모스크의 그날 밤을 다시 떠올렸다. 그녀에게 무슨 말을 해야 할지 몰라 벙어리처럼 서 있던 나에게 그녀는 폴로브슨에게 무슨 말을 해야 할지 모르겠다고, 그 사람 앞에 서면 입이 얼어붙는다고 말했다. "너도 나처럼 저 사람을 보면 가슴이 떨리니?" 마치 둘 다 열다섯 살인 것처럼 그녀가 속삭였다. "내가 본 남자 중에서 가장 멋진 남자야. 창피해죽겠어. 그에게서 눈을 뗄 수가 없으니."

난 그녀의 심정을 잘 알았다. 나도 그녀에게서 눈을 뗄 수 없었으니까. 그녀를 오래 보고 있으면 마치 어떤 의미라도 떠오를 것처럼 그녀를 계속 바라보았으니까. 단지 그녀의 몸짓이 섬세하거나, 그녀의 태도가 품위 있거나, 그녀의 아름다움에서 알 수 없는 우아함이 풍겨서가 아니었다. 물론 어두운 이국적 분위기와 부드럽고 새침한 분위기를 오가며 끊임없이 달라지는 아름다움, 한창때는 사람들의 넋을 빼앗기에 충분했을 아름다움이긴 했지만, 내가 그녀를 바라본 건 그녀가 자제하고 있는데도 눈에 띄게 드러나는 떨림, 자신은 이브 프레임이라는 우쭐한 자의식과 연관 있어 보이는 불안정함 때문이었다.

"제가 아이라를 처음 만난 날을 기억하세요?" 내가 물었다. "두 분은 리하이 애비뉴에서 방충망을 떼어내고 있었어요. 그날 아이라는 선생님 댁에서 뭘 하고 있었던 건가요? 1948년 10월, 선거를 몇 주 앞둔 날이었어요."

"음, 그날은 안 좋은 날이었다네. 잊을 수 없는 날이지. 아이라는 상황이 안 좋았어. 그래서 도리스랑 나랑 지내려고 뉴어크로 건너온 참이었어. 이틀 밤을 소파에서 잤지. 처음 있는 일이었어. 네이선, 그 결혼은 애초에 어울리지 않았다네. 아이라는 전에도 그런 잘못된 길에 들어선 적이 있었지만, 그땐 사회적 환경이 완전히 다른 곳에서였지. 성격과 관심사가 엄청나게 다르다는 건 누가 봐도 분명했어. 누구나 알 수 있었지."

"아이라는 몰랐나요?"

"알았냐고? 아이라가? 글쎄, 좋게 말하자면, 우선은 사랑에 빠졌던 거야. 이브를 만나자마자 푹 빠졌지. 아이라가 맨 처음 한 일은 밖으로 나가 화려한 부활절 퍼레이드 모자를 사서 선물한 거였네. 이브가 절대 쓰지 않을 모자였지. 그녀는 디오르 옷만 입었거든. 하지만 아이라는 디오르가 뭔지도 몰랐어. 그 크고 비싸고 우스꽝스러운 모자를 사서 첫 데이트가 끝난 후 그녀의 집으로 배달시켰다네. 사랑에 눈멀고, 스타에게 반했던 거지. 아이라는 매료됐어. 이브는 매혹적이었고, 원래 매혹이란 건 자기만의 논리로 움직이니까.

이브는 갑자기 뉴욕에 나타나 멜로드라마에 등장한 덩치 큰 촌뜨기 아이라를 어떻게 보았을까? 흠, 그건 큰 수수께끼가 아니라네. 짧은 수습기간을 거친 뒤 아이라는 더는 단순한 촌뜨기가 아니었으니까. 〈자유와 용기〉의 스타였지. 그거였다네. 아이라는 자신이 연기하는 영웅들을 몸에 익힌 거야. 난 절대 착각하지 않았지만, 일반 청취자들은 아이라를 영웅의 화신으로 믿었지. 아이라에겐 순수한 영웅의 오라가 있었어. 아이라는 자신을 믿었고, 그렇게 녹음실에 들어가서 해낸 거야. 그런 아이라가 어느 파티에 갔는데, 그 자리에 그녀가 있었던 거지. 세 번 이혼하고 사십대에 접어든 외로운 여배우와 새로운 얼굴, 나무같이 듬직한 새로운 사내. 애정에 굶주린 유명인인 그녀는 그에게 굴복해. 어때, 그럴듯하지 않나? 여자들은 저마다 유혹하는 기술을 갖고 있는데, 이브의 기술은 굴복하는 거라네. 누가 봐도 아이라는 순수하고 호리호리한 거인, 공장노동자와 하역인부를 거쳐 이제 성우가 된 엄청나게 큰 손을 가진 거인이었네. 그런 사내들, 아주 매력적이지. 거칠면서도 부드러울 수 있다는 걸 믿기는 어렵지만. 부드러운 야성, 거대하고 거친 사내의 선량함, 이 모든 것이 그녀에겐 거부할 수 없는 매력이었어. 이 거한이 어떻게 그녀에게 그 누구보다 중요한 사람이 되었을까? 아이라가 살아온 혹독한 삶이 그녀에겐 색다르게 다가왔어. 이브는 아이라의 삶이 진짜 삶이라 느꼈고, 이브의 이야기를 들은 아이라는 그녀의 삶이 진짜 삶이라고 느꼈네.

두 사람이 만날 때 실피드는 친아버지와 프랑스에서 여름을 보내던 중이라 아이라는 그 유별난 아이를 직접 보지 못했어. 그리고 그녀의 독특하고 강렬한 모성본능을 독차지했지. 그들은 여름 내내 둘만의 낭만을 즐겼어. 사내는 일곱 살 이후로 어머니란 존재를 느껴본 적이 없었으니 다정하고 섬세한 보살핌에 굶주려 있었고, 이브는 그런 애정을 듬뿍 쏟아부었지. 두 사람은 딸이 없는 그 집에서 단둘이 지냈어. 아이라는 뉴욕에 온 이후 줄곧 로어이스트사이드의 초라한 동네에서 전형적인 프롤레타리아처럼 살았다네. 싸구려 셋방을 전전하고 싸구려 식당에서 끼니를 때웠는데, 갑자기 이브와 단둘이 웨스트 11번가에서 지내게 된 거야. 맨해튼은 여름이었고, 모든 게 좋았지. 낙원이 따로 없었어. 집 안 곳곳에 실피드의 사진이 걸려 있었는데, 에이프런드레스를 입은 어린 여자아이 모습이었어. 아이라는 이브의 그토록 헌신적인 모습에 감탄을 금치 못했네. 이브는 끔찍했던 결혼생활과 남자들 이야기를 했고, 할리우드, 폭군 같은 감독들, 속물근성에 찌든 제작자들, 끔찍하기 이를 데 없는 비속함에 대해 얘기했어. 오셀로와 반대되는 상황이 벌어졌지. '어쩌면 그런 일이, 어머나 신기해라, 딱해라, 아 가엾어라.'* 아이라는 그녀가 겪은 위험들 때문에 그녀를 사랑했던 거야. 아이라는 매료당하고 마법에 걸렸고, 필요한 존재가 됐지. 덩치가 크고 강인했던 아이라는 물불 안 가리고 뛰어들었어. 연민을 자아내는 여자. 연민을 자아내고 사연을 가진 아름다운 여자. 목과 어깨를 드러낸 영혼이 숭고한 여자. 어느 누가 아이라의 보호본능을 그보다 잘 일깨우겠는가?

아이라는 그녀를 데리고 뉴어크에 와서 우릴 만나기도 했어. 우리 집에서 한잔하고, 넷이서 엘리자베스 애비뉴에 있는 술집

* 「오셀로」 1막 3장의 대사로 데스데모나는 오셀로가 경험해온 삶에 대해 들은 후 오셀로를 사랑하게 된다.

태번에 갔지. 이브는 예의바르게 행동했다네. 납득하지 못할 게 하나도 없었지. 그녀가 어떤 사람인지 놀라울 정도로 쉽게 알아볼 수 있을 것 같았어. 그날 저녁 아이라는 처음으로 우리 집에 이브를 데려왔고 우린 저녁을 먹으러 나갔지. 내 눈엔 다 괜찮아 보였어. 진실을 알아채지 못한 건 아이라뿐이 아니었다고 말하는 게 옳을 거야. 아이라는 그녀가 어떤 사람인지 몰랐어. 솔직히 말해 아무도 첫눈에 알아보지 못했지. 누구도 몰랐어. 사람들 앞에서는 엄청난 예의범절로 위장한 투명인간이었으니까. 그러니 다른 사람들은 조금씩 깨달았을지 몰라도, 아까도 얘기했지만 타고난 성격 탓에 아이라는 물불 안 가리고 뛰어든 거야.

그 자리에서 내 눈에 띈 건 이브의 부족한 면이 아니라 아이라의 부족한 면이었네. 그녀는 아이라와 만나기에는 너무 똑똑한 사람이란 느낌이 들었지. 너무 세련되고, 누가 봐도 교양이 넘쳤어. 이런 생각이 들었지. 이 여자야말로 지성을 갖춘 영화 스타구나. 알고 보니 그녀는 어렸을 때부터 꾸준히 책을 읽었더군. 내 서가에 꽂힌 소설을 거의 다 아는 것 같았어. 그날 밤에는 심지어 인생의 가장 은밀한 기쁨이 독서인 것처럼 말했다네. 그녀는 19세기 소설들을 복잡한 줄거리까지 죄다 기억했어. 그 작품들을 가르쳤던 나도 기억하지 못하는데 말이야.

분명 그녀는 최상의 모습을 보여주었어. 그래, 첫 만남에선 다들 그렇듯, 우리 모두 그렇듯 그녀는 최악의 모습을 신중히 감추었어. 그리고 최상의 모습만 보인 거지. 그녀에게도 그런 모습은 있었으니까. 그건 진짜처럼 보였고, 꾸밈이 없었다네. 그렇게 유명한 사람에게 그건 아주 큰 매력으로 작용하지. 그래, 이건 영혼의 필연적인 결합으로는 보이지 않았어. 도저히 그렇게 안 보였어. 두 사람은 어울리는 면이 거의 없었거든. 하지만 그날 밤 난 그녀의 외모 아래에는 조용한 내면이 있다고 여기곤 거기에 현혹되었던 거야.

명성의 효과를 기억하게. 도리스와 난 이브의 무성영화를 보며 자랐네. 이브는 항상 나이 먹은 남자, 키 큰 남자와 연기했고, 종종 머리가 하얗게 센 남자와도 출연했지. 항상 소녀나 딸처럼, 심지어 손녀처럼 보이는 역을 했어. 남자들은 항상 그녀와 키스하기를 원했고, 그녀는 항상 싫다고 말했지. 그 시절엔 그것만으로도 영화관이 후끈 달아올랐어. 이브가 출연한 영화 중에, 아마 첫번째 영화로 기억하는데, 〈담배 파는 소녀〉라는 영화가 있었네. 이브는 담배 파는 소녀로 나이트클럽에서 일했지. 내 기억으로는 영화 말미에 나이트클럽 사장이 그녀를 자선행사에 데려간다네. 부유하고 거만한 미망인이 피프스 애비뉴의 저택에서 연 행사였어. 그들은 담배 파는 소녀에게 간호사복을 입히고 남자들한테 그녀와의 키스를 경매로 내놓지. 그 돈을 적십자에 보내겠다면서. 남자들이 앞다퉈 입찰가를 올릴 때마다 이브는 게이샤처럼 입을 가리고 킥킥 웃지. 가격은 계속 올라가고, 뚱뚱한 사교계 부인들은 그걸 지켜보며 경악해. 그때 검은 콧수염을 기른 유명한 은행가가 등장해. 칼턴 페닝턴. 그가 천 달러라는 천문학적 액수를 부르고는, 모두가 보고 싶어하는 키스를 하기 위해 단상에 올라가. 부인들이 그걸 보려고 미친 듯이 몰려드는 바람에, 스크린 중앙에 키스 장면 대신 코르셋을 입은 부인들의 뒷모습만 보이다가 영화가 끝났지.

1924년에 그건 정말 대단한 거였어. 이브는 대단했네. 빛나는 미소, 체념의 어깻짓, 그 시절 배우들의 눈빛 연기. 이 모든 걸 이브는 어렸을 때 완벽하게 익힌 거야. 절망을 연기하거나 분노를 표현할 줄 알았고, 이마에 손을 짚고 우는 연기, 엉덩방아를 찧는 것 같은 웃기는 연기도 곧잘 했지. 행복할 때는 팔짝팔짝 뛰어다녔어. 행복에 겨워 팔짝팔짝 뛰었어. 정말 매력적이었지. 이브는 멋진 남자를 만나는 가난한 담배팔이 소녀나 가난한 세탁부, 혹은 전차에서 차장한테 쫓겨나는 버릇없는 부잣집 아이를 연기했어. 여러 영화에서 계층을 넘나들었어. 가난한 이민자의 거친 활력이 넘치는 길거리 신을 연기하고, 다음에는 부유한 미국 특권층의 까다롭고 엄격한 저녁식사 신을 연기했지. 어린 드라이저*라고나 할까. 요즘엔 그런 것을 볼 수 없어. 그때도 그녀

* 시어도어 드라이저. 미국의 자연주의적 사실주의의 정점을 이룬 작가이다. 19세기부터 20세기에 이르는 자본주의 상승기 미국의 적나라한 모습을 보여주었다.

가 아니었다면 보기 어려웠을 거야.

도리스와 이브와 난 동갑이라네. 그녀는 열일곱 살에 할리우드에 데뷔했고, 전쟁이 나기 전에는 브로드웨이 무대에서 연기했어. 도리스와 난 그녀의 연극 몇 편을 발코니석에서 봤다네. 훌륭했어. 연극은 별로였지만, 연극배우로서 이브는 자신을 정확하게 표현하는 방법을 알았어. 그건 무성영화의 소녀 스타로 인기를 얻게 해준 요소와는 다른 것이었지. 무대에서 그녀는 지적이지 않은 걸 지적으로 보이게 만들고, 심각하지 않은 걸 심각하게 보이도록 만드는 재능을 발휘했네. 신기하게도 무대에서만큼은 완벽하게 평정을 유지했어. 인간 이브는 모든 걸 과장하는 경향이 있었지만 연극배우 이브는 절제와 재치로 가득했어. 아무것도 과장하지 않았어. 그리고 전쟁이 끝나자 라디오에서 그녀의 목소리가 흘러나오더군. 우리 아이가 라디오를 좋아해서 알게 됐어. 〈미국 라디오극장〉에서도 그녀는 아주 한심한 이야기를 멋들어지게 바꿔놓았지. 우리 집 거실에서 내 서가를 구경시켜주고, 메러디스와 디킨스와 새커리의 작품을 논하다보니, 이런 생각이 들더군. 이렇게 풍부한 경험과 관심사를 가진 여자가 내 동생과 무얼 하고 있는 걸까?

그날 밤 난 두 사람이 결혼하리라고는 꿈에도 생각지 못했어. 하지만 태번에서 바닷가재 테르미도르*를 먹는 이브로서는 지옥 같았을 그 시간 동안 아이라가 허영심에 들뜨고 흥분하고 우쫄해하는 건 분명하게 알 수 있었지. 태번은 뉴어크에서 유대인이 주로 가는 최고급 레스토랑이었는데, 뉴어크의 막일꾼이었던 녀석이 조금도 망설이지 않고 연극계의 간판스타 이브 프레임을 거기에 데려간 거야. 아이라가 태번에서 웨이터 보조로 일한 적이 있다는 거 알고 있나? 학교를 그만둔 뒤 밑바닥을 전전할 때였어. 한 달 정도 했을 거야. 그릇이 가득 담긴 쟁반을 들고 주방문을 잽싸게 통과하기에는 체구가 너무 컸어. 접시를 천 장쯤 깨뜨리고 해고됐지. 그런 다음 서식스 카운티의 아연광산으로 뜬 거라네. 그런데 거의 이십 년 만에 태번에 돌아온 거야, 인기 성우가 되어서. 그러니 그날 밤 형과 형수 앞에서 마음껏 과시하고 싶었던 거야. 인생의 정복자로서 자신의 존재를 자축한 거지.

태번의 주인 타이거, 샘 타이거가 이브를 알아보고 샴페인 한 병을 들고 테이블로 다가왔어. 아이라는 그에게 같이 한잔하자고 권한 다음 1929년 태번에서 웨이터 보조로 일했던 삼십 일간의 경험담을 늘어놓았다네. 이제 그의 인생이 활짝 폈으니, 그의 불운했던 과거 이야기, 그를 이곳으로 돌아오게 만든 인생 역전의 아이러니를 모두가 즐겁게 들을 수 있었지. 우리 모두는 자신의 오래된 상처를 대수롭지 않게 내보이는 그의 대범함을 즐겁게 받아들였다네. 타이거가 자기 사무실에서 사진기를 가져와

---

* 바닷가재 살을 소스에 버무려 껍질 속에 다시 넣고 위에 치즈를 얹은 요리.

우리 넷의 식사하는 모습을 찍었어. 나중에 보니 그 사진이 거기서 식사했던 다른 유명인 사진들과 나란히 식당 입구의 홀에 걸려 있더군. 아이라가 블랙리스트에 오르지 않았다면, 1967년 폭동이 일어나 태번이 문을 닫을 때까지 그 사진은 식당 벽에서 사라질 이유가 전혀 없었을 걸세. 아이라가 블랙리스트에 오르자 그의 인생이 아주 끝장난 것처럼 하룻밤 새에 사진을 떼어버리더군.

두 사람의 낭만이 처음 시작됐던 때로 돌아가볼까? 아이라는 밤이 되면 자신의 셋방으로 돌아갔지만 아주 서서히 그 횟수가 줄다 결국 이브의 집에 머물렀지. 두 사람은 애들이 아니고, 여자는 최근까지 무척 괴로웠어. 그런데 침대에 묶인 한 쌍의 성범죄자처럼 웨스트 11번가 저택에 단둘이 갇혀 있으니 열정적이고 굉장하겠지. 중년 초입에 본능에서 우러나오는 밀회를 마음껏 즐기는 거야. 속박에서 벗어나 욕망에 흠뻑 취해서. 그건 그녀에게 탈출, 자유, 해방이야. 구원인 거지. 아이라가 그녀에게 새로운 대본을 준 거야, 물론 그녀가 원한다면 말이지만. 마흔한 살의 이브는 이제 모든 게 끝났다고, 구원받았다고 생각하지. 그리고 아이라에게 말해. '인생을 관조하겠다는 억지로 길들여진 욕망은 이제 집어던지겠어요'라고.

그녀는 아이라가 누구에게도 들어보지 못한 말을 들려줬어. 그들의 정사를 '우리의 뼈저리게 달콤하고 굉장히 신기한 일'이라 불러. 또 '내가 계속 녹아내리고 있어요'라고 속삭이고, '누군가하고 대화하는 도중에 내가 갑자기 사라져버려요'라고 말해. 아이라를 프랑스어로 '나의 왕자님'이라 부르고, 에밀리 디킨슨을 인용해. 아이라 린골드를 위해 에밀리 디킨슨을. '그대와 함께, 사막에서/ 그대와 함께 목마름 속에서/ 그대와 함께 타마린드 숲에서/ 표범이 숨을 쉬는구나, 마침내!'

아마 아이라는 운명적 사랑이라고 느꼈겠지. 그런 사랑에 사로잡히면 다른 구체적인 것들은 생각하지 않는 법이라네. 그런 사랑을 찾으면 내칠 수가 없지. 둘은 결혼하기로 결심하고, 실피드가 프랑스에서 돌아오자 이브가 실피드에게 얘기해. 엄마가 다시 결혼하는데 이번엔 훌륭한 남자란다. 실피드는 받아들이게 되어 있었지. 옛 대본에 따르면.

아이라에게 이브 프레임은 큰 세계였어. 왜 아니었겠나? 물론 아이라는 애송이가 아니었어. 험한 곳을 많이 돌아다녔고, 어떻게 해야 강해지는지 알았어. 하지만 브로드웨이? 할리우드? 그리니치빌리지? 아이라에겐 모두 다 새로웠어. 아이라는 대인관계에서 썩 영리한 편이 아니었어. 많은 걸 스스로 터득했지. 스스로 노력하고 또 오데이가 가르쳐준 덕분에 팩토리 스트리트에 머물지 않고 큰 발전을 이루었어. 하지만 그건 다 정치적인 것이었지. 게다가 냉철하게 사고하는 것도 아니었고. 실은 '사고'랄게 없었어. 사이비 과학의 탈을 쓴 마르크스주의 용어, 거기에 수반된 비현실적이고 위선적인 말들. 그건 아이라처럼 배운 게 없고 교육을 못 받은 사람에게 억지로 떠먹이는 음식이었다고 할까. 머리 쓰는 일에 서툰 성인에게 지적 마법을 걸어 엄청난 사고 전환을 주입하는 거였어. 아이라처럼 지능에 한계가 있고 흥분을 잘하는데다 화가 나 있는 사람을 세뇌시키는 거였어…… 그 자체도 하나의 주제일 거야, 생각의 부재와 격분의 연관성.

자네 둘이 처음 만난 그날 아이라가 왜 뉴어크에 와 있었는지 물었지? 아이라는 결혼생활의 문제를 부드럽게 풀어갈 줄 몰랐어. 살면서 그런 방법을 배울 기회가 없었으니까. 그땐 결혼 초기였어. 연극, 영화, 라디오계 스타와 결혼해 그녀의 저택으로 들어간 지 몇 달 되지 않았을 때였지. 내가 어떻게 아이라에게 실수한 거라고 말할 수 있겠나? 어쨌거나 녀석에게도 허영심이 없지 않았어. 내 동생이지만 자만심도 없지 않았고, 포부도 작지 않았지. 아이라에겐 연극적 본능이 있었고, 눈에 띄고 싶어하기도 했지. 아이라가 중요한 존재가 되는 걸 싫어했다고는 생각하지 말게나. 적응이라는 게, 사람이라면 칠십이 시간 정도면 할 수 있는 것이고, 일반적으로 기운을 돋우는 효과를 발휘한다네. 모든 게 일시에 가능성으로 가득차고, 모든 게 움직이고, 모든 게 코앞에 닥쳐 있었지. 아이라는 드라마란 말에 딱 들어맞을 만큼 드라마에 빠져 있었어. 그는 자신의 인생이라는 스토리를 지배하는 위대한 연기를 잘해내고 있었지. 그는 갑자기 고통과 상실이 그득한 현실에서 벗어났다는 자아도취적 환상에 빠졌어. 자기 인생이 헛되지 않고, 절대 무익하지 않다는 환상에 사로잡힌 거야. 더는 자기 한계의 그림자가 드리워진 골짜기를 걷고 있지 않았어. 더는 영원한 이방인 신세를 감내해야 하는 추방당한 거인이 아니었지. 그렇게 무모한 용기를 내어 돌진한 거야. 비천한 신분의 굴레를 박차고. 그는 자신의 완전한 변신을 자랑스러워하고 즐거워했지. 그렇게 순진한 꿈에 빠졌던 거야! 새로운 아이라, 세상 속의 아이라. 훌륭한 인생을 갖게 된 훌륭한 사나이. 그럴 때 더 조심해야 하지.

게다가 말일세, 난 이미 아이라에게 그건 실수라고 말한 적이 있었네. 그후 육 주 동안 우린 말을 하지 않았지. 뉴욕으로 찾아가 내가 틀렸으니 마음에 담아두지 말라고 사정하고 나서야 녀석의 마음을 돌릴 수 있었어. 한번 더 그런 말을 했다면, 녀석은 날 총으로 쏴 죽이고도 남았을 거야. 큰 싸움이 나고 둘 다 끝장이 났을걸. 난 아이라가 태어났을 때부터 그애를 돌봤어. 당시 일곱 살이었던 나는 아이라가 탄 유모차를 밀고 팩토리 스트리트를 돌아다녔지. 어머니가 돌아가시고 아버지가 재혼해 새어머니가 들어왔을 때, 내가 없었으면 아이라는 소년원을 드나들었을 거야. 우리 어머닌 좋은 분이었지만, 불행하게 살다 가셨다네. 아버지와의 결혼생활이 쉽지 않았거든."

"아버진 어떤 분이셨나요?" 내가 물었다.

"그 얘긴 하고 싶지 않네."

"아이라도 그렇게 말했어요."

"그 말밖에는 할 말이 없다네. 우리 아버지는…… 글쎄, 난 한참 뒤에야 아버지가 왜 그렇게 행동했는지 알게 됐어. 하지만 그땐 너무 늦었지. 어쨌든 난 동생보다 운이 좋았네. 어머니가 병원에서 몇 달 동안 고생하다 돌아가셨을 때 이미 고등학생이었고, 그뒤엔 뉴어크 대학에 장학생으로 들어갔으니까. 난 혼자 헤쳐갈 수 있었지. 하지만 아이라는 아직 어린아이였어. 다루기 힘든 아이, 거친 아이, 의심 많은 아이였지.

자네 예전의 1구역에서 있었던 카나리아 장례식 알고 있나? 동네 구두장이가 애완용으로 키우던 카나리아를 묻어준 일? 그 일을 보면 아이라가 얼마나 거칠었는지 알 수 있다네. 얼마나 거칠지 않았는지도 알 수 있고. 1920년에 있었던 일이라네. 난 열세 살이었고, 아이라는 일곱 살이었지. 우리가 세 들어 살던 집에서 두어 블록 떨어진 보이든 스트리트에 루소마노, 에미디오 루소마노라는 구두장이가 살았지. 작고 못생긴 노인이었어. 귀가 크고 퀭한 얼굴에 허연 턱수염이 났고, 올이 다 드러난 게 백 년은 됐음직한 양복을 걸치고 있었지. 루소마노는 애완용 카나리아를 벗 삼아 가게에서 키웠어. 이름이 지미였지. 꽤 오래 살았는데, 뭘 잘못 먹었는지 갑자기 죽고 말았다네.

루소마노는 망연자실했지. 그는 밴드를 부르고 영구차와 말이 끄는 마차 두 대를 빌렸어. 그리고 가게에 있는 벤치를 꽃과 양초와 십자가로 아름답게 꾸민 뒤 카나리아를 정성껏 눕혀놓고 조문시간을 가졌지. 그후 구역의 온 거리를 도는 장례 행렬이 있었다네. 창문에 성조기를 붙여놓고 부셸*들이 바구니에 대합조개를 담아 내놓고 파는 델게르시오 식품점을 지나고, 과일과 야채를 파는 멘릴로 노점을 지나고, 조르다노 빵집을 지나고, 아레이탈리안 테이스티 크러스트 빵집을 지났지. 또 비온디 정육점, 데루카 마구점, 데카를로 정비소, 디노센치오 커피가게, 파리시 구두점, 놀레 자전거포, 첼렌타노 우유가게, 그란데 당구장, 바소 이발소, 에스포시토 이발소를 지나고, 단 위에 놓인 낡은 식당의자 두 개에 손님을 앉히고 구두를 닦던 구두닦이 노점을 지나갔지.

벌써 사십 년이 흘렀군. 1953년에 시에서 이탈리아인 동네를 완전히 때려 부수고 그 자리에 임대료가 싼 주거용 고층건물 단지를 조성했지. 1994년 전국 방송에 그 고층건물들을 폭파하는 장면이 나오더군. 그때는 이미 사람이 살지 않은 지 이십 년 가까이 됐을 때였지. 살 수가 없었어. 이젠 아무것도 남아 있지 않다네. 성 루시 교회, 그게 다라네. 그거만 달랑 서 있어. 교회만 있고, 교구와 교구 주민은 깡그리 사라졌어.

* 무게 단위로 곡물, 과실 따위를 잴 때 쓴다. 1부셸은 약 27킬로그램.

행렬은 세븐스 애비뉴의 니코데미 카페와 카페 로마, 다우리아 은행을 지나갔어. 그 은행은 무솔리니에게 채무를 연장해줬다 2차 대전이 일어나기 전에 파산했지. 무솔리니가 에티오피아를 점령했을 때 교회 사제는 삼십 분 동안 교회 종을 울렸다네. 여기 미국, 뉴어크 1구역에서 말이야.

또 마카로니공장, 장식품공장, 기념품점, 마리오네트 극장, 영화관, 보치* 게임장, 얼음창고, 인쇄소, 클럽하우스, 여러 식당을 지나고, 갱 두목 리치 보이아르도의 소굴인 빅토리 카페를 지났다네. 1930년대에 보이아르도는 감옥에서 나와 에잇스 애비뉴와 서머 애비뉴가 만나는 모퉁이에 비토리오 캐슬을 지었지. 연예계 사람들이 뉴욕에서 그곳으로 식사하러 오곤 했어. 조 디마지오도 뉴어크에 왔을 때 캐슬에서 식사를 했지. 디마지오와 그의 애인이 약혼 파티를 연 곳도 캐슬이었고. 보이아르도는 캐슬에서 1구역을 다스렸어. 리치 보이아르도는 1구역에서 이탈리아인을 지배했고, 론지 즈윌먼은 3구역에서 유대인을 지배했지. 두 패거리는 끊임없이 전쟁을 벌였다네.

장례 행렬은 1구역에 있는 수십 개의 가게 앞을 구불구불 지나갔어. 동쪽에서 서쪽으로, 북쪽으로 한 거리를 올라갔다 남쪽으로 다음 거리를 내려오는 식으로. 그렇게 클리프턴 애비뉴의 공

* 잔디에서 하는 이탈리아 볼링의 일종.

중목욕탕에 이르렀지. 그곳은 1구역에서 교회와 성당 다음으로 화려한 건물이었어. 우리 형제가 아주 어렸을 때 어머니는 그 크고 오래된 공중목욕탕에 우리를 데려가곤 했다네. 아버지도 가셨지. 샤워는 공짜였고, 일 페니만 내면 타월을 빌려줬어.

카나리아는 네 사람이 운구하는 작은 하얀 관 속에 누워 있었어. 엄청난 인파가 모여들었다네. 장례 행렬을 따라 늘어선 사람이 만 명은 됐을 거야. 비상계단과 지붕 위까지 사람들이 빼곡히 몰려들었지. 온 가족이 자기네 집 창문으로 몸을 내밀고 구경하기도 했어.

루소마노는 마차를 몰며 관 뒤를 따랐어. 에미디오 루소마노가 눈물을 흘리는 동안, 1구역 사람들은 너나없이 배꼽을 쥐고 웃었다네. 길바닥에 뒹굴며 웃는 사람도 있었어. 너무 심하게 웃느라 서 있을 수조차 없었거든. 심지어 운구자들도 웃었다네. 웃음은 전염되기 마련이니까. 영구차를 운전하던 남자도 웃음을 참지 못했지. 애도자를 존중하는 마음에 길거리에 늘어선 사람들은 루소마노의 마차가 지나갈 때까지 웃음을 참으려고 애썼지만, 대부분의 사람들에게, 특히 아이들에게 그건 너무나 웃기는 상황이었어.

우리 동네는 아이들로 북적거리는 작은 동네였다네. 뒷골목이나 건물 현관에는 항상 아이들이 북적댔고, 집에서 쏟아져나온 아이들은 클리프턴 애비뉴에서 브로드 스트리트까지 우르르 몰려다녔지. 하루종일. 여름에는 아이들이 '구알-요*! 구알-요!' 하고 서로를 부르는 소리가 한밤중까지 들려왔어. 어디에서나 아이들이 삼삼오오 떼를 지어 동전 던지기, 카드 게임, 주사위놀이, 구슬치기를 했고, 얼음과자를 핥아먹거나, 야구를 하거나, 화톳불을 피우거나, 여자애들을 놀라게 했지. 그 아이들을 통제할 수 있는 사람은 자를 휘두르는 수녀들뿐이었다네. 아이들이 아마 수천 명은 됐을 거야. 모두 열 살이 안 되는 꼬마였지. 아이라도 그중 하나였다네. 걸핏하면 싸우는 수천 명의 꼬마들은 철도를 깔고 도로를 포장하고 하수구를 파는 이탈리아인의 자식이거나, 행상인, 공장노동자, 넝마주이, 술집 주인의 자식이었어. 주세페, 로돌포, 라파엘, 가에타노 같은 아이들 사이에서 아이라만 유일하게 유대인이었네.

어쨌든 이탈리아인들에겐 일생일대의 재밌는 광경이었지. 카나리아 장례식 같은 건 전혀 못 봤을 테고, 그후로도 다시는 못 봤을 거야. 그전에도 장례 행렬이야 있었지. 밴드가 장송곡을 연주하고 애도자들이 거리를 가득 메우는 장례 행렬. 그리고 그들이 이탈리아에서 건너올 때 들여온 온갖 성인을 기념하는 행렬이 이어지는 축제 역시 일 년 내내 열렸고. 수만 명의 사람들이 정장을 갖춰 입고, 성인의 모습을 수놓은 깃발과 타이어 레버만

* 친구, 젊은이라는 뜻의 나폴리 방언에서 유래한 이민자의 말.

한 양초를 들고 저마다 자기네 공동체의 특별한 성인을 기리곤 했어. 어디 그뿐인가? 성 루시 교회의 크리스마스 구유 장식도 볼만했다네. 나폴리의 어느 마을을 똑같이 복제해서는 예수의 탄생을 보여줬지. 마을 안에는 마리아, 요셉, 아기 예수와 함께 작은 이탈리아인 인형이 백여 개나 꽂혀 있었다네. 또 석고로 만든 아기 예수를 앞세우고 이탈리아 백파이프가 행진하면, 사람들이 행렬을 지어 이탈리아 캐럴을 부르며 그 뒤를 따랐지. 길가 노점에선 크리스마스이브 만찬에 쓸 뱀장어를 팔았어. 수많은 사람들이 신앙심에 이끌려 거리로 몰려나왔고, 자기가 믿는 성인의 석고상이 지나가면 그 겉옷에 지폐를 꽂았지. 꽃잎을 색종이테이프처럼 창밖으로 뿌려대는 사람도 있었고. 심지어 새장을 열어 새를 날려보내기도 했다네. 그러면 비둘기떼가 전신주를 옮겨다니며 사람들 머리 위를 미친 듯이 날아다녔지. 비둘기 입장에선 성인의 날에는 절대 새장 밖으로 나가고 싶지 않았을 거야.

성 미카엘 축일이 되면 이탈리아 사람들은 어린 여자아이 두 명을 골라 천사 옷을 입혔어. 그리고 여자아이들을 밧줄에 묶은 다음 도로 양쪽 건물의 비상구에서 군중의 머리 위로 그네처럼 흔들어댔지. 새하얀 가운을 입고 후광과 날개를 단 작고 가녀린 아이들이 허공에 나타나면, 군중은 경외감에 사로잡혀 말을 잃었고, 어떤 이들은 기도문을 읊었다네. 아이들의 천사 연기가 끝나갈 즈음이면 군중은 넋이 나간 상태였지. 바로 그 순간 비둘기를 풀어주고 폭죽을 터뜨렸고, 그 와중에 누군가는 꼭 손가락 두어 개를 날리고 병원으로 실려갔다네.

그러니 1구역에 사는 이탈리아인들한테 화려한 볼거리는 전혀 새로운 게 아니었네. 우스꽝스러운 인물, 이탈리아풍의 호들갑, 소음과 싸움질, 화려한 묘기, 하나도 새롭지 않았지. 장례식도 새로울 게 없었어. 독감이 유행했을 때는 하도 많은 사람이 죽어서 길거리에 관을 늘어놓을 정도였어. 1918년이었지. 장의사들이 시체를 다 처리할 수 없었거든. 성 루시 교회에서 2, 3마일 떨어진 성묘(聖墓) 공동묘지까지 하루종일 장례 행렬이 지나갔지. 아기가 든 작은 관도 있었네. 아기를 묻으려면 차례를 기다려야 했어. 이웃들이 먼저 아기를 묻을 때까지. 아이들한테는 잊을 수 없는 공포였어. 그런데 독감이 유행하고 이 년이 지난 그때 카나리아 지미를 위한 장례식이 있었던 거지…… 사람보다 나았던 셈이야.

그날 거기 있던 모든 사람이 포복절도했어. 딱 한 사람만 빼고. 뉴어크에서 그걸 웃기는 일로 받아들이지 않은 단 한 사람이 바로 아이라였어. 난 이해시키려 했지만, 끝내 이해하지 못하더군. 왜였을까? 멍청해서였을까, 아니면 그 반대였을까. 어쩌면 아이라는 태어날 때부터 카니발을 이해하는 머리가 없었는지도 몰라. 공상가들은 그럴 수도 있지. 혹은 어머니가 몇 달 전에 돌아가셨기 때문이었을까? 장례를 치를 때 아이라는 그 자리에 있고 싶어하지 않았어. 대신 거리로 나가 공을 차고 싶어했다네. 아이라는 멜빵바지를 갈아입지 않게 해달라고, 공동묘지에 가지 않게 해달라고 나한테 애원했지. 그러고는 옷장 속에 숨더군. 하지만 어쨌든 우리와 함께 갔다네. 아버지가 구슬렸지. 공동묘지에서 아이라는 우리가 어머니를 묻는 걸 지켜보며 서 있었어. 하지만 내 손을 잡는 것도, 내가 팔을 두르는 것도 거부했지. 아이라는 그저 랍비를 노려보기만 했어. 무서운 얼굴로. 누가 쓰다듬어주는 것도, 달래주는 것도 거부했지. 울지도 않았어, 눈물 한 방울 흘리지 않았어. 너무 화가 나서 눈물이 안 나왔던 거야.

카나리아가 죽었을 때, 모든 사람이 그걸 보고 웃었지만 아이라는 예외였네. 아이라는 그저 학교 가는 길에 구두장이의 가게를 지나다 창문 너머로 새장을 들여다보고 지미를 알게 됐을 뿐이야. 가게 안에 들어가본 적은 없었을 거야. 하지만 루소마노를 제외하고 눈물을 흘린 딱 한 사람이 아이라였지.

나도 웃음이 터지기 시작했다네. 사실 웃겼거든. 네이선, 아주 웃기는 광경이었다네. 그러자 아이라가 완전히 폭발했어. 그애가 그러는 건 처음 봤어. 나한테 주먹을 휘두르며 소리를 질러댔지. 당시에도 아이라는 꽤 덩치가 컸어. 난 그애를 진정시킬 수 없었어. 그때 갑자기 아이라가 옆에서 죽어라 웃는 몇몇 아이들에게 주먹을 날렸네. 난 아이라를 황급히 뜯어말렸지. 아이들이 떼거지로 몰려와 아이라를 죽도록 패기 전에 말이야. 그때 아이라의 주먹에 코를 얻어맞았다네. 아이라가 내 코뼈를 부러뜨린 거야, 일곱 살짜리가. 코피가 철철 흘렀고, 코뼈가 부러진 것 같으니까 아이라는 그냥 달아났지.

우린 다음날까지도 아이라를 찾지 못했어. 아이라는 클리프턴 애비뉴의 양조장 뒤에서 잔 거였어. 전에도 그런 적이 있었지. 그땐 하역장의 짐 부리는 도크 밑이었지만. 어쨌든 아버지가 아침에 거기서 아이라를 찾아냈지. 그리고 아이라의 목덜미를 잡고 학교까지 끌고 가서 이미 수업이 시작된 교실에 내동댕이쳤다네. 아이들이 다 보는 앞에서, 밤새 입고 잤던 그 지저분한 멜빵바지를 입은 채 아버지 손에 끌려가 내팽개쳐진 거야. 아이들은 '엉엉' 소리를 지르기 시작했고, 그때부터 몇 달 동안 그게 아이라의 별명이 됐다네. 엉엉 린골드. 카나리아 장례식 때 질질 짰던 유대인 아이.

다행히 아이라는 항상 또래들보다 덩치가 컸어. 힘이 셌고, 야구도 잘했지. 눈만 좋았다면 인기 있는 운동선수가 됐을 거야. 그 동네에서 아이라를 무시하지 못한 건 야구 때문이었어. 그렇다면 싸움질은? 그때부터 항상 치고받고 싸웠지. 바로 그때 그의 과격한 성향이 싹트기 시작한 거야.

자네도 알다시피 우리가 3구역의 가난한 유대인 틈에서 자라지 않은 건 축복이었네. 하지만 아이라는 1구역에서 사는 동안 이탈리아 사람들한테 항상 잘난 체하는 유대인 놈이고 이방인으로 비춰졌지. 그러니 아무리 크고 힘이 세고 싸움박질을 잘한들, 보이아르도 눈에 아이라가 갱단의 재목감으로 보일 리 없었지. 하지만 3구역의 유대인 사이에서 컸다면 상황은 달랐을 거야. 아이라는 아이들 사이에서 공식적으로 따돌림을 당하지 않았겠지. 그 정도 체격만으로도 론지 즈윌먼의 주목을 받았을 거야. 내가 알기로 론지는 아이라보다 열 살이 많았고, 아이라와 거의 비슷하게 자랐다네. 그도 어려서부터 난폭했고, 덩치가 컸고, 험악했고, 학교를 중퇴했지. 길거리 싸움판에서도 두려움을 몰랐고, 위압적인 외모에다 머리까지 좋았어. 주류 밀매, 도박, 자판기, 하역사업, 노동운동, 빌딩 거래 등으로 결국 큰돈을 벌었지. 하지만 크게 성공해서 벅시 시걸, 랜스키, 러키 루치아노 등과 손을 잡았을 때도 그의 측근은 거리에서 함께 자란 친구들이었다네. 자기와 같은 3구역 유대인 사내들끼리는 3구역 출신이란 게 모욕이 아니니까. 니기 러트킨은 암살자였고, 샘 카츠는 보디가드였고, 조지 골드스타인은 회계사였어. 또 빌리 티플리츠는 그의 책략가였고, 닥 스태처는 계산기였지. 론지의 사촌 에이브 루는 론지를 위해 점원노조를 세웠어. 맙소사, 마이어 엘런스타인도 3구역 게토의 부랑아 출신이었는데 뉴어크 시장이 됐을 때 거의 론지를 위해 시를 운영했다네.

아이라도 론지의 심복이 되어 그런 일 하나쯤은 맡을 수 있었을지도 몰라. 론지의 눈에 들기에 충분했거든. 그렇게 됐어도 이상할 건 전혀 없었다네. 그 당시 아이들은 어려서부터 범죄가 몸에 배었으니까. 그건 필연적인 수순이었어. 부정한 돈벌이에서 공포를 조장하고 경쟁 우위를 확보하려면 그런 폭력성이 반드시 필요했네. 그건 사업 수완 가운데 하나였어. 아이라도 뉴어크 항구에서 인생을 시작할 수 있었을지 몰라, 캐나다에서 밀조 위스키가 들어오면 모터보트에서 내려 롱지의 트럭에 실으면서. 그랬다면 롱지처럼 웨스트오렌지의 백만장자 저택에서 살다 올가미에 매달려 끝났겠지만.

어떤 사람이 되고 어떻게 끝나는지, 운명이란 참 변덕스러워, 안 그런가? 롱지의 수하에 들어갈 기회를 잡지 못한 건 고작해야 티끌만한 지리적 우연 때문이었지. 그 지리적 우연 때문에 롱지의 경쟁자들을 협박하고, 고객들을 쥐어짜고, 롱지의 카지노에서 테이블을 감독해 성공가도에 들어설 기회를 얻지 못한 거야. 그 지리적 우연 때문에 조직범죄 조사위원회 앞에서 두 시간 동안 증언한 다음 집에 가서 목을 매 인생을 끝장낼 기회를 얻지 못한 거야. 자기보다 더 강하고 영리한 사람, 자기에게 큰 영향을 미칠 사람을 만났을 때, 아이라는 이미 군대에 있었지. 아이라를 탈바꿈시킨 사람은 뉴어크의 갱이 아니라 공산주의자 철강 노동자였어. 아이라의 롱지 즈윌먼은 조니 오데이였네."

"아이라가 우리 집에 처음 머물렀을 때, 내가 왜 결혼생활을 끝내고 그 집에서 나오라고 말하지 못했는지 아나? 그 결혼, 그 여자, 그 아름다운 집, 그 모든 책, 레코드판, 벽에 걸린 그림, 그리고 성공한 사람, 세련되고 흥미롭고 교양 있는 사람으로 가득한 그녀의 인생, 이 모든 게 아이라가 난생처음 접하는 것이었기 때문이네. 아이라도 당시 대단한 사람이었다는 건 생각하지 말게. 아이라는 가정을 갖게 된 거야. 한 번도 가정을 이뤄본 적이 없었고, 벌써 서른다섯이었는데, 더는 셋방에서 살지 않게 된 거야. 더는 카페테리아에서 밥을 먹지 않게 됐고, 더는 웨이트리스나 술집 여자나 그보다 못한 여자와 잠자리를 하지 않게 된 거야. 그중 어떤 여자들은 자기 이름도 쓸 줄 몰랐지.

제대한 뒤 캘러멧에서 오데이와 처음 살게 됐을 때, 아이라는 열아홉 살 먹은 스트리퍼와 연애를 했다네. 도나 존스라는 여자였지. 아이라는 그녀를 빨래방에서 만났다네. 처음엔 근처에 있는 고등학교 학생인 줄 알았다더군. 그녀도 구태여 자기 직업을 밝히지 않았고. 몸집이 작고, 드세고, 뻔뻔하고, 강한 애였어. 적어도 겉으로 보기엔 그랬지. 그녀는 쾌락을 만들어내는 작은 공장이었다네. 항상 손을 가랑이에 대고 있었지.

도나는 미시건 주의 벤턴하버라는 호숫가 휴양도시 출신이었어. 벤턴하버에 있을 땐 여름마다 호숫가 호텔에서 아르바이트를 했다더군. 열여섯 살 때 객실청소부로 일했는데, 시카고에서 온 손님 중 한 사람한테 당한 거야. 누군지도 몰랐다더군. 임신

해서 아기를 낳고, 입양을 보낸 뒤 창피해서 도시를 떠났지. 그리고 결국 캘러멧의 싸구려 술집에서 스트립을 하게 된 거야.

아이라는 노조를 위해 에이브 링컨을 연기하지 않아도 되는 일요일이면 오데이의 차를 빌려 도나를 태우고 벤턴하버에 있는 그녀의 어머니를 방문하곤 했다네. 그녀의 어머니는 캔디와 퍼지*를 만드는 작은 공장에서 일했어. 벤턴하버 중심가에서 관광객에게 파는 관광지 특산품이었지. 퍼지는 꽤 유명해서 중서부 전역으로 팔려나갔어. 아이라는 캔디공장을 경영하는 남자와 안면을 트기 시작했고, 캔디 만드는 과정을 견학하게 됐지. 그리고 얼마 안 있어 나에게 편지를 보냈다네. 도나와 결혼해 함께 그녀의 고향으로 내려가 호숫가 단층집에서 살 거고, 남은 전역 수당으로 그 남자 사업을 인수할 거라고. 그것 말고도 귀국 수송선에서 주사위 노름으로 번 천 달러가 있었어. 그 돈을 다 합치면 캔디사업을 할 수 있었지. 아이라는 그해 크리스마스에 로레인한테 퍼지 한 상자를 보내줬다네. 초콜릿코코넛, 피넛버터, 피스타치오, 민트초콜릿 칩, 로키로드…… 열여섯 가지 다른 맛이었어. 전부 다 갓 만든데다 입안에서 살살 녹았지. 미시건 주 벤턴하버의 퍼지키친 공장에서 곧바로 보냈으니까. 미시건 주에 정착해 크리스마스 휴가 때 퍼지를 선물용 포장지에 싸서 그리운 친

---

* 연하고 무른 캔디.

척에게 보낸다. 자, 생각해보게, 미국 체제를 전복하려고 결심한 열혈 공산주의자가 어떻게 그런 행동을 할 수 있겠나? 상자 위에는 '호숫가에서 만든 달콤한 캔디'란 문구가 적혀 있었지. '만국의 노동자여 단결하라'가 아니라 '호숫가에서 만든 달콤한 캔디'였네. 아이라가 도나 존스와 결혼했다면, 그게 그의 슬로건이 됐을 거야.

아이라에게 도나와 헤어지라고 말한 건 내가 아니라 오데이였네. '칼 시티 킷 캣 클럽'에서 '던컨 하인즈 아이스크림처럼 달콤한 샬리마 양'으로 불리는 열아홉 살짜리를 아내이자 애엄마로 삼는 건 누가 봐도 위험하기 때문이 아니었어. 자취를 감춘 도나의 아버지 존스 씨가 아내와 아이들에게 주먹질을 일삼는 주정뱅이였기 때문도 아니었고. 벤턴하버의 존스 일가가 무식한 백인 노동자들이라, 군복무를 마치고 사 년 만에 돌아온 남자가 꾸준히 책임지고 돌볼 만한 가족이 아니었기 때문도 아니었다네. 그건 내가 아이라에게 완곡하게 건네려 했던 말이었지. 하지만 가정 파탄을 일으킬 만한 모든 원인이 아이라에겐 오히려 도나를 옹호하는 구실이 되었어. 인생 낙오자에게서 매혹을 느낀 거지. 가진 것 없는 자들이 밑바닥에서 벌이는 투쟁은 거부할 수 없는 유혹이었어. 인생의 단맛 쓴맛을 다 보는 것. 아이라에게 인간애는 고난과 불행의 동의어였지. 고난에, 심지어 고난의 추레한 외형에도 이끌릴 만큼 둘은 깨뜨릴 수 없는 관계를 이루고 있었어. 도나와 열여섯 가지 맛 퍼지가 만들어낸 강력한 최음 효과를 깬 건 오데이였네. 아이라가 꿈꾸던 정치를 구현하도록 질책한 것도 오데이였고. 오데이는 나처럼 '부르주아적' 논리에 의존하지 않았어. 그는 아이라의 약점을 비난하고도 사과하지 않았지. 그 무엇에 대해서도 사과하지 않았다네. 단도직입적으로 하고 싶은 말을 다 하는 사람이었으니까.

오데이는 아이라에게 '세계 혁명에 적합한 결혼생활의 재교육 과정'이란 글을 줬어. 전쟁 전 자신의 결혼생활에 비추어 쓴 거였지. '고작 이것 때문에 나를 따라 캘러멧에 왔나? 캔디공장을 경영하려고 온 건가, 혁명을 하려고 온 건가? 지금은 정신 나간 짓거리를 할 때가 아니야! 이보게, 지금이 시작이야! 지난 십 년 동안 우리가 경험했던 노동조건을 바꿀 결정적 시기가 왔다고! 지금 모든 분파와 단체가 여기 레이크 카운티로 모이고 있어. 자네 눈으로 직접 보게. 우리가 이 기세를 몰아간다면, 아무도 대열에서 이탈하지 않는다면, 빌어먹을, 이보게 아이언맨, 일 년, 길어야 이 년 뒤에 그 공장들은 우리 것이 될 거야!'

그래서 사귄 지 팔 개월 정도 되었을 때 아이라는 도나에게 이젠 끝이라고 말했다네. 그녀는 약을 조금 삼키고 자살하는 시늉을 했지. 한 달쯤 지났을 때, 그러니까 도나가 이미 킷 캣 클럽으로 돌아가 새로운 남자를 얻었을 때, 오랫동안 사라졌던 도나의 주정뱅이 아버지가 도나의 오빠 한 명을 데리고 아이라의 집에 나타나 자기 딸에게 나쁜 짓을 한 놈에게 본때를 보여주겠다며 큰소리쳤다네. 아이라가 그 둘을 현관에서 쫓아내려고 실랑이를 벌이는 와중에, 도나의 아버지가 칼을 꺼내들었지. 그때 오데이가 멋지게 한 방 날려 그 자식 턱을 작살내고 칼을 빼앗았다네…… 그들이 아이라가 결혼하려고 했던 첫번째 가족이었어.

그런 어처구니없는 소동을 겪으면 금방 헤어나오기 어려워. 하지만 어린 도나의 구세주가 될 뻔했던 사내는 1948년에 〈자유와 용기〉의 아이언 린이 되었고, 또 한번 큰 실수를 저지를 준비가 되어 있었네. 이브가 임신했다는 걸 알았을 때 그가 얼마나 환호했는지 자네도 들었어야 하는데. 아이, 자신만의 가족이 생기는 거야. 그것도 형이 인정하지 않는 전직 스트리퍼가 아니라 미국 라디오방송계가 여왕처럼 떠받드는 유명 여배우와 함께. 아이라의 인생에 굴러들어온 가장 멋진 일이었지. 그렇게 든든한 발판을 전에는 결코 가져본 적이 없었어. 아이라는 거의 믿지 못했지. 지난 이 년에다 아이까지! 이제 아이라는 덧없이 사라질 존재가 아니었어."

"이브가 임신을 했습니까? 언제요?"

"두 사람이 결혼한 후였다네. 하지만 고작 십 주밖에 못 갔어. 그 때문에 아이라가 우리 집에 왔고, 자네와 만나게 됐던 거야. 이브가 아이를 지우기로 결심했거든."

선생님과 나는 집 뒤쪽 테라스에 앉아 연못과 서쪽 멀리에 펼쳐진 산줄기를 바라보고 있었다. 나는 이곳에 혼자 살고 있고, 이 작은 집에는 내가 글을 쓰고 음식을 해먹는, 작업실이라 할 수 있는 방이 있다. 작업실 한쪽 구석에는 욕실과 주방이 있고, 석조 벽난로가 책을 꽂아놓은 벽면과 직각으로 자리잡고 있다. 벽에는 가로세로 12인치 크기의 내리닫이창 다섯 개가 나란히 있어, 넓게 펼쳐진 목초지와 오래된 단풍나무가 보였다. 이 단풍나무들은 비포장 시골길과 집을 갈라놓는 수비대 역할을 했다. 작업실 외에도 침실로 쓰는 적당한 크기의 소박한 방이 있다. 이 방엔 싱글침대, 옷장, 장작을 때는 난로가 있고, 똑바로 선 낡은 기둥이 네 귀퉁이에 드러나 있다. 또 책장이 좀더 있고, 책을 읽을 때 사용하는 안락의자, 글을 쓰는 작은 책상이 있다. 서쪽 벽에 테라스로 통하는 미닫이 유리문이 있는데, 이 테라스에서 선생님과 나는 저녁식사 전에 마티니를 한 잔씩 마셨다. 나는 이 집을 구입한 뒤 방한공사를 했다. 누군가가 여름별장으로 썼던 집이었기 때문이다. 그리고 예순이 되었을 때, 가급적 사람들과 떨어져 혼자 살기 위해 이곳에 들어왔다. 그게 사 년 전이었다. 일반적으로 인간의 삶을 이루는 다양한 활동을 멀리하고 이렇게 간소하게 사는 것이 항상 바람직한 것은 아니지만, 나는 최대한 해가 안 되는 선택을 했다고 믿는다. 어쨌든 나의 은둔생활은 이 자리에서 할 이야깃거리가 아니다. 그건 다른 이야기다. 사실 나는 이야기를 더 만들고 싶지 않아서 여기에 들어왔다. 나에겐 이미 많은 이야기가 있었다.

나는 이 집이 델라웨어 협곡의 뉴저지 방향에 있는 방 두 칸짜리 오두막을 업그레이드한 복제품이란 걸 머리 선생님이 이제 알아챘을지 궁금했다. 1949년과 1950년 여름에 아이라가 사랑했던 그 은둔처에서 아이라와 일주일을 보내며 나는 미국의 시골 정취를 처음으로 맛보았다. 그 오두막에서 처음으로 아이라와 단둘이 지냈던 시간이 너무도 좋았던 나머지 나는 이 집을 소개받자마자 그의 오두막을 떠올렸다. 그래서 사실 더 크고 편리한 집을 찾고 있었음에도 그 자리에서 이 집을 구입했다. 방들의 크기가 아이라의 방들과 거의 똑같았고, 구조도 비슷했다. 긴 타원형 연못도 그의 연못과 크기가 비슷했고, 뒷문까지의 거리도 거의 똑같았다. 내 집이 훨씬 밝긴 했다. 그의 오두막은 세월이 흐르면서 송판으로 된 벽이 얼룩져서 거의 시커멨고, 기둥으로 떠받친 천장이 낮았으며(특히 그에겐 우스꽝스러울 정도로 낮았다), 몇 개 되지 않는 창문은 크기가 작았다. 하지만 이 집도 그의 집처럼 비포장 길을 따라 깊숙이 들어앉아 있었고, 밖에서 봤을 때 "은자의 집, 물러나시오"라고 경고하듯 어둡고 곧 쓰러질 것 같은 모습은 아니었지만, 빗장이 걸린 현관 앞쪽에 목초지를 가로지르는 소로 같은 게 전혀 없는 것으로 집주인의 마음가짐을 짐작하게 하는 집이었다. 좁은 비포장길은 작업실 쪽으로 돌아들어와 문이 없는 헛간으로 이어져서 겨울에는 그 안에 주차를 했다. 오두막보다 한참 전에 나무로 지어져 다 쓰러져가는 그 헛간은 풀이 무성하게 자란 아이라의 8에이커짜리 땅에서 들어 올려 여기로 옮겨놓은 거라고도 할 수 있었다.

어째서 아이라의 오두막이 그렇게 오랫동안 내 생각을 지배했을까? 인생을 가득 채운 축복과 매질에도 불구하고 끈질기게 살아남는 것이 있다면, 바로 아주 어렸을 때의 이미지, 특히 독립과 자유의 이미지이다. 따지고 보면 그런 오두막의 이미지는 아이라의 것이 아니다. 거기엔 역사가 있다. 그건 루소의 오두막이고, 소로의 오두막이다. 그건 원시 오두막의 후손이다. 반드시 맨 처음 떠나왔던 곳은 아닐지라도, 우리가 본질만 남은 알몸으로 되돌아가 스스로를 정화하고 고된 다툼질에서 자유를 얻는 곳이다. 또 우리가 모든 허물을 말끔히 털어내는 곳, 입고 있던 제복과 거추장스러운 복식을 벗어던지는 곳, 구타의 흔적과 분노를 지우고, 세상에 대한 아부와 저항, 당신과 세상이 서로 조작하고 조종하는 악순환을 멈추는 곳이다. 늙어가는 사람은 세상을 떠나 숲으로 들어간다. 동양철학에 자주 등장하는 주제다. 도교사상, 힌두사상, 중국사상을 보라. '숲속 은둔'은 인생의 마지막 단계다. 산 밑의 노인을 그린 중국화를 생각해보라. 늙은 중국인 남자가 자전적인 삶의 동요에서 물러나 혈혈단신으로 산자락에 기거한다. 지금까지는 혼신을 다해 삶과 겨루었지만, 이제는 내핍한 생활을 하며 마지막 과업인 죽음과의 겨루기에 들어가는 것이다.

마티니는 머리 선생님의 생각이었다. 괜찮긴 했지만 썩 좋은 생각은 아니었다. 여름 끝자락에 선생님처럼 내가 좋아하는 사람과 술을 한잔하며 이야기를 나누다보니, 인간적 교류의 즐거움이 새삼 기억났기 때문이다. 나는 많은 사람들과 즐겁게 지냈고, 인생에 깊이 참여했고, 인생에서 멀리 물러나 있지 않았었다……

하지만 이것은 아이라의 이야기다. 그를 위해서라면 안 될 게 뭐가 있겠는가?

머리 선생님이 말했다. "아이라는 아들을 원했다네. 아들에게 친구 이름을 붙여주고 싶어 죽을 지경이었지. 조니 오데이 린골드. 우리 부부에겐 딸 로레인이 있었어. 아이라가 소파에서 자고 갈 때마다 로레인은 그의 기분을 풀어주곤 했네. 로레인은 잠든 아이라를 지켜보는 걸 좋아했어. 문간에 서서 레뮤얼 걸리버가 자는 모습을 지켜보곤 했지. 아이라는 그 꼬맹이의 검고 짧은 앞머리를 귀여워했다네. 로레인도 마찬가지였어. 아이라가 집에 오면 로레인은 삼촌을 붙잡고 러시아 인형 놀이를 했지. 아이라가 생일날 로레인에게 준 선물이었어. 자네도 알지? 바부슈카를 쓴 전통적인 러시아 여자. 하나를 열면 그 안에 똑같이 생긴 게 들어 있고, 계속 열다보면 마지막에 도토리처럼 작은 여자가 나오는 인형. 둘은 인형 각자에게 이야기를 지어주고, 이 작은 여자들이 러시아에서 얼마나 힘들게 사는지 이야기했어. 그런 뒤 아이라는 인형을 전부 포개 한 손에 감아쥐었지. 그러면 인형이 그 손에 감싸여 보이지 않았어. 완전히 사라져버리는 거야. 그 길고 특이한 손가락, 파가니니가 가졌음직한 손가락들 안으로. 그러면 로레인은 무척이나 좋아했다네. 모든 인형을 감싸는 가장 큰 인형이 거대한 삼촌이라면서.

로레인의 그다음 생일에 아이라는 소비에트 군악대와 합창단이 연주한 러시아 민요 음반집을 선물로 가져왔다네. 합창단은 백 명이 넘었고, 군악대도 무려 백 명이었지. 베이스의 웅장한 떨림이라니, 정말 멋진 소리였어. 딸애와 아이라는 그 음반집을 들으며 즐거운 시간을 보내곤 했네. 노래는 러시아어였는데, 둘은 함께 그 노래들을 감상했지. 아이라는 알아들을 수 없는 말을 웅얼거리고 '러시아풍의' 극적인 동작을 하면서 베이스 솔로 흉내를 냈어. 후렴이 시작되면 이번엔 로레인이 알아들을 수 없는 말로 합창을 따라 했지. 우리 애는 코미디를 알았다네.

딸애가 특히 좋아한 노래가 있었어. 그 곡 역시 아름다웠어. 감동적이고, 애잔하고, 찬송가 같은 민요였지. 제목이 '두비누시카'였는데, 발랄라이카 연주가 배경에 깔리는 단순한 노래였네. 음반집 표지를 열면 안쪽에 〈두비누시카〉의 가사가 영어로 인쇄되어 있었지. 로레인은 그 가사를 외워서는 몇 달 동안 부르면서 집 안을 돌아다녔네.

고향 땅에서 수많은 노래를 들었지,
기쁨과 슬픔의 노래들.
그러나 유독 하나가 내 기억에 깊이 새겨졌지,
그건 평범한 노동자들의 노래.

이게 독창 부분이지. 딸애는 합창으로 부르는 후렴구를 가장 좋아했다네. '어영차' 때문에.

자, 몽둥이를 높이 들어라,
어영차!
다 같이 힘껏 당겨라,
어영차!

자기 방에 혼자 있을 때 로레인은 속이 빈 인형들을 나란히 세워 놓고 〈두비누시카〉를 튼 다음, 인형들을 온 방 안 여기저기로 밀면서 비극적인 목소리로 '어영차! 어영차!' 노랠 부르곤 했다네."

"잠깐만요, 선생님, 잠깐만 기다려주세요." 나는 자리에서 일어나 테라스에서 집 안으로 들어갔다. 침실에 CD플레이어와 낡은 전축이 있었다. 나는 레코드판 대부분을 상자에 담아 벽장에 넣어두었지만, 내가 찾으려는 레코드판이 어느 상자에 있는지 알고 있었다. 나는 아이라가 1948년에 나에게도 준 음반집을 찾아내 소비에트 합창단과 군악대가 연주한 〈두비누시카〉 레코드판을 꺼냈다. 나는 회전 속도를 78에 맞추고, 레코드판의 먼지를 닦은 후 턴테이블에 올렸다. 그리고 맨 마지막 곡 홈에 바늘을 올려놓고, 침실과 테라스 사이의 열린 문을 통해 머리 선생님이 그 음악을 들을 수 있을 정도로 볼륨을 높인 뒤 테라스로 돌아갔다.

어둠 속에서 우리는 상대방의 말 대신 〈두비누시카〉에 귀를 기울였다. 선생님이 묘사한 것처럼 아름답고, 감동적이고, 애잔하고, 찬송가 같은 민요였다. 레코드판이 낡아 표면에서 지지직대는 소리가 나긴 했다. 하지만 여름밤 시골에서 들리는 친숙한 자연의 소리와 비슷한 그 반복적인 소리 때문에 노래는 먼 역사 속에서 울려나와 우리에게 달려오는 것 같았다. 그건 토요일 밤 라디오를 켜놓고 테라스에 누워 탱글우드* 공연 실황을 듣는 것하고는 차원이 달랐다. 머나먼 시공을 뛰어넘어 들려오는 "어영차! 어영차!" 소리는 당의 계획을 믿고 순진하게, 그리고 무모하고 가차 없이 혁명적 변화를 열망했던 모든 사람이 인류가 어떻게 자신의 고귀한 사상을 망가뜨리고 비극적 광대극으로 만들어 버리는지를 과소평가했던 시절의 괴기스러운 잔영이었다. 어영차! 어영차! 마치 인간의 교활함, 약점, 어리석음, 타락이 집단의

* 매년 여름 야외음악회를 개최하는 보스턴 근교의 전원도시.

힘 앞에서는, 자신의 삶을 뒤바꾸고 불의를 일소하고자 뭉친 사람들의 힘 앞에서는 끝내 무릎을 꿇을 것처럼. 어영차!

〈두비누시카〉가 끝나자 머리 선생님은 한동안 침묵했다. 그러자 선생님 이야기에 귀를 기울이는 동안 걸러냈던 모든 소리가 다시 들리기 시작했다. 코를 골고, 현을 튕기고, 목젖을 떨듯 우는 개구리 소리, 집 동쪽에 바짝 붙어 있는 갈대 우거진 늪에서 뜸부기가 뜸 뜸 뜸북 하고 우는 소리, 그 소리를 반주 삼아 굴뚝새가 재잘거리는 소리. 그리고 아비새*, 조울증에 걸린 듯 울다가 웃다가 하는 아비새의 소리도 들려왔다. 멀리서 부엉이가 몇 분에 한 번씩 빼먹지 않고 울었고, 귀뚜라미로 이루어진 뉴잉글랜드 현악앙상블이 귀뚜라미 버르토크**의 곡을 처음부터 끝까지 쉬지 않고 연주했다. 근처 숲에서 너구리 한 마리가 끽끽댔고, 시간이 흐르자 숲속 지류가 연못으로 흘러드는 지점 근처에서 비버들이 나무를 갉는 소리까지 귀에 들리는 듯했다. 숲속을 배회하던 사슴 몇 마리가 우리의 침묵에 속아 집 근처까지 다가왔다 우리가 있다는 걸 알아채고 갑자기 도피하라는 모스부호라도 띄우는지 콧김을 내뿜고, 여기저기에 퍽퍽 부딪고, 발굽을 땅에 구르고 쿵쾅거리며 달아났다. 녀석들의 몸이 우아하게 잡목숲을

* 생김새가 오리와 비슷한 큰 물새로, 사람 웃음소리 같은 소리를 낸다.

** 벨러 버르토크. 헝가리 작곡가.

누비는 소리가 나더니, 이어 죽어라 내달리는 소리가 멀리서 어렴풋이 들려왔다. 이제 선생님의 숨소리만 들렸다. 고른 숨에서 한 노인의 웅변이 느껴졌다.

선생님이 다시 이야기를 시작하기까지는 족히 삼십 분이 걸렸다. 전축 바늘이 처음 위치로 돌아가지 않아 레코드판 중앙에 붙은 라벨 위에서 윙윙거리는 소리가 났다. 나는 바늘을 제자리에 놓으러 가지 않았다. 내 이야기꾼을 침묵에 빠뜨리고 그 무게를 더하는 것이 무엇이든 그를 방해하고 싶지 않았다. 나는 얼마나 더 기다려야 선생님이 입을 열지 궁금했다. 어쩌면 선생님은 굳게 입을 다문 채 그냥 자리에서 일어나, 기숙사로 돌아갈 테니 태워다달라고 할지 몰랐다. 어쩌면 지금까지 머릿속에 풀려난 생각들이 하룻밤 푹 잔 후에야 비로소 진정될지 몰랐다.

하지만 선생님은 부드럽게 웃더니 마침내 말문을 열었다. "음악이 나를 뒤흔들었네."

"그랬나요? 왜요?"

"딸애가 그립군."

"로레인은 지금 어디 있습니까?"

"죽었다네."

"언제요?"

"이십육 년 전, 1971년에. 나이 서른에 두 아이와 남편 곁을 떠났지. 뇌수막염에 걸려 하룻밤 사이에 죽었다네."

"사모님도 돌아가셨고요."

"도리스? 물론이지."

나는 침실로 들어가 바늘을 제자리에 돌려놓았다. 그리고 선생님에게 물었다. "더 듣고 싶으세요?"

이번에 선생님은 한바탕 시원하게 웃은 뒤 말했다. "내가 얼마나 견딜 수 있는지 보겠다는 건가? 네이선, 내 정신력을 너무 높이 평가했구먼. 난 이미 〈두비누시카〉로 진이 다 빠졌어."

"그럴 리가 있겠습니까?" 다시 밖으로 나와 의자에 앉으며 내가 말했다. "한데 무슨 이야기를 하고 계셨죠?"

"내가 무슨 이야기를 하고 있었더라…… 아, 그렇지. 아이라가 방송에서 내쫓기자 로레인은 무척 속상해했어. 고작 아홉 살인가 열 살이었지만, 엄청 격분했지. 아이라가 공산주의자라는 이유로 해고당하자 로레인은 국기에 대한 경례를 안 하려고 했다네."

"성조기에요? 어디에서 말입니까?"

"학교에서지. 학교 아니면 어디에서 국기에 경례를 하겠나? 선생님은 그애를 보호하려고 한쪽으로 끌고 가서 반드시 경례를 해야 한다고 달랬지. 하지만 이 아인 계속 고집을 부렸네. 불같이 화를 내면서. 진짜 린골드 가문다운 분노였지. 딸애는 삼촌을 사랑했어. 삼촌을 본받으려고 했지."

"그래서 어떻게 됐습니까?"

"딸애를 붙잡고 오랫동안 얘기했더니, 결국 다시 경례를 했다네."

"로레인에게 무슨 말씀을 하셨는데요?"

"나도 내 동생을 사랑한다고, 내 생각에도 그건 절대 옳은 일이 아니라고 말했네. 나도 너처럼 사람을 정치적 신념 때문에 해고하는 건 완전히 잘못이라 생각한다고, 나도 사상의 자유, 사상의 절대적 자유를 믿는다고, 하지만 그런 싸움은 벌일 필요가 없다고. 그건 중요한 이슈가 아니다, 그렇게 해서 무엇을 이루고 무엇을 얻겠느냐, 네가 생각하기에 이길 수 없는 싸움, 이길 가치도 없는 싸움은 벌이지 말라고. 내가 동생에게 말하곤 했던 것도 얘기해줬지. 난 아이라가 어렸을 때부터 그에게 도움이 될 거라는 생각에 열변의 문제점이 무엇인지 지적해주곤 했거든. 중요한 건 분노 자체가 아니라 옳은 것을 위한 분노라고. 난 딸애한테 말했지. 진화론의 관점에서 보거라, 분노는 널 유리하게 해주는 거란다, 그게 분노의 생존 기능이다, 그 때문에 너에게도 분노가 주어진 거란다, 그런데 분노가 널 불리하게 만든다면, 그 분노는 헌신짝처럼 버려야 한다."

약 오십 년 전 우리를 가르칠 때 머리 선생님은 우리가 정신을 바짝 차리고 집중할 수 있게 재미있는 예를 들거나 수업을 연극처럼 끌고 가는 등 수십 가지 기술을 발휘했다. 가르치는 일은 선생님의 열정을 샘솟게 하는 직업이었고, 선생님은 재미있는 사람이었다. 지금도 선생님은 활력이 바닥난 노인네가 결코 아니었지만 더는 애를 써가며 자신의 말뜻을 이해시킬 필요를 느끼지 않았고, 오히려 마음의 평정을 유지하는 쪽으로 방향을 돌린 듯했다. 어조는 단조롭고 온화한 편이었고, 상대방을 올바른 길로 (또는 잘못된 길로) 인도하려고 목소리나 표정이나 손짓으로 표현을 강조하려는 시도도 하지 않았다. 심지어 "어영차, 어영차"를 부를 때도 그랬다.

그의 머리는 이제 작고 약해 보였다. 하지만 그 안에는 지난 구십 년의 세월이 고이 간직되어 있었다. 참으로 많은 것이 들어 있었다. 무엇보다 세상을 떠난 모든 사람과 그들의 좋고 나쁜 행위들이 대답하기 힘든 그 모든 질문과 함께 그 안에 모여 있었다. 아무도 답을 확신할 수 없는 질문들이…… 그에게 힘든 과제를 강요했다. 공정하게 판단하고, 최대한 실수 없이 이 모든 이야기를 해야 한다는 과제를.

다 알다시피 죽음이 가까워지면 시간이 빠르게 흘러간다. 하지만 머리 선생님은 그 언저리에 아주 오랫동안 머물러왔던 탓에, 그가 마티니를 정성껏 음미하려고 간간이 말을 멈추면서 참을성 있고 간단명료하고 담담하게 얘기를 풀어나가는 동안, 나는 그에게선 시간이 녹아버렸다는 느낌, 시간이 빠르지도 느리지도 않게 흘러간다는 느낌, 선생님이 더는 시간 속에 살지 않고 그 자신의 외피 안에서 독립적으로 살고 있다는 느낌에 사로잡혔다. 양심적인 교사, 시민, 가장으로 살아온 선생님의 의욕적이고 성실하고 외향적이었던 삶은 열정이 잦아든 고요함에 도달하기 위한 오랜 투쟁인 듯했다. 나이가 들어 노쇠하는 것은 견딜 수 없는 일이 아니었다. 깊이를 헤아릴 수 없는 망각도 모든 것이 무(無)로 변해가는 것도 역시 견딜 수 없는 일이 아니었다. 심지어 경멸해 마땅한 자들을 가차 없이 경멸하는 것 역시 충분히 견딜 수 있는 일이었다.

머리 선생님을 보며 나는 인간의 불만족이 임자를 만났다고 생각했다. 선생님은 불만족을 뛰어넘었다. 선생님에겐 모든 것이 지나간 후에야 남는 것, 스토아철학의 단련된 슬픔이 있었다. 서늘함이 있었다. 삶에서 모든 것은 오랫동안 뜨겁고 강렬하다, 어느 순간부터 조금씩 열기가 새어나가 서늘해진 뒤 재로 변한다. 책과 겨루는 법을 내게 처음으로 가르쳐주었던 사람이 돌아와 지금은 내 앞에서 노년과 겨루는 법을 보여주고 있었다.

그건 놀랍고 숭고한 기술이었다. 그 어떤 것도 강인한 인생을 살아낸 것보다 노년에 대해 더 잘 가르쳐줄 수 없기에.

3

머리 선생님이 말을 이었다. "아이라와 자네가 만나기 전날, 하룻밤 묵으려고 나를 찾아온 건 그날 아침 들은 얘기 때문이었네."

"이브가 아이를 지우겠다고 했군요."

"아니, 그 얘긴 전날 밤에 했지. 캠던으로 가서 아이를 지우겠다고. 캠던에 의사가 있었어. 낙태 수술이 위험했던 시절에 주로 부자들이 찾아가던 의사. 그녀의 결정을 전혀 예상치 못했던 건 아니었지. 몇 주 전부터 이브는 어떻게 해야 할지 갈피를 잡지 못하고 고심했거든. 그녀는 마흔한 살이었고, 아이라보다 나이가 많았어. 얼굴은 그렇게 안 보였지만, 이브 프레임은 어린애가 아니었어. 그녀는 그 나이에 아이를 가졌다는 것이 걱정스러웠지. 아이라는 그걸 이해하면서도 받아들이진 못했고, 그녀의 나이가 두 사람의 앞길에 걸림돌이 된다는 사실을 믿으려 하지 않았네. 자네도 알다시피 아이라는 그리 신중한 편이 아니었어. 극단적으로 밀어붙이는 성격이었지. 그래서 조금도 걱정할 게 없다고 이브를 설득하고 또 설득했다네.

아이라는 이미 그녀를 설득했다고 생각했지. 하지만 새로운 문제가 드러났다네. 바로 일이었지. 처음에 실피드를 낳았을 때 일과 육아를 병행하기가 아주 힘들었던 모양이야. 그때 이브는 겨우 열여덟 살이었고, 할리우드에서 막 떠오르는 샛별이었지. 그녀는 그 배우, 페닝턴과 결혼했어. 내가 어렸을 때 엄청나게 유명한 이름이었지. 칼턴 페닝턴, 고전적인 이상형에 딱 들어맞는 무성영화 스타. 훤칠하고, 늘씬하고, 품위가 있었어. 갈까마귀처럼 윤기 흐르는 검은 머리에 짙은 콧수염을 길렀는데, 머리끝에서 발끝까지 세련미가 넘쳐흘렀다네. 사회적으로나 에로스적인 면으로나 귀족사회의 일원이라고 하기에 충분했지. 그의 연기는 이 둘의 맞물림이었어. 동화 속 왕자인 동시에 성욕 발전소, 은도금한 피어스애로*에 여자를 태우고 황홀경으로 인도할 것 같은 배우였다네.

영화사가 결혼을 주선했어. 이브와 페닝턴이 나란히 큰 호평

---

* 1930년대에 피어스애로라는 회사에서 다섯 대만 제작한 섬세하고 예술적인 승용차 실버애로를 말한다.

을 받았고, 이브가 페닝턴에게 푹 빠져 있었기 때문에 영화사는 두 사람을 결혼시키기로 결정한 거야. 그리고 일단 결혼하면 아이를 낳아야 했지. 이 모든 게 페닝턴이 게이라는 소문을 잠재우기 위한 거였네. 물론 그는 게이였지.

페닝턴과 결혼하려면 우선 첫번째 남편을 제거해야 했어. 페닝턴은 두번째 남편이었지. 첫 남편은 열여섯 살 때 눈이 맞아 함께 달아난 필러라는 작자였는데, 해군에서 오 년 복무하고 제대한 직후에 이브를 만났어. 뉴어크 근처 커니에서 바텐더를 하는 아버지 밑에서 자란 덩치 크고 억센 독일계 미국인이었네. 볼품없는 배경에 볼품없는 사내였어. 이상주의가 없다는 것을 빼곤 아이라와 같은 부류였지. 두 사람은 동네 연극단체에서 만났어. 둘 다 똑같이 배우가 되고 싶어했지. 필러는 하숙집에 기거했고, 이브는 아직 고등학생이라 집에서 살았는데, 어느 날 같이 할리우드로 달아났어. 그렇게 해서 이브는 캘리포니아로 오게 된 거야, 어린 나이에 바텐더의 아들과 눈이 맞아서. 일 년도 안 돼 이브는 스타가 됐다네. 그래서 별 볼 일 없는 필러를 제거하려고 그녀의 영화사는 필러에게 돈을 쥐여줬어. 필러는 무성영화 몇 편에도 출연했는데, 이것도 그 보상의 일부였다네. 초기 유성영화에도 터프가이로 두어 번 출연하기까지 했고. 그후 그와 이브의 관계는 기록에서 거의 지워졌네. 한참 뒤까지 그랬지. 필러 얘긴 나중에 다시 하겠네. 지금 요점은 모두를 놀라게 한 이브와 페닝턴의 결혼이니까. 영화사가 결혼식을 주관하고, 아기가 생기고, 그런 뒤 십이 년 동안 이브는 수녀처럼 페닝턴과 살았다네.

이브는 아이라와 결혼한 뒤에도 실피드를 데리고 페닝턴을 보러 유럽에 가곤 했어. 지금은 죽었지만, 전후에 그는 프랑스 남동부의 리비에라에 살았거든. 생트로페의 언덕 위에 별장이 있었어. 이 흘러간 스타는 밤마다 술에 취해 거리를 배회했고, 할리우드를 움직이는 유대인들이 자기 인생을 망쳤다며 고래고래 소릴 지르고 난동을 부렸지. 이브는 실피드를 데리고 프랑스로 건너가 페닝턴을 만났고, 세 사람은 생트로페에서 저녁을 먹었어. 페닝턴은 와인 두어 병을 마시고 취해서는 식사가 끝날 때까지 어떤 웨이터만 쳐다보았고, 그런 뒤 실피드와 이브를 호텔로 돌려보냈어. 이튿날 아침 모녀가 아침식사를 하러 페닝턴의 집에 가면, 그 웨이터가 목욕가운을 걸친 채 식탁에 앉고, 네 사람은 함께 신선한 무화과를 먹는 거지. 이브는 아이라한테 돌아와 눈물을 펑펑 흘리며 말하곤 했어. 그 남자는 뚱뚱한 주정뱅이가 됐고, 아침에 가보면 항상 웨이터나 비치족이나 거리청소부 같은 열여덟 살짜리가 침대에 있다고, 다시는 프랑스에 가지 않겠다고. 하지만 이브는 다시 갔어. 잘한 건지 잘못한 건지는 몰라도 실피드를 데리고 해마다 두어 번 생트로페에 가서 아이 아버지를 만났다네. 아이한테 좋을 수가 없는 일이지.

페닝턴하고 헤어진 뒤 이브는 프리드먼이라는 부동산 투기업자하고 결혼했는데, 이브 말로는 그 작자가 그녀의 전 재산을 탕진하고 집마저 팔아치울 뻔했다더군. 그러니 아이라가 뉴욕에서 라디오방송에 등장하자, 자연스럽게 아이라에게 반했던 거야. 고상한 에이브러햄 링컨, 활달하고 때묻지 않은 거인, 만인의 정의와 평등을 부르짖는 걸어다니는 양심. 아이라와 그의 이상은 도나 존스부터 이브 프레임까지, 문제를 안고 사는 모든 부류의 마음을 끌었다네. 슬픔에 지친 여자들이 그에게 열광했지. 그 활력, 그 힘. 삼손 같은 거인 혁명가. 그에게서 풍기는 우직한 기사도. 게다가 아이라에게선 좋은 냄새가 났지. 자네도 기억하나, 그의 자연스러운 냄새를? 로레인은 가끔 '아이라 삼촌에게선 단풍시럽 같은 냄새가 나'라고 말했지. 정말 그랬어. 수액 같은 냄새가 났지.

처음에 아이라는 이브가 딸을 데리고 페닝턴을 보러 간다는 사실에 미칠 듯이 괴로워했다네. 지금 생각해보면, 그냥 실피드에게 페닝턴을 만날 기회를 주려는 게 아니라 이브가 아직도 페닝턴에게 끌리는 구석이 있어서라고 느꼈기 때문인 것 같아. 정말 그랬을지도 몰라. 어쩌면 페닝턴의 묘한 동성애 취향에 끌렸을지도 모르고, 그의 좋은 배경에 끌렸을지도 몰라. 페닝턴은 캘리포니아의 갑부 집안 출신이었어. 그 돈으로 프랑스에서 살았지. 실피드가 차고 다니던 보석 몇 개는 페닝턴 가문이 보유한 스페인산 보석이었네. 아이라는 내게 말하곤 했지. '자기 딸이 집에 머물고 있는데, 딸이 이쪽 방에 있는데 자기는 다른 방에서 뱃놈이랑 있다니. 이브는 이런 상황에서 딸을 보호해야 해. 딸을 프랑스로 끌고 가서 그런 꼴을 보게 해서는 안 된다고. 왜 이브는 딸을 보호하지 않는 거지?'

난 내 동생을 알아. 뭘 말하고 싶은 건지 알았지. 다시는 거기 가지 말라고 말하고 싶었던 거야. 난 아이라에게 '넌 그애 아버지가 아니다. 그애가 뭘 하든 네가 막을 순 없다'고 말했네. 그리고 덧붙였지. '이것 때문에 결혼생활을 접고 싶다면, 그렇게 해. 그렇지 않으면 그냥 그대로 살고.'

그동안 내가 죽 생각하던 걸 살짝이라도 내비친 건 그때가 처음이었네. 그녀와 연애하는 건 괜찮아. 영화 스타라고 왜 안 되겠나? 하지만 결혼은 달라. 모든 면에서 잘못이란 게 확연하잖나. 이 여자는 정치를 전혀 몰랐고, 특히 공산주의를 접해본 적이 없었어. 빅토리아시대 소설의 복잡한 줄거리에는 정통하고, 트롤럽의 작품에 나오는 이름들은 훤히 꿰뚫고 있었지만, 사회라든가 현실 상황에 대해서는 완전히 무지했지. 디오르 옷을 입는 여자였어. 굉장한 옷이지. 작은 베일이 달린 작은 모자가 엄청 많았고, 구두와 핸드백은 악어가죽으로 만든 거였어. 옷에 많은 돈을 썼지. 반면에 아이라는 사 달러 구십구 센트짜리 구두를 신는 사람이었어. 한번은 팔백 달러짜리 옷 영수증을 발견하고는 이게 뭔가 싫어 어리둥절했다더군. 그는 이브의 옷장으로 가서 그 드레스를 보며, 어쩌면 그렇게 비쌀 수 있는 건지 곰곰이 생각했다네. 공산주의자였으니 처음 만난 순간부터 그녀 때문에 마음이 불편했을 거야. 그렇다면 왜 동지가 아니라 그녀와 결혼하려 했을까? 당에서 자신을 지지해주고 함께 투쟁할 수 있는 사람을 찾을 순 없었을까?

도리스는 항상 아이라를 봐주고 너그럽게 이해해줬다네. 내가 싫은 소리를 할 때마다 항상 아이라 편을 들었어. '그래요, 여기 공산주의자에, 덩치 큰 혁명가에, 열정이 넘치는 당원이 있어요. 그런데 갑자기 생각 없는 여배우와 사랑에 빠져요. 이 여자는 올해 유행하는 여성미를 강조하는 스타일을 따라 개미처럼 허리가 잘록한 재킷과 롱스커트를 입어요. 유명하고 아름다운 여자죠, 귀족인 척하는 가식에 티백처럼 푹 젖어 있고요. 그건 아이라의 도덕적 기준에 위배돼요. 하지만 이게 사랑인걸요.' 나는 되물었지. '사랑이라고? 난 뭘 몰라서 갈팡질팡하는 것처럼 보이는데? 아이라는 감정 문제를 이해하는 직관이 없어. 감정적 직관이 없는 사람은 타협을 모르는 급진주의자가 되기 쉽고. 그런 사람들은 심리적으로 조화롭지 못하오.' 하지만 도리스는 사랑의 막강한 힘을 내세워 아이라의 행동이 옳다고 반박했다네. '사랑은 어차피 논리적인 게 아니에요. 허영도 논리적인 게 아니고요. 아이라도 논리적인 사람이 아니에요. 사람들에겐 저마다 허

영이 있고, 자신만의 맹점이 있어요. 아이라의 맹점은 이브 프레임인 거예요.'

심지어 도리스는 참석자가 이십 명이 채 되지 않았던 아이라의 장례식에서도 자리에서 일어나 방금 한 이야기를 주제로 추도사를 했다네. 남들 앞에서 얘기하는 걸 그렇게 두려워하던 여자였는데 말일세. 도리스는 말했다네. 아이라는 평생 약점 하나를 안고 살다 간 공산주의자였다고, 정열이 넘치는 공산주의자였지만 당이 원하는 배타적인 울타리에 갇혀 살지 않았고, 그것이 그를 파괴하고 무너뜨렸다고. 공산주의의 관점에서 보면 아이라는 완벽하지 않았는데, 그게 오히려 다행이었다고. 그는 자신의 인간성을 내팽개치지 못했으며, 투쟁과 하나의 목적에 집중하려고 노력했지만 그에게선 인간적인 면모가 끊임없이 솟아나왔다고. 당에 충성했다면 좋았겠지만, 자신의 본모습을 지키고 자기 자신을 억제할 수 없었던 것은 그것과 별개의 문제며, 그는 자신을 억누를 수 없었고, 자신의 모순까지 끌어안은 채 철저히 자신의 삶을 살았다고.

글쎄, 그럴 수도 있고 아닐 수도 있어. 아이라의 모순은 누가 봐도 분명했지. 개방적인 성격과 공산당의 비밀주의. 가정생활과 당. 자식에 대한 갈망, 가족에 대한 갈망. 아이라처럼 뜨거운 열망을 지닌 당원이 그렇게 자식을 원해도 됐을까? 사람은 자신이 처한 모순에 스스로 제약을 가할 수 있어. 길거리 출신 사내가 연예인과 결혼한다? 삼십대 사내가 사십대 여자와, 그것도 다 큰 딸과 함께 사는 여자와 결혼한다? 모순점이 끝도 없었지. 하지만 그때는 그게 헤쳐나가야 할 도전이었지. 아이라에겐 잘못된 게 많으면 많을수록 바로잡을 게 많은 거였으니까.

난 말했지. '아이라, 페닝턴 문제는 네가 바로잡을 수 있는 게 아니야. 그걸 바로잡을 수 있는 유일한 방법은 거기서 빠져나오는 거다.' 그가 도나와 사귀던 시절에 오데이가 했던 것과 비슷한 말을 이번엔 내가 했지. '이건 정치가 아니야. 사생활이지. 이 거대한 세상에 갖다대는 이념을 사생활에 갖다댈 순 없어. 넌 이브를 바꿀 수 없다. 너무 욕심 부리지 마라. 참을 수 없이 힘들면 그냥 떠나. 동성애자와 결혼했고, 동성애자 남편의 손길을 느끼지 못하고 십이 년을 산 여자다. 그 남자가 딸 앞에서 보이는 추잡한 행동이 딸한테 해롭다는 걸 알면서도 계속 그에게 미련을 갖는 여자 아니냐. 이브는 실피드가 아버지를 전혀 만나지 않는 게 더 해롭다고 생각하는 게 분명해. 그녀는 딜레마에 빠졌고, 해결할 방도가 없는 거야. 그러니 그냥 놔둬, 그녀가 어떻게 하든 신경쓰지 말고.'

그런 다음 물었지. '생각해봐라, 그것 말고도 참을 수 없는 게 또 있지? 네가 뛰어들어 변화시키고 싶은 게? 그런 게 있다면, 페닝턴 문제는 잊어버려. 모든 걸 변화시킬 순 없어.'

하지만 변화는 아이라의 인생 목표였네. 그가 사는 이유, 열심히 사는 이유였지. 모든 것을 의지에 대한 도전으로 받아들이는 게 그의 본질이었다네. 그는 항상 영향을 미쳐야 했고, 모든 걸 바꿔야 했지. 그것 때문에 그가 세상에 존재하는 거였어. 그리고 눈앞엔 그가 바꾸고 싶은 게 전부 놓여 있었고.

하지만 감당할 수 없는 것을 애타게 원하는 순간부터 좌절은 피할 수 없게 된다네. 반드시 무릎을 꿇게 되지.

난 아이라에게 말했네. '생각해봐라, 참을 수 없는 것을 죄다 모아 한 줄로 적어놓고, 그 아래 밑줄을 그은 다음 그것들을 더하면 "절대로 참을 수 없다"는 답이 나오지? 그런 답이 나오면, 네가 불과 이틀 전에 그 집에 들어갔어도, 지금이 달콤한 신혼이라도 넌 포기해야 해. 왜냐하면 넌 실수를 해도 포기란 걸 모르는 성격이니까. 우리 집안사람들이 뭐든 바로잡기를 좋아하는 것처럼 너도 뭔가를 너무 열심히 바로잡으려 하는 성격이라고. 지금 난 그게 걱정이다.'

난 이미 아이라에게서 이브의 세번째 결혼이 어땠는지 들은 상태였네. 페닝턴 다음에 한 프리드먼과의 결혼이었지. 그래서 아이라에게 말했네. '재난의 연속이군. 그래, 넌 그 재난을 없던 일로 되돌리려는 거냐? 무대 밖에서도 위대한 해방자 역할을 하려고? 그래서 그녀를 만난 거야? 위대한 할리우드 스타보다 네가 더 훌륭하고 나은 사람이란 걸 보여주려고? 유대인은 프리드먼처럼 탐욕스러운 자본가가 아니라 너 같은 정의의 투사라는

걸 보여주려고?'

도리스와 난 그녀의 집에서 저녁식사를 한 적이 있었네. 페닝턴-프레임 가족이 어떻게 사는지 내 눈으로 봤지. 그래서 그 문제에 대해서도 걱정하는 바를 털어놓았어. 속내를 다 털어놓았지. '실피드는 시한폭탄이야, 아이라. 화를 잘 내고 침울하고 성질이 고약해. 자신을 내세우는 데만 관심 있는 편협한 아이야. 자신을 내세우지 않으면 존재감이 없어. 고집이 세서 갖고 싶은 건 죄다 손에 넣으면서 자란 아이고. 거기에 너, 아이라 린골드는 방해만 될 뿐이야. 물론 너도 고집이 세지. 또한 더 크고, 나이도 많고, 남자야. 하지만 네 뜻대로 하지 못할 거다. 그애 문제에 있어 넌 도덕적 권위를 전혀 내세울 수 없어. 더 크고, 나이도 많고, 남자이기 때문에. 너처럼 도덕적 권위를 앞세우는 거물에게 그건 좌절의 원천이 될 거다. 그애는 제 어머니에게선 절대 배울 수 없었던 단어의 의미를 너에게서 발견할 거야. 바로 저항이라는 단어지. 스타 엄마를 쥐고 흔드는 그애한테 넌 6피트 6인치짜리 위험한 방해물이야.'

난 격한 말을 썼다네. 그 시절엔 나도 꽤 감정적이었거든. 분별없는 일을 보면 평정심을 잃었는데, 특히 내 동생이 그런 행동을 하면 더 그랬지. 난 필요 이상으로 격하게 얘기했지만, 그 일에 대해서만큼은 과장해서 말하지 않았네. 저녁식사를 하러 간 날 저녁, 난 바로 알아보았어. 자네라도 당장 알아봤을 거야. 하지만 아이라는 펄쩍 뛰며 화를 내더군. '형이 그걸 어떻게 알아? 그 모든 걸 어떻게 아냐고? 형이 그렇게 똑똑해? 아님 내가 멍청한 거야?' 난 말했네. '아이라, 그 집에는 세 명이 아니라 두 명의 가족이 살아. 그 둘은 자기네 관계 말고는 다른 누구하고도 실질적인 인간관계가 없어. 그 집에 사는 가족은 어떤 것에도 들어맞지 않는 기준을 갖고 있단 말이다. 엄마는 딸에게 정서적으로 협박당하고 있어. 넌 정서적으로 협박당하는 사람의 보호자로는 행복하게 살 수 없을 거다. 그 집에서는 권위가 역전되어 있는 게 훤히 보여. 실피드가 채찍을 휘두르는 쪽이야. 딸이 엄마에게 앙심을 품고 있는 게 훤히 보인다고. 딸이 어떤 용서할 수 없는 일을 빌미로 엄마를 쥐고 사는 게 훤히 보이고, 그 두 사람이 얼마나 쉽게 감정과잉에 휩쓸리는지도 훤히 보여. 둘 사이에서는 어떤 즐거움도 찾아볼 수 없어. 그렇게 겁에 질린 엄마와 젖도 못 뗐으면서 거들먹거리는 아이 사이에 예의바르고 점잖은 융화 같은 건 눈 씻고 찾아봐도 없을 거다.

아이라, 엄마와 딸, 엄마와 아들의 관계가 전부 그렇게 골치 아픈 건 아니야. 나도 딸이 있고, 딸이 어떤지 알아. 딸한테 푹 빠져서, 딸을 사랑하기 때문에 곁에 두는 것과 딸이 무서워서 곁에 두는 건 아주 달라. 아이라, 엄마의 재혼에 대한 딸의 분노가 출발부터 네 가정에 먹구름을 드리울 거다. "불행한 가정은 제각기 나름대로의 방식으로 불행하다."* 나는 단지 그 가족이 불행한

이유를 설명하는 거다.'

그 말을 듣자마자 아이라가 한바탕 퍼부어댔지. '이봐, 형. 내가 사는 곳은 리하이 애비뉴가 아니야. 난 도리스 형수를 사랑해. 형수는 훌륭한 아내이고 훌륭한 어머니야. 하지만 난 식기 세트 두 벌을 갖추고 시작하는 부르주아 유대인의 결혼 따위에는 관심 없어. 난 부르주아적 인습의 테두리 안에서 산 적이 없고, 지금 그걸 시작할 생각도 없다고. 형은 사실상 나한테 사랑하는 여자를, 재능 있고 훌륭한 한 인간을 포기하라고 부추기는 거야. 물론 그녀의 삶이 순탄치만은 않았어. 하지만 하프를 연주하는 그 아이 때문에 그녀를 포기하고 달아나라고? 형한테는 그게 내 인생에서 가장 큰 문제로 보여? 내 인생의 문제는 내가 속한 노조야. 그 빌어먹을 성우노조를 정체상태에서 끌어내 제자리에 놓는 거라고. 내 인생의 문제는 내 프로를 쓰는 작가야. 내가 이브의 딸한테 방해물이 된다는 사실이 아니라. 난 아티 소콜로한테 방해물이고, 그게 바로 내 문제야. 그가 대본을 넘기기 전에 난 그놈과 마주앉아 대본을 검토해. 그때 내 대사가 마음에 안 들면 그렇다고 말하지. 그 빌어먹을 대사를 절대 안 하겠다고 해. 그렇게 앉아서 결국 그놈이 다른 대사를 줄 때까지 싸워. 사회적으로 유익한 메시지가 담긴 대사로 바꿔줄 때까지……'

---

* 톨스토이의 소설 『안나 카레니나』의 첫 문장.

아이라는 그답게 공격적인 말들로 핵심에서 벗어났지. 정신은 아주 잘 돌아가는데, 명확하지가 않았어. 그저 힘차게 돌아갈 뿐이었지. 난 말했네. '만일 네가 무대 위를 활보하면서 사람들한테 대본을 어떻게 써야 하는지 말하고 싶다면 그렇게 해. 난 지금 다른 얘기를 하는 거다. 이건 인습이나 부르주아나 보헤미안 이야기가 아니야. 난 지금 엄마가 딸애한테 카펫처럼 불쌍하게 마구 짓밟히는 가정에 대해 얘기하는 거야. 우리 아버지 밑에서, 우리 집안에서 자란 네가, 미치지 않고서야 어떻게 집안 문제가 얼마나 파괴적인지, 그게 사람을 얼마나 황폐하게 만드는지 모를 수 있는 거냐. 그 피곤한 말다툼, 매일 반복되는 절망, 매순간 겪어야 하는 타협의 긴장을. 그 집안은 완전히 망가졌어……'

그쯤에서 '빌어먹을'이라 내뱉고 두 번 다시 상대방을 안 보는 건 아이라에게 어려운 일이 아니었다네. 그 성질 그대로였어. 1단 기어에서 갑자기 5단으로 올라가더니 사라져버리더군. 난 아이라를 잡을 수 없었고, 잡지도 않았네. 아이라는 나한테 꺼지라고 내뱉고는 떠나버렸네. 그로부터 육 주 뒤 아이라에게 편지를 썼지만, 녀석은 연락하지 않았어. 전화도 걸었지만 받지 않더군. 결국 뉴욕으로 찾아가 녀석을 붙잡고 사과했다네. '네가 옳았고, 내가 틀렸다. 그건 내가 상관할 바가 아니었어. 우린 널 그리워한다. 그러니 한번 집에 왔으면 싶구나. 이브를 데리고 오고 싶으면 데리고 오고, 혼자 오고 싶으면 혼자 와라. 로레인이 널 그리워해. 로레인은 널 사랑하고, 무슨 일이 있었는지 몰라. 도리스도 널 그리워한다……' 등등. 실은 이렇게 말하고 싶었네. '넌 진짜 위험한 게 뭔지 모르고, 엉뚱한 데에만 신경쓰고 있어. 널 위협하는 건 제국주의적 자본주의가 아니야. 널 위협하는 건 너의 공식적인 활동이 아니라고. 널 진짜 위협하는 건 너의 사생활이야. 과거에도 그랬고, 앞으로도 그럴 거야.'

밤마다 잠을 설쳤다네. 난 도리스에게 물었지. '아이라는 왜 떠나지 않는 걸까? 왜 못 떠나는 걸까?' 그러면 도리스가 뭐라고 했는지 아나? '다른 사람들하고 똑같으니까요. 사람들은 끝이 날 때쯤에야 비로소 깨닫잖아요. 당신은 왜 날 떠나지 않죠? 두 사람이 함께 사는 걸 어렵게 만드는 수많은 문제, 그런 건 우리한테도 있잖아요? 우리도 말다툼을 하고, 우리도 의견이 틀어져요. 다른 사람들처럼 우리한테도 이런저런 작은 문제가 있어요. 작은 상처가 쌓이고, 작은 유혹이 쌓이죠. 당신한테 반한 여자들이 있다는 걸 내가 모르는 줄 알아요? 학교 선생들, 노조 여자들이 내 남편한테 푹 빠져 있다는 걸요? 당신이 전쟁에서 돌아온 뒤 일 년 동안 마음을 잡지 못하고 괴로워했던 걸 내가 모르는 줄 알아요? 당신은 나와 여전히 함께 사는 이유를 모른 채 매일 "나는 왜 도리스를 떠나지 못할까?"라고 속으로 되뇌었죠? 하지만 당신은 떠나지 않았어요. 왜냐하면 대체로 사람들은 그렇게 사니까요. 사람들은 누구나 불만이 있으면서도 떠나지 않고 그냥 살아요. 특히 당신이나 당신 동생처럼 혼자 남겨진 사람들은 더 그럴 거예요. 그런 과정을 겪었다면, 안정적인 걸 더 소중히 여기니까요. 아마 과할 정도로 그럴걸요. 세상에서 가장 힘든 일은 자기 삶과의 고리를 자르고 떠나는 거예요. 사람들은 오만 가지 것을, 심지어 아주 병적인 행동까지도 서로 맞춰가면서 살아요. 왜 아이라 같은 남자와 이브 같은 여자가 감정적으로 서로 연결이 될까요? 모두 똑같은 이유예요. 서로의 결점이 들어맞기 때문이라고요. 아이라가 그 결혼을 깨지 못하는 이유는 그가 공산당을 떠나지 못하는 이유와 같아요.'

그건 그렇고 이제 아이라의 아기, 조니 오데이 린골드 얘길 해볼까. 이브가 아이라한테 이렇게 얘기했다더군. 할리우드에서 실피드를 낳았을 때 페닝턴과 자기를 보는 시선이 서로 달랐다, 페닝턴이 영화를 찍으러 매일 나갈 땐 모두가 그걸 인정했다, 하지만 자기가 영화를 찍으러 아기를 가정교사에게 맡기고 나가면 나쁜 엄마, 무관심한 엄마, 이기적인 엄마가 됐고, 자신뿐 아니라 모두가 불행했다고. 그래서 다시는 그런 일을 겪고 싶지 않다고, 그녀도 힘들었고 실피드도 힘들었다고, 그 부담이 여러 가지로 자신의 할리우드 경력을 망쳤다고 했지.

그래서 아이라는 이렇게 설득했네. 이제는 영화를 찍지 않고 라디오만 출연하지 않느냐, 더구나 라디오의 최고 스타라 방송국에 매일 갈 필요도 없고 일주일에 이틀만 가지 않느냐, 그러니 그때와는 상황이 전혀 다르다. 또 자신은 칼턴 페닝턴과 다르다, 그녀가 아이 때문에 혼자 고생하게 내버려두지 않을 거다, 가정교사 따윈 필요 없다, 어림도 없다, 필요하다면 그들의 조니 오데이는 자기가 직접 키우겠다. 아이라는 일단 물고 늘어지면 끝을 보는 성격이었지. 그리고 이브는 끈질기게 조르면 쉽게 무너지는 타입이었고. 사람들이 쫓아다니면 결국 못 이기고 받아줬어. 그래서 아이라도 이 문제만큼은 확실히 이브를 설득했다고 믿었어. 마침내 이브는 아이라에게 당신이 옳다, 예전과는 분명히 다르다, 좋다, 아기를 낳겠다고 말했다네. 아이라는 미칠 듯이 기뻐했어. 그 녀석이 소리지르는 걸 자네도 들었어야 했는데.

그런데 아이라가 뉴어크에 오기 전날 밤, 그러니까 자네와 처음 만나기 전날 밤, 이브가 감정을 주체하지 못하고 솔직히 아기를 낳을 자신이 없다고 말한 거야. 그가 그토록 원하는 걸 해주지 못해 가슴이 미어지지만, 또다시 그 일을 겪을 순 없다면서. 아이라는 몇 시간 동안 애기했지만, 그가 뭘 할 수 있겠나? 이런 문제로 그들의 가정생활에 그늘이 생기면, 이브에게든 아이라에게든 어린 조니에게든 무슨 이득이 있겠나? 아이라는 비참했지. 그날 밤 두 사람은 서너시까지 잠을 이루지 못했다네. 하지만 아이라에게는 이미 끝난 일이었어. 아이라는 고집이 센 녀석이었지만, 그녀를 침대에 묶어두고 아이를 낳을 때까지 일곱 달 넘게 지킬 순 없는 노릇 아닌가. 이브가 원치 않는다면, 원치 않는 거였지. 그래서 아이라는 캠던에 있는 낙태 시술 의사에게 함께 가겠다고 했다네. 그녀 혼자 가게 둘 순 없었지."

선생님의 이야기를 듣고 있자니, 아이라와 함께했던 기억, 남아 있었는지조차 몰랐던 기억이 물밀듯 밀려왔다. 그의 말, 그의 어른다운 신념을 나는 배고픈 아이처럼 얼마나 주워 삼켰던가? 둘이 위콰익 공원을 산책할 때 들려준, 그가 '아이-란'이라고 발음하는 이란에서 봤다는 가난한 아이들 얘기는 어떠했던가?

그때 아이라는 말했다. "아이란에 갔더니, 거기 주민들이 우리가 생각해낼 수 있는 온갖 질병으로 고생하고 있더라. 그들은 무슬림이라 용변을 보기 전과 후에 손을 씻어. 하지만 강에서, 그러니까 부대 앞을 흐르는 강에서 씻었어. 소변을 본 물에다 손을 씻었던 거지. 네이선, 그들의 생활환경은 차마 눈뜨고 볼 수 없었단다. 그곳은 셰이크*들이 운영했는데, 전혀 낭만적인 셰이크가 아니었다. 이들은 부족을 지배하는 독재자였지. 무슨 말인지 알겠니? 부대에 와서 일하는 건 주민들인데, 돈은 셰이크에게 돌아가고, 주민들은 쌀과 차를 배급받았어. 그게 다였어, 쌀과 차. 그들의 생활환경은…… 난 어디에서도 그런 걸 본 적이 없었다.

* Sheik. 아랍어권에서 가장이나 족장 혹은 종교 지도자를 가리킨다. 영어 단어로 '미남자' '호색한'이라는 뜻도 있다.

대공황 시절 난 일을 찾아 죽자사자 돌아다녔지. 리츠가 같은 부잣집에서 태어나지 않았으니까. 하지만 이건 달라도 너무 달랐단다. 예를 들면, 용변을 볼 때 우린 군용 들통에다 봤어. 그 쇠로 된 양동이 있지? 그게 다 차면 쓰레기장으로 가져가 비웠다. 그런데 거기에 누가 있었는지 아니?"

그 순간 아이라는 말을 잇지 못했나. 말을 할 수 없었고, 걸을 수도 없었다. 아이라에게 이런 일이 일어나면 나는 겁이 덜컥 나곤 했다. 아이라도 그걸 알았기 때문에 손을 가볍게 저으며 잠깐 기다리라는, 곧 괜찮아질 거라는 신호를 했다.

마음에 들지 않는 얘기를 할 때 아이라는 그렇게 평정을 잃었다. 인간의 비참함과 관련된 얘기만 나오면, 완전무결하고 남자다운 태도는 거의 형체도 없이 무너졌다. 특히 아이들이 당하는 고통과 비참함이 그가 어렸을 때 겪은 힘든 성장과정과 맞닿아서였을지도 몰랐다. "그런데 거기에 누가 있었는지 아니?" 난 그의 숨쉬는 모습을 보고 그게 누구인지 알았다. "아아…… 아아…… 아아……" 그는 죽어가는 사람처럼 헐떡거렸다. 그가 다시 걸을 수 있을 정도로 감정을 추스르자, 난 아무것도 모르는 듯 물었다. "누구였어요? 거기에 누가 있었는데요?"

"아이들이야. 아이들이 살고 있었어. 아이들은 쓰레기 더미를 뒤지면서 먹을 걸 찾곤 했지……"

이번에 아이라가 말을 멈췄을 때, 나는 두려움에 완전히 압도

당하고 말았다. 아이라가 자신의 감정이 아니라, 자신의 정신력을 순식간에 송두리째 빼어갈 것만 같은 어마어마한 외로움에 사로잡혀 압도당할까봐 두려웠고, 내가 숭배하는 용감하고 성난 영웅으로 다시 돌아오는 방법을 찾지 못할까봐 두려웠다. 나는 내가 할 수 있는 것이 있다면 무엇이든 해야 한다고, 그래서 최소한 그의 생각을 마무르기라도 해야겠다고 생각했다. 그래서 말했다. "정말 끔찍한 일이네요."

아이라는 내 등을 두드렸고, 우리는 다시 걷기 시작했다.

"난 끔찍해했지만, 내 동료들은 아무렇지도 않게 생각했어. 어느 한 놈이라도 그에 대해 이러쿵저러쿵하는 걸 들어본 적이 없었어. 내 조국 미국에서 온 사람 중에 누구도 그런 상황을 개탄하지 않는 거야. 난 정말 화가 났어. 하지만 내가 할 수 있는 일이 없었어. 군대라는 데가 민주주의와는 거리가 멀거든. 무슨 말인지 알겠니? 윗사람을 찾아가 얘기하는 건 꿈도 꿀 수 없단다. 그런 비참한 상황이 얼마나 오래됐는지는 신만이 알 거야. 그게 바로 인류의 역사지. 그게 인간의 삶이고." 그는 분을 삭이지 못하고 폭발했다. "그게 바로 인간이 인간에게 강요하는 삶이라고!"

우리는 뉴이크를 한 바퀴 돌았고, 아이라는 내가 미처 몰랐던 비유대인 동네들을 보여주었다. 1구역은 그가 자란 동네이자 가난한 이탈리아인이 사는 동네였고, 다운넥은 가난한 아일랜드인과 가난한 폴란드인이 사는 동네였다. 동네를 도는 내내 아이라의 설명이 이어졌다. 내가 자라면서 들은 것과 달리 이들은 그냥 이교도 무리가 아니라 이 나라 모든 곳에서 노동하는 다른 사람들과 똑같이 부지런하고 가난하고 힘없는 노동자이자 인간답고 품위 있게 살려고 매일같이 힘겹게 싸우며 살아가는 사람들이라고.

우리는 뉴어크 3구역으로 들어갔다. 유대인 이민자들이 살던 형편없는 거리와 집을 이제는 흑인이 차지한 동네였다. 아이라는 남녀노소 할 것 없이 마주치는 사람 모두에게 말을 걸었다. 그는 뭐 하고 있느냐, 어떻게 사느냐, 흑인의 평등을 박탈한 "이 빌어먹을 체제와 무식하고 잔인하기 짝이 없는 이 모든 방식"을 어떻게 해야 변화시킬 수 있을 것 같으냐고 물었다. 추레한 스프루스 스트리트에 이르러 아이라는 흑인 이발소 앞 벤치에 앉았다. 모퉁이를 돌면 우리 아버지가 어린 시절을 보낸 벨몬트 애비뉴의 공동주택이 나오는 곳이었다. 벤치에 앉은 아이라는 인도에 모여 있는 남자들에게 말을 걸었다. "내가 워낙 다른 사람들 대화에 잘 끼어드는 놈이라 말이오"라며 운을 떼더니, 그들과 흑인의 평등에 관해 이야기를 하기 시작했다. 옆에서 지켜보는 나에겐 그가 뉴어크의 에식스 카운티 지방법원으로 이어지는 넓은 계단 발치에 자리한 에이브러햄 링컨 청동상과 가장 가깝게 느껴진 순간이었다. 거츤 보글럼*의 작품으로, 링컨 특유의 현명함

* 러슈모어 산에 네 대통령의 얼굴을 조각한 조각가.

과 용기와 자애로움과 분별력과 선함이 가득한 얼굴과 사교적인 자세로 대리석 벤치에 앉아 인자하게 사람들을 맞는 그 유명한 링컨 동상 말이다. 스프루스 스트리트의 이발소 앞에서 누가 아이라에게 당신 생각은 어떠냐고 묻자, 아이라는 "흑인도 돈을 내면 어느 식당에서나 음식을 먹을 권리가 있소!"라고 외쳤다. 나는 그때까지 백인이 흑인들 사이에서 그렇게 느긋하고 편안하게 있는 모습을 직접 본 적도 없을뿐더러 상상조차 해본 적이 없다는 걸 처음으로 깨달았다.

"대부분의 사람들은 흑인이 음울하고 멍청하다고 착각하는데, 도대체 뭘 보고 그럴까? 네이선, 넌 알 거다. 그건 일종의 보호막이야. 하지만 흑인이 인종 편견이 없는 사람을 만나면 어떤지 아니? 그런 보호막이 필요 없어진단다. 물론 그들 중에도 정신병자는 있어. 하지만 어느 인종인들 안 그렇겠어?"

어느 날 아이라는 이발소 앞에서 인간의 야만성에 대해 격렬하게 토론하며 툭하면 울분을 터뜨리는 신랄하고 아주 나이 많은 흑인을 발견했다. 노인은 이렇게 소리지르고 있었다. "이 모든 게 압제자들의 폭정에서 나온 줄 알아? 천만에, 그건 인간의 탐욕, 무지, 야만, 증오에서 나온 거야. 모든 인간이 사악한 압제자라고!" 우리는 몇 번 더 그곳에 갔고, 사람들은 아이라가 이 인상적인 불평분자와 침을 튀기며 논쟁하는 걸 들으려고 주변으로 모여들었다. 노인은 항상 검은색 양복에 넥타이를 맨 말쑥한 차림이었고, 모든 사람이 그를 정중하게 "미스터 프레스콧"이라 불렀다. 아이라는 모여든 흑인들을 한 명씩 한 명씩, 한 번에 한 명씩 전향시켰다. 링컨-더글러스 논쟁이 이상하고 새로운 형태로 부활한 것이었다.

아이라가 노인에게 정중하게 물었다. "노동자계급이 언제까지나 제국주의자의 식탁에서 떨어진 부스러기로 연명할 거라고 믿으세요?" "두말하면 잔소리지, 백인 양반! 인종을 막론하고 인간 대중은 앞으로도 영원히 경솔하고, 굼뜨고, 사악하고, 멍청할 거야. 조금 덜 가난해질라치면, 훨씬 더 경솔하고, 굼뜨고, 사악하고, 멍청해질 거란 말씀이야!" "글쎄요, 미스터 프레스콧, 나도 생각해봤는데요, 난 당신이 틀렸다고 생각합니다. 노동자계급을 먹여 살리고 순종적으로 만들 부스러기가 부족해진다는 간단한 사실이 그 이론을 논박할 테니까요. 여기 계신 신사분들은 모두 산업의 붕괴가 임박했다는 사실을 과소평가하고 있어요. 계속 일자리를 보장해준다면야 우리 노동자들도 대부분 트루먼 대통령과 마셜플랜을 믿고 따르겠지요. 하지만 이런 모순이 있습니다. 미국 군대와 꼭두각시 정권들을 위해 막대한 생산설비를 군수품으로 돌리면, 미국 노동자들은 가난해진다는 거예요."

평생에 걸쳐 어렵게 도달했을 노인의 염세주의에도 굴하지 않고, 아이라는 이 토론에 약간의 이성이라도 집어넣으려고 애썼다. 꼭 미스터 프레스콧을 설득하겠다는 게 아니라, 인도에 모여 듣고 있는 사람들에게 단합된 정치행동을 통해 인간의 삶이 변화할 수 있다는 인식을 심어주기 위해서였다. 나에게 그 순간은 워즈워스가 프랑스대혁명 시기를 묘사한 것처럼 "바로 천국"과 같았다. "그 새벽에 살아 있다는 것은 축복이었지만/ 젊다는 것은 바로 천국이었다." 우리 둘은 백인이고, 여남은 명의 흑인에게 둘러싸여 있었지만, 우린 걱정할 게 없었고, 그들은 두려워할 게 없었다. 우리는 그들의 압제자가 아니었고, 그들은 우리의 적이 아니었다. 우리 모두를 치 떨리게 하는 압제자-적은 이 사회의 조직방식이고 운영방식이었다.

스프루스 스트리트에 처음 다녀온 날 아이라는 나를 위콰익 다이너에 데려가 치즈케이크를 사주었고, 그걸 먹는 동안 시카고에서 함께 일했던 흑인들 얘기를 들려주었다.

"시카고 공업지대의 중심부에 있는 공장이었어. 노동자의 약 95퍼센트가 유색인이었지. 내가 너에게 말했던 그 의식이란 게 자리잡은 곳이었다. 내가 있어본 곳 중에 유일하게 흑인이 다른 사람들과 완전히 평등한 입장에서 일하는 곳이었지. 그러니 백인들에겐 죄책감이 없었고, 흑인들에겐 분노가 없었어. 알겠니? 승진도 연공서열에 따라서만 이뤄졌고, 부정한 방법은 아예 통하지 않았다."

"함께 일하던 흑인들은 어땠어요?"

"내가 아는 한에서는 백인을 전혀 의심하지 않았어. 우선, 전기노련이 백인을 파견해도 그가 공산주의자이거나 아주 성실한 동지라는 걸 흑인들도 알았거든. 그래서 누구도 꺼려하지 않았다. 우리한테는 이 시대, 이 사회의 성인이라면 가질 법한 인종 편견이 없다는 걸 알았던 거야. 사람들이 읽는 신문을 보면, 십중팔구 〈데일리 워커〉였지. 그다음으론 〈시카고 디펜더〉와 〈경마 신문〉이 거의 막상막하였고. 허스트나 매코믹은 명함도 못 내밀었어."

"그런데 그 흑인들, 실제로는 어땠어요? 개인적으로요."

"글쎄다, 좀 험악한 놈들도 있었지. 그걸 묻는 거라면. 기본적으로 있을 만큼은 있었다. 하지만 소수였어. 그리고 개방적인 마음으로 엘 전차*를 타고 흑인 빈민가를 지나다보면 뭐가 사람을 뒤틀리게 하는지 충분히 알 수 있지. 흑인들 사이에서 내가 가장 많이 느낀 건 따뜻한 동료애였다. 그리고 우린 레코드공장이라 음악에 대한 사랑이 있었어. 공장 안 사방팔방에 스피커와 앰프가 있었고, 특별한 곡이 듣고 싶으면—작업중에 늘 있는 일이었지만—신청하기만 하면 됐어. 남자들이 종종 노래를 부르고 지르박을 췄는데, 여자를 붙잡고 춤을 추는 일도 드물지 않았지. 종업원의 삼분의 일가량이 흑인 여자였어. 좋은 사람들이었지. 우린 담배를 피우고, 신문을 읽고, 커피를 끓이고, 목청 높여 다투기도 했지만, 작업은 중단되지 않고 매끄럽게 진행됐어."

---

* El. 시카고의 명물인 고가전차.

"흑인 친구도 있었어요?"

"그럼, 물론이지. 성은 모르는데 이름이 얼인 덩치 큰 녀석이 있었다. 폴 로브슨을 닮아서 보자마자 마음에 들었지. 얼마 안 있어 그 녀석도 나처럼 뜨내기 노동자란 걸 알게 됐어. 얼도 나처럼 노면전차와 엘 전차를 타고 다녔기 때문에, 우린 같은 전차를 타자고 약속을 잡았지. 사람들이 그러는 것처럼 서로 말동무를 삼으려고 말이야. 공장 정문에 이를 때까지 얼과 나는 작업시간에 그러는 것처럼 웃고 떠들어댔어. 하지만 일단 전차에 타면, 거기엔 모르는 백인들이 있었기 때문에 얼은 입을 꾹 다물었고, 내가 전차에서 내릴 때에야 짧게 '잘 가'라고 말했지. 그뿐이었다. 알겠니?"

아이라가 제대할 때 가지고 온 작은 갈색 공책들 구석구석에는 그의 견해와 신조가 엿보이는 구절이 적혀 있었다. 또 군대에서 만난 정치 성향이 비슷한 모든 군인의 이름과 미국 내의 주소도 있었다. 아이라는 이 친구들을 추적하기 시작하더니, 전국 방방곡곡에 편지를 보내고 뉴욕과 뉴저지에 사는 친구들을 찾아갔다. 어느 날 우리는 뉴어크 서쪽 교외에 있는 메이플우드까지 차를 몰고 가서 병장 출신인 어윈 골드스틴을 만났다. 이란에 있을 때 아이라는 조니 오데이 못지않게 좌익 성향이 뚜렷했던 어윈을 "매우 진보한 마르크스주의자"라 불렀다. 그러나 알고 보니 어윈은 귀국한 뒤 뉴어크의 매트리스공장을 소유한 집안에 장가를 들었고, 지금은 세 아이의 아버지가 되어 한때 열렬히 반대했던 그 모든 것의 지지자가 되어 있었다. 태프트하틀리법에 대해, 인종 관계에 대해, 물가 억제 정책에 대해 그는 아이라와 토론하는 것조차 피하고 그저 웃기만 했다.

골드스틴의 아내와 아이들은 그날 오후 처갓집에 가 있었다. 우리는 그의 집 주방에 앉아 함께 소다수를 마셨다. 골드스틴은 체격이 작고 다부진 남자로, 길거리에서 마주칠 법한 멋쟁이처럼 도도하고 젠체하는 태도로 일관하며 아이라가 하는 말을 사사건건 비웃고 조롱했다. 자신의 변절을 그가 어떻게 설명했느냐고? "그땐 똥인지 오줌인지 구별을 못했지. 내가 무슨 말을 하는지도 몰랐던 거야." 그러고는 날 보고 얘기했다. "꼬마야, 저 친구 얘긴 듣지 마라. 넌 미국에 살고 있어. 세상에서 가장 위대한 나라이자 가장 위대한 체제에서. 물론 똥통에 빠지는 사람도 있지. 하지만 소련이라고 똥통에 빠지는 사람이 없을까? 저 친구는 자본주의가 먹고 먹히는 체제라고 말할 거야. 그런데 삶이란 게 먹고 먹히는 체제가 아니면 뭐겠니? 이게 삶과 어울리는 체제야. 그러니까 잘 돌아가지. 봐라, 공산주의자가 자본주의에 대해 이러쿵저러쿵하는 것도 다 옳은 얘기고, 자본가가 공산주의에 대해 이러쿵저러쿵하는 것도 다 옳은 얘기야. 하지만 이런 차이가 있어. 우리 체제는 인간은 다 이기적이라는 진실에 기초해 있기 때문에 잘 돌아가고, 저쪽 체제는 인간은 다 형제라는 동화 같은 믿음에 기초해 있기 때문에 저렇게 개판인 거야. 그 미친 동화를 믿게 만들려고 사람들을 잡아다 시베리아로 보내고, 그 형제애란 걸 믿게 만들려고 국민의 생각을 통제하거나 총으로 쏴 죽여. 그런 사정을 알면서도 미국과 유럽의 공산주의자들은 이 동화를 계속 믿어. 물론 한동안은 모를 수도 있어. 하지만 모를 게 또 뭐 있겠니? 인간이 어떤지 알면 다 아는 거지. 너도 이 동화가 불가능하다는 걸 알 거다. 네가 어리다면 그렇게 믿어도 괜찮아. 스물, 스물하나, 스물둘, 그 정도라면 봐줄 수 있지. 하지만 그다음엔? 평균적인 지능을 가진 사람이라면 그 이야기를, 그 공산주의 동화를 덥석 믿을 이유가 없지. '우린 경이로운 세상을 만들 것이다……' 그들은 이렇게 말해. 하지만 형제가 어떤 것인지는 다들 알아. 형제는 개똥이야. 또 친구가 어떤 것인지도 다들 알고. 친구는 소똥이다. 그러니 우린 다 똥이야. 그런데 그게 어떻게 경이로울 수 있겠니? 냉소주의도 필요 없고, 회의론도 필요 없어. 보통 관찰력만 있어도 그게 불가능하다는 걸 알 수 있는데.

내 자본주의 공장에 와서 직접 봐라, 자본주의방식으로 매트리스가 어떻게 만들어지는지. 공장에 오면 진짜 노동자들과 얘기할 수 있을 거다. 이 친구는 라디오 스타야. 넌 노동자의 말이 아니라 라디오 스타의 말을 듣고 있는 거야. 이봐 아이라, 자넨 잭 베니 같은 연예인이야. 자네가 노동에 대해 뭘 아나? 이애가 내 공장에 오면 사람들이 매트리스를 어떻게 만드는지 볼 수 있을 거야. 우리가 얼마나 정성을 기울이는지, 종업원들이 매트리스를 망치지 않도록 내가 얼마나 주의를 기울이며 감독하는지 말이야. 생산수단을 가진 사악한 소유주가 실제로 어떻게 일하는지 보게 될 거라고. 난 하루 이십사 시간 엉덩이 붙일 시간도 없어. 종업원들은 다섯시가 되면 집에 가도, 난 그러지 못해. 매일 밤 자정까지 남아서 일한다고. 집에 가면 머릿속으로 장부를 정리하느라 잠을 못 자. 그래도 아침 여섯시엔 다시 공장 문을 열러 나가지. 꼬마야, 저 친구가 지껄이는 공산주의사상은 귀담아듣지 마라. 죄다 거짓말이야. 돈을 벌어라. 돈은 거짓말을 안 해. 돈은 성공으로 가는 민주적인 방법이야. 돈을 벌어. 먼저 돈을 번 다음에, 꼭 그래야겠다면 그런 다음에 인간의 형제애를 주장해라."

아이라는 솥뚜껑만한 두 손을 목 뒤에서 깍지 끼고 의자 등받이에 깊숙이 기대앉아 있다가 골드스틴의 말이 끝나자 노골적으로 경멸감을 드러내며 최대한 그의 부아를 돋우려고 이 집 주인이 아니라 나를 향해 말했다. "인생 최고의 느낌 가운데 하나가 뭔지 알지? 아마 그게 최고일걸? 바로 두려워하지 않는 것. 이 집 주인인 돈에 환장한 버러지가 무슨 얘길 하는지 아니? 그는 두렵다는 거야. 아주 간단한 사실이지. 2차 대전 때 어윈 골드스틴은 두려움을 몰랐어. 하지만 전쟁이 끝난 지금 어윈 골드스틴은 아내를 두려워하고, 장인을 두려워하고, 수금원을 두려워해. 모든 걸 두려워하지. 두 눈을 똑바로 뜨고 자본가의 진열창을 들여다봐라. 더 많은 걸 원하고, 더 많은 걸 움켜잡고, 더 많은 걸 빼앗아 더 많이 불리고 소유하고 축적하느라 혈안이 돼 있지. 바로 여기가 신념이 끝나고 두려움이 시작되는 지점이다. 내가 포기할 수 없는 것은 아무것도 없다. 알겠니? 내 수중에는 돈에 환장한 버러지처럼 나를 얽어매고 옥죄는 게 하나도 없어. 어떻게 내가 팩토리 스트리트에 있던 우리 아버지의 구질구질한 집을 뛰쳐나와 아이언 린이란 인물이 됐을까? 어떻게 해서 고등학교를 일 년 반밖에 못 다닌 아이라 린골드가 그런 사람들을 만나고, 그런 사람들을 알고, 특권층의 중요인사가 누리는 안락을 누리게 됐을까? 정말 거짓말 같은 얘기지. 그래서 난 하룻밤 사이에 그걸 다 잃어도 이상하지 않을 거야. 알겠니? 내 말 알아듣겠어? 난 중서부로 돌아갈 수 있어. 공장으로 돌아가 일할 수도 있지. 그렇게 해야 한다면 그렇게 할 거다. 이 자식처럼 겁쟁이가 되는 것 말고는 뭐든 할 수 있어." 그러더니 마침내 아이라는 골드스틴을 노려보며 마지막 말을 쏴붙였다. "자넨 지금 정치적으로 인간이 아니라 토끼, 완전히 토끼 새끼가 되어버렸군."

"이란에서도 주둥이만 나불대더니 여전하구나, 아이언맨." 골드스틴은 다시 나를 향해 말했다. 그 상황에서 나는 공명판이자, 희극의 조연이자, 폭탄의 도화선이었다. "아무도 저놈 얘길 듣지 않을걸. 아무도 진지하게 안 들어. 저놈 자체가 농담이거든. 생각을 못하는 놈이야. 해본 적도 없고. 쥐뿔도 모르는 게 앞뒤가 꽉 막혀서는 아무것도 배우려 들질 않아. 아이라 같은 꼭두각시를 내세워 이용하는 게 공산당 놈들이야. 인간 중에서도 최고로 멍청한 족속." 그는 아이라를 보며 말했다. "내 집에서 나가, 이 멍청한 빨갱이 자식."

골드스틴이 은식기가 보관된 바로 뒤 진열장 서랍에서 권총을 꺼내기 전부터 내 심장은 이미 쿵쾅거리고 있었다. 뉴어크 경찰의 허리춤에 안전하게 꽂힌 총을 제외하고 권총을 그렇게 가까이서 본 건 처음이었다. 골드스틴이 작아서 총이 크게 보인 건 아니었다. 권총은 정말 컸다. 검은색에 믿을 수 없으리만치 크고, 정교하게 잘 만들어지고, 무엇이든 할 수 있을 것처럼 웅변적이었다.

골드스틴은 똑바로 서서 아이라의 이마에 총구를 겨누었지만, 서 있는데도 앉아 있는 아이라보다 썩 커 보이지 않았다.

"난 네가 무서워, 아이라." 골드스틴이 말했다. "난 항상 네가 무서웠어. 넌 난폭한 놈이야. 난 버츠처럼 앉아서 당하지 않을 거야. 기억나, 버츠? 그 꼬맹이 버츠? 자, 이제 그만 꺼져주시지, 아이언맨. 네 똘마니도 데리고. 이봐 똘마니, 아이언맨에게 버츠 얘기 못 들었어?" 골드스틴이 내게 말했다. "저놈이 버츠를 죽이려고 했지. 물에 빠뜨려 죽이려고 했어. 식당에서 끌고 나갔지. 아이라, 이애한테 그 얘기 안 했어? 이란에서 네가 한 짓거리, 미친놈처럼 길길이 날뛰던 그때 얘기 말이야. 120파운드밖에 안 나가는 놈이 식칼을 들고 아이언맨한테 덤볐어. 아주 위험한 무기 아니냐고? 그런데 아이언맨은 그놈 멱살을 거머쥐고 식당 밖으로 나가더니, 부두로 질질 끌고 가서 강물 위에 거꾸로 들었지. 그렇게 그놈 발목을 잡고 '자 헤엄쳐봐, 이 촌놈아'라고 말했어. 버츠는 질질 짜면서 '안 돼, 난 헤엄을 못 쳐'라고 부르짖었어. 아이언맨은 '못한다고?' 하더니, 그놈을 물속에 처박았지. 부두에서 샤트알아랍 강물 속으로, 머리부터 말이야. 수심이 30피트는 됐어. 버츠는 곧바로 떨어졌지. 아이라는 돌아서서 우리를 향해 고래고래 소리를 질러댔어. '저 한심한 개자식을 꺼내주지 마! 다들 비켜! 저 근처에 얼씬도 하지 마!' '아이언맨, 빠져 죽을 거야.' '그냥 놔둬, 뒤로 물러서! 나도 아니까, 그냥 빠져 죽게 놔둬!' 누가 물속으로 뛰어들어 버츠를 구하려고 했지. 그러자 아이라도 뛰어들어 그를 끌어내서는 눈알이 튀어나오도록 머리를 팬 다음 꼼짝 못하게 깔아뭉갰어. 이애한테 버츠 얘기 안 했나? 왜 안 했지? 가위치 얘기는? 솔라크는? 베커는? 일어나. 당장 여기서 나가, 이 빌어먹을 미치광이 살인마 자식아."

아이라는 꼼짝하지 않았다. 눈만 빼고. 그의 눈은 얼굴에서 빠져나가 날아가고 싶어하는 새 같았다. 그렇게 끊임없이 실룩대고 깜박이는 눈은 처음 봤지만, 그러는 동안에도 그의 몸은 돌처럼 딱딱하게 굳어 있었고, 요란하게 퍼덕거리는 눈과 마찬가지로 소름끼치는 긴장감을 내뿜었다.

"아니, 어윈." 그가 입을 열었다. "총칼을 들이대는 걸로는 어림없어. 유일한 방법은 방아쇠를 당기거나 경찰을 부르는 거야."

누가 더 겁을 먹었는지는 알 수 없었다. 왜 아이라는 골드스틴이 원하는 대로 하지 않을까? 왜 나를 데리고 그냥 나가지 않을까? 누가 더 미쳤을까? 장전된 권총을 겨눈 매트리스공장 사장일까, 그에게 쏴보라고 큰소리치는 거인일까? 대체 이게 무슨 일일까? 우린 뉴저지 주 메이플우드의 햇볕 잘 드는 주방에서 로열크라운을 병째 마시고 있었다. 우리 셋 다 유대인이고, 아이라는 오랜 전우에게 인사를 하러 온 것이었다. 이들 사이의 문제는 대체 무얼까?

뭔지 몰라도 어떤 반이성적 생각에 사로잡혀 기이하게 보이던 아이라의 태도가 풀어진 것은 내가 와들와들 떨기 시작했을 때였다. 식탁 너머에서 이를 달각달각 맞부딪고 두 손을 걷잡을 수 없이 떠는 내 모습을 보고서야 아이라는 정신을 차리고 천천히 의자에서 일어났다. 영화에서 은행 강도가 "꼼짝 말고 손들어!"라고 외쳤을 때처럼 두 팔을 머리 위로 치켜들고.

"됐다, 네이선. 무지하면 싸움이 나는 거다." 그러나 아이라가 태평스러운 어투로 말했음에도, 조롱하듯 들어올린 두 팔로 항복을 선언했음에도, 우리가 주방 문을 열고 나와 머리 선생님 차가 있는 집 앞 진입로까지 걸어가는 내내 골드스틴은 아이라의 뒤통수에 권총을 바짝 겨누고 우리를 쫓아왔다.

아이라는 약간 몽롱한 상태로 차를 몰았다. 우리는 한적한 메이플우드의 도로를 달려 최근에 집과 잔디밭과 골프회원권을 처음 구입한 뉴어크 출신 유대인들이 단란한 가정을 이루고 사는 쾌적한 동네를 빠져나왔다. 식기 사이에서 권총이 나올 법한 사람들이나 동네가 절대 아니었다.

어빙턴 시 경계를 지나 뉴어크로 진입할 즈음에야 아이라는 정신을 차리고 내게 물었다. "괜찮니?"

난 비참했다. 두려움은 얼마간 가셨지만 부끄럽고 창피한 기분이 그 자리를 대신했다. 목소리가 갈라질까봐 난 헛기침을 하고 입을 열었다. "바지에 오줌 쌌어요."

"그랬니?"

"그 사람이 아저씨를 죽이는 줄 알았어요."

"넌 용감했다. 아주 용감했어. 잘했다."

"차도로 걸어나올 때 바지에 오줌을 쌌어요." 난 버럭 화를 내면서 말했다. "젠장! 빌어먹을!"

"내 탓이야. 다 내 탓이다. 널 그런 병신 같은 놈한테 데려가다니. 총을 꺼낼 게 뭐냐! 권총을!"

"그 사람은 왜 그런 거예요?"

아이라는 불쑥 버츠 얘길 꺼냈다. "버츠는 죽지 않았어. 아무도 물에 빠져 죽지 않았다. 죽을 뻔한 놈도 없었고."

"아저씨가 그를 빠뜨렸어요?"

"그래. 그 자식을 강물에 처넣었지. 바로 그놈이 날보고 유대인 개자식이라 욕했던 촌놈이야. 그 얘기 했지?"

"기억나요." 하지만 그가 말해준 건 단지 일부였다. "여럿이서 매복하고 있던 날이었잖아요. 아저씨를 기습하려고."

"그래. 놈들이 날 덮쳤지. 그 개자식을 구하고 나서 말이야."

아이라는 나를 집 앞에 내려주었다. 집에는 아무도 없었다. 나는 젖은 옷을 바구니에 던져넣고 샤워를 하면서 흥분을 가라앉혔다. 샤워를 하는 도중에 다시 몸이 떨렸다. 그건 아이라의 이마에 권총을 겨누던 골드스틴과 같이 주방에 앉아 있던 게 기억나서도, 아이라의 눈이 얼굴에서 날아가고 싶어하는 새처럼 보였던 게 기억나서도 아니었다. 어떻게 장전된 권총이 포크와 나이프 사이에 있을 수 있는지 의문이 들었기 때문이다. 어떻게 뉴저지 주 메이플우드에서? 왜 그랬을까? 가위치 때문에? 맞아, 그 때문이야! 솔라크 때문이야! 베커 때문이야!

나는 차에서 감히 물어보지 못했던 모든 질문을 샤워하며 혼자 큰 소리로 묻기 시작했다. "그 사람들에게 무슨 짓을 한 거예요, 아이라?"

어머니와 달리 아이라가 내 사회성 발전에 도움이 된다고 보지 않았던 아버지는 그가 나를 불러낼 때마다 당혹해하며 근심에 휩싸였다. 성인인 이 남자가 내 자식한테 무슨 볼일이 있는 걸까? 전적으로 해로운 일은 아니어도 뭔가 복잡한 일이 진행되고 있다고 아버지는 생각했다. "아이라와 어딜 가는 거냐?" 아버지가 내게 물었다.

어느 날 밤 책상에 앉아 〈데일리 워커〉를 읽는 나를 보고 아버지의 의심이 폭발했다. "난 내 집에서 허스트의 신문들을 보고 싶지 않다. 그 신문도 보기 싫고. 그 둘은 쌍둥이나 다름없어. 그 사람이 너한테 〈데일리 워커〉를 주는 거라면……" "그 '사람'이라뇨?" "네 성우 친구 말이다. 자신을 린이라고 부르는 사람." "그가 준 게 아니에요. 제가 시내에서 산 거예요. 직접 샀다고요. 그러면 안 된다는 법이라도 있나요?" "누가 그딴 걸 사라고 하던? 그가 시내에 가서 사라고 했니?" "그는 그런 말 한 적 없어요." "그랬으면 좋겠구나." "거짓말 아니에요! 정말이에요!"

정말이었다. 난 아이라가 〈데일리 워커〉에 하워드 패스트의 칼럼이 실린다고 말했던 것을 기억했다. 하지만 마켓 스트리트의 프록터 영화관 건너편에 있는 가판대에서 그 신문을 산 건 순전히 내 뜻이었다. 표면상으로는 하워드 패스트의 칼럼을 읽기 위해서였지만, 또 한편으로는 단순하고 끈질긴 호기심 때문이었다. "이걸 압수하실 거예요?" 내 물음에 아버지가 답했다. "아니다, 넌 잘못한 게 없어. 운이 없는 거지. 널 헌법 수정조항 제1조*의 순교자로 만들 생각은 없다. 다만 네가 그걸 읽고 연구하고 깊이 생각한 다음에, 그게 거짓말투성이란 걸 깨닫고 스스로 압수하는 양식을 가졌으면 할 뿐이다."

그 학년**이 끝날 무렵 아이라가 여름에 그의 오두막에 와서 일주일을 함께 보내자고 초대하자, 아버지는 먼저 아이라와 대화를 해보지 않고는 나를 보낼 수 없다고 못박았다.

"무엇 때문에요?" 내가 따져 물었다.

"몇 가지 질문을 하고 싶어서다."

"아버지가 뭔데요? 반미활동조사위원이라도 돼요? 왜 아무것도 아닌 걸 문젯거리로 삼으세요?"

"내가 보기엔 네가 문젯거리야. 그의 뉴욕 전화번호가 어떻게 되냐?"

"제발 그러지 마세요. 뭘 물어보시게요?"

"넌 미국 시민으로서 〈데일리 워커〉를 사서 읽을 권리가 있지? 난 미국 시민으로서 누구에게나 내가 물어보고 싶은 걸 물어볼 권리가 있다. 만일 그가 내 질문에 대답하지 않으면, 그건 그의 권리겠지."

"그래서 그가 대답을 거부하려면 어떻게 해야 하는데요? 헌법 수정조항 제5조***를 주장해야 하나요?"

---

* 언론의 자유에 대해 명시해놓은 미국 헌법 조항.

** 미국의 학년은 보통 9월에서 6월까지다.

*** 자기에게 불리한 증언의 거부, 자유권과 재산권의 보장 등을 규정한 조항.

"아니. 그는 내게 간섭하지 말고 꺼지라고 말할 수도 있어. 내가 설명하려는 건, 그게 우리 미국인의 방식이라는 거다. 비밀경찰이 득실거리는 소련에서는 그렇게 할 수 없지만, 이 나라에서는 한 시민이 다른 시민에게 자신의 정치사상에 간섭하지 말라고 하고 싶으면, 그냥 그렇게 말하면 돼."

"그들이 간섭하지 않는다고요?" 나는 신랄하게 물었다. "다이스 의원이, 랭킨 의원*이 간섭하지 않는다고요? 그 사람들한테나 그렇게 설명해보세요."

난 아버지의 명령 때문에 그 자리에 꼼짝 않고 앉아 아버지가 아이라에게 전화를 걸어 아버지의 진료실에서 만나 얘기 좀 하자고 청하는 내용을 들어야 했다. 아이언 린과 이브 프레임은 바깥세상에서 주커먼 집안의 문을 두드린 최고의 거물이었지만, 아버지의 목소리로 볼 때 그런 건 전혀 중요하지 않았다.

"만나겠대요?" 아버지가 전화를 끊자 내가 물었다.

"네가 그 자리에 오면 오겠다는구나. 너도 같이 있어야 할 것 같다."

"이런, 싫어요. 난 안 갈래요."

"아니, 너도 있어야 해. 네가 오두막에 놀러가는 걸 내가 최소

---

* 차례대로 하원 반미활동조사위원회 초대 의장, 미시시피 주 의원이자 조사위원회 위원.

한 고려라도 해보길 원한다면. 뭐가 걱정인데? 공개적인 사상토론이 두려운 거냐? 민주적인 방식에 따를 테니 돌아오는 수요일, 방과 후 세시 삼십분에 내 진료실로 와라. 늦지 말고."

뭐가 걱정이냐고? 아버지가 화를 낼까봐, 아이라가 폭발할까봐 걱정이었다. 아버지가 아이라를 공격하고, 그래서 아이라가 버츠의 멱살을 잡은 것처럼 아버지의 멱살을 잡고 위콰익 공원 호수에 처넣으면 어떡하지? 싸움이 난다면? 아이라가 치명적인 한 방을 날린다면……

아버지의 진료실은 호손 애비뉴 막다른 곳에 자리한 3가구짜리 공동주택의 1층에 있었다. 보행자 중심으로 설계된 소박한 주택지구의 쇠락한 변두리에 있는, 외장 보수가 필요한 초라한 건물이었다. 나는 일찌감치 도착했고, 계속 속이 불편했다. 아이라는 심각하면서도 (아직까지는) 전혀 화가 나지 않은 표정으로 세시 삼십분에 맞춰 도착했다. 아버지는 아이라에게 앉으라고 권했다.

"린골드 씨, 우리 아들 네이선은 평범한 소년이 아닙니다. 우리 집 장남으로, 학교에서는 뛰어난 학생이고, 나이에 비해 어른스럽지요. 참으로 자랑스러운 아들입니다. 난 이 아이에게 최대한 자유를 허락할 겁니다. 다른 아버지들처럼 아이의 인생을 가로막지 않을 작정이고요. 솔직히 이 아이에게 제약이 되는 건 없다고 생각하기에 아무 일도 벌어지지 않길 바랄 뿐입니다. 행여

이 아이에게 무슨 일이라도 생기면……"

아버지의 목소리가 잠기더니 갑자기 끊어졌다. 아이라가 아버지를 비웃으면 어떡하나, 골드스틴을 조롱할 때처럼 아버지를 조롱하면 어떡하나 덜컥 겁이 났다. 난 아버지가 목이 멘 이유를 알고 있었다. 그건 단지 나와 내 미래 때문이 아니라 아버지의 두 동생, 가난한 대가족에서 태어나 진짜 대학에 들어가 진짜 의사가 되려고 했지만 십대 후반에 병으로 세상을 떠난 동생들 때문이었다. 우리 집 주방의 선반 위에는 사진관에서 찍은 두 사람 사진이 쌍둥이 액자에 담겨 놓여 있었다. 나는 나중에 아이라에게 샘과 시드니 삼촌 얘기를 해야겠다고 생각했다.

"린골드 씨, 썩 내키는 질문은 아니지만 그래도 물어봐야 할 게 있습니다. 난 종교적이든 정치적이든, 그 무엇이든 남의 신념에 쓸데없이 간섭하지 않아요. 난 당신의 사생활을 존중해요. 약속하건대, 당신이 이 자리에서 무슨 말을 해도 밖으로 절대 새나가지 않을 겁니다. 난 당신이 공산주의자인지 알고 싶습니다. 그리고 당신이 공산주의자인지 아닌지를 내 아들이 알았으면 합니다. 당신이 한때 공산주의자였냐고 묻는 게 아니에요. 과거에는 관심없으니까. 지금 어떠냐가 중요할 뿐이죠. 난 루스벨트가 대통령이 되기 전에 이 나라가 돌아가던 꼴에 정나미가 떨어졌소. 이 나라를 좀먹는 반유대주의와 반흑인 편견, 사회적 약자를 멸시하는 공화당원, 이 나라 국민을 죽을 때까지 착취하는 탐욕스러운 대기업에 넌더리가 났죠. 그래서 어느 날, 바로 여기 뉴어크에서…… 이 말을 하면 우리 아들놈이 충격을 받을 거요. 평생 민주당원인데 지 애비를 프랑코보다 더 우익이라고 생각하니…… 하지만 어느 날…… 네이선, 들어봐라." 아버지는 나를 바라보고 말했다. "여기 뉴어크에 본부가 있었다. 로버트 트리트 호텔이 어디 있는지 알지? 그 거리였다. 2층이었고. 파크레인 38번지에 사무실이 늘어서 있었는데, 그중 하나에 공산당 본부가 있었지. 네 엄마는 꿈에도 모른다. 알면 날 죽이려 들었을 거야. 그때 네 엄마는 내 여자친구였어. 1930년이었을 거다. 그러니까, 나는 어느 날 화가 단단히 났다. 무슨 사건이 터졌는데, 그게 뭐였는지는 이제 기억이 안 나는구나. 신문에서 뭔가를 읽고 거기에 찾아갔지만, 아무도 없었지. 문이 잠겨 있었어. 다들 점심을 먹으러 나가고 없었던 거야. 난 문손잡이를 잡고 세게 흔들었어. 그게 내가 공산당에 가장 가까이 다가간 순간이었다. 난 문을 세게 흔들며 '문 좀 열어줘요'라고 말했지. 넌 미처 몰랐을 거다, 그렇지?"

"네." 내가 대답했다.

"어쨌거나 이젠 알게 됐구나. 다행히 그 문은 잠겨 있었다. 그리고 다음 선거에서 프랭클린 루스벨트가 대통령이 됐어. 나를 공산당 사무실로 떠밀었던 그 천박한 자본주의는 미국 역사상 처음으로 철두철미한 개혁에 돌입했단다. 한 명의 위대한 사람이 이 나라 자본주의를 자본가의 손에서 구하고, 나 같은 애국자를 공산주의의 손에서 구한 거야. 우리 모두를 공산주의의 산물인 독재정권에서 구해냈지. 나를 뒤흔들어놓았던 사건을 말해주마. 바로 마사리크의 죽음이란다. 린골드 씨, 당신도 나처럼 괴로웠습니까? 난 체코슬로바키아의 마사리크를 항상 존경했습니다. 그의 이름과 그가 국민을 위해 하는 일을 처음 들었을 때부터. 언제나 그를 체코의 루스벨트라 생각했죠. 그래서 그의 죽음을 어떻게 설명해야 할지 몰랐어요. 당신은 어땠습니까, 린골드 씨? 그땐 정말 괴로웠어요. 공산주의자들이 그렇게 훌륭한 사람을 죽였을 거라곤 믿을 수 없었으니까요. 하지만 그건 사실이었죠…… 선생, 난 정치논쟁을 하자는 게 아닙니다. 그저 물어보고 싶은 게 하나 있고, 우리 아들과 내가 어떤 상황에 처해 있는지 알 수 있게 대답해주었으면 하는 겁니다. 당신은 공산당원입니까?"

"아니요, 선생님, 아닙니다."

"이제 제 아들이 물어볼 차례입니다. 네이선, 너도 린골드 씨에게 지금 공산당원인지 물어보거라."

누군가에게 그런 질문을 하는 건 내 정치적 원칙에 완전히 어긋나는 짓이었다. 하지만 아버지가 원했기 때문에, 그리고 아버지가 이미 물어본 결과 별 탈 없었기 때문에, 또 돌아가신 두 삼촌 샘과 시드니 때문에 난 아이라에게 물었다.

"그래요, 아저씨?"

"아니, 절대 아니다."

아버지가 물었다. "당신은 공산당 모임에 안 나갑니까?"

"안 나갑니다."

"당신이 네이선을 초대한 그곳에서도 그럴 계획은 없는 건가요? 그곳이 어디라고 하셨죠?"

"징크타운입니다. 뉴저지 주 징크타운."

"거기에서도 저 아이를 그런 모임에 데려갈 계획은 없는 거고요?"

"네, 선생님, 없습니다. 네이선과 함께 수영하고, 하이킹하고, 낚시를 할 겁니다."

"그 얘길 들으니 정말 안심이 되는군요. 린골드 씨, 당신을 믿겠습니다." 아버지가 대답했다.

"저도 선생님께 질문 하나 해도 될까요?" 아이라는 에이브러햄 링컨을 연기할 때 고개를 비스듬히 기울이고 짓는 익살스러운 미소를 띠고 아버지에게 물었다. "왜 선생님은 처음부터 저를 빨갱이로 보셨습니까?"

"진보당 때문입니다, 린골드 씨."

"그렇다면 헨리 월리스를 빨갱이로 보시는 겁니까? 루스벨트 행정부의 전 부통령을요? 루스벨트 대통령이 빨갱이를 미합중국의 부통령으로 뽑았다고 생각하십니까?"

"그렇게 간단한 문제가 아니에요. 그럼 얼마나 좋겠습니까? 하지만 세상일은 절대 간단하지가 않아요." 아버지가 대답했다.

"주커먼 선생님." 아이라는 전략을 바꿨다. "제가 네이선을 만나 뭘 하는지 궁금하시죠? 전 이 아이가 부럽습니다. 그것뿐입니다. 전 이 아이에게 선생님 같은 아버지가 있어서 부럽고, 우리 형 같은 선생님이 있어서 부럽습니다. 또 눈이 좋아서 두께가 1피트나 되는 안경을 쓰지 않고도 글을 읽을 수 있는 게 부럽고, 학교를 그만두고 가출해서 도랑이나 치는 천치가 아닌 게 부럽습니다. 전 아무것도 숨기지 않았고, 앞으로도 숨길 게 없습니다. 단 하나 숨기는 게 있다면, 저도 언젠가는 네이선 같은 아들을 갖고 싶다는 것뿐입니다. 선생님 말씀대로 이 세상은 간단하지 않지요, 하지만 이것만큼은 분명합니다. 전 선생님의 아들과 얘기를 나누는 게 정말 즐겁습니다. 뉴어크에 사는 어느 아이가 톰 페인을 자신의 영웅으로 여기겠습니까?"

그 순간 아버지는 자리에서 일어나 아이라에게 손을 내밀었다. "린골드 씨, 난 두 아이의 아버집니다. 네이선 밑으로 헨리가 있는데, 그 아이도 우리 집안의 자랑거립니다. 그리고 아버지로서 내 책임은…… 어쨌거나 그 얘긴 여기까지 합시다."

그러자 아이라가 솥뚜껑만한 손으로 아버지의 평범한 크기의 손을 잡고 위아래로 세게 흔들었다. 딱 한 번이었지만 그 악수는 아주 강하고 진지하고 뜨거워서, 아버지의 입에서 기름이나 최소한 물 같은 것이 간헐천처럼 솟구쳐나올 것만 같았다. 아이라가 말했다. "주커먼 선생님. 아들을 잃고 싶지 않으시겠죠. 여기 있는 누구도 이 아이를 훔쳐가지 않을 겁니다."

그 자리에서 나는 환호성을 내지르지 않으려고 초인적인 노력을 기울여야 했다. 난 인생의 최고 목표가 다정하게 악수하는 두 남자를 보고 절대 울지 않는 것인 척해야 했고, 가까스로 성공했다. 그들은 해냈다! 언성을 높이지 않고! 피를 보지 않고! 자극적이고 일그러진 분노를 터뜨리지 않고! 그들은 멋지게 문제를 매듭지었다. 비록 아이라가 진실을 밝히지 않은 덕분이긴 했지만.

나는 이 대목에서 아버지의 얼굴에 드러난 상처를 묘사하고, 다시는 이 문제를 언급하지 않으려 한다. 나는 독자들이 필요한 순간 이 상처를 기억할 거라 믿는다.

아이라와 나는 함께 아버지의 진료실을 나선 뒤, 속이 가득찬 햄샌드위치를 먹으러 몇 블록 떨어진 스토시 식당으로 향했다. 겉으로는 다가올 여름에 징크타운에서 보낼 휴가를 축하하기 위해서였지만, 내심으론 우리가 아버지에게 거둔 승리를 자축하기 위해서였다. 네시 반에 그 식당에서 아이라와 너무 많이 먹은 탓에, 여섯시 오분에 집에 왔을 때는 식욕이 전혀 없었다. 모두 둘러앉아 어머니의 음식을 먹는 동안 나는 식탁에 그저 앉아 있기만 했다. 그리고 그때 아버지의 얼굴에서 상처를 보았다. 아까 진료실에서 다음 환자가 올 때까지 아버지와 잠시라도 얘기를 나눌 수 있었는데, 그러지 않고 아이라와 휑하니 문을 나선 것 때문에 생긴 상처였다.

처음에는 내가 〈자유와 용기〉의 아이언 린과 거의 팔짱을 끼다시피 하고서, 꼭 아버지를 경멸하려고 그런 건 아니지만 분명 우쭐대며 문을 나섰다고 느꼈기 때문에, 자책감에 그런 상처를 상상한 거라고 생각했다. 아버지는 자식을 잃고 싶지 않았다. 그리고 엄밀히 따지면 아무도 아버지에게서 아들을 빼앗아가지 않았다. 하지만 바보가 아닌 이상 이제 아들을 잃었다는 것을, 공산주의자든 아니든 키 6피트 6인치의 훼방꾼이 이겼다는 것을 모를 리 없었다. 난 아버지의 얼굴에서 체념과 실망이 뒤섞인 표정을 보았다. 아버지의 부드러운 회색 눈은 울적함과 허탈감 중간쯤의 무언가에 젖어 있었고, 괴로움에 짓눌려 있었다. 그 표정은 아이라와 단둘이 있을 때나, 나중에 리오 글럭스먼이나 조니 오데이, 또는 그 누구와 있을 때에도 뇌리에서 완전히 사라지지 않았다. 그 사람들에게서 가르침을 받는 것만으로도 왠지 아버지를 무시하는 듯한 느낌이 들었다. 그 표정을 띤 아버지의 얼굴이 항상 내 앞에서 인생의 가능성을 가르치는 사람의 얼굴 위에 겹쳤다. 배신의 상처를 입은 아버지의 얼굴이.

아버지가 다른 사람에게 상처받을 수 있다는 사실을 처음 깨닫는 순간이 유쾌하지는 않았다. 하지만 아버지가 나에게 상처받을 수 있고, 이제 내가 아버지를 필요로 하는 것보다 아버지가 나를 더 필요로 한다는 걸 깨닫는 순간, 또 내가 실제로 아버지를 두렵게 할 수도 있고, 심지어 마음만 먹으면 짓뭉갤 수도 있다는 걸 깨닫는 순간, 뭐랄까, 이런 깨달음은 평상시 효의 관념과 너무 어긋나 애당초 말이 안 되는 것처럼 다가온다. 아버지는 발치료사로, 가족의 부양자이자 보호자로 모든 고생을 마다하지 않았지만, 이제 나는 다른 사람과 함께 아버지의 그늘에서 도망치고 있었다. 예쁜 딸에게 애인이 생긴 것처럼 아들에게 또 다른 아버지가 생긴다는 것은 감정적으로나 도덕적으로나 당사자가 생각하는 것보다 더 위험한 게임이다. 하지만 내가 그 짓을 하고 있었다. 늘 양자로 삼기에 좋은 아이가 되려 했던 나는 아버지를 사랑하면서도 새로운 아버지를 찾으려는 시도에서 오는 죄책감을 피할 수 없었다. 내가 아이라나 다른 누구 앞에서 아버지를 비난하고 값싼 이득을 얻으려 해서가 아니었다. 단지 내게 주어진 자유를 누리는 과정에서 다른 누군가를 얻기 위해 사랑하는 사람을 내팽개친다는 것만으로도 충분히 그런 감정이 들었다. 차라리 아버지를 미워했다면 쉬웠을 것이다.

시카고 생활 삼 년째에 나는 추수감사절 휴가를 맞아 여자친구를 데리고 집에 갔다. 좋은 집안에서 태어난 예의바르고 영리한 여자였다. 부모님이 그녀와 얘기를 나누면서 즐거워하던 모습이 아직도 눈에 선하다. 어느 날 저녁, 어머니가 우리 집에서 저녁을 먹은 이모와 거실에서 담소를 나누는 동안, 아버지는 여자친구와 나를 데리고 길모퉁이 잡화점에 갔다. 우리 셋은 함께 앉아 아이스크림선디를 먹었는데, 도중에 내가 면도크림 같은 것을 사려고 계산대로 갔다 테이블로 돌아와보니 아버지는 마주 앉은 내 여자친구를 향해 몸을 기울이고 있었다. 아버지는 그녀의 손을 잡고 있었는데, 나는 아버지가 "우린 네이선이 열여섯 살 때 그 아일 잃었단다. 그 아인 열여섯에 우릴 떠났지"라고 말하는 걸 우연히 들었다. 그 말은 내가 그를 떠났다는 뜻이었다. 여러 해가 흐른 뒤에도 아버지는 내 아내들에게 똑같은 말을 하곤 했다. "열여섯에 그 아인 우릴 떠났지." 그 말은 내 인생의 모든 실수가 그때 너무 성급하게 둥지를 떠난 데서 비롯되었다는 뜻이었다.

아버지가 옳았다. 그런 실수들이 없었다면 나는 여전히 우리집 현관 계단에 편히 앉아 있을 테니까.

아이라가 어느 정도 진실을 밝힌 것은 그로부터 약 이 주 뒤였다. 어느 토요일 아이라는 머리 선생님을 보러 뉴어크에 왔고, 그와 나는 시청 근처에 있는 바 겸 식당에서 점심을 먹기 위해 시내에서 만났다. 아이라가 "육 비트*"라고 셈하는 칠십오 센트로 구운 양파, 피클, 감자튀김, 양배추샐러드, 케첩을 곁들인 숯불구이 스테이크 샌드위치를 사먹을 수 있는 식당이었다. 우린

* 미국 구어로 일 비트는 12.5센트.

디저트로 아메리칸 치즈를 곁들인 애플파이를 각각 주문했다. 내 딴에는 아이라가 알려준 그 조합이 '바 겸 식당'에서 파이 한 조각을 남자답게 먹는 방법일 거라고 추측했다.

그러고 나서 아이라는 가져온 꾸러미를 열더니, '소비에트 군악대와 합창단 애창곡 모음집'이란 제목의 음반집을 내게 건넸다. 지휘 보리스 알렉산드로프. 베이스 아르투르 예이젠과 알렉세이 세르게예프. 테너 니콜라이 아브라모프. 음반집 표지에는 지휘자, 군악대, 합창단의 사진("〈소프포토〉지의 승인하에 게재함")이 있었는데, 소련 군복을 입은 약 이백 명에 달하는 인원이 대리석으로 지은 거대한 인민의 전당에서 공연하는 장면이었다. 소련 노동계급을 위한 회관에서.

"이거 들어본 적 있니?"

"아뇨." 내가 말했다.

"가져가서 들어봐라. 네 거다."

"고맙습니다, 아저씨. 멋져요."

하지만 무서웠다. 어떻게 이 음반집을 집에 가져가지? 게다가 집에서 과연 들을 수 있을까?

점심을 먹은 후 아이라의 차를 타고 동네로 돌아가는 대신, 나는 워싱턴 스트리트 대로변에 있는 중앙도서관에 가서 역사 리포트를 써야 한다고 말했다. 식당 밖에서 나는 아이라에게 점심과 선물에 대해 한번 더 감사를 표했다. 아이라는 스테이션왜건을 타고 리하이 애비뉴의 머리 선생님 댁으로 떠났고, 나는 브로드 스트리트를 따라 군사공원과 거대한 중앙도서관이 있는 쪽으로 걸어갔다. 나는 정말 목적지가 도서관인 양 마켓 스트리트를 지나 공원까지 갔지만, 렉터 스트리트에서 왼쪽으로 꺾지 않고 오른쪽으로 홱 방향을 돌려 후미진 강변길을 따라 펜실베이니아 역으로 갔다.

역에서 나는 신문 파는 사람에게서 일 달러를 잔돈으로 바꿔 이십오 센트 동전 네 개를 손에 쥐고 물품보관함으로 갔다. 동전 하나를 가장 작은 보관함 투입구에 넣고, 그 안에 음반집을 밀어 넣었다. 그리고 보관함 문을 탕 소리가 나게 닫고 태연하게 열쇠를 바지 주머니에 넣은 다음에야 도서관으로 발길을 돌렸다. 하지만 도서관에서는 그 열쇠를 어디에 숨길지 고민하며 몇 시간 동안 앉아 있는 것 외에 딱히 할 일이 없었다.

아버지는 주말 내내 집에 있었지만 월요일이 되자 진료실로 출근했고, 어머니는 월요일 오후면 이모를 만나러 어빙턴에 갔다. 그래서 나는 마지막 수업을 마친 후 학교 건너편에서 14번 버스를 잡아타고 종점인 펜실베이니아 역으로 가서 보관함에서 음반집을 꺼내 그날 아침 학교에 갈 때 접어서 공책 사이에 끼워 뒀던 뱀버거 쇼핑백에 넣었다. 그리고 집에 가지고 와서 어머니가 유월절 유리접시들을 마분지 상자에 넣어 보관하는 지하의 좁고 밀폐된 창고에 음반집을 숨겼다. 봄이 오고 유월절이 되면 어머니가 그 주에 쓸 접시를 꺼낼 테니 다른 장소를 찾아 음반집을 숨겨야 하겠지만, 당분간은 뇌관을 제거한 셈이었다.

대학에 들어간 뒤에야 나는 그 레코드판을 전축에 올려놓을 수 있었다. 그 무렵 나와 아이라는 이미 소원해져 있었다. 그렇다고 소비에트 합창단이 노래한 〈당신의 병사를 기다리며〉 〈어느 군인에게〉 〈병사의 작별〉, 그리고 〈두비누시카〉를 들을 때, 전 세계 노동자의 이상인 평등과 정의가 내 가슴속에서 되살아나지 않은 건 아니었다. 기숙사 방에서 나는 그 음반집을 도랑에 내버리지 않을 만큼 배짱이 있다는 데 자부심을 느꼈다. 비록 아직은 음반집에 담긴 의미를 이해할 정도로 배짱이 있었던 건 아니지만 말이다. 아이라는 그 음반집을 주며 이렇게 말하려고 했을 것이다. "그래, 난 공산주의자다. 물론이지. 하지만 나쁜 공산주의자가 아니야. 마사리크 같은 사람을 죽이는 그런 공산주의자가 아니라 인민을 사랑하고 이 노래들을 사랑하는 아름답고 순수한 공산주의자야!"

"다음날 아침에 무슨 일이 있었던 건가요?" 내가 머리 선생님에게 물었다. "그날 왜 아이라가 뉴어크에 온 건가요?"

"아이라는 새벽 늦게야 잠자리에 들었지. 이브하고 네시까지 낙태 얘길 했으니까. 아침 열시경에도 여전히 자고 있었는데 아래층에서 시끄러운 소리가 나서 깼다더군. 아이라는 11번가 집의 2층 부부 침실에 있었는데, 계단 아래에서 그 목소리가 들려왔어. 실피드였지……

아이라를 처음 화나게 했던 게 뭐였는지 내가 얘기했던가? 실피드가 두 사람의 결혼식에 오지 않겠다고 고집을 부린 거였다네. 이브는 실피드가 플루티스트와 공연을 하는데, 둘이 연습할 수 있는 날이 결혼식이 열리는 일요일뿐이라고 설명했지. 아이라는 실피드가 결혼식에 오든 말든 그다지 상관없었지만, 이브는 그렇지 않았어. 이브가 울고불고하면서 괴로워하는 바람에 아이라는 화가 났지. 이브는 딸에게 끝도 없이 자신을 고통스럽게 만들 수단과 권력을 주었어. 그러고는 그녀는 상처를 받았지만, 아이라는 그런 모습을 처음 봤기 때문에 노발대발했지. '엄마 결혼식이란 말이오. 제 엄마가 그렇게 원하는데 어떻게 결혼식에 안 오겠다고 하는 거요? 실피드한테 오라고 말해요. 부탁하지 말고 명령을 하란 말이오!' 그러자 이브가 말했지. '그렇게는 못해요. 이건 그애의 직업이에요. 그애의 음악이라구요.' 아이라는 이렇게 대꾸했어. '좋아, 그렇다면 내가 얘기하지.'

결국 이브가 딸애와 얘기를 했다네. 무슨 얘길 했는지, 무슨 약속을 했는지, 뭐라고 애원했는지 몰라도 실피드는 결혼식장에 나타났어. 항상 하고 다니는 차림새대로 머리에 스카프를 두르고. 그애는 곱슬머리라 그리스풍 스카프를 두르고 다녔네. 제 딴엔 멋스럽다고 생각했지만, 제 엄마는 질색했지. 게다가 페전트

블라우스는 실피드를 거구로 보이게 했어. 그리스풍 자수가 놓인 속이 비치는 블라우스였지. 귀고리는 굴렁쇠만했고, 팔찌는 수십 개나 돼서 걸을 때마다 절그렁거렸지. 자네도 그 소릴 들었어야 했는데. 자수 놓인 누더기 옷에다 치렁치렁한 장신구라니. 또 그리니치빌리지에서나 팔 것 같은 그리스풍 샌들을 신었는데, 무릎까지 올라오는 가죽끈이 살을 파고들어 자국을 남겼지. 그게 또 이브를 비참하게 만들었어. 하지만 모양새야 어떻든 딸애가 왔으니 이브는 행복했지. 그래서 아이라도 행복했고.

8월 말, 각자의 프로를 끝낸 뒤 두 사람은 결혼식을 올렸고, 케이프코드로 가서 긴 주말을 보냈다네. 그런 다음 집에 와보니 실피드가 사라져버린 거야. 쪽지도, 아무것도 없었지. 두 사람은 실피드의 친구들한테 전화를 걸었고, 혹시 아버지한테 가지 않았을까 싶어 프랑스에도 전화를 걸었다네. 그리고 경찰에 전화했지. 나흘째 되던 날 마침내 실피드가 들어왔어. 줄리아드에서 그녀를 가르쳤던 늙은 선생님의 어퍼웨스트사이드 집에 있었다는 거야. 이브의 집에서 가까운 데였지. 실피드는 마치 그들이 언제 돌아오는지 몰랐던 것처럼 굴었고, 96번가에 있는데 왜 전화를 해야 하느냐는 투로 얘기했다네.

그날 저녁 세 사람은 함께 저녁을 먹었어. 끔찍한 침묵이 흘렀지. 딸애가 저녁을 먹는 모습을 지켜보던 이브는 힘이 쭉 빠졌어. 즐거운 저녁이라도 실피드의 몸무게는 엄마를 미치게 했는데, 그날은 즐거운 저녁도 아니었으니까.

실피드는 늘 음식이 나오는 대로 접시를 깨끗이 비웠다네. 아이라는 군대 식당에서 게걸스러운 놈들을 많이 봤기 때문에 에티켓 따위는 크게 신경쓰지 않았어. 하지만 고상하기로 둘째가라면 서러워할 이브는 싹싹 먹어치우는 실피드를 보는 것 자체가 고문이었어. 누구보다 실피드가 그걸 잘 알고 있었지.

실피드는 검지를 옆으로 세워서 빈 접시 가장자리를 한 바퀴 훑어 남은 소스와 지스러기를 쓸어모은 다음 손가락을 핥곤 했지. 접시에서 뽀드득 소리가 날 때까지 계속. 어쨌든 잠시 사라졌다 집에 돌아온 그날 저녁에 실피드가 그런 식으로 접시를 닦아대자, 평소에는 간신히 참고 넘어갔던 이브도 결국 무너져버렸다네. 석고를 바른 듯 평온하게 짓고 있던 이상적인 엄마의 미소를 더 유지할 수 없었지. 이브는 비명을 질렀네. '그만해! 그만하라니까! 넌 스물세 살이야! 제발 그만하라고!'

갑자기 실피드가 일어나더니 이브의 머리를 패기 시작했어. 엄마를 쫓아다니면서 두 주먹으로 말이야. 아이라는 벌떡 일어났고, 그 순간 실피드가 날카롭게 비명을 질러댔어. '이 개 같은 유대인 년!' 아이라는 의자에 털썩 주저앉았지. 그리고 말했어. '안 돼. 그러면 안 된다. 난 이제 한식구야. 난 네 엄마의 남편이다. 내 앞에서 엄마를 때리면 안 돼. 다시는 그러지 마라, 절대로. 이건 명령이야! 그리고 내 앞에서 절대 그 말 쓰지 마라. 절대로.

내 앞에서는 절대 안 돼. 그 더러운 말 다시는 쓰지 마라!'

아이라는 자리에서 일어나 밖으로 나왔네. 마음을 진정시키려고 평소 하던 대로 그리니치빌리지에서 할렘까지 한 바퀴 돌았지. 분노를 가라앉히기 위해 갖은 애를 쓰며 왜 실피드가 화를 냈는지 모든 이유를 되짚어봤다네. 우리 형제의 계모와 아버지. 그들이 그를 어떻게 다뤘는지 떠올려보고, 무엇 때문에 그들을 미워했는지 생각해봤어. 앞으로 살아가면서 남에게 절대 하지 않겠다고 맹세했던 그 모든 끔찍한 일. 하지만 그가 할 일이 뭐가 있겠나? 그애는 제 엄마에게 주먹을 휘두르고, 유대인 년, 개같은 유대인 년이라고 욕을 하는데. 아이라가 뭘 할 수 있겠어?

아이라는 자정 무렵에 돌아왔고, 아무것도 하지 않았어. 그냥 새신부와 잠자리에 들었지. 놀라운 일이지만, 그게 다였어. 아침에 아이라는 새신부, 새딸과 함께 식탁에 앉아 아침식사를 하며 우리 모두 다정하고 화목하게 살았으면 좋겠다고, 그러려면 서로를 존중해야 한다고 얘기했네. 모든 걸 조리 있게 설명하려 애쓰면서. 어렸을 때 아버지가 말하던 방식과는 완전히 딴판이었지. 아이라는 어젯밤 보고 들은 것 때문에 여전히 기가 막히고 화가 나 있었지만, 그래도 실피드가 실제로는 반유대주의자가 아니며 반비방연맹*이란 말의 진정한 의미를 알고 있을 거라

* 소수인종 차별에 반대하는 동시에 시오니즘 성격을 강하게 띠는 유대인 단체.

애써 믿었다네. 물론 그랬을 거야. 실피드는 자기가 옳다고 믿는 경향이 있었는데 그 정도가 워낙 심하고, 워낙 배타적이고, 워낙 무의식적이어서, 역사적으로 내려오는 아무리 단순하고 쉬운 적대감이라도 뿌리를 내릴 틈이 없었으니까. 유대인 증오 같은 건 그 아이 마음에 들어설 자리가 없었지. 어쨌든 반유대주의는 실피드에게 너무 이론적이었어. 실피드가 누군가를 싫어할 때는 그럴 만한 이유가 있어 그러는 거였지. 일반적인 이유 같은 건 없었어. 누군가 그애의 행동을 막거나 시선을 방해한 거야. 누구라도 자신이 누리는 왕족의 우월감, 이브 딸로서의 권리를 모욕하면 화를 냈다네. 아이라가 제대로 짐작했듯 그 모든 사건은 유대인 증오와 상관이 없었지. 유대인이나 흑인, 혹은 복잡한 사회적 문제를 안고 있는 어떤 집단—당장의 개인적 문제를 겪고 있는 사람들과는 대척점에 서 있는 이들—에도 아무 관심이 없었던 거야. 실피드는 단지 아이라와 함께 있는 그 순간만 염두에 두었다네. 결국 그 아이가 못되고 모멸적인 말을 내뱉은 이유는 딱 하나였어. 본능적 계산에 따라 불쾌하고, 더럽고, 역겹고, 참을 수 없을 만한 말을 내뱉어 아이라가 문을 박차고 나가 다시는 그 집에 들어오지 않게 하려는 것. '개 같은 유대인 년'은 유대인을 욕한 것도, 유대인 어머니를 욕한 것도 아니었어. 바로 아이라의 존재를 욕한 것이었어.

하지만 이 모든 걸 밤새 고민한 끝에 아이라는 마음속으로 결정을 내렸네. 실피드에게 사과를 요구하지 말고, 그애가 던진 암시를 받아들여 사라지지도 말자. 차라리 그애한테 사과를 하자. 현명하고 신중한 사람은 이렇게 하는 거다, 간섭해서 미안하다고 오히려 사과를 해서 그 아일 길들이자. 그는 결국 낯선 사람이고, 외부인이고, 친아버지도 아닌데다, 실피드가 좋아하거나 신뢰할 이유가 눈곱만큼도 없는 미지의 인물 아닌가? 아이라는 실피드를 붙잡고 말했네. 자신 역시 하나의 인간이고 인간은 좋은 면만 있는 게 아니니, 자신을 싫어하고 의심할 이유는 충분할 거라고. '네 전 새아버지가 끔찍했다는 건 나도 안다. 하지만 내게 기회를 줘보지 않겠니? 내 이름은 점보 프리드먼이 아니야. 난 그런 사람과는 성격도 출신도 달라. 내게 기회를 줘봐, 실피드. 구십 일이면 어떻겠니?'

그런 다음 아이라는 점보 프리드먼의 탐욕에 대해 설명했어. 미국의 부패에서 어떻게 그런 탐욕이 생겨났는지. '그건 더러운 게임이야. 미국적인 방식이지. 이른바 내부자 게임이라는 거다.' 아이라가 실피드에게 말했지. '점보는 대표적인 내부자였어. 진짜 부동산 투기꾼도 아니었지. 그것만으로도 충분히 나쁘지만, 그는 투기꾼의 탈을 쓴 사기꾼이었다. 거래를 하고도 장부에 땡전 한 푼 기입하지 않았어. 기본적으로 미국에서 큰돈은 그렇게 비밀스럽게 만들어진단다. 알겠니? 아무도 모르게, 지하에서 거래돼. 물론 겉으로는 모두 똑같은 규칙을 지키게 돼 있어. 물론 미덕을 갖춘 체하고, 모두가 공정하게 행동하는 체해. 봐라, 실피드. 투기꾼과 투자가의 차이를 아니? 투자가는 부동산을 보유하고 위험을 감수해. 이익을 얻기도 하고 손해를 보기도 해. 하지만 투기꾼은 거래를 한단다. 토지를 정어리처럼 사고파는 거야. 그런 식으로 큰돈을 벌어. 한데 대공황이 오기 전에 사람들은 가진 재산을 은행에 담보로 잡혀 구한 돈으로 투기를 했단다. 그러다보니 대부금을 갚아야 할 때 갚지 못하고 땅을 잃게 됐지. 그 땅은 은행 소유가 되고, 점보 프리드먼 같은 자들의 수중에 들어가게 된 거야. 은행은 그 무가치한 땅문서로 현금을 만들기 위해 땅을 아주 싼값에 내놓아야 했거든. 일 달러짜리를 일 페니에……'

교육자 아이라, 마르크스주의 경제학자 아이라, 조니 오데이의 수제자 아이라. 아무튼 이브는 날아갈 듯 기뻤어. 새로운 여자가 됐고, 모든 게 다시 완벽해졌으니까. 자신을 위해주는 진짜 남자, 딸아이를 위해주는 진짜 아버지. 마침내 아버지 노릇을 제대로 하는 버젓한 아버지가 생긴 거야!

아이라가 설명했어. '자, 실피드. 여기서 불법이 저질러지는 거야. 서로 짜고 거래를 해. 그들끼리 공모하고 결탁해……'

강의가 끝나자 이브는 자리에서 일어나 실피드한테 다가가 손을 꼭 잡고 말했어. '사랑한다, 우리 딸.' 그런데 한 번이 아니었네. '사랑해 우리 딸, 사랑해 우리 딸, 사랑해 우리 딸, 사랑해 우리 딸, 사랑해 우리 딸.' 이브는 그 아이 손을 꼭 잡고 사랑한다고 노래를 했어. 한 번 되풀이할 때마다 더 애절하게. 이브는 연기자였으니, 진심 어린 감정을 느끼면 조금도 의심하지 않고 그 감정을 확신하는 능력이 있었어. '사랑해 우리 딸, 사랑해 우리 딸, 사랑해 우리 딸.' 그때 아이라는 어떤 생각을 했을까? 그만둬야 한다고? 이 여자는 폭력에 시달리고 있다, 이 여자는 내가 모르는 큰 문제에 직면해 있다, 이 가정은 불화에 시달리고 있지만 내가 할 수 있는 건 없다, 이런 생각을 했을까?

아닐세. 모든 핸디캡을 딛고 여기까지 온 아이언맨이 스물세 살 된 아이한테 질 수는 없다고 생각했지. 녀석은 감상에 젖어 있었어. 이브 프레임을 미친 듯이 사랑했고, 이브 같은 여자를 만난 적이 없었고, 그녀가 자신의 아이를 낳아주길 원했지. 아이라는 가정과 가족과 미래를 갖고 싶었어. 다른 사람들처럼 저녁 식사를 하고 싶었지. 혼자 식당에서 지저분한 그릇에 담긴 설탕을 커피에 타 마시는 게 아니라, 자기 가족과 훌륭한 식탁에 둘러앉아 저녁을 먹고 싶었던 거야. 고작 스물세 살짜리가 성질을 부린다고 지금까지 꿈꿔왔던 모든 걸 포기해야 할까? 개자식들과 싸우자. 놈들을 교육시키자. 놈들을 변화시키자. 누군가가 앞장서서 문제를 해결하고 사람들을 바로잡을 수 있다면, 그건 바로 아이라이고, 아이라의 고집이었지.

일단 사태는 진정됐다네. 주먹다짐을 하거나 분노가 폭발하는 일은 없었어. 실피드가 이야기를 잘 알아들은 듯했지. 때로는 식탁 앞에서 아이라의 말을 귀담아들으려고 이 분 정도 노력하기도 했어. 아이라는 생각했지. 내가 이 집에 들어온 게 충격이었구나, 그래서 그랬구나. 아이라였기 때문에, 포기할 줄 몰랐기 때문에, 물러설 줄 몰랐기 때문에, 모든 걸 누구에게나 예순두 번씩 설명하는 성격이었기 때문에 그는 자기 말이 먹혀들었다고 믿었지. 아이라는 실피드한테 엄마를 존경하라고 요구했고, 그렇게 만들 수 있을 거라 믿었어. 하지만 그건 실피드로서는 받아들일 수 없는 요구였지. 제 엄마를 쥐고 흔들 수 있는 한 무엇이든 가질 수 있는데, 아이라가 그걸 방해하고 나선 거니까. 아이라는 소리도 지르고 고함도 쳤지만, 엄마의 인생에 들어온 남자 중에서 자기를 점잖게 대해준 첫번째 남자였어. 실피드는 그걸 결코 받아들일 수 없었지.

당시 실피드는 전문 연주자의 길에 들어선 참이었어. 라디오 시티 뮤직홀 오케스트라에 제2하피스트로 들어갔지. 실피드는 일주일에 한두 번씩 꽤 정기적으로 불려갔고, 이스트식스티즈의 근사한 레스토랑에서 금요일 밤마다 연주하는 일도 시작했네. 아이라는 그리니치빌리지에서 그 레스토랑까지 실피드의 하프를 실어날랐고, 연주가 끝나면 다시 가서 하프와 실피드를 실어왔지. 아이라는 자신이 모는 스테이션왜건을 집 앞에 대놓고 안으로 들어가 하프를 들고 계단을 내려왔어. 펠트 커버에 싸여 있는 하프의 기둥을 한 손으로 잡고, 다른 손을 울림구멍에 넣어

들고 운반해서 스테이션왜건에 깔린 매트리스에 올린 다음 실피드와 함께 레스토랑까지 갔네. 또 레스토랑에 도착하면, 스타 성우인 그가 차에서 하프를 꺼내 안으로 날랐지. 열시 삼십분에 레스토랑이 문을 닫고 실피드가 돌아갈 준비를 마치면, 아이라는 실피드를 태우러 와서는 그 모든 과정을 되풀이했어. 매주 금요일마다. 아이라는 자신에게 주어진 그 노역을 정말 싫어했다네. 그놈의 것이 80파운드나 나갔거든. 하지만 말없이 했다네. 한번은 뼈가 부러져 병원에 입원했는데, 나한테 이러더군. '이브는 딸애의 하프를 운반시키려고 나와 결혼했어! 그래서 나와 결혼한 거야! 그 빌어먹을 하프를 옮기라고!'

금요일 저녁 그렇게 레스토랑을 오가면서 아이라는 이브가 있을 때 하지 못한 얘기들을 실피드와 주고받았네. 실피드에게 영화배우의 자식으로 사는 게 어땠는지 물었지. '실피드, 어렸을 때, 그러니까 네가 다르다는 걸 깨달았을 때 다른 애들은 이렇게 자라지 않을 거라는 생각 해본 적 없어?' 실피드는 그들이 살던 비벌리힐스에 관광버스가 드나들었을 때 그런 생각을 했다고 이야기했지. 그 아인 십대가 되기 전까지는 부모의 영화를 본 적이 없었다는군. 그 아일 평범하게 키우고 싶었던 부모가 집에선 영화를 틀지 않았던 거야. 다른 영화배우의 아이들과 함께 비벌리힐스에서 부잣집 아이로 살아 그런 생활도 평범하게 느껴졌는데, 언제부턴가 관광버스가 집 앞에 멈춰 서고 관광가이드가 이렇게 말하는 게 들리기 시작했다더군. '여기가 칼턴 페닝턴의 집입니다. 페닝턴과 그의 아내 이브 프레임이 살고 있죠.'

실피드는 영화배우의 아이들을 위한 생일파티 얘기도 했지. 광대, 마술사, 조랑말, 인형극 따위를 준비했다더군. 또 각각의 아이들한테 하얀 간호사복을 입은 유모가 딸려 있어, 식사할 때는 그들이 아이들 뒤에 붙어 각자 시중을 들었지. 페닝턴 부부는 집 안에 꾸며놓은 영화감상실에서 영화를 틀었다네. 열다섯 명에서 스무 명 정도의 아이들이 보러 오곤 했지. 그러면 유모들이 따라와 아이들 뒤에 앉았네. 영화를 볼 때에도 실피드는 격식을 갖춘 옷을 입어야 했어.

실피드는 제 엄마 옷에 대해서도 얘기했어. 엄마의 옷이 자기 같은 꼬마에게 얼마나 놀라웠는지 말이야. 온갖 종류의 거들, 브라, 코르셋, 허리보정 속옷, 스타킹, 신을 수 있을까 싶은 구두. 당시에는 그런 것을 신고 입었지. 실피드는 자기도 과연 이런 옷을 입을 수 있을까 생각했다네. 죽었다 깨도 못 입을 것 같았거든. 그 머리치장하며, 슬립하며, 진한 향수하며. 실피드는 자기한테도 과연 그런 날이 올까 궁금했다고 말했지.

또 제 아빠 얘기도 했어. 그저 몇 가지만 말했을 뿐이지만 아이라는 실피드가 어렸을 때 아빠를 얼마나 좋아했는지 충분히 알 수 있었지. 그에게 보트가 한 척 있었는데, 이름이 실피드였다네. 보트는 샌타모니카 부두에 있었어. 일요일이면 같이 배를 타고 카탈리나까지 나갔는데, 그녀의 아빠가 키를 잡았지. 부녀는 함께 말을 타기도 했어. 그 시절엔 로데오 드라이브에서 선셋 불러바드까지 이어지는 승마 전용 도로가 있었거든. 페닝턴은 비벌리힐스 호텔 뒤에서 폴로 경기를 한 뒤, 실피드와 단둘이 그 도로를 날리곤 했네. 어느 크리스마스에는 그녀의 아빠가 영화사의 스턴트맨을 시켜 딸에게 줄 선물을 소형비행기에서 떨어뜨리기도 했지. 집 뒤쪽 잔디밭 위를 낮게 날면서 선물을 떨어뜨린 거야. 실피드의 아빠는 런던에서 만든 셔츠를 입었네. 그의 셔츠와 구두는 다 런던에서 만든 거였어. 그 시절 비벌리힐스 남자들은 누구나 셔츠에 넥타이를 매고 돌아다녔지만, 특히 페닝턴은 그들 중에서도 옷을 제일 잘 입었지. 실피드가 보기에 할리우드를 통틀어 제 아빠보다 잘생기고 쾌활하고 매력적인 사람은 없었네. 그런데 열두 살 때 엄마와 아빠가 이혼했고, 실피드는 비뚤어지기 시작한 거야.

금요일 밤마다 실피드는 이런 얘기를 모두 아이라에게 털어놓았고, 아이라는 뉴어크에 와서 내게 이야기해주었지. 난 내가 완전히 틀렸구나, 아이라가 그 아이와 친구가 되겠구나 생각했네. 세 사람은 이제 막 함께 살기 시작했고, 그 모든 대화는 실피드와 인간적으로 접촉하고 평화협정을 맺으려는 노력이었어. 그건 효과가 있어 보였어. 친밀함 같은 게 싹트기 시작했으니까. 아이라는 심지어 한밤에 실피드가 연습중일 때 방에 들어가 이것

저것 묻기도 했지. '도대체 그건 어떻게 연주하는 거니? 솔직히 누가 하프 연주하는 걸 보면……' 그러면 실피드는 '하포 막스* 가 생각나죠?'라고 말했어. 둘은 함께 웃었지. 사실이었거든. 아이라는 또 물었지. '소리는 어디서 나지? 왜 줄 색깔은 제각각이고? 어느 페달이 어느 건지 어떻게 기억하니? 손가락 아프지 않아?' 아이라는 관심이 있다는 걸 보여주기 위해 묻고 또 물었고, 실피드는 하프 소리가 어떻게 나는지 설명하고, 굳은살을 보여줬어. 상황은 좋아지는 것처럼 보였고, 모든 게 잘 풀릴 것 같았지.

하지만 그날 아침에 일이 터진 거야. 전날 밤 이브는 아기를 낳지 못하겠다면서 울고불고했지. 아이라는 그래, 어쩔 수 없는 노릇이지, 라고 생각하고 그녀를 캠던의 의사에게 데려가기로 동의했어. 그런데 그날 아침 계단 아래에서 그 소리가 들려온 거야. 실피드가 제 엄마한테 얘기하는 소리였는데, 진짜 무섭게 엄마를 몰아붙였지. 아이라는 침대에서 벌떡 일어나 침실 문을 열었고, 그 순간 실피드의 얘길 들었다네. 이번에는 개 같은 유대인 년이라고 욕하지 않았어. 그보다 더 심했지. 오죽하면 그 얘길 듣자마자 뉴어크로 달려왔겠나? 그렇게 해서 자네와 아이라가 만난 거였네. 아이라는 우리 집 소파에서 이틀 밤을 보냈지.

그날 아침, 그 순간에 아이라는 이브가 나이 때문에 자신의 아

---

* 미국의 코미디언 삼형제 막스 브러더스의 둘째.

이를 낳을 수 없겠다고 말한 게 아니란 걸 깨달았네. 아이를 낳으면 경력에 금이 갈 거라는 이브의 걱정이 사실이 아니란 걸 깨닫고는 정신이 번쩍 들은 거였어. 실은 이브도 아기를 원했어. 그것도 동생만큼이나 간절히. 그래서 사랑하는 남자의 아기를 지우기로 결심하는 게, 더구나 마흔하나의 나이에 결코 쉽지 않았던 거야. 이브는 자신의 무능함에 뼈저리게 슬퍼했지. 아기를 낳을 정도로 관대하지 못하고, 여유가 없고, 자유롭지 못한 자신 때문에 정말 가슴이 아팠어. 그래서 그렇게 울었던 거야.

그날 아침 아이라는 낙태가 이브의 결정이 아니란 걸 깨달았네. 그건 실피드의 결정이었어. 그날 아침 아이라는 그 일이 자신의 아기를 어떻게 할지 결정을 내리는 게 아니라는 사실을 깨달았네. 어떻게 할지 결정하는 대상은 바로 실피드의 아기였던 거야. 낙태는 이브가 딸애의 분노를 피하기 위해 선택한 거였어. 경고음이 울렸지만, 아직은 깨끗이 포기할 정도로 크게 울리진 않았다네.

그래, 하프 연주와는 거리가 먼 짐승 같은 말들이 실피드의 입에서 쏟아져나왔지. 실피드는 소리질렀어. '또다시 애를 낳기만 해봐. 그 멍청한 애새끼가 잠자고 있을 때 목 졸라 죽여버릴 테니까!'"

4

아이라가 이브 모녀와 살던 웨스트 11번가의 저택, 그곳의 도회적 세련미, 아름다움, 안락함, 사치스러우면서도 친밀하게 다가오는 절제된 분위기, 수천 가지 세부장식의 차분한 미적 조화, 전체적으로 하나의 훌륭한 예술작품처럼 느껴지는 저택의 푸근한 분위기는 그로부터 일 년 반 후에 입학한 시카고 대학처럼 내 인생관을 바꿔놓았다. 문을 들어서기만 했는데도 열 살은 더 먹은 느낌이 들었고, 자라면서 대부분 별다른 노력 없이 흔쾌히 믿어왔던 인습들에서 자유로워진 기분이었다. 아이라의 존재 덕분에, 소매가 상당히 짧은 체크무늬 플란넬셔츠와 헐렁한 코르덴 바지 차림으로 낡은 로퍼를 신고 쿵쿵거리며 편안하게 활보하는 아이라의 태도 덕분에 나는 내가 알지 못하던 부와 특권의 분위기에 압도당하지 않을 수 있었다. 그리고 아이라가 지닌 매력의 큰 부분을 차지하는 서민적 적응력, 뉴어크의 흑인 거리 스프루스 스트리트에서나 이브의 살롱에서나 똑같이 빛을 발하는 그 편안함 때문에 나는 상류층의 생활이 얼마나 아늑하고 편안할 수 있는지, 얼마나 가정적일 수 있는지 금방 알아챌 수 있었다. 고급문화도 마찬가지였다. 그건 마치 외국어의 이국적 발음이 소외감을 불러일으키기는 해도, 외국인들이 유창하게 말하고 있는 내용이 내가 평생 영어로 들어왔던 것 이상은 아니라는 사실을 깨우친 기분이었다.

시, 소설, 희곡, 역사서, 그리고 고고학과 고대 유물, 음악, 의상, 무용, 미술, 신화에 관한 엄청난 수의 장서가 서가에 가지런히 꽂혀 있었고, 전축 양옆의 6피트 높이 진열장에 빽빽하게 꽂힌 클래식 레코드, 벽에 걸린 그림, 드로잉, 판화, 벽난로 선반과 테이블 위에 가득 진열된 예술품, 작은 조상, 법랑함, 귀한 원석, 화려한 작은 접시, 앤티크 천문 기구, 어떤 것은 표현하는 바를 알아볼 수 있고 어떤 것은 기묘하고 추상적으로 보이는, 유리와 은과 금을 깎아 만든 진기한 물건들이 즐비했다. 이것은 인테리어나 장식용 골동품이 아니라 삶의 즐거움과 결부돼 있는 동시에 감식안과 지성을 통해 깊은 의미에 도달하려는 인류의 열망과 도덕성과 결부돼 있는 소유물이었다. 이런 환경에서 석간신문을 찾아 이 방 저 방 돌아다니고, 난롯불 앞에 앉아 사과를 먹는 건 그 자체로 매우 진취적인 행위일 수 있었다. 설령 그렇지 않다 해도, 충분히 깨끗하고 정갈하고 안락하지만 나 자신에게나 다른 누구에게도 이상적인 인간조건을 환기해본 적이 없는 집안의 아이인 나에게는 꼭 그렇게 보였다. 『인포메이션 플리즈* 연감』과 식구들이 병이 나았을 때마다 축하 선물로 받은 아홉 내지 열 권의 책이 전부인 우리 집은 상대적으로 초라하고 황폐하고 무미건조한 헛간처럼 느껴졌다. 그때 난 웨스트 11번가의 모든 것으로부터 도망치고 싶어할 사람이 있을 거라고는 생각하지 못했다. 내게 그곳은 천상의 유람선 같았고, 행여 마음의 평정이 깨질까 걱정할 필요가 전혀 없는 지상낙원 같았다. 그 한가운데에, 현관에서 거실로 들어서는 순간 눈에 띄도록 1층 서재 바닥의 동양식 카펫 위에 육중한 우아함과 흠잡을 데 없이 고상한 실체를 마음껏 뽐내며 꼿꼿이 서 있는 것이 있었다. 개화된 문명의 출발점으로 거슬러올라가고, 정신적으로 고원한 삶의 영역을 상징하고, 그 형태만으로 세속에 얽매인 인간 본성의 야비하고 미숙한 모든 결함을 훈계하는 눈부신 악기…… 지상의 것이 아닌 듯 위엄을 자랑하는 악기, 황금 잎사귀가 새겨진 실피드의 라이언 앤드 힐리 사의 하프였다.

"그 서재는 거실 뒤쪽의 계단 위에 있었고," 머리 선생님이 회

* 미국 라디오 퀴즈프로그램.

고했다. "거실과 서재 사이에는 참나무로 된 미닫이문이 있었네. 하지만 실피드가 연습할 때 이브는 그 소리를 들으려고 문을 열어두었어. 하프 소리가 온 집 안에 울려퍼졌지. 이브는 실피드가 일곱 살 때 비벌리힐스에서 처음 하프 레슨을 시켰는데, 아무리 들어도 질리지 않았어. 하지만 아이라는 클래식음악을 전혀 이해하지 못했네. 내가 아는 한 라디오에서 나오는 대중음악과 그 소비에트 합창단 음반집을 빼고는 아무것도 듣지 않았어. 그래서 아이라는 여느 집 남편처럼 밤이면 아래층 거실에서 이브와 함께 앉아 얘기를 나누고 신문 보는 걸 더 좋아하면서도 항상 서재에 혼자 틀어박혀 뭔가에 몰두했다네. 실피드가 하프를 뜯는 동안 이브는 난로 앞에서 뜨개질을 했고, 그러다 문득 고개를 들면 아이라는 사라지고 없었지. 2층 서재에 올라가 오데이에게 편지를 썼던 거야.

하지만 세번째 결혼에 비하면 네번째 결혼은 적어도 처음에는 아주 훌륭했네. 아이라를 만났을 때 그녀는 이혼의 그늘에서 벗어나 신경쇠약에서 회복하는 중이었지. 세번째 남편 점보 프리드먼은 말 그대로 섹스광이었어. 침실에서 여자를 즐겁게 해주는 데 선수였지. 어느 날 리허설을 마치고 돌아온 이브가 프리드먼이 2층 사무실에서 매춘부 두어 명이랑 뒹구는 모습을 보기 전까지는 한창 달콤한 시절도 있었지. 하지만 그는 페닝턴이 주지 못한 모든 걸 줬어. 이브는 캘리포니아에서 그와 사랑을 나눴지.

틀림없이 꽤 정열적이었을 거야. 칼턴 페닝턴과 십이 년을 살았으니 특히나 그랬겠지. 결국 프리드먼이 아내를 버리고, 이브도 페닝턴과 헤어지고, 두 사람은 실피드를 데리고 동부로 자리를 옮겼네. 이브는 웨스트 11번가의 그 집을 샀고, 프리드먼이 그 집으로 들어왔어. 그는 나중에 아이라의 서재가 된 그 방에 자기 사무실을 차려놓고 LA와 시카고에서처럼 뉴욕에서도 부동산 거래를 시작했네. 한동안 타임스퀘어의 부동산을 사고팔았는데, 그 덕분에 연극계의 거물 제작자들을 만나게 됐지. 그들은 친분을 쌓아나갔고, 얼마 후 이브 프레임은 브로드웨이 무대에 오르기 시작했어. 한때 무성영화의 꽃이었던 배우가 고급 코미디, 스릴러에 나온 거야. 그녀가 출연한 작품은 잇따라 히트를 쳤네. 이브는 떼돈을 벌었고, 점보는 그걸 펑펑 써댔지.

이브 입장에서는 이 남자의 사치에 맞춰 사는 수밖에 없었어. 그의 방탕함을 묵인하고, 심지어 그 방탕함에 휩쓸리기도 했지. 가끔 이브는 난데없이 울기 시작했네. 아이라가 왜 우느냐고 물으면, 이브는 '그가 내게 시킨 짓들…… 내가 해야 했던 짓들 때문에……'라고 대답하곤 했어. 이브가 그 책을 쓰고, 아이라와의 결혼생활이 모든 신문을 장식했을 때, 아이라는 신시내티의 어떤 여자에게서 편지를 받았지. 만일 그가 자서전 같은 걸 쓸 생각이 있다면, 오하이오로 와 얘길 좀 나누었으면 좋겠다는 내용이었어. 삼십대 때 나이트클럽 가수로 활동했던 그녀는 점보의 애인이었지. 그녀는 점보가 찍은 사진이 몇 장 있는데, 아이라가 보고 싶어할 것 같아 연락했다고 했어. 어쩌면 그 여자와 아이라가 공동으로 회고록을 펴낼 수 있었을지도 몰라. 아이라가 글을 쓰고, 그 여자가 적당한 가격에 사진을 넘겨주고 말이야. 당시 아이라는 복수심에 불타 있었네. 그래서 여자한테 답장을 쓰고 백 달러짜리 수표를 보냈어. 그 여자는 이백 달러는 받아야 한다고 버텼고, 아이라는 사진 한 장을 보기 위해 그녀의 요구대로 백 달러를 더 보냈지."

"그래서 그 사진을 입수했나요?"

"그 여자 말은 사실이었어. 그녀는 약속한 대로 사진을 보내왔지. 하지만 나는 사람들이 동생의 삶을 더 왜곡하게 놔둘 수 없었네. 난 동생에게서 사진을 빼앗아 찢어버렸지. 멍청한 짓이었어. 감상적이고, 건방지고, 멍청하고, 멀리 내다보지 못한 행동이었지. 나중에 일어난 일과 비교하면, 그 사진을 퍼뜨리는 게 차라리 자비로웠을 거야."

"아이라가 그 사진으로 이브를 모욕하고 싶어했어요?"

"한때 아이라의 생각은 인간의 잔인함이 만들어낸 아픈 상처를 어떻게 달랠 수 있을까에 온통 쏠려 있었네. 모든 생각이 그리로 흘러들었지. 하지만 이브의 책이 나온 뒤로는 그런 상처를 어떻게 입힐 수 있을까에 몰두했어. 그들은 그의 직업을 빼앗고, 그의 가정생활, 이름, 명성까지 빼앗았어. 그 모든 걸 잃고, 사회적 지위까지 잃은 아이라는 더는 그런 기준에 맞춰 살 필요가 없다는 걸 깨닫고 아이언 린을 벗어던졌네. 〈자유와 용기〉를 벗어던지고, 공산당을 벗어던졌지. 심지어 말수도 크게 줄었고, 대신 분노에 찬 저주를 끊임없이 내뱉었어. 이 거한은 채찍을 휘두르고 싶을 때마다 그런 저주를 계속 읊조렸지. 그게 그 잔인한 욕망을 무디게 하는 방법이었네.

자넨 그 에이브 링컨 연기가 뭘 의미했다고 생각하나? 높은 실크해트를 쓰고 링컨의 연설을 낭송했던 게? 그런데 지금까지 그를 온순하게 길들였던 모든 것, 그를 문명인으로 교화시켰던 모든 것이 한순간에 날아간 거야. 아이라는 모든 걸 빼앗기고 뉴어크에서 도랑을 치던 그 아이라로 되돌아왔지. 뉴저지의 산속에서 아연을 캐던 그 아이라로. 아이라는 유년의 경험으로, 삽에서 인생을 배우던 때로 복귀했어. 그 모든 도덕적 교화가 시작되기 전, 프레임 양의 교양학교에 들어가 온갖 예절교육을 받기 전의 아이라와 연결된 거야. 네이선 자네와 함께 교양학교에 들어가 아버지가 되고 싶은 마음을 행동으로 표출하고, 자네에게 최대한 착하고 온순한 모습을 보여주기 전의 아이라. 나와 함께 교양학교에 들어가기 전의 아이라. 오데이와 함께 교양학교에, 정치적 행동을 가르치는 마르크스와 엥겔스라는 교양학교에 들어가기 전의 아이라와. 실은 오데이가 첫번째 이브였고, 이브는 아이라를 뉴어크의 도랑에서 끄집어내 빛의 세계로 인도한 구원자 오데이의 또다른 형태에 불과한 거였지.

아이라는 자신이 어떤 사람인지 알고 있었네. 자기가 신체적으로 남다르고, 그래서 위험하다는 걸 알았지. 가슴속에 분노가 있고, 폭력성이 있고, 키가 6피트 6인치에 달했으니, 모든 수단을 갖춘 셈이었지. 아이라는 자기를 길들여줄 조련사가 필요하다는 걸 알고 있었네. 온갖 선생이 필요하다는 걸 알았고, 자네 같은 아이가 필요하다는 걸 알았고, 자신이 자네 같은 아이, 그는 누리지 못한 모든 걸 누리고 또 자신을 존경해주는 자네 같은 아들을 갈망한다는 걸 알았지. 하지만 『나는 공산주의자와 결혼했다』가 나온 뒤로 아이라는 교양학교의 가르침을 벗어던졌어. 그리고 자네가 본 적 없는 아이라, 군대에서 동료들을 두들겨패던 아이라, 혼자 세상에 나와 도랑을 치던 삽으로 이탈리아놈들을 물리치고 자신을 보호하던 소년 아이라로 돌아간 거야. 작업도구를 무기처럼 휘두르던 아이라로. 그의 생애는 그 삽을 들지 않기 위한 투쟁이었어. 하지만 이브의 책이 나온 뒤로 개조되기 전의 최초의 자아가 되살아나기 시작했어."

"그래서 어떻게 했습니까?"

"아이라는 할 일이 있으면 아무리 귀찮아도 미적대는 법이 없었네. 도랑 치던 인부는 결국 그녀에게 복수를 감행했어. 그녀가 한 짓을 그녀에게 똑똑히 보여주었지. 내게 말하더군. '좋아, 본때를 보여주겠어. 그 더러운 사진은 필요 없어.'"

"그리고 그렇게 했군요."

"맞아, 그렇게 했네. 삶을 통해 깨달은 대로."

1949년 초, 헨리 윌리스가 선거에서 참패하고 십 주가량 흘렀을 때—그리고 이제야 알게 된 사실이지만 아이라의 아기를 지운 뒤—이브 프레임은 아이라의 기분을 풀어주기 위해 (작은 디너파티에 연이어) 큰 파티를 열었다. 아이라는 우리 집에 전화를 걸어 나를 초대했다. 모스크의 유세에 다녀온 뒤로 나는 그를 뉴어크에서 딱 한 번 봤고, 그 깜짝 전화를 받기 전까지는("나다, 아이라 린골드. 친구, 잘 지냈어?") 다시 못 볼 거라 믿었다. 우리가 두번째 만난 뒤에, 그러니까 처음으로 위콰익 공원으로 산책을 나가 내가 "아이-란"을 알게 된 뒤에 난 뉴욕에 있는 그에게 내가 쓴 라디오드라마 「토르케마다*의 꼭두각시」 복사본을 보냈었다. 몇 주가 지나도 회신이 없자, 내 딴에는 아무리 잘 썼다 해도 그런 각본을 프로 성우에게 보낸 건 잘못이라는 걸 깨달았다. 이제 내 재능이 얼마나 보잘것없는지 아이라가 똑똑히 봤을 거라 생각해, 그가 혹시 내게 관심을 가져줄지 모른다는 기대를 접은 터였다. 그런데 어느 날 저녁 숙제를 하고 있을 때 전화벨

* 15세기 말 스페인의 종교재판소 소장으로, 만여 명을 화형하고 유대인을 박해했다.

이 울렸고, 어머니가 내 방으로 달려왔다. "네이선, 아이언 린 씨 전화야!"

아이라는 그와 이브 프레임이 저녁식사에 초대한 사람 가운데 아서 소콜로라는 사람에게 내 각본을 읽어보라고 줬다. 그는 내가 그 사람을 만나보고 싶어할지 모른다고 생각했다. 다음날 오후 어머니는 나에게 버건 스트리트에 가서 검정구두 한 켤레를 사라고 했다. 또 나는 하나뿐인 양복을 챈슬러 애비뉴의 양복점으로 들고 가 소매와 바짓단을 늘려달라고 주문했다. 드디어 토요일 오후가 왔다. 나는 센센* 한 알을 딱 소리나게 깨물고, 마치 살인을 하기 위해 주 경계를 넘는 사람처럼 심장이 쿵쾅거리는 걸 느끼며 챈슬러 애비뉴로 가서 뉴욕행 버스에 올랐다.

저녁식사 때 내 옆자리에는 실피드가 앉았고, 식탁 위엔 나를 기다리는 함정이 즐비했다. 나이프 여덟 개, 각기 다른 모양의 잔 네 개, 아티초크라 불리는 풍성한 전채요리, 하녀복을 입은 엄숙한 흑인 여자가 등뒤에서 어깨 너머로 덜어주는 음식, 핑거볼, 그 핑거볼의 아리송한 쓰임새, 이 모든 것 앞에서 나는 다 자란 소년이 아니라 조그만 어린애가 된 기분이었다. 실피드는 이 모든 게 대수롭지 않다는 듯 조롱 섞인 농담이나 냉소적인 어투

* 구취제거용 캔디.

로 설명하고, 때로는 그저 억지웃음을 짓거나 눈만 깜빡여 이 모든 화려한 허식이 뭔가 대단한 걸 암시하는 것 같아도 실상은 그렇지 않다는 사실을 점차 나에게 이해시켰다. 그녀는 멋있었고, 특히 풍자에 일가견이 있어 보였다.

실피드가 말했다. "우리 엄마는 모든 걸 부담스럽게 만들어. 버킹엄궁전에서 보고 자란 대로 하는 거지 뭐. 기회만 있으면 일상생활을 웃음거리로 만든다니까." 실피드는 식사가 끝날 때까지 그렇게 빈정거렸다. 그리고 비벌리힐스의 지미 듀랜트 옆집에서, 그다음엔 미국의 파리라 불리는 그리니치빌리지에서 자란 사람답게 실용적인 느낌이 물씬 풍기는 말들을 내 귓가에 늘어놓았다. 그래서 그녀가 나를 놀릴 때마저도 마치 내 고난이 코앞에 닥친 일이 아닌 것처럼 마음이 편안해졌다. "너무 정확히 하려고 애쓰지 마, 네이선. 오히려 실수하는 게 훨씬 덜 우스워 보일 거야."

나는 또 아이라를 지켜보면서 근심을 덜었다. 이날 그는 위쾨익 공원 앞 노점에서 핫도그를 먹을 때와 똑같이 음식을 먹고, 똑같이 얘기를 나눴다. 식탁에 둘러앉은 남자 가운데 아이라만 넥타이와 드레스셔츠와 재킷을 차려입지 않았다. 그는 일반적인 식사예절을 모르지 않는데도 음식을 마구 찍어 삼켰는데, 이브의 섬세한 식사예절이 그의 입맛에 잘 들어맞지 않는 게 분명했다. 아이라는 행동에서나 대화에서나, 핫도그 노점에서 할 수 있는 것과 화려한 맨해튼의 식당에서 할 수 있는 것 사이에 어떤 선도 긋지 않는 듯했다. 커다란 은촛대 가지에서 열 개의 촛불이 타고, 흰 꽃을 담은 둥근 화병이 식당 벽을 장식한 이곳에서조차 그는 여전히 분을 삭이지 못했다. 이날 밤은 월리스가 압도적으로 패배한 지 두 달 정도밖에 지나지 않은 날(진보당은 전국에서 고작 백만 표를 얻었는데, 이는 예상 득표수의 육분의 일에 불과했다)이었기 때문에, 선거일처럼 논란의 여지가 없을 것 같은 주제도 그의 화살을 피하지 못했다.

"한 가지 얘기할 게 있습니다." 그가 입을 열자 좌중의 목소리가 잦아들었다. 강하고 자연스러운 그의 목소리, 같은 미국인의 어리석음을 꼬집는 항의와 경멸이 가시처럼 돋아 있는 그의 목소리가 '입 다물고 내 말을 들어요' 하고 명령하고 있었다. "우리가 사랑해마지않는 이 나라는 정치라는 걸 도통 이해하지 못하는 것 같군요. 그렇지 않고서야 어떻게 민주주의 국가에서 대통령 선거일에 출근을 할 수 있단 말입니까? 어떻게 학교가 휴교하지 않을 수 있습니까? 한창 자라는 어린애들이 '야, 선거일이다. 오늘 하루 노는 거 맞지?'라고 좋아하면, 부모가 '아니다, 그냥 선거일이야. 그뿐이다'라고 말해야 하다니. 아이들이 뭐라고 생각하겠어요? 학교에 가야 하는데, 선거일이 뭐가 중요하겠어요? 가게도 열고 다른 데도 다 여는 날인데 어떻게 중요한 날이겠어요? 대체 아이들의 가치관은 어떻게 되겠습니까, 빌어먹을 미국인 여러분?"

"빌어먹을 미국인"이란 말은 식탁에 모여 앉은 누군가를 지칭한 게 아니었다. 그저 아이라가 살아오면서 드잡이해야 했던 모든 사람을 가리키는 말이었다.

그 순간 이브가 좀 자제하라는 뜻으로 손가락을 입술에 갖다 대고, 간신히 알아들을 수 있는 낮은 목소리로 "여보"라고 속삭였다. 아이라는 아랑곳하지 않고 큰 소리로 말했다. "대체 뭐가 더 중요한 겁니까? 콜럼버스 기념일에는 집에서 쉬잖소? 그 거지 같은 공휴일에는 모든 학교가 문을 닫으면서 선거일엔 쉬지 않다니." 이브가 미소를 지으며 말했다. "하지만 그 문제를 가지고 뭐라 하는 사람은 없어요. 왜 화를 내고 그래요?" 그러자 아이라가 이브에게 말했다. "그래, 난 화를 내고 있소. 난 항상 화를 내. 죽을 때까지 계속 화를 낼 거요. 난 화를 내서 항상 곤란해져. 입을 다물지 못해서 곤란해져. 트루먼 씨가 국민에게 이 나라는 공산주의가 큰 문제라고 말하면, 국민들은 그 말을 믿는 이 잘나빠진 나라 때문에 정말 화가 나. 인종차별도 불평등도 문제가 안 돼. 공산주의가 문제라고. 사만 명, 육만 명, 십만 명밖에 안 되는 공산주의자가 문제라고. 그들이 인구가 일억 오천만인 이 나라를 전복시킬 거라고. 내가 바본 줄 아오? 이 빌어먹을 나라가 무엇 때문에 망해가고 있는지 얘기해볼까? 유색인종에 대한 차별, 노동자에 대한 차별 때문이오. 우리나라를 망치는 건 공산주의자가 아니오. 우리나라는 인간을 짐승처럼 취급하는 차별 때문에 저절로 망해가는 거야!"

내 맞은편에는 라디오드라마 작가 아서 소콜로가 앉아 있었다. 그 역시 자기주장이 강하고 독학으로 공부한 유대인으로, 무뚝뚝하고 감정적인 행동방식을 남자답다고 믿는 옛 동네 어른들(과 무식한 이민자 아버지들) 밑에서 자란 사람이었다. 그 역시 최근에 전쟁에서 돌아왔고, 그 전쟁에서 유럽과 정치를 알게 됐고, 그 전쟁에서 함께 생활했던 다른 군인들을 통해 처음으로 미국의 참모습을 알게 됐고, 그 전쟁에서 공교육의 도움 없이 예술의 위대한 힘을 향한 거대하고 순진한 믿음만으로 도스토옙스키 소설의 처음 오륙십 쪽을 읽기 시작한 젊은이 가운데 하나였다. 아서 소콜로는 코윈처럼 걸출한 작가는 아니었다. 하지만 블랙리스트로 인해 경력이 망가지기 전까지는 분명 내가 가장 존경하는 다른 라디오드라마 작가들, 가령 〈불이 꺼지다〉의 아치 오볼러, 〈성소(聖所) 안에서〉의 하이먼 브라운, 〈빅과 세이드〉의 폴 라이머, 〈난 미스터리를 사랑한다〉의 칼턴 E. 모스, 내가 각본을 쓸 때 참고했던 여러 전쟁드라마의 작가 윌리엄 N. 롭슨 등과 어깨를 나란히 했던 사람이었다. 소콜로의 라디오드라마는 상을 받기도 했는데, (두 편의 브로드웨이 희곡을 포함해) 그의 작품들은 위선적인 아버지로 상징되는 타락한 권위에 대한 강한 증오를 그린다는 특징이 있었다. 나는 식사하는 내내 키는 작지만 탱크 같은 이 남자, 한때 디트로이트의 어느 고등학교에서 풀백으로 뛰었던 싸움닭 같은 이 사내가 식탁에 둘러앉은 모든 사람 앞에서 나를 똑바로 가리키며 내가 노먼 코윈에게서 빌려다 쓴 것을 죄다 까발리고 표절자로 몰아세우면 어쩌나 하는 걱정에 휩싸여 있었다.

식사를 마친 후 남자들은 시가를 피우러 아이라를 따라 2층 서재로 올라갔고, 여자들은 식후에 오기로 한 손님들이 도착할 때까지 잠시 쉬러 이브의 방으로 건너갔다. 아이라의 서재에서는 조각품들이 눈부신 조명을 받으며 서 있는 뒤뜰이 내다보였다. 세 벽을 차지한 서가에는 그가 소유한 링컨 관련 서적, 전쟁에서 돌아올 때 둥근 군용 배낭 세 개에 가득 담아온 정치서적, 제대 후 지금까지 포스 애비뉴의 중고책방을 뒤지며 골라온 책이 꽂혀 있었다. 아이라는 손님들에게 시가를 돌리고, 위스키 카트에서 좋아하는 술을 마음대로 고르라고 권했다. 그런 다음 내 짐작으로는 분명 오데이의 편지를 넣어두었을 커다란 마호가니책상 맨 윗서랍에서 내 라디오드라마 각본을 꺼내더니, 서두 부분을 큰 소리로 읽기 시작했다. 나를 표절자로 몰아붙이기 위해서는 아니었다. 아이라는 아서 소콜로를 비롯한 친구들에게 "그래도 내가 무엇 때문에 이 나라에 희망을 갖는지 압니까?" 하고 말머리를 꺼내더니, 벌겋게 상기된 채 부들부들 떨면서 폭로당할 각오를 하고 있는 나를 가리켰다. "나는 사랑하는 이 나라에서 헨리 월리스를 찍겠다고 마음먹고 투표소에 들어가서는 눈앞에 걸린 커다란 토머스 듀이 사진을 보고 별안간 해리 트루먼을 찍어버린 그 모든 어른—아, 우리 식구들이 그랬단 얘기예요—보다는 여기 앉아 있는 애 같은 아이를 더 신뢰해요. 해리 트루먼, 이 나라를 3차 대전으로 몰고 갈 그런 인물이 그들의 현명한 선택이라니! 마셜플랜, 그게 그들의 선택이라니. 그들이 생각하는 거라곤 유엔을 무시하고 소련을 봉쇄해 붕괴시켜야겠다는 것뿐이고, 우리나라 서민의 생활수준을 향상시킬 수 있는 엄청난 돈을 마셜플랜에 쏟아붓는 것뿐인데. 말해봐요, 트루먼 씨가 모스크바와 레닌그라드의 거리에 원자폭탄을 투하한다면, 누가 그를 말릴 수 있는지? 우리 정부가 무고한 소련 아이들 머리 위에 원자폭탄을 떨어뜨리지 않을 거라고 생각해요? 우리의 잘나빠진 민주주의를 지키겠다며 그 짓을 안 할 것 같아요? 이 아이 말을 들어봐요. 고등학생인데도 이 나라가 뭐가 잘못됐는지 투표소에 다녀온 어느 미국인보다 잘 아니까."

아무도 웃거나 미소 짓지 않았다. 아서 소콜로는 서가에 기대서서 아이라의 링컨 컬렉션에서 꺼낸 책을 말없이 뒤적거렸다. 다른 남자들은 시가를 피우거나 위스키를 홀짝거리며, 그날 밤 아내를 동반하고 이곳에 온 이유가 마치 미국에 대해 내가 어떤 견해를 갖고 있는지 듣기 위해서인 것처럼 행동했다. 한참 나중에야 깨달았지만, 아이라가 나를 소개할 때 그들이 보여준 진지함은 위압적인 집주인의 선동에 얼마나 익숙해 있는지를 의미할 뿐이었다.

"들어봐요." 아이라가 말했다. "그냥 들어만 보라고요. 작은 도시의 어느 가톨릭 집안과 고집불통 주민들 얘깁니다." 아이언 린은 내 글을 읽기 시작했다. 그 몸뚱이, 그 발성기관에서, 내가 상상은 했지만 실제로는 전혀 몰랐던 평범하고 착하고 기독교를 믿는 미국인의 목소리가 흘러나왔다.

"'나는 빌 스미스입니다.'" 아이라는 등받이가 높은 가죽의자에 털썩 앉아 책상 위에 두 발을 턱 올리고 내 글을 읽어나갔다. "'나는 밥 존스입니다. 해리 캠벨입니다. 사실 내 이름은 중요하지 않습니다. 그건 누군가를 불편하게 하는 이름이 아닙니다. 나는 백인이고 신교도입니다. 그러니 여러분은 나 때문에 걱정할 필요가 없습니다. 나는 여러분과 잘 어울리고, 여러분을 불편하게 하지 않고, 여러분을 짜증나게 하지 않습니다. 난 여러분을 증오하지도 않습니다. 난 아름다운 소도시에서 조용히 생계를 꾸리며 삽니다. 센터빌, 미들타운, 오케이펄스. 도시 이름은 신경쓰지 마세요. 어디든 될 수 있으니까요. 그냥 어디 시라 부르겠습니다. 여기, 어디 시에서는 많은 사람이 말로만 인종차별 철폐에 동의합니다. 사람들은 소수집단을 가두는 강제수용소의 울타리를 부숴야 한다고 말합니다. 하지만 추상적인 말로 싸우는 사람이 너무 많습니다. 그들은 정의와 존엄과 권리에 대해, 미국

정신, 동포애, 헌법과 독립선언에 대해 말합니다. 다 좋습니다. 하지만 정작 인종과 종교와 민족을 차별한다는 것이 어떤 것인지, 왜 존재하는지는 알지 못합니다. 여기, 어디 시를 예로 들어보죠. 우리 집에서 모퉁이를 돌면 바로 나오는 가톨릭 집안이 작년에 경험한 일을 예로 들어보죠. 그들은 열혈 개신교가 토르케마다처럼 잔인할 수 있다는 걸 경험했습니다. 여러분은 토르케마다를 기억하실 겁니다. 페르난도와 이사벨을 위해 일했던 살인청부업자. 스페인 왕과 왕비를 위해 종교재판소를 운영했죠. 1492년에 페르난도와 이사벨을 위해 스페인에서 유대인을 쫓아낸 사람입니다. 네, 여러분이 잘못 들은 게 아닙니다. 1492년입니다. 물론 콜럼버스가 있었고, 니냐호, 핀타호, 산타마리아호가 바다를 누비던 때였죠. 그리고 토르케마다가 있었습니다. 토르케마다는 항상 있었고, 앞으로도 항상 있을 겁니다…… 그런데 바로 여기, 성조기가 나부끼는 미합중국 어디 시에서도 그런 일이 일어난 겁니다. 모든 인간이 평등하게 태어나는 나라에서, 1492년이 아닌 바로 오늘날……'"

아이라가 각본을 휘리릭 넘겼다. "이런 식으로 전개돼요…… 그리고 여기, 결말 부분에서 내레이터가 다시 나와요. 열다섯 살짜리 아이가 용기 있게 이걸 쓴 거예요, 알겠습니까? 그런데 어느 방송국이 용기 있게 이걸 방송할까요? 1949년에 어느 광고주가 우드 대장과 그의 위원회에 맞서려 할까요? 어느 누가 후버

사령관과 그의 야만적인 돌격대원들에게 맞서려 할까요? 어느 누가 재향군인회, 가톨릭 참전용사, 해외 참전용사, 미국 애국여성회, 그리고 그 잘나빠진 모든 애국자에게 맞서려 할까요? 그 놈들이 이 아이를 빨갱이 새끼라 부르며 이 소중한 작품을 불태우겠다고 위협해도 다들 강 건너 불구경하듯 모른 척할걸요? 말해봐요, 누가 올바른 일이라고 발 벗고 나설까요? 아무도 없어! 표현의 자유 같은 것에는 신경도 안 쓴다고. 내가 군대에 있을 때 콧방귀를 뀌던 놈들과 똑같아. 놈들은 나한테 말도 안 걸었어요. 내가 그 얘기 했나요? 식당에 걸어들어가면, 이백 명 남짓한 놈들이 하나같이 알은체도 안 하고, 말도 안 걸었죠. 내가 주장하는 것, 내가 〈스타스 앤드 스트라이프스〉에 보낸 글 때문에. 놈들은 2차 대전이 그저 자기들을 괴롭히는 전쟁이라고 생각했죠. 어떤 사람들은 우리 군인이 정의를 위해 싸운다고 생각했겠지만, 천만에, 그놈들은 아무 생각이 없었어요. 도대체 뭘 위해 거기에 있는지, 파시즘이 뭐고 히틀러가 누군지 전혀 모르고 신경도 쓰지 않았죠. 그런 놈들한테 흑인의 사회적 문제를 이해시킨다고? 그런 놈들한테 어떻게 자본주의가 노동자계급을 약화시키는지 그 교활한 방식을 이해시킨다고? 우리가 프랑크푸르트에 원자폭탄을 투하할 때 왜 이게파르벤*의 공장들에 피해가 가

* 독일의 대규모 석유화학단지로 아우슈비츠에서 유대인을 강제 동원했다.

지 않도록 해야 하는지를 이해시킨다고? 나도 교육을 못 받은 무식한 놈이지만, '우리 미군'의 무지몽매한 생각에는 정말 구역질이 나요! '이 모든 것은 결국 이것입니다.'" 그는 갑자기 내 원고를 읽었다. "'우리에게 교훈이 필요하다면, 바로 이것입니다. 인종, 종교, 민족 집단에 관한 허황된 이야기를 믿는 사람은 얼간이라는 것, 그런 사람은 자기 자신과 가족, 노조와 지역사회, 국가와 민족에게 고통을 안겨준다는 것, 학살자 토르케마다의 꼭두각시라는 것입니다.' 이렇게 썼어요." 아이라가 화가 나 내 원고를 책상 위에 던지며 말했다. "열다섯 살밖에 안 된 어린애가 말이야!"

만찬 뒤에 온 손님이 오십 명은 되었을 것이다. 2층 서재에서 아이라가 내 위상을 과분하게 높여놓긴 했지만 실피드가 한번 더 나를 구해주지 않았다면 나는 거실로 몰려드는 사람들 틈에 끼어 있을 용기를 내지 못했을 것이다. 남녀 배우, 감독, 작가, 시인이 있었고, 변호사, 출판사 에이전트, 연극 제작자가 있었다. 또 아서 소콜로가 있었고, 실피드가 있었다. 실피드는 모든 손님을 성이 아닌 이름으로 불렀을 뿐 아니라, 그들의 결점 하나하나를 만화처럼 풍자해 자세히 들려주었다. 그녀는 거리낌 없이 재미있게 얘기했고, 재능 있는 요리사가 고깃덩어리를 발라내 뒤집어가며 굽듯이 능수능란하게 경멸감을 표현했다. 대담하고 타협하지 않고 진실을 말하는 라디오방송의 전달자가 되기 위해 노력하던 나로서는, 경멸을 즐기면서 그것을 감추기는커녕 아무것도 합리화하려 들지 않는 그녀가 놀랍기만 했다. 저쪽은 뉴욕에서 제일 허영심이 강한 남자야…… 저 사람은 남한테 지고는 못 사는 성격이야…… 저 사람은 위선 덩어리야…… 저 사람은 골이 텅 비었어…… 저 사람은 꽤 취했네…… 저 사람은 재능이 완전 바닥났어…… 저 사람은 적개심으로 똘똘 뭉쳤어…… 저 사람은 저질이야…… 저 미친 여자가 잘난 척하는 모습은 정말 웃기다니까……

사람들을 흉보고, 또 그러면서 그들을 지켜보는 건 얼마나 짜릿한지. 특히 그 파티의 모든 것이 대단해 보이는 소년에게는. 늦은 귀가가 걱정되긴 했지만, 나는 심술의 쾌감을 가르치는 실피드의 상류층 교육을 거부할 수 없었다. 실피드 같은 사람은 처음이었다. 그녀는 젊으면서도 아주 멋있게 반항했고, 세상 물정에 밝으면서도 마치 점쟁이처럼 길고 번쩍이는 별난 의상을 걸치고 있었다. 세상 모든 것에 거절당한 사람처럼 될 대로 되라는 식이었다. 나는 그렇게 열심히 반항하는 실피드를 본 후에야 내가 얼마나 길들여졌고 억압되었는지, 다른 사람을 만족시키기 위해 얼마나 열심이었는지 알았고, 일단 사회적 두려움의 굴레에서 자아가 풀려나면 얼마나 큰 자유를 누릴 수 있는지 알았다. 정말 매력적이었다. 그녀의 얕잡을 수 없는 존재감은. 내 눈에 비친 실피드는 두려움이 없었고, 남을 위협할 수 있는 적대감을 마음속에 키우는 걸 겁내지 않았다.

실피드가 가장 참기 힘들다고 말한 두 사람은 우리 어머니가 좋아하는 토요일 아침방송을 진행하는 부부였다. 〈반 태슬과 그랜트〉는 뉴욕 주 더치스 카운티 북쪽에 있는 허드슨 강 농가에서 유명한 소설가 카트리나 반 태슬 그랜트와 그녀의 남편인 〈저널 아메리칸〉의 칼럼니스트이자 연예평론가 브라이든 그랜트가 만드는 프로였다. 카트리나는 6피트나 되는 큰 키에 놀라울 정도로 몸이 말랐고, 그 길고 검은 곱슬머리는 한때 매혹적이라 여겨졌을 게 분명했다. 그녀는 자신의 소설이 미국에 미치는 영향을 잘 알고 있다는 듯 행동하고 있었다. 그때까지 내가 그녀에 대해 알고 있었던 것이라곤 그랜트 농가의 저녁식사 시간은 그녀가 잘생긴 네 아이와 함께 사회적 의무에 관해 토론하는 시간이라는 것, 오랜 전통을 자랑하는 스타츠버그(영국인이 도착하기 훨씬 전인 17세기에 그녀의 조상인 반 태슬 일가가 최초로 정착해 지방귀족 행세를 했다고 전해지는 곳)에 사는 그녀의 친구들은 흠잡을 데 없는 도덕성과 교양으로 무장했다는 것이 전부였다. 어머니가 〈반 태슬과 그랜트〉에 주파수를 맞추고 있을 때 어쩌다 듣고 알게 된 것이었다.

"흠잡을 데 없다"는 말은 카트리나가 번잡한 도시와 목가적인 농촌에서 누리는 부유하고 다채로운 생활을 매주 독백 형식으로 설명할 때 즐겨 쓰는 단어였다. 그녀의 문장에는 "흠잡을 데 없다"가 우글댔다. 게다가 카트리나 반 태슬 그랜트의 한 시간짜리 방송을 듣고 나면, 그녀를 '교양 있다'고 생각하는 어머니는 그랜트 부부의 사회적 울타리 안에 발을 들인 행운의 주인공은 그녀의 이를 치료한 사람이든 화장실을 수리한 사람이든 죄다 훌륭한 사람이라고 침이 마르도록 찬양했다. 카트리나가 "흠잡을 데 없는 배관공이에요, 브라이든, 흠잡을 데가 없어요"라고 말하는 동안, 다른 수백만의 청취자처럼 어머니는 그렇게 훌륭한 미국 가정도 배수 문제로 고생한다는 이야기에 넋을 잃고 귀를 기울였다. 그러면 아버지는 실피드 진영의 확고한 동맹자인 양 말했다. "여보, 그 여자 목소리 좀 안 들리게 끌 수 없소? 제발 부탁이오."

실피드가 내게 "저 미친 여자가 잘난 척하는 모습은 정말 웃기다니까"라고 말하며 흉본 여자가 바로 카트리나 그랜트였고, "뉴욕에서 제일 허영심이 강한 남자"라고 설명했던 사람은 그녀의 남편 브라이든 그랜트였다.

"우리 엄마는 카트리나와 점심을 먹으면 화가 나 얼굴이 새하얘져서 집에 돌아와. '그 여잔 어처구니가 없어. 내 앞에서 연극이랑 최근 소설 얘기를 늘어놓더구나. 모든 걸 다 안다고 생각하나본데, 아는 건 쥐뿔도 없으면서.' 정말 그래. 같이 점심을 먹으러 나가면, 항상 엄마가 훤히 아는 걸 가지고 일장연설을 한대.

엄마는 카트리나의 책을 굉장히 싫어해. 도저히 읽을 수가 없대. 읽으려고 책을 펼치면 웃음만 나온대. 그래도 엄마는 카트리나한테 그 책들이 정말 훌륭하다고 말해. 엄마는 끔찍한 사람들한테 다 별명을 붙이는데, 카트리나의 별명은 '돌머리'야. 엄마가 그러더라. '그 돌머리가 오닐의 희곡에 대해 얘기하는 걸 너도 들었어야 하는데. 웬일로 제법 많이 알더구나.' 그래놓고 다음날 아침 아홉시에 돌머리한테 전화가 오면 한 시간 동안 전화기를 붙잡고 수다를 떨어. 그러곤 낭비벽이 있는 사람이 돈을 써대듯 펄펄 뛰면서 분노해. 그러다 바로 돌아서서 그녀의 비위를 맞춰. 그건 그 여자 이름에 있는 '반'이란 귀족 성 때문이야. 또 그 여자 남편이 칼럼에서 엄마 이름을 언급할 때 '방송계의 사라 베르나르'라고 부르기 때문이기도 하고. 불쌍한 우리 엄마, 그 알량한 사회적 야망이 뭔지. 카트리나는 스타츠버그의 강변에 사는 건방진 부자 중에서도 잘난 척이 제일 심해. 그리고 브라이든은 자신이 율리시스 S. 그랜트의 후손이라고 생각해. 이리 와봐."

손님들이 방 안 가득 우글거리는 탓에 마치 할 수 있는 일이라곤 상대방의 술잔에 주둥이를 틀어박지 않으려고 애쓰는 것밖에 없는 것처럼 보이는 파티가 한창인데, 실피드가 내 뒤의 책장에서 카트리나 반 태슬 그랜트의 소설을 찾기 시작했다. 거실 벽난로 양옆으로 책장이 바닥에서 천장까지 꽉 들어차 있어, 맨 꼭대기 선반에 닿으려면 서재 사다리를 올라야만 했다.

실피드가 말했다. "이게 『엘로이즈와 아벨라르』야." "우리 엄마도 그걸 읽었어요"라고 내가 말하자, 실피드가 "네 엄마도 음탕하구나"라고 대꾸했다. 나는 무릎이 후들거렸지만, 곧 그 말이 농담이란 걸 깨달았다. 엄마만이 아니라 오십만에 가까운 미국인이 그걸 사서 읽지 않았는가. "자, 펼쳐봐. 아무 쪽이나 펼쳐서 아무 데나 손가락으로 짚어봐. 이제 황홀경에 빠질 준비를 하시지, 뉴어크의 네이선 군."

난 그녀가 시키는 대로 했다. 내 손가락이 가리킨 곳을 보고 실피드가 미소를 지으며 말했다. "아하, 반 태슬 그랜트의 재능이 가장 잘 드러난 데를 잘도 찾았네." 그리고 소리내어 읽었다. "'그의 두 손이 그녀의 허리를 꽉 잡아 자기 쪽으로 끌어당기자, 그녀는 단단한 그의 다리 근육을 느꼈다. 그녀의 머리가 뒤로 젖혀지고, 그의 키스를 받기 위해 그녀의 입술이 벌어졌다. 언젠가 그는 엘로이즈를 향한 이 정열의 대가로 거세라는 잔인한 복수의 형벌을 받을 것이다. 하지만 지금 이 순간만큼은 형벌로부터 멀리 떨어져 있었다. 그가 세게 끌어안을수록 그녀의 민감한 부위에 압력이 가해졌다. 그는 무척 흥분해 있었다, 기독교 신학의 해묵은 가르침을 뜯어고치고 다시 부흥시킬 재능의 소유자인 그가. 유두가 단단해지며 예민해지고, 아랫배가 팽팽해지는 느낌이 드는 가운데 그녀는 생각했다. "나는 지금 12세기의 가장 위대한 작가이자 사상가와 키스하고 있어!" "당신의 손가락은 정말 아름답소." 그가 그녀의 귀에 대고 속삭였다. "부풀어오른 가슴, 가는 허리도! 긴 새틴 치마로도 당신의 사랑스러운 엉덩이와 허벅지는 감출 수 없다오." 그는 보편성 문제에 대한 해석과 독창적인 변증법으로 유명했지만, 그에 못지않게 여자의 심장을 녹이는 법을 잘 알고 있었다. 지적 명성이 최고조에 달한 지금에도…… 아침이 되어서야 둘은 만족했다. 마침내 그녀가 노트르담의 참사회원이자 스승인 그에게 말할 기회가 왔다. "이제 내게 가르쳐줘요, 제발. 가르쳐주세요, 피에르! 신과 삼위일체의 비밀을 변증법적으로 어떻게 분석하는지 설명해주세요." 그는 그녀의 요구대로 삼위일체 교리에 대한 그의 합리주의적 해석을 자세하게 찬찬히 설명했다. 그런 뒤 한번 더 그녀를 여자로 취했다. 열한번째였다.'"

"열한 번이라니." 실피드는 방금 읽은 구절에 도취했다. "저 여자 남편은 두 번이 뭔지도 모를 텐데. 저 쬐그만 호모는 한 번이 뭔지도 모를걸!" 실피드는 한참 뒤에야 간신히 웃음을 멈췄다. 사실은 나도 그랬다. "'오, 내게 가르쳐줘요, 제발. 피에르.'" 실피드는 이렇게 외치고는, 아무런 이유 없이 순전히 자기만족을 위해 내 코끝에 요란하게 입을 맞췄다.

실피드가 『엘로이즈와 아벨라르』를 책장에 꽂고 우리 둘 다 얼마간 차분해진 뒤, 나는 용기를 내어 그동안 줄곧 물어보고 싶었던 질문을 던졌다. "비벌리힐스에서 자란다는 게 어땠어요?"도,

"지미 듀랜트 옆집에 사는 건요?"도, "영화배우 부모를 둔 기분이 어땠어요?"도 아니었다. 나는 그녀에게 놀림당하는 게 두려워 나름대로 가장 진지하다고 생각한 질문 하나만 물어봤다.

"라디오 시티 뮤직홀에서 연주하는 건 어떤가요?" 내가 말했다.

"끔찍해. 그 지휘자는 정말 끔찍해. '여보세요, 아가씨. 그 마디에서 넷을 세는 게 아주 어렵다는 건 잘 알아요. 하지만 괜찮다면 그렇게 해주면 정말 좋겠군요.' 그가 정중하게 나올수록 기분이 나쁘다는 뜻이야. 정말 화가 나면 이렇게 말해. '여보세요, 여보세요, 아가씨.' 그 '여보세요'란 말에서 독기가 흘러나와. '그게 아니에요, 아가씨, 거긴 아르페지오로 연주해야 해요.' 그 부분에 아르페지오로 연주하지 말라고 인쇄되어 있는데. 거기서 그냥 물러설 수 없어 시비를 걸거나 시간을 낭비하는 게 아니라는 듯 이렇게 말해. '죄송한데요, 지휘자님, 여긴 정반대로 인쇄되어 있어요.' 그럼 다들 나를 쳐다보고 이렇게 생각해. 저런 멍청이, 어떻게 해야 하는지 모르는 거야? 지휘자가 일일이 말을 해야 해? 아무튼 그는 세계 최악의 지휘자야. 그가 지휘하는 음악은 죄다 기본 레퍼토리뿐이야. 그런데도 저 사람은 이 곡을 처음 듣나? 하는 생각이 든다니까. 그뿐이 아냐. 연주회장에 무대 이동장치가 있어. 왜 있잖아, 객석에서 악단을 볼 수 있게 이동하는 대 말이야. 그 대가 위로 아래로, 앞으로 뒤로 움직여. 그런데 그게 움직일 때마다 덜커덩 흔들려. 밑에 수압승강기가 있거든. 그러면 앉은 채 죽을힘을 다해 하프를 붙들고 있어야 해. 안 그러면 줄이 틀어지니까. 하피스트는 줄을 맞추느라 시간의 절반을 보내고, 틀어진 줄로 연주하느라 절반을 보내. 하프는 정말 싫어."

"정말이에요?" 난 그녀의 말을 웃어넘겼다. 그녀가 재미있게 말하기도 했고, 또 지휘자 흉내를 내면서 웃기도 했으니까.

"하프는 연주하기가 너무 어려워. 걸핏하면 고장나거든. 하프에 대고 숨을 쉬면 금방 줄이 틀어져. 하프를 완벽한 상태로 유지하는 것 때문에 정말 미치겠어. 그걸 옮기는 건 항공모함을 옮기는 거하고 똑같아."

"그럼 왜 하프를 연주해요?"

"지휘자 말대로 난 멍청하니까. 오보이스트는 똑똑해. 바이올리니스트도 그렇고. 하지만 하피스트는 아냐. 하피스트는 다 바보 멍텅구리야. 하프처럼 인생을 망가뜨리는 악기를 선택했는데 얼마나 똑똑하겠니? 내가 일곱 살이 아니었다면, 그렇게 멍청하지 않았다면 어림없지. 지금처럼 하프를 연주하는 건 고사하고 시작도 안 했을 거야. 하프를 시작하기 전의 일은 기억도 안 나."

"왜 그렇게 어릴 때 시작했어요?"

"어린애가 하프를 시작하는 건 대개 엄마 때문이야. 엄마들은 아이들이 연주하기에는 하프가 정말 사랑스러운 악기라고 생각하거든. 생긴 것도 예쁘고, 모든 음악이 염병할 정도로 달콤하니까. 그리고 음악에 관심이라곤 눈곱만큼도 없는 예의바른 사람들을 위해 작은 방에서 예의바르게 연주할 수 있는 악기니까. 기둥에 새겨진 황금 잎사귀, 그걸 보려면 선글라스가 필요해. 정말 정교하지. 그리고 저쪽에 자리를 잡고 항상 자기 존재를 환기시켜. 크기는 더럽게 커서 치워버릴 수도 없어. 그걸 어디에다 치워놓겠니? 항상 그 자리에 버티고 서서 사람을 조롱해. 거기서 도망치는 건 불가능해. 우리 엄마처럼."

이때 갑자기 검은색 작은 상자를 든 젊은 여자가 코트 차림으로 실피드 옆에 서더니, 영국식 억양으로 늦어서 미안하다고 사과했다. 그녀 옆에는 자신의 모든 특권을 코르셋으로 만들어 껴입은 듯 군인처럼 곧추서 있는 검은 머리의 젊고 뚱뚱한 남자와 때묻지 않은 관능미가 엿보이는 젊은 여자가 있었다. 이제 막 피어나기 시작한 그녀는 붉은빛이 도는 곱슬곱슬한 금발을 폭포처럼 길게 늘어뜨려 새하얀 얼굴을 살짝 가리고 있었다. 이브 프레임이 달려와 세 사람을 맞이했다. 이브는 먼저 검은색 작은 상자를 들고 온 여자를 껴안았는데, 그녀의 이름은 패멀라였다. 패멀라는 함께 온 멋진 남녀에게 이브를 소개했다. 곧 결혼할 예정인 두 사람의 이름은 로절린드 핼러데이와 라몬 노게라였다.

몇 분 후 실피드는 1층 서재에서 하프를 무릎 사이에 끼고 어깨로 떠받치고서 줄을 맞췄고, 패멀라는 코트를 벗은 뒤 실피드 옆에서 플루트의 음을 확인했다. 두 사람 뒤편에 앉은 로절린드는 바이올린처럼 보이는 현악기의 줄을 맞췄는데, 다시 보니 바이올린보다 조금 더 큰 악기인 비올라였다. 거실에 있던 사람들이 점차 서재로 이동했고, 이브는 서재에서 장내가 조용해지기를 기다렸다. 나중에 내가 어머니에게 이브의 옷차림을 최대한 자세히 설명하자, 어머니는 흰색 시폰 주름드레스 위에 어깨 망토와 에메랄드그린색 시폰 허리띠를 두른 거라고 말했다. 또 이브의 머리 모양을 기억나는 대로 묘사하자, 정수리 부분을 반반하게 하고 전체적으로 긴 웨이브를 넣은 페더커트 스타일이라고 알려주었다. 서재에서 참을성 있게 기다리는 동안에도 이브는 사랑스러움을 더해주는(내가 느끼기엔 매력까지 더해주는) 희미한 미소를 짓고 있었는데, 그녀가 즐거운 나머지 흥분을 주체하지 못하는 것이 눈에 띌 정도였다. 그녀가 입을 열어 "이제 곧 멋진 일이 벌어질 거예요"라고 말했을 때, 그녀의 우아한 겸손은 당장이라도 자취를 감출 것처럼 보였다.

정말 멋진 연주였다. 삼십 분 뒤면 뉴어크행 107번 버스를 타고 좌절감만 안겨줄 대비되는 가정으로 돌아가야 하는 소년에게는 더더욱. 이브 프레임은 일 분 남짓 등장했다 사라졌지만, 하얀 시폰 주름드레스와 어깨 망토 차림으로 계단을 내려와 거실로 돌아가는 당당한 모습으로 그날 밤 전체에 새로운 의미를 부여했다. 삶의 목적과도 같은 모험이 막 펼쳐졌다는 것을.

나는 이브 프레임이 단지 소개자 역할만 한 것으로 보이게 묘사하고 싶지는 않다. 결코 그렇지 않다. 그것은 그녀의 자유가 꽃을 피운 순간이었다. 그때 이브 프레임은 모든 방해와 위협에서 벗어나 고요한 환희에 젖어 있었다. 오히려 우리가 그녀의 지시에 따라 우리 삶에서의 역할, 가장 소중한 꿈을 막 실현하게 된 특권층의 역할을 배정받은 것 같았다. 현실은 예술의 마법에 무릎을 꿇었다. 어떤 은밀한 마법이 그날 밤을 정화시켜 파티의 세속적이고 사회적인 기능을 씻어냈고, 술기운에 젖은 번지르르한 회중의 마음에서 타락한 본능과 비열한 책략을 남김없이 몰아냈다. 그리고 그 환상은 거의 무에서 시작되었다. 서재 계단 가장자리에서 완벽한 발음에 실려 울려퍼진 몇 마디 음절과, 맨해튼 파티의 부조리한 이기심을 잠시 접고 미적 환희에 빠지고자 한 낭만적 노력이 전부였다.

"실피드 페닝턴 양과 런던의 젊은 플루티스트 패멀라 솔로몬 양이 플루트와 하프를 위한 이중주 두 곡을 연주하겠습니다. 첫번째 곡은 포레의 〈자장가〉이고, 두번째 곡은 프란츠 도플러의 〈카실다 환상곡〉입니다. 그리고 세번째이자 마지막 곡은 드뷔시의 플루트, 비올라, 하프를 위한 소나타 중 활기 넘치는 2악장, 간주곡입니다. 비올리스트 로절린드 핼러데이 양은 뉴욕을 방문중입니다. 영국 콘월에서 태어났고, 런던 길드홀 음악연극학교를 졸업했으며, 현재 런던 로열오페라하우스 오케스트라에서 연주하고 있습니다."

플루티스트는 긴 얼굴, 검은 눈, 호리호리한 몸매에 애수에 찬 여자였다. 보면 볼수록 빠져드는 여자였고, 로절린드 역시 보면 볼수록 반하게 되는 여자였다. 그에 반해 나의 친구 실피드는 아무리 봐도 남자의 욕망을 자극할 만한 면이 하나도 없었다. 네모난 몸통과 뚱뚱한 다리, 들소가 생각날 정도로 비대한 등 윗부분의 살 때문에, 하얀 두 손이 하프의 현 위를 오가며 고전적인 우아함을 발산하는 중에도 실피드는 하프와 씨름하는 레슬러, 그것도 일본 스모선수처럼 보였다. 이건 분명 떠올리지 말아야 할 부끄러운 생각이었는데도 연주가 계속될수록 더욱 또렷해져만 갔다.

난 음악의 '음' 자도 몰랐다. 아이라처럼 나도 익숙한 음악(내 경우에는 토요일 아침 〈가상의 무도회장〉과 토요일 밤 〈당신의 히트송 퍼레이드〉에서 나오는 음악)이 아니면 귀머거리나 매한가지였다. 하지만 음악의 마력에 사로잡혀 하프 현에서 신비한 음률을 풀어내는 실피드의 모습, 연주에 집중하는 그녀의 열정적인 눈빛, 그녀의 마음속에 들끓는 모든 냉소와 부정으로부터 해방된 열정을 보고 있자니, 만일 저런 음악적 재능에 더해 그녀의 얼굴이 섬세한 이브의 얼굴처럼 매혹적으로 여위기만 했다면 그녀에게서 얼마나 강력한 힘이 뿜어져나올까 하는 생각이 절로 들었다.

그로부터 몇십 년 후 머리 선생님을 만나고 나서야 나는 실피드가 진정으로 평안함을 느낄 수 있는 유일한 길이 무엇이었는지 이해할 수 있었다. 바로 자기 어머니를 미워하고, 하프를 연주하는 것이었다. 분통을 터뜨리게 만드는 이브의 나약함을 미워하고, 매혹적인 천상의 음률을 만들어내고, 세상이 허락하는 사랑의 교감을 포레, 도플러, 드뷔시와 나누는 것.

이브 프레임은 맨 앞줄에 있었다. 실피드를 바라보는 이브의 눈빛은 실피드가 이브 프레임에게서 나온 게 아니라 이브가 실피드에게서 나온 게 아닐까 싶은 생각이 들 정도로 애절했다.

한동안 흐르던 정적이 깨졌다. 박수갈채, 브라보 소리, 정중한 인사가 이어진 뒤 실피드, 패멀라, 로절린드는 무대로 삼았던 서재에서 내려왔다. 이브 프레임이 세 사람을 차례로 껴안았다. 가까이에서 이브의 말이 들려왔다. 그녀는 먼저 패멀라에게 "연주하는 모습이 어땠는지 아니? 마치 히브리의 공주 같았어"라고 말하고, 로절린드에게 "얼마나 사랑스러웠는지 몰라, 정말 사랑스러웠어"라고 말했다. 그리고 마지막으로 딸을 껴안으며 말했다. "실피드, 오 실피드 줄리엣, 오늘처럼 아름다운 연주는 정말 처음이었어! 정말 처음이야! 도플러의 곡이 특히 아름다웠어."

"엄마, 도플러는 살롱의 쓰레기야." 실피드가 말했다.

"오 사랑한다, 얘야!" 이브가 외쳤다. "엄마는 너를 정말 사랑해!"

다른 사람들도 연주자 트리오를 축하하기 위해 모여들었다.

그 순간 실피드가 한 팔로 내 허리를 감싸고는 나를 패멀라와 로절린드와 그녀의 약혼자에게 격의 없이 소개했다 "여긴 뉴어크에서 온 네이선이야. 우리 집 야수의 정치적 후배." 실피드가 미소 지으며 말했기 때문에, 그녀의 모욕적인 말이 단지 아이라의 키에 대해 가족끼리 주고받는 악의 없는 농담 정도일 거라 믿으며 나도 미소를 지었다.

아이라를 찾아 방 안을 둘러본 나는 그가 보이지 않았는데도 그를 찾아봐야겠다고 양해를 구하는 대신 실피드의 팔과 그 친구들의 세련미에 그냥 붙잡혀 있기로 했다. 나는 라몬 노게라처럼 젊은 사람이 그렇게 옷을 잘 입고, 그렇게 예의바르고 세련된 경우를 본 적이 없었다. 검은 머리 패멀라와 금발의 로절린드로 말할 것 같으면, 둘 다 너무 예뻐서 감히 잠깐만이라도 빤히 쳐다볼 수 없었지만, 우연히 살이 맞닿을 정도로 가까이 서 있을 기회까지 마다하기는 힘들었다.

로절린드와 라몬은 삼 주 후 아바나 외곽에 있는 노게라 가문의 저택에서 결혼식을 올릴 예정이었다. 노게라 가문은 담배를 재배했다. 라몬의 아버지는 라몬의 할아버지에게서 파르티도라는 지역의 농토 수천 에이커를 물려받았다. 언젠가는 라몬이 그 땅을 물려받아 시간이 지나면 라몬과 로절린드의 아이들에게 물려줄 것이다. 라몬은 굉장히 과묵했는데, 자신에게 주어진 운명을 의식하고는 전 세계 시가 애호가들에게 부여받은 권위와 지위에 걸맞게 행동하기로 작정한 것 같았다. 그에 비해 로절린드는 몇 년 전만 해도 영국의 외진 시골에서 올라온 런던의 가난한 음악학도였다. 하지만 이제 그 모든 두려움의 끝에서 장밋빛 미래를 바라보는 여자답게 갈수록 활기를 띠었고, 갈수록 수다스러워졌다. 로절린드는 노게라 가문에서 가장 유명하고 존경받는 인물인 라몬의 할아버지 얘기를 늘어놓았다. 그는 삼십여 년 동안 주지사를 역임한 대지주였고 나중에 멘디에타 대통령 내각에 들어간 인물이었다(우연히 알았지만, 멘디에타의 수석보좌관이 그 악명 높은 풀헨시오 바티스타였다). 로절린드는 그 외에도 쿠바산 시가의 겉잎을 재배하는 담배농장이 참으로 아름답다는 얘기, 노게라 가문이 두 사람을 위해 계획한 성대한 스페인풍 결혼식 얘기도 떠벌렸다. 그리고 어릴 적 친구인 패멀라가 노게라 가문이 대는 비용으로 뉴욕에서 아바나로 날아가 노게라 저택의 게스트하우스에 머물 예정이라며, 실피드에게도 혹 시간이 되면 패멀라와 같이 오라고 흥분을 주체하지 못하며 얘기했다.

로절린드가 노게라 가문의 어마어마한 부에 대해 열정적이고 순수하게, 자부심과 성취감에 도취해 즐겁게 얘기하는 동안 내 머릿속에선 이런저런 생각이 맴돌았다. 하지만 담배농장에서 일하는 쿠바의 농부들은 어떤가요? 가문의 결혼식을 위해 손님들을 실질적으로 뉴욕에서 아바나까지 실어나르는 그 노동자들은? 아름다운 담배농장에서 그들은 어떤 '게스트하우스'에 머무나요?

핼러데이 양, 당신네 담배 노동자들 사이에 만연한 질병과 영양 실조와 무지는 어떤가요? 당신의 스페인풍 결혼식에 들어가는 막대한 돈을 추잡하게 낭비하는 대신 노게라 집안사람들이 부당하게 차지한 농토의 대가로 쿠바 민중에게 변상해주는 건 어떨까요?

나는 라몬 노게라처럼 입을 꾹 다물고 있었지만, 속마음은 그의 겉모습처럼 평온하지 못했다. 그는 고개를 치켜들고 똑바로 걸으며 군대를 사열하는 장교 같았다. 나는 로절린드가 떠들어대는 모든 말이 소름끼쳤지만, 사회적 예절을 무시하고 그녀에게 그런 말을 할 수는 없었다. 또 라몬의 부와 그 원천에 대해 진보당의 관점을 들이대며 그에게 대항할 용기도 나지 않았고, 육체적 아름다움과 음악적 재능을 겸비한 젊은 여성 로절린드의 영국적 광채를 뒤로하고 스스로 발길을 돌릴 수도 없었다. 그녀는 라몬의 매력에 빠져 자신의 이상을 저버리고—아니 꼭 그녀의 이상이 아니더라도, 나의 이상을 저버리고—쿠바의 소수 상류층인 대지주 집안에 시집간다는 것이, 내 정치적 판단으로는 예술가의 가치를 치명적으로 손상시키는 행위일 뿐 아니라 그녀가 지닌 재능과 붉은빛이 감도는 금발, 쓰다듬고 싶은 마음이 절로 드는 피부의 가치에 훨씬 못 미치는 사람—그런 남자보다는 내가 낫지 않은가?—에게 자신을 헐값에 넘기는 행위라는 걸 알지 못하는 듯했다.

알고 보니 라몬은 패멀라, 로절린드와 가려고 스토크 클럽에 자리를 예약해놓은 터였다. 라몬은 실피드에게 함께 가자고 청했고, 상류층의 예의바름에서 비롯한 빈말로 나까지 초대했다.
"괜찮다면 우리와 함께 가죠."

나는 "아니요, 괜찮습니다"라고 말한 뒤, 내 생각에 설명하는 것이 좋고, 설명할 필요가 있고, 또 반드시 설명해야 할 것 같은…… 아이라라면 당연히 설명했을 법한 그 이유, 즉 "나는 당신이나 당신 같은 부류를 인정하지 않아요"라는 말 대신 그저 "어쨌든 감사합니다"라고만 덧붙였다. 그리고 작가 지망생으로서 셔먼 빌링슬리의 유명한 스토크 클럽과 월터 윈첼이 앉았던 테이블을 구경할 굉장한 기회를 거절했다기보다는 전염병에서 도망치듯 내 눈으로 처음 목격한 재벌 청년이 건넨 유혹을 피해 서둘러 발길을 돌렸다.

나는 혼자 2층 손님방으로 올라가 트윈베드 위에 수북이 쌓인 옷가지 맨 밑에서 내 코트를 찾다가 아서 소콜로와 마주쳤다. 나는 그가 내 각본을 읽었다는 얘기를 아이라에게서 들은 터라 아이라의 서재에 있을 때 창피해서 그에게 말을 붙여보지 못했고, 그 역시 링컨의 책만 하염없이 뒤적일 뿐 내게 해줄 말은 없어 보였다. 하지만 파티 도중에 몇 번 거실에서 그가 누군가에게 열변을 토하는 소리가 들리기는 했다. "아주 미쳐버리겠더군요." "화가 머리끝까지 나서 밤새도록 써내려갔어요." "가능성이 무한했죠. 자유를 강조하는 분위기, 새로운 변경을 개척하고자 하는 굳센 의지." 이런 말들이 들렸고, 그런 뒤 그는 웃으며 말했다. "어쨌든 그 프로가 청취율 1위에 오르는 바람에 먹고살았죠." 이 말을 듣고 나는 피할 수 없는 진실과 대면한 듯 충격을 받았다.

그의 목소리가 들리는 곳에서 일부러 어슬렁거리는 동안 나는 내가 원하는 삶이 무엇인지 어느 때보다 뚜렷이 이해하게 되었다. 나는 두어 명의 여자에게 아이라를 위해 쓰고 있는 각본을 설명하는 소콜로의 이야기에 귀를 기울였다. 그건 에이브러햄 링컨의 연설이 아니라 출생부터 죽음에 이르기까지 링컨의 삶에 기초한 1인극이었다. "1차 취임 연설, 게티즈버그 연설, 2차 취임 연설…… 이런 건 이야기가 아니라 멋진 웅변이에요. 난 아이라가 사람들에게 이야기를 들려주었으면 해요. 링컨이 얼마나 힘들게 살았는지. 독학, 무식한 아버지, 끔찍한 계모, 법률회사 동료, 더글러스와의 경쟁, 패배, 신경질적이고 사치가 심했던 아내, 아들 윌리의 참담한 죽음, 사방에서 빗발친 비난, 취임 첫날부터 계속된 정치 공세. 또 전쟁의 참혹함, 무능력한 장군들, 노예해방령, 승리, 연방 유지와 흑인 해방, 마지막으로 이 나라를 영원히 뒤바꿔놓은 암살. 성우가 끌고 가기에 좋은 내용이 다 들어 있죠. 세 시간짜리고, 막간은 없습니다. 청취자들이 말없이 앉아 듣게 하는 겁니다. 링컨이 두번째 임기를 채우고 재건*을 주도

했다면 지금 미국은 어떻게 됐을까, 흑인들은, 또 백인들은 어떻게 됐을까 생각하며 슬퍼하게 하는 겁니다. 난 링컨에 대해 많이 생각했어요. 배우한테 살해당했죠. 배우 아니면 누가 그랬겠어요?" 그가 웃었다. "에이브러햄 링컨을 살해할 정도로 경솔하고 멍청한 사람이 배우 말고 누가 있겠습니까? 아이라 혼자 세 시간을 끌고 갈 수 있을까요? 우리는 그 웅변가가 할 수 있다는 걸 알고 있어요. 혼자 하기 힘들다면 우리가 도우면 되죠. 그는 해낼 겁니다. 영리함과 지성을 두루 갖춘 재기 넘치는 고난의 지도자, 진취적 기상과 잔인한 우울증 사이를 왔다갔다한 위대한 인간. 하지만," 여기서 소콜로는 다시 웃었다. "아직은 자신이 '링컨기념관'의 주인이 되리라는 사실을 알지 못하는 사람의 역할을요."

지금 소콜로는 그저 미소를 짓더니 놀라울 만큼 부드러운 음성으로 내게 말했다. "주커먼 군, 자네에겐 특별한 밤이겠군." 나는 고개를 끄덕였지만, 또다시 입이 얼어붙어 내 각본에 대해 충고하거나 비판할 점이 없는지 물어볼 수 없었다. (열다섯 살 소년의) 잘 발달한 현실감이 아서 소콜로는 그 각본을 읽지 않았다고 일러주었다.

코트를 집어들고 방을 빠져나가는 순간, 카트리나 반 태슬 그랜트가 욕실에서 나와 내 쪽으로 걸어왔다. 나는 나이에 비해 큰

* 남북전쟁 이후 남부 각 주를 재통합한 일.

편이었지만, 하이힐을 신은 그녀는 머리 위에서 나를 내려다보았다. 설령 내가 1피트 정도 더 컸더라도 나는 그녀의 당당함에 홀렸을 것이고, 그녀가 자기 자신을 무엇인가의 가장 고상한 본보기로 여긴다고 느꼈을 것이다. 너무나 자연스럽게 일어난 일이라 나는 당연히 미워해야 할—그리고 별 노력 없이도 미워할 수 있는—이 인간이 이렇게 가까이에서는 어쩌면 그토록 인상적일 수 있는지 이해할 새도 없었다. 프랑코를 지지하고 소비에트 연방공화국에 반대하는 쓰레기 같은 작가인데, 정작 필요한 순간에 나의 반감은 어디로 사라져버린 것일까? 나도 모르게 "그랜트 여사님이시죠? 저희 어머니를 위해 사인 한 장만 해주시겠어요?"라는 말이 튀어나온 순간, 나는 갑자기 내가 누구인지, 도대체 어떤 환각에 빠진 건지 의아해하지 않을 수 없었다. 이건 쿠바의 담배 재벌에게 했던 행동보다 더 나빴다.

카트리나 그랜트는 나를 향해 미소 지으며, 이 화려한 저택에서 나라는 존재가 과연 누구인지 더듬어보는 듯했다. "실피드의 남자친구 아니니?"

나는 거짓말을 해야 할지 말아야 할지 생각해볼 여유도 없이 얼떨결에 대답했다. "네." 나는 내가 그렇게 성숙해 보인다고 생각하지 않았지만, 어쩌면 십대 소년이 실피드의 특별한 취향일지 몰랐다. 혹은 카트리나가 아직도 실피드를 그저 애로 생각하는지도 몰랐고. 아니면 실피드가 내 코에 입맞추는 걸 보고 그

키스가 아벨라르와 엘로이즈의 열한번째 사랑이 아니라 우리 두 사람과 관계가 있다고 짐작했는지도 몰랐다.

"너도 음악가니?"

"네." 나는 대답했다.

"무슨 악기를 연주하지?"

"똑같아요, 하프."

"남자아이는 드물지 않니?"

"그렇죠."

"어디에 사인해줄까?"

"제 지갑에 종이가 있을 거예요." 하지만 그때, 지난 두 달 동안 등교할 때마다 셔츠 윗주머니에 차고 다녔던 '윌리스를 대통령으로' 배지를 대선 참패 후에도 버리지 않고 계속 지갑 안에 꽂아둔 게 기억났다. 나는 물건을 사고 돈을 낼 때마다 그걸 경찰 배지처럼 슬쩍 내보이곤 했다. "지갑을 잃어버렸어요." 내가 말했다.

그녀는 한 손에 들고 있던 구슬핸드백에서 수첩과 은제 펜을 꺼냈다. "어머니 성함이 어떻게 되니?"

그녀는 넘칠 정도로 친절하게 물었지만, 난 대답할 수 없었다.

"기억이 안 나니?" 그녀가 악의 없는 미소를 지으며 물었다.

"여사님 이름만 적어주세요. 그거면 충분해요. 정말이에요."

그녀가 사인을 하면서 내게 말했다. "네 배경은 어떻게 되니?"

처음에는 그녀가 내 인종집단을 묻고 있다는 걸 이해하지 못했다. "배경"이란 말이 선뜻 다가오지 않아 잠시 후에야 알아챘다. 나는 유머러스하게 대답할 의도는 없었지만, 이렇게 대답했다. "그런 거 없습니다."

그런데 왜 그녀가 이브 프레임보다 더 엄청나고, 더 굉장한 스타로 보였을까? 더구나 실피드가 그녀와 남편을 해부한 뒤였는데, 어떻게 열렬한 팬처럼 그녀에게 압도당하고, 멍청이 같은 말투로 그녀에게 말할 수 있었을까?

물론 그것이 그녀의 힘이고, 유명인의 힘이었다. 또한 남편의 힘을 나눠 가진 여자의 힘이었다. 브라이든 그랜트는 라디오에서 몇 마디 흘리거나, 자신의 칼럼에서 몇 마디를 언급하거나 생략함으로써 연예계의 경력을 만들어줄 수도 깨뜨릴 수도 있었다. 그녀의 권력은 사람들이 항상 미소 짓고, 고마워하고, 포옹하고, 증오하는 자들의 싸늘한 권력이었다.

하지만 나는 왜 그녀에게 알랑거렸을까? 내겐 연예계 경력 따위도 없었는데. 나는 뭘 얻거나 잃어야 했을까? 내가 가졌던 모든 원칙과 신념과 충성심을 버리기까지는 채 일 분도 걸리지 않았다. 그리고 만일 그녀가 자비롭게 사인해주지 않고 파티로 돌아갔다면, 나는 계속 나의 모든 원칙과 신념과 충성심을 유지했을 것이다. 그녀를 무시하기만 하면 됐지 다른 것은 필요하지 않았다. 어차피 내가 어머니를 위해 사인을 부탁하기 전까지 그녀도 아주 당연하고 자연스럽게 나를 무시했으니까. 우리 어머니는 사인을 수집하는 사람이 아니었고, 어느 누구도 나에게 알랑거리고 거짓말을 하라고 강요하지 않았다. 그건 단지 세상에서 가장 쉬운 일일 뿐이었다. 아니, 쉽다기보다 나쁜 짓이었다. 자동적으로 튀어나온 행동이었다.

모스크의 무대 뒤에서 폴 로브슨은 내게 "용기를 잃지 말"라고 경고했다. 난 자랑스럽게 그와 악수했지만, 단 한 번에 용기를 잃고 말았다. 난 경찰서에 끌려가 곤봉으로 두들겨맞지 않았다. 코트를 들고 복도를 따라 걸어나왔을 뿐이다. 하지만 작은 톰 페인이 궤도에서 벗어나는 데는 그것만으로도 족했다.

나는 자기혐오에 휩싸여 계단을 내려왔다. 입에서 나온 말은 모두 진실해야 한다고 생각하는 젊은이의 자연스러운 반응이었다. 조금 전으로 되돌아가 그녀에게 분수를 가르쳐줄 수만 있다면 무엇이든 내놓을 수 있을 것 같았다. 그러지 못하고 참으로 한심스레 행동했다는 자책감이 마음을 짓눌렀다. 하지만 잠시 후 나의 영웅이 나를 대신해 내 터무니없는 공손함과 완전히 상반되는 무분별한 적개심을 마음껏 분출했다. 아이라의 행동은 내가 차마 말하지 못한 모든 것을 대신하고도 남았다.

아이라는 지하 주방에 있었다. 그는 우리의 만찬 시중을 들었던 하녀 원드러스와 내 또래인 그녀의 딸 마르바가 두 칸짜리 싱크대에서 씻어낸 접시를 마른행주로 닦고 있었다. 내가 들어설 때 윈드러스가 아이라에게 말했다. "내 표를 허비하고 싶지 않았어요, 린골드 씨. 소중한 한 표를 헛되이 쓰고 싶지 않았다고요."

아이라가 내게 말했다. "네가 좀 말해주렴. 윈드러스는 날 못 믿어. 왜 그런지 모르겠다. 민주당이 어떤 덴지 네가 좀 얘기해 주거라. 어떻게 흑인 여자가 말이야, 민주당이 흑인에게 한 약속을 더는 깨지 않을 거라고 생각할 수 있는지 정말 모르겠구나. 누가 윈드러스한테 그런 얘길 했는지, 왜 그 사람 말을 믿는지 도무지 알 수가 없어. 누가 그런 얘길 했어요, 윈드러스? 난 아닌데. 빌어먹을, 내가 육 개월 전에 말했잖아요? 그들은 인종차별 정책을 끝장내지 못한다고. 민주당의 그 약해빠진 자유주의자들은 어림없다니까요. 그들은 절대 흑인 편이 아니고, 이제껏 그런 적도 없어요! 이번 선거에서 흑인이 표를 던질 수 있는 정당은 딱 하나였어요. 약자를 위해 싸우고, 이 나라의 흑인을 일류 시민으로 만들기 위해 헌신할 당은 해리 트루먼의 민주당이 아니었다고요!"

"난 내 표를 내버릴 수 없었어요, 린골드 씨. 그렇게 하면 소중한 표를 하수구에 내던지는 꼴이잖아요."

"진보당은 미국 역사상 어느 정당보다 많은 흑인 후보를 냈어요. 주요 국가공직에 진보당 이름으로 흑인을 쉰 명이나 공천했다고요! 흑인이 임명된 건 고사하고 후보로 지명된 적도 없는 자리에! 그게 하수구에 표를 던지는 거라고요? 젠장, 바보 같은 소리 하지 말아요. 자신이 무슨 짓을 한 건지 모르는 사람이 당신만은 아니라는 생각을 하면 흑인사회에 분통이 터져요."

"미안하지만, 그래봤자 선거에서 떨어지면 우리를 위해 아무것도 못하잖아요? 우리도 어쨌든 먹고는 살아야 해요."

"하지만 당신은 아무것도 안 한 셈이에요. 아니, 아무것도 안 한 것보다 더 나빠요. 당신의 투표는 차별과 불평등과 린치와 인두세를 계속 유지시킬 사람들한테 정권을 고스란히 되돌려주는 거였어요. 당신이 죽을 때까지, 마르바가 죽을 때까지, 마르바의 아이들이 죽을 때까지 계속될 거라고요. 네이선, 네가 말해봐라. 넌 폴 로브슨을 만났지? 윈드러스, 이 아인 폴 로브슨을 만났어요. 내 생각엔 미국 역사상 가장 위대한 흑인이에요. 폴 로브슨은 이 아이와 악수도 했어요. 네이선, 그가 뭐라고 말했지? 윈드러스한테 그 얘길 좀 해줘라."

"'용기를 잃지 말'라고 했어요."

"그런데 당신은 그걸 잃었어요, 윈드러스. 투표소에서 용기를 잃은 거야. 당신이 그러리라고는 전혀 생각 못했는데."

"글쎄요." 그녀가 말했다. "기다리고 싶은 사람은 기다리겠지만, 우린 어쨌든 먹고살아야 해요."

"당신은 내 기대를 저버렸어요. 더 나쁜 건 마르바의 장래를 저버렸고, 마르바 아이들의 장래까지 저버렸다는 거고요. 난 도저히 이해 못하겠고, 죽을 때까지 이해 못할 거예요. 정말 이 나라 노동자들을 이해 못하겠어요! 어떻게 투표해야 자신에게 이익이 되는지도 모르는 사람들 말을 듣고 있으면, 정말 부아가 치밀어오른다니까! 이 접시를 확 던져버리고 싶어요, 윈드러스!"

"맘대로 하세요, 린골드 씨. 내 접시 아니니까."

"흑인사회에 분통이 터져 못살겠어요. 그들이 한 일, 헨리 월리스를 찍지 않고 그들 자신을 위해 투표하지 않은 일을 생각하면, 진짜 이 접시를 다 깨버리고 싶다고요!"

"안녕히 계세요, 아저씨." 아이라가 마른행주로 닦고 있던 접시를 깨버리겠다고 펄펄 뛰는 동안 내가 인사했다. "그만 집에 가려고요."

바로 그때 계단 꼭대기에서 이브 프레임의 목소리가 들려왔다. "여보, 올라와서 그랜트 씨 부부에게 작별 인사 하세요."

아이라는 못 들은 척하고 다시 윈드러스 쪽으로 고개를 돌렸다. "아메리카 대륙에는 말예요, 어딜 가나 감언이설이……"

"여보? 그랜트 씨 부부 가신대요. 올라와서 인사해요."

갑자기 아이라는 들고 있던 접시를 힘껏 던졌다. 접시가 빙그르 날아가 벽에 부딪히자 마르바가 소리를 질렀다. "엄마!" 하지만 윈드러스는 흑인차별 정책에 반대하는 백인의 불합리한 행동도 별로 대수롭지 않다는 듯 어깨를 한번 으쓱하더니 깨진 조각을 주섬주섬 줍기 시작했다. 그사이 아이라는 행주를 손에 쥔 채

한 걸음에 세 계단씩 성큼성큼 올라가면서, 계단 꼭대기까지 다 들리도록 큰 소리로 말했다. "이해가 안 된단 말이야. 선택의 자유가 있고, 행동의 자유가 보장된 이 나라에서 어떻게 저런 살인마 나치놈과 한자리에서 식사를 할 수 있지? 어떻게 그럴 수 있는 거야? 평생 더 나은 살인 방법을 완성하려고 애쓴 놈과 저녁 식사를 하라고 누가 강요하는 거냐고?"

난 아이라 바로 뒤에 있었다. 그가 체스터필드 코트와 실크스카프를 걸치고 손에 모자를 든 채 현관에 서 있는 브라이든 그랜트 쪽으로 다가가는 것을 보고 나서야 그가 무슨 말을 하는 건지 알았다. 그랜트는 모난 얼굴에 턱이 튀어나오고, 부드러운 은발이 보기 좋게 머리를 덮은 탄탄한 체격의 오십대 남자였다. 하지만 매력이 넘친다는 바로 그 이유 때문에 왠지 싸늘해 보였다.

아이라는 브라이든 그랜트 쪽으로 빠르게 달려가더니 얼굴이 거의 맞닿을 거리에 이르러서야 멈춰 섰다.

아이라가 말했다. "그랜트, 그랜트 맞지? 그게 당신 이름이지? 대학을 나온 지성인 그랜트. 하버드를 졸업했지. 하버드를 졸업한 허스트 신문의 저널리스트. 당신이 그 그랜트 가문의 그랜트로군! 그렇다면 기본쯤은 알아야 하지 않겠어? 당신이 쓴 쓰레기들을 읽어봤는데, 당신 글에는 신념이란 게 없더군. 당신한테 뭔가에 대한 신념이 있기는 한가?"

"아이라! 그만해요!" 이브 프레임은 하얗게 질린 얼굴을 두 손으로 감싸고 있다가 아이라의 팔을 붙잡았다. "브라이든." 그녀는 아이라를 거실로 밀어넣으려 안간힘을 쓰며 어깨 너머로 브라이든에게 난감한 눈빛을 보냈다. "난 정말…… 무슨 말을 해야 할지……"

하지만 아이라는 이브를 가볍게 밀쳐내고 말했다. "다시 한번 묻겠는데, 당신은 뭔가에 대한 신념을 갖고는 있나?"

"아이라, 이게 당신의 본모습은 아니겠지. 당신이 이런 사람일 거라곤 생각하지 않소." 그랜트의 목소리에는 사회적으로 열등한 사람들을 상대할 때 말로 대처하는 요령을 아주 어릴 때부터 터득한 사람의 우월감이 흘러넘쳤다. "다들 안녕히 계시오." 그는 웬 소란인가 보려고 복도에 모여든 열 명 남짓한 손님에게 인사했다. "잘 있어요, 이브." 그랜트는 이브의 볼에 가볍게 입을 맞춘 다음 문을 열기 위해 아내의 팔을 잡고 돌아섰다.

"베른헤르 폰 브라운!" 아이라가 그의 뒤통수에 대고 소리쳤다. "더러운 나치 과학자. 쓰레기 같은 파시스트. 당신은 그놈과 어울려 저녁식사를 하지. 그래, 안 그래?"

그랜트는 미소를 지었다. 완벽한 자제와 차분한 말투에서 경고를 감지할 수 있었다. "대단히 경솔한 발언이오, 선생."

"당신은 집에서 그 나치놈과 저녁식사를 같이해. 사실이야, 아니야? 사람을 죽일 수단을 연구하고 만드는 자는 다 나쁜 놈이지만, 그랜트, 그중에서도 당신 친구는 히틀러의 심복이었어. 아돌프 히틀러를 위해 일했던 놈이라고. 이런 애기 처음 듣나? 그럴 수도 있지. 그놈이 그랜트 집안사람들을 죽이려 한 건 아니었으니까. 그놈이 죽이고 싶어했던 건 나 같은 사람들이었으니까!"

카트리나는 내내 남편 곁에서 아이라를 노려보았다. 이번엔 그녀가 남편을 대신해 대답했다. 아침에 〈반 태슬과 그랜트〉를 듣는 사람이라면, 카트리나가 종종 남편의 나팔수 역할을 한다는 걸 짐작할 수 있었다. 그랜트는 그런 식으로 독재자다운 음산한 태도를 유지했고, 반 태슬은 자신의 모든 행동이 떳떳하다고 착각하며 우월감을 느끼는 스타일이었다. 브라이든은 말을 최대한 줄이고 내면의 권위를 세우는 게 남에게 더 위협이 된다고 생각한 반면, 카트리나의 무서움은 아이라처럼 모든 걸 거침없이 얘기하는 데에서 나왔다.

"당신은 터무니없는 얘기만 떠들어대는군요." 카트리나 그랜트는 입을 최대한 벌렸지만, 가만 보니 입술 사이의 구멍, 기침약 한 방울이 들어갈 만한 그 작은 구멍만 달싹거렸다. 그 구멍을 통해 남편을 변호하는 가시 돋친 말을 내뿜었다. 이건 전쟁이었고, 이번엔 그녀가 마법에 홀린 듯 역습을 펼쳤다. 그녀는 키 6피트 6인치의 거한 앞에서도 당당함을 잃지 않았다. "당신은 정말 무식한데다 순진하고, 무례하고, 깡패 같고, 어리석고, 거만한 사람이군요. 당신같이 무식한 사람은 사실을 못 봐요. 현실이 어떤지 모르고, 자기가 무슨 얘길 하는지도 모르죠. 아마 죽을 때까지 모를걸요! 당신은 그저 〈데일리 워커〉에서 하는 얘기를 앵무새처럼 따라 할 줄만 알죠!"

"당신의 만찬 손님 폰 브라운은," 아이라가 되받아쳤다. "미국 국민을 양껏 죽이지 않았나? 그런데 이제 미국을 위해 러시아인을 죽이겠다고? 참 대단하군! 자, 허스트 씨와 다이스 의원과 제조업자협회를 위해 빨갱이를 죽입시다, 이건가? 그 나치놈은 누굴 죽이든 신경 안 써. 돈과 명예를 얻기만 하면……"

그때 이브가 비명을 질렀다. 극적이거나 계산된 것처럼 들리지는 않았지만, 잘 차려입은 손님이 들어찬 복도에서—어쨌든 꽉 조이는 타이츠를 입은 남자가 타이츠를 입은 다른 남자를 검으로 찌른 것도 아닌데—그녀는 무대 위에서든 아래에서든 내가 들어본 인간의 어느 소리보다 섬뜩하고 소름끼치는 비명을 순식간에 만들어냈다. 이브 프레임은 마음만 먹으면 어떤 극단적 감정이든 쉽게 드러낼 수 있는 것 같았다.

"오, 이브." 카트리나가 앞으로 달려나와 이브의 어깨를 잡고 보호하듯 그녀를 감싸안았다.

"흥, 호들갑 떨지 마시오." 아이라가 주방 계단으로 되돌아가 내려가면서 말했다. "아내는 괜찮아요."

"이브는 괜찮지 않아요." 카트리나가 아이라의 등에 대고 말했다. "괜찮아서도 안 되고요. 이 집은 정치모임을 하는 데가 아니에요. 정치깡패가 모이는 데가 아니라고! 당신이 그 선동적인 주둥이를 놀릴 때마다 큰 소란이 일어나. 아름답고 교양 있는 가정에 당신의 빨갱이 친구들을……"

그는 즉시 계단 위로 올라와 소리질렀다. "여긴 민주주의 국가요, 그랜트 여사! 내 신념은 내 신념이지. 아이라 린골드의 신념이 뭔지 알고 싶으면 나한테 물어보시오. 당신이 내 신념을 좋아하든 싫어하든 난 상관 안 해. 이건 내 신념이야. 모든 사람이 내 신념을 싫어한대도 상관하지 않는다고! 하지만 당신 남편은 파시스트에게서 월급을 받아. 그래서 누가 용감하게 파시스트가 듣기 싫어하는 말을 하면, '빨갱이, 저 사람은 빨갱이야, 문명화된 이 나라에 빨갱이라니'라고 떠들어대지. 하지만 당신이 조금이라도 사고의 유연성이 있는 사람이라면 민주주의 국가에서는 공산주의철학이든 어떤 철학이든……"

이때 이브 프레임이 또다시 비명을 질렀다. 이번엔 높지도 낮지도 않은 비명, 생명이 위급함을 알리는 비명, 그 모든 정치토론을 효과적으로 끝낸 비명이었다. 그것으로 내가 시내에서 처음 보낸 짜릿한 밤도 끝이 났다.

5

나는 머리 선생님에게 말했다. "유대인 증오, 유대인에 대한 경멸은 어떻게 된 건가요? 이브는 아이라와 결혼했고, 그전엔 프리드먼과 결혼했는데……"

우리가 두번째로 만난 날이었다. 저녁식사를 하기 전 우리는 연못이 내다보이는 테라스에 앉아 마티니를 마셨다. 선생님은 그날 대학에서 들은 강의에 대해 얘기했다. 선생님의 정신적 에너지는 놀라웠고, 심지어 아테나 대학 교수가 노인 학생들에게 내준 삼백 자 과제물 '햄릿의 유명한 독백을 하나 골라 인생의 관점에서 논하라'에도 남다른 열정을 보여 난 놀라지 않을 수 없었다. 얼마 후면 세상에서 잊혀질 사람이 다음날을 위해 숙제를 하고 꺼져가는 삶을 위해 스스로 공부하는 모습, 인생의 수수께끼를 계속 고민하고 해명하며 활력을 얻는 모습은 놀라움 이상의 무엇으로 다가왔다. 세상 모든 것과 거리를 두고 혼자 사는 것에 대해 부끄러움에 가까운 아차 하는 감정이 밀려왔다. 하지만 그 감정은 곧 사라졌다. 나는 복잡한 일을 더는 만들고 싶지 않았다.

나는 바비큐용 그릴에 닭고기를 구웠고, 우리는 테라스에 나와 앉아 저녁을 먹었다. 식사를 마쳤을 땐 여덟시가 훌쩍 넘었지만, 이제 겨우 7월 둘째 주였다. 그날 아침 우편물을 받으러 나가자 여자 우편배달부가 이번 달에 해가 사십구 분이나 짧아질 거라고 알려주었다. 그러면서 며칠 동안 비가 내리지 않으면 식료품점에 들러 블랙베리와 라즈베리 잼을 사둬야 한다고, 이 지역에서 로드킬이 작년 이맘때보다 네 배나 많이 발생했고, 숲 외곽에 있는 누군가의 새 모이통 근처에서 이 숲의 토박이인 6피트짜리 흑곰이 또다시 목격되었다고도 이야기해주었다. 하지만 이날 시야는 여전히 끝닿은 데 없이 펼쳐져 있었다. 밤은 영원할 것처럼 탁 트인 하늘 뒤편에 바짝 움츠리고 있었다. 끝없이, 큰 변화 없이 흘러가는 삶.

"이브가 유대인이었냐고? 그랬지." 선생님이 말했다. "이브는 유대인인 걸 병적으로 부끄러워하는 유대인이었네. 그녀의 수치심은 결코 피상적인 게 아니었어. 이브는 유대인처럼 생긴 걸 부끄러워했어. 이브 프레임의 얼굴 생김새를 보면 감지하기는 쉽지 않지만 유대인의 미세한 특징이 많이 드러났지. 월터 스콧의

『아이반호』에 나오는 레베카의 미세한 특징들을 모두 지닌 얼굴이었어. 또 이브는 자기 딸이 유대인처럼 생긴 걸 부끄러워했지. 내가 스페인어를 할 줄 안다니까 이런 말을 하더군. '사람들은 실피드가 스페인 사람인 줄 알아요. 스페인에 갔을 때 다들 실피드를 그곳 사람으로 착각하더군요.' 너무 애처로워서 반박할 생각도 안 들더군. 그런들 누가 신경이나 쓰겠나? 아이라는 신경쓰지 않았어. 인종 가르기를 싫어했지. 정치적으로 반대했어. 종교는 어떤 종교든 가리지 않고 싫어했다네. 유월절이 되면 도리스는 저녁만찬을 준비했는데, 아이라는 근처에도 오지 않았어. 종족적인 미신이라고 말이야.

이브를 처음 만났을 때 아이라는 이브와 당시의 모든 것에 매료되었을 거야. 뉴욕에 처음 왔고, 〈자유와 용기〉를 처음 시작했고, 〈미국 라디오극장〉의 여주인공을 에스코트하며 돌아다녔어. 그러니 이브가 유대인인가 아닌가는 안중에도 없었을 거야. 아이라한테 그게 뭐가 중요하겠나? 하지만 반유대주의라면? 그건 완전히 다르지. 몇 년 후에 아이라가 말하더군. 사람들 앞에서 '유대인'이란 말을 꺼낼 때마다 이브가 자신의 입을 막았다고. 두 사람이 누군가의 집을 방문하고 나와 엘리베이터를 탔을 때 거기에 아기를 안거나 유모차에 태운 여자가 있어도 아이라는 전혀 관심을 갖지 않았어. 하지만 이브는 거리로 나오자마자 '정말 흉측한 아이야'라고 말하곤 했다더군. 아이라는 나중에 그 흉측한 아이가 항상 그녀처럼 유대인으로 보이는 여자의 아이라는 걸 알기 전까지는 무엇이 이브를 무너뜨리고 있는지 도통 몰랐어.

어떻게 아이라는 단 오 분이라도 그 헛소리를 참고 들었을까? 아마 참기 힘들었을 거야. 하지만 거긴 군대가 아니었고 이브 프레임은 남부 촌놈이 아니었으니 그녀에게 주먹을 날릴 일은 없지. 대신 사회교육으로 이브를 공략했지. 아이라는 이브의 오데이가 되려 했지만, 그녀는 아이라가 아니었네. 반유대주의의 사회적 경제적 기원, 이게 이브를 위한 강의였지. 아이라는 그녀를 서재에 앉혀놓고 큰 소리로 자신의 책들을 읽어줬다네. 전쟁중에 지니고 다니며 생각하고 관찰한 것을 적어놓은 수첩에서도 좋은 글들을 읽어줬고. '유대인이라고 더 우월할 것도 없고, 더 열등하거나 창피할 것도 없어. 난 유대인이다. 그뿐이다. 그게 전부다.'

아이라는 당시에 자신이 좋아하던 소설 가운데 하나인 아서 밀러의 책을 이브에게 사줬네. 아마 그 책을 수십 권은 돌렸을 거야. 『초점』이라는 책이었지. 아이라는 이브가 중요한 구절을 놓치지 않게끔 곳곳에 표시를 해 그 책을 줬다네. 그리고 이란에 있을 때 군 도서관에서 오데이한테 들은 대로 이브에게 그 책을 설명해줬지. 아서 밀러의 『초점』이란 책 기억하나?"

물론 기억했다. 아이라가 내게도 그 책을 줬으니까. 열여섯번째 생일 때였고, 오데이가 했던 것처럼 내게 내용을 설명해줬다. 고등학교 마지막 학년에 『초점』은 〈승리의 목소리로〉와 하워드 패스트의 소설(그리고 아이라가 준 두 권의 전쟁소설 『벌거벗은 자와 죽은 자』와 『젊은 사자들』)과 나란히 자리매김했고, 나 자신의 정치 성향을 확인시켜준 동시에 내 라디오 각본에 인용된 존경스러운 책이 되었다.

『초점』은 1945년에 출간되었다. 아이라가 책을 가득 담은 군용 배낭과 귀국 수송선에서 주사위 노름으로 딴 천 달러를 손에 쥐고 귀국한 해였고, 〈세일즈맨의 죽음〉이 브로드웨이 무대에 올려져 아서 밀러가 유명한 극작가로 뜨기 삼 년 전이었다. 『초점』은 뉴욕의 어느 대기업 인사과장인 뉴먼의 씁쓸하고 얄궂은 운명을 다룬 소설이었다. 뉴먼은 신중하다 못해 불안을 떠안고 사는 사십대의 순응주의자로, 마음속에 감추고 있는 인종적 종교적 편견을 적극적으로 드러내기에는 아주 소심한 남자이다. 뉴먼은 난생처음 안경을 맞춰 쓴 후, 안경이 "유대인처럼 돌출된 그의 코"를 더욱 돋보이게 하는 바람에 자신이 위태로울 만큼 유대인과 닮아 보이게 됐다는 걸 알아차린다. 그런데 그의 눈에만 그런 게 아니었다. 그의 절름발이 노모 역시 새 안경을 낀 아들을 보고 웃으며 "이런, 꼭 유대인 같구나"라고 말한다. 뉴먼이 안경을 끼고 직장에 출근했을 때, 그의 달라진 모습을 본 사람들의 반응은 그리 호의적이지 않다. 그는 갑자기 인사과의 유망한 자리에서 사환이라는 초라한 직위로 좌천되고, 굴욕을 느낀 그는 회사를 그만둔다. 그 순간부터 유대인의 생김새, 유대인의 냄새, 유대인의 비열함, 유대인의 탐욕, 유대인의 무례함, 심지어 "유대인의 여자에 대한 육욕" 때문에 유대인을 경멸하던 그가 어딜 가나 유대인으로 낙인찍힌다. 사람들이 그에게서 느끼는 적개심의 원인이 사회적으로 아주 광범위했기 때문에 독자 혹은 청소년 시절의 나는 그 적대감의 원인이 단지 뉴먼의 얼굴 때문만은 아니고, 그 자신이 너무 온순해서 행동으로 옮기지 못했던 보편적인 반유대주의가 거대하고 기괴한 형태로 구체화되었기 때문이라는 느낌을 받았다. "그는 평생 유대인에 대한 혐오를 품고 살아왔는데" 이젠 그 혐오가 그가 사는 퀸스 스트리트와 뉴욕 전역에서 공포로 가득한 악몽처럼 현실이 되어 나타났고, 급기야 그를 잔인하고 폭력적으로 동네에서 추방시켜버렸다. 그는 이웃들의 추악하기 이를 데 없는 증오에 고분고분 순응하면서 환심을 사려 했지만 아무 소용이 없었다.

나는 집 안으로 들어가 『초점』을 갖고 나왔다. 아이라한테 받은 그날 밤에 다 읽고, 두 번 더 읽은 다음 개인적으로 신성하게 보관하는 책들과 함께 내 방 책상 위 북엔드 사이에 꽂아둔 뒤로 펼쳐본 적이 없었다. 속표지에는 아이라가 내게 보내는 메시지가 적혀 있었다. 내가 책을 건네자 머리 선생님은 잠시 책을 만지작거린 뒤(동생의 유품이었다) 표지를 펼쳐 아이라의 메시지를 소리내어 읽었다.

네이선, 지적인 대화 상대를 찾기가 쉽지 않구나. 나는 많은 걸 읽는데, 내가 독서에서 얻은 것은 다른 사람들과 대화를 나누는 중에 자극을 받아 모양을 갖춘다고 믿는단다. 너는 그 몇 안 되는 사람 중 하나야. 너처럼 젊은 친구를 알게 되어 조금이나마 미래를 덜 비관적으로 느끼게 되는구나.

1949년 4월, 아이라

머리 선생님은 『초점』을 휘리릭 넘기면서 1949년 당시 내가 밑줄 쳤던 부분을 훑어보았다. 선생님은 사분의 일쯤에서 멈추더니 이번에는 본문 구절 하나를 큰 소리로 읽었다. "'그의 얼굴, 그는 이 얼굴이 아니었다. 아무도 그의 얼굴을 갖고 그를 멸시할 권리가 없었다. 어느 누구도! 그는 그라는 인간, 어떤 분명한 역사를 가진 인간이지, 이국의 더러운 역사에서 만들어진 것처럼 보이는 이 얼굴이 아니었다.'

이브는 아이라가 권한 대로 이 책을 읽었네, 그가 밑줄 쳐준 부분을 읽었지. 그녀는 그의 강의에 귀를 기울였어. 강의 주제는 뭐였을까? 이 책의 주제와 같았네. 강의 주제는 유대인의 얼굴이었어. 아이라는 말하곤 했다네. 이브가 정말 귀담아듣는 건지 잘 모르겠다고. 그녀가 뭘 듣든, 얼마나 많은 걸 듣든 그녀는 편견에서 빠져나오기 힘들었지."

"『초점』은 도움이 안 됐군요." 선생님에게 책을 돌려받으면서 내가 말했다.

"언젠가 두 사람은 친구 집에서 아서 밀러를 만났다네. 윌리스를 위한 파티였던가, 기억나지 않는군. 밀러를 소개받은 이브는 자기 입으로 그의 책이 얼마나 흥미진진했는지 말했지. 아마 거짓말은 아니었을 거야. 이브는 책을 많이 읽었고, 아이라보다 이해력이 훨씬 폭넓었으니까. 책에 정치적 사회적 의미가 담겨 있지 않으면 아이라한테는 그 모든 게 아무 소용이 없었어. 하지만 이브는 책이나 음악이나 미술이나 연기에서 뭘 배우든, 또 개인적 경험이나 지금까지의 힘겨운 삶에서 뭘 배우든, 그건 증오와는 별개였지. 그녀는 거기서 빠져나올 수 없었어. 변할 수 없는 사람이라 그런 건 아니었네. 이브는 이름을 바꿨고, 남편을 바꿨고, 일하던 분야의 판도가 변해 직업을 바꿔야 할 때가 오자 영화에서 연극을 거쳐 라디오로 무대를 옮겼지. 하지만 이건 마음속에 깊이 자리잡고 있었어.

그렇다고 아이라가 애써 가르치는 동안 전혀 나아지지 않았다는 뜻은 아니네. 겉으로는 조금씩 좋아지는 것처럼 보였지. 아이라의 설교를 피하려고 얼마간 조심하긴 했을 거야. 하지만 진심으로 변했을까? 어쩔 수 없는 경우에는, 그러니까 자신의 사회적 환경이나 그 안에서 만나는 유명한 유대인에게 느끼는 감정, 심지어 아이라에게 느끼는 감정조차 숨겨야 할 때는 그렇게 했다네. 아이라가 강의를 시작하고, 가톨릭교회와 폴란드 농민계층,

그리고 프랑스에서 드레퓌스 사건이 벌어졌을 때 드러난 반유대주의에 대해 열변을 토하면, 이브는 그가 하고 싶은 대로 하게 놔두고 참을성 있게 귀를 기울였지. 하지만 변명할 여지 없이 유대인 티가 나는 얼굴(가령 도리스의 얼굴)을 대하면, 그녀의 생각은 아이라나 아서 밀러와는 다른 방향으로 흘러갔네.

이브는 도리스를 싫어했어. 왜 그랬을까? 병원 실험실에서 일했던 여자라서? 실험실 연구원이었기 때문에? 뉴어크에서 애들을 키우는 가정주부라서? 유명한 연예인한테 도리스가 어떤 위협을 가할 수 있겠나? 도리스를 받아들이는 데 얼마나 큰 노력이 든다고 그랬을까? 도리스는 척추측만증을 앓았고, 나이가 들어 통증이 심해지자 허리에 철심을 박는 수술을 받았지만 별로 좋아지지 않았네. 뭐 그런 상황이었지. 도리스는 처음 만난 날부터 죽는 그날까지 내 눈에는 그림처럼 예뻤지만, 사실 척추가 눈에 띌 만큼 기형적으로 휘었다네. 도리스의 코는 라나 터너처럼 똑바르지 않았지. 자네도 알아챘을 거야. 또 그녀는 어렸을 때 브롱크스 지역 영어를 쓰며 자랐어. 이브는 그런 도리스와 한자리에 있는 걸 못 견뎌했다네. 도리스를 똑바로 쳐다보지도 못했어. 아내를 보면 속이 뒤집어졌던 거지.

두 사람이 같이 산 삼 년 동안 우리는 딱 한 번 저녁식사에 초대받았다네. 이브의 눈을 보면 알 수 있었어. 도리스의 옷, 도리스의 말, 도리스의 생김새, 이브는 그 모든 걸 혐오스러워했어.

내 앞에선 조심스럽게 행동했지. 물론 다른 이유들 때문에 나를 좋아하진 않았지만. 난 뉴저지의 교사였고, 그녀의 세계에서는 하찮은 사람이었어. 하지만 나를 잠재적인 적으로 느껴서인지 나한테는 항상 공손했다네. 그리고 매력적인 모습만 보여줬지. 분명 자네하고 있을 때도 그랬을 거야. 난 그녀의 용기에 감탄하지 않을 수 없었네. 나약하고 신경질적이고 쉽게 흔들리는 성격인데도 그렇게 세파를 견디며 살아왔으니, 참 의지가 대단한 여자였지. 그 모든 일을 겪으면서도, 경력을 쌓아가는 동안 걸림돌을 만나도 결코 쓰러지지 않았어. 라디오에서 성공하고, 그렇게 집을 멋지게 꾸미고, 그런 살롱을 열고, 그 모든 사람을 접대했지…… 물론 이브는 아이라의 짝이 아니었고, 아이라도 이브의 짝이 아니었어. 둘은 전혀 어울리지 않았어. 하지만 아이라를 남편으로 받아들이고 다시 한번 새로운 삶을 시작했으니, 보통 여자는 아닌 게 분명했어.

만일 내 동생과의 결혼을 떼어놓고, 내 아내를 대하는 태도를 떼어놓고, 그 빌어먹을 놈의 증오를 떼어놓고 본다면, 이브는 영리하고 활력 넘치는 여자였네. 그 모든 걸 떼어놓고 본다면, 그녀는 열일곱 나이에 캘리포니아로 가서 무성영화판에 뛰어들었을 때의 영리하고 활력 넘치는 그 모습 그대로였을 거야. 그녀에겐 근성이 있었지. 자네도 무성영화에서 그걸 봤을 거야. 겉으론 아주 공손하지만, 내면엔 강한 근성이 숨어 있었어. 감히 말하자면, 유대인의 근성이라고나 할까. 자주 그러진 못했지만, 마음의 여유가 있을 땐 관대하기도 했다네. 여유가 있을 때의 그녀를 보면, 올바른 일을 하고 싶어하는 뭔가가 마음 한구석에 있다는 걸 느낄 수 있었지. 그런 일에 관심을 기울이려고 애썼어. 하지만 손발이 묶여 옴짝달싹할 수 없었어. 누구도 이브와 독립적인 인간관계를 맺을 수 없었고, 그녀도 누구한테 독립적으로 관심을 기울일 여유가 없었어. 또 이브는 판단이 쉽게 흔들렸어. 반대쪽에 항상 실피드가 버티고 있었으니까.

그날 밤 우리가 떠난 뒤 이브는 아이라에게 도리스의 험담을 늘어놓았다네. '그렇게 훌륭한 부인네들은 질색이에요. 무조건 참고 견디는 현관 매트 같잖아요?' 하지만 이브가 도리스에게서 본 건 현관 매트가 아니었어. 그녀 자신이 감내할 수 없는 유대인 여성상이었지.

난 이미 알고 있었어. 아이라가 나한테 털어놓을 필요도 없었어. 어쨌든 아이라는 그 말에 몹시 기분이 상했던 모양이야. 동생은 어려서부터 나한테 모든 걸 털어놓았고, 말문이 트인 날부터 누구에게나 모든 걸 거침없이 얘기했지. 하지만 그 얘긴 모든 게 결딴난 후에야 하더군. 하긴 그 여자가 자기 배역에 푹 빠져 있다는 걸 나한테 알릴 필요는 없었겠지. 반유대주의는 단지 그녀가 연기하는 배역의 일부였어. 그녀의 배역에 무심코 끼어든 일부분이었지. 처음부터 난 고의는 아닐 거라 생각했다네. 악의

적이라기보다 생각이 없는 거였어. 그래서 그녀의 다른 모든 행동과 자연스럽게 어우러졌던 거야. 이브는 자신에게 그런 면이 있다는 걸 깨닫지 못했던 거고.

자네는 자네 부모에게서 태어나고 싶지 않았던 미국인이었나? 좋아. 유대인과 어울리기 싫은가? 괜찮아. 유대인으로 태어난 걸 남에게 알리지 않고 싶은가? 가면을 쓴 채 세상에 나오고 싶은가? 그 문제를 외면하고 다른 사람인 척하고 싶은가? 아무렴 어때. 자넨 자유로운 국가에서 태어났는데. 하지만 덤으로 유대인을 미워할 필요는 없는 거야. 거치적거린다고 다른 사람의 얼굴에 주먹을 날릴 필요도 없고. 유대인 증오가 주는 값싼 즐거움은 아무짝에도 쓸모가 없거든. 그런 거 없이도 그럴싸한 비유대인이 될 수 있어. 좋은 감독이라면 그녀의 연기를 그런 방향으로 유도했겠지. 반유대주의는 너무 과장된 연기라고, 그녀가 감추려고 노력하는 결함보다 더 흉하면 흉했지 못하진 않다고. 또 이렇게 말해줬을 거야. '당신은 이미 영화 스타다. 당신의 탁월한 재능에 반유대주의는 필요 없다. 그렇게 연기하는 순간, 당신은 백합에 금칠을 한 셈이 되고, 설득력은 사라진다. 그건 정도를 넘어선 거고 과한 거다. 그런 연기는 논리적으로 지나치게 완벽하고, 너무 숨이 막힌다. 당신은 현실에선 안 통하는 논리에 빠져 있다. 그걸 버려라, 그런 건 필요 없다, 그게 없으면 훨씬 나을 거다.'

그녀가 추구하는 게 귀족 신분이라면, 어쨌든 예술가 귀족이란 게 있지. 그녀가 자연스럽게 속할 수 있는 연기자 귀족계층 말일세. 거기엔 유대인을 증오하지 않는 사람도 들어갈 수 있고, 유대인도 들어갈 수 있어.

하지만 이브의 실수는 페닝턴이었어. 페닝턴을 모델로 삼은 것. 이브는 캘리포니아로 가서 이름을 바꾸고 자신의 커다란 매력을 무기 삼아 영화계에 뛰어들었어. 그런 다음 영화사의 압력과 성화에 못 이겨, 또 그들의 도움으로 뮐러를 버리고 페닝턴이라는 무성영화 스타와 결혼했지. 폴로 경기를 즐기는 부유한 상류층의 진짜 귀족과 결혼하고는 그에게서 비유대인의 이상을 얻은 거야. 그가 그녀의 감독이었던 셈이지. 거기서 완전히 꼬여버린 거야. 자신의 모델과 비유대인 스승을 정할 때, 다른 유대인 아웃사이더라면 그런 연기가 성공하지 못할 거라고 확신했을 거야. 왜냐하면 페닝턴은 귀족이기만 한 게 아니었거든. 그는 동성애자였고, 반유대주의자였어. 그런데 이브는 그의 태도를 받아들인 거야. 그녀가 원하는 건 오직 처음 출발했던 곳에서 도망치는 거였으니까. 그건 범죄가 아니야. 과거의 사슬에서 벗어나 미국 시민이 되는 건 개인의 선택이라네. 심지어 반유대주의자를 가까이하는 것도 범죄가 아니야. 그저 개인의 선택이지. 하지만 그런 자에게 맞서지 못하는 것, 그런 자의 폭력을 막아내지 못하는 것, 그런 자의 태도를 자기 것으로 받아들이는 것, 이건 범죄라네. 내가 보기에 미국에서는 이것을 제외한 모든 자유를 누릴 수 있어.

자네 시대에도 그랬지만 그 시절에 그런 종류의 샌드허스트 사관학교, 유대인을 비유대인으로 만드는 확실한 훈련소—물론 그런 곳이 있다면 말이지만—는 대개 아이비리그였네. 『해는 또 다시 떠오른다』의 로버트 콘을 기억하나? 프린스턴 졸업생이 권투를 하며 자신이 유대인이란 걸 애써 외면하지만, 오히려 그 때문에 괴짜 신세를 면치 못하지. 적어도 헤밍웨이한테는 그랬지. 한데 이브도 학위를 땄어. 프린스턴이 아니라 할리우드에서, 페닝턴 밑에서. 멀쩡한 겉모습만 보고 이브는 그를 모델로 정했네. 그러니까 페닝턴이 너무 과장된 비유대인 귀족이었기 때문에 이브는 순진한 유대인의 관점에서 그의 태도가 과장이 아니라 정상이라고 생각한 거야. 비유대인 여자라면 냄새를 맡고 즉시 알아차렸을 텐데. 이브만큼 똑똑한 비유대인 여자라면 영화에서든 밖에서든 절대 그와 결혼할 생각을 하지 않았을 거야. 처음부터 그가 아웃사이더에게 방약무인하고, 공격적이고, 사악하리만치 거만하다는 걸 알아차렸겠지.

애초부터 잘못된 계획이었어. 이브는 본받고 싶은 모델과 자연스럽게 친밀감을 형성하지 못했고, 그래서 엉터리 비유대인을 연기했지. 나이도 어렸고, 그 역할에 너무 집착한 나머지 즉흥연기도 할 수 없었네. 일단 연기가 A부터 Z까지 정해지자, 이브는 하나라도 빼먹을까 두려워졌네. 전체 연기가 완성되지 못할까 두려워했어. 자기 검증 같은 것도 없었으니, 작은 것도 고치거나 바꿀 수 없었다네. 그녀가 배역을 지배하지 못하고, 배역이 그녀를 지배했지. 무대 위라면 더 섬세하게 연기할 수 있었을 거야. 하지만 무대에서 연기를 의식하는 만큼 실생활에서 모든 행동을 항상 의식할 순 없었지.

생각해보게. 만일 자네가 미국의 진짜 비유대인 귀족이 되길 원한다면, 느끼든 못 느끼든 유대인을 매우 동정하는 척할 거야. 그게 영리한 방법이지. 지적이고 세련된 귀족이 되는 지름길은 다른 사람들과 다르게 차이에 대한 경멸적인 태도를 억지로 극복하거나 극복한 척하는 거라네. 어쩔 수 없다면 속으로는 계속 경멸해도 괜찮아. 하지만 유대인을 편하게, 기분 좋게 받아들이지 못하는 건 진짜 귀족에겐 도덕적으로 어울리지 않는 행동이야. 기분 좋게, 편하게 받아들이는 것, 그게 엘리너 루스벨트의 방식이었지. 넬슨 록펠러도 그랬고, 애버럴 해리먼도 그랬네. 그 사람들에게 유대인은 문제가 되지 않았어. 왜 그래야 하겠어? 하지만 칼턴 페닝턴한테는 문제가 된 거지. 이브는 그 노선을 택했고, 그 모든 불필요한 태도의 노예가 됐다네.

페닝턴의 귀족 흉내를 내는 젊은 아내 이브에게 유대교는 허용할 수 있는 죄악, 문명화된 죄악이 아니었어. 절대 그럴 수 없었지. 차라리 동성애는 허용할 수 있는 죄악이었네. 아이라를 만나기 전까지 이브는 반유대주의라는 장신구가 얼마나 불쾌한 것인지 몰랐고, 자신에게 얼마나 해가 되는지도 몰랐어. 이브는 생각했지. 내가 유대인을 미워한다면, 어떻게 내가 유대인일 수 있겠어? 어떻게 미워하는 대상이 될 수 있겠어?

그녀는 자기 자신을 미워했고, 자신의 생김새를 미워했네. 이브 프레임은 모든 사람 중에서도 특히 자신의 외모를 싫어했어. 자신의 아름다움이 곧 자신의 추함이었지. 마치 사랑스러운 여자가 얼굴에 커다란 검버섯을 갖고 태어난 것처럼. 그렇게 태어난 것에 대한 분노와 모욕감이 평생 그녀를 따라다녔어. 아서 밀러의 뉴먼처럼 그녀도 그녀의 얼굴이 아니었어.

아마 자넨 프리드먼이 어떤 사람인지 궁금할 거야. 비열한 인간이었지만 프리드먼은 도리스와 달리 여자가 아니라 남자였고, 부자였네. 그래서 유대인이라는 이유로나 그 이상의 이유로 이브를 억누르는 모든 억압으로부터 그녀를 거뜬히 보호해줬지. 또 이브를 위해 그녀의 재산을 관리하고, 그녀를 부자로 만들어 줄 것 같았지.

그런데 프리드먼은 코가 아주 컸다네. 자네가 봤다면 이브가 그를 보자마자 도망치지 않았을까 생각했을 거야. 가무잡잡하고 몸집이 작은 유대인, 코가 크고, 다리가 휘고, 애들러 키높이구두를 신은 부동산 투기업자. 게다가 사투리까지. 불그스레한 오렌지빛이 감도는 곱슬곱슬한 머리에 사투리를 쓰고 이민자 특유의 열정과 의욕이 넘치는 폴란드계 유대인이었지. 그는 식욕이 엄청나고 땅딸막한 미식가로 배가 불룩 튀어나왔지만, 소문에 따르면 물건이 배보다 훨씬 커서 배 너머로도 보일 정도였다더군. 자네도 짐작하겠지만, 프리드먼은 페닝턴에 대한 반발이었어. 페닝턴이 뮐러에 대한 반발이었던 것처럼. 한번 과도한 상대와 결혼하면, 다음번엔 정반대의 과도한 상대와 결혼하게 되지. 그래서 3라운드엔 샤일록과 결혼한 거야. 어찌 보면 당연한 노릇이지. 1920년대 말에 무성영화는 한물갔고, 그 멋진 화법에도 불구하고(어쩌면 그 때문이었을지도 몰라, 당시에는 너무 연설조였거든) 이브는 유성영화에 출연하지 못했어. 그러다가 1938년이 됐고, 그녀는 다시 일을 못하게 될까 두려워하다 그 유대인에게 간 거라네. 유대인에게 기대할 수 있는 것, 즉 돈, 사업, 방탕한 섹스를 위해서. 한동안 그는 이브를 성적으로 소생시켰을 거야. 그건 복잡한 공생관계가 아니었어. 일종의 거래였지. 그 거래로 그녀는 빈털터리가 됐고.

우린 샤일록도 기억해야 하지만, 「리처드 3세」도 기억해야 하네. 사람들은 레이디 앤이 글로스터 공작 리처드에게서 멀리 도망칠 거라고 생각하지. 그녀의 남편을 죽인 추악한 괴물이니까. 앤이 그의 얼굴에 침을 뱉자 그가 말하지. '왜 내게 침을 뱉는 거요?' 그녀가 말해. '그게 치명적인 독이었으면.' 하지만 우리가 알다시피, 그런 다음 그녀는 구애를 받아들이고 리처드의 여자가 돼. 리처드가 말해. '난 그녀를 가질 것이다. 하지만 오래 갖지는 않을 것이다.' 추악한 괴물의 에로틱한 힘이지.

이브는 반대하거나 저항하는 법을 전혀 몰랐어. 말다툼이나 논쟁이 벌어졌을 때 어떻게 처신해야 하는지 전혀 몰랐지. 하지만 사람은 저마다 매일같이 반대하고 저항해야 해. 아이라 같을 필요는 없지만, 하루하루 흔들리지 않고 자신을 지켜야 하네. 그런데 이브는 모든 갈등을 공격으로 인지했기 때문에 공습경보가 울리면 이성이 끼어들 틈이 없었어. 일 초 동안 악의와 분노를 분출했다가 금방 백기를 들고 항복했다네. 겉으로는 우아하고 상냥했지만, 모든 것에 혼란스러워했어. 인생에 치이고, 딸에게 치이고, 자기 자신에게 치이고, 자신의 불안정함과 시시각각 찾아오는 모든 불안에 치여 망가진 여자였어. 한데 그 여자한테 아이라가 반한 거야.

여자도 모르고 정치도 모르던 녀석이 둘 다에 완전히 빠져버렸지. 아이라는 모든 것에 지나칠 정도로 집착했네. 그런데 왜 이브였을까? 왜 하필 이브를 선택했을까? 아이라는 세상 무엇보다 레닌과 스탈린과 조니 오데이 같은 사람이 되길 원했고, 그래서 그녀에게 집착한 거야. 어떤 형태로든 억압받는 자를 보면 가만있지 못했고, 그들의 억압에 꼭 잘못된 방식으로 대응했으니까. 아이라가 내 동생이 아니었어도 내가 녀석의 자만심을 가볍게 보아 넘겼을지 궁금하다네. 하긴 그게 형제지간이지. 유별난 게 있어도 허물없이 넘기는 사이."

"패멀라." 선생님은 뇌의 노화로 인한 사소한 장애를 극복하고는 불쑥 그 이름을 끄집어냈다. "실피드의 가장 친한 친구는 패멀라라는 영국 아가씨였어. 플루트를 연주했지. 난 그 아가씨를 본 적은 없어. 그냥 설명만 들었네. 사진은 한 번 본 적이 있지."

"전 만난 적이 있어요. 누군지 압니다." 내가 말했다.

"매력적이던가?"

"전 열다섯 살이었고, 뭔가 꿈같은 일이 일어나길 바랐죠. 그래서 모든 여자가 매력적으로 보였어요."

"미인이라던데, 아이라 말로는."

"이브 프레임은 '히브리 공주'라고 했어요. 제가 패멀라를 만난 날 밤 그렇게 불렀어요." 내가 말했다.

"그럼 뭐라고 부르겠나? 이브는 모든 걸 낭만적으로 포장했을 거야. 그런 과장이 오점을 씻어주니까. 이브의 집에서 환영해야 하는 유대인 여자라면 공주인 게 나았을 거야. 그런데 아이라가 그 히브리 공주와 바람을 피웠다네."

"정말입니까?"

"아이라는 패멀라와 사랑에 빠졌고, 그녀와 도망치고 싶어했어. 그녀가 쉬는 날이면 그녀를 데리고 뉴저지로 가곤 했지. 그녀는 맨해튼의 리틀 이탈리아 레스토랑 근처에 있는 작은 아파트에 혼자 살았네. 웨스트 11번가에서 걸어서 십 분 거리였지. 하지만 아이라가 그녀 집에 드나드는 건 위험천만한 일이었네.

그렇게 덩치 큰 남자가 거리에서 눈에 안 띌 리 없었으니까. 또 그 당시에 아이라는 온 시내를 돌아다니며 학교 같은 데서 무보수로 링컨을 연기했기 때문에 그리니치빌리지의 많은 사람이 아이라를 알고 있었어. 아이라는 거리에서 항상 사람들과 얘기를 나누었네. 뭘 하고 사는지 물어보고, 사람들이 체제로부터 어떻게 착취당하고 있는지 설명하곤 했지. 그래서 월요일마다 패멀라를 데리고 징크타운으로 간 거야. 거기서 낮시간을 보내고 저녁식사에 맞춰 허둥지둥 돌아왔지."

"이브는 몰랐나요?"

"몰랐어. 까맣게 몰랐지."

"전 상상도 못했습니다. 어린애였으니까요. 아이라가 바람을 피울 거라는 생각은 꿈에도 못했어요. 링컨 차림을 한 모습과는 어울리지 않네요. 아이라의 처음 모습이 너무도 강하게 각인되어서, 사실 지금도 믿기지 않는데요."

머리 선생님이 껄껄 웃으며 말했다. "인간에겐 믿을 수 없는 여러 모습이 존재한다는 게 자네 책의 주제 아니었나? 자네 소설에서처럼 인간에게는 모든 게 가능해. 세상에, 한 명이 아니었네. 아이라의 여자 말이야. 드높은 사회적 양심과 못 말리는 성욕이 공존했지. 양심적인 공산주의자, 성욕이 넘치는 공산주의자.

내가 그 여자들 때문에 진저리를 치면, 도리스는 오히려 그 녀석을 옹호했다네. 그녀의 삶을 보면 누구보다 먼저 아이라를 비난할 것 같지 않은가? 하지만 도리스는 형수로서 아이라를 너그럽게 이해해줬지. 여자에게 약한 아이라의 약점을 놀라우리만치 너그럽게 봐줬어. 도리스는 보기와 달리 평범한 여자가 아니었네. 이브 프레임이 생각한 것처럼 그리 평범하지 않았어. 그렇다고 성자도 아니었네만. 이브가 도리스를 경멸한 건 그녀의 너그러운 관점하고도 상관이 있었지. 도리스한테 뭐가 문제되겠나? 아이라가 그 프리마돈나를 배신하는 것쯤은 아무것도 아니었지. '남자는 항상 여자한테 이끌려요. 여자도 남자에게 이끌리죠. 그게 나쁜가요?' 도리스가 내게 말했어. '그게 인간 아니에요? 아이라가 여자를 죽였어요? 여자한테서 돈을 뺏었어요? 아니잖아요. 그런데 뭐가 나쁘다는 거예요?' 아이라는 어떤 욕구는 아주 잘 억눌렀지만 다른 경우엔 구제불능이었어."

"다른 경우란 뭘 말하는 겁니까?"

"싸움을 선택해야 할 경우. 그걸 못했어. 모든 것과 싸워댔지. 모든 전선에서 시도 때도 없이 모든 사람, 모든 것과 싸움을 벌였다네. 그 시절에는 아이라처럼 성난 유대인이 수두룩했어. 성난 유대인이 미국 전역에서 이런저런 싸움을 벌였지. 미국에 사는 유대인의 특권 중 하나가 아이라처럼 모든 것에 화를 낼 수 있다는 거였네. 남들의 신념에 싸움을 걸고, 모욕이 날아오면 반드시 앙갚음을 했지. 어깨를 으쓱하고 넘어가거나 양보할 필요가 없었네. 어떤 문제든 참고 넘어갈 필요가 없었어. 자신의 목소리를 내는 미국인이 되는 건 더이상 어려운 일이 아니었지. 그냥 밖으로 나가 자신의 의견을 주장하면 됐으니까. 그게 미국이 유대인에게 준 가장 큰 선물이었네. 유대인에게 분노를 준 거야. 특히 우리 세대, 아이라와 내 세대에. 특히 전후에 말일세. 전쟁을 끝내고 돌아왔지만 미국은 유대인 주지사 하나 없는 정말 엿 같은 곳이었어. 할리우드의 성난 유대인, 의류업계의 성난 유대인, 법정의 성난 유대인 변호사, 어딜 가나 성난 유대인이 들끓었네. 빵집 앞에 늘어선 줄, 야구장, 축구장 할 것 없었지. 공산당 내에도 성난 유대인이 바글거렸어. 언제라도 치고받고 싸울 수 있는 놈들. 여차하면 주먹을 날리는 놈들. 미국은 성난 유대인의 천국이었네. 몸을 사리는 유대인도 있었지만, 그러고 싶지 않으면 그럴 필요가 전혀 없었지.

내가 속한 노조. 그건 교사노조가 아니었다네. 성난 유대인 노조였지. 그들이 조직했어. 그들의 슬로건이 뭐였는지 아나? '당신보다 더 분노한다'였네. 다음 책으로 그걸 쓰게나. '2차 대전 이후의 성난 유대인.' 물론 사근사근한 유대인도 있었지. 시도 때도 없이 웃어대는 유대인, 모든 인간을 진심으로 사랑한다는 유대인, 그렇게 감동하기는 난생처음이라는 유대인, 엄마 아빠는 성인이었다는 유대인, 재능 있는 자식을 위해 뭐든 하겠다는 유대인, 이츠하크 펄먼*의 연주를 들으며 눈물을 흘렸다는 유대인, 재담을 끝없이 쏟아내는 유대계 연예인, 유대계 풍자만화가.

하지만 그건 자네가 쓸 책이 아니겠지?"

머리 선생님의 분류에 나도 모르게 웃음이 나왔다. 선생님도 함께 웃었다.

하지만 곧 선생님의 웃음은 기침으로 바뀌었고, 선생님은 말했다. "진정해야겠군. 나이가 구십이니 말이야. 요점으로 들어가는 게 낫겠어."

"패멀라 솔로몬 얘기를 하시던 중이었습니다."

"그렇군." 머리 선생님이 말했다. "패멀라는 나중에 클리블랜드 교향악단에서 플루트를 연주했지. 1960년대인가 1970년대인가, 클리블랜드 교향악단 단원 십여 명이 탄 비행기가 추락했는데, 사망자 명단에 패멀라 솔로몬의 이름이 있더군. 그래서 알게 됐지. 그러고 보면 아주 재능 있는 음악가였던 모양이야. 처음 미국에 올 때 패멀라는 보헤미안 기질이 있었어. 런던의 예의바르고 엄격한 유대인 가정에서 태어났는데, 의사인 아버지는 영국 사람보다 더 영국적이었다네. 패멀라는 집안의 예법을 견디지 못하고 미국으로 건너왔지. 줄리아드에 들어갔고, 숨막히는 영국에서 막 벗어난 차에 천방지축 실피드를 만난 거야. 그리고 그 냉소, 세련미, 미국적 경박함에 반해버렸지. 또 실피드의 호화로운

* 20세기 후반의 가장 뛰어난 바이올리니스트 가운데 한 사람으로 손꼽히는 이스라엘계 미국인 연주가.

집에도, 실피드의 스타 엄마에게도 반했어. 엄마 곁을 떠나 미국에 왔으니 이브의 날개 밑으로 파고드는 게 싫진 않았을 테지. 몇 블록 떨어지지 않은 데 살면서도, 실피드를 만나러 온 날 밤에는 저녁식사를 하고 그 집에서 자곤 했네. 아침에는 주방으로 내려와 잠옷 차림으로 돌아다니며 커피와 토스트를 만들어 먹었지. 자신한테나 아이라한테 성기라는 게 없는 것처럼 굴면서.

어느 정도는 이브 때문이기도 했어. 이브는 젊고 쾌활한 패멀라를 더도 덜도 아닌 딱 히브리 공주처럼 대했으니까. 영국식 억양은 유대인이라는 낙인을 싹 지워버렸고, 전체적으로 보아 실피드한테 그렇게 재능 있고 예의바른 친구가 생겼다는 게 아주 흡족했던 거야. 어쨌든 실피드에게 친구가 생긴 게 마냥 흡족해 패멀라가 어린애 같은 잠옷을 입고 궁둥이를 흔들며 계단을 오르내리는 게 뭘 의미하는지 가늠을 못한 거라네.

이브와 실피드가 연주회에 간 어느 날 밤, 패멀라가 우연히 그 집에 남았어. 패멀라와 아이라가 처음으로 단둘이 거실에 있게 된 거였지. 아이라는 패멀라에게 어디서 왔냐고 물었어. 누구에게나 그렇게 말을 걸었지. 패멀라는 매혹적이고 재미있는 표현을 써가며 런던의 엄격한 가정과 어쩔 수 없이 다녀야 했던 지옥 같은 학교 생활을 설명했어. 아이라는 라디오 시티에서 일하는 게 어떤지 물었네. 패멀라는 제3플루트-피콜로 주자였는데, 일종의 겸직이었지. 실피드를 거기 취직시켜준 사람이 바로 패멀라였어. 두 여자는 틈만 나면 오케스트라 얘기로 수다를 떨었지. 정치적 술수, 멍청한 지휘자, 그 지휘자가 입는 턱시도 좀 봐라, 왜 그는 머리를 깎지 않는 거냐, 그의 손놀림과 지휘는 도대체 말이 안 된다 등등. 애들처럼 말이야.

그날 밤 패밀라가 아이라에게 말했어. '수석 첼리스트가 계속 치근덕거려요. 돌아버리겠어요.' '오케스트라에 여자가 몇 명이지?' '넷이오.' '몇 명 중에?' '일흔네 명 중에요.' '그러면 몇 명이 너한테 수작을 거는 거니? 일흔 명?' '저런.' 패멀라가 웃으며 말했어. '그렇진 않아요. 다 그런 배짱이 있는 건 아니거든요. 하지만 배짱이 있는 누군가는……' '그들이 너한테 뭐라고 하는데?' '음, "드레스가 정말 멋지다" "리허설에 올 때마다 항상 아름다워 보인다" "다음주에 연주회를 하는데, 플루티스트가 필요하다" 뭐 이런 말들이죠.' '그럼 넌 어떻게 하는데?' '알아서 잘 해요.' '애인 있니?' 그러자 패멀라는 수석 오보이스트와 이 년째 관계를 갖고 있다고 털어놓았어.

'독신인가?' 아이라가 묻자 패멀라가 대답했네. '아뇨. 유부남이에요.' '유부남인 게 마음에 안 걸려?' '인생의 형식적인 계약에는 관심 없어요.' '그의 부인은 어떤 여잔데?' '몰라요. 만난 적 없어요. 만날 생각도 없고요. 특별히 알고 싶은 것도 없어요. 이건 그 여자랑 상관없는 일이에요. 그의 아이들하고도요. 그는 아내와 아이들을 사랑해요.' '그럼 뭐 때문에 만나는 거지?' '서로의 즐거움 때문이죠. 난 내 즐거움을 위해 하고 싶은 대로 하는 거예요. 여전히 결혼의 신성한 의무를 믿는다고는 하지 마세요. 서약은 서약이에요. 두 분이 영원히 충실할 것 같으세요?' '그래. 난 그렇다고 믿어.' '절대 아닐걸요—' '아니.' '당신은 이브에게 충실하군요.' '물론이지.' '죽을 때까지?' '사정 나름이지.' '어떤 사정?' '너 하기 나름.' 아이라의 말에 패멀라가 웃음을 터뜨렸네. 둘은 함께 웃었지. '그래도 괜찮다고 당신을 설득하면 되는 건가요? 당신에겐 그럴 자유가 있다고? 당신은 부인을 소유한 부르주아가 아니고, 부인도 당신을 소유한 부르주아가 아니라고?' '그래, 날 설득해봐.' '당신은 정말 미국 중산층의 도덕에 얽매인 가망 없는 전형적인 미국인인가요?' '그래, 그게 나야. 도덕에 얽매인 가망 없는 전형적인 미국인. 그럼 넌 뭐지?' '나요? 난 음악가예요.' '그게 무슨 뜻이지?' '악보가 주어지면 연주해요. 뭐가 주어지든 그걸 연주하죠. 난 연주자예요.'

아이라는 이게 실피드가 파놓은 함정일 수도 있다고 생각했지. 그래서 그 첫날 밤, 패멀라가 아이라를 한껏 자극한 뒤 2층 침실로 올라가려고 할 때 패멀라의 손을 잡고 이렇게만 말했지. '넌 어린애가 아니야, 그렇지? 난 널 어린애로만 생각했는데.' '난 실피드보다 한 살 많아요. 스물네 살이에요. 난 대서양을 건너왔어요. 다시는 바보처럼 감정을 숨기고 사는 그 멍청한 나라로 돌아가지 않을 거예요. 미국에서 사는 게 정말 좋아요. 여기

선 감정 표현을 가로막는 모든 금기에서 자유롭거든요. 거기가 어떤지 상상도 못할 거예요. 여기에는 삶이 있어요. 그리니치빌리지에 내 아파트가 있고, 난 열심히 일해서 돈을 벌고 내 힘으로 살아가요. 하루에 여섯 번, 일주일에 육 일 연주하면서요. 아이언 린, 난 어린애가 아니에요. 절대 아니에요.'

그런 분위기였네. 무엇이 아이라의 마음에 불을 지폈는지 분명하지 않은가. 그녀는 싱싱하고, 젊고, 가볍고, 순진했어. 아니, 순진하진 않았고, 약삭빨랐지. 그녀는 미국에서 멋진 모험을 즐기는 중이었어. 아이라는 중산층인 이 아이가 부르주아적 관습을 내던지고 살아가는 방식에 감탄했네. 그녀는 엘리베이터도 없는 허름한 아파트에서 살았어. 혈혈단신으로 미국에 건너와서 말이야. 아이라는 또 그녀가 모든 역할을 빈틈없이 소화해내는 것에 감탄했네. 이브 앞에서는 사랑스러운 소녀였고, 실피드 앞에서는 파자마파티를 같이하는 친구였고, 라디오 시티에서는 플루티스트, 음악가, 프로였고, 그와 함께 있을 때는 매우 지적이고 대담했지. 마치 영국의 페이비언* 틈에서 자란 것처럼 상류사회의 예법에 굴복하지 않는 자유분방한 정신을 보여주었어. 다시 말하면 그녀도 인간이었던 거야. 이럴 때는 이런 사람, 저럴 때는 저런 사람, 또다른 데서는 다른 사람이 될 수 있는 인간.

* 점진적인 사회주의를 추구하는 사람들의 모임.

이 모든 게 근사했어. 흥미롭고 인상적이었지. 하지만 그걸로 사랑에 빠질 수 있을까? 감정적인 일이라면 아이라는 항상 차고 넘쳤네. 목표를 보면 활활 타올랐지. 아이라는 단지 반한 게 아니었어. 이브와 낳고 싶었던 그 아기? 이젠 패멀라와 낳고 싶었지. 하지만 패멀라가 놀라서 도망칠까봐 당장에는 말을 못했다네.

두 사람은 그냥 반부르주아적 일탈을 즐겼어. 패멀라는 자기 행동을 떳떳하게 설명할 수 있었지. '난 실피드의 친구고, 이브의 친구야. 두 사람을 위해서라면 뭐든 할 수 있어. 하지만 둘에게 피해를 주지 않는 선에서, 친구라는 이유로 내가 좋아하는 걸 포기하고 영웅적으로 희생할 필요는 없어.' 패멀라에게도 이념이 있었어. 하지만 당시에 아이라는 서른여섯 살이었고, 원하는 게 있었지. 아이와 가족과 가정. 공산주의자가 부르주아계급의 핵심을 탐낸 거야. 이브에게서 얻을 거라고 생각했던 모든 것 대신에 실피드를 얻자, 이젠 그 모든 걸 패멀라에게 얻고 싶어했지.

오두막에서 두 사람은 실피드 얘길 많이 했다네. 아이라가 패멀라에게 물었어. '걘 불만이 뭐지?' 돈, 지위, 특권, 어려서부터 배운 하프. 스물세 살이지만 다른 사람이 빨래도 다 해주고, 식사도 다 차려주고, 청구서도 다 내주는데. '내가 어떻게 컸는지 알아? 열다섯 살에 집에서 나와 도랑 치는 일을 했어. 난 어린애였던 적이 결코 없어.' 그러자 패멀라는 아이라가 몰랐던 속사정을 들려주었어. 실피드가 열두 살 때 실피드의 엄마는 실피드의 아빠와 헤어지고 음탕하기 짝이 없는 남자를 구세주로 맞아들였다. 여자만 밝히는 그 이민자 난봉꾼은 그녀를 부자로 만들어주겠다고 했다. 실피드의 엄마가 그 남자한테 홀리는 바람에 실피드는 오랫동안 엄마를 잃었고, 또 뉴욕으로 이사 오는 바람에 캘리포니아의 친구들까지 잃었다. 뉴욕에는 아는 사람이 전혀 없었고, 그때부터 실피드는 뚱뚱해지기 시작했다 등등.

아이라가 듣기에는 터무니없는 정신분석이었지. 패멀라가 말했어. '실피드가 보기에 엄마는 딸을 유모에게 맡기고 나 몰라라 한 영화 스타예요. 남자들과 남성편력 때문에 딸을 내팽개친 엄마, 매번 딸을 외면하고 배신한 엄마였죠. 실피드한테 엄마는 혼자 서는 게 두려워 남자한테 계속 몸을 내던지는 여자예요.' '실피드는 레즈비언인가?' '아니요. 실피드의 좌우명은 "섹스는 사람을 무능력하게 만든다"예요. 걔 엄마를 보세요. 실피드는 누구하고도 성관계를 갖지 않겠다고 했어요. 엄마가 남자 때문에 자기를 포기했다면서 엄마를 미워해요. 실피드는 절대적 독립이란 개념을 믿어요. 누구한테도 신세를 안 지려고 하죠. 걘 강해요.' '뭐? 강하다고? 그렇게 강한 아이가 어떻게 엄마한테 붙어살지? 왜 독립하지 않는 거야? 그건 말이 안 돼. 강함, 자율성, 독립심, 다 허황된 얘기야. 실피드의 정체를 알고 싶어? 실피드는 사디스트야. 같잖은 사디스트. 이 줄리아드 졸업생은 저녁을 먹을 때마다 손가락으로 접시에 남은 음식 찌꺼기를 박박 문질러. 접시 가장자리를 뽀드득 소리가 날 정도로 문지른 다음 제 엄마를 더 돌게 하려고 손가락을 입속에 집어넣고 깨끗이 핥아먹지. 실피드가 그 집에 있는 이유는 엄마가 자기를 두려워하기 때문이야. 그리고 이브가 실피드를 계속 두려워하는 이유는 실피드를 떠나보내고 싶지 않아서지. 그래서 실피드가 그 집을 떠나지 않는 거야. 제 엄마를 고문할 더 좋은 방법을 찾아낼 때까지. 채찍을 휘두르는 쪽은 실피드야.'

자네도 눈치챘겠지만, 아이라는 처음에 내가 실피드에 대해 얘기할 때는 진지하게 듣지 않더니 내가 한 얘기를 패멀라에게 그대로 되풀이한 거라네. 그게 마치 자기 생각인 것처럼 애인한테 말한 거야. 사람들은 흔히 그런다네. 어쨌든 두 사람은 이런 대화를 무수히 나눴어. 패멀라는 그런 대화를 좋아했어. 흥분을 느꼈지. 실피드와 이브에 대해 아이라와 그렇게 터놓고 얘기하면 자신이 강해지는 느낌이 든 거야.

어느 날 밤 이브가 별난 행동을 했지. 이브와 아이라가 불을 끄고 침대에 누워 잠을 청할 때였는데, 갑자기 이브가 걷잡을 수 없이 울음을 터뜨린 거야. '왜 그러는 거요?' 아이라가 물었지만, 그녀는 대답하지 않았어. '왜 우는 거요? 무슨 일이오?' '가끔 난…… 아, 도저히 말할 수 없어요.' 그녀는 말을 잇지 못하고 계속 울기만 했네. 아이라는 불을 켠 다음 홀가분하게 다 털어놓으라고 그녀를 설득했지. 그러자 이브가 입을 열었어. '가끔은 패멀라가 내 딸이었으면 좋겠다는 생각이 들어요. 가끔은 그애가 오히려 내 딸 같아요.' '왜 그렇지?' '나하고 아주 친하니까요. 어쩌면 친자식이 아니라서 그럴지도 몰라요.' '그럴 수도 있고 아닐 수도 있지.' 이브가 말했지. '그 쾌활함, 그 가벼움.' 이브는 다시 눈물을 흘리기 시작했네. 아마 죄책감 때문이었을 거야. 동화처럼 순진한 소망에 사로잡힌 것에, 매 순간 자신의 실패를 생각나게 하지 않는 딸을 갖고 싶다는 소망에 죄책감을 느꼈을 거야.

이브가 말한 가벼움이 단지 몸이 가벼운 것, 뚱뚱한 몸이 날씬해지는 걸 의미하진 않았을 거라 생각하네. 그와는 다른 어떤 것, 패멀라가 보여주는 활기를 가리킨 거였지. 내적인 가벼움이랄까. 아마 한때 자신의 차분한 겉모습 이면에서 가늘게 떨리던 그 감수성이 패멀라에게서 느껴진다는 뜻이었을 거야. 패멀라가 그녀 앞에서 아무리 유치하게 소녀처럼 행동해도, 그게 눈에 보였던 거야. 이브는 그날 밤 이후로는 두 번 다시 그런 말을 꺼내지 않았어. 패멀라를 향한 아이라의 열정, 두 사람의 무분별한 애정이 가장 뜨겁게 타오를 즈음에 딱 한 번 그랬을 뿐.

여하간 그들은 동상이몽을 꾸었네. 각자가 젊고 쾌활한 플루티스트를 기쁨의 피리를 불어대는 꿈의 존재로 보았지. 현실에서 얻을 수 없었던 것을, 그러니까 한 명은 자신을 거부한 딸, 다른 한 명은 자신을 거부한 아내를 기대한 거야.

'슬퍼요, 너무 슬퍼요.' 이브가 말했네. '이렇게 슬플 수가 없어요.' 그녀는 밤새 아이라한테 매달렸네. 아침이 올 때까지 울고 탄식하고 하소연했어. 그 모든 고통, 혼란, 모순, 갈망, 망상, 헛소리가 쏟아져나왔지. 아이라는 그녀에게 더없이 미안했어. 패멀라와 그런 관계였으니 더 그랬겠지. 그러면서도 이브가 어느 때보다 멀게만 느껴졌다네. 그녀가 말했어. '모든 게 엉망이 돼버렸어요. 아무리 애써도 제대로 되는 게 하나도 없어요. 난 실피드의 아빠하고 잘해보려고 노력했어요. 점보하고도 그랬고요. 실피드를 안정적이고 화목한 가정에서, 엄마를 존경할 수 있는 환경에서 키우려고 노력했어요. 난 좋은 엄마가 되려고 애썼어요. 그런 뒤엔 좋은 아빠가 되어야 했어요. 실피드는 아빠가 너무 많았어요. 난 내 생각만 한 거예요.' '당신은 당신 생각만 하지 않았소.' '그랬어요. 내 경력, 내 일, 내 연기. 난 항상 내 연기에 신경을 써야 했어요. 그래도 노력했어요. 실피드를 좋은 학교에 보내고, 좋은 가정교사와 좋은 유모를 고용했어요. 하지만 아이와 항상 같이 있어야 했나봐요. 그애는 구제불능이에요. 먹고, 또 먹고, 또 먹어대요. 내가 주지 못한 걸 그걸로 푸는 것 같아요.' '그럴 수도 있지. 그게 습관이 돼버린 것 같소.' '많은 여자애들이 과식을 하지만, 그런 다음엔 어느 정도 살을 빼요. 그렇게 끝없이 먹고 먹고 또 먹진 않아요. 난 다 해봤어요. 의사한테도 데려가봤고, 전문가한테도 데려가봤어요. 그래도 계속 먹어대요. 나를 미워해서 계속 먹는 거예요.' '그게 사실이라면, 이제 실피드가 독립할 때가 된 거요.' '그게 무슨 상관이 있죠? 왜 혼자 살아야 해요? 실피드는 여기서 행복하게 지내는데. 여기가 그 애 집이라고요. 내가 그 아이의 삶에 어떤 혼란을 주었든 실피드의 집은 여기예요. 항상 여기였고, 그 아이가 원하는 한 앞으로도 계속 이 집에서 살 거예요. 본인이 준비가 될 때까지는 이 집을 나갈 이유가 없어요.' '생각해보오. 집에서 나가는 게 폭식을 멈추게 할 방법일지 모르오.' '먹는 거하고 사는 곳하고 무슨 관계가 있는지 모르겠군요! 말도 안 돼요! 우린 지금 내 딸 얘길 하고 있다고요!' '알았소, 알았소. 하지만 당신이 방금 너무 실망하는 것 같아서……' '난 실피드가 자신을 위로하기 위해 먹는다고 말했어요. 여길 떠나면 그 아이는 두 배로 위안이 필요할 거예요. 그 이상으로 위로가 필요할 거라고요. 아, 일이 완전히 잘못됐어요. 칼턴과 계속 살았어야 하는데. 그는 동성애자였지만, 그래도 애 아빠예요. 그냥 그와 계속 살았어야 하는 건데. 내가 무슨 생각을 했는지 모르겠어요. 그러면 점보를 만나지도, 당신과 엮이지도 않았을 텐데. 실피드에겐 아빠가 있었을 테고, 그렇게 계속 먹어대지도 않았을 텐데.' '왜 그와 계속 살지 않았소?' '나도 알아요, 이기적으로 보인다는 거. 날 위해 그런 것으로 보인다는 것도요. 그렇게 해서 내 만족과 삶을 찾으려 한 것 같겠지만 사실은 그를 자유롭게 풀어주고 싶었어요. 그가 왜 마음에도 없고 재미도 없는 아내와 가정생활에 얽매여야 하죠? 둘이 함께 있을 때도 그는 새로운 웨이터나 웨이터 보조를 만날 생각에 골몰하는 것 같았어요. 난 그가 거짓말을 더 안 해도 되기를 바랐어요.' '그는 거짓말을 하지 않았잖소?' '아, 난 이미 알고 있었어요. 그리고 내가 알고 있다는 걸 그도 알았고요. 할리우드의 모든 사람이 알고 있었죠. 하지만 그는 항상 몰래 숨어다니고 얘기를 꾸며댔어요. 그 전화 통화들, 잠적 그리고 실피드의 파티에 왜 늦었는지, 왜 못 왔는지 늘어놓던 변명. 난 미안하다는 변명을 더는 받아들일 수 없었어요. 그는 눈도 깜짝하지 않았고, 어쨌든 거짓말을 계속했어요. 난 그 상황에서 그를 풀어주고 싶었고, 나도 자유로워지고 싶었어요. 그건 정말 나 자신의 개인적 행복을 위한 게 아니었어요. 오히려 그의 행복을 위한 거였죠.'
'그렇다면 왜 혼자 떠나지 않았소? 왜 점보와 함께 떠난 거요?'
'글쎄요…… 그게 쉬운 방법이었으니까요. 외롭지 않은 것, 외롭지 않게 살기로 결정하는 것이오. 하지만 그대로 살 수도 있었어요. 그러면 실피드에겐 계속 아빠가 있었을 텐데. 실피드는 칼턴의 진실을 몰랐을 테고, 우리 모녀가 점보와 몇 년을 살 필요도 없었을 테고, 매번 악몽으로 끝난 그 프랑스 여행도 하지 않았겠죠. 그냥 그대로 살았으면, 실피드는 그냥 아빠가 밖으로 나돌아다니는 다른 아이들처럼 살았을 텐데. 동성애자면 어때요? 그래요, 한편으로는 점보와 그의 열정 때문이기도 했어요. 하지만 난 칼턴의 거짓말, 그 부정한 사기극을 더는 받아들일 수 없었어요.

그건 날조된 사기였죠. 칼턴은 눈도 깜짝하지 않았지만, 그래도 일말의 존엄과 체면을 지키려고 그걸 감추는 척했어요. 아, 난 실피드를 무척 사랑해요! 내 딸을 사랑해요. 내 딸을 위해서라면 뭐든 할 거예요. 하지만 우리 관계가 조금 더 가볍고 편안하고 자연스럽다면, 실피드가 조금만 더 딸 같다면, 실피드는 여기 있고, 난 그애를 사랑해요. 하지만 작은 결정 하나를 내리는데도 힘들게 싸워야 해요. 그 아이는 힘이 얼마나 센지…… 실피드가 날 엄마로 대하지 않으니 그애를 딸처럼 대하기가 어려워요. 하지만 그애를 위해서라면 뭐든 할 거예요. 뭐든.' '그렇다면 왜 그애를 내보내지 않는 거요?' '계속 그 얘기군요! 실피드는 나가길 원하지 않아요. 왜 그애가 나가는 게 해결책이라고 생각하죠? 해결책은 그애가 여기 있는 거예요. 실피드는 아직 내 사랑을 충분히 받지 못했어요. 떠날 준비가 되었다면 그애는 당장이라도 떠날 거예요. 하지만 아직 준비가 안 됐어요. 겉으로는 성숙해 보여도 아직 아니에요. 난 그애 엄마고 보호자예요. 난 그애를 사랑해요. 그애는 날 필요로 하고요. 그애가 날 필요로 하는 것처럼 보이지 않는다는 건 나도 알아요. 하지만 그애는 날 필요로 해요.' '하지만 당신이 너무 불행하잖소.' '당신은 이해 못해요. 중요한 건 내가 아니에요. 내가 걱정하는 건 실피드라고요. 난 헤쳐나갈 수 있어요. 항상 그랬듯이.' '그 아이의 무엇이 걱정되는 거요?' '난 실피드가 좋은 남자를 만났으면 해요. 그애가 사랑할 수 있고, 또 그애를 돌봐줄 남자요. 그런데 실피드는 데이트를 별로 안 해요.' 이브가 그렇게 말하자 아이라가 대답했지. '전혀 안 하던데?' '그건 아니에요. 남자친구가 있었어요.' '그게 언제요? 구 년 전?' '실피드한테 관심 있는 남자는 많아요. 뮤직홀에요. 많은 연주자가 그래요. 그애는 그냥 서두르지 않는 거예요.' '당신이 하는 말을 이해할 수 없구려. 이제 좀 자요. 눈을 감고 잠을 청해요.' '그게 안 돼요. 눈을 감으면 별별 생각이 다 들어요. 실피드에게 어떤 일이 벌어질까? 나에겐 어떤 일이 벌어질까? 그렇게 노력했는데, 아무리 노력해도…… 평화를 얻을 수 없어요. 마음의 평화를 얻을 수 없어요. 하루하루가 새로운…… 다른 사람들한테는 행복하게 보일지도 몰라요. 실피드도 아주 행복해 보이고, 우린 모두 아주 행복해 보이죠. 그래요, 우린 정말 행복해요. 하지만 하루하루 더 힘들어지기만 해요.' '당신과 실피드가 행복해 보인다고?' '하여튼 그애는 날 사랑해요. 그애는 날 사랑해요. 난 그애 엄마예요. 물론 우린 행복해 보여요. 그애는 아름다워요. 정말 아름다워요.' '누구 말이오?' 아이라가 이브에게 물었지. '실피드요, 실피드는 아름다워요.' 아이라는 이브가 '패멀라'라고 대답할 줄 알았지. '그애 눈과 얼굴을 자세히 들여다봐요. 거기엔 아름다움과 강인함이 있어요. 겉으로는 확 드러나지 않아요. 하지만 깊은 아름다움이 있죠. 아주 깊은 아름다움이. 그앤 아름다운 아이예요. 그애가 내 딸이에요. 그앤 대단해요.

뛰어난 연주자고 아름다운 아이예요. 그애가 내 딸이라고요.'

상황이 거의 절망적이란 걸 아이라가 깨달았다면, 바로 그날 밤이었을 거야. 아이라는 모녀가 완전히 구제불능이란 걸 확실히 알았지. 헤어지기 싫어하는 모녀를 갈라놓는 것보다 차라리 미국을 공산국가로 만드는 게, 뉴욕 월 스트리트에서 프롤레타리아혁명을 일으키는 게 더 쉬워 보였지. 그래, 아이라가 나왔어야 했어. 하지만 그러지 않았지. 왜였을까? 네이선, 나도 결국 그 이유를 알아내지 못했다네. 인간은 왜 비극적인 실수를 저지르는지 사람들한테 물어보게. 아무도 대답 못할 거야."

"그 몇 달 동안 아이라는 그 집에서 외톨이가 되어갔지. 노조 간부회의나 당 소모임에 참석하지 않는 날 저녁이나 온 가족이 저녁에 외출하지 않고 집에 있는 날이면, 이브는 거실에서 뜨개질하며 실피드가 연습하는 소리를 들었고, 아이라는 2층 서재에 틀어박혀 오데이에게 보낼 편지를 썼다네. 어느덧 하프 소리가 잠잠해져서 아래층으로 내려가보면, 이브는 거기에 없었어. 실피드의 방으로 올라가 전축을 듣고 있었지. 모녀가 이불을 덮고 침대에 누워 〈코시 판 투테〉를 듣고 있었다네. 모차르트 음악이 울려퍼지는 2층으로 올라가 침대에 누워 있는 모녀를 볼 때마다 아이라는 그 집에서 자기가 자식인 것처럼 느끼곤 했네. 한두 시간이 지나면 이브는 실피드의 온기를 품고 돌아와 아이라 옆에 누웠어. 부부의 기쁨은 어느 정도 물 건너간 셈이었지.

아이라가 불만을 터뜨리자 이브는 소스라치게 놀랐어. 아이라는 실피드가 따로 아파트를 얻어야 한다고 주장했지. '패멀라는 가족과 3천 마일이나 떨어진 곳에 살고 있소. 실피드도 세 블록쯤 떨어진 곳에서는 살 수 있을 거요.' 하지만 이브는 울기만 했어. 이건 불공평하다고, 끔찍하다고, 자신의 삶에서 딸을 몰아내려 한다고 말했지. 아이라는 말했어. 그게 아니라, 가까운 데서 살게 하려는 거라고. 곧 실피드는 스물네 살이 되니 엄마와 잠자리에 드는 걸 그만둘 때가 됐을 뿐이라고. '그앤 내 딸이에요! 어떻게 감히 그런 말을 해요! 난 내 딸을 사랑해요! 어떻게 그런 말을!' 아이라가 말했어. '좋소. 그럼 내가 나가겠소.' 다음날 아침 아이라는 집에서 네 블록 떨어진 워싱턴스퀘어 북쪽에 한 층 전체를 쓰는 아파트를 구했네. 계약금을 내고, 임차계약서에 서명하고, 첫 달치 월세를 낸 다음 집에 와서 이브에게 자신이 무슨 일을 했는지 말했어. '날 떠나려 하는군요! 나와 이혼하려는 거죠!' 아이라가 말했지. 아니, 그냥 나가 살려는 것뿐이다. 이제 당신은 딸애와 밤새도록 같이 잘 수 있다. 혹시라도 변화가 필요하면, 밤새도록 내 곁에서 자고 싶은 마음이 들면, 코트를 입고 모자를 쓰고 언제든 건너와라. 당신이 오면 반가울 것이다. 어차피 저녁식사때 내가 그 자리에 없어도 누가 알아채기나 할까? 기다려봐라. 실피드의 생활이 눈에 띄게 나아질 것이다. '나한테 왜 이러는 거예요. 딸과 당신 중 하나를 선택하라니, 엄마에게 그런 선택을 강요하다니 너무 잔인해요!' 그가 이브에게 선택의 필요성을 미연에 방지할 수 있는 해결책을 고려해보라고 몇 시간을 더 설명했지만, 이브가 과연 그의 말을 이해했을지는 사뭇 의심스럽다네. 그녀의 결정을 떠받치는 기초는 이해가 아니라 포기였네. 항복이었던 거야.

다음날 밤, 이브는 평소처럼 실피드의 방으로 올라갔어. 하지만 이번에는 그녀와 아이라가 합의한 대로 그들의 삶에 평화를 가져오기 위한 그 해결책을 내놓기 위해서였네. 그날 이브는 아이라와 함께 그가 워싱턴스퀘어 북쪽 동네에 얻은 아파트를 보러 갔었어. 프렌치 도어에 천장이 높고, 멋지게 장식한 창틀과 쪽모이 세공 마루로 꾸민 집이었지. 조각한 선반이 달린 벽난로도 있고, 안쪽 침실 아래에는 웨스트 11번가의 집에 있는 것처럼 담장을 두른 정원도 있었네. 네이선, 거긴 리하이 애비뉴와는 완전히 다른 동네였다네. 당시 워싱턴스퀘어 북쪽의 거리는 맨해튼의 여느 거리 못지않게 아름다웠어. 이브가 말했지. '멋져요.' '실피드가 살 집이오.' 아이라는 말했네. 아이라는 임대계약도 자기 이름으로 유지하고, 집세도 내려고 했어. 이브는 꾸준히 돈을 벌었지만 항상 돈 때문에 전전긍긍하고, 그러다 프리드먼 같은 작자들한테 돈을 퍼줬어. 하지만 이번엔 걱정할 필요가 없었지. '이게 해결책이오. 생각했던 만큼 끔찍하오?' 아이라가 물었지. 이브는 햇살이 환하게 드는 거실의 창가 자리에 앉았어. 그녀는 작은 물방울무늬가 들어간 베일 달린 모자를 쓰고 있었지. 그녀가 어떤 영화에서 유행시켰던 거였어. 이브는 베일을 걷어 그 매력적인 작은 얼굴을 드러내더니 흐느껴 울기 시작했네. 마침내 그들의 전쟁이 끝난 거야. 그녀의 전쟁이 끝난 거지. 이브는 펄쩍 뛰어올라 아이라를 껴안고 키스를 퍼부었어. 그런 뒤 이 방 저 방 뛰어다니며 실피드를 위해 웨스트 11번가에서 날라올 고풍스러운 가구들을 어디에 놓을지 머릿속에 그렸다네. 하늘을 날듯 행복했지. 다시 열일곱 살이 된 것 같았고, 마법에 걸린 듯 황홀했지. 이브는 무성영화의 매혹적인 소녀로 되돌아갔다네.

그날 밤 이브는 용기를 내어 2층으로 올라갔어. 직접 그린 그림과 새 아파트 평면도와 실피드의 새집으로 실려가 영원히 그녀 소유가 될 물건 목록을 들고. 물론 실피드는 그 자리에서 거부했어. 아이라가 실피드의 방으로 달려올라가보니 두 사람은 침대에서 뒹굴고 있었어. 하지만 이번엔 모차르트를 듣기 위해서가 아니었어. 방 안은 온통 아수라장이었네. 이브는 똑바로 누워 비명을 지르며 울고, 실피드는 파자마 차림으로 이브를 깔고 앉아 제 엄마와 똑같이 울부짖으며 하피스트의 억센 손으로 이브의 어깨를 짓누르고 있었어. 방 안에는 새 아파트 평면도가 널려 있었고, 이브의 몸 위에 올라탄 실피드는 이렇게 소리지르고 있었지. '왜 거부하지 못해? 한 번이라도 딸을 위해 남자를 거부할 수는 없어? 한 번만이라도 엄마 노릇을 해줄 순 없냐고? 한 번이라도!'"

"그래서 아이라는 어떻게 했습니까?" 내가 물었다.

"어떻게 했을 것 같나? 그 길로 집을 나와 거리를 배회했다네. 할렘까지 올라갔다 다시 그리니치빌리지까지 몇 마일을 걸었지. 그러다 한밤중에 카마인 스트리트에 있는 패멀라의 집으로 향했어. 아이라는 그곳에 되도록이면 발을 들이지 않았지만, 그날은 초인종을 누르고 5층을 뛰어올라가 이브와 끝났다고 말했네. 아이라는 패멀라와 함께 징크타운에 가고 싶어했어. 그녀와 결혼하기를 원했지. 그는 그동안 줄곧 그녀와 결혼하고 싶었다고, 그녀와 아이를 낳고 싶다고 말했네. 그 말이 만들어낸 충격파는 자네도 상상할 수 있겠지.

패멀라는 원룸 아파트에서 자유분방하게 살고 있었네. 옷장에는 문도 없고, 바닥에는 매트리스가 깔려 있고, 모딜리아니 그림이 걸려 있고, 포도주병에 초가 꽂혀 있고, 악보가 온 집 안에 널려 있었어. 엘리베이터가 없는 40제곱피트*짜리 작은 아파트에 기린처럼 커다란 사내가 들이닥쳐 보면대를 넘어뜨리고, 78회전 레코드판을 죄다 쳐서 떨어뜨리고, 주방에 놓은 욕조를 발로 찼

* 약 한 평.

다네. 그러면서 그리니치빌리지의 철학을 새로운 이념으로 택한 좋은 집안의 영국 아이, 두 사람의 관계를 결말에 신경쓰지 않고 연상의 유명인 남자와 벌이는 짜릿하고 정열적인 모험이라고 생각하는 그 아이에게, 앞으로 태어날 자식의 어머니이자 그와 인생을 함께할 여자가 되어달라고 말한 거야.

기린처럼 거대한 아이라가 감정이 극에 달해 될 대로 되라는 듯 미친 사람처럼 온 집 안을 휘젓다가 그녀에게 말했지. '옷을 챙겨 나랑 같이 떠나자.' 그리고 어차피 알게 될 사실이었지만 패멀라가 몇 달 전부터 관계를 끝내고 싶어했다는 걸 조금 일찍 알게 됐지. '끝낸다고? 왜?' 패멀라는 스트레스를 더 견딜 수 없다고 했네. '스트레스? 대체 무슨 스트레스?' 그녀는 얘기했지. 둘이 함께 뉴저지에 머물 때면 당신은 끝도 없이 나를 껴안고, 애무하고, 나를 얼마나 사랑하는지 골백번 얘기하면서 나를 지독히 불안하게 만들었다, 그런 다음 나와 잤다, 뉴욕에 돌아와 실피드를 보러 갔더니 실피드는 자신이 야수라는 별명을 붙인 남자 얘기만 떠들어댔다, 실피드는 당신과 이브를 묶어 '미녀와 야수'라 불렀다, 나는 친구의 말에 동의하고 웃을 수밖에 없었고, 같이 야수에 대해 농담을 해야만 했다, 어떻게 내가 치러야 하는 대가를 이렇게 모를 수 있느냐, 나는 당신과 달아날 수도 없고 결혼할 수도 없다, 내겐 직업이 있고, 인생이 있다, 나는 음악을 사랑하는 음악가다, 다시는 당신을 보지 않겠다, 만일 나를 내버려두지 않는다면…… 여기까지 듣고 아이라는 그녀를 떠났네. 그대로 차를 몰고 오두막으로 갔지. 나는 다음날 학교를 마친 뒤 동생을 보러갔다네.

아이라는 그간의 사정을 얘기하더군. 나는 듣기만 했네. 하지만 패멀라 얘기는 꺼내지 않았어. 내가 간통을 어떻게 생각하는지 잘 알았으니까. 난 그전부터 귀에 못이 박히게 얘기했다네. '결혼생활의 핵심은 부부의 정절이다. 이 생각이 못마땅하면 넌 결혼하고 인연이 없는 거다.' 그래서 녀석은 패멀라 얘기를 하지 않은 거야. 실피드가 이브를 올라탄 얘기만 했지. 우린 밤새 얘기를 나눴네. 동이 틀 무렵 나는 곧바로 출근해 교직원 화장실에서 면도를 하고 홈룸 수업에 들어갔네. 그리고 오후에 마지막 교시를 끝낸 뒤 다시 차를 몰고 오두막으로 갔지. 무슨 일을 저지를지 몰라 아이라를 밤에 혼자 둘 수 없었거든. 동생에게는 가정 문제만 몰아닥친 게 아니었다네. 그건 일부에 불과했어. 정치적인 문제도 서서히 고개를 들고 있었지. 고소, 해고, 영구적인 블랙리스트. 이런 것이 그의 숨통을 조여왔지. 가정의 위기는 아직 위기라고도 할 수 없었어. 물론 양쪽 다 위태로웠고 결국 하나로 합쳐졌지만, 당장에는 두 문제를 따로 떼어놓을 수 있었지.

미국 재향군인회는 이미 아이라를 '공산주의 동조자'로 찍어놓은 상태였어. 어느 가톨릭계 잡지에도 '공산주의 관련자'로 이름이 올라 있었고, 녀석의 라디오 프로도 전부 의심받았지. 그리고 당과 마찰도 있었어. 한창 불붙을 때였어. 스탈린과 유대인.* 소련의 반유대주의가 당내 얼간이들의 의식에 침투하면서 이런 저런 소문이 유대인 당원들 사이에 퍼지기 시작했다네. 아이라는 들려오는 소문이 마음에 들지 않았어. 더 자세히 알기를 원했지. 공산당과 소련의 순수성을 옹호하는 주장들에 대해 심지어 아이라 린골드마저 의심을 품기 시작한 거야. 당의 배신이 희미하게 감지되었지. 물론 도덕적 충격이 본격화된 건 흐루쇼프의 폭로 이후였지만. 그때 모든 게 무너지고, 아이라와 동료들의 모든 노력, 모든 고통의 정당성이 물거품이 된 거야. 육 년 뒤, 그들이 젊음을 바쳐 이룩한 역사는 수포로 돌아갔어. 그런데 아이라는 이미 1950년부터 더 자세한 걸 알고 싶어 정보를 캐내다 문제를 일으켰다네. 물론 내게는 일언반구조차 없었지. 나를 끌어들이고 싶지도 않았고, 내 잔소리도 듣고 싶어하지 않았어. 만일 우리가 공산주의 문제로 다투게 되면, 다른 수많은 가족처럼 평생 등을 돌린 채 살지 모른다고 생각했던 거야.

우린 이미 그런 논쟁을 벌인 적이 있었네. 1946년에 아이라가 캘러멧 시에서 오데이와 함께 살기 시작한 때였어. 난 동생을

---

* 스탈린이 히틀러의 유대인 학살을 칭송했고, 실제로 히틀러보다 많은 유대인을 학살했다는 소문이 돌았다. 또한 1953년 1월 스탈린은 〈프라우다〉에 유대인 숙청을 암시하는 불길한 글을 실었고, 이 글은 이른바 '의사들의 음모'로 불리는 유대인 학살의 시작이 되었다. 유대인 숙청은 1953년 3월까지 계속되었다.

보러 갔는데, 즐거운 방문은 아니었네. 아이라는 자기가 중요하다고 생각하는 문제로 토론을 하면 절대 지려 하지 않았으니까. 특히 전쟁 직후에는 일단 정치토론이 시작되면 극단적일 정도로 지는 걸 싫어했지. 나한테는 더더욱 그랬고. 못 배운 동생이 배운 형을 가르치더군. 아이라는 나를 똑바로 노려보고, 손가락으로 쿡쿡 찌르고, 목청을 높이고, 결론을 강요했어. 내 말을 깡그리 무시하면서 '날 바보로 아는 거야' '그런 헛소린 집어치워' '그런 쓰레기 같은 말은 인정할 수 없어' 등의 말을 쏘아댔지. 싸우겠다는 에너지가 어마어마했어. '다른 사람들이 다 아니라고 생각해도 난 눈썹 하나 깜짝하지 않겠어!' '이 세상이 어떻게 돌아가는지 하나도 모르면서……!' 아이라는 특히 영어교사인 내 직업을 빌미로 삼아 공격을 퍼부었네. '형이 의미를 하나하나 따져가면서 말하는 게 난 정말 싫어!' 그 당시 아이라에겐 사소한 게 없었어. 자기 생각은 자기 생각이기 때문에 전부 대단했지.

아이라가 오데이와 지내던 시절 내가 그 집으로 처음 찾아간 날 밤이었어. 아이라는 내게 교사노조가 '인민의 문화' 발전에 힘써야 한다고, 그게 교사노조의 공식 정책이 되어야 한다고 하더군. 왜 그랬을까? 난 그 이유를 알고 있었네. 그게 당의 공식 정책이었기 때문이야. 거리의 가난한 서민의 문화 이해를 높여야 한다, 고전적이고 전통적인 구시대 교육 대신 인민의 문화에 기여할 수 있는 것을 강조해야 한다. 이게 당의 노선이었지만,

난 모든 면에서 비현실적이라고 생각했네. 하지만 녀석의 고집은 대단했어. 나도 만만치 않았지. 나 역시 남에게 내 뜻을 설득시키는 데 일가견이 있었으니까. 하지만 아이라의 반대는 끝이 없더군. 녀석은 결코 물러서지 않았어. 시카고에서 돌아온 뒤 나는 일 년 가까이 녀석에게서 소식을 듣지 못했네.

아이라가 또다른 문제를 겪고 있었다는 얘기를 해야겠군. 근육통이었네. 아이라는 근육통을 앓고 있었어. 의사마다 이러쿵저러쿵 말은 많았지만 그게 정확히 무슨 병인지는 아무도 알아내지 못했어. 다발성근염, 류마티스성 다발성근육통. 의사마다 다른 이름을 댔지. 그러면서 약은 고작 슬론 리니먼트나 벤게이*를 처방했다네. 아이라의 옷에서는 의사들이 팔아먹은 온갖 통증완화제 냄새가 진동했어. 우리 집 건너에 있는 베스 이스라엘 병원의 내과의사가 도리스의 친구여서 아이라를 데려간 적이 있었네. 의사는 아이라의 병력을 자세히 들은 뒤 피를 뽑고 정밀검사를 하더니, 아이라의 병이 과잉 염증반응이라고 설명하더군. 그는 꽤 정교한 이론을 가지고 그림을 그려 보이면서, 우리한테 다단계 억제반응이 잘못되어 염증이 일어나는 병이라고 설명했어. 아이라의 관절에 단계적으로 일어나는 염증반응이 아주 빠르게 진행된다는 거야. 빨리 일어나고, 늦게 가라앉는다는 거지.

* 둘 다 근육통 완화 크림.

아이라가 죽은 뒤 어떤 의사가 아이라는 링컨과 같은 병을 앓았다고 말했는데, 납득이 가더군. 같은 차림을 하고 같은 병에 걸리다니. 마르판, 마르판증후군이었어. 지나치게 큰 키, 큰 손발, 가늘고 긴 사지. 극심한 관절통과 근육통. 마르판증후군 환자는 아이라처럼 급사하는 경우가 많다더군. 대동맥 파열로 목숨을 잃지. 아이라의 병이 뭐였든 당시에는 진단도 내릴 수 없고 치료법도 없었고, 1949년과 1950년에는 통증이 참을 수 없을 정도로 심해지기 시작했어. 게다가 스펙트럼의 양끝, 방송국과 공산당에서 정치적 압박이 가해졌지. 난 녀석이 걱정스럽기만 했네.

1구역에 살 때 우리 가족은 팩토리 스트리트에 사는 유일한 유대인이었지만, 그게 다가 아니었다네. 래커워너 철도와 벨빌선 중간 지역에 이탈리아 출신이 아닌 가족이라곤 분명 우리밖에 없었을 거야. 1구역 주민들은 산악지대에서 왔어. 나폴리 동부의 산악지대 출신으로, 대부분 어깨가 넓고, 머리가 크고, 땅딸막했지. 그들이 뉴어크에 들어왔을 때 누가 그들 손에 삽을 쥐여줬어. 그들은 삽질을 하기 시작했고, 평생 삽질을 했어. 삽으로 도랑을 쳤지. 아이라는 학교를 그만둔 뒤 그들과 함께 도랑을 쳤어. 한번은 그들 중 한 놈이 삽으로 아이라를 죽이려 한 적도 있었다네. 동생은 입이 험했고, 그 동네에서 살아가려면 싸움을 안 할 수가 없었지. 일곱 살 때부터 혼자 힘으로 살아남기 위해 싸움을 해야 했어.

그런데 아이라는 갑자기 모든 전선에서 전투를 치르게 된 거야. 난 녀석이 어리석거나 되돌릴 수 없는 짓을 하지 않길 바랐네. 그렇다고 녀석을 찾아가 특별히 무슨 말을 하진 않았어. 남의 말을 듣는 녀석이 아니었으니까. 내 생각도 말하지 않았다네. 이브 모녀와 계속 한집에 사는 건 미친 짓이라는 생각을. 도리스와 내가 그 집에서 저녁식사를 했던 날 밤에도 둘의 관계가 이상하다는 건 누가 봐도 알 수 있을 정도였네. 그날 밤 뉴어크로 돌아오는 길에 난 도리스에게 '그들 사이에 아이라가 끼어들 자리는 없다'고 거듭 말했어.

아이라가 꿈꾸는 유토피아가 공산주의였다면, 이브가 꿈꾸는 유토피아는 실피드였네. 완벽한 자식을 바라는 어머니의 유토피아, 완벽한 삶을 연기하는 여배우의 유토피아, 유대인이 아니기를 꿈꾸는 유대인의 유토피아. 이게 다는 아니었겠지만, 과거의 악취를 제거하고 달콤한 인생을 만들기 위해 그녀가 세운 가장 원대한 계획들이었지.

아이라가 그 집에 있을 자격이 없다는 건 애초에 실피드가 지체 없이 알려주었네. 실피드가 옳았어. 아이라는 그 집에 있을 이유가 없었지. 그 집에 있을 사람이 아니었어. 실피드는 아이라에게 자신의 목표를 완벽히 이해시켰어. 이브의 딸로서 가장 하고 싶은 일이 제 엄마의 유토피아를 깨는 것, 이브가 평생 잊지 못할 만큼 인생의 비애를 듬뿍 안겨주는 거라고 말이야. 솔직히 난 아이라가 라디오방송에도 안 맞는다고 생각했네. 아이라는 배우 체질이 아니었어. 눈만 뜨면 되는대로 지껄이는 철면피 같은 면이 있긴 했지. 항상 그랬네. 하지만 배우라니? 아이라는 모든 역할을 똑같이 연기했어. 그 태평스럽고 안이한 헛소리들은 마치 카드 게임을 하면서 옆사람과 나누는 대화 같았지. 단순히 인간성에 호소하는 표현법, 그건 표현법이라고 할 수도 없었어. 아무것도 아니었지. 표현법의 부재였을 뿐. 아이라가 연기에 대해 뭘 알았겠나? 아이라는 자신의 문제를 아이처럼 해결해왔어. 녀석을 충동질한 건 항상 우연이었고, 계획 같은 건 전혀 없었어. 녀석이 이브 프레임과 가정을 꾸리고 싶었을까? 그 영국 아가씨와 가정을 꾸리고 싶었을까? 그건 인간의 기본적인 충동이지만, 특히 아이라의 경우 가정을 갖겠다는 충동은 아주, 아주 오래된 실망의 잔재였다네. 그런데도 아이라는 진짜 미인을 골라 가정을 꾸리려 한 거야. 아이라는 중요하고 의미 있는 인생을 살겠다는 열정과 갈망을 가득 품은 채 주제도 모르고 뉴욕에 입성했지. 그런 그에게 당은 그가 역사의 도구라는 생각을, 사회적 불의를 바로잡으라고 역사가 그를 세계의 중심으로 불렀다는 생각을 심어줬어. 물론 나에겐 그 모든 게 우스워 보였네. 결국 아이라는 추방된 게 아니라 제자리를 잘못 찾은 거였네. 육체적으로나 정신적으로나 늘 자신과 맞지 않는 곳에 있었던 거지. 하지만 당시에는 녀석에게 내 관점을 이해시킬 수 없었어. 동생의 사명감이 엄청난 것이었을까? 그렇다면야 나도 좋지만, 난 그저 녀석이 알아볼 수 없을 정도로 변하지 않기만 바랐다네.

둘째 날 밤엔 함께 먹으려고 샌드위치를 사갔네. 그걸 먹으면서 동생은 얘기하고 난 들었지. 새벽 세시쯤 됐을 거야. 난데없이 뉴욕 택시 한 대가 오두막 앞에 멈춰 서더군. 이브였어. 아이라가 이틀 동안 수화기를 내려놓았기 때문에, 전화를 걸다 통화중 신호에 지친 그녀가 결국 한밤중에 택시를 잡아타고 60마일을 달려온 거였지. 노크 소리에 내가 일어나 문을 열자 이브가 내 옆을 지나 성큼성큼 집 안으로 들어왔어. 거기에 아이라가 있었지. 다음에 일어난 일은 그녀가 택시를 타고 오는 내내 계획했거나 아니면 즉석에서 우러나온 연기일 수도 있는데, 그녀가 출연했던 무성영화의 한 장면과 똑같았지. 완전히 부자연스러운 연기, 꾸며낸 티가 물씬 풍기는 과장된 동작이었지만, 그녀한테 워낙 어울리는 연기였고, 몇 주가 지난 뒤 거의 똑같이 재현하게 될 역할이기도 했다네. 그녀가 좋아하는 역할이었지. 구원을 바라는 여인.

그녀는 방 한가운데에서 무릎을 털썩 꿇고, 나는 안중에도 없었는지 아니면 조금 의식했는지 이렇게 외치더군. '제발, 이렇게 빌게요! 애원할게요! 날 떠나지 말아줘요!' 그녀는 밍크코트를 입은 채 두 팔을 들어올렸지. 그녀의 팔이 허공에서 부르르 떨렸어. 그리고 그녀가 눈물을 흘리는데, 지금 위태로운 게 결혼생활이 아니라 인류의 구원이나 되는 듯했어. 전적으로 이성을 포기하겠다고 확인시켜주는 것 같았지, 만약 확인이 필요하다면 말이야. 그걸 보면서 나는 그녀의 이번 계획은 어림없겠다고 생각했던 기억이 나는군.

하지만 난 동생을 미처 몰랐네. 동생을 결정적으로 약하게 만드는 게 뭔지 몰랐던 거야. 아이라는 평생 사람이 무릎을 꿇는 걸 반대해왔지. 하지만 난 아이라가 그때쯤에는 사회적 상황 때문에 억지로 무릎을 꿇는 사람과 그저 연기를 하는 사람을 구별할 수 있을 거라 생각했던 것 같아. 이브의 그런 모습을 본 아이라의 마음에 도저히 잠재울 수 없는 어떤 감정이 들었네. 아니면 내가 그렇게 생각했던가. 남의 고통에 잘 속아넘어가는 저 속없는 녀석이 또 성급하게 행동하겠구나, 그렇게 생각했지. 그래서 밖으로 걸어나와 택시에 탄 다음 운전사와 담배를 피우며 두 사람이 화해하길 기다렸다네.

모든 게 어리석은 정치적 술수로 가득하군. 난 택시 안에서 그런 생각을 했네. 사람들의 머리를 가득 채우고 그들의 인생관을 허물어뜨리는 이데올로기. 하지만 그날 밤 차를 몰고 뉴어크로 돌아올 때에야 동생이 이브 때문에 겪고 있는 그 곤경에 이데올로기란 말이 어떻게 들어맞는지 이해되기 시작했네. 아이라는 단지 이브의 고통에 잘 속아넘어가는 속없는 녀석이 아니었어. 물론 녀석도 대부분의 사람들처럼 가까운 사람이 고개를 숙일 때

느끼는 그런 충동에 휩싸인 것일 수 있고, 어떻게 행동해야 하는지를 잘못 판단한 것일 수 있었어. 하지만 그래서 그런 게 아니었네. 집으로 운전해 오면서 절대 그렇지 않다는 걸 깨달았지.

기억하게나, 아이라는 온 마음을 다해 당에 충성했다는 걸. 정책이 백팔십도 변해도 아이라는 매번 복종했어. 스탈린의 악랄한 행위를 번번이 정당화하는 엉터리 변증법을 곧이곧대로 받아들였어. 브라우더가 미국의 구세주였을 땐 브라우더를 지지했지. 모스크바가 브라우더와 관계를 끊고 그를 축출한 뒤 브라우더를 하룻밤 새에 계급의 반역자이자 사회제국주의자로 만들어 버렸을 땐, 당의 말을 그대로 믿고는 미국이 파시즘으로 가고 있다고 주장한 포스터와 그의 노선을 지지했어. 아이라는 의심이 들어도 꾹 참았고, 당의 변덕스러운 정책에 철저히 복종하는 것이 미국을 정의롭고 평등한 사회로 만드는 지름길이라 믿었네. 고결하기 짝이 없는 자아상이었지. 그 모든 걸 봤을 때, 아이라는 이해하지도 못하는 체제에 빠져버린 또 한 명의 순진한 얼간이였어. 자유를 그토록 중히 여기는 사람이 자신의 생각을 그런 독단적인 통제에 내맡기다니, 참으로 믿기 어려운 노릇이야. 하지만 모든 얼간이가 그랬듯 아이라도 자신을 지적으로 비하했던 거야. 정치적 얼간이, 도덕적 얼간이가 돼서는 현실을 직시하지 않으려 한 거지. 아이라 같은 얼간이들은 자기가 선전하고 찬양하는 것이 어디서 나오는지 알려고 하지 않아. 여기, 아니라고 말할 수 있는 힘이 가장 큰 장점인 어떤 사람이 있었네. 그에겐 상대방의 면전에 대고 아니라고 말할 수 있는 담력이 있었어. 하지만 당에서 할 줄 아는 말이라곤 그저 "네"뿐이었지.

동생이 이브와 화해한 이유는 방송계의 사라 베르나르가 자신의 아내인 한 어떤 스폰서나 방송국이나 광고회사도 그를 건드리지 못하기 때문이었네. 아이라는 그걸 노렸던 거야. 그의 곁에 라디오의 여왕이 있는 한 누구도 그를 공격하거나 제거할 수 없었어. 이브는 남편을 보호하고, 그럼으로써 아이라의 프로를 담당하는 공산주의자 일당을 보호하는 셈이었지. 그녀는 바닥에 무릎을 꿇고 아이라에게 집으로 돌아오라고 애원했어. 그걸 보고 아이라는 깨달았지. 그녀가 하자는 대로 하는 게 백번 낫다는 걸. 그녀가 없으면 그는 끝장이었으니까. 이브는 그의 전선이었어. 서로가 서로의 방패막이였지."

"바로 그때 데우스 엑스 마키나*가 금니를 하고 나타났어. 이브가 찾아낸 사람이었지. 이브는 이 여자 얘기를 어느 배우한테 들었고, 그 배우는 어떤 무용수한테 들었어. 마사지사였는데, 아이라보다 열 살인가 열두 살쯤 많았으니 당시 쉰을 앞에 두고 있

---

* '기계장치의 신'이란 뜻의 라틴어로, 연극에서 예기치 않게 나타나 절망적인 상황을 해결해주는 인물 또는 사건을 뜻한다.

었지. 초라하고 한물간 외모에다 여성으로서의 관능미도 내리막을 달리고 있었지만, 직업이 몸매를 유지시켜준 탓에 거구의 화끈한 몸은 충분히 탱탱했다네. 헬기 페른. 에스토니아 공장노동자와 결혼한 에스토니아 여자였어. 노동자계급의 강인한 여자로, 보드카를 좋아하고 창녀 기질과 도둑 기질이 약간씩 있었지. 덩치가 크고 건강한 여자였는데, 처음에 봤을 땐 이가 하나 없었네. 그런데 다음에 봤을 땐 때워져 있었어. 금니였는데, 그녀에게 마사지를 받은 치과의사가 선물로 해준 거였어. 그다음엔 드레스를 입고 나타났는데, 의상실 주인을 마사지해주고 받은 거였어. 그해가 지나는 동안 그녀는 액세서리를 하고 나타났고, 다음에는 모피코트를 입고 나타났고, 다음에는 시계를 차고 나타났고, 얼마 후에는 주식을 사기 시작했어. 기타 등등. 헬기의 상황은 계속해서 좋아졌지. 그녀는 그 모든 걸 농담조로 얘기했다네. 그냥 감사 표시로 받은 거라고 아이라에게 말했지. 처음에 아이라가 그녀에게 돈을 주자 그녀는 말했어. '난 돈은 안 받아요, 선물을 받지.' 아이라가 말했지. '난 쇼핑을 못해요. 자, 받아요. 이 돈으로 사고 싶은 걸 사면 되잖소.'

그녀와 아이라는 만나기만 하면 계급의식에 관한 토론을 벌였어. 아이라는 그녀에게 페른 같은 노동자가 스스로를 조직해서 부르주아로부터 자본을 빼앗고 생산수단을 지배해야 한다는 마르크스의 주장을 늘어놓았지. 그러면 헬기는 콧방귀를 뀌었어.

에스토니아인이었던 그녀는 러시아가 에스토니아를 점령해 소비에트 공화국으로 편입시켰기 때문에 본능적으로 공산주의에 반대했어. 그녀에겐 오직 한 나라, 미합중국밖에 없었다네. 교육도 받지 못한 시골 여자가 어느 나라로 이민 가서 이렇게 성공할 수 있겠느냐며 떠들어댔지. 그 삶의 향상이라는 것이 아이라는 우습기만 했어. 보통 아이라는 유머가 없는 편이었지만, 헬기와 관련된 경우만큼은 그렇지 않았다네. 어쩌면 그녀와 결혼해야 했는지도 몰라. 어쩌면 현실을 두려워하지 않는 이 덩치 크고 성격 좋은 게으름뱅이가 아이라에게 어울리는 영혼의 짝이었는지 몰라. 도나 존스가 녀석의 짝이었듯 말일세. 도나에겐 길들여지지 않은 뭔가가 있었어. 제멋대로 하는 고집이 있었다네.

아이라는 그녀의 탐욕스러운 모습에 흥미를 느낀 게 분명했어. '이번 주엔 뭐야, 헬기?' 그녀에게 그건 매춘도 나쁜 짓도 아니었네. 그건 자기발전이었고, 자신만의 아메리칸드림이었지. 미국은 기회의 땅이고, 고객들은 그녀에게 고마워했어. 그녀는 생계를 꾸려야 했고, 그래서 일주일에 세 번 저녁을 먹은 뒤 간호사 차림을 하고 돌아다녔지. 풀 먹인 하얀 옷을 입고, 하얀 스타킹에 하얀 구두를 신고, 반으로 접히는 마사지테이블을 들고. 그녀는 아이라의 서재로 올라가 책상 앞에 테이블을 펼쳐놓고, 꼬박 한 시간 동안 아주 전문적으로 마사지를 했다네. 그 마사지로 아이라는 모든 통증에서 벗어나 진정한 위안을 느낄 수 있었지.

그런 다음 여전히 하얀 간호사복을 입은 채 완전히 전문적으로, 더 큰 위안을 제공하는 행위로 마사지를 마무리했네. 아이라의 몸에서 엄청난 분출이 일어나고, 순식간에 그의 감옥은 완전히 녹아내렸지. 그 분출에는 아이라가 잊고 지내온 모든 자유가 녹아 있었어. 자신의 정치적, 시민적, 인간적 권리를 충분히 행사하려는 평생의 투쟁이 분출돼 쉰 살 먹은 여자의 금니 위로 쏟아졌지. 그동안 아래층 거실에서 이브는 실피드의 하프 연주를 감상하고 있었고.

헬기는 매력적이긴 했지만, 천박함이 금방 드러나는 여자였네. 그녀의 영어는 별로 뛰어나지 않았고, 앞서 말한 것처럼 그녀의 혈관에는 항상 보드카가 졸졸 흘렀어. 이런 것 때문에 그녀는 꽤 아둔한 느낌을 풍겼어. 이브는 그녀에게 농사꾼이란 별명을 붙였고, 웨스트 11번가에서 그녀는 그렇게 불렸지. 하지만 헬기 페른은 농사꾼과 거리가 멀었다네. 천박할지는 몰라도 아둔하진 않았어. 헬기는 이브가 자기를 짐 부리는 마소쯤으로 여긴다는 걸 알았지. 이브는 그걸 굳이 감추려 하지 않았고, 초라한 마사지사에게 그래야 한다고 생각하지도 않았어. 초라한 마사지사는 그런 이브를 경멸했지. 이브가 아래층에서 하프 연주를 듣는 동안 아이라에게 구강성교를 해주던 헬기는 이브였다면 정숙하고 고상한 태도로 그의 성기를 마지못해하며 빨아줄 거라며 그 모습을 흉내내는 걸 재미있어했지. 발트 해 여자의 멍청한 가면 뒤에는 자기보다 잘난 건방진 것들을 언제, 어떻게 물어뜯어야 할지 훤히 아는 사나운 성격이 도사리고 있었어. 그리고 그날 이브에게 달려들어 사정없이 물어뜯은 거야. 보드카를 본 순간 자제심을 잃었지."

"복수였네." 머리 선생님이 말했다. "사람의 마음속에 자리한 것 가운데 복수의 칼날처럼 큰 것도, 작은 것도 없다네. 아무리 평범한 사람일지라도 그들이 품는 복수의 칼날만큼 대담하고 창조적인 건 없어. 또한 아무리 세련된 사람일지라도 그들이 품는 배신의 칼날만큼 무자비하고 창조적인 건 없다네."

이 말에 나는 머리 린골드 선생님의 영어 수업으로 되돌아갔다. 선생님은 수업 내용을 요약했다. 수업이 끝나기 전 주제를 간략하게 정리하면서 힘있는 목소리와 신중한 표현으로 매주 내주는 "20문제" 중 한 문제의 답이 "복수와 배신"일지 모른다고 힌트를 주었다.

"군에 있을 때 나는 매일 밤 버턴의 『우울의 해부』를 읽었네. 프랑스에 진입하기 전 영국에서 훈련받을 때 처음으로 그 책을 읽었지. 네이선, 난 그 책이 아주 마음에 들었지만, 당혹스러웠어. 버턴이 우울에 대해 뭐라고 했는지 기억하나? 모든 사람은 우울에 빠지는 성향을 타고나지만, 일부만이 우울을 습관화한다. 어떻게 습관이 되는 걸까? 이 문제에 버턴은 답하지 않았네. 그 책에는 답이 없었지. 난 상륙작전이 끝날 때까지 의문을 품었고, 나중에 개인적인 경험으로 알아낼 때까지 계속 생각을 멈출 수 없었다네.

배신을 당하면 그 습관이 생기는 거야. 정답은 배신이었어. 비극 작품을 생각해보게나. 우울, 광기, 유혈을 불러오는 게 무엇인가? 오셀로, 배신당했지. 햄릿, 배신당했어. 리어왕, 배신당했다네. 맥베스도 배신당했다고 볼 수 있지. 다르긴 하지만, 그 자신에게 배신당했잖나. 온 힘을 다해 걸작을 가르치는 전문가들, 인간사를 면밀히 들여다보는 문학에 여전히 빠져 있는 우리 같은 소수의 사람들이 역사의 핵심이 아닌 다른 곳에서 배신을 찾는다면 변명의 여지가 없을 테지. 역사를 샅샅이 훑어보게나. 세계사, 가족사, 개인사. 배신은 아주 큰 주제야. 성경만 해도 그렇다네. 그게 뭐에 관한 책인가? 성경의 주된 이야기는 배신에 관한 걸세. 아담, 배신당했네. 에서, 배신당했지. 세겜인, 배신당했지. 유다, 배신당했지. 요셉, 배신당했지. 삼손, 배신당했지. 모세, 배신당했지. 사무엘, 배신당했지. 다윗, 배신당했지. 우리아, 배신당했지. 욥, 배신당했어. 욥은 누구에게 배신당했을까? 다름 아닌 하느님이었네. 그리고 하느님에 대한 배신도 빠뜨려서는 안 되겠지. 하느님도 배신당했어. 우리 조상들에게 사사건건 배신당했어."

6

1950년 8월 중순, 나는 시카고 대학에 입학하기 위해 집을 떠나기(어쩌다보니 영원히 떠난 셈이 되었다) 며칠 전 서식스 카운티에서 일주일 동안 아이라와 지내기 위해 기차에 올라탔다. 그 전해에 이브와 실피드는 실피드의 아버지를 보러 프랑스에 가고 우리 아버지가 아이라와 처음으로 면담한 후 나의 여행을 허락했을 때에 이어 두번째였다. 그 두번째 여름의 늦은 오후, 나는 아이라의 오두막에서 젖소떼를 지나쳐 구불구불하고 좁은 외길을 5마일은 달려야 나오는 시골역에 도착했다. 아이라는 쉐보레 쿠페에 앉아 기다리고 있었다.

조수석에는 하얀 간호사복을 입은 여자가 앉아 있었다. 아이라는 그녀를 페른 부인이라고 소개했다. 페른 부인은 아이라의 목과 어깨를 치료하기 위해 그날 뉴욕에서 왔고, 이제 동부로 가는 다음 열차를 타고 돌아가려는 참이었다. 그녀는 접이식 테이블을 갖고 있었는데, 그녀 혼자 트렁크 쪽으로 가서 테이블을 내리던 기억이 난다. 내가 기억하는 건 테이블을 들어올리던 그녀의 힘, 하얀 간호사복과 하얀 스타킹, 그녀가 아이라를 "린 선생님"이라 부르고 그가 그녀를 "페른 부인"이라 부르던 게 전부였다. 나는 그녀의 힘 외에는 그녀에게 별다른 주의를 기울이지 않았다. 나는 그녀에게 거의 관심을 두지 않았다. 그녀가 차에서 내려 테이블을 질질 끌고 철길을 건너 뉴어크행 완행열차가 당도할 플랫폼으로 간 뒤, 나는 두 번 다시 그녀를 보지 못했다. 나는 열일곱 살이었다. 내 눈에 그녀는 늙고 하찮은 위생사로 보였다.

그해 6월, 라디오와 텔레비전 종사자 중 '공산주의 운동'과 관련이 있다고 알려진 백오십일 명의 리스트가 『적색 채널』이라는 출판물에 게재되었다. 이 리스트는 연이은 해고로 이어져 방송계 전체를 공포에 빠뜨렸다. 하지만 그 리스트에 아이라의 이름은 없었고, 〈자유와 용기〉와 관련된 다른 사람의 이름도 없었다. 아이라는 분명 이브의 남편이라는 보호벽 덕분에 빠졌을 가능성이 크고, 이브 프레임은 아이라처럼 유명한 사람의 아내라 자동적으로 쏟아질 의심으로부터 (『적색 채널』 운영진에게 리스트 정보를 제공한 브라이든 그랜트에 의해) 보호받고 있었기 때문이라는 사실을 나는 꿈에도 몰랐다. 어쨌든 그 당시 이브는 미국에 대한 애국심을 의심받을 수 있는 정치 행사에 아이라와 함께 참석한 적이 한 번 이상 있었다. 이브처럼 정치와 무관한 사람이라도 '프락치'라는 딱지가 붙어 일자리에서 쫓겨나는 데에는 구체적 증거가 많이 필요하지도 않았다. 더구나 신원 확인이 잘못되어 쫓겨난 경우에는 아예 증거 자체가 필요하지 않았다.

하지만 나는 오십 년쯤 흐른 뒤 머리 선생님이 우리 집에서 말해주기 전까지는 아이라의 곤경이 구체화되는 과정에서 이브가 어떤 역할을 했는지 전혀 알지 못했다. 당시에 내가 그들이 아이라를 건드리지 않은 이유로 내세웠던 이론은, 그가 워낙 두려웠고, 그가 걸어올 싸움이 두려웠고, 내가 보기에 절대 무너뜨릴 수 없을 것 같았던 그의 막강한 힘이 두려웠기 때문이라는 것이었다. 『적색 채널』 편집자들이 아이라의 성질을 건드렸다가 단박에 작살날까 무서워했다고 생각했던 것이다. 심지어 오두막에서 첫 식사를 하며 아이라에게 『적색 채널』에 대해 이야기를 듣는 동안, 피켁스힐 로드에 틀어박혀 있는 이 오두막이 헤비급 선수들이 중요한 대전을 앞두고 몇 달 동안 틀어박혀 혹독하게 연습하는 뉴저지의 훈련캠프 중 하나가 아닐까 하는 낭만적인 생각도 얼핏 했다. 물론 이곳의 헤비급 선수는 아이라였다.

"내가 일하는 방송계에서 애국심의 기준은 FBI 출신 경찰 세 놈이 정할 거야. 전직 FBI 요원 말이다, 네이선. 그놈들이 『적색 채널』을 운영하고 있어. 라디오방송에 누굴 고용해야 하고, 누굴 고용하면 안 되는지 그놈들이 결정할 거야. 그놈들에게 정보를 대주는 건 반미활동조사위원회란다. 방송국 임원들이 그 더러운 결정에 얼마나 용감하게 맞설지는 두고볼 일이야. 자유기업 체제가 그 압력을 얼마나 잘 견디는지 지켜봐라. 생각의 자유, 표현의 자유, 정당한 법 절차, 이 모든 게 엉망이 될 거다. 친구, 사람들이 죽음으로 내몰릴 거야. 생계가 아니라 생명이 파괴될 거다. 사람들이 죽어나가겠지. 병들어 죽고, 건물에서 뛰어내려 죽을 거야. 모든 게 끝날 즈음, 리스트에 오른 사람들은 매캐런 의원의 금쪽같은 국내치안법* 덕분에 강제수용소 신세를 지고 있겠지. 만일 우리나라가 소련과 전쟁을 한다면, 미국의 우익이 전쟁보다 더 바라는 건 없으니까, 그러면 매캐런이 직접 나서서 우릴 다 철조망 안에 가둘 거다."

그 리스트는 아이라를 잡아 가두지도 않았고, 그의 수많은 동료가 그랬듯 도망치게 하지도 않았다. 리스트가 발표된 지 불과 일주일 뒤 갑자기 한국전쟁이 터졌고, 아이라는 (〈자유와 용기〉의 아이언 린이라고 대담하게 서명한) 편지를 오랜 전통을 자랑하는 〈헤럴드 트리뷴〉에 보냈다. 이 편지에서 그는 트루먼의 결정이 먼 나라의 전쟁을 빌미로 세계대전 이후 오랫동안 벼르고 별러온 자본주의 대 공산주의의 결판을 내겠다는 술책이고, 그

---

* 1950년 9월 트루먼 대통령의 거부권 행사에도 불구하고 성립된 반공입법.

렇게 해서 "3차 대전의 핵공포와 인류의 파멸을 눈앞에 펼쳐 보이겠다는 미친 결정"이라며 공개적으로 반대했다. 그건 그가 이란에 있을 때 군내 인종차별의 부당성을 써서 〈스타스 앤드 스트라이프스〉에 보낸 이후 처음으로 편집장에게 보낸 편지였을 뿐 아니라, 공산주의국가인 북한과의 전쟁에 반대한다는 분노의 선언을 뛰어넘는 의미심장한 편지였다. 그 편지에는 공산주의자를 숙청하는 것에 그치지 않고 방송계의 자유주의자와 비공산주의계 좌파까지 꼼짝 못하게 휘어잡겠다는 『적색 채널』의 목표에 노골적으로 저항하는 계산된 행동이 함축되어 있었다.

1950년 8월, 그 한 주 동안 오두막에서 그는 거의 한국에 관한 얘기만 했다. 그전에 놀러갔을 때와는 사뭇 달랐다. 그때 우리는 거의 매일 저녁 각다귀와 모기를 쫓기 위해 시트로넬라 양초—그후 오랫동안 시트로넬라 오일의 레몬 향을 맡으면 징크타운이 떠올랐다—를 빙 둘러 켜놓고, 망그러질 듯한 비치의자에 몸을 쭉 뻗고 누웠다. 내가 별을 바라보는 동안 아이라는 온갖 이야기를 들려주었다. 이미 들었던 이야기와 새로운 이야기, 광산에서 일하던 십대 시절, 집도 없이 뜨내기 노동자로 살던 대공황 시절, 부분적으로는 이란-이라크 간의 국경을 이루는 페르시아 만 부근 샤트알아랍 강에 위치한 아바단 미군기지에서 전시에 하역병으로 일하며 겪은 모험. 미국 역사와 그렇게 밀접하게 맞물려 살아온 사람, 누구보다 미국 지리를 훤히 알고 미국 하층민을 많이 접한 사람을 알기는 처음이었다. 그는 내가 알았던 누구보다 자신의 시대에 깊이 빠진 또는 그 시대에 의해 뚜렷이 규정된 사람이었다. 혹은 그 시대의 압제하에서 시대의 가해자이자 희생자가 되고 도구가 된 사람이었다. 아이라를 그의 시대에서 떼어내 상상하기란 불가능했다.

오두막에서 보낸 그 밤들 동안, 나의 조국 미국은 아이라 린골드의 형상을 띠고 내 눈앞에 나타났다. 아이라가 풀어놓은 이야기, 세세한 부분까지는 이해할 수 없었던(또는 두 번 되풀이되지 않는) 사랑과 미움의 장대한 이야기가 뉴어크 너머에 펼쳐진 미국을 몸으로 부딪쳐 알고 싶다는 숭고한 애국심을 일깨웠다. 어렸을 때 세계대전으로 불붙고, 청소년 시절에 하워드 패스트와 노먼 코윈에 의해 길러진 미국 소년다운 열정, 그후 토머스 울프와 존 더스패서스의 소설에 의해 일이 년 동안 더 유지된 열정이었다. 아이라를 두번째 방문한 해, 서식스 산골의 밤은 여름 끝자락의 상쾌한 냉기에 젖어들기 시작한 즈음이었다. 내가 오전에 뜨거운 햇볕 아래서 패놓은 장작을 활활 타오르는 난로에 집어넣는 동안, 아이라는 이가 빠진 낡은 머그잔을 기울여 커피를 마시며 미국의 다른 어느 캠프장, 어느 모닥불 주위에서도 듣기 힘든 항의와 혐오가 짙게 밴 목소리로 한국에 관한 얘기를 이어가곤 했다. 반바지와 낡아빠진 농구화에 군대 시절 입던 물 빠진 올리브색 티셔츠를 걸친 그는 마치 자급자족으로 먹고살고, 곰을 겁주어 쫓아버리고, 아이들이 호수에 빠지지 않도록 확실히 돌볼 줄 아는 보이스카우트 단장, 소년들이 존경해마지않는 덩치 큰 자연인처럼 보였다.

"뇌가 반이라도 있는 미국인이라면 북한 공산군이 배를 타고 6천 마일을 건너와 미국을 공격할 거라는 말을 믿겠니. 그런데 사람들은 그렇게 얘기해. '공산주의의 위협을 감시해야 한다. 그들이 우리나라를 집어삼킬 거다.' 트루먼은 공화당원들한테 자신의 힘을 보여주려는 거야. 그게 그가 노리는 거야. 그래서 이런 일이 벌어지는 거야. 무고한 한국 민중을 제물로 삼아 자신의 힘을 과시하고 있어. 한국에 쳐들어가 그 개자식들을 폭탄으로 쓸어버리겠다 이거지, 알겠니? 이게 다 이승만이라는 파시스트를 지원하기 위해서야. 훌륭한 트루먼 대통령. 훌륭한 맥아더 장군. 공산주의자, 공산주의자. 이 나라의 인종차별, 이 나라의 불평등이 문제가 아니야. 그래, 공산주의자가 문제라는 거야! 이 나라에서 오천 명의 흑인이 린치를 당했지만, 린치를 가한 자는 아직까지 한 명도 유죄 선고를 받지 않았다. 이게 공산주의자 탓이냐? 트루먼이 백악관에 들어간 뒤로 지금까지 인권에 대한 말이 무성하지만, 벌써 흑인이 아흔 명이나 린치를 당했어. 이게 공산주의자 탓이겠냐, 아니면 미국 법정에서 공산당 지도자 열두 명에게 잔인무도한 박해를 가하고 그들의 신념을 이유로 그들의 목숨을 무자비하게 빼앗았지만 린치 가해범에게는 손가락 하나

까딱하지 않은, 트루먼의 잘나빠진 법무장관 클라크 탓이겠냐! 공산주의자와 전쟁을 벌이자, 우리 군대를 보내 공산주의자와 싸우자. 전 세계 어디서나 파시즘과 싸우다 가장 먼저 죽는 사람은 공산주의자야! 흑인을 위해, 노동자를 위해 맨 앞에서 투쟁하는 사람들……"

나는 이 모든 얘기를 한 글자도 틀리지 않게 하도 많이 들었던 탓에, 그 주가 지나갈 무렵에는 하루빨리 그의 목소리에서 벗어나 집으로 돌아가고 싶은 마음뿐이었다. 그 여름 오두막에서의 시간은 첫번째 여름 같지 않았다. 나는 그가 사면초가에 빠져 얼마나 고전하는지, 자신의 반항적인 주체성이 얼마나 더럽혀졌다고 느끼는지 낌새도 알아채지 못했다. 나는 여전히 나의 영웅인 아이라가 『적색 채널』의 반동분자들과 용감히 싸워 라디오방송을 지켜낼 거라는 상상에 빠져, 아이라의 분노에 찬 정의감에 기름을 붓는 것이 두려움과 절망이고, 갈수록 커지는 실패와 고독의 예감이란 것을 이해하지 못했다. "왜 내가 정치행동에 나서는지 아니? 그게 옳다고 생각하기 때문이다. 뭔가를 꼭 해야 하기 때문에 행동에 나서는 거야. 세상 사람들이 알아주지 않아도 상관없어. 네이선, 옛 동료들의 비겁함을 보면 몸이 근질거려……"

지난여름, 내가 운전면허를 딸 수 있는 나이가 아니었는데도 아이라는 그의 차로 운전을 가르쳐주었다. 그후 내가 열일곱 살이 되어 아버지가 운전을 가르쳐줄 때, 8월에 아이라 린골드가 먼저 운전을 가르쳐줬다고 말씀드리면 언짢아할 것이라 믿어 의심치 않았기 때문에, 아버지 앞에서 나는 운전이란 게 뭔지 전혀 모르는 척, 운전을 배우는 게 마냥 신기한 척했다. 아이라의 1939년식 쉐보레는 검정색 투도어 쿠페로, 정말 멋있었다. 아이라는 덩치가 아주 커서 운전대 앞에 앉은 모습이 마치 서커스의 한 장면 같았다. 그리고 그 두번째 여름에 그가 조수석에 앉고 내게 운전을 맡겼을 때, 나는 마치 기념비 주위를, 한국전쟁에 미친 듯이 반대하는 기념비, 전쟁에 반대하는 전쟁을 기념하는 기념비 주위를 한 바퀴 도는 듯한 느낌이 들었다.

그 차는 누군가의 할머니가 몰던 것이었고, 1948년 아이라가 구입할 당시 고작 만 2천 마일을 달린 상태였다. 운전석 옆쪽에 설치된 변속기에는 3단 가속기어와 함께 H자 왼쪽 상단에 후진기어가 있었다. 앞좌석은 좌우로 나뉘었고, 그 뒤에는 어린아이가 불편한 자세로 걸터앉을 수 있을 정도의 공간만 있었다. 라디오와 히터는 없었다. 삼각창을 열려면 작은 손잡이를 눌러야 하는데, 손잡이를 누르면 벌레를 막는 망이 달린 덮개가 유리 위로 올라왔다. 아주 효율적이었다. 창문은 바람을 완벽하게 차단했고, L자형 손잡이가 달려 있었다. 당시에 나온 차가 다 그렇듯, 좌석에는 쥐색 솜털이 보슬보슬한 커버가 씌워져 있었다. 좌우로 승강용 발판이 달렸고, 트렁크는 널찍했다. 트렁크 바닥 패널을 들추면 잭과 함께 스페어타이어가 나왔다. 전면 그릴은 뾰족한 형태였고, 보닛 장식에는 유리가 박혀 있었다. 크고 둥근 펜더는 튀는 흙을 완벽하게 막았고, 공기역학을 감안해 만든 그릴 바로 뒤에 헤드라이트가 어뢰처럼 양쪽에 달려 있었다. 앞유리창의 와이퍼는 진공모터로 작동해서 가속페달을 밟으면 속도가 느려졌다.

그리고 재떨이가 기억난다. 플라스틱 재질의 가늘고 긴 멋진 재떨이가 두 좌석 사이의 대시보드 중앙 아래쪽에 달려 있고, 좌석 쪽으로 튀어나와 있었다. 외부 손잡이를 비틀면 보닛이 열렸는데, 잠금장치가 없었기 때문에 나쁜 마음만 먹으면 이 초 만에 엔진을 망가뜨릴 수도 있었다. 보닛은 좌우에서 절반씩 따로 열게 되어 있었다. 운전대는 반질거리고 번쩍이는 재질이 아니라 섬유 재질이었고, 경적은 그 한가운데에 달려 있었다. 시동장치는 주름진 고무가 가장자리에 둘린 작고 둥근 고무페달이었다.* 그 오른쪽엔 추운 날 시동을 걸 때 필요한 초크가 있었고, 왼쪽에는 스로틀이라는 것이 있었다. 스로틀은 아무리 상상을 해도 용도를 이해할 수 없었다. 글러브박스 위 움푹 들어간 곳에는 태엽시계가 놓여 있었다. 조수석 문 뒤쪽에 달린 연료탱크는 뚜

* 턴키스타터가 나오기 이전에는 발로 밟아서 시동을 걸었다.

껑을 돌려 열었다. 문을 잠그려면 운전석 창문의 단추를 눌렀고, 차에서 내린 후에는 회전식 손잡이를 아래로 당기고 문을 세게 닫았다. 까딱 딴생각을 하면 열쇠를 차 안에 두고 문을 잠글 수도 있었다.

나는 그 차에 대해 얼마든지 더 얘기할 수 있다. 내가 첫 섹스를 한 장소였기 때문이다. 아이라와 보낸 그 두번째 여름 나는 징크타운 경찰서장의 딸을 만났고, 어느 날 밤 아이라의 차를 빌려 자동차극장으로 데이트를 갔다. 그녀의 이름은 샐리 스프린이었다. 빨강머리에 나보다 두어 살 많았고, 잡화점에서 일했으며, 그 동네에서 "헤픈 애"로 통했다. 나는 샐리 스프린을 태우고 뉴저지를 벗어나 펜실베이니아 주 델라웨어의 자동차극장으로 갔다. 그 시절엔 자동차극장의 스피커를 자동차 창문 안쪽에 걸게 되어 있었고, 그날 영화는 애벗과 코스텔로* 영화였다. 시끄러웠다. 우린 즉시 껴안고 애무를 하기 시작했다. 헤프다는 말이 맞았다. 웃기는 부분은(이걸 웃기다고 할 수 있다면) 내 팬티가 왼발에 감겼다는 것이다. 나는 왼발로 가속페달을 밟고 있었고, 그래서 그녀와 일을 치르는 동안 자동차의 엔진을 계속 가동시켰다. 절정에 달했을 때 팬티는 브레이크페달과 내 발목을 칭칭 감고 있었다. 코스텔로는 "이봐, 애벗! 이봐, 애벗!"이라고 소

* 1940년대와 1950년대 미국에서 가장 큰 인기를 누리던 2인조 코미디언.

리치고 있었고, 창문엔 김이 서렸고, 엔진은 터질 듯했고, 여자애 아버지는 징크타운 경찰서장이었고, 나는 자동차 바닥에 묶여 있었다.

그녀를 바래다주기 위해 운전하는 동안, 나는 무슨 말을 해야 할지, 어떤 감정을 느껴야 하는 건지, 또 경찰서장의 딸을 데리고 주 경계선을 넘어가 성관계를 가진 일로 처벌을 받는 건 아닌지 몰라 되는대로 지껄이다보니 미국 군대를 한국에 보내 싸우게 할 이유가 없다는 이야기를 늘어놓고 있었다. 나는 맥아더 장군이 그녀의 아버지나 되는 양 맥아더 이야기를 떠들어댔다.

오두막에 돌아오자 아이라가 책을 읽다 말고 나를 쳐다봤다. "그앤 괜찮았냐?"

난 뭐라고 답해야 할지 몰랐다. 아무 생각도 나지 않았다. "누구라도 괜찮았을 거예요." 난 그렇게 말했고, 우리 둘은 웃음을 터뜨렸다.

아침에 우리는 전날 밤 내가 총각 딱지를 떼고 신바람에 취한 나머지 오두막에 들어올 때 열쇠를 꽂아둔 채 차 문을 잠근 걸 알게 됐다. 아이라는 한번 더 큰 소리로 웃음을 터뜨렸다. 그것 말고는 오두막에서 보낸 일주일 동안 어떤 일도 그를 웃게 하지 못했다.

가끔 아이라는 가장 가까운 이웃인 레이먼드 스베츠를 저녁식사에 초대했다. 레이는 길을 따라 2마일 정도 떨어진 버려진 노천 채석장 자락에 혼자 살고 있었다. 태곳적 풍경처럼 보이는 채굴지, 인간이 만들어낸 엄청나게 크고 무시무시한 깊은 구렁, 그 망가진 지구의 밑바닥에는 햇살이 비칠 때에도 오싹한 느낌을 주는 허무가 일렁였다. 레이는 수십 년 전에 채굴 장비를 보관하는 헛간으로 쓰였던 단칸 구조물에서 혼자 살았다. 그의 집은 내가 본 인간의 주거지 중 가장 쓸쓸했다. 세계대전 중에 그는 독일에 전쟁포로로 붙잡혔고, 아이라의 말을 빌리자면 "정신적인 문제"를 얻은 채 귀국했다. 그리고 일 년 뒤 아연광산에서 굴착 작업을 하던 중 사고를 당해 머리를 다쳤다. 아이라가 어렸을 때 삽을 들고 일했던 그 광산이었다. 지표면에서 천4백 피트 내려간 지하에서 크기가 대략 관만 하고 무게가 천 파운드 정도 되는 돌덩이가 그가 뚫고 있던 암벽 근처로 떨어졌다. 그는 돌덩이에 깔리지는 않았지만 바닥에 내동댕이쳐지면서 얼굴부터 부딪혔다. 레이는 목숨을 건졌지만 다시는 지하로 내려가지 않았고, 그뒤로 의사들이 계속 그의 머리뼈에 손을 댔다. 레이는 손재주가 좋아서 아이라는 자신이 오두막에 머물지 않을 때 그에게 텃밭에 잡초를 뽑고 물을 주는 등의 잡다한 일을 시켰고, 오두막을 수리하고 페인트칠을 한 데에 비용을 지불했다. 아이라는 일이 없어도 거의 매주 돈을 줬고, 오두막에서 지낼 때면 부실하게 먹는 레이를 불러다 음식을 먹였다. 레이는 거의 말이 없었다. 멍해

보이긴 해도 호감 가는 인상인 그는 항상 고개를 끄덕였고(사람들은 그의 머리가 사고를 당하기 전과 판이하게 달라졌다고 했다) 아주 공손했다…… 아이라는 그와 함께 식사할 때도 적들에 대한 공격을 결코 멈추지 않았다.

나는 당연히 그 순간을 예상해야 했고, 실제로 예상하고 있었다. 사실 나는 그 순간을 고대하고 있었다. 얼마든지 더 얻을 게 있다고 생각할 수도 있었지만, 나는 충분히 배웠다고 느꼈다. 다음주부터 나는 대학생활을 시작할 예정이었고, 아이라와의 교육은 끝이 났다. 눈 깜짝할 사이에 끝났다. 그 순수함도 함께 끝났다. 나는 피캑스힐 로드의 오두막에 걸어들어올 때와 다른 사람이 되어 그곳을 걸어나갔다. 수면 위로 떠오른 그 새로운 추진력에 무슨 이름을 붙이든 그것은 예상치 못한 가운데 저 혼자서 찾아왔고, 돌이킬 수 없었다. 아이라에게 푹 빠지는 바람에 아버지와 거리가 생기고 자식으로서의 애정이 무뎌졌던 과정이 이제 아이라에 대한 환상이 깨지면서 고스란히 반복되었다.

아이라는 그가 좋아하는 동네 친구 호러스 빅스턴에게 나를 데리고 가서 내게 끊임없이 늘어놓았던 그 얘기들을 반복했다. 호러스는 아들 프랭크와 함께 흙먼지 날리는 길가의 빅스턴 가족 농가에 딸린 두 칸짜리 우사를 적당히 개조해 박제사업을 꾸려가고 있었다. 지난해에도 우리는 그곳을 찾았고, 그때는 한국과 공산주의에 관한 아이라의 얘기가 아니라 박제에 관한 호러스의 얘기를 들으며 짜릿한 시간을 보냈다. 그게 아이라가 나를 데려간 이유였다. 그는 내게 박제술 이야기를 들려주고 싶어했다. "이걸로 라디오드라마를 쓸 수 있을 거다, 네이선. 이 아저씨를 주인공으로 해서 박제술만 다뤄도 드라마가 될 거야." 박제술에 대한 아이라의 호기심은 그가 노동자로서 여전히 품고 있는 관심의 일부분이었다. 자연의 아름다움을 대할 때처럼 강렬하진 않았지만, 자연에 대한 인간의 간섭, 산업화된 자연과 개발된 자연, 인간의 손길이 닿아 닳고 마멸된 자연이 그를 매혹시켰다. 그리고 그는 그것을 바로 인간이 파괴한 아연광산 한가운데에서 발견했던 것이다.

처음 박제공장의 문을 들어선 순간, 나는 작은 거실에 들어찬 갖가지 기이한 물건에 소스라치게 놀랐다. 무두질한 가죽이 사방에 널려 있었고, 꼬리표가 붙은 수십 개의 사슴뿔이 거실 이쪽 끝에서 저쪽 끝까지 철사에 묶여 천장에 매달려 있었고, 래커칠을 한 거대한 물고기, 등지느러미를 활짝 편 반들거리는 물고기, 주둥이가 검처럼 튀어나온 반들거리는 물고기, 얼굴이 원숭이처럼 생긴 반들거리는 물고기도 매달려 있었다. 또 특대, 대, 중, 소로 구분된 동물 머리가 벽에 높이 쌓여 있었고, 무수히 많은 오리, 거위, 독수리, 올빼미가 온 바닥에 놓여 있었는데, 대부분이 마치 날기라도 할 듯 날개를 활짝 펴고 있었다. 또 꿩과 야생칠면조, 펠리컨, 백조가 있었고, 그 사이로 스컹크, 살쾡이, 코요테,

비버 한 쌍이 보일 듯 말 듯 흩어져 있었다. 벽을 따라 늘어선 먼지투성이 유리상자에는 산비둘기와 집비둘기 같은 작은 새들이 들어 있었고, 작은 악어 한 마리 외에도 몸을 칭칭 감은 뱀, 도마뱀, 거북, 토끼, 다람쥐, 온갖 종류의 설치류, 쥐, 족제비, 이름을 댈 수 없는 흉측한 작은 동물들이 오래된 동물도감에서 뛰쳐나온 듯 실감나는 자세로 웅크리고 있었다. 그리고 뿌연 먼지가 모피, 깃털, 가죽 등 모든 것을 뒤덮은 채 사방에 내려앉아 있었다.

호러스는 키가 박제 독수리의 양 날개 길이밖에 되지 않는 초로의 남자였다. 그는 오버올에 카키색 작업모를 쓴 차림으로 안쪽에서 나와 내 손을 잡고 악수했다. 놀란 내 표정을 본 그는 미안한 듯 웃음을 띠며 말했다. "그래, 우린 함부로 버리지 않는단다."

"호러스 아저씨." 아이라 말에 따르면 사과술을 직접 담그고 고기를 직접 훈제하고 모든 새를 울음소리로 구분한다는 이 난쟁이 같은 사람에게 아이라가 나를 소개했다. "이 아인 네이선이에요. 어린 고등학생 작가죠. 아저씨한테 들은 훌륭한 박제사 얘기를 이 아이한테 해줬어요. 훌륭한 박제사의 기준은 생명의 환상을 창조하는 거라는 이야기요. 그랬더니 이 아이가 '그건 훌륭한 작가의 기준이기도 해요'라고 말하더군요. 그래서 두 예술가분끼리 맘껏 얘기 나누시라고 이 아일 데려왔어요."

호러스가 내게 말했다. "우선 말이다, 우리는 성실하게 작업에 임한단다. 우린 모든 걸 다뤄. 어류, 조류, 포유류. 사냥한 짐승의 머리. 모든 자세, 모든 종을 다룬단다."

"저 짐승 얘기를 해주세요." 아이라가 한차례 웃은 뒤, 다리가 가늘고 길쭉해 마치 악몽에 나오는 수탉처럼 보이는 커다란 새를 가리키며 말했다.

그러자 호러스가 말했다. "저건 화식조라고, 뉴기니에 살던 대형 조류란다. 날지 못하는 새지. 어느 서커스단이 키우던 새였어. 순회서커스단의 막간 볼거리였는데, 죽었지. 1938년에 가져왔기에 내가 박제했는데, 그뒤로 서커스단은 감감무소식이구나. 저건 오릭스란다." 그가 자신의 작품을 하나하나 소개했다. "저건 쿠퍼새매, 저건 아프리카물소의 머리야. 저렇게 머리뼈 위쪽 절반만 박제하는 건 유럽식 표본이란다. 이것들은 엘크의 뿔이야. 거대하지. 이건 검은꼬리누인데, 머리 꼭대기에 이렇게 털이 나 있어……"

삼십 분 동안 거실을 누비며 사파리 여행을 하다 호러스 아저씨가 "가게"라 부르는 뒤쪽 작업실로 가자 호러스 아저씨와 판박이인 마흔 살쯤 된 대머리 아저씨 프랭크가 있었다. 그는 피가 흥건한 테이블 앞에서 칼로 여우 가죽을 벗기고 있었다. 나중에 알았지만, 그 칼은 프랭크가 쇠톱 날로 직접 만든 것이었다.

호러스 아저씨가 설명했다. "동물은 저마다 냄새가 다르단다. 어때, 여우 냄새가 나니?"

나는 고개를 끄덕였다.

"그래, 여우를 연상시키는 냄새가 나지. 그다지 유쾌한 냄새는 아니지만."

프랭크가 여우의 오른쪽 뒷다리 가죽을 거의 다 벗긴 상태라 살과 뼈가 훤히 드러나 보였다. 호러스 아저씨가 설명했다. "저건 전체를 다 박제할 거란다. 그러면 살아 있는 여우처럼 보일 거야." 그 여우는 갓 잡은 터라, 안 그래도 살아 있는 여우가 잠을 자는 것처럼 보였다. 프랭크는 깔끔한 솜씨로 작업을 계속했고, 우리는 테이블에 둘러앉았다. "프랭크는 손이 아주 빠르단다." 호러스의 말에서 아버지의 자부심이 느껴졌다. "여우, 곰, 사슴, 큰 새를 박제하는 사람은 많아. 하지만 내 아들은 명금류 박제도 할 수 있지." 호러스 아저씨는 프랭크가 직접 만들어 쓰는 도구 가운데 정말 대단한 것은 작은 새를 박제할 때 쓰는 조그만 뇌 스푼으로, 그런 건 어디에서도 살 수 없다고 설명했다. 프랭크는 청각장애가 있고 말을 하지 못했다. 우리가 일어설 즈음 그는 여우 가죽을 다 벗겨냈고, 테이블 위엔 갓 태어난 신생아 정도 크기의 앙상하고 시뻘건 시체만 남았다.

"사람들이 여우를 먹나요?" 아이라가 물었다.

"대개는 안 먹지." 호러스가 말했다. "하지만 대공황 시절엔 더러 먹기도 했어. 그땐 다들 어려웠잖나. 자네도 알다시피 먹을 고기가 없었지. 그래서 주머니쥐, 마멋, 토끼 같은 걸 먹었지."

"뭐가 맛있어요?" 아이라가 물었다.

“다 맛있었지. 늘 배가 고팠으니까. 대공황 시절엔 뭐든 닥치는 대로 먹었어. 심지어 까마귀도 먹었다네.”

“까마귀는 어때요?”

“글쎄, 까마귀는 얼마나 늙은 놈인지 알 수 없다는 게 문제야. 어떤 놈은 신발 가죽 같았다네. 놈들 중 일부만 수프로 만들기에 적당했지. 우린 다람쥐도 잡아먹었어.”

“다람쥐는 어떻게 요리하세요?”

“까만 무쇠냄비에. 마누라가 덫으로 다람쥐를 잡곤 했어. 잡아서 가죽을 벗긴 다음 세 마리가 되면 냄비에 넣고 요릴 했지. 그냥 닭다리처럼 뜯어먹었어.”

“우리 집사람을 데려와야겠네요. 그럼 요리법 좀 가르쳐주세요.”

“한번은 마누라가 너구리를 먹이려고 하더군. 마누라는 흑곰이라고 말했지만, 난 대번에 알았네.” 호러스가 웃었다. “우리 마누란 요리를 잘했지. 성촉절에 죽었어. 벌써 칠 년이 됐군.”

“저건 언제 만드신 거예요?” 아이라는 호러스의 작업모 너머로 높은 곳에 걸린 채 툭 튀어나와 있는 멧돼지 머리를 가리켰다. 박제사가 철사 틀과 석고를 먹인 삼베 틀 위로 가죽을 잡아당겨 씌우고 꿰매어 생명을 불어넣은 듯한 환상을 불러일으키는 멧돼지 머리가 양쪽 선반 사이에 걸려 있었다. 멧돼지는 어느 모로 봐도 야수, 대단한 야수였다. 거무스름한 털, 갈색 목구멍, 눈 사이와 늘어진 목에 난 희끄무레한 털, 물에 젖은 검은 돌처럼 크고 단단한 검은 주둥이. 위협하듯 턱을 떡 벌리고 있어 육식동물의 입안과 위압적으로 뻗은 하얀 엄니가 고스란히 드러났다. 멧돼지는 그야말로 생명의 환상을 보여주었다. 프랭크의 여우도 조만간 그 뒤를 따르겠지만, 여하튼 그놈의 악취는 고약하기만 했다.

"멧돼지가 살아 있는 것처럼 보이네요." 아이라가 말했다.

"그럼, 저건 진짜라네. 하지만 혀는 진짜가 아니야. 가짜야. 이는 사냥꾼이 진짜 이로 하길 원했다네. 대개는 가짜 이를 해넣어. 진짜 이는 얼마 안 있어 금이 가거든. 금방 약해지고 떨어져 나가지. 하지만 주인이 진짜로 해달래서 진짜 이를 넣었지."

"얼마나 걸렸어요, 첫날부터?"

"대략 사흘하고 스무 시간쯤."

"저 멧돼지는 얼마를 받아요?"

"칠십 달러."

"너무 싼 거 같은데요." 아이라가 말했다.

"자네가 뉴욕 물가에 익숙해서 그래."

"멧돼지가 통째로 오나요, 머리만 오나요?"

"보통은 머리만 통째로 들어오지. 목 뒤가 잘린 상태로. 가끔 곰이나 흑곰은 통째로 들어올 때도 있고, 한번은 호랑이가 들어온 적도 있다네."

"호랑이요? 정말요? 그런 얘긴 안 했잖아요." 나는 아이라가 나의 작가 수업에 도움을 주려고 이야기를 끌어내고 있지만, 한편으로는 호러스가 작고 날카롭고 쾌활한 목소리로 대답하는 걸 듣고 싶어 계속 질문한다는 걸 알 수 있었다. 그의 목소리는 칼로 나무를 깎을 때 나는 소리 같았다. "어디서 호랑이를 잡은 거예요?" 아이라가 물었다.

"호랑이 몇 마리를 애완동물처럼 키우는 사람이었지. 그중 한 마리가 죽은 거야. 호랑이 가죽은 워낙 귀하니까, 그놈으로 깔개를 만들고 싶어했어. 그 사람은 전화를 한 뒤 호랑이를 들것에 올려놓았어. 프랭크가 그걸 차에 싣고 가져왔지. 통째로. 그 사람들은 가죽을 벗길 줄도 모르고, 아무것도 모르니까."

"그럼 아저씨는 호랑이를 박제할 줄 알았어요? 아니면 책을 보고 한 거예요?"

"책이라고? 천만에, 아이라, 책 같은 건 없어. 얼마 동안 이 일을 계속하다보면 어떤 동물이든 그림이 그려진다네."

아이라가 내게 말했다. "호러스 아저씨한테 여쭤보고 싶은 거 없니? 배우고 싶은 거 없어?"

"아니요." 난 듣고 있는 것만으로도 더없이 행복했다. 그래서 그렇게 대답했다.

"호랑이 가죽 벗기는 건 재미있었어요?" 아이라가 물었다.

"그럼, 즐거웠지. 사람을 하나 구해 8밀리 영화를 찍었어. 전 과정을 말이야. 그리고 그걸 그해 추수감사절에 틀었다네."

"저녁식사 전에요, 후에요?" 아이라가 물었다.

호러스가 빙긋 웃었다. 박제 작업은 풍자와는 거리가 멀었지만, 박제사인 호러스 아저씨는 미국식 유머감각이 뛰어났다. "글쎄, 그날은 하루종일 먹어대잖나, 안 그런가? 여하튼 다들 그해 추수감사절을 잊지 못했지. 박제사의 가족들은 그런 거에 익숙하지만, 그래도 늘 깜짝 이벤트라는 게 있지."

둘의 이야기는 그렇게 흘러갔다. 가끔 웃음을 터뜨리기도 하는 화기애애하고 조용한 대화는 호러스 아저씨가 내게 사슴 발가락을 선물하는 것으로 끝이 났다. 처음부터 끝까지 아이라는, 적어도 내가 본 바로는 어느 누구와 있을 때보다 친절하고 침착했다. 여우 냄새 때문에 속이 메스꺼웠던 걸 제외하면 아이라와 함께 있으면서 그렇게 마음이 편했던 적은 없었다. 그리고 그가 세상일과 미국 정치와 인간의 결점이 아닌 다른 것에 그렇게 진지한 태도로 임하는 건 처음 보았다. 까마귀 요리 이야기, 호랑이 가죽으로 깔개 만드는 이야기, 뉴욕 시 밖에서 멧돼지를 박제하는 데 드는 비용 이야기 등이 그를 해방시켜 차분하고 평화로운, 거의 다른 사람으로 만들었다.

즐거운 대화에 몰입한 두 사람의 모습에(특히 그들의 코앞에서 아름다운 동물 한 마리가 아름다운 겉모습을 제거당하는 가운데) 왠지 마음이 끌렸던 나는 나중에 아이라다운 감정에 휩쓸리거나 격앙되지 않고 대화를 주고받는 이 사람이 보이지 않는 곳에 감춰져 있던 진짜 아이라가 아닐까, 광포하고 급진적인 아이라는 링컨 연기나 멧돼지의 혀처럼 무언가를 흉내내고 연기한 게 아니었을까 하는 생각을 했다. 아이라가 호러스 빅스턴에게 보인 존경과 애정은 소년인 내가 봐도 소박한 사람들과 소박한 만족이 만들어낸 저런 소박한 세계에 아이라가 발을 들였다면 그의 뜨거운 격정, 사회의 맹공격에 대항하는 모든 자질(또는 부족한 자질)이 개조되고 심지어 순화될 수 있지 않았을까 하는 생각을 하게 할 정도였다. 아이라에게 프랭크처럼 손재주가 뛰어난 자랑스러운 아들이 있었다면, 다람쥐를 덫으로 잡고 요리할 줄 아는 아내가 있었다면, 그가 그런 구체적인 일들을 자기 손으로 직접 하고, 스스로 사과술을 담그고 스스로 고기를 훈제하고, 오버올에 카키색 작업모를 쓰고 새들이 지저귀는 소리를 들었다면…… 아니, 그렇지 않을 수도 있었다. 어쩌면 호러스의 삶이 그랬듯 거대한 적이 없는 상황이었다면 인생은 지금보다 한층 더 견디기 힘들었을지 모른다.

두번째 해에 호러스를 보러 갔을 땐 대화를 나누면서 웃지도 않았고 아이라만 떠들어댔다.

호러스의 말에 따르면 "눈을 감고도 사슴 머리를 박제할 수 있는" 프랭크는 사슴 머리 가죽을 벗기고, 호러스는 작업대 한쪽 끝에 구부정하게 앉아 "머리뼈를 요리하고" 있었다. 그는 여러 종류의 작은 머리뼈를 펼쳐놓고 철사와 아교로 형태를 복구하고 있었다. 이스턴에 있는 어느 학교 과학교사 몇 명이 작은 포유동물의 머리뼈를 구하던 차에, 찾는 물건이 호러스에게 있다는 걸 알게 되었다. 호러스가 자기 앞에 펼쳐진 약하고 작은 뼈들을 바라보고 씩 웃으며 말한 것처럼 그는 "아무것도 함부로 버리지 않았던" 것이다.

아이라가 말했다. "호러스 아저씨, 뇌가 반이라도 있는 미국인이라면 북한 공산군이 배를 타고 6천 마일을 건너와 미국을 공격할 거라는 말을 믿겠어요? 아저씬 믿을 수 있어요?"

호러스는 사향뒤쥐 머리뼈에서 눈을 떼지 않은 채 흔들거리는 이를 아교로 턱에 붙이며 천천히 고개를 저었다.

"그런데 사람들은 그렇게 얘기해요." 아이라가 말했다. "'공산주의의 위협을 감시해야 한다, 그들이 우리나라를 집어삼킬 거다.' 이건 트루먼이 공화당원들한테 자신의 힘을 보여주려는 거예요. 그래서 이러는 거예요.. 무고한 한국인을 제물로 삼아 자신의 힘을 과시하겠다는 거예요. 한국에 쳐들어가 이승만이라는 파시스트 놈을 지원하겠다고, 그 개자식들을 폭탄으로 쓸어버리겠다고 말예요, 알겠어요? 훌륭한 트루먼 대통령. 훌륭한 맥아더 장군……"

아이라가 걸핏하면 꺼내는 장광설을 늘어놓는 동안, 나는 지루함을 달랠 길 없어 속으로 심술궂은 생각을 했다. '프랭크는 자기가 귀머거리인 게 얼마나 다행인지 모를 거야. 저 사향뒤쥐

는 자기가 죽은 게 얼마나 다행인지 모를 거야. 저 사슴은……'
등등 하며.

이승만, 훌륭한 트루먼 대통령, 훌륭한 맥아더 장군…… 어느 날 아침 토미 미나렉한테 작별 인사를 하러 대로변의 폐석장으로 갔을 때도 상황은 똑같았다. 토미는 건장하고 쾌활한 슬로바키아 사람으로, 은퇴한 광부였다. 1929년 아이라가 맨 처음 징크타운에 왔을 때 광산에서 일하던 토미는 아이라를 친자식처럼 돌봐줬다. 이제 그는 마을을 대표하는 인기 관광지가 된 폐석장을 관리했다. 이곳에는 전문적인 암석 수집가뿐만 아니라 가끔 부모들이 아이들과 함께 와 거대한 암석 더미를 뒤지면서 집으로 가져가 자외선 아래에 둘 돌을 골랐다. 토미의 설명에 따르면 그 돌에 자외선을 비추면 돌에 함유된 광물 때문에 '형광빛'의 빨간색, 오렌지색, 자주색, 겨자색, 파란색, 크림색, 초록색을 띠고, 어떤 것은 검은색 벨벳처럼 보인다고 했다.

토미는 폐석장 입구에 놓인 크고 평평한 돌 위에 앉아 있었다. 그는 얼굴이 넓적하며 네모지고, 머리가 희고, 담갈색 눈에 치아가 모두 성한 잘생긴 노인으로, 어떤 날씨에도 모자를 쓰지 않았다. 그는 성인들에게 입장료로 이십오 센트를 받았다. 마을에서는 아이에게도 십 센트를 받으라고 했지만, 그는 늘 아이들을 그냥 들여보냈다. 토미가 내게 말했다. "전국에서 사람들이 찾아온

단다. 몇 년 동안 주말마다 오는 사람도 있어. 겨울에도 말이다. 어떤 사람들은 모닥불을 피워주면 몇 달러를 주기도 해. 매주 토요일이나 일요일에, 날이 맑으나 궂으나 꼬박꼬박 온단다."

토미가 앉아 있는 크고 평평한 돌 바로 옆에 그의 고물 자동차가 서 있었다. 그는 자동차 보닛에 타월을 깔고 그 위에 자신의 집 지하실에서 가져온 광석 표본을 펼쳐놓고 팔았다. 큼직한 덩어리는 오륙 달러, 그보다 작은 표본을 가득 담은 피클병은 일 달러 오십 센트, 조그만 돌멩이를 가득 담은 작은 갈색 종이봉투는 오십 센트였다. 십오 달러, 이십 달러, 이십오 달러짜리 광석은 자동차 트렁크에 실려 있었다.

그가 말했다. "뒤에는 더 값진 것들이 있단다. 그건 여기 내놓을 수 없어. 가끔 화장실을 쓰거나 다른 일이 있어 길 건너 게리네 기계조립공장엘 가야 하는데, 그것들을 여기 내놓고 가면…… 지난가을 저 뒤에 광석이 두 개 있었는데, 어떤 사람이 그 광석 위에 검은 천을 덮고 불을 비춰보더니 그 오십 달러짜리 광석 두 개를 다 사갔단다."

지난해 나는 폐석장 밖에 토미와 단둘이 앉아, 관광객과 수집가를 상대로 능숙하게 떠벌리는 그를 지켜보았다(나중에 나는 그날 아침에 보고 들은 것을 소재로 「늙은 광부」라는 라디오드라마를 썼다). 토미가 오두막에 와 우리와 함께 저녁식사로 핫도그를 먹은 다음날 아침이었다. 아이라는 오두막에서 지내는 내내 나를 붙잡고 교육을 시키더니, 급기야 토미를 초빙강사로 불러 노조가 생기기 전에 광부들이 겪었던 곤궁함의 진상을 알려주고자 했다.

"톰 아저씨, 부친 얘기를 네이선에게 해주세요. 그분한테 어떤 일이 있었는지."

"아버진 광산에서 일하다 돌아가셨어. 원래 다른 광부 두 명이 매일 일하던 데였는데, 아버지하고 다른 광부 한 명이 거길 간 거야. 올림굴, 수직갱도였지. 그날 둘 다 못 나왔어. 까마득하게 깊은 데였지. 100피트가 넘었어. 감독이 아버지하고 같이 보낸 다른 광부는 젊은 사람이었는데, 얼마나 튼튼하고 체격이 좋던지! 병원에서 그 사람을 봤는데, 침대에 누워 있지도 않더라구. 우리 아버지만 뻗었어. 죽은 듯이 누워 있었지. 다음날 갔더니, 그 젊은 사람은 다른 사람하고 떠들어대며 농담이나 하고 있더구먼. 침대에 누워 있지도 않았고. 우리 아버지는 침대에 누워 있었는데."

토미는 1880년에 태어났고, 1902년부터 광산에서 일했다. 그가 말했다. "1902년 5월 24일이야. 그즈음 토머스 에디슨, 그 유명한 발명가가 여기 와서 실험을 했지." 토미는 광산에서 평생을 보냈지만 워낙 튼튼하고 꼿꼿해서 좀처럼 일흔으로 보이지 않았다. 하지만 주의력만큼은 예전 같지 않다고 스스로 인정했다. 그가 살아온 얘기를 하는 도중에 딴 길로 새거나 말이 막히면 아이라가 나서서 바로잡아줘야 했다. 토미가 말했다. "이젠 머리가 빨리 안 돌아가. 다시 거슬러 가서 처음부터 차근차근 생각해야 해. 얘기가 어디서 끊어졌는지 골똘히 생각하고, 거기서부터 다시 시작하지. 아직 정신은 멀쩡한데 예전 같지가 않아."

아이라가 토미에게 물었다. "어떤 사고였죠? 부친에게 일어난 일을 이 아이한테 말해주세요."

"갱도 안의 적치장이 무너졌어. 자, 보렴. 가로세로 4피트짜리 갱도 벽에 목재를 적당한 각도로 박아넣어. 그러려면 먼저 곡괭이로 벽을 파서 비스듬히 홈을 내야 하지. 그러곤 거기에 목재를 단단히 박아넣고 반대쪽을 적당한 각도로 잘라내. 앞쪽에 하나, 여기에 하나. 그런 뒤 그 위에 2인치 두께의 판자를 올려놓지."

아이라가 끼어들어 중요한 얘기로 넘어가라고 재촉했다. "그래서 어떻게 됐는데요? 부친이 어떻게 돌아가셨는지 네이선한테 얘기해주세요."

"무너졌지. 진동이 일어나면서 폭삭 무너졌어. 기계와 모든 것이 내려앉았지. 100피트가 넘었어. 아버지는 회복하지 못했어. 뼈가 완전히 부서졌어. 일 년 정도 있다 돌아가셨지. 우리 집에 오래된 구식 난로가 있었는데, 아버진 그 난로에 발을 가까이 대고 불을 쪼였어. 발이 항상 차가웠거든."

"노동자들이 한 명이라도 보상을 받았어요? 네가 여쭤봐, 네이선, 질문을 해봐. 작가가 되려면 그래야지. 수줍어하지 말고.

토미 아저씨한테 보상을 받으셨는지 여쭤봐."

하지만 난 수줍었다. 여기, 아연광산에서 삼십 년을 보낸 진짜 광부가 나와 함께 핫도그를 먹고 있었다. 토미 미나렉이 알베르트 아인슈타인이었다 해도 이보다 더 수줍어할 순 없었다. "받으셨어요?" 내가 물었다.

"보상을 받았냐고? 회사에서? 아버진 한 푼도 못 받았단다." 토미가 씁쓸하게 말했다. "회사도 문제였고, 감독들도 문제였지. 감독들은 그들의 하우스를 관리하지 않았어. 무슨 말인지 알겠니? 사람들이 매일 일하는 구역을 그렇게 불러. 나 같았으면, 만일 내가 책임자였다면 사람들이 지나다니는 그 갱도 위의 널빤지들을 살펴봤을 거야. 그 갱도들이 얼마나 깊은지 잘은 모르겠지만, 거기서 죽는 사람이 꽤 있었거든. 판자 위를 걸어가다 판자가 부러져서 죽어. 썩은 판자 때문에. 그렇게 사람이 죽어도 신경도 안 쓰고, 빌어먹을 판자를 확인하지도 않았어. 절대 안 했지."

"그때 노조가 있었어요?" 내가 물었다.

"우린 노조가 없었어. 아버지는 한 푼도 못 받았단다."

나는 작가로서 뭘 더 알아야 하는지 떠올리려고 노력했다. "여긴 전미광산노동조합이 없었어요?" 내가 물었다.

"나중에 생겼다. 1940년대에. 그땐 너무 늦었지." 그의 목소리에 다시 분노가 묻어났다. "아버진 죽고, 난 은퇴한 뒤였으니까. 어쨌든 노조는 별로 도움이 안 됐어. 노조가 뭘 할 수 있었겠니?

우리한테도 대표가 있긴 했어. 우리 지역의 조합장. 좋은 사람이었지만, 그가 뭘 할 수 있었겠니? 그 정도 힘으로는 아무것도 할 수 없었어. 들어봐라, 그 몇 년 전에 우리를 조직하려던 사람이 있었다. 그 사람이 자기 하우스에서 쓸 물을 길어오려고 샘으로 내려갔어. 그러곤 감감무소식이었다. 그뒤로 아무도 그 사람 소식을 못 들었어. 노조를 만들려던 사람이었는데."

"회사가 어땠는지 여쭤봐라, 네이선."

토미가 말했다. "회사 매점에서 하얀 종잇조각을 나눠줬지."

"톰 아저씨, 하얀 종잇조각이 뭐였는지 이 아이한테 얘기해주세요."

"월급이 한 푼도 안 나왔어. 회사 매점이 돈을 다 가져갔지. 하얀 전표, 그것밖에 못 봤어."

"광산 주인들은 돈을 많이 벌었죠?" 아이라가 물었다.

"아연회사 사장, 제일 높은 사람은 저기, 저 언덕 위에 큰 저택을 갖고 있었어. 저 위에 있는 큰 집 말이다. 사장이 죽었을 때 그의 친구가 말하는 걸 들었는데, 그놈 재산이 구백오십만 달러라고 하더군. 엄청난 부자였지."

"아저씨는 처음에 얼마를 받았어요?" 아이라가 물었다.

"시간당 삼십이 센트. 처음엔 보일러 하우스에서 일했어. 그때가 스물몇 살이었나. 그런 다음 갱도로 내려갔지. 제일 많이 받은 게 구십 센트였어. 그때는 내가 감독처럼 됐으니까. 작업반장 같은 거였어. 감독 다음으로 높았지. 그래도 모든 일을 다 했어."

"연금은 나와요?"

"전혀. 우리 장인은 연금을 받았지. 팔 달러씩. 삼십몇 년을 일했는데, 한 달에 팔 달러, 그게 다였어. 난 연금은 구경도 못했고."

"땅속에서 밥을 어떻게 먹었는지 네이선한테 얘기해주세요."

"우린 지하에서 밥을 먹었단다."

"모두 다요?" 아이라가 물었다.

"감독들은 열두시가 되면 위로 올라가 세면장에서 먹었지. 나머지는 다 지하에서 먹었고."

이튿날 아침 아이라는 나를 태우고 폐석장으로 갔다. 나를 토미 곁에 앉히고, 자본주의적 이윤 동기가 징크타운에 어떤 사악한 결과를 몰고 왔는지 직접 듣고 배우게 할 작정이었다. "여기 어린 친구 왔어요, 톰 아저씨. 톰 아저씨는 좋은 분이고 좋은 선생님이란다, 네이선."

"최선을 다해야겠구먼." 토미가 말했다.

"아저씨는 지하 갱도에서도 내 선생님이었어. 그렇죠, 톰?"

"그랬지, 길."

토미는 아이라를 길이라고 불렀다. 그날 아침식사를 하면서 그 이유를 묻자, 아이라가 웃으며 말했다. "사람들이 날 그렇게 부르더구나. 길이라고. 왜 그랬는지는 나도 몰라. 어느 날 누가 그렇게 부르더니, 그렇게 굳어버렸지. 멕시코 사람, 러시아 사람, 슬로바키아 사람 모두 나를 길이라고 불렀어."

1997년, 나는 머리 선생님 얘기를 듣고 나서야 그때 아이라가 내게 진실을 말하지 않았다는 걸 알았다. 사람들이 그를 길이라 부른 이유는 징크타운에서 그가 자신을 길이라 칭했기 때문이었다. 길 스티븐스.

"길이 어린애였을 때 내가 폭약 넣는 법을 가르쳤지. 그때 난 잡역부였어. 구멍 파는 일부터 화약과 목재를 설치하는 일까지 전부 다 했지. 길에게 구멍 파는 일을 가르쳤어. 그리고 구멍 하나하나에 다이너마이트 막대를 넣고, 선을 까는 것도."

"톰 아저씨, 난 가야겠어요. 나중에 이 아이를 데리러 올게요. 폭약 얘기를 해주세요. 이 도시 깍쟁이 좀 교육시켜줘요, 미나렉 선생님. 화약에서 어떤 냄새가 나는지, 그게 사람 뱃속을 얼마나 뒤집는지 네이선한테 얘기해주세요."

아이라는 차를 몰고 떠나고, 토미가 말했다. "화약 냄새? 익숙해지려면 한참 걸리지. 나도 한번 맡아봤는데, 고약했어. 발파 기둥에서 오물을 퍼낼 때였단다. 사실 그건 기둥이 아니라 깊은 구덩이였지. 가로세로 4피트짜리 구덩이. 우린 노지에 구멍을 파고 화약을 폭파시킨 다음, 그 위에 밤새 물을 부었어. 그 오물 위에다. 우린 그걸 오물이라 불렀어, 다음날이면 아주 독한 냄새가 진동했거든. 훅하고 냄새가 풍기는데, 한동안은 참기 힘들단다. 어떤 사람들은 심하게 토했어. 그 정도는 아니었지만 나도 토할

만큼 토했단다."

한여름이라 아침 아홉시인데도 벌써 뜨거웠다. 하지만 황량한 폐석장과 큰길 건너편에 토미 할아버지가 이용하는 비위생적인 화장실이 있는 커다란 기계조립공장 위로 펼쳐진 하늘은 푸르고 아름다웠다. 곧 가족들이 차를 몰고 도착하기 시작했다. 한 남자가 창문 밖으로 고개를 빼고 내게 물었다. "여기가 아이들이 들어가서 돌과 암석을 주울 수 있는 곳이냐?"

"넵." 나는 "네"라고 점잖게 대답하는 대신 이렇게 말했다.

"아이들이 있소?" 토미가 그에게 물었다.

그는 뒷좌석에 탄 아이 두 명을 가리켰다.

토미가 말했다. "어서 오시오. 들어가서 둘러봐요. 그리고 나올 때 여기 들러서 구경하세요. 삼십 년 동안 광석을 캐면서 모은 건데, 한 봉투에 오십 센트라오. 아이들이 좋아하는 특별한 광석들이오."

나이가 지긋한 여자가 차에 아이들을 가득 싣고 도착했다. 손자들인 게 분명했다. 그녀가 차에서 내리자 토미가 정중하게 고개를 숙였다. "어서 오세요, 부인. 삼십 년을 일한 광부가 캔 광석을 귀여운 손자들에게 사주고 싶으시면 나오실 때 여기 들르세요. 아이들이 좋아하는 특별한 광석이 한 봉투에 오십 센틉니다. 아름다운 형광색을 낸답니다."

그 상황에 완전히 빠져들어, 또 징크타운에서 작동하는 이윤 동기가 제공하는 그 기쁨에 완전히 몰입해서 나도 한마디 거들었다. “좋은 물건이 있습니다, 부인.”

토미가 부인에게 말했다. “이런 봉투를 파는 사람은 저뿐입니다. 좋은 광산에서 나온 겁니다. 다른 광산에서 나온 돌하고는 완전히 다르지요. 절대 엉터리 같은 건 넣지 않습니다. 진짜 좋은 것만 담죠. 불빛 아래서 보면 아주 멋질 겁니다. 이 광산에서만 나는 거예요. 어디에서도 볼 수 없는 겁니다.”

“모자도 안 쓰고 햇볕에 나와 계시네요. 거기 앉아 있으면 뜨겁지 않으세요?” 부인이 토미에게 말했다.

“오래전부터 이러고 있었는걸요.” 그가 말했다. “제 차 위에 있는 것들을 보세요. 제각기 다른 형광색이 납니다. 볼품없어 보이지만, 불빛을 비추면 아주 멋있지요. 제각기 다른 물질이 들어 있어서 그렇답니다. 돌 안에 여러 가지 다른 물질이 섞여 있어요.”

“이 영감님은……” 나는 “할아버지”라 부르지 않고 “영감님”이라 불렀다. “암석 전문가예요. 광산에서 삼십 년이나 일하셨거든요.” 내가 말했다.

뒤이어 도착한 부부는 다른 관광객보다 도시 사람 티가 더 많이 났다. 부부는 차에서 내리자마자 보닛 위에 진열된 토미의 광석 표본 중 비싼 것을 살펴보더니 조용히 의논했다. 토미가 내게 귓속말을 했다. “내 돌이 정말로 탐나나보구나. 내가 모은 돌은 아무나 만져볼 수 있는 게 아니야. 여긴 지구에서 가장 특별한 광물 매장지거든. 난 그중에서도 가장 좋은 것들을 갖고 있고."

그의 말에 나는 목청을 돋웠다. "여기 있는 광석은 최고예요. 삼십 년 동안 광산에서 일하신 분이거든요. 여기 아름다운 돌들을 보세요. 멋진 광석이에요." 부부는 네 점을 샀고, 액수로 총 오십오 달러였다. 나는 속으로 생각했다. 내가 도움이 됐어, 진짜 광부한테 도움이 됐어.

"광석이 더 필요하시면," 구입한 물건을 들고 차에 타는 부부에게 내가 말했다. "여기로 오세요. 여긴 지구에서 가장 특별한 광물 매장지예요."

정오가 다 되어 브라우니가 도착하기 전까지 나는 아주 즐거운 시간을 보냈다. 그가 오자, 무보수로 열심히 하고 있던 이 역할이 내 눈에도 바보스럽게 보였다.

브라우니—로이드 브라운—는 짧게 친 머리에 삐쩍 마르고 코가 뾰족한, 나보다 두어 살 많은 청년이었다. 깨끗한 흰 셔츠와 산뜻한 무명바지에 핀이 달린 검정색 나비넥타이를 매고 그 위에 점원용 하얀 앞치마를 두른 그의 얼굴은 창백하고 너무나도 순진해 보였다. 그의 솔직함은 유리알처럼 투명하고 단순해서, 그가 토미와 함께 있는 나를 본 순간 그의 온몸에서는 애처로울 정도의 섭섭함이 스며나왔다. 브라우니와 비교해보니 나란 놈은 토미 미나렉 옆에 조용히 앉아 있는 이 순간조차 너무 풍족하고 쉽게 흥분하는 아이처럼 느껴졌다. 브라우니와 비교해보니, 그게 나였다.

하지만 내 복잡한 면이 그를 조롱했다면, 그는 단순한 면으로 나를 조롱했다. 나는 모든 것을 모험으로 받아들이면서 항상 변화하기를 바랐던 반면, 브라우니는 그저 삶의 무게를 의식하며 살았고, 자신에게 주어진 역할만 할 수 있게 하는 속박에 길들여져 있었다. 그의 갈망은 징크타운에서 싹트고 무르익은 게 전부였다. 그는 징크타운의 다른 모든 사람이 생각하는 것만 생각하고 싶어했다. 그는 삶이 똑같이 반복되길 원했고, 나는 그 사슬을 깨뜨리고 싶었다. 나는 내가 브라우니와 다른 존재가 되고 싶어하는 변종처럼 느껴졌다. 그런 느낌은 생전 처음이었지만, 마지막은 아니었다. 탈출하고 싶은 열망이 내 인생에서 사라진다면 어떤 느낌일까? 브라우니처럼 산다는 건 어떤 걸까? 혹시 그런 삶이 '민중'의 매력을 만들어내는 원천은 아닐까? 그들처럼 산다는 건 어떤 걸까?

"바쁘세요, 할아버지? 그럼 내일 다시 올게요."

"아니다. 앉아라, 브라우니." 토미가 청년에게 말했다.

공손한 표정으로 브라우니가 내게 말했다. "난 매일 점심시간에 여기 와서 할아버지와 광석 얘기를 해요."

"앉아라, 브라우니, 이 녀석. 그래 뭘 갖고 왔니?"

브라우니는 낡고 해진 가방을 토미의 발밑에 놓더니, 토미의 자동차 보닛 위에 진열된 것과 비슷한 크기의 광석 표본을 꺼내기 시작했다.

“검은색 규산아연석이 맞죠?” 브라우니가 물었다.

“아니, 그건 적철석이야.”

“웃기게 생긴 규산아연석인 줄 알았는데. 그럼 이건요? 헨드릭사이트죠?” 그가 물었다.

“그래. 작은 규산아연석이지. 그 속에 방해석도 들어 있고.”

“이거 오 달러면 어떤가요? 너무 비쌀까요?” 브라우니가 물었다.

“누군가 갖고 싶어하는 사람이 있겠지.” 토미가 말했다.

“토미 할아버지처럼 이런 일을 하세요?” 내가 브라우니에게 물었다.

“이건 우리 아버지가 수집한 거예요. 공장에서 일하셨는데, 돌아가셨어요. 결혼하려고 이걸 파는 거예요.”

토미가 말했다. “좋은 아가씨란다. 상냥하고 인형같이 예쁘지. 슬로바키아 출신으로, 무스코 집안 딸이야. 착하고, 정직하고, 단정하고, 머리를 쓸 줄 알지. 그런 아가씨는 어디에도 없을 거야. 이제 브라우니는 메리 무스코와 평생을 보낼 거란다. 브라우니한테 이렇게 말해줬지. ‘잘해줘라. 그러면 그 아이도 너한테 잘할 거다.’ 나도 그런 아내가 있었는데. 슬로바키아 여자였지. 세계 최고였어. 그 여자만한 사람은 찾을 수 없어.”

브라우니가 또다른 표본을 들어올렸다. “버스타마이트가 붙어 있죠?"

"오냐, 그게 버스타마이트다."

"작은 규산아연석 결정체가 박혀 있어요."

"오냐. 거기 규산아연석 결정체가 박혀 있구나."

이런 식으로 거의 한 시간이 흐른 뒤, 브라우니는 일하는 식료품점으로 돌아가기 위해 광석 표본을 가방에 넣기 시작했다.

"이 녀석이 징크타운에서 내 자리를 물려받을 거다." 토미가 내게 말했다.

"아, 모르겠어요. 할아버지처럼 많이 알 수 없을 거예요." 브라우니가 말했다.

"그래도 네가 해야 해." 갑자기 토미가 비장하고 열띤 목소리로 말했다. "이 자리는 징크타운 사람이 이어받아야 해. 징크타운 사람이! 그래서 너한테 이렇게 힘 닿는 대로 가르쳐주는 거야. 네가 조금이라도 나아질 수 있도록. 이걸 물려받을 자격이 있는 사람은 너뿐이야. 징크타운 사람이니까. 외지 사람한테는 아무것도 안 가르쳐줄 거다."

"삼 년 전 처음으로 점심시간을 이용해 여기 왔을 땐 아무것도 몰랐어요. 할아버지가 많은 걸 가르쳐주셨죠. 그렇죠, 할아버지? 오늘은 성적이 꽤 좋았네요. 할아버지가 광산에 대해 말씀해주실 거예요." 브라우니가 내게 말했다. "광산 어디쯤에 뭐가 있는지 다 아시거든요. 어느 층, 어느 깊이에서 뭐가 나오는지. 할아버지는 이렇게 말씀하세요. '돌을 손에 쥐어봐야 한다.' 그렇죠?"

"그래. 돌을 손에 쥐어봐야 해. 광석을 만져봐야 하지. 그리고 각 광물의 모암이 어떻게 다른지 봐야 해. 그걸 못 배우면 징크타운에서 나는 광물을 알 수 없어. 이젠 브라우니도 잘 알아. 이게 다른 광산에서 난 건지, 이 광산에서 난 건지 말이야."

브라우니가 말했다. "할아버지가 가르쳐주셨어요. 처음에는 어느 돌이 어느 광산에서 난 건지 알지 못했는데, 이젠 알아요."

"그럼 언젠가는 당신이 여기에 앉아 있겠네요?" 내가 말했다.

"그러면 좋겠어요. 여기 이 돌처럼 이건 이 광산에서 난 거예요. 그렇죠, 할아버지? 그리고 이것도 여기서 난 거죠?"

나는 이듬해에 장학금을 받아 시카고 대학에 진학하고 대학을 졸업한 후에는 우리 세대의 노먼 코윈이 되겠다는 희망을 품고 있었기 때문에, 또 나는 어디든 갈 수 있고 브라우니는 아무 데도 갈 수 없기 때문에, 하지만 무엇보다도 브라우니의 아버지는 공장에서 죽었고 우리 아버지는 건강하게 살아서 뉴어크에서 내 걱정을 하고 있기 때문에, 메리 무스코와 결혼하고 토미의 자리를 이어받는 것을 인생의 포부로 삼은 이 앞치마를 두른 식료품점 점원에게 나는 토미 할아버지보다 훨씬 더 열띤 어조로 말했다. "와, 정말 잘 아는군요! 대단해요!"

"왜 그런지 알아?" 톰이 말했다. "바로 여기서 배웠으니까."

"토미 할아버지한테 배웠죠." 브라우니가 의기양양하게 말했다.

"난 저 녀석이 내 자리를 이어받았으면 좋겠다."

"이제 가봐야 해요, 할아버지. 뛰어가야겠어요." 그런 다음 브라우니가 내게 말했다. "만나서 반가웠어요."

"나도 반가웠어요." 나는 마치 내가 연장자이고 브라우니가 연하인 것처럼 대답했다. "십 년 뒤에 다시 오면, 여기서 당신을 보겠군요." 내가 말했다.

"그럼, 여기 있을 게다. 틀림없이." 톰이 말했다.

"아니에요, 아니에요." 벌써 큰길로 접어든 브라우니가 처음으로 환하게 웃으며 소리쳤다. "그때에도 토미 할아버지가 계실 거예요, 그렇죠, 할아버지?"

"두고보면 알겠지."

그런데 십 년 뒤 그곳에 있게 된 사람은 아이라였다. 라디오 쪽 블랙리스트에 오른 아이라가 오두막에 혼자 살면서 수입이 필요해지자 토미는 아이라도 가르쳤다. 그곳에서 아이라는 급사했다. 토미의 그 평평한 돌 위에 앉아 관광객과 그들의 아이들에게 "부인, 여기 아이들이 좋아할 광석이 있습니다. 한 봉지에 오십 센트예요. 제가 저 광산에서 삼십 년 동안 일하면서 수집한 특별한 돌입니다"라며 광석 표본을 팔다 대동맥 파열을 일으켰던 것이다.

아이라는 그렇게 생을 마감했다. 마지막에 그는 그곳 노인들에게 길이라 불리고, 한겨울에도 자리를 지키며 사람들에게 모닥불을 피워주고 몇 달러씩 받던 폐석장 관리인이었다. 하지만 머리 선생님이 그날 우리 집 테라스에서 아이라 얘기를 해줄 때까지 난 그 사실을 몰랐다.

그 두번째 해에 오두막을 떠나기 전날, 아티 소콜로와 그의 가족이 아이라를 만나기 위해 뉴욕에서 차를 몰고 징크타운으로 왔다. 임신 칠 개월 정도 된 아티의 아내 엘라 소콜로는 쾌활하고, 머리가 검고, 주근깨가 많았다. 아이라에 따르면, 아일랜드에서 이민 온 그녀의 아버지는 올버니에서 스팀파이프 시설공으로 일한, 충성심으로 똘똘 뭉친 이상주의적 노조원이었다. "〈라마르세예즈〉 〈성조기여 영원하라〉, 러시아 국가." 그날 오후 엘라는 즐겁게 웃으며 설명했다. "노인네는 이 모든 걸 옹호했어요."

소콜로 부부에게는 여섯 살 된 아들 쌍둥이가 있었고, 그날 오후는 터치풋볼 시합으로 즐겁게 시작했다. 아이라의 이웃 레이 스베츠가 대충 심판 노릇을 했고, 시합이 끝난 뒤에는 엘라가 집에서 싸온 도시락을 펼쳐놓고 레이를 포함해 모두가 연못가 언덕에서 점심을 먹었다. 그러나 즐거웠던 소풍은 악몽으로 끝났다. 연못가에서 아티 소콜로와 아이라가 마주보고 개가 짖어대듯 소리 높여 논쟁을 벌이는 바람에 나는 기겁했다.

나는 피크닉 담요에 앉아 엘라와 하워드 패스트의 소설 『나의 영광스러운 형제들』에 대해 얘기를 나누고 있었다. 엘라는 그 책을 다 읽었다고 했다. 고대 유다왕국을 배경으로 한 역사소설로, 기원전 2세기에 안티오쿠스 4세에게 맞서 싸운 마카베오 일족을 다룬 작품이었다. 나도 그 책을 읽었고, 심지어 아이라의 형이 또다시 나의 영어선생님이 됐을 때 그 소설에 관한 리포트를 써내기도 했다.

엘라는 내 말에 귀를 기울였다. 그녀는 누구의 말을 들을 때든 마치 상대의 말에서 온기를 느끼듯 그 말을 남김없이 빨아들였다. 내가 린골드 선생님에게 제출했던 국제공산주의 관점의 진보적 비평을 한 자도 틀리지 않게 되풀이하면서 거의 십오 분이나 떠들어댔는데도, 엘라는 내 얘기가 그렇게 흥미로울 수 없다는 듯 경청하는 태도를 잃지 않았다. 나는 아이라가 그녀를 영원한 급진주의자라며 얼마나 존경하는지 잘 알았기 때문에, 나 역시 급진주의자로서 그녀에게 인정받고 싶었다. 그녀의 배경, 임신부의 몸에서 풍기는 숭고함, 몇 가지 동작, 가령 어떤 제약에도 얽매이지 않은 듯 시원스레 내젓는 손짓, 이 모든 것이 내가 남들에게 각인시키고 싶어한 영웅적인 권위를 엘라 소콜로에게 부여해주었다.

난 그녀에게 말했다. "전 패스트의 독자이고, 패스트를 존경해요. 하지만 패스트는 과거 상태로 돌아가기 위한 유대인의 투쟁을 너무 강조하는 것 같아요. 전통을 숭배하는 관습과 이집트 탈출 직후의 시대로 돌아가야 한다고 말이죠. 그 책은 민족주의 색

채가 너무 강해요……"

바로 그때 아이라의 고함 소리가 들렸다. "그건 굴복하는 거야! 무서워서 도망치는 거라고!"

"그걸 빼도," 소콜로가 되받아 소리쳤다. "그게 빠졌다는 걸 아무도 모를 거야!"

"아니, 내가 알아!"

아이라의 목소리에서 피어오르는 분노 때문에 나는 말을 계속할 수 없었다. 갑자기 병장 출신의 어윈 골드스틴이 메이플우드의 주방에서 내게 해준 믿을 수 없었던 이야기, 버츠, 이란에서 아이라가 샤트알아랍 강에 빠뜨려 죽일 뻔했던 그 남자 이야기가 떠올랐다.

내가 엘라에게 물었다. "왜 그럴까요?"

"가만 내버려둬." 그녀가 말했다. "가라앉길 바라야지. 우리까지 흥분하면 안 돼."

"그냥 뭐 때문에 저러는지 알고 싶어서요."

"뭔가 잘못된 일을 두고 서로를 탓하는 거야. 라디오 프로와 관련된 일로 싸우는 거지. 진정해, 네이선. 넌 성난 사람을 본 적이 많지 않구나. 조금 있으면 가라앉을 거야."

하지만 그럴 것 같지 않았다. 특히 아이라가. 긴 팔을 휘젓고 씩씩거리며 연못가를 왔다갔다하는 모습을 보니, 아티 소콜로 쪽으로 되돌아올 때마다 그에게 주먹을 한 방 날릴 것만 같았다.

"왜 이런 빌어먹을 변화가 생기는 거야!" 아이라가 소리쳤다.

"그대로 끌고 가다가는 얻는 것보다 잃는 게 많을 거야." 소콜로가 대답했다.

"염병할! 그 개자식들한테 우리의 진면목을 보여주자고! 그걸 그냥 집어넣잔 말이야!"

내가 엘라에게 물었다. "가만 놔둬도 될까요?"

"난 남자들이 다투는 걸 평생 봐왔어. 남자는 자신들이 할 수밖에 없는 일들을 놓고 모자랐네, 지나쳤네 하며 서로를 잡아먹지 못해 안달해. 만약 그들이 치고받고 싸우면 얘기가 달라지지만 그게 아니라면 끼어들지 말아야 해. 이미 흥분해 있는데 끼어드는 건 불에 기름을 붓는 격이란다."

"그렇군요."

"넌 곱게 자랐구나, 그렇지?"

"제가요?" 내가 말했다. "그러지 않으려고 노력해요."

"끼어들지 않는 게 상책이야. 체면 때문에라도, 주변에서 말리지 않아도 두 사람이 진정할 수 있다는 걸 보여주게 놔둬야 해. 그 밖에 자기방어를 하도록 놔둘 필요도 있고, 또 말려봤자 더 악화되거든."

그러는 동안에도 아이라는 계속 펄펄 뛰었다. "일주일에 한 방이야. 그런데 이제 그것마저 넣지 말자고? 그러면 뭐하러 방송을 하지, 아서? 경력을 쌓기 위해? 지금은 싸워야 할 땐데, 자넨 도망치고 있어! 결판을 낼 때가 됐는데, 아티 자넨 비겁하게 꼬리를 내리고 있다고!"

두 화약통이 주먹을 휘두르기 시작하면 내가 손쓸 방법이 없다는 걸 알면서도 나는 펄쩍 일어나 연못 쪽으로 달려갔고, 레이스베츠도 특유의 굼뜬 걸음으로 내 뒤를 쫓았다. 지난번에 나는 바지에 오줌을 쌌다. 그런 일이 다시 일어나게 놔둘 순 없었다. 어떻게 해야 재난을 막을 수 있을지 레이보다 더 아는 게 없으면서, 나는 무작정 소란 속으로 돌진했다.

두 사람에게 다다랐을 무렵 아이라는 이미 뒤로 물러나 소콜로에게서 멀어져가고 있었다. 그는 아직 소콜로에게 화가 단단히 난 게 분명했지만, 최대한 자제하려고 애쓰는 것도 분명했다. 레이와 나는 그를 따라잡은 뒤 곁에 바짝 붙어 걸었다. 아이라는 목소리를 죽이고 가끔씩 속사포같이 혼잣말을 쏟아냈다.

정신이 오락가락하는 그의 모습에 혼란스러워진 나는 결국 입을 열었다. "무슨 일이에요?" 그는 내 말을 못 들은 것 같았고, 나는 무슨 말을 해야 그의 주의를 끌 수 있을까 다시 고민했다. "각본 때문이에요?" 갑자기 그가 불끈 화를 내며 말했다. "한 번만 더 그러면 죽여버릴 거야!" 이것은 아이라가 그저 극적 효과를 위해 내뱉은 말이 아니었다. 설마 하는 마음에도 그 말의 의미를 완전히 부인하기는 어려웠다.

버츠, 나는 생각했다. 버츠, 가위치, 솔라크, 베커.

그의 얼굴에 격노한 표정이 일렁였다. 원초적 분노, 그것은 공포와 더불어 원시적인 힘의 하나였다. 그의 모든 존재 혹은 그의 모든 부재가 그 표정에서 흘러나왔다. 나는 생각했다. 그가 감옥에 갇히지 않은 건 운이 좋아서야. 그건 이 년 동안 자신의 고귀한 영웅을 숭배하고 따랐던 소년에게 놀라울 정도로 갑자기, 자연스럽게 찾아든 결론이었고, 그에게 더는 열광하지 않게 된 뒤 어렵지 않게 도달한 결론이었고, 사십팔 년 뒤 머리 린골드 선생님이 다시금 확인시켜줄 결론이었다.

이브가 페닝턴 흉내로 자신의 과거에서 벗어났다면, 아이라는 완력으로 자신의 과거에서 벗어난 것이었다.

엘라의 쌍둥이 형제는 말다툼이 일어나자 일찌감치 연못가에서 도망쳐왔고, 나와 레이가 돌아왔을 땐 피크닉 담요 위에서 엘라의 팔에 안겨 있었다. "일상의 삶은 네가 생각하는 것보다 더 험할 거야." 엘라가 내게 말했다.

"이게 일상의 삶인가요?" 내가 물었다.

"내가 살아온 곳에서는 항상 이랬어. 자, 계속해보렴. 하워드 패스트 얘길 계속해봐."

난 최선을 다했지만 그녀의 남편과 아이라가 맞붙고 있다는 생각에 계속 정신이 사나웠다. 소콜로의 노동자 출신 아내는 어땠을지 모르지만.

내 이야기가 끝나자 엘라는 큰 소리로 웃었다. 그녀는 그 모든 헛소리를 지그시 참고 들어준 것도 모자라 누가 들어도 자연스러운 웃음을 터뜨렸다. 다른 사람들이 얼굴을 붉힐 정도로 갑작스럽고 완벽하게 터져나온 웃음이었다. 그녀가 말했다. "와, 네 말을 들으니 내가 뭘 읽었는지 모르겠는걸. 난 『나의 영광스러운 형제들』을 단순하게 평가했어. 그렇게 깊이 생각하진 않았는데. 난 그냥 모든 인간의 존엄성을 믿고 그것을 위해 기꺼이 목숨을 내던지려는 거칠고 강인하고 훌륭한 남자들이 있구나, 이렇게만 생각했단다."

그때 아티와 아이라는 어느 정도 마음을 가라앉히고 연못에서 피크닉 담요로 돌아와 있었다. 아이라가 (분명 그 자신을 포함해 모든 사람을 안심시켜 그날의 원래 분위기로 되돌리려고) 말했다. "나도 그 책을 읽어봐야겠군. 『나의 영광스러운 형제들』이라. 그 책을 구해야겠어."

"그 책은 당신을 강철처럼 단단하게 만들어줄 거예요, 아이라." 엘라는 이렇게 말한 다음 커다란 창문을 활짝 열듯 웃음을 쏟아내면서 덧붙였다. "물론 당신이 더 강해져야 한다고 생각해본 적은 없지만요."

그러자 소콜로가 그녀 쪽으로 몸을 기울이고 벼락같이 소리를 질렀다. "그래? 그럼 누가 강해져야 하지? 누가 더 강해져야 하는 거야?"

그 말에 쌍둥이 형제가 울음을 터뜨렸고, 가엾은 레이까지 덩달아 울음을 터뜨렸다. 드디어 처음으로 엘라가 불같이 화를 냈다. "정말 왜 이러는 거예요, 아서! 이제 그만 좀 해요!"

그날 저녁에야 나는 그날 오후에 폭발한 감정의 밑바닥에 무엇이 깔려 있었는지 자세히 알게 됐다. 오두막에 단둘이 있을 때 아이라는 블랙리스트 얘기를 꺼내며 화를 내기 시작했다

"리스트 천지야. 이름, 고소, 고발 리스트. 다들 리스트를 하나씩 갖고 있어." 아이라가 말했다. "『적색 채널』. 조 매카시. 외국전 참전용사. 반미활동조사위원회. 재향군인회. 가톨릭 잡지. 허스트의 신문. 리스트마다 신성한 번호가 매겨져 있지. 141번, 205번, 62번, 111번. 미국에서 어떤 문제로 불만을 품거나 비판하거나 항의한 적이 있는 사람은 누구나 리스트에 올라. 심지어 비판하거나 항의했던 사람과 관계있는 사람까지. 그런 사람들은 죄다 공산주의자, 공산주의의 앞잡이, 공산주의에 '협력'한 자, 공산주의 '재정'에 기여한 자, 노동계, 정부, 교육계, 할리우드, 연극계, 라디오와 TV에 '침투'한 자로 분류돼. 워싱턴의 모든 관공서가 '제5열 분자'* 명단을 열심히 만들고 있어. 모든 반동세력이 서로 이름을 교환하고, 이름을 혼동하고, 이름을 연결시키고

* 반역자 또는 매국노를 가리킴.

있다고. 존재하지도 않는 거대한 음모를 입증하겠다고 말이야."

내가 물었다. "아저씨는 괜찮아요? 〈자유와 용기〉는요?"

"우리 프로에는 진보적인 생각을 가진 사람이 많아, 당연히 많지. 이제 그들은 국민한테 '모스크바 노선을 교활하게 전파하는' 배우로 낙인찍힐 거야. 그 말을 자주 듣게 될 거다. 그보다 훨씬 더 심한 말도 있지. '모스크바의 앞잡이.'"

"배우들만 그런가요?"

"아니, 연출가, 작곡가, 작가 모두 위태로워."

"걱정되세요?"

"네이선, 나는 여차하면 레코드공장으로 돌아갈 수 있어. 최악의 상황에는 언제든 이곳으로 내려와 스티브 정비공장에서 차에 기름칠을 할 수도 있고. 전에도 해봤으니까. 그뿐인 줄 아니? 그놈들과 싸울 수도 있다. 그 개자식들과 싸움을 벌이는 거지. 전에 들은 얘기로는 이 나라에 헌법이 있다고, 어딘가에 권리장전 같은 게 있다더구나. 만일 눈을 휘둥그렇게 뜨고 자본주의의 진열창에 넋을 빼기거나, 끊임없이 뭔가를 탐내거나, 끊임없이 가로채거나, 끊임없이 빼앗거나, 끊임없이 획득하고 소유하고 축적한다면, 거기에서 바로 신념은 끝나고 두려움이 시작돼. 하지만 나는 내가 가진 걸 다 포기할 수 있어. 알겠니? 전부 다! 내가 끔찍한 아버지의 엿 같은 팩토리 스트리트의 집에서 뛰쳐나와 어떻게 아이언 린이라는 대단한 인물이 됐는지, 고등학교를 일 년 반밖에 다니지 못한 아이라 린골드가 어떻게 그런 사람들을 만나게 됐고, 알게 됐고, 안락한 부르주아 사회의 일원이 됐는지 생각해봐라. 그건 다 뜬구름 같은 거라 하루아침에 모든 걸 잃는대도 전혀 이상하지 않아. 알겠니? 내 말 이해하겠어? 난 시카고로 돌아갈 수도 있어. 다시 공장에 가서 일할 수 있어. 그래야 한다면 그렇게 할 거야. 하지만 그러기 전에 먼저 미국인으로서 내 권리를 지켜야 해. 먼저 그 개자식들을 때려 부숴야 해!"

내가 뉴어크로 돌아가기 위해 혼자 기차에 올랐을 때, 아이라는 역에서 쉐보레에 앉아 페른 부인을 기다렸다. 페른 부인은 전날 우리와 풋볼 시합을 한 뒤 심한 통증에 시달리는 아이라의 무릎을 마사지하기 위해 뉴욕에서 오는 중이었다. 나는 이브 프레임이 어떻게 매일매일 그를 참고 살았을까 궁금해지기 시작했다. 아이라의 분노를 곁에 두고 그와 부부로 산다는 건 분명 즐거운 일이 아니었을 것이다. 나는 일 년 전 오후 어윈 골드스틴의 주방에서 그가 자본가의 진열창에 대해, 아버지의 끔찍한 집에 대해, 일 년 반밖에 안 되는 고등학교 학력에 대해 거의 똑같은 이야기를 하는 걸 들은 기억이 났다. 그 이야기가 약간씩 다른 형태로 아이라의 입에서 열 번인가 열다섯 번인가 흘러나온 것도 기억났다. 이브는 어떻게 그 지겨운 반복을, 그 장황한 수사와 공격적인 태도를, 선거유세 같은 과도한 언변의 무자비한 가격을 견디고 살았을까?

뉴어크로 돌아오는 그 기차에서 나는 아이라가 거침없이 내뱉곤 했던 한 쌍의 종말론적 예언을 생각했다. "미합중국은 소련을 상대로 핵전쟁을 일으키려 해! 내 말을 똑똑히 기억해라! 미합중국은 파시즘으로 가고 있어!" 그리고 아이라와 아티 소콜로 같은 사람들이 엄청난 협박과 위협에 시달리는 지금, 왜 갑자기 나는 잔인한 배신자처럼 그가 따분하게 느껴지는지, 왜 내가 그보다 더 똑똑하다고 느껴지는지 이해할 수 없었다. 나는 그에게서, 그의 성가시고 폭압적인 면에서 벗어나, 피캑스힐 로드로부터 멀리 떨어진 곳에서 새로운 영감을 찾을 준비가 되어 있었고, 또 그러길 열망했다.

아이라처럼 어린 나이에 버림받은 사람은 모든 인간이 어쩔 수 없이 빠지는 힘든 상황에 남들보다 훨씬 더 일찍 빠진다. 교육이란 걸 전혀 받지 못했거나, 열정과 신념에 너무 쉽게 휩싸여 이념을 주입하기가 수월하기 때문이다. 아이라의 젊은 시절은 관계 파탄의 연속이었다. 매정한 가족, 학교에서의 좌절, 대공황의 나락. 유년에 버려진다는 것은 나처럼 한 가족과 한 장소 그리고 그 제도에 붙박여 살아온 소년, 감정의 인큐베이터에서 막 벗어난 소년의 상상력을 사로잡았다. 유년에 버려진 경험은 아이라를 해방시켜 그가 원하는 어떤 것과도 관계를 맺을 수 있게 해준 동시에, 어떤 것에든 거의 즉시 빠져들어 그 속에 완전히, 영원히 처박힐 때까지 표류하게 만들었다. 누구나 생각할 수 있는 모든 이유에서 아이라는 유토피아적 환상을 떠먹이기에 쉬운 상대였다. 하지만 한곳에 정박해 있던 나는 사정이 달랐다. 어린 나이에 버림받지도 않고 십삼사오 년 동안 부모와 긴밀한 관계를 유지하며 자라면, 야무진 가시가 돋고, 순진함이 사라지고, 독립을 추구하게 되며, 특별히 문제가 있는 가정이 아니라면 어른이 될 채비, 즉 새로운 동지와 친구, 성년기의 새 부모를 골라잡을 채비를 갖추고 세상에 나선다. 새 부모는 사랑으로 보답하라고 요구하지 않기 때문에 사랑과 상관없이 자신에게 어울린다고 느끼면 선택하는 부모다.

성년기의 새 부모는 어떻게 선택될까? 일련의 사건과 마음의 결정을 통해서다. 그들은 어떻게 당신과 연결되고 당신은 어떻게 그들과 연결될까? 그들은 어떤 사람일까? 유전자와 무관한 이 혈통은 대체 무엇일까? 내 경우에 그들은 나 스스로 도제가 되어 배우기를 자청한 사람, 페인과 패스트와 코윈부터 머리 선생님과 아이라와 그 밖의 사람들까지, 나를 교육시키고 키워준 사람들이었다. 나에게 그들은 모두 나름대로 뛰어나고, 맞붙어 겨뤄보고 싶은 사람들이었고, 유력한 사상을 몸소 실천하거나 지지하고, 내게 처음으로 이 세상과 세상의 주장을 두루 가르쳐 준 스승이었다. 그들은 저마다 자기 차례가 되었을 때 유산을 남기고 사라져야만 하는, 그렇게 해서 내가 완전한 고아 신세, 즉 완전한 성년으로 진입하도록 길을 터준 존재였다. 그렇게 성년이 되고 나면 나는 이 세상에 완전히 혼자 남게 되는 것이다.

리오 글럭스먼도 제대군인이었지만, 전후에 복무했기 때문에 이제 겨우 이십대 중반이었고, 볼이 불그레하고 얼굴이 둥그스름해서 1, 2학년보다 나이가 많아 보이지 않았다. 리오는 시카고 대학에서 문학박사 학위논문을 준비하고 있었는데, 모든 수업시간에 검은색 스리피스 정장과 심홍색 나비넥타이를 갖춰 입고 어느 교수보다도 형식적인 차림으로 우리 앞에 나타났다. 날씨가 추워지기 시작하자 검은색 망토를 두르고 구내 안뜰을 지나가는 그의 모습을 볼 수 있었는데, 당시 시카고 대학처럼 개인의 특이함과 괴팍함에 특별히 관대하고, 독창성과 기이함을 잘 이해하는 캠퍼스에서도 그 차림새는 학생들의 장난기를 자극했다. 학생들이 쾌활한(그리고 장난 섞인) 목소리로 "안녕하세요, 교수님!" 하고 인사하면, 리오는 자랑삼아 들고 다니는 지팡이의 물미로 포장도로를 탕 때리는 것으로 답했다. 어느 늦은 오후, 리오는 내가 아리스토텔레스의 『시학』에 관한 과제물과 함께 보여주면 칭찬을 받지 않을까 하는 생각에 들고 간 「토르케마다의 꼭두각시」를 대충 훑어보더니 역겹다는 듯 책상 위에 내던져 나를 깜짝 놀라게 했다.

그의 말은 빨랐고, 어조는 모질고 냉혹했다. 나비넥타이를 매고 쿠션의자에 아무렇게나 기대고 앉은 그에게선 과도한 옷차림으로 모양이나 내고 다니는 젊은 천재의 모습은 전혀 찾아볼 수 없었다. 그의 통통한 몸과 그의 성격은 아주 다른 두 사람을 대변했다. 그의 옷은 세번째 인물을, 그의 논쟁은 네번째 인물을 나타냈고. 그는 매너리즘에 빠진 사람이 아니라 진정한 비평가로서 내가 아이라와 함께 지내며 받았던 보호감독의 위험성을 지적했고, 문학을 대할 때 덜 경직된 태도를 가지라고 가르쳤다. 새로 진입한 단계에서 내가 받아들일 준비가 된 꼭 맞는 가르침이었다. 리오의 지도하에 나는 단지 한 집안의 자손이 아니라 과거의 자손, 내 이웃의 문화보다 훨씬 더 광대한 문화의 후계자로 변모하기 시작했다.

"예술이 무기일까?" 그가 내게 물었다. 그 '무기'라는 말은 참으로 경멸적이었고, 그 자체가 무기였다. "예술은 모든 것에 대해 올바른 입장을 취해야 할까? 예술이 좋은 것들의 옹호자야? 이걸 다 누구한테 배웠지? 예술이 슬로건이라고 누구한테 배웠어? 누가 너한테 예술은 '민중'을 위한 거라고 가르친 거야? 예술은 예술을 위해 존재하는 거야. 그렇지 않으면 누군가의 관심을 끌 만한 예술은 나오지 않아. 심각한 작품을 쓰려는 동기가 뭐지, 주커먼 군? 물가 억제에 반대하는 적을 무력화시키려고? 심각한 작품을 쓰는 동기는 심각한 작품을 쓰는 것 그 자체야. 사회에 반항하고 싶어? 그렇다면 내가 방법을 알려주지. 잘 쓰는 거야. 잃어버린 대의에 헌신하고 싶어? 그렇다면 노동자계급을 위해 싸우지 마. 그들은 잘해나갈 테니까. 플리머스 같은 항구에는 노동자들이 차고 넘칠 거야. 노동자는 우리 모두를 정복할 거고, 그들의 어리석음에서 이 속물적인 나라의 문화적 운명을 가득 채울 구정물이 쏟아져나올 거야. 이 나라에 곧 노동자와 농민의 정부보다 훨씬 더 끔찍한 게 생겨날 거야. 바로 노동자와 농민의 문화지. 잃어버린 대의를 위해 싸우고 싶나? 그렇다면 말을 위해 싸워. 거창한 말이 아니라, 감격적인 말이 아니라, 이걸 찬성하고 저걸 반대하는 말이 아니라, 네가 짓밟히고 억압받는 자들의 편에 선 훌륭하고 자비로운 사람이라는 걸 존경스러운 사람들에게 떠벌리고 광고하는 말이 아니라, 형벌처럼 미국에서 살아가는 교양 있는 소수에게 네가 말의 편이라는 걸 알리는 말을 위해 싸우라고! 네가 쓴 이 각본은 쓰레기야. 끔찍해. 정말 화가 나. 조악하고, 유치하고, 멍청하고, 선동만 있는 헛소리야. 말로 세상을 모호하게 만들고 있어. 너의 도덕적 악취를 하늘 끝까지 피워올리고 있어. 예술가의 미덕을 입증하려는 욕망보다 예술에 더 사악한 영향을 끼치는 건 없어. 이상주의의 끔찍한 유혹이라고! 넌 너의 이상주의, 너의 미덕을 완전히 정복해야 할 뿐 아니라 너의 사악함도 정복해야 해. 애초에 너로 하여금 글을 쓰게 만든 것, 너의 분노, 너의 정치적 동기, 너의 슬픔, 너의 사랑, 이 모든 걸 미적으로 정복해야 하는 거야! 처음부터 설교하고 자기 입장을 내세우면, 처음부터 우월한 관점을 들이대면 예술가로서 무가치하고 한심한 존재가 되고 말아. 왜 이런 선언문을 쓰지? 주위를 둘러보고 '충격'받아서? 주위를 둘러보고 '감동'을 먹어서? 사람들은 자신의 느낌을 너무 쉽게 포기하고 거짓 느낌을 꾸며내. 무엇이든 즉석에서 느끼고 싶어하는데, '충격'과 '감동'이 가장 느끼기 쉬운 거야. 가장 멍청하기도 하고. 드문 경우가 있긴 하지만, 주커먼 군, 충격은 항상 가짜야. 선언문. 예술은 절대 선언문의 수단이 아냐! 너의 사랑스러운 쓰레기를 여기서 치워주면 고맙겠군."

리오는 내 아리스토텔레스 과제물이(혹은 전반적으로 내가) 더 낫다고 생각했다. 왜냐하면 다음 면담에서는 금요일 밤에 오케스트라홀에서 라파엘 쿠벨리크가 이끄는 시카고 교향악단의 베토벤 연주회가 있다며 참석하라고 명령해, 내 각본을 격렬하게 욕했을 때만큼이나 나를 놀라게 했기 때문이다. "라파엘 쿠벨리크가 누군지 들어봤어?" "아니요." "베토벤은?" "네, 들어봤어요." "베토벤의 곡은?" "전혀요."

나는 공연 시작 삼십 분 전에 미시건 애비뉴의 오케스트라홀 앞에서 리오를 만났다. 나의 스승은 1948년 군에서 제대하기 전에 로마에서 구입한 망토를 걸치고 나왔고, 나는 쌀쌀한 중서부 날씨에 대비해 뉴어크의 라키 매장에서 사가지고 온 후드 달린 모직 반코트를 입고 나왔다. 일단 좌석에 앉자 리오는 서류가방에서 오늘 듣게 될 교향곡의 악보를 꺼냈다. 나는 연주가 진행되는 동안에는 당연히 무대 위 악단을 봐야 하고, 가끔 음악에 도취했을 때만 눈을 감는 게 옳다고 생각했지만, 그는 교향악단이 먼저 〈코리올란〉 서곡과 4번 교향곡을 연주한 다음, 휴식시간 뒤에 5번 교향곡을 연주하는 내내 무릎 위에 시선을 고정하고 악보를 읽는 데 집중했다. 나는 5번 교향곡의 첫 네 음을 제외하고는 어느 곡이 어느 곡인지 구분하지 못했다.

연주회가 끝난 뒤 우리는 전차를 타고 사우스사이드로 돌아가 리오의 기숙사 방으로 갔다. 고딕양식의 인터내셔널 하우스는 시카고 대학에 다니는 외국인 학생들에게 집이나 마찬가지였다. 리오 글럭스먼은 웨스트사이드의 식료품상 아들인 탓에, 외국인 학생들이 그 복도에 붙어살면서 풍기는 이국적인 요리 냄새와 그 모든 것을 다른 미국인 동료들보다는 조금 더 쉽게 받아들였다. 그의 방은 그의 좁은 연구실보다도 작았다. 그는 바닥에 놓인 전열기 위에 주전자를 올리고 물을 끓여 차를 내린 다음 벽을 따라 잔뜩 쌓여 있는 인쇄물 사이로 비집고 들어갔다. 리오는 책이 가득 쌓인 책상 앞에 앉았다. 그의 동그스름한 뺨이 거위목 스탠드의 불빛을 받아 환히 드러났다. 나는 더 많은 책이 쌓인 좁고 정돈되지 않은 침대의 어두컴컴한 가장자리에 앉았다. 그와 겨우 2피트 떨어진 곳이었다.

나는 여자애가 된 느낌 또는 여자 젖가슴에 드러내놓고 환장하는 위협적인 남자애와 단둘이 남았을 때 여자애가 느낄 법한 기분에 휩싸였다. 내가 은근히 겁내는 걸 보고 리오는 콧방귀를 뀌더니, 내 라디오방송 경력을 깔아뭉개며 지었던 그 역겹다는 냉소를 다시 지으며 말했다. "걱정하지 마. 널 건드릴 생각은 없으니까. 난 네가 그렇게 진부한 사고에 갇혀 있는 게 답답할 뿐이야." 그런 다음 리오는 쇠렌 키르케고르를 소개하기 시작했다. 그 이름은 나에게 라파엘 쿠벨리크만큼이나 생소했다. 리오는 키르케고르가 백 년 전에 문명과 동떨어진 코펜하겐에서 '민중'에 대해 정리한 내용을 읽어주며 내가 자신의 말에 귀기울이기를 바랐다. 키르케고르는 민중을 '대중'이라 불렀다. 리오는 이 명칭이 정확한 이유는 그 추상성, 그 '괴물 같은 추상성' '모두를 아우르는 무' '괴물 같은 무', 키르케고르의 표현을 빌리자면 "모든 것인 동시에 무"이고 내 각본에서 속이 느글거릴 정도로 감상적으로 표현된 그 "추상적이고 황량한 공허"를 나타내기 때문이라고 설명했다. 키르케고르는 대중을 증오했고, 리오도 대중을 증오했다. 그가 그날 이후 금요일 밤이면 나를 연주회에 끌고 갔다 연주회가 끝난 뒤 어두컴컴한 기숙사 방으로 데려간 목적은, 나 역시 대중을 미워하게 만들어 내 산문을 파멸에서 구하기 위해서였다.

리오가 읽었다. "'고전을 읽은 사람이라면 누구나 카이사르 같은 황제들이 시간을 때우기 위해 이것저것 해봤다는 걸 알 것이다. 이와 마찬가지로 대중도 즐거운 시간을 보내기 위해 개를 기른다. 그 개는 문학계의 쓰레기 같은 존재다. 만일 남보다 우월한 사람이 있거나 심지어 위대한 사람이 있으면, 그 개가 달려들어 곧 재미있는 일이 벌어진다. 개는 그의 코트 자락을 물고 찢으면서 자기가 할 수 있는 모든 버릇없는 행동을 하고, 대중이 지루해져서 그만해도 된다고 말할 때까지 계속 설쳐댄다. 이는 대중이 어떻게 평준화되는지 설명하는 나의 예다. 능력 면에서 그들보다 낫고 우월한 사람은 거친 대접을 받고, 그 개는 대중조차 경멸하는 개로 남는다…… 대중은 회개하지 않는다. 사실 그들은 누구를 비하하려는 게 아니라 잠깐의 즐거움을 원하는 것뿐이다.'"

이 구절은 내용을 겨우 이해하기 시작한 나보다 리오에게 훨씬 더 큰 의미를 가졌지만, 그럼에도 "남들보다 우월한 사람"이 되는 데, 덴마크 철학자 키르케고르처럼 되는 데, 또 머지않아 "위대한 사람"에 오를 그 자신처럼 되는 데 함께하자는 초대장이었다. 나는 리오의 열성적인 제자가 되었고, 그의 주선으로 아리스토텔레스의 열성적인 제자, 키르케고르의 열성적인 제자, 베네데토 크로체의 열성적인 제자, 토마스 만의 열성적인 제자, 앙드레 지드의 열성적인 제자, 조지프 콘래드의 열성적인 제자, 표도르 도스토옙스키의 열성적인 제자가 되었고…… 그러는 사이 아이라에 대한 애착은 어머니, 아버지, 동생, 내가 자란 집에 대한 애착과 마찬가지로 완전히 사라졌다고 믿게 되었다. 어떤 사람이 처음으로 교육을 받아 머릿속이 책으로 무장한 병기고가 되면, 젊고 건방진 그가 지구상에 감춰진 모든 지식을 발견하겠다며 즐거워 날뛰게 되면, 그는 새로 부상하는 진실의 중요성을 과대포장하고 그 밖의 모든 것은 업신여기는 경향을 보인다. 타협을 모르는 리오 글럭스먼, 그의 끊임없이 번득이는 두뇌와 그의 짜증과 열광이 방조하고 부추기는 가운데 나는 온 힘을 다해 그렇게 행동했다.

금요일 밤마다 리오의 방에서는 마법이 펼쳐졌다. 리오는 성적인 열정(그런 면도 컸지만 억눌러야 했을 것이다)을 제외한 모든 열정을 쏟아부어 내가 갖고 있던 모든 생각, 특히 예술적 사명에 대한 나의 고상한 관념을 공격했다. 금요일 밤마다 리오는 내가 지구 위에 남은 마지막 학생인 양 들볶았다. 거의 모든 사람이 나에게 배울 기회를 주려는 것처럼 느껴지기 시작했다. 네이선을 교육시켜라. 그건 내가 어렵사리 인사를 건넨 사람들 공통의 신조였다.

가끔 돌이켜보면, 내 삶은 지금까지 내가 귀기울여 들어온 하나의 긴 이야기라는 생각이 든다. 그 수사법은 때로 독창적이고, 때로 즐겁고, 때로 허풍이고(익명의 이야기들), 때로 정신나간 듯 보이고, 때로 사실 그대로이고, 때로 바늘처럼 날카로웠다. 기억이 미치는 때부터 지금까지 나는 항상 이야기를 들어왔다.

어떻게 생각해야 할지, 어떻게 생각하지 말아야 할지, 어떻게 행동해야 할지, 어떻게 행동하지 말아야 할지, 누구를 미워하고 누구를 존경해야 할지, 무엇을 포용하고 언제 도망쳐야 할지, 무엇이 황홀하고, 무엇이 잔혹하고, 무엇이 찬양할 만하고, 무엇이 얄팍하고, 무엇이 불길하고, 무엇이 쓰레기인지, 그리고 어떻게 영혼을 순수하게 지켜야 할지에 대해. 나에게 얘기할 땐 어느 누구도 벽을 느끼지 않는 듯했다. 아마 여러 해 동안 내가 이야기를 들어야만 한다는 듯한 모습으로 돌아다닌 결과일 것이다. 하지만 이유야 어떻든 내 인생의 책은 여러 사람의 목소리로 이루어졌다. 내가 어떻게 지금의 이 자리까지 왔는지 스스로 묻다보면, 놀라운 답이 나를 기다린다. 바로 '듣기'였다.

그것은 처음 보는 드라마였을까? 나머지 모든 것은 고집스럽게 매달려봤자 아무것도 알 수 없게끔 진짜 모습을 감춘 가면무도회였을까? 사람들에게 귀를 기울이는 것, 사람들 얘기에 귀를 기울이는 것. 그건 정말 터무니없는 일이다. 사람들은 누구나 경험을 경험 자체가 아니라 남에게 얘기할 소잿거리로 생각한다. 왜 그럴까? 왜 사람들은 내가 그들의 말과 아리아를 들어주길 바랄까? 그것이 나의 쓰임새라고 어디에서 결정한 걸까? 아니면 내가 처음부터, 선택에 의한 것만큼이나 선천적으로, 그저 말을 찾아다니는 귀에 불과했던 것일까?

리오가 말했다. "정치는 고도의 일반화이고, 문학은 고도의 특수화야. 둘은 서로 역관계일 뿐 아니라 적대관계다. 정치에 있어 문학은 퇴폐적이고, 나약하고, 부적절하고, 지루하고, 비뚤어지고, 우둔하고, 무의미하고, 존재 가치가 없는 거야. 왜? 특수화하려는 충동이 문학이기 때문이지. 네가 예술가라면 뉘앙스를 포기할 수 있겠어? 네가 정치가라면 뉘앙스를 허용할 수 있겠어? 네가 예술가라면 뉘앙스는 너의 과제야. 너의 과제는 단순화가 아니라고. 네가 아무리 단순하게 헤밍웨이풍으로 쓰겠다고 작정해도 너의 과제는 뉘앙스를 전하는 거다. 복잡하게 얽힌 걸 명료하게 하고 모순을 수용하는 것. 모순을 지우고 모순을 부정하는 게 아니라 그 모순 안에 놓여 있는 고통받는 인간을 보는 것이야. 혼돈을 허용하고 그걸 받아들이는 것. 반드시 그걸 받아들여야 해. 그렇지 않으면 선전이 돼버려. 정당을 위한 게, 정치운동을 위한 게 아니라면 인생 자체를 위한 멍청한 선전이 되겠지. 선전하고 싶은 인생이 있다면 말이지만. 러시아혁명이 일어나고 처음 오륙 년 동안 혁명가들은 자유연애를 외쳤어. '자유연애의 시대가 올 것이다!' 하지만 권력을 잡고 나자 그들은 자유연애를 허용하지 않았어. 왜 그랬을까? 자유연애는 혼돈이기 때문이야. 그들은 혼돈을 원하지 않았어. 그들이 위대한 혁명을 일으킨 건 그것 때문이 아니었으니까. 그들이 원한 건 신중한 규제, 조직, 억제, 과학적 예측 같은 것이었어. 자유연애는 조직화사업을 방해하고, 사회, 정치, 문화 제도를 교란시키지. 예술도 조직화를 방해하고, 문학도 조직화를 방해해. 노골적으로 찬성하거나 반대해서가 아냐. 심지어 부지불식간에 찬성하거나 반대해서도 아니지. 그저 일반적이지 않기 때문에 조직화에 방해가 되는 거야. 특수한 것의 본질은 특수하다는 거고, 특수성의 본질은 규범에 순응하지 않는다는 거다. 고통을 일반화하는 것, 그게 공산주의고, 고통을 특수화하는 것, 그게 문학이야. 그 대립에서 적대성이 나와. 모든 것을 단순화하고 일반화하는 세계에서 특수한 것을 살려내는 행위, 바로 여기서 교전이 벌어지는 거야. 공산주의를 정당화하려고 글을 쓰면 안 돼. 자본주의를 정당화하려고 글을 써서도 안 되고. 어느 쪽에든 발을 들이면 안 돼. 네가 작가라면, 어느 쪽하고도 손을 잡지 말아야 해. 그래, 차이점이 보일 거야. 물론 네가 보기엔 이 개소리가 저 개소리보다 조금 낫거나, 저 개소리가 이 개소리보다 조금 낫겠지. 어쩌면 많이 나을 수도 있고. 그래봤자 다 개소리야. 넌 정부의 일꾼이 아냐. 투사도 아냐. 맹목적인 추종자도 아니고. 넌 이 세계와 그 안에서 일어나는 일을 아주 다른 방식으로 다루는 사람이야. 정치투사는 세계를 변화시킬 신념을, 강한 믿음을 소개하고, 예술가는 이 세계에 들어설 자리가 없는 창작물을 소개하지. 그 창작물은 아무짝에도 쓸모가 없어. 예술가는, 진지한 작가는 애초에 존재하지도 않는 걸 소개하는 거야. 신이 칠 일 동안 새와 강과 인간 등 모든 걸 만들 때, 문학에는 십 분도 할애하지 않았어. '이제 하느님이 가라사

대 문학이 있으라 하시매, 어떤 사람들은 문학을 좋아하고, 어떤 사람들은 문학에 빠져 글을 쓰고자 하고……' 천만의 말씀. 신은 그런 말을 하지 않았어. 그때 누가 신에게 '배관공이 있을까요?' 하고 물어봤다면 이랬겠지. '그래, 있을 거다. 집이 있으니까 사람들은 배관공이 필요할 거다.' '의사가 있을까요?' '그래, 사람들은 아프니까 약을 지어줄 의사가 필요할 거다.' '문학은요?' '문학이라고? 무슨 얘기냐? 문학이 무슨 쓸모가 있지? 그걸 어디다 쓰게? 정신 차려라, 난 대학(university)이 아니라 우주(universe)를 창조하는 중이야. 문학은 낄 데가 없다고.'"

타협을 모르는 사람들. 톰 페인, 아이라, 리오, 조니 오데이. 거부할 수 없는 특질을 지닌 사람들. 아이라는 내가 시카고에 도착하면 즉시 오데이를 만날 수 있게 주선해놓았다. 만일 그때 이스트시카고로 건너가 오데이를 만났다면, 학생으로서의 삶은 물론이고 어쩌면 그후의 모든 삶까지 아주 다른 유혹과 아주 다른 압력을 받았을 거고, 시카고 대학과 판이하게 다른 집단의 집중 교육하에서 내 배경이 제공한 안전한 속박의 틀을 벗어나기 시작했을 것이다. 하지만 글럭스먼 씨가 내 정신을 깨우치기 위해 부과한 보충수업 과제는 물론이고 학교 수업의 부담이 워낙 컸던 탓에, 나는 12월 초가 되고 나서야 토요일 오전 시간을 낼 수 있었다. 마침내 나는 기차를 타고 아이라 린골드의 군대 시절 스승이자 아이라에 따르면 '머리끝에서 발끝까지 마르크스주의자'인 철강 노동자를 만나러 갔다.

사우스쇼어 노선은 63번가와 스토니아일랜드 애비뉴가 교차하는 지점을 지나갔는데, 그곳은 기숙사에서 걸어서 십오 분밖에 안 걸리는 곳이었다. 나는 오렌지색 페인트칠이 된 열차에 올라타 자리에 앉았다. 차장은 노선을 따라 늘어선 우중충한 동네의 이름을 차례로 불렀다. "헤그위시…… 해먼드…… 이스트시카고…… 게리…… 미시건시티…… 사우스벤드." 마치 〈승리의 목소리로〉를 다시 듣는 것처럼 흥분이 밀려왔다. 뉴저지 북부 공업지대 출신인 나에게 창밖 풍경은 낯설지 않았다. 내가 살던 곳에서도 공항에서 남쪽으로 엘리자베스, 린던, 라웨이 쪽을 바라보면 멀리 정유공장단지의 지상구조물이 보였고, 정유가스를 태우는 독한 냄새와 높은 탑 위로 솟아오르는 화염이 있었다. 뉴어크에도 큰 공장과 작은 하청공장이 있었고, 검댕과 냄새, 교차하는 철로, 수많은 드럼통, 산더미 같은 고철 더미, 섬뜩한 쓰레기 처리장이 있었다. 그곳에서도 높다란 굴뚝에서 검은 연기가 피어올랐고, 사방에서 매연을 뿜어댔고, 바람이 세차게 부는 날이면 화공약품 악취, 엿기름 악취, 시코커스 돼지농장의 악취가 동네를 뒤덮었다. 그리고 이 기차처럼 습지대의 제방을 따라 부들숲과 초지와 탁 트인 호수를 지나는 기차가 있었다. 그곳에도 먼지가 날리고 고약한 냄새가 났지만, 전쟁을 위해 탱크를 만드는 헤그위시 같은 곳은 없었고, 있을 수도 없었다. 교량의 대들보를 만드는 해먼드 같은 곳은 없었다. 시카고로 통하는 운하를 따라 늘어선 거대한 곡물창고 같은 것은 없었다. 거기엔 쇳물을 부을 때 하늘을 붉게 물들이는 용광로가 없었고, 맑은 날 밤 기숙사 창문에서 게리 시 쪽을 바라보면 어렴풋이 보이는 붉은 하늘이 없었다. US 철강, 인랜드 철강, 존스 로플린, 스탠더드 브리지, 유니언 카바이드, 인디애나 스탠더드 오일이 없었다. 거기엔 뉴저지다운 것들이, 여기엔 중서부의 힘이 집중되어 있었다. 여기엔 철광석을 강철로 바꾸는 코크스 용광로와 산소 용광로가 호수를 따라 두 개 주에 걸쳐 몇 마일이나 늘어선, 세계 어느 곳보다 광대한 제강산업단지가 있었다. 머리 위에서 쇳물바가지가 몇 톤이나 나가는 용강을 나르고, 뜨거운 쇳물이 용암처럼 주형에 쏟아지고, 이 모든 화염과 먼지와 위험과 소음과 100도에 이르는 열기 속에서 목숨을 앗아갈 수도 있는 증기를 마시며 노동자들이 스물네 시간 내내 결코 멈추지 않는 노동을 하는 곳. 이곳은 내가 태어난 곳도, 앞으로 살 곳도 아니지만, 그럼에도 미국인으로서 내가 소유한 미국이었다. 대단히 최신식이고 현대적인 20세기 산업을 상징하는 듯하면서도 한편으로는 광대한 고대 유적지 같은 차창 밖의 풍경에 몰입한 동안, 내 삶의 현실은 단 하나도 그보다 중요해 보이지 않았다.

내 오른쪽으로 매연을 뒤집어쓴 목조 단층집 단지가 끊임없이 이어졌다. 철강 노동자들이 사는 그 집들은 뒷마당에 정자와 새 물통이 있었고, 마당 밖 거리에는 노동자 가족들이 물건을 사는 낮고 초라해 보이는 가게가 줄지어 있었다. 철강 노동자가 살아가는 일상세계의 모습, 그 생경함, 그 내핍함, 항상 곤궁하고 빚에 쪼들려 살아가는 사람들의 냉혹한 세계가 큰 충격으로 다가왔다. 가장 힘든 노동을 하면서 가장 적은 임금을 받고, 허리가 휠 정도로 일하면서도 쥐꼬리만한 보수를 받는다. 나는 그 생각에 무척 격앙했다. 내 가슴에 맴도는 어떤 느낌도 아이라 린골드에겐 낯설지 않았을 것이고, 그 모든 느낌이 리오 글럭스먼에겐 소름끼칠 거라는 건 말할 필요도 없었다.

"아이언맨이 얻은 아내는 어떤 여자냐?" 이것이 오데이의 입에서 나온 첫마디나 다름없었다. "어떤 여자인지 알면 그녀를 좋아할 수도 있겠다만, 통 짐작할 수 없구나. 내가 존경하는 동지 중에는 내 관심 밖에 있는 사람을 가까운 친구로 둔 사람들이 간혹 있지. 안락한 부르주아지, 그 여자와 함께 아이라가 어울리며 사는 작자들…… 잘 모르겠다. 대체로 아내들은 문제가 있어. 남자는 결혼하면 약해지기 마련이지. 처자식에 얽매여 반동적인 사상의 인질이 되고 말아. 돌봐야 하는 것을 돌보느라 스스로 무감각 속에 들어앉은 한심한 무리가 되는 거야. 물론 이런 생활은 고역이야. 그래, 자기 집이 있고, 퇴근하면 집에서 기다리는 다정한 아내가 있고, 자식도 두엇 있으면 좋겠지. 심지어 가끔씩 그 모든 것에 싫증을 내는 사람들도 그런 삶이 좋다고 생각해. 하지만 지금 당장 내가 책임져야 하는 사람들은 시간제 보수를 받는 노동자들이야. 그들을 위해 난 해야 할 일의 십분의 일도 못하고 있어. 어떤 희생을 치르든 말이다, 꼭 기억해야 할 건 이런 운동은 항상 전진한다는 거야. 코앞에 닥친 문제가 무엇이든."

코앞에 닥친 문제는 조니 오데이가 노조에서 쫓겨나고 일자리를 잃은 것이었다. 우리는 그의 하숙집에서 만났는데, 그는 두 달치 집세를 내지 못한 상태였다. 일주일 안에 돈을 마련하지 못하면 쫓겨날 판이었다. 하늘이 약간 보이는 창문이 나 있는 그의 작은 방은 무척 깔끔했다. 침대용 박스스프링이 아니라 금속 망 위에 올려져 있는 1인용 매트리스는 흐트러짐 없이, 심지어 아름다워 보일 정도로 깔끔하게 정돈되어 있었다. 쇠로 된 침대 틀을 칠한 국방색 페인트는 벗겨지거나 떨어져나간 데가 없었고, 같은 색으로 칠해진 시끄러운 라디에이터도 마찬가지였지만, 오히려 거기에 눈길이 미치자 가슴이 저려왔다. 전체적으로 빈약한 방 안의 가구는 리오가 사는 인터내셔널 하우스에 있는 것과 별반 다르지 않았다. 하지만 나는 그 황량한 분위기에 깜짝 놀라, 오데이의 조용하고 차분한 음성과 특유의 날카로운 말투가 본인을 제외한 모든 것의 존재를 아주 강하게 지워버리기 전까지는 빨리 자리에서 일어나야겠다는 생각밖에 들지 않았다. 그 방에 없는 것은 모두 이 세상에서 사라져 아예 존재하지 않는 것 같았다. 오데이가 방문 앞까지 나와 나를 정중하게 맞아들이고, 그의 타자기를 올려놓으면 꽉 차는 탁자를 사이에 두고 나에게 접이식의자를 권한 순간, 나는 여기에 존재하는 것을 제외한 모든 것이 오데이에게서 떨어져나갔다는 느낌이 아니라 오데이가 여기에 존재하지 않는 모든 것에서 스스로 떨어져나왔다는 불길하다시피 한 느낌에 휩싸였다.

이제야 아이라가 오두막에서 뭘 하고 있는지 이해가 갔다. 이제야 오두막의 뿌리와 모든 것의 진실, 이브 프레임이 견딜 수 없어한 추함의 미학, 한 인간을 외로운 수도승으로 만들고 장애와 속박을 없애 담대하고 굽히지 않고 결단력 있는 사람으로 만든 그 원리를 이해할 수 있었다. 오데이의 방이 상징하는 것은 계율이었다. 나에게 아무리 많은 욕망이 있어도 스스로를 이 방안에 잡아둘 수 있다고 말하는 계율. 결국에는 자신이 형벌을 견딜 수 있다는 걸 아는 사람은 어떤 위험이라도 무릅쓸 수 있다. 이 방은 그 형벌의 일부였다. 이 방을 보고 확실한 인상을 받았다. 자유와 계율의 관계, 자유와 고독의 관계, 자유와 형벌의 관계에 대해. 오데이의 방, 즉 그의 감옥은 아이라의 오두막의 영적 본질이었다. 그렇다면 오데이의 방의 영적 본질은 무엇일까? 몇 년 후 취리히를 방문했을 때 그 답을 알게 되었다. 레닌의 이름이 새겨진 기념 명판이 걸린 집을 찾아가 관리인에게 스위스 마르크 몇 장을 쥐여준 뒤 안으로 들어가 볼셰비즘의 창시자가 일 년 반 동안 망명생활을 했던 그 은둔의 방을 보고서.

오데이의 외모는 놀라울 게 없었다. 아이라가 설명한 그대로 체격이 왜가리 같았다. 깡마르고 단단한 몸, 6피트의 키, 뾰족한 얼굴, 짧게 친 회색 머리, 역시 잿빛으로 변해버린 듯한 눈동자, 크고 날카로운 칼 같은 코, 사십대인 자기 나이를 훌쩍 넘긴 듯 주름이 깊이 팬 짐승 가죽 같은 피부. 하지만 아이라가 설명하지 않은 것이 있었다. 열광적 이념이 어떻게 한 남자에게 평생 갇혀 살아야 하는 가혹한 죄수의 모습을 안겨주었는가 하는 것이었다. 선택의 자유가 전혀 없는 인간의 모습이었다. 그의 이야기는 이미 정해져 있었다. 그는 어떤 것도 선택할 여지가 없다. 자신이 믿는 이념을 위해 자신을 세상으로부터 차단하는 것, 그게 그가 할 수 있는 전부다. 그리고 그런 사람은 다른 사람들의 입김에 흔들리지 않는다. 부러울 정도로 좁다란 강철 필라멘트 같은 것은 체격만이 아니었다. 그 이데올로기 또한 그런 삶의 날카로운 연장 같았고, 왜가리의 몸통 실루엣처럼 윤곽이 날렵했다.

오데이는 짐가방 속에 가벼운 펀칭백을 갖고 다녔고 군대 시절엔 아주 빠르고 강해서 "부득이할 경우" 두어 녀석을 한꺼번에 손봐줄 수 있었다는 아이라의 말이 생각났다. 기차를 타고 오는 내내 그의 방에 펀칭백이 있을까 궁금했는데, 진짜 있었다. 하지만 내가 상상했던 것처럼 또는 체육관에서 흔히 볼 수 있는 것처럼 한구석에 머리 높이로 매달려 있지 않았다. 바닥에, 벽장문에 기대 옆으로 쓰러져 있는 둥그런 가죽 백은 워낙 낡고 쭈그러져 가죽이라기보다는 도살한 동물의 어느 부위를 표백해놓은 것처럼 보였다. 마치 전투태세를 유지하기 위해 죽은 하마에게서 떼어낸 고환을 지니고 다니는 것 같았다. 정말 말도 안 되는 생각이었지만, 처음부터 오데이에 대한 두려움을 품고 있었던 탓에 이 생각을 쉽게 떨쳐버릴 수 없었다.

오데이가 어느 날 밤 아이라에게 "여기 항구에서 당을 건설하는 일"에 온종일 매달릴 수 없다고 좌절감을 토로했다는 말도 생각났다. "사실 난 조직하는 데 그리 소질이 없어. 자네가 소심한 볼셰비키들을 끌어모으고, 난 그들의 머리를 깨우치는 일에 치중하면 좋을 텐데." 이 말을 기억하는 건, 내가 집에 돌아가서 그때 쓰고 있던 라디오드라마 각본에 그 말을 넣었기 때문이다. 어느 철강공장의 파업을 다룬 각본이었는데, 조니 오데이가 쓰던 은어가 하나도 빠지지 않고 지미 오시어라는 인물의 입을 통해 재연되었다. 오데이는 아이라에게 보낸 편지에 이렇게 썼다. "난 이스트시카고와 그 주변에서 알아주는 깡패가 되어가고 있네. 여기 주먹의 도시에서 끝장을 보려고 해." '주먹의 도시'는 다음 각본의 제목이 되었다. 어쩔 수 없었다. 나는 중요해 보이는 것을 쓰고 싶었고, 중요해 보이는 것은 내가 알지 못하는 것들이었다. 당시에 나는 내가 쓸 수 있는 말을 동원해 모든 걸 즉석에서 선전선동으로 바꿔버렸고, 중요한 게 무엇이고 긴급한 게 무엇이든, 그렇게 해서 중요성과 긴급성을 깡그리 잃고 말았다.

오데이는 무일푼이었고, 당도 무일푼이어서 그를 조직활동가로 고용하거나 재정적으로 도와줄 수 없었다. 그는 날이면 날마다 공장 정문에서 배포할 전단을 작성하고, 철강공장에서 함께 일했던 옛 친구들이 몰래 기부해주는 푼돈으로 신문을 사고 등사기와 스테이플러를 빌렸으며, 해질녘에는 직접 게리 시를 돌아다니며 전단을 배포하고, 남은 돈으로 음식을 구입했다.

"나와 인랜드 철강과의 싸움은 아직 끝나지 않았다." 오데이는 나를 자기 수준에 맞춰놓고 즉시 요점으로 들어갔다. 마치 내가 아직 동지는 아니지만 그의 동배나 협력자인 것처럼, 또 아이라가 뭐라고 했는지 몰라도 내가 실제 나이보다 두 배쯤 많고, 백 배쯤 더 독립적이고, 천 배쯤 더 용기 있다고 생각하는 것처럼. "미국 산별조합의 운영진과 공산주의 탄압자들이 나를 영영 해고하고 블랙리스트에 올린 것처럼 보이겠지만 이 나라 곳곳에서, 모든 직종에서 당을 깨부수려는 움직임이 일어나고 있어. 사람들은 거대한 역사적 문제를 결정하는 게 필 머리의 산별조합이 아니라는 걸 몰라. 중국을 봐라. 거대한 역사적 문제를 결정하는 사람은 미국 노동자들이야. 내가 일하는 부문만 해도 실직한 철강 노동자가 이 지역 조합에서만 벌써 백 명을 넘어섰다. 사람보다 일자리가 부족한 건 1939년 이후 처음이야. 전체 임금노동자계급 가운데 가장 둔감한 이 부문도 마침내 이 상황에 의문을 제기하기 시작했어. 때가 오고 있어. 때가 오고 있다고. 분명 얼마 안 남았다. 하지만 나는 당원이라는 이유로 철강노동자 지역이사회에 불려갔고, 결국 조합에서 쫓겨났다. 그놈들은 나를 쫓아내고 싶어하진 않았어. 그저 내가 당원이란 걸 부인했으면 하는 눈치였지. 쥐새끼 신문이 내 주변에서 나를 노리는데, 이걸 봐라." 그가 타자기 옆에 있던 오려낸 신문기사를 내밀었다. "어제 날짜 〈게리 포스트 트리뷴〉이다. 이 쥐새끼 신문이 그걸 크게 부풀렸지. 철강조합이 내 노동카드를 폐기하지 않았는데, 그 말이 도급자들한테 들어가서 깡패 같은 고용주들이 날 블랙리스트에 올린 것 같아. 철강은 폐쇄적인 산업이야. 조합에서 쫓겨나면 이 바닥에서 일을 못해. 갈아 먹어도 시원찮을 놈들. 어쨌거나 난 밖에서 더 잘 싸울 수 있는 사람이야. 쥐새끼 신문, 노동계 야바위꾼, 게리 시와 이스트시카고의 사기꾼 같은 관리자들이 나를 위험인물로 본다고? 좋아. 내 밥줄을 끊어놓겠다고? 상관없어, 난 나 하나만 건사하면 되니까. 또 난 친구나 여자나 일자리나 그 어떤 인습적인 것에도 의존하지 않으니까. 난 그럭저럭 살아가고 있다. 만일 이놈의 〈게리 포스트〉하고," 그는 그가 말하는 동안 내가 쳐다볼 엄두도 내지 못했던 신문기사를 도로 가져가 정확히 반으로 접었다. "〈해먼드 타임스〉하고, 나머지 신문들이 이런 술책으로 우리 공산주의자를 레이크 카운티에서 몰아낼 수 있다고 생각한다면 완전히 잘못 짚은 거야. 놈들이 나를 내버려뒀다면, 난 언젠가 내 발로 떠났을 거다. 하지만 이제 다른 데로 갈 돈도 없으니, 놈들은 계속해서 날 상대해야 할 거야. 공장 정문에서 전단을 나눠주면 노동자들은 대체로 호의적인 반응을 보이고 관심 있어해. 노동자들이 나한테 브이 자를 만들어 보이면, 한동안 기운이 나고 보람을 느끼지. 물론 파시즘에 동조하는 노동자도 있을 만큼은 있어. 요전 날 월요일 밤에 게리 빅 밀 정문에서 전단을 나눠주는데, 뚱뚱한 얼간이가 날 보고 매국노, 빨갱이라고 욕을 하더구나. 대체 그놈 머릿속엔 뭐가 들었는지. 가만두고 볼 수가 없어 손을 좀 봐줬다. 어쨌든 그놈이 수프하고 말랑말랑한 빵을 좋아한다면 다행이겠지. 이 얘길 아이언맨한테 꼭 전해라." 이렇게 말하는 그의 얼굴에 처음으로 미소가 피어올랐다. 하지만 억지 미소를 짓는 것이 그가 어쩔 수 없이 해야 하는 힘든 일 중 하나인 듯해 보기에 안쓰러웠다. "나는 여전하다고 전해라. 자, 네이선." 이 실직한 철강 노동자의 입에서 내 이름이 스스럼 없이 튀어나오자 괴로움이 엄습했다(실은 대학생으로서 새로 갖게 된 고민거리, 막 싹트기 시작한 우월감, 나의 타락한 정치의식 때문에 괴로웠던 것이다). 방금 전 그는 조용하고 차분한 목소리로, 신중한 말투로, 책에서 뽑아낸 것처럼 느껴지지 않는 친근한 어조로 거대한 역사적 문제, 중국, 1939년에 대해 설명하고, 무엇보다 시간제 보수를 받는 노동자들에 대한 사명이 그에게 요구하는 가혹한 희생과 헌신에 대해 설명했다. 때가 오고 있어, 때가 오고 있다고. 분명 얼마 안 남았다는 말로 내 팔에 소름을 돋게 만들었던 그 목소리로 그가 "네이선"이라고 부른 것이다. "이제 뭘 좀 먹자." 오데이가 말했다.

처음부터 오데이의 이야기와 아이라의 이야기는 확연히 달랐다. 오데이의 목표에는 모순이 전혀 없었기 때문에, 그 자신이 개종한 삶을 살아가고 있기 때문에, 그의 이야기는 다른 뭔가에 대한 핑계가 아니었기 때문에, 또한 두뇌의 핵심인 경험 자체에서 흘러나왔기 때문에 그의 말, 그의 확고한 생각에는 간결하고 명료한 면이 있었다. 그의 이야기는 한마디 한마디에 의지가 실려 있었고, 부풀리거나 헛심을 쓰는 구석이 전혀 없었다. 어떤 발언이든 빈틈이 없었고, 목표는 공상적이었지만 깊이 있는 현실성을 띠고 있었고, 그의 사명은 머리에만 있는 게 아니라 손안에도 있는 것 같았다. 아이라에게서 받은 느낌과는 다르게, 그의 생각을 이용하고 지배하는 건 지성의 부족이 아니라 지성이라는 느낌이 들었다. 그의 말에는 '진짜'라고 생각하게 만드는 톡 쏘는 맛이 있었다. 아이라의 이야기는 오데이의 이야기를 살짝 흉내낸 거라는 걸 알아차리긴 어렵지 않았다. 진짜의 톡 쏘는 맛…… 비록 웃음이라고는 찾아볼 수 없는 사람의 이야기였지만, 그래서 더 그의 한결같은 목적의식에는 광기 같은 게 번득였고, 그게 또한 그와 아이라를 구별지었다. 오데이가 삶에서 추방해버린 인간의 모든 우발적 사건을 끌어들인 탓에 아이라에게는 여유롭고 무질서한 삶의 온건한 정신이 남아 있었다.

그날 저녁 기차를 타고 돌아갈 무렵 내 마음은 오데이의 무자비한 집중 포화에 완전히 헝클어져, 어떻게 하면 부모님에게 삼개월 반이면 충분하다고 말할 수 있을까 하는 생각밖에 나지 않았다. 대학을 그만두고 인디애나의 철강도시 이스트시카고로 이사하겠다. 부모님에게 금전적으로 도와달라고 부탁할 생각은 없다. 먹고살 수 있는 일자리를 찾겠다. 십중팔구 천한 일이겠지만, 더 큰 목적을 위해서라면 그래도 괜찮다, 하는 생각밖에. 조니 오데이를 만난 뒤로 더는 부모님의 기대든 나의 기대든, 부르주아적 기대에 맞춰 사는 것을 합리화할 수 없었다. 오데이는 열정을 감춘 부드러운 말씨에도 불구하고 내가 만나본 사람 중 가장 역동적이었다. 심지어 아이라보다 훨씬 더했다. 누구보다 역동적이고, 누구보다 강인하고, 누구보다 위험했다.

그는 위험했다. 아이라처럼 나를 염려하지 않았고, 아이라처럼 나를 알지 못했기에. 아이라는 내가 누군가의 자식이라는 걸 알았고, 직관적으로 이해했으며, 게다가 아버지를 만나 얘기를 나눴다. 아이라는 내게서 자유를 빼앗거나 나를 내 근원에서 떼어내려 하지 않았다. 절대 어느 선 이상으로 뭔가를 주입하려 하지 않았고, 살아 있는 동안 항상 친밀한 애착을 갈망할 정도로 사랑에 굶주리고 목말랐음에도 나를 붙잡기 위해 아등바등하지 않았다. 그는 뉴어크에 왔을 때 잠시 나를 빌린 것뿐이었다. 혼자 뉴어크에 건너왔을 때나 혼자 오두막에 틀어박혀 있을 때 얘기를 나눌 사람이 필요해 가끔 나를 빌려갔지만, 나를 공산주의자 모임 근처에도 데려간 적이 없었다. 그의 나머지 반쪽 삶은 나에게 거의 드러나지 않았다. 내가 본 것은 폭언과 고함과 과장된 표현이 전부였고, 겉치레에 불과했다. 그는 나와 있을 때는 마냥 고삐 풀린 사람이 아니었고, 나름의 전략이 있었다. 광적인 강박관념에 사로잡혔지만, 나를 대할 땐 무척이나 점잖고 부드러웠고, 그 자신은 기꺼이 맞설 수 있지만 아이한테는 노출시키고 싶지 않은 위험을 항상 의식했다. 나에게만큼은 격노와 격정 이면에 숨은 덩치 큰 남자의 선량함을 보여주었다. 아이라는 나를 어느 선까지만 교육시키는 게 적당하다고 보았다. 나는 한 번도 그 열성당원의 모습을 온전하게 본 적이 없었다.

하지만 조니 오데이에게 나는 보호해야 할 누군가의 자식이 아니었다. 그저 포섭 대상이었다.

점심을 먹을 때였다. "대학에서 트로츠키파하고 노닥거리지 마라." 마치 내가 트로츠키파에 대해 이야기하려고 이스트시카고에 온 것처럼 오데이는 말했다. 우린 어두컴컴한 선술집의 칸막이 좌석에서 머리를 맞대고 앉아 햄버거를 먹었다. 폴란드계 주인에게 아직 오데이의 신용이 통하는 곳이었고, 사내들의 친목을 동경하는 나 같은 소년이 혹할 만한 분위기였다. 한쪽 모퉁이에 자리잡은 식료품점과 반대쪽 모퉁이의 교회를 제외하면,

공장에서 그리 멀지 않은 작은 거리에서 볼 수 있는 것은 죄다 술집뿐이었고, 길 건너편 공터에는 폐물과 쓰레기 더미가 반반씩 쌓여 있었다. 동쪽에서 불어온 강한 바람에 이산화황 냄새가 실려왔다. 실내에는 담배와 맥주 냄새가 진동했다.

오데이가 말했다. "난 정통파가 아니라서 트로츠키파하고 놀아도 괜찮다고 생각한다. 하지만 놀고 난 다음엔 꼭 손을 씻어라. 독이 있는 파충류를 매일 만지는 사람이 있거든. 심지어 해독제를 만들기 위해 그 독을 짜내기도 해. 그런 사람은 물려서 죽는 경우가 거의 없어. 그 파충류가 독이 있다는 걸 알기 때문에."

"트로츠키파가 뭐죠?" 내가 물었다.

"공산주의와 트로츠키주의의 근본적인 차이를 모르는 거냐?"

"네."

그뒤 몇 시간 동안 그의 설명이 이어졌다. '과학적 사회주의' '네오파시즘' '부르주아 민주주의' 같은 용어가 수시로 튀어나왔고, (우선) 레온 트로츠키처럼 생전 처음 듣는 이름을 필두로, 이스트먼, 러브스톤, 지노비예프, 부하린 같은 이름, '10월 혁명' '1937년 재판'처럼 전혀 모르는 사건들이 끝없이 이어졌다. 또 "마르크스의 가르침에 따르면, 자본주의 사회에 고유한 모순은……"으로 시작하거나, "트로츠키파는 그릇된 추리에 따라 목표 달성을 가로막으려는 공모를 꾸미고……"로 시작하는 공식화된 문장이 자주 등장했다. 하지만 이야기 하나하나가 아무리 난해하고 복잡해도, 오데이의 입에서 나오는 말은 하나도 빠짐없이 가슴을 파고들었고 결코 멀게 느껴지지 않았다. 그것은 나에게 설명해주기 위해 말하는 주제도 아니었고, 기말고사를 위해 받아쓰라고 말하는 주제도 아니었다. 그것은 그가 몸소 겪어온 맹렬한 투쟁 그 자체였다.

거의 세시가 되었을 때에야 그는 이야기에 온통 집중하고 있던 나를 풀어주었다. 상대방의 귀를 사로잡는 그의 기술은 비상했고, 그 기술이 작동하는 데는 그의 모든 말에 집중하는 한 상대를 위태롭게 하지 않겠다는 암묵적인 약속이 큰 역할을 했다. 나는 녹초가 되었고 술집은 어느덧 텅 비었지만, 나는 꿈꿔왔던 일이 나에게 벌어지고 있다는 느낌에 휩싸였다. 그날 밤, 고등학교 시절 아버지에게 반항하고 아이라의 손님 자격으로 윌리스의 뉴어크 유세에 갔던 일이 기억났고, 다시 한번 나는 의미 있는 삶이란 무엇인가를 놓고 벌이는 싸움, 열네 살이 되면서부터 줄곧 고대하던 영광스러운 전투에 참여하고 있다는 느낌에 빠져들었다.

오데이가 시계를 흘끗 본 뒤 말했다. "자, 일어나라. 미래의 얼굴을 보여주마."

그곳에 우리가 있었다. 그곳에 내가 있었다. 그곳에 그것이, 내가 오랫동안 한 남자로서 참여하기를 몰래 꿈꿔왔던 세계가 있었다. 사이렌이 울리고 문이 활짝 열리자, 그들이 쏟아져나왔다. 노동자들이! 도처에 깔려 있고, 평범하지만 자유롭다고 코윈이 말한 보통 사람들, 일반인들! 서민들! 폴란드인! 스웨덴인! 아일랜드인! 크로아티아인! 이탈리아인! 슬로베니아인! 불에 타거나 뭉개지거나 폭발에 날아갈 위험 속에서도 오로지 지배계급의 이윤을 위해 목숨을 걸고 강철을 만드는 사람들.

흥분한 나머지 그들의 얼굴이 보이지 않았다. 심지어 몸도 보이지 않았다. 보이는 것이라곤 정문을 빠져나와 집으로 향하는 무리 진 군중뿐이었다. 미국 노동자 군중! 내 곁을 스치고 내 몸에 부딪히며 흘러가는 미래의 얼굴, 미래의 힘! 슬픔, 분노, 항의, 승리감에 취한 나머지 큰 소리로 외치고 싶은 충동이 나를 압도했다. 위협적인 폭도가 아닌 그 군중에 합류하고 싶은 충동, 창이 두꺼운 부츠를 신은 남자들이 급류처럼 흘러가는 그 대열에 휩쓸려 끝까지 따라가고 싶은 충동이 강하게 밀려왔다. 그들이 내는 소음은 싸움을 앞둔 경기장에서 울리는 군중의 소음과 같았다. 어떤 싸움인가? 미국인의 평등을 위한 싸움이었다.

오데이가 허리춤에 매단 작은 주머니에서 전단 한 뭉치를 꺼내 내게 내밀었다. 그 자리, 끊임없이 연기를 내뿜고 길이가 1마일은 되는 바실리카* 같은 공장이 보이는 곳에서 우리는 나란히 서서 일곱시-세시 근무를 마치고 나오는 사람들에게 전단을 나눠주었다. 노동자들은 저마다 전단을 받기 위해 손을 내밀었다.

* 로마 시대의 긴 장방형 회당.

그들의 손가락이 내 손을 건드렸고, 내 삶은 통째로 뒤집혔다. 미국에서 이 사람들을 적대하는 것은 모두 나를 적대하는 것이다! 나는 전단 배포자로서 맹세했다. 이 노동자들의 뜻을 수행하는 도구가 되겠노라고. 반드시 정직한 인간이 되겠노라고.

그렇다, 오데이 같은 사람에겐 누구라도 끌린다. 조니 오데이는 사람을 적당히 끌어당기고 말지 않는다. 끝까지 끌어당긴다. 혁명이 이 모든 것을 무너뜨리고 그 자리를 대신할 것이라고, 정치적 카사노바는 직설적이고 명쾌한 예언을 내놓았다. 당신이 열일곱 살에, 오데이처럼 공격적인 태도를 견지하고, 모든 것을 이상주의적으로 또 이념적으로 이해시키고, 가족과 친척에 집도 없이 사는 사람을 만난다면 어떻겠는가? 아이라를 스무 개의 다른 방향으로 끌어당기는 그 모든 것에서 자유롭고, 아이라를 스무 개의 다른 방향으로 끌어당기는 그 모든 감정에서 자유롭고, 아이라 같은 사람이 타고난 본성 때문에 겪는 그 모든 격변에서 자유로운 사람, 혁명을 일으켜 세상을 변화시키고 싶어하면서도 아름다운 여배우와 결혼하고 새파랗게 젊은 정부와 놀아나고 나이든 매춘부와 시간을 보내고, 가족을 이루기를 갈망하고, 의붓자식과 티격태격하고, 연예산업 중심지의 으리으리한 저택과 외진 산골의 무산자 오두막을 오가며 생활하고, 은밀한 곳에서는 이런 사람, 대중 앞에서는 저런 사람, 그 사이에서는 또다른 사람으로 살아가고, 에이브러햄 링컨과 아이언 린과 아이라 린골드가 뒤죽박죽 뒤엉켜 쉽게 흥분하고 쉽게 폭발하는 복합적인 자아가 없는 사람, 자신의 생각 외에는 내세울 게 없는 사람, 존경스러운 삶을 영위하는 데 필요한 것을 매우 정확히 이해하는 사람을 만난다면, 그땐 당신도 나처럼 생각할 것이다. 내가 있을 곳은 바로 여기다!

이란에서 오데이를 만났을 때 아이라도 그렇게 생각했을 것이다. 오데이는 그에게도 그런 식으로 충격을 가했을 것이다. 그는 사람을 끌어들여 세계혁명이란 개념에 붙들어맨다. 아이라는 결국 부주의하고 무계획적이고 즉흥적인 사람으로 끝을 맺었고, 엄청난 노력을 쏟아붓고도 건진 것이 없었지만, 오데이는 오로지 진짜를 소유하고, 진짜를 원하고, 진짜가 되었다. 유대인이 아니어서였을까? 이교도라서였을까? 아이라가 말한 것처럼 가톨릭계 고아원에서 자란 탓이었을까? 그래서 그렇게 철두철미하고, 무자비하고, 헐벗은 채 살아갈 수 있었던 것일까?

내 속에 숨어 있는 나약함이 그에게는 티끌만큼도 없었다. 그의 눈에 나의 나약함이 보였을까? 절대 그래선 안 되었다. 여기 이스트시카고에 조니 오데이와 함께 있을 때는 내 삶의 나약함을 꼭꼭 짓눌러야 했다. 여기 공장 정문에서 오전 일곱시와 오후 세시와 저녁 열한시에, 교대시간에 맞춰 전단을 배포할 때만큼은. 그는 노동자들을 동면에서 깨우고 미국을 평등한 사회로 만들기 위해서는 전단을 어떻게 쓰고, 무슨 말을 하고, 어떻게 말해야 가장 좋은지 내게 가르쳐줄 것이다. 내게 모든 걸 가르쳐줄 것이다. 나는 그가 비인간적이라고 선고한 안락한 감옥에서 빠져나와 여기 조니 오데이 곁에서 역사적인 수련을 받게 될 제자였다. 천한 일, 궁핍한 삶, 다 괜찮다. 여기, 조니 오데이 곁에 무의미한 삶은 없다. 오히려 모든 것이 의미 있고, 모든 것이 심원하고 중요하다!

내가 그런 감정에서 벗어나 과거의 나로 돌아갈 수 있으리라고는 누구도 상상하지 못했을 것이다. 하지만 자정까지도 나는 집에 내 결심을 알리기 위해 전화를 걸지 못했다. 오데이는 시카고로 돌아가는 기차에서 읽으라며 내게 두 권의 얇은 팸플릿을 줬다. 『공산당의 이론과 실제』라는 책자는 전미공산당교육국에서 펴낸 '마르크스주의 학습총서'의 제1과정으로, 오십 쪽이 채 안 되는 지면에 자본주의, 자본주의적 착취, 계급투쟁의 본질을 매우 효과적으로 폭로하고 있었다. 오데이는 다음에 만나면 내가 읽은 것을 함께 토론하고, "제1과정의 주제를 이론 차원에서 더욱 발전시킨" 제2과정을 주겠다고 약속했다.

그날 받은 다른 팸플릿은 제임스 S. 앨런이 쓴 『누가 미국의 주인인가?』였다. 이 책자는 "자본주의는 미국에서 가장 강력한 형태로 발전하고 있음에도 그 어느 때보다 광범위한 재앙을 일으키려 위협하고 있다고" 주장, 아니 예언했다. 표지에는 실크해트와 모닝코트를 입은 돼지같이 생긴 뚱뚱한 남자가 '이윤'이라는 딱지가 붙은 불룩한 돈자루 위에 거만하게 앉아 있는 카툰이 파란색과 하얀색으로 그려져 있었다. 그 남자의 불룩한 아랫배에는 달러 표시가 새겨져 있고, 배경에는 미국의 공장들이 연기를 내뿜고 있었다. 그 공장들은 부유한 지배계급이 '자본주의의 주요 희생자'인 가난과 싸우는 노동자들에게서 부당하게 빼앗은 부를 의미했다.

나는 기차에서 팸플릿 두 권을 다 읽었다. 그리고 팸플릿을 읽는 동안 집에 전화를 걸어 내 소식을 알릴 용기가 솟아나길 바라며 기숙사 방에서 한번 더 읽었다. 『누가 미국의 주인인가?』의 마지막 장 제목은 '공산주의자가 되라!'였다. 나는 조니 오데이가 나에게 직접 말한다고 생각하면서 그 글을 큰 소리로 읽었다. "그렇다, 힘을 합치면 우리는 파업에서 승리할 것이다. 우리는 우리의 노조를 건설해 다 같이 한 걸음씩 전진하며 반동세력, 파시즘, 전쟁과 싸울 것이다. 힘을 합쳐 거대하고 독립적인 정치조직을 건설할 것이고, 총선에서 부르주아 당들과 힘을 겨룰 것이다. 단 한순간도 우리는 강탈자, 이 나라를 파멸로 이끄는 소수 독재자에게 평온을 허락하지 않을 것이다. 당신의 애국심, 국가에 대한 충성심을 증명하라. 공산당에 가입하라. 공산당원이 되면 진정한 의미에서 미국 국민으로서의 의무를 완수할 수 있다."

나는 생각했다. 왜 이걸 멀리해야 하는데? 버스를 타고 시내로 가서 월리스의 유세에 참석했던 것처럼 그렇게 해. 너의 인생은 너의 것인가, 아니면 그들의 것인가? 너는 신념을 위한 용기가 있는가, 없는가? 이 나라는 네가 살고 싶은 그런 나라인가, 아니면 일어나 혁명을 일으키고 싶은 나라인가? 너 역시 다른 '이상적인' 대학생처럼 이기적이고, 자기중심적이고, 특권을 바라는 위선자인가? 무엇을 두려워하는 거지? 고난, 비난, 위험 혹은 오데이란 사람? 너의 나약함이 아니면 무엇을 두려워하는 거지? 부모님에게 의존해서 결정을 내리려고 하지 마. 집에 전화해서 공산당에 가입하겠다고 허락받을 생각 따윈 버려. 지금 당장 옷과 책을 꾸려서 그곳으로 돌아가 행동하라고! 만일 그렇게 못하겠다면, 변화를 추구하는 너의 능력과 로이드 브라운의 능력이 뭐가 다르고, 너의 대담성과 징크타운 폐석장에서 토미 미나렉의 자리를 물려받고 싶어하는 식료품점 점원 브라우니의 대담성이 뭐가 다르겠어? 가족의 기대를 저버리고 진정한 자유를 위해 싸우지 못하는 네이선과 가족의 기대를 저버리고 자신의 자유를 위해 싸우지 못하는 브라우니가 얼마나 다르겠냐고? 그는 징크타운에 남아 광석을 팔고, 나는 대학에 남아 아리스토텔레스를 공부하다 결국 학위를 가진 브라우니가 되는 거야.

새벽 한시에 기숙사를 나왔다. 처음 경험하는 시카고의 눈보라가 맹렬히 몰아쳤다. 나는 눈보라를 뚫고 미드웨이 플레장스 공원을 가로질러 인터내셔널 하우스로 갔다. 안내를 보는 미얀

마 학생이 나를 알아보고 방범문의 자물쇠를 열었다. 내가 "글럭스먼 씨요"라고 말하자 그는 고개를 끄덕이고는 늦은 시간인데도 나를 들여보냈다. 나는 리오가 사는 층으로 올라가 문을 두드렸다. 어느 외국인 학생이 방에서 전열기로 카레를 만들어 먹은 지 몇 시간이 지났는데도 여전히 복도에서 냄새가 났다. 어떤 인도 아이는 머나먼 봄베이에서 시카고까지 공부하러 왔는데, 나는 고작 인디애나 주에 사는 걸 두려워하는구나 하는 생각이 들었다. 용감히 일어나 불의에 맞서 싸워! 발길을 돌려, 기회를 놓치지 마! 공장 정문을 기억해!

하지만 나는 여러 시간 동안 감정이 격해 있었고, 사춘기에 몇 년 동안이나 그 모든 새로운 사상과 전망에 짓눌려왔던 탓에 리오가 잠옷 차림으로 문을 열었을 때 눈물을 터뜨렸고, 리오에게 큰 오해를 사고 말았다. 조니 오데이에게 보여줄 엄두가 나지 않았던 모든 것이 밖으로 쏟아져나왔다. 나약함, 어린애 같은 미숙함, 오데이와는 판이하게 다른 무가치한 존재감. 그게 나였다. 하찮고 비본질적인 모든 것. 그게 나였다. 왜 이것을 멀리해야 하는가? 아이라에게 결핍되었다고 생각했던 것이 나에게도 없었다. 갈등이 없는 마음, 부러울 정도로 좁고, 명료하고, 혁명을 제외한 모든 것과 모든 사람을 기꺼이 포기할 줄 아는 오데이 같은 심장이 없었다.

"오 네이선, 나의 친구." 리오가 친절히 맞아주었다. 그가 나를 "주커먼 군"이 아닌 다른 호칭으로 부른 건 처음이었다. 그는 나를 그의 책상 앞에 앉히고 불과 몇 인치 떨어진 곳에 서서 나를 바라보았다. 나는 여전히 눈물을 흘리면서, 눈에 젖어 무거워진 모직 반코트의 단추를 풀었다. 아마 그는 내가 모든 걸 풀어헤칠 각오를 했다고 생각했을 것이다. 하지만 나는 그날 만났던 사람 얘기를 시작했다. 나는 이스트시카고로 가 오데이와 함께 일하고 싶다고 얘기했다. 양심 때문에 어쩔 수 없다고. 하지만 부모님에게 알리지 않아도 괜찮을까? 그것이 올바른 일인가? 나는 리오에게 물었다.

"이 빌어먹을 놈! 창녀 같은 놈! 꺼져! 당장 꺼져버려! 두 얼굴을 가진 교활한 창녀 같은 놈!" 그는 나를 밖으로 밀쳐내고 문을 세게 닫았다.

이해가 되지 않았다. 사실 베토벤도 이해되지 않았고, 키르케고르도 계속 골치가 아팠고, 리오가 내뱉은 말과 그렇게 고함을 친 이유도 도무지 알 수 없었다. 나는 그저 마흔여덟 살 먹은 공산주의 철강 노동자와 함께 사는 걸 고려하고 있다고, 그가 나이 든 몽고메리 클리프트와 약간 비슷하게 생겼다고 묘사했을 뿐이었다. 그런데 그는 나를 쫓아냈다.

맞은편에 사는 인도 학생뿐 아니라 그 층에 사는 인도 학생, 동양 학생, 아프리카 학생이 죄다 복도로 나와 무슨 난리인지 구경했다. 이 시간엔 대부분 속옷 차림인 그들 눈앞에, 열일곱 나이에 영웅적 자질을 갖기란 쉽지 않을 뿐 아니라 영웅적 자질과 거의 모든 것의 도덕적 측면에 주의를 기울이는 재능을 갖는 것도 쉽지 않다는 걸 그때야 깨달은 소년이 서 있었다. 눈앞의 광경을 보고 그들이 생각한 건 완전히 다른 것이었다. 당사자인 내가 그들의 생각을 이해한 건 다음번 고전문학 수업에서였다. 이제부터 리오 글럭스먼은 나를 그저 뛰어나지 못한 놈, 큰 인물이 될 운명과는 거리가 먼 하찮은 놈으로 보는 게 아니라, 시카고 대학에 입학한 학생 중 불명예스럽게도 가장 미숙하고, 문화적으로 천박하고, 우스꽝스러운 속물로 볼 거란 걸 깨달았다. 그리고 나머지 학기 동안 내가 수업시간에 무슨 말을 하고 무슨 글을 쓰든, 또 내 행동을 해명하고, 사과하고, 내가 오데이에게 가려고 학교를 그만두지 않았다는 것을 알리기 위해 아무리 장황한 편지를 써보낸들, 그의 오해는 절대 풀리지 않을 것이었다.

이듬해 여름 뉴저지에서 나는 집집마다 다니며 잡지를 팔았다. 인디애나의 철강공장 앞에서 새벽에, 해질녘에, 한밤에 전단을 배포하는 것과는 사뭇 달랐다. 아이라와는 두어 번 통화를 했고, 8월에 그의 오두막에서 만날 계획을 잡기도 했지만, 다행히 아이라가 마지막 순간에 피치 못할 사정으로 계획을 취소했고, 나는 얼마 뒤 학교로 돌아갔다. 그리고 몇 주 뒤인 1951년 10월 말경에 아이라와 아티 소콜로는 물론이고 연출가, 작곡가, 두 명의 주연배우, 유명한 아나운서 마이클 J. 마이클스까지 〈자유와 용기〉에서 해고됐다는 소식을 들었다. 아버지가 내게 전화로 알려주었다. 나는 신문을 정기적으로 보지 않았고, 아버지는 그 뉴스가 바로 전날 뉴욕의 모든 일간지에 실렸고, 뉴어크의 두 신문에까지 나왔다고 했다. 브라이든 그랜트가 칼럼니스트로 있는 〈뉴욕 저널 아메리칸〉은 헤드라인에서 아이라를 "쇳물처럼 달아오른 빨갱이 아이언"이라고 표현했고, 기사는 그랜트의 칼럼 '그랜트의 정보망'에 실렸다.

나는 아버지의 목소리에서 아버지가 제일 걱정하는 게 나라는 걸 알 수 있었다. 내가 아이라와 친하기 때문에 예상되는 결과가 걱정스러웠던 것이다. 나는 버럭 화를 냈다. "그들이 아이라를 공산주의자라고 부르기 때문이잖아요, 그들은 거짓말을 하고 아무나 공산주의자라고 부르잖아요." "그들이 거짓말로 너를 그렇게 부를 수도 있다." 아버지가 말했다. "정말이야." "그렇게 하라고 해요! 멋대로 하라고 해요!" 하지만 자유주의자이고 발치료사인 아버지가 아이라와 그의 동료들을 해고한 방송국 임원이나 되는 것처럼 아버지에게 아무리 크게 소리를 질러도, 또 그 고발이 나에게 해당하지 않는 것처럼 아이라에게도 해당하지 않는다고 아무리 소리 높여 주장해도, 나는 조니 오데이와 단지 한나절 보낸 경험을 통해 내가 얼마나 잘못된 생각에 빠질 수 있는지 알고 있었다. 아이라는 이란에서 오데이와 이 년 넘게 복무했다.

오데이는 그의 가장 절친한 친구였다. 내가 아이라를 처음 알았을 때도 그는 여전히 오데이한테 긴 편지를 받고, 답장을 써보냈다. 그때 골드스틴이 생각났고, 주방에서 들었던 그의 말이 떠올랐다. 저놈이 지껄이는 공산주의사상은 귀담아듣지 마라. 아이라 같은 꼭두각시를 내세워 이용하는 게 공산당 놈들이야. 내 집에서 나가, 이 멍청한 빨갱이 자식……

나는 줄곧 이 모든 것을 연관 짓지 않으려고 억지로 노력해왔다. 이 일과 〈두비누시카〉 앨범과 여러 가지 일.

"그날 오후 내 진료실에서 만났던 것 기억하지, 네이선? 그가 뉴욕에서 건너와 뭐라고 했는지? 난 그에게 물었고, 너도 그에게 물었어. 그가 우리한테 뭐라고 말했지?"

"사실대로요! 아이라는 사실대로 말했어요!"

"난 그에게 '린골드 씨, 당신은 공산주의자입니까?'라고 물었다. 너도 그에게 공산주의자냐고 물었고." 지금까지 한 번도 들어본 적 없는 무서운 목소리로 아버지가 외쳤다. "만일 그가 거짓말을 했다면, 그 사람이 내 아들에게 거짓말을 했다면……!"

나는 아버지의 목소리에서 살기를 느꼈다.

"넌 그런 기본적인 것에 대해 거짓말하는 사람과 어떻게 어울릴 수 있는 거냐? 어떻게? 그건 애들 거짓말이 아니야. 어른의 거짓말이다. 의도가 있는 거짓말, 새빨간 거짓말이야."

아버지가 말하는 동안 나는 생각했다. 왜 아이라는 구태여 거짓말을 했을까? 왜 내게 사실대로 말하지 않았을까? 난 어쨌든 징크타운에 갔을 텐데, 아니면 가려고 노력하기라도 했을 텐데. 하지만 아이라는 나한테만 거짓말을 한 게 아니었다. 중요한 건 그게 아니었다. 그는 모두에게 거짓말을 했다. 만일 모든 사람에게 습관적으로 항상 거짓말을 한다면, 그건 사실관계를 뒤바꾸기 위해 계획적으로 하는 행동이다. 아무도 즉흥적으로 그렇게 할 수는 없다. 이 사람한테 진실을 말하고 저 사람한테 거짓을 말하면 들통나기 마련이다. 그래서 거짓말은 한결같은 태도를 유지할 때 가능하다. 그것은 그가 거짓말을 하기로 작정했다는 뜻이다. 진실을 말하는 건, 특히나 내게 말하는 건 생각도 못했을 것이다. 그랬다면 우리의 우정이 위험해졌을 뿐 아니라 내가 위험해졌을 테니까. 그가 거짓말을 한 이유는 무수히 많았지만, 설령 그걸 다 이해했더라도 아버지에게 설명해줄 수 있는 건 단 하나도 없었다.

아버지와 통화를 한 다음(어머니와도 통화했는데, 어머니는 "너에게 전화하지 말라고, 네 마음을 상하게 하지 말라고 네 아버지한테 애원했단다"라고 말했다) 나는 웨스트 11번가로 아이라에게 전화를 걸었다. 전화는 저녁 내내 통화중이었다. 이튿날 아침 다시 전화를 걸자, 원드러스—흑인 가정부인데, 아이라는 이브가 저녁식사 자리에서 종을 흔들어 그녀를 부르는 걸 끔찍이 싫어했다—가 전화를 받더니 "그분은 이제 여기 안 살아요"

하고는 끊었다. 아이라의 형은 아직 '나의 선생님'이란 생각이 강했기 때문에, 머리 선생님에게 전화하는 것은 자제했다. 대신 아이라에게 편지를 쓰고 겉봉에 '린골드 씨 귀하'라고 적어 뉴어크의 리하이 애비뉴로 보냈고, 징크타운의 우편함 주소로도 편지를 보냈다. 답장은 오지 않았다. 아버지가 몇몇 신문에서 그에 관한 기사를 오려 보냈을 때 나는 큰 소리로 부르짖었다. "거짓말! 거짓말! 더러운 거짓말들!" 하지만 그때 조니 오데이와 어윈 골드스틴이 생각났고, 나는 혼란에 빠졌다.

그로부터 반년이 채 지나지 않았을 때, 서둘러 출간된 책 한 권이 미국 서점가에 등장했다. 이브 프레임의 이야기를 브라이든 그랜트가 받아 쓴 『나는 공산주의자와 결혼했다』라는 책이었다. 앞뒤 표지에는 미국 국기가 그려져 있었다. 앞표지의 국기는 누더기처럼 찢겨 있었고, 찢긴 타원형 틈 안에 최근에 찍은 아이라와 이브의 흑백사진이 들어가 있었다. 사진 속 이브는 다정하고 사랑스러운 표정을 짓고 있었다. 그녀는 자신이 유행시킨 물방울무늬 베일이 달린 모자를 쓰고, 모피코트를 입고, 둥근 백을 든 채 카메라를 향해 활짝 웃으며 남편과 팔짱을 끼고 웨스트 11번가를 걷고 있었다. 하지만 아이라는 조금도 행복해 보이지 않았다. 중절모를 쓴 그는 심각하고 괴로운 표정을 짓고 두꺼운 안경 너머로 카메라를 응시했다. 표지 한복판엔 "나는 공산주의자와 결혼했다, 이브 프레임 저, 브라이든 그랜트 대필"이라고 큼직하게 쓰여 있고, 아이라의 얼굴 주위에 굵직한 붉은색 동그라미가 둘려 있었다.

책에서 이브는 아이언 린, "일명 아이라 린골드"가 공산주의사상으로 그녀를 "폭행하고 위협한 미친 공산주의자"라고 주장했다. 그리고 그가 저녁식사 때마다 그녀와 실피드에게 강의를 늘어놓고, 모녀에게 소리를 지르고, 공산주의를 위해 일하도록 두 사람을 "세뇌"시키려 온갖 노력을 다했다고 했다. "살아오면서 그렇게 영웅적인 행동은 처음 보았다. 하루종일 조용히 앉아 하프 타는 것을 무엇보다 좋아하는 내 어린 딸은 이 미친 공산주의자와 그의 허황된 스탈린주의, 전체주의의 거짓말에 맞서 미국의 민주주의를 열심히 옹호했다. 이 미친 공산주의자가 소련 강제수용소에서 사용하는 모든 기술을 동원해 이 용감한 아이를 굴복시키려 한 것은 살아오면서 한 번도 보지 못한 잔인한 짓이었다."

옆 페이지에는 실피드의 사진이 실려 있었다. 하지만 내가 아는 실피드가 아니었다. 집시풍 옷을 즐겨 입는 냉소적인 스물세 살의 거구, 그날 밤 파티에서 저녁을 먹는 동안 시시덕거리며 나를 도와주고, 식사 후에는 어머니의 친구들을 한 명씩 도마 위에 올려놓고 살과 뼈를 발라내 나를 즐겁게 해준 그 실피드가 아니었다. 크고 검은 눈, 동그란 얼굴, 뒤로 땋아내린 머리에 파티드레스를 입고 비벌리힐스의 어느 해 생일케이크 앞에서 아름다운 엄마를 바라보며 미소 짓는 실피드. 작은 딸기가 수놓아진 새하얀 면드레스를 입고, 페티코트로 부풀린 긴 치마 위에 넉넉한 허리띠를 둘러 등뒤로 나비매듭을 묶은 실피드. 하얀 양말 위에 깜찍한 메리제인 구두를 신은, 몸무게가 채 42파운드가 안 되는 여섯 살의 실피드. 그건 페닝턴의 아이도, 이브의 아이도 아닌 신의 아이였다. 그 사진은 이브가 애초에 의도했던 효과를 십분 발휘했다. 실피드의 신성화, 세속의 응어리를 에테르처럼 승화시키는 아련한 백일몽 효과. 그 모든 죄로부터 결백한, 이 세상에는 거할 곳이 없는 성인(聖人) 실피드. 악의라곤 찾아볼 수 없는 완벽한 존재 실피드.

"엄마, 엄마." 한 클라이맥스 장면에서 이 용감한 아이가 다급하게 엄마를 부른다. "2층 서재에 있는 아저씨들이 러시아어로 말해요!"

소련 첩보원. 소련 스파이. 소련 문서. 비밀편지와 전화, 직접 전달되는 통신문이 전 세계 공산주의자들에게서 밤낮없이 쏟아져들어온다. 집 안에서, 또 "뉴저지의 깊은 산속에 자리한 공산당 은신처"에서 조직회의가 열린다. "그리니치빌리지의 워싱턴스퀘어 북쪽에 그가 잠시 임대한 한 층 전체를 쓰는 아파트에서도 그들은 모임을 가졌다. 조지 워싱턴 장군의 유명한 동상 맞은편에서 말이다. FBI를 피해 도망치는 공산주의자들에게 안전한 도피처를 제공할 목적으로 아이언 린이 잠시 빌린 아파트였다."

"거짓말!" 나는 소리쳤다. "말도 안 되는 엉터리 거짓말!" 하지만 내가 그걸 어떻게 확신할 수 있을까? 어느 누가 확신할 수 있을까? 그녀의 충격적인 서문이 사실이라면? 정말 그럴 수도 있을까? 나는 아이라와 그의 장광설을 점차 멀리하다 이제 거의 거부하는 지경까지 이르렀지만, 그래도 우리 사이에 남은 순수한 관계를 가급적 오랫동안 보호하고 싶어 여러 해가 지난 후에야 이브 프레임의 책을 들춰보았다. 그리고 나는 이 책으로 우리의 이야기가 잔인하게 끝나길 원치 않았기 때문에, 서문 뒤로는 자세히 읽지 않고 띄엄띄엄 훑어나갔다. 게다가 〈자유와 용기〉의 주연 성우, 실제로는 사악한 역할을 충실히 수행했으면서도 그 위대한 미국인들을 연기했던 자가 저질렀다는 위선적인 반역행위에 대해 신문에서 떠들어대는 내용에도 별로 관심이 없었다. 이브의 증언에 따르면, 아이라는 개인적으로 소콜로의 모든 대본을 소련 첩자에게 넘겨 지도와 승인을 받았다. 내가 사랑했던 사람이 이렇게 대중의 비난과 욕설에 시달리는데, 내가 거기에 동참하고 싶었겠는가? 그건 눈곱만큼도 즐거운 일이 아니었고, 내가 할 수 있는 일도 없었다.

첩보활동에 대한 비난은 제쳐두고라도, 나를 남자의 세계로 이끌었던 사람이 우리 가족에게 자신이 공산주의자라는 것에 대해 거짓말을 했을지 모른다고 인정하는 것 자체가 내게는 앨저 히스*나 로젠버그 부부가 국민 앞에서 공산주의자가 아니라고 한 말이 거짓일 수도 있음을 인정하는 것만큼이나 지독히 고통스러운 일이었다. 나는 그 책을 한 줄도 읽지 않았다. 처음부터 단 한 줄도 믿고 싶지 않아서였다.

이브의 책은 폭탄 같은 서문으로 시작했다.

> 이게 과연 옳은 일일까요? 이렇게 하는 게 내게는 쉬운 일일까요? 정말이지 이건 결코 쉬운 일이 아닙니다. 오히려 내 생애에서 가장 무섭고 어려운 일입니다. 어떤 동기로 이 책을 썼냐고 사람들은 물을 겁니다. 내가 그토록 사랑했던 아이언 린이라는 사람을 여러분 앞에 고발하는 것이 나의 도덕적 의무이고 애국심이라는 생각을 어떻게 하게 되었을까요?
>
> 미국의 여배우로서 나는 공산주의세력이 연예계에 침투하는 것을 막기 위해 온몸으로 싸우겠다고 다짐하며 살아왔기 때문입니다. 미국의 여배우로서 그토록 많은 사랑과 답례와 행복을 선물해준 미국 청취자들에게 막중한 책임을 느끼기 때문입니다. 나와 결혼한 남자, 내가 누구보다 사랑했던 남자, 그러나 대중문화를 무기로 삼아 미국인의 삶을 찢어발기려고 결심한 남자를 통해 알게 된, 공산주의의 손길이 방송계에 어디까지 침투했는지 그 사실을 밝히고 폭로해야 한다는 엄숙하고 확고부동한 책임감을 느끼기 때문입니다.

---

* 1950년대 매카시 상원에 의해 소련 간첩으로 고발된 고위 관료.

그 남자는 아이언 린, 일명 아이라 린골드라는 성우였습니다. 그는 미합중국 공산당의 정식 당원이고, 미국 라디오방송을 지배하려는 공산당 지하조직의 주모자였습니다. 아이언 린, 일명 아이라 린골드는 모스크바의 지령을 받는 미국인이었습니다.

내가 왜 이 남자와 결혼했는지 나는 잘 압니다. 여자의 사랑 때문이었죠. 그렇다면 그는 왜 나와 결혼했을까요? 공산당의 지령을 받았기 때문입니다! 아이언 린은 결코 나를 사랑하지 않았습니다. 아이언 린은 나를 이용했습니다. 아이언 린은 미국 연예계에 더 깊숙이 침투하기 위해 나와 결혼했습니다. 그렇습니다. 나는 음험한 공산주의자, 내 삶과 경력, 사랑하는 내 아이의 삶을 파괴하다시피 한 사악하고 교활하기 짝이 없는 남자와 결혼했습니다. 그 모든 것은 세계를 지배하려는 스탈린의 계획을 진척시키기 위한 음모였던 것입니다.

7

“아이라의 오두막. 이브는 그곳을 싫어했다네. 두 사람이 처음 사랑에 빠졌을 때, 그녀는 아이라를 위해 그 집을 뜯어고치려고 했어. 커튼을 달고, 접시와 컵과 수저 세트를 사들였지. 하지만 쥐, 말벌, 거미가 기어들어왔고, 이브는 그걸 보고 기겁했지. 또 가장 가까운 잡화점이 몇 마일이나 떨어져 있었는데, 이브는 운전을 못했기 때문에 거름 냄새를 풀풀 풍기는 이웃 농부가 가게까지 태워다줘야 했어. 어쨌거나 징크타운에선 그 모든 불편을 참는 것 외에 그녀가 할 일은 별로 없었네. 이브는 생각 끝에 프랑스 남부에 집을 하나 사자고 조르기 시작했어. 실피드의 아버지가 살고 있으니 여름이면 실피드가 그를 볼 수도 있고 말이야. 그녀는 아이라에게 말했어. ‘어쩜 그렇게 촌스러울 수 있어요?

여행도 안 하고, 프랑스의 시골에 가보지도 않고, 명화들을 보러 이탈리아에 가지도 않고. 뉴저지 말고 아무 데도 안 가면, 어떻게 해리 트루먼 때문에 소리지르지 않아도 되는 걸 하나라도 배울 수 있겠어요? 당신은 음악도 안 듣고, 박물관에도 안 가요. 노동자계급에 관한 책이 아니면 읽지도 않고. 어떻게 배우란 사람이……' 그러면 아이라는 말했지. '이봐요, 난 배우가 아니오. 라디오방송으로 생계를 유지하는 노동자지. 그 잘난 체하는 당신 전남편, 그자한테 돌아가 다시 시작하고 싶은 거요? 당신 친구 카트리나처럼 하버드 출신의 교양 있는 남자를 원하는 거요? 미스터 또라이, 미스터 카트리나 반 가십 그랜트 같은 남자를?'

이브가 프랑스나 별장 구입 얘기를 꺼낼 때마다 아이라는 화를 냈어. 그리 심하게는 아니지만. 평상시에는 페닝턴이나 그랜트 같은 자를 미워하지 않았어. 평상시에는 아무것도 미워하지 않았어. 하지만 의견이 충돌하면 욱하는 성질이 어김없이 튀어나왔지. 아이라는 말했어. '나도 여행을 했소. 이란의 부두에서 일했지. 이란에서 인간의 비참한 꼴을 질리도록 봤단 말이오……' 그러곤 끝도 없이 늘어놓았다네.

결국 아이라는 오두막을 포기하지 않았고, 그게 부부싸움의 또다른 불씨가 됐네. 처음에 그 오두막은 그의 지난 시절에서 넘어온 기념품이었고, 그녀가 보기엔 그의 시골뜨기 같은 매력의 일부였지. 하지만 얼마 후부터 이브는 오두막이 그녀와 멀어지려는 구실이라고 생각했네. 그게 또 그녀를 공포로 몰아넣었지.

어쩌면 이브는 아이라를 진심으로 사랑했고, 그래서 아이라를 잃을까 두려워했는지도 모르겠네. 하지만 그녀의 연기는 전혀 사랑 같은 인상을 풍기지 않았어. 이브는 사랑의 망토, 사랑의 환상을 뒤집어쓰고 있었지만, 너무 약하고 상처를 잘 받아서 쉽게 원망에 사로잡혔지. 그녀는 모든 것에 위협을 느낀 나머지 사리에 맞고 요령 있는 사랑을 베풀 줄 몰랐어. 단지 만화처럼 우스꽝스러운 사랑밖에는 주지 못한 거야. 그게 실피드가 받은 사랑이었지. 자네가 이브 프레임의 딸이라면, 거기다 칼턴 페닝턴의 딸이라면 어떻겠나? 실피드가 어떻게 컸는지 이해가 될 거야. 그런 인간은 하룻밤 사이에 만들어지는 게 아닐세.

그녀가 보기에 그 오두막에는 아이라의 경멸스러운 부분, 역겨울 정도로 야만스러운 면이 곳곳에 널려 있었어. 하지만 아이라는 그걸 없애려 하지 않았어. 적어도 그 오두막이 오두막으로 남아 있는 한 그곳은 실피드한테 맞을 수 없었어. 실피드가 잠을 청할 수 있는 곳은 거실의 소파 겸용 침대밖에 없었지. 여름이면 몇 번씩 주말에 오곤 했지만 실피드는 따분해하고 우울해했네. 연못은 너무 더러워서 수영할 수 없었고, 숲은 벌레가 너무 많아 산책을 할 수 없었어. 이브가 기분을 풀어주려고 무척 애썼지만, 실피드는 하루 반나절 동안 실죽거리며 집 안에 틀어박혀 있다 기차를 타고 하프가 있는 집으로 돌아갔지.

그러다 두 사람이 함께 보낸 마지막 봄에 그들은 오두막을 보수하려고 계획을 세우기 시작했네. 노동절이 지나면 대대적으로 수리하기로 했지. 주방과 욕실을 현대식으로 바꾸고, 큰 창을 새로 내고, 바닥도 새로 깔고, 문도 문틀에 꼭 맞게 새것으로 교체하고, 조명도 새로 달고, 겨울을 날 수 있게 두꺼운 단열재를 대고 새 기름보일러를 놓기로 했어. 안팎으로 페인트도 칠하고 말일세. 또 뒤쪽에 큰 방을 새로 만들어서 커다란 벽난로를 놓고 연못과 숲이 내다보이는 그림 같은 창도 내기로 했지. 아이라는 목수, 페인트공, 전기기사, 배관공을 고용하고, 이브는 목록과 도면을 만들어 크리스마스까지 끝내기로 했어. 아이라가 말하더군. '빌어먹을, 그녀가 그렇게 하고 싶대, 맘대로 하라지 뭐.'

당시 아이라의 몰락은 이미 시작된 상태였어. 내가 몰랐을 뿐이지. 실은 녀석도 몰랐고. 아이라는 자기가 신중하다고 생각했지. 문제가 생겨도 잘 넘어갈 거라고. 하지만 통증은 죽을 만큼 심하고 사기는 바닥에 떨어진 상태였기 때문에, 주도적으로 결정을 내리지 못하고 그저 간신히 버티기 위한 결정을 내릴 뿐이었다네. 아이라는 그녀에게 맞춰주면 마찰을 줄일 수 있고, 블랙리스트에 올라가지 않도록 그녀가 보호해줄 거라고 생각했어. 이제는 자신의 격한 성질 때문에 그녀를 잃을까 걱정이 들었지. 그래서 자신의 정치적 안전을 지키려고 이브가 퍼부어대는 모든 비현실적인 말을 참고 들어주기 시작했어.

두려움. 그 시절에는 극심한 두려움과 불신이 팽배했고, 폭로에 대한 불안, 목숨과 생계가 위태로워질 수 있다는 긴장감이 만연했다네. 아이라는 이브 곁에 있으면 보호받을 수 있다고 확신한 걸까? 아마 아닐 거야. 하지만 그것 말고 할 수 있는 일이 뭐가 있었겠나?

아이라의 영리한 전략이 어떻게 됐는지 아나? 그는 이브가 새로 지을 별실을 '실피드의 방'이라고 부르는 걸 들었네. 그게 그 영리한 전략을 깨버렸지. 그녀가 밖에서 굴착공과 얘기하면서 '실피드의 방'이 이렇고, '실피드의 방'이 저렇고 하는 소릴 들은 거야. 그녀가 행복하게 활짝 웃으며 안으로 들어왔을 때 아이라는 이미 딴사람으로 변해 있었어. '왜 그런 말을 하지?' 그가 물었어. '왜 그걸 실피드의 방이라고 부르는 거요?' '난 그렇게 부르지 않았어요.' '그렇게 불렀잖소. 다 들었소. 그건 실피드의 방이 아니오.' '하지만 거기서 지낼 거잖아요.' '난 그저 큰 별실을 지어 새 거실로 쓸 생각이었소.' '그 방에 소파 겸용 침대를 들일 거예요. 실피드는 그 새 침대에서 잘 거고요.' '거기서 잔다고? 언제?' '글쎄요, 여기 왔을 때겠죠.' '하지만 실피드는 여길 좋아하지 않소.' '아뇨, 집이 아름답게 변하면 좋아할 거예요.' '헛소리 집어치워요! 이 집은 절대 아름답지 않을 거요. 여긴 계속 더러운 오두막으로 남을 거요. 공사고 나발이고 다 때려치워요.' '나한테 왜 이러는 거예요? 내 딸한테 왜 이러는 거냐고요? 뭐가 문제예요, 아이라?' '다 끝났소. 수리는 없던 걸로 합시다.' '왜요?' '난 당신 딸을 참고 볼 수 없고, 당신 딸도 날 참고 볼 수 없으니까.' '어떻게 감히 내 딸을 헐뜯어요! 여기서 나가겠어요! 더는 여기 못 있겠어요! 당신은 내 딸을 학대하고 있어요! 더는 못 참겠어요!' 그녀는 전화기를 들어 택시를 불렀고, 오 분 뒤 오두막을 떠났네.

그로부터 네 시간 뒤 아이라는 그녀가 어디로 갔는지 알게 되었지. 뉴턴 시의 어느 부동산 중개업자한테서 전화가 걸려왔어. 그녀는 프레임 여사를 찾았고, 아이라가 지금 없다고 대답하자 프레임 여사에게 메시지를 전해달라고 부탁했지. 아주 멋진 농가주택 두 채가 매물로 나왔고, 둘 다 프레임 여사의 딸에게 잘 어울릴 것 같으니 다음 주말에 보러 오면 좋겠다고 말이야.

오두막을 뛰쳐나간 이브는 오후 내내 서식스 카운티를 돌아다니며 실피드에게 사줄 여름별장을 찾은 거였네.

그때 아이라가 내게 전화해서 말했지. '믿을 수 없어. 실피드에게 사줄 집을 이 근처에서 찾다니, 도무지 이해되지 않아.' '난 이해된다. 잘못된 양육에는 끝이 없는 법이야. 아이라, 있어서는 안 될 일이 일어날 때가 온 것 같구나.'

난 차를 몰고 오두막으로 올라갔네. 그날 밤을 거기서 보내고 다음날 아침 아이라를 태우고 뉴어크로 왔지. 이브는 매일 밤 전화를 걸어 아이라한테 집으로 돌아오라고 애원했지만, 그는 됐다고, 결혼은 끝났다고 말했네. 그리고 〈자유와 용기〉를 다시 시작했을 때 아이라는 우리 집에 머물면서 뉴욕으로 출퇴근했지.

난 아이라에게 말했네. '너도 다른 사람들처럼 이 사태에 꼼짝없이 얽혀 있다. 너도 다른 사람들처럼 정해진 대로 가게 돼 있어. 그놈들이 파괴하기로 작정한 게 너든 그 프로든 아니면 누가 됐든 너와 결혼한 여자가 앞으로 닥쳐올 일들로부터 널 지켜주진 못할 거다. 공산주의자 사냥꾼들이 기세를 올리고 있어. 아무도 그놈들을 오랫동안 속일 순 없을 거다. 설령 그들보다 네 배를 더 산다고 해도. 이브가 곁에 있든 없든 놈들은 너를 칠 거야. 하지만 최소한 그녀가 없으면 위기에 빠졌을 때 쓸데없이 거치적거리는 사람 때문에 고민할 일은 없겠지.'

하지만 몇 주가 흐르는 동안 아이라는 내 말이 옳다는 확신을 점점 잃어갔어. 도리스도 그랬고. 네이선, 어쩌면 내가 틀렸는지도 모르겠네. 아마 나름대로 이유를 따져본 끝에 이브한테 돌아갔다면, 그녀의 후광, 그녀의 명성, 그녀의 연줄을 총동원해 그와 그의 일자리를 지켰을지도 몰라. 가능한 일이야. 하지만 그 결혼생활에서는 무엇이 그를 구해주겠나? 매일 밤 로레인이 제 방으로 들어가면 우리는 주방에 앉았어. 도리스와 나는 다람쥐 쳇바퀴 돌듯 똑같은 얘기를 되풀이했고, 아이라는 말없이 듣고만 있었네. 우린 식탁에 둘러앉아 차를 마셨지. 도리스는 말하곤 했어. '아이라는 그녀의 허튼짓을 삼 년 동안 참았어요. 이성적으로 생각하면 참을 이유가 없었는데도 말예요. 그렇다면 앞으로도 삼 년 동안 못 참으란 법이 어디 있어요? 이젠 참을 이유가 있는데? 동기가 무엇이든, 좋든 나쁘든, 아이라는 한 번도 결혼을 완전히 깨뜨리려 한 적이 없어요. 그런데 왜 지금 그래야 하죠? 그녀의 남편으로 있으면 도움이 될 수도 있는 이때에? 만일 아이라한테 조금이라도 이익이 된다면, 최소한 그 두 사람과 우스꽝스러운 결합을 유지한대도 헛수고는 아닐 거예요.' 그러면 나는 말하곤 했어. '만일 그 우스꽝스러운 결합으로 돌아간다면, 아이라는 그것 때문에 파멸할 거요. 그건 우스꽝스러운 정도가 아니오. 한 달에 보름은 비참하게 지내고, 이리 건너와서 자야 하겠지.' 도리스가 말했어. '블랙리스트에 오르면 더 비참할 거예요.' '어쨌든 블랙리스트에 오를 거요. 입이 거칠고 배경까지 그러니 가만두지 않을 거요.' 그러자 도리스가 말했어. '어떻게 당신은 모든 사람이 다 걸려들 거라고 생각해요? 애초부터 이 모든 게 터무니없잖아요. 그러니 아무런 이유도 없이—' 난 말했지. '도리스, 아이라의 이름은 벌써 열다섯에서 스무 군데쯤에 올랐소. 틀림없이 그렇게 될 거요. 피할 수 없어. 그리고 그런 일이 일어나면 이브가 누구 편인지 알게 될 거요. 그녀는 아이라 편이 아니라 실피드 편이오. 아이라 일로 실피드한테 불똥이 튀는 걸 막으려고 할 거요. 이제 그 비참한 결혼을 끝내고, 어디에 있든 블랙리스트에 오를 수밖에 없다는 걸 인정해야 해요. 만일 그녀에게 돌아간다면, 그녀와 싸우고 그 딸애와 싸울 거요. 머지않아 그녀는 왜 아이라가 그 집에 붙어 있는지 알게 되겠지. 그녀가 진실을 알면 상황은 걷잡을 수 없이 악화될 거요.' '진실을 안다고요? 이브가?' 도리스가 말했지. '진실은 프레임 여사와 아무 상관이 없어요. 왜 갑자기 진실이 눈에 보이겠어요?' 내가 말했네. '그렇지 않소. 냉소적으로 이용하는 거, 기생충같이 빌붙는 거. 그건 정말 모욕적인 거요. 난 그 자체가 싫소. 아이라가 그걸 잘해낼 수 없기 때문에 싫소. 아이라는 솔직하고, 충동적이고, 직설적이오. 성미가 급하다고. 그런 건 못할 거요. 그래서 아이라가 그 집에 붙어 있는 이유를 알게 되면, 아마 그녀는 사태를 훨씬 더 비참하고 복잡하게 만들 거요. 그녀가 직접 머리를 굴릴 필요도 없소. 누가 대신 해줄 테니까. 그녀의 친구, 그랜트 부부가 해주겠지. 이미 그러고 있는지도 모르오. 아이라, 거기로 돌아가면 그녀와 잘 지내기 위해 어떻게 할 생각이냐? 애완견이 되어야 할 거야. 아이라, 그걸 할 수 있겠냐? 네가?' '아이라는 신중해서 잘해낼 거예요.' 도리스가 말했네. '아이라는 절대 신중하지 못할 거고 자신의 방식대로 할 거요.' 내가 말했지. '아이라는 절대 "신중"하지 못할 거요. 그 집에 있는 모든 게 아이라를 괴롭히니까.' '하지만 그간의 노력이 허사가 되고, 신념 때문에 이 나라에서 처벌받고, 적들에게 무릎을 꿇으면, 그게 더 아이라를 괴롭힐 거예요.' '그래도 난 싫소.' 내가 그렇게 말하자 도리스가 대꾸했네. '어차피 당신은 처음부터 싫어했어요. 이제 그걸 이용해 아이라한테 그동안 당신이 바란 걸 하라고 시키는군요. 그녀를 이용하면 어때요. 이용하라고 해요. 그것 때문에 그녀가 있는 거잖아요. 서로 이용하지 않는 결혼이 있을까요? 결혼한 사람들은 수백만 번 이용당해요. 상내방의 지위를 이용하고, 상대방의 돈을 이용하고, 상대방의 외모를 이용해요. 난 아이라가 돌아가야 한다고 생각해요. 최대한 보호받아야 한다고 생각한다고요. 충동적이기 때문에, 솔직하기 때문에 더 그래야 해요. 여보, 아이라는 전쟁을 치르고 있어요. 지금 집중 포화를 받고 있다고요. 위장이 필요해요. 이브가 위장막이에요. 그녀는 동성애자인 페닝턴의 위장막이기도 했잖아요? 이제 그녀를 공산주의자인 아이라의 위장막으로 삼자고요. 그녀도 뭔가 쓸모가 있어야죠. 나는 반대할 이유가 없어요. 아이라는 하프를 날랐어요, 아니에요? 또 그 아이가 제 엄마 머리를 쥐어 팰 때 그녀를 구해줬어요, 아니에요? 아이라는 그녀를 위해 할 만큼 했어요. 그렇다면 이제 그녀가 아이라를 위해 뭔가 해야죠. 지금 그 두 사람은 아이라 때문에 서로 불평하고 심술부리고 싸우는 것 말고 요행이든 우연이든 뭔가를 할 수 있는 상황이에요. 그들이 그걸 의식할 필요는 없어요. 일부러 노력할 필요도 없고. 아이라한테 도움이 되면 그뿐이에요. 그게 뭐가 문제죠?' '명예가 걸려 있으니까, 그게 문제요.' 내가 말했지. '그의 인격이 걸려 있다고. 그건 너무 굴욕적이

오. 아이라, 네가 공산당에 가입한다고 했을 때 우린 다퉜다. 네가 스탈린 얘기를 할 때도 우린 다퉜고, 소련 얘기를 할 때도 우린 다퉜어. 우리가 다퉜지만, 아무것도 변하지 않았다. 넌 공산당에 충성을 다했어. 지금 이 시련은 그 충성의 대가다. 난 네가 비굴해지는 게 싫다. 이제 그 비굴한 거짓을 다 벗어던질 때가 왔어. 그 결혼, 그건 거짓이야. 공산당, 그것도 거짓이야. 둘 다 너를 비굴하게 만들고 있어.'

논쟁은 닷새 밤 동안 계속됐네. 그리고 그 닷새 밤 동안 아이라는 침묵을 지켰어. 아이라가 그렇게 입을 다물고 있는 건 처음 봤다네. 아주 조용했어. 마지막에 도리스가 아이라에게 말했지. '아이라, 우리가 얘기할 수 있는 건 여기까지예요. 할 얘긴 다 했어요. 이건 아이라의 인생이고, 아이라의 경력이고, 아이라의 아내고, 아이라의 결혼생활이에요. 라디오드라마도 아이라의 프로예요. 직접 결정해요. 이건 아이라한테 달린 일이에요.' 그러자 아이라가 말하더군. '내 자리를 지킬 수 있다면, 파도에 휩쓸려 쓰레기처럼 버려지지 않을 수 있다면, 가만히 앉아서 내 인격을 걱정하느니 당을 위해 일을 더 하겠어요. 굴욕을 당하는 것쯤은 괜찮아요. 실질적인 도움이 중요해요. 그녀에게 돌아가겠어요.' 그래서 내가 말했지. '헛수고야. 소용없을 거다.' 그러자 아이라가 말했어. '잘될 거야. 내가 그 집에 있는 이유를 잊지 않는다면, 분명히 잘될 거야.'

그날 밤, 삼십 분 아니 사십오 분쯤 지났을 때 현관 벨이 울렸네. 이브가 택시를 타고 뉴어크까지 달려온 거였어. 얼굴이 핼쑥한 게 유령 같았지. 그녀는 계단을 뛰어올라와 맨 위 계단에 서 있는 도리스와 나를 보고는 여배우가 순간적으로 지을 수 있는 그 미소를 지어 보였어. 마치 도리스가 자신과 사진을 찍기 위해 촬영장 입구에서 사진기를 들고 기다리는 팬이라도 되는 것처럼. 그런 다음 우리 곁을 지나쳐 아이라 앞에 가더니 무릎을 꿇더군. 일전에 오두막에서 보여줬던 그 연기였네. 구원을 바라는 여인. 때와 장소를 가리지 않고 필요할 때마다 구원을 바라는 연기를 하다니. 평소에는 귀족처럼 고상하게 굴면서, 그런 해괴하고 낯 두꺼운 행동을 잘도 하더군. '제발 이렇게 빌게요. 날 떠나지 말아요! 뭐든지 할게요!'

한창 커나가고 있던 영리한 우리 로레인은 그때 자기 방에서 숙제를 하고 있었어. 우리한테 잘 자라는 인사를 하려고 잠옷 차림으로 거실에 나왔다가, 거기에 그 유명한 배우가 와 있었던 걸 봤지. 매주 〈미국 라디오극장〉에서 들었던 목소리의 주인공이, 그 유명 인사가 혼신을 다해 인간 내면의 모든 혼돈과 적나라함을 거실 바닥에 펼쳐 보이고 있었던 것도. 아이라는 이브한테 일어나라고 말하며 일으켜세우려 했지만, 그녀는 두 팔로 그의 다리를 감싸안고 울부짖었네. 그걸 보고 로레인은 입이 떡 벌어졌지. 우린 로레인을 데리고 쇼를 보러 록시 극장에도 갔고, 헤이든 천문관에도 갔고, 나이아가라 폭포에도 갔다네. 하지만 어린 시절의 구경거리로는 그게 최고였지.

난 이브 옆으로 가서 무릎을 꿇었네. 난 생각했어. 좋아, 아이라가 원하는 게 돌아가는 거라면, 이게 아이라가 더 원하는 거라면 소원을 들어주자, 그것도 흔쾌히. 그리고 이브에게 말했지. '이제 됐어요. 자, 일어나요. 주방으로 가서 커피 좀 마셔요.' 바로 그때 이브가 고개를 들었고, 옆에 서 있는 도리스를 봤네. 도리스는 읽고 있던 잡지를 그대로 들고 있었어. 실내용 슬리퍼에 실내복을 걸친 아주 수수한 차림으로. 지금도 기억난다네. 멍한 얼굴에 당연히 얼떨떨한 표정이었지만, 분명 조롱하는 기색은 없었어. 하지만 그녀가 거기 서 있는 것 자체가 이브 프레임의 삶이나 진배없는 그 수준 높은 드라마에 도전하는 거였던 거야. 이브는 그녀를 겨냥해 화살을 날렸어. '당신! 뭘 보고 있는 거야, 더럽고 가증스러운 유대인!'

그 순간 난 기어코 터질 게 터졌다고 생각했네. 더 정확히 말하면, 이브가 우리 집에 온 목적과 어긋나는 일이 벌어질 거라고 진작부터 알고 있었어. 그래서 난 로레인처럼 크게 놀라지 않았네. 로레인은 눈물을 터뜨렸고, 도리스는 '당장 저 여잘 데리고 나가요'라고 말했지. 아이라와 나는 이브를 일으켜세워 복도로 데리고 나가 계단을 내려간 다음 펜 역까지 태워다줬네. 아이라는 앞쪽, 내 옆자리에 앉았고, 그녀는 뒤에 앉았어. 그녀는 무슨 일이 벌어졌는지 전혀 모르는 표정이었지. 펜 역으로 가는 내내 그녀는 카메라 앞에서 짓는 그 미소를 짓고 있었어. 그 미소 뒤에는 아무것도 없었다네. 그녀의 특징, 그녀의 역사, 심지어 그녀의 고통도 존재하지 않았어. 그녀란 존재는 그 얼굴에 펼쳐진 미소가 전부였네. 심지어 그녀는 혼자도 아니었어. 혼자로 존재할 만한 그 무엇도 없었지. 그녀가 일생 동안 도망치려고 발버둥쳤던 수치스러운 배경이 뭐였는지 몰라도, 거기서 이런 여자가 생겨난 거야. 인생 자체가 도망쳐버린 인간.

나는 펜 역 앞에 차를 댔고, 우리 셋 다 차에서 내렸어. 아이라가 돌처럼 차갑게 굳은 표정으로 말했지. '뉴욕으로 돌아가요.' 그러자 이브가 말했어. '당신은 안 가요?' '당연히 안 갈 거요.' '그럼 왜 차에 탔죠? 왜 나하고 여기까지 왔어요?' 그래서 그렇게 활짝 웃고 있었을까? 자기가 승리했고, 아이라가 자기와 함께 맨해튼으로 돌아간다고 믿었기 때문에?

이제 말하려는 장면은 우리 가족만을 위한 연기가 아니었네. 쉰 명쯤 되는 관객을 위한 거였지. 역 안으로 걸어가던 사람들이 걸음을 멈추고 우릴 봤어. 궁중 예법을 끔찍하게 중시하던 여왕마마가 조금도 망설이지 않고 두 손을 하늘 높이 치켜들고는 뉴어크 시내 전체에다 자신의 엄청난 고통을 선포했다네. 자기 자신을 완전히 억누르고 감추던 여자가 한순간에 알몸을 내보인 거야. 수치심에 억눌리고 갇혀 있거나, 파렴치하게 알몸을 드러내거나 둘 중 하나였지. 그 중간 지점은 없었어. '당신은 날 속였어! 당신을 증오할 거야! 당신을 경멸할 거야! 당신들 둘 다! 당신들은 내가 아는 사람 중 최악이야!'

그때 군중 속에서 누군가가 이렇게 말한 게 기억나는군. 허겁지겁 달려온 어떤 남자가 옆사람한테 물었어. '지금 뭐 하는 거예요, 영화 찍어요? 저 여자 이름이 뭐죠? 메리 애스터인가?' 그때 이브는 결코 그냥 끝나지 않을 거라는 생각이 들더군. 영화, 연극, 라디오 그리고 여기까지. 나이든 여배우의 화려한 마지막 경력은 거리에서 소리지르며 자신의 증오심을 터뜨리는 거였지.

하지만 그뒤로 아무 일도 일어나지 않았네. 아이라는 우리 집에 머물며 방송에 복귀했고, 웨스트 11번가로 돌아가겠다는 얘기는 더 하지 않았지. 헬기가 일주일에 세 번 와서 마사지를 했지만, 더는 아무 일도 일어나지 않았어. 그 일이 있은 직후 이브가 전화를 했지만, 내가 받아서 아이라는 통화할 수 없다고 말했네. 내가 그녀와 이야기했느냐고? 최소한 그녀의 이야기를 듣기는 했느냐고? 그랬다네. 내가 뭘 할 수 있었겠나?

그녀는 자기가 뭘 잘못했는지 안다고 말하더군. 아이라가 왜 뉴어크로 도망쳤는지 안다고. 실피드의 독주회 얘기를 했기 때문이라고, 아이라가 그 정도로 실피드를 질투해서 다가오는 독주회를 받아들이지 못한 거라고. 그녀는 독주회와 관련된 모든 걸 그에게 미리 알려줘야 한다고 생각했기 때문에 그에게 얘기하기로 결정한 거라고 했네. 그건 단지 연주회장을 빌리고, 무대 위에서 연주하는 걸로 끝나는 게 아니기 때문이라고. 영화 제작과 비슷하고, 결혼식과 비슷하다고. 음악가의 가족들도 몇 달을 꼬박 애써야 하는 아주 큰 행사라고. 실피드는 다음 일 년 동안 꼬박 준비해야 한다. 독주회라면 적어도 육십 분 동안 연주를 해야 하는데 이건 엄청난 도전이다. 실피드만 고생하는 게 아니다. 첫 곡으로 뭘 연주하고 마지막 곡으로 뭘 연주할지, 또 실내악곡은 뭐로 할지 정하기 위해 끊임없이 논의해야 한다. 이브는 실피드와 프로그램을 논의할 때마다 아이라를 혼자 내버려둬야 하는데, 그가 미쳐 날뛰지 않게 마음의 준비를 시키고 싶었다. 또 그가 가족의 일원으로서 뭘 참아야 하는지 미리 알려주고 싶었다. 매스컴의 관심, 좌절, 고비가 많을 거라는 걸, 젊은 음악가들이 다 그렇듯이 실피드는 겁을 내며 도망치고 싶어할 거라는 걸. 이브는 그게 결국에는 그만한 가치가 있다는 걸 아이라가 알아주길 바랐어. 나보고 아이라한테 그 말을 꼭 전해달라고 했지. 독주회는 실피드가 헤치고 나가야 할 관문이라면서. 이브는 사람들이 어리석다고 말했지. 사람들은 금발에 키가 크고 가냘픈 하피스트를 좋아하는데, 실피드는 애석하게도 그렇지 않다고. 하지만 실피드는 비범한 음악가이고, 독주회가 단번에 그걸 입증할 거라고. 시청에서 열 예정이고, 자신이 계약을 할 거라고도 했어. 실피드는 줄리아드의 옛 스승에게 개인 지도를 받을 예정인데, 이미 독주회 준비를 도와주기로 약속 받았다는 이야기도 했고. 이브는 자신의 모든 친구들을 오게 할 거고, 그랜트 부부가 모든 신문의 평론가를 불러오겠다고 확실히 약속했다고도 했어. 이브는 실피드가 멋지게 연주해서 훌륭한 비평을 받을 거라고, 그럼 그 경력으로 솔 휴록*에게 접근할 수 있을 거라고 철석같이 믿고 있었어.

내가 뭐라고 하겠나? 지난 일을 시시콜콜 끄집어낸들 뭐가 달라지겠나? 그녀의 선택적인 건망증은 불편한 사실들을 대수롭지 않게 만드는 장점이 있거든. 기억하지 않고 사는 게 그녀의 생존법이지. 그녀는 아이라가 집을 나간 이유를 제멋대로 이해하고 있었네. 자기가 시청 독주회와 모든 계획을 곧이곧대로 말했기 때문이라고 말일세.

하지만 우리 집에 있을 때 아이라는 실피드의 독주회 얘길 꺼낸 적이 없었네. 아이라는 머릿속이 온통 블랙리스트로 가득차서 실피드의 독주회에 신경쓸 겨를이 없었어. 이브가 그 얘기를 했어도 아마 귀에 들어오지 않았을 거야. 그날 통화한 후 난 이브가 아이라한테 따로 그 얘길 한 적이 있을까 궁금해지더군.

그녀가 다음에 편지를 보냈을 때, 나는 아이라의 동의하에 뜯지도 않고 '수취인 불명'이라 적어 되돌려보냈네. 두번째 편지도

* 미국의 전설적인 프로듀서.

똑같이 되돌려보냈어. 그후 전화와 편지가 뚝 끊겼지. 한동안은 재앙이 끝난 것 같았어. 이브와 실피드는 주말마다 스타츠버그로 가 그랜트 부부와 지냈다네. 틀림없이 이브는 아이라에 관해 귀가 번쩍 뜨일 얘길 했을 거야. 아마 나에 대해서도 그랬을 테고. 그리고 공산당의 음모에 대해 귀가 따갑도록 이야기를 들었겠지. 하지만 아무 일도 일어나지 않았어. 아이라가 공식적인 남편으로 남아 있는 한, 그리고 남편이 『적색 채널』에 까발려져 해고당하면 결국 아내도 위태로워질 거라고 그랜트 부부가 생각하는 한 아무 일도 일어나지 않을 거라는 생각이 들기 시작하더군.

그런데 어느 토요일 아침, 〈반 태슬과 그랜트〉에 실피드 페닝턴이 하프를 가지고 출연한 거야. 그날 그 프로에 실피드를 게스트로 출연시킨 건, 계부와 조금이라도 관련이 있을지 모른다는 의혹으로부터 딸을 보호하려는 이브에게 그들 부부가 베푼 호의였던 것 같네. 브라이든 그랜트가 실피드를 인터뷰하더군. 실피드는 뮤직홀 오케스트라에서 겪은 재미있는 일들을 얘기하고, 청취자를 위해 몇 곡을 연주했어. 그다음엔 우리 시대의 예술에 관한 카트리나의 독백이 이어졌지. 그 토요일 아침, 그녀는 시청에서의 첫 독주회에 대한 기대감이나 음악계에서 젊은 실피드 페닝턴에게 거는 기대 등 온갖 터무니없는 이야기를 늘어놓더군. 자신의 주선으로 실피드가 토스카니니 앞에서 연주를 했는데, 토스카니니가 이 젊은 하피스트에 대해 이런저런 말을 했다느니, 또 자기의 주선으로 필 스피탈니* 앞에서도 연주했는데, 스피탈니가 이런저런 말을 하더라는 둥, 클래식과 대중음악의 유명한 이름은 죄다 끌어들였어. 하지만 실피드는 누구 앞에서도 연주한 적이 없었네.

뻔뻔하고, 요란하고, 아주 가식적이었지. 이브는 궁지에 몰린 것 같으면 무슨 말이든 할 수 있는 여자였어. 그런데 카트리나는 언제나 무슨 말이든 할 수 있는 여자였지. 과장, 허위 진술, 노골적인 조작, 이게 그 여자의 재능이자 기술이었네. 그 여자 남편도 그랬고, 조 매카시도 그랬지. 그랜트 부부는 뻐대 있는 조 매카시였어. 확신을 가진 매카시. 매카시가 이 두 사람처럼 자기 거짓말에 취했다고 믿기는 좀 어렵지. '저격수 매카시'는 자신의 냉소주의를 완전히 감추진 못했어. 내 눈엔 항상 인간적 비열함을 약간 엉성하게 덮어쓴 것처럼 보였지. 반면에 그랜트 부부와 그들의 비열함은 한몸이었네.

어쨌든 한동안 아무 일도 없었네. 아무 일도 일어나지 않았어. 아이라는 뉴욕에서 아파트를 찾기 시작했지…… 그런데 바로 그때 일이 터졌어. 헬기 때문이었네.

당당한 체구에 금니를 하고, 금발로 염색한 머리를 대충 뒤로 틀어올린 이 여자가 마사지테이블을 들고 우리 아파트에 뛰어들

---

* 여성 밴드 지휘자로 유명한 우크라이나 태생의 음악가.

어와 날카로운 에스토니아 억양으로 떠들어대면, 로레인은 신이 나 어쩔 줄 몰랐지. 로레인의 방에서 아이라가 마사지를 받을 때는 헬기의 웃음소리가 끊이지 않았어. 하루는 내가 아이라한테 이런 얘길 했다네. '이런 사람들과는 잘 지내는구나, 그렇지?' '그럼 당연하지. 이들하고는 아무 문제 없어.' 그 순간 나는 아이라를 도나 존스와 결혼하게 놔두지 않은 게, 아이라가 미국 중심부에 틀어박혀 캔디를 만들고 스트리퍼 출신 아내와 가정을 이루게 놔두지 않은 게 우리의 가장 큰 실수가 아니었을까 하는 생각이 들었네.

10월의 어느 아침이었네. 이브는 혼자인 게 두렵고 절망스러운 나머지 헬기를 시켜 아이라에게 편지를 직접 전해야겠다는 생각을 떠올렸어. 그래서 헬기가 사는 브롱크스에 전화를 걸었지. '택시를 타고 와요. 돈을 줄 테니 뉴어크에 갈 때 편지를 전해줘요.'

헬기는 한껏 멋을 부려 가장 멋있는 모자에 모피코트를 걸쳐 입고, 마사지테이블을 들고 도착했어. 헬기는 이브가 위층에서 편지를 쓰고 있으니 거실에서 기다리라는 말을 듣고, 분신처럼 갖고 다니는 테이블을 내려놓고 소파에 앉아 기다렸지. 그녀는 기다리고 또 기다렸어. 한쪽에 바가 있었고, 진열장 안에 멋진 술잔들이 놓여 있었지. 그녀는 진열장 열쇠를 찾아내 술잔을 하나 꺼낸 다음, 보드카가 있는 곳으로 가서 한 잔 따라 마셨어. 이브는 여전히 2층 침실에서 실내복 차림으로 편지를 썼다가 찢어 버리고 다시 쓰기를 반복하고 있었지. 그녀가 잘못 쓴 편지를 찢을 때마다 헬기는 보드카를 따라 마시고 담배를 피웠어. 곧 헬기는 거실과 1층 서재를 어슬렁거리며 돌아다녔고, 복도로 나와 사진을 구경했지. 이브가 젊고 매력적인 영화배우였을 때 사진, 아이라와 이브가 전 뉴욕 시장 빌 오드와이어, 현 시장 임펠리테리와 찍은 사진이 걸려 있었어. 헬기는 보드카를 한 잔 더 마시고 담배를 한 대 더 피우면서, 이렇게 많은 돈과 명예와 특권을 가진 여자에 대해 생각했지. 그런 다음 자신의 고단한 삶을 떠올리자 자신이 초라하게 느껴졌고, 그럴수록 술을 더 마셨어. 덩치가 크고 강한 여자였는데, 심지어 눈물까지 흘리기 시작했다네.

이브가 편지를 들고 내려왔을 즈음 헬기는 모피코트를 입고 모자를 쓴 채 소파 위에 늘어져 있었지. 여전히 담배를 피우며 술을 마시고 있었지만, 울지는 않았어. 그녀는 잔뜩 흥분했고, 화가 머리끝까지 나 있었지. 이 술꾼이 감정을 통제하지 못한 건 술 때문이 아니었어.

헬기가 말했네. '왜 한 시간 반이나 기다리게 만드는 거야?' 이브가 그녀를 힐끗 보고 말했어. '이 집에서 나가.' 헬기는 소파에서 꼼짝도 안 했네. 그녀는 이브의 손에 들린 봉투를 보고 말했어. '그 편지에 뭐라고 썼기에 한 시간 반이나 기다리게 한 거야? 그에게 뭐라고 썼어? 아내 노릇을 잘 못해서 미안하다고? 그를 육체적으로 만족시켜주지 못해 미안하다고? 남자한테 필요한 걸 못해줘서 미안하다고?' '입 닥쳐, 이 멍청한 여자 같으니. 당장 여기서 나가!' '그 남자를 빨아주지 못해서 미안하다고 썼나? 어떻게 해줘야 할지 몰라서 미안하다고? 그 남자 거시기를 누가 빨아줬는지 알아? 바로 이 몸이야!' '경찰을 부르겠어!' '좋아. 경찰은 널 체포할 거야. 내가 경찰한테 보여줄 거거든. 여기 이 집에서 내가 완벽한 부인처럼 그 남자를 어떻게 빨아줬는지 다 보여줄 거라고. 그럼 경찰이 널 오십 년 동안 감옥에 가둬둘걸!'

경찰이 왔을 때도 헬기는 계속 큰 소리로 떠들어댔지. 웨스트 11번가에서 세상이 떠나가도록 소리쳤어. '저 여편네가 그 남자 거시기를 빨아줬을까? 천만에, 이 촌년이 빨아줬어!'

경찰은 그녀를 끌고 가 입건했네. 음주 소란, 주거침입죄로. 이브는 담배 연기가 자욱한 거실로 돌아왔고, 심하게 흥분한 나머지 뭘 해야 할지 몰랐어. 그때 법랑함 두 개가 사라진 걸 발견했어. 사이드테이블 위에 올려두었던 아름다운 법랑함 수집품 가운데 두 개가 사라진 거야. 이브는 경찰서에 전화했어. '그 여자를 조사해봐요. 없어진 물건이 거기 있을 거예요.' 그들은 헬기의 핸드백을 뒤졌어. 아니나 다를까, 법랑함은 거기 있었고, 이브 프레임의 첫 글자가 새겨진 은제 라이터도 있었네. 그건 우리 집에서 훔친 걸로 밝혀졌지. 우린 그게 어디로 갔는지 몰라 온 집 안을 돌아다니며 찾았었는데. '도대체 그놈의 라이터가 어디에 있지?' 그런데 헬기가 경찰서로 끌려간 그날 알게 된 거야.

내가 그녀를 보석으로 꺼내줬다네. 경찰이 입건하자 그녀는 경찰서에서 우리 집으로 전화를 걸었어. 아이라를 찾았지만, 내가 가서 꺼내줬네. 난 그녀를 브롱크스까지 태워다줬고, 그녀는 도착할 때까지 그 개 같은 부잣집 년이 자기를 더는 깔보지 못할 거라면서 횡설수설했다네. 집에 와서 난 아이라에게 자초지종을 얘기했어. 그리고 아이라가 평생 동안 기다려왔던 계급 간의 전쟁이 드디어 터졌다고 말했지. '그게 어디서 터졌는지 아니? 너의 집 거실이야.' 아이라는 헬기한테 프롤레타리아가 부르주아지에게서 부를 빼앗아야 한다는 마르크스의 주장을 설명해줬는데, 헬기가 바로 그대로 한 거였다네.

경찰에 절도사건을 신고한 뒤 이브는 가장 먼저 카트리나에게 전화를 걸었어. 카트리나는 당장 타운하우스에서 건너왔지. 그날이 가기 전에 아이라의 책상에 있던 모든 물건이 카트리나의 손으로 넘어갔고, 그다음엔 브라이든의 손으로 넘어갔고, 거기서 다시 그의 칼럼으로 넘어갔고, 결국 뉴욕의 모든 신문 1면으로 넘어갔어. 그 책에서 이브는 아이라의 서재에 있는 마호가니 책상을 따고 오데이의 편지와 아이라가 군대에서 만난 마르크스주의자들의 이름과 주소와 일련번호를 적은 일지를 발견한 게 자기라고 주장했어. 애국심으로 불타는 신문들은 그녀의 이런 행동을 크게 찬양했네. 하지만 책상을 땄다는 건 분명 이브의 허풍이었어. 영웅적인 애국자인 척 또다시 연기를 한 거지. 이브가 허풍을 친 데에는 아마 카트리나 반 태슬의 결백을 지켜주려는 의도도 숨어 있었을 거야. 카트리나는 미국의 민주주의를 지키기 위해서라는 핑계로 뭐든 망설이지 않고 깨부술 여자였지만, 당시에 남편이 하원에 출마하려고 첫 유세를 준비하고 있었거든.

'그랜트의 정보망'에 아이라가 불순한 의도를 갖고 미 육군 병장으로 복무했고, 해외에서 근무하는 동안 비밀일지에 체제를 전복시킬 사상들을 기록했다는 칼럼이 실렸네. '신문과 검열관들은 폴란드 소식을 왜곡했고, 그렇게 해서 우리와 소련 사이를 이간했다. 소련은 예나 지금이나 기꺼이 타협하길 원하는데, 우리 신문들은 그렇게 보도하지 않았다. 처칠은 반동적인 폴란드를 전적으로 지지하고 있다.' '소련은 모든 식민지 민족의 독립을 요구한다. 나머지는 단지 신탁통치에 의한 자치만을 강조한다.' '영국 내각이 해산된다. 좋은 일이다. 이제 처칠의 반소련 정책과 현상유지 정책은 절대로 실현되지 못할 것이다.'

바로 이거였어. 이 정도면 충분했지. 검열기관과 방송을 공포로 몰아넣은 다이너마이트. 그 주가 끝날 무렵 '쇳물처럼 달아오른 빨갱이 아이언'은 끝장났고, 〈자유와 용기〉도 끝장났다네. 아이라의 일지에 이름이 적힌 삼십여 명도 끝장났고, 얼마 뒤 나도 끝장났지.

아이라의 문제가 터져나오기 오래전부터 나는 교사노조 활동 때문에 교육감한테 공공의 적 1호로 낙인찍혀 있었네. 아마 그 때문에 이브의 영웅적 도움이 없었어도 학교 이사회는 나를 공산주의자로 몰아 해고시킬 방법을 찾아냈을 거야. 이브의 도움이 있든 없든 아이라와 그의 라디오 프로가 깨지는 것도 시간문제였고. 이브가 그 자료를 카트리나에게 넘겨주지 않았어도 우리한테 일어난 일은 어차피 일어났을 거야. 하지만 아이라를 가장 사악한 적들에게 통째로 넘기고 그녀 자신도 먹이가 된 과정에서 그녀가 정확히 뭘 했는지 한 번쯤 짚고 넘어가는 게 교훈이 될 거야."

다시 한번 우리는 8교시 영어 수업을 하고 있었다. 린골드 선생님은 퇴역수당으로 브로드 스트리트에서 산 황갈색 체크무늬 양복을 입고 선생님 책상 모서리에 걸터앉아 있었다. 그 양복은 아메리칸 숍에서 제대군인을 위해 세일할 때 산 거였고, 선생님은 아메리칸 숍에서 산 또다른 회색 샤크스킨 더블양복과 그 양복을 내가 고등학교를 다니는 내내 번갈아 입었다. 선생님은 항상 한 손에 칠판지우개를 들고 있다, 학생의 답이 선생님의 그날 최소 기준치에 못 미치면 정신 차리라며 주저 없이 학생의 머리를 향해 날리곤 했다. 그리고 다른 손으로는 규칙적으로 허공을 가르면서 시험에 나올 요점을 하나하나 강조했다.

선생님이 말했다. "그게 말해주는 교훈은 이거라네. 자신의 개인적인 문제를 이데올로기의 손에 헌납하기로 작정하면, 개인적인 건 몽땅 거품처럼 빠져나가고 이데올로기에 유용한 것만 남는다는 것. 이 사건에서는 한 여자가 자신의 남편과 결혼생활의 문제들을 열광적인 반공이데올로기에 갖다 바친 거지. 본질적으로 이브가 헌납한 건, 실피드와 아이라가 만난 첫날부터 그녀 자신이 해결할 수 없었던 반목과 불화였어. 비록 이브 프레임의 집에선 다소 강렬하게 나타나긴 했지만, 그건 의붓자식과 계부 간의 흔한 문제였네. 그 밖에 아이라가 이브에게 보여준 모습, 그러니까 착한 남편, 나쁜 남편, 친절한 남자, 거친 남자, 이해심 있는 남자, 멍청한 남자, 성실한 남자, 불성실한 남자, 그리고 부부간의 모든 노력과 실수, 단 하나의 꿈도 공유하지 못한 결혼생활의 모든 결과, 이런 것은 죄다 빠져나가고 이데올로기가 이용할 수 있는 것만 남았던 거야.

나중에 그 아내는 마음이 내키면(아마 이브는 그랬을 수도 있고 안 그랬을 수도 있겠지만) 이렇게 항의할 수도 있겠지. '아니, 그건 아니에요. 꼭 그렇진 않았어요. 당신들은 이해 못해요. 그는 당신들이 말하는 그런 사람이 아니에요. 나에겐 전혀 그런 사람이 아니에요. 나에겐 이런 사람이기도 하고, 저런 사람이기도 해요.' 나중에 이브 같은 밀고자는 그를 해괴하게 왜곡시킨 기사들을 읽고는, 자기가 말한 것 때문이 아니라 의도적으로 말하지 않은 것 때문에 그렇게 됐다는 걸 깨달을지도 모르지. 하지만 이미 기차는 떠나버린 후야. 그때쯤이면 이데올로기는 그녀에게 신경도 안 써. 더는 이용가치가 없으니까. 이데올로기는 이렇게 대꾸해. '이거? 저거? 우리가 뭐하러 그런 거에 신경써야 하는데? 우리가 왜 그 딸한테 신경써야 하는데? 그 아인 살아 있는 비곗덩어리에 불과해. 더 들먹거리지 마시오. 우리가 당신한테 필요로 하는 건 정의로운 대의를 진전시킬 수 있는 것뿐이야. 또 다른 공산주의자를 처형해야지! 또다른 반역자를!'

패멀라가 겁에 질린 이야기를 하자면—"

열한시가 넘은 시각이었다. 나는 다른 날보다 일찍 수업이 끝난 선생님께, 그날 저녁 교육적 열기가 최고조에 달한 이야기를 풀어낸 선생님께 선생님이 내일 아침 뉴욕으로 가는 버스를 타기로 되어 있고, 이제 선생님을 아테나 대학 기숙사에 모셔다드려야 할 시간이라고 상기시켰다.

"저는 언제까지라도 들을 수 있습니다만," 내가 말했다. "선생님은 좀 주무셔야 하지 않을까요? 정력적인 야화의 역사에서 선생님은 이미 셰에라자드의 타이틀을 빼앗으셨습니다. 엿새 밤 동안 여기에 앉아 계셨어요."

"난 괜찮네." 선생님이 말했다.

"피곤하지 않으세요? 춥지는 않으시고요?"

"여긴 참으로 아름답군. 아니, 춥지 않네. 따뜻하고 아주 좋아. 귀뚜라미가 박자를 맞추고, 개구리가 투덜대고, 개똥벌레가 불을 밝히니. 교사노조를 이끌었던 이후로 이렇게 좋은 적이 없었네.

달빛이 붉군. 세월의 껍질을 벗겨내기에 완벽한 무대 아닌가."

"그렇지요." 내가 말했다. "이 산중에서 선생님은 둘 중 하나를 선택하실 수 있습니다. 가끔 제가 그러는 것처럼 역사와의 접촉을 끊으시거나, 마음속으로 하시던 일을 계속하시거나. 이 달빛 아래서 몇 시간 동안 계속 역사의 흐름을 이어나가는 일 말입니다."

"그 모든 반목," 선생님이 말했다. "그리고 몰아닥친 배신의 물결. 생존, 흥분, 출세, 이상주의 등등, 이유가 뭐였든 모든 사람이 그 물결에 휩쓸렸지. 상대에게 입힐 수 있는 피해, 가할 수 있는 고통을 위해. 그 속에 숨겨진 잔인함을 위해. 그 속에 숨겨진 쾌감을 위해. 잠재된 힘을 입증하는 쾌감. 남을 지배하고, 적을 파괴하는 쾌감. 그들을 불시에 덮치는 거지. 그게 배신의 기쁨 아닌가? 누군가를 속이는 쾌감. 그건 그들이 안겨준 열등감, 그들에게 무시당한 느낌, 그들과의 관계에서 느낀 좌절감을 되갚는 방법이야. 내가 그들이 아니기 때문에 혹은 그들이 내가 아니기 때문에, 그들의 존재 자체가 내겐 굴욕이지. 그래서 그들에게 당연한 벌을 내리는 거야.

물론 어떤 사람들은 선택의 여지가 없기 때문에 배신을 한다네. 어느 소련 과학자가 쓴 책을 읽은 적이 있어. 스탈린 시대에 그는 가장 친한 친구를 비밀경찰에 밀고했어. 가혹한 고문을 당하면서 무려 육 개월 동안 심문을 받았거든. 결국 어느 순간 그는 이렇게 말했지. '이봐요, 난 더 못 견디겠소. 당신들이 원하는 걸 말해보시오. 뭘 불러주든 거기에 서명하겠소.'

그는 비밀경찰이 원하는 것에 서명해주고, 가석방 없는 종신형을 선고받았어. 십사 년이 흘러 1960년대에 들어서자 상황이 변했지. 그는 감옥에서 나왔고 그 책을 썼어. 그는 두 가지 때문에 가장 친한 친구를 배신했다고 고백했네. 첫째는 고문을 견딜 수 없었기 때문이고, 둘째는 버텨봤자 아무 소용 없다는 걸 알았기 때문이라고. 재판 결과는 이미 정해져 있었어. 그가 입을 열든 열지 않든 아무 상관이 없었지. 그가 끝까지 거부했다면 다른 사람이 고문당하고 입을 열었을 거야. 그는 친구가 자기를 경멸하리란 걸 알고 있었어. 물론 그는 그 친구를 끝까지 사랑했지만, 잔인한 고문을 받으면 정상적인 인간은 견뎌낼 수가 없어. 영웅은 아무나 되는 게 아니라네. 평범한 삶이란 매일 수천 가지를 놓고 벌여야 하는 타협의 연속이지. 평범한 삶을 사는 사람은 고문을 견디는 것은 고사하고, 별안간 타협을 일체 거부하는 것도 불가능하다네. 그런 훈련이 안 되어 있거든.

어떤 사람은 고문을 당해 약해지기까지 육 개월이 걸리지만, 어떤 사람은 처음부터 요리하기가 아주 좋다네. 이미 약한 사람이니까. 굴복하는 것밖에 모르는 사람. 그런 사람은 '서명해'라고 말만 하면 즉시 서명하지. 너무 순식간에 끝나버리기 때문에 그 사람들은 그게 배신인지도 몰라. 하라는 대로 했으니까 괜찮겠거니 하지. 상황이 심각해졌을 때는 이미 늦은 뒤야. 이미 배신했으니까.

얼마 전 동독의 한 남자에 관한 기사가 신문에 났네. 이십 년 동안 자기 아내를 밀고해온 남자였어. 베를린장벽이 무너진 뒤에 동독 비밀경찰의 파일에서 그 남자 서류가 발견되었지. 경찰은 전문직에 있는 아내를 추적하길 원했고, 남편이 밀고자 노릇을 한 거야. 여자는 전혀 몰랐어. 파일이 공개되고 나서야 알았지. 이십 년 동안 그랬는데도. 그들은 아이도 낳아 길렀고, 친척도 있었고, 파티도 열었고, 청구서가 날아오면 지불했고, 수술도 받았고, 사랑도 나눴고, 또 사랑을 나누지 않기도 했고, 여름엔 바닷가에서 해수욕도 했지. 이러는 동안 내내 남자는 아내를 밀고했던 거야. 그는 변호사였어. 영리하고, 아주 박식하고, 심지어 시도 썼네. 경찰은 그에게 암호명을 줬어. 그는 동의서에 서명했고, 경찰본부가 아닌 특별한 아파트, 개인 아파트에서 매주 담당 경찰을 만났지. 그들은 말했어. '당신은 변호사이고, 우린 당신의 도움이 필요합니다.' 이 한마디에 그는 약해져서 서명한 거야. 그에겐 돌봐야 할 아버지가 있었어. 그의 부친은 지독한 쇠약성 질환을 앓았지. 그들은 그가 경찰을 돕는다면, 병든 아버지를 잘 보살펴주겠다고 말했네. 그는 아버지를 사랑했어. 이건 아주 효과적인 방법이야. 아버지가 아프거나 어머니가 아프거나 여동생이 아픈데, 그들이 병든 가족을 생각해서 도와달라고 하는 거야. 그러면 배신을 정당화하고 동의서에 서명을 하게 된다네.

내 생각에는 전후 십 년간, 그러니까 1946년에서 1956년 사이에 개인적인 배신행위가 미국을 휩쓸었던 것 같아. 미국 역사상 그 어느 때보다 심했을 거야. 이브 프레임이 저지른 짓은 사람들이 어쩔 수 없어서 그랬든 어쩔 수 없다고 느껴서 그랬든, 당시에 난무했던 수많은 역겨운 행위 가운데 아주 전형적인 거였네. 이 나라에서 과거 어느 시대에 배신행위를 그렇게 감싸주고 보상해주었나? 그 시대에 배신은 미국인이면 아무 데서나 저질러도 되는 위반, 용인된 위반이었네. 배신의 쾌감이 금지를 대신했을 뿐 아니라 배신을 저지르고도 도덕적 권위를 유지할 수 있었지. 애국자인 양 배신을 하면서 순수함을 유지할 수 있는 시대, 성적 쾌락에 가까운 만족을 취하면서도 순수함을 유지할 수 있는 시대였어. 쾌감과 약함, 공격성과 수치가 묘하게 뒤섞인 만족이었지. 음험한 파괴의 만족이었어. 사랑하는 사람을 파괴하고, 경쟁자를 파괴하고, 친구를 파괴하는 만족. 배신이란 원래 사악하고 부당하고 파편적인 쾌감과 한편이라네. 그렇게 흥미롭고, 조작되고, 은밀한 쾌감에는 사람을 끌어당기는 호소력이 있지.

심지어 배신 자체를 게임 삼아 할 정도로 머리가 좋은 사람들이 있다네. 자기한테 이익이 되는 게 전혀 없는데도 순전히 재미로. 오셀로에 대한 이아고의 배신을 '동기 없는 악의'로 묘사한 콜리지의 말처럼. 하지만 난 대개는 동기가 있다고 보네. 그게 사악한 에너지를 건드리고 악의를 분출시키는 거야.

딱 하나 걸리는 게 있다면, 그 황금 같은 냉전시대에 누군가를 소련 스파이로 당국에 고발하면 곧바로 전기의자에 앉을 수도 있다는 거였네. 어쨌든 이브는 아이라를 FBI에 마사지사와 놀아난 나쁜 남편으로 밀고한 게 아니었으니까. 배신은 삶의 필수품과 같아. 살면서 누가 배신을 안 하겠나? 하지만 극악무도하고 공적인 배신행위, 즉 반역행위와 그 모든 일상적 배신을 혼동하는 건, 1951년에는 결코 좋은 생각이 아니었지. 간통과 달리 반역은 중범죄니까. 그러니 성급하게 과장하고, 생각 없이 부정확하게 진술하고, 무고한 사람을 비난하고, 심지어 점잖은 체하면서 이름을 대기만 해도, 그 암흑기에는 비참한 결과를 낳을 수 있었네. 우리의 동맹인 소련이 우릴 배신하고 동유럽에 남아 핵폭탄 실험을 하고, 우리의 우방인 중국이 우릴 배신하고 공산주의혁명을 일으켜 장제스를 쫓아낸 시대에는 말이야. 이오시프 스탈린과 마오쩌둥. 이들이 그 모든 행위의 도덕적 변명거리였어.

거짓말. 끝없이 쏟아지는 거짓말. 진실을 거짓말로 바꾸고, 거짓을 또다른 거짓말로 바꾸었지. 사람들은 거짓말을 늘어놓는 데 능력을 발휘했지. 거짓말의 기술을 유감없이 발휘했네. 상황을 신중하게 재고, 그런 다음 침착한 목소리와 정직한 표정으로 아주 생산적인 거짓말을 쏟아냈어. 그들이 설령 부분적으로는 진실을 말했더라도, 그건 십중팔구 거짓말을 위한 것이었어. 네이선, 난 누구에게도 이 얘기를 할 기회가 없었네. 이렇게 길게 말일세. 지금까지 누구에게도 말한 적이 없고 앞으로도 없을 거야. 지금 이 자리에서 다 얘기하고 싶네. 모든 걸 다."

"왭니까?"

"살아 있는 사람 중 아이라의 이야기를 아는 사람은 나뿐이고, 그 이야기에 관심 있는 사람은 자네뿐이야. 그래서 그렇다네. 다른 사람은 모두 죽었으니까." 선생님은 소리내어 웃었다. "나의 마지막 과제인 셈이지. 아이라의 이야기를 네이선 주커먼과 정리하는 것."

"그걸로 제가 뭘 할 수 있을지 모르겠습니다." 내가 말했다.

"그건 내 일이 아닐세. 내 일은 자네한테 전하는 것뿐이야. 자네와 아이라는 사이가 각별했으니까."

"그럼 계속하시죠. 그 일은 어떻게 마무리됐습니까?"

"패멀라." 선생님이 말했다. "패멀라 솔로몬. 패멀라는 기겁했지. 그녀는 이브가 아이라의 책상을 뒤졌다는 얘길 실피드한테 들었어. 그러곤 생각했지. 그게 나한테 무슨 영향을 미칠까? 누가 큰일을 당했다는 소문을 들으면 사람들이 흔히 생각하는 것처럼 말이야. 우리 사무실의 아무개가 뇌종양이라고? 그렇다면 나 혼자 재고를 처리해야 하겠군. 옆집 사는 아무개가 그 비행기를 탔다고? 추락 사고로 죽었다고? 아, 어쩜 좋아. 토요일에 우리 집 음식물 쓰레기 처리기를 고치러 오기로 했는데.

아이라가 오두막에서 찍은 패멀라 사진이 한 장 있었네. 수영복을 입고 연못 옆에서 찍은 거였지. 패멀라는 그 사진이 공산당과 관련된 모든 물건과 함께 그 책상 속에 있었을 거라고, 이브가 그걸 봤을 거라고 (착각하고) 두려워했지. 혹은 책상 안에 없었더라도, 아이라가 이브를 찾아가 그걸 그녀의 얼굴 앞에 내밀고 '봐라!' 하고 말할까봐 두려웠어. 그러면 어떻게 될까? 이브가 펄펄 뛰면서 날 헤프다고 욕하고 집 밖으로 쫓아내겠지. 게다가 실피드는 날 어떻게 생각할까? 어떻게 나올까? 국외로 추방당하면 어쩌지? 그게 가장 두려운 가능성이었지. 미국에서 패멀라는 외국인이었으니까. 아이라의 사건에 내 이름이 연루돼 신문에 나고, 그로 인해 추방당하면 어쩌지? 남편을 빼앗으려 했다고 이브가 앞장서서 날 추방하면 어쩌지? 굿바이 보헤미아. 숨이 턱턱 막히는 영국으로 돌아가야 해.

아이라의 사건이 자신에게 미칠 위험이나 이 나라의 분위기에 대한 패멀라의 이런 평가는 별로 틀리지 않았다네. 고발, 위협, 처벌의 분위기가 온 나라를 휩쓸고 있었으니까. 특히 외국인에겐 민주주의를 가장한 무시무시한 대량 학살처럼 보였을 거야. 패멀라의 두려움을 뒷받침할 수 있는 위험이 도처에 깔려 있었지. 당시의 정치적 환경에서 그건 합당한 두려움이었어. 패멀라는 그 두려움에 대한 반응으로 자신의 모든 지성과 현실감각을 쥐어짜내 곤경을 극복하려 했지. 아이라가 제대로 봤던 거야. 그녀는 자신의 마음을 알고 원하는 것을 행동에 옮길 줄 아는 기지와 명석함을 겸비한 아가씨였어.

패멀라는 이브를 찾아가 얘기했어. 이 년 전 어느 여름날 그리니치빌리지에서 우연히 아이라를 만났다고. 그는 스테이션왜건을 몰고 시골로 가는 길이었는데, 이브가 먼저 그곳에 가 있으니 함께 가서 오두막에서 하루를 보내는 게 어떠냐고 물었다고. 아주 덥고 불쾌한 날이어서 그녀는 앞뒤 재보지도 않고 '좋아요. 올라가서 수영복 가져올게요'라고 말했다. 아이라는 기다렸고, 잠시 후 그들은 징크타운에 도착했지만 이브는 거기에 없었다. 그녀는 그 상황에 맞추려고 했고 아이라의 변명을 믿으려고 노력했다. 심지어 수영복으로 갈아입고 그와 함께 수영하러 갔다. 그런데 거기서 그가 사진을 찍고 그녀를 유혹하려 했다. 그녀는 눈물을 흘리면서 그를 뿌리쳤고, 자기가 그를 어떻게 생각하는지, 그가 이브에게 무슨 짓을 하고 있는지 말했다. 그런 뒤 기차를 타고 뉴욕으로 돌아왔다. 그녀는 난처한 일에 얽매이고 싶지 않았기 때문에 그의 유혹을 발설하지 않았다. 만일 그 일을 밝혔다면 모든 사람이 그녀를 비난했을 것이고, 단지 그의 차에 올라탄 것만으로 헤픈 여자라고 생각했을 것이다. 또 그 사진을 찍게 한 것만으로 온갖 욕설을 퍼부었을 것이다. 아무도 이 이야기를 그녀 입장에서 들어주지 않았을 것이다. 그녀가 용기를 내어 그의 배신을 폭로했다면 그는 온갖 거짓말을 동원해 그녀를 짓뭉개려 했을 것이다, 하지만 이제 그의 배신이 어느 정도인지 이해했으니, 양심상 침묵을 지킬 수 없다.

그다음에 무슨 일이 일어났는지 아나? 어느 날 오후 마지막 교시를 마치고 내 사무실로 가보니 동생이 기다리고 있더군. 아이라는 복도에서 그를 알아본 교사 두어 명에게 사인을 해주고 있었지. 내가 자물쇠를 열자 아이라는 따라들어오더니, 내 책상에 봉투를 하나 던졌네. 봉투에는 '아이라'라고 적혀 있었고, 발신자 주소는 〈데일리 워커〉였어. 봉투 안에는 또다른 봉투가 들어 있었는데, 거기엔 '아이언 린'이라 적혀 있었네. 이브의 필적이었고, 편지지도 그녀가 쓰는 파란색 양피지였어. 〈데일리 워커〉 지사장이 아이라의 친구라 징크타운까지 와서 그 편지를 아이라에게 건네준 거라네.

패멀라가 이브를 만나 그 이야기를 하고 난 다음날이었을 거야. 이브는 생각할 수 있는 가장 강력한 방법을, 당시로서는 가장 강력한 펀치를 날리기로 했지. 그녀는 스라소니 모피 재킷과 가장자리에 하얀 레이스가 달린 멋들어진 검은색 벨벳드레스를 입고, 앞코가 트인 최고급 구두를 신고, 검은 베일이 달린 세련된 펠트모자를 쓰고 당당하게 걸어나갔다네. 카트리나와 점심을 먹으러 레스토랑 21에 가기 위해서가 아니라 〈데일리 워커〉 사무실에 가기 위해서. 〈데일리 워커〉는 웨스트 11번가에서 고작 몇 블록 떨어진 유니버시티 플레이스에 있었네. 이브는 엘리베이터를 타고 5층으로 올라가 편집장을 만나겠다고 요구했지. 편집장의 사무실로 안내된 그녀는 스라소니 머프에서 그 편지를 꺼내 편집장의 책상 위에 놓았어. 그리고 '볼셰비키혁명의 영웅적 순교자를 위해, 인민의 예술가와 인류의 마지막 희망을 위해'라고 말하곤 뒤돌아 걸어나갔지. 그녀는 반대에 부딪치면 괴로워하고 약해지는 성격이었지만, 가끔 정당한 분노에 도취하면 하루종일 망상에 사로잡힌 귀부인처럼 행동했다네. 그녀는 그런 변신을 할 줄 알았어. 그리고 한번 할 때는 어중간하게 하지 않았지. 감정이 무지개의 한쪽 끝에 도달하면, 그 한계를 넘어버리는 게 설득력이 높을 수도 있지.

편지를 받은 지사장은 즉시 차를 몰고 아이라한테 달려왔네. 아이라는 해고당한 뒤로 징크타운에서 혼자 살았고, 매주 차를 몰고 뉴욕에 가 변호사들과 상의했네. 방송국을 고소하고, 스폰서를 고소하고, 『적색 채널』을 고소하려고. 아이라는 뉴욕에 가면 아티 소콜로를 만나곤 했는데, 그는 첫번째 심장마비를 일으켜 어퍼웨스트사이드 집의 침대에만 누워 지내고 있었네. 그런 뒤 아이라는 우리를 보러 뉴어크로 왔어. 하지만 대개는 징크타운의 오두막에서 분노하고, 곰곰이 생각하고, 망연자실하고, 괴로워하면서 시간을 보냈지. 광산에서 사고를 당한 이웃 레이 스베츠를 위해 저녁을 만들고 함께 식사를 하면서, 정신이 51퍼센트밖에 남지 않은 이 남자에게 자신의 일을 큰 소리로 지껄여댔다네.

아이라가 내 사무실로 찾아온 건 이브의 편지가 그의 손에 들어온 그날 늦은 오후였어. 난 편지를 읽었지. 그건 아이라의 다른 문서와 함께 내 서류함에 보관되어 있네. 내가 그걸 쉽게 풀어서 설명하면 그 속에 담긴 의미가 희석되고 말 거야. 모두 석 장이고, 호되게 몰아붙이는 내용이었지. 한번에 완벽하게 써내려간 티가 역력하더군. 아주 신랄하고 사나웠지만, 매우 뛰어난 글이었어. 격렬한 분노에 휩싸여 이브는 자기 이름의 첫 글자가 새겨진 파란색 편지지 위에 신고전주의적 재능을 유감없이 풀어놓았다네. 아이라에 대한 꾸짖음이 화려한 영웅시격*으로 끝났다 해도 난 놀라지 않았을 거야.

햄릿이 클로디어스를 저주하는 구절 기억나나? 2막에서 왕을 맡은 배우가 프리아모스의 살해에 관한 대사를 마친 뒤에 나오는 구절? '나는 어쩌면 이렇게도 멍청하고 비열한 인간일까!'로 시작하는 독백 중간에 햄릿은 말하지. '잔인하고 음탕한 악한 같으니! 냉혹하고 음흉하고 음란하고 불쾌한 악한 같으니! 아, 복수다!' 이 몇 줄에 편지의 골자가 어느 정도 들어 있네. 그녀는 이렇게 썼어. 내가 패멀라를 어떻게 생각하는지 당신은 안다. 어느 날 밤 단둘이 있을 때 당신에게 패멀라가 내게 어떤 아이인지 털어놓지 않았느냐. '열등 콤플렉스.' 이브는 패멀라의 문제를

* 대구를 이루는 약강 5보격의 이행시.

그렇게 설명했지, 집과 나라와 가족에게서 멀리 떨어져 열등 콤플렉스에 시달리는 아이, 그래서 이브의 보호를 받는 아이. 이브가 돌봐주고 보호해줄 책임이 있는 아이. 그런데 손을 대기만 하면 모든 걸 망쳐버리는 아이라가 패멀라 솔로몬처럼 훌륭한 배경을 가진 아이를 도나 존스 양 같은 스트리퍼로 만들기 위해 교활한 손길을 내민 거지. 그럴듯한 구실을 대고 패멀라를 그 으슥한 소굴로 끌고 가다니, 수영복 입은 그 아이의 사진을 찍으면서 변태처럼 침을 흘리다니, 그 고릴라 같은 앞발로 힘없는 몸뚱이를 움켜잡다니, 순전히 쾌락을 위해 패멀라를 길거리 창녀로 만들다니. 쥐어짜낼 수 있는 가장 사디즘적인 방법으로 실피드와 자신을 욕보이다니.

그녀는 이렇게 말했어. 이번에는 너무 심했다. 당신은 내게 말했다. 그 잘난 오데이 밑에서 마키아벨리의 『군주론』에 얼마나 감명받았는지. 당신이 『군주론』에서 뭘 배웠는지 이제 알겠다. 왜 내 친구들이 그동안 당신의 모든 말과 행동을 보면서, 당신이야말로 옳고 그름에는 전혀 관심이 없고 오로지 성공에만 집착하는 타락한 마키아벨리적 인간이라고 날 설득하려 했는지 이제 알겠다. 당신은 열등 콤플렉스에 시달리는 이 사랑스럽고 재능 있는 젊은 여자를 범하려고 폭력을 사용했다. 왜 사랑을 표현하는 수단으로 나와 잠자리를 하려고 하지 않았나? 우리가 처음 만났을 때 당신은 그 사랑하는 룸펜 부랑자들이 우글거리는 로

어이스트사이드에 혼자 살았다. 난 당신에게 책과 음악과 예술이 가득한 아름다운 집을 주었다. 또 당신에게 멋진 공간을 내주고, 당신만의 서재를 꾸미도록 도왔다. 난 당신에게 맨해튼에서 가장 재미있고, 지적이고, 재능 있는 사람들을 소개해줬고, 당신이 꿈도 꾸지 못했던 사교계에 발을 들이게 해주었다. 난 최선을 다해 당신에게 가족을 만들어주려고 노력했다. 물론 나에겐 까다로운 딸이 있다. 문제가 있는 아이이다. 나도 안다. 하지만 부담으로 가득한 게 인생이다. 책임 있는 성인에게 인생은 부담투성이다…… 이런 식으로 철학적으로 성숙하고 분별력 있고, 전반적으로는 합리적으로 수위를 높여가다, 마지막에 그녀는 이렇게 위협했다네.

당신이 그 집에 숨어 있는 동안, 당신의 그 모범적인 형님이 내가 당신과 얘기하거나 편지를 써보내는 걸 허락하지 않았다는 걸 당신도 기억할 것이다. 그래서 난 당신의 동지들을 통해 연락을 취하기로 했다. 어느 누구보다 공산당이 당신에게, 또 그런 게 있다면 당신의 마음에 가장 쉽게 접근할 거라 생각한다. 당신은 전형적인 통제의 예술가 마키아벨리다. 나의 친애하는 마키아벨리 씨, 당신은 자신의 뜻을 이루기 위해 타인에게 가한 행동의 결과를 아직 이해하지 못했을 테니, 이제 그걸 배워야 할 때가 되었다고 생각한다.

네이선, 내 사무실 책상 옆에 있던 의자 기억하나? 그 고문의

자? 내가 작문 숙제를 검사하는 동안 학생들이 거기 앉아서 땀을 뻘뻘 흘렸잖아? 내가 편지를 훑어보는 동안 아이라는 거기에 앉아 있었네. 내가 물었지. '이 여자애한테 집적거린 게 사실이냐?' '여섯 달쯤 연애했어.' '잠자리도 했겠구나?' '아주 많이. 형, 난 그녀가 날 사랑한다고 생각했어. 그녀가 이런 짓을 하다니 기가 막힐 뿐이야.' '이제 와서 기가 막혀?' '난 그녀를 정말 사랑했어. 그녀와 결혼해서 가정을 이루고 싶었다고.' '아, 점입가경이구나. 넌 생각을 안 해. 그렇지, 아이라? 넌 행동을 해. 행동을 한다고. 그게 다야. 소리지르고, 섹스하고, 행동하고. 여섯 달 동안 넌 이브 딸의 가장 친한 친구와 잠자리를 했어. 이브의 수양딸, 이브의 피보호자하고. 그런데 일이 터지니까 이제 "기가 막히다"고?' '난 그녀를 사랑했어.' '알아듣게 얘길 해. 그애와 자는 걸 사랑했겠지.' '형은 이해 못해. 그녀가 오두막에 오곤 했어. 난 그녀에게 완전히 빠졌다고. 기가 막힐 뿐이야. 믿을 수 없어, 이런 짓을 하다니!' '어떤 짓을 했는데?' '날 배신하고 내 아내한테 고자질했어. 거기다 거짓말까지 했고!' '그래? 그래서? 도대체 어느 부분이 기가 막히다는 거냐? 넌 지금 문제가 생겼어. 네 아내와 큰 문제가 생겼다고.' '이브하고? 이브가 뭘 어떻게 하겠어? 그녀는 그랜트 부부와 손잡고 이미 할 만큼 했어. 난 이미 해고됐어. 방송에서 쫓겨났잖아. 이브는 이제 일을 성적인 문제로 만들고 있어. 형도 알겠지만, 그런 게 아니었어. 패멀라는 그렇지 않다는 걸 알아.' '하지만 지금은 그렇게 돼버렸다. 넌 올가미에 걸렸고, 네 아내는 새로운 결과를 장담하고 있어. 어떤 결과가 나올 것 같냐, 응?' '아무 일도 없을 거야. 남은 게 없는걸. 이 멍청한 편지.' 아이라는 편지를 내 앞에 흔들면서 말했네. '이걸 〈데일리 워커〉에 직접 전달한 거. 이게 그 결과야. 내 말 들어봐. 난 패멀라가 원하지 않은 짓은 절대로 하지 않았어. 그리고 그녀가 날 더는 원하지 않았을 때, 난 죽을 만큼 아팠어. 평생 그런 여자를 꿈꿨으니까. 정말 죽을 것 같았어. 하지만 포기했어. 그녀를 혼자 놔두고 계단을 내려와 거리로 나섰지. 그리고 다시는 그녀를 괴롭히지 않았어.' 내가 말했네. '그래, 그랬다 치자. 네가 네 아내의 수양딸과 여섯 달 동안 신나게 놀아난 뒤 신사답게 떠났다고 쳐. 하지만 넌 지금 골치 아프게 됐어.' '아니, 골치 아프게 된 건 패멀라야!' '그래? 또 한번 행동으로 보여주게? 이번에도 생각 없이 행동하려고? 안 돼. 내가 그냥 보고 있지 않을 거다.'

난 아이라를 말렸고, 아이라는 아무 짓도 못했네. 하지만 편지에 담긴 내용이 그 책을 내겠다는 충동을 얼마나 부추겼는지는 알 수 없는 일이야. 만일 이브가 정말 독기를 품고 일생일대의 몰상식한 짓을 할 동기를 찾고 있었다면, 패멀라에게서 들은 얘기쯤은 그다지 큰 상처가 아니었을 거네. 생각해보게. 그녀는 펄러 같은 보잘것없는 남자와 결혼했고, 페닝턴 같은 동성애자와 결혼했고, 프리드먼 같은 사기꾼과 결혼했고, 아이라 같은 공산주의자와 결혼했어. 그러니 사람들은 그녀가 미친 짓은 할 만큼 했다고 생각할 수 있지. 그녀가 스라소니 재킷에 스라소니 머프를 하고 〈데일리 워커〉를 찾아간 것만으로도 최악의 분풀이를 한 것이라 생각할 수 있어. 하지만 아니라네. 자신의 불합리성을 항상 더 높이 끌어올리는 게 이브의 운명이었거든. 그리고 여기에 그랜트 부부가 다시 합세했다네.

그 책을 쓴 건 그랜트 부부였어. 두 사람이 대필했던 거지. 표지에는 브라이든의 이름만 들어갔네. '브라이든 그랜트 대필.' 왜냐하면 표지에 윈첼의 이름이 들어간 것만큼이나 효과가 뛰어나거든. 하지만 부부의 재능이 책 안에서 빛을 발했지. 이브 프레임이 공산주의에 대해 뭘 알겠나? 아이라와 함께 갔던 윌리스의 집회에도 공산주의자들은 있었어. 〈자유와 용기〉에도 공산주의자들이 있었고. 그들은 11번가의 집에 와서 저녁식사도 하고 파티도 했네. 그 프로에 관여하는 소수 정예부대원은 최대한 많은 것을 통제하려고 안간힘을 썼어. 비밀을 유지하고 공모하기 쉽도록 생각이 같은 사람을 뽑고, 각본의 이념적 방향성에 최대한 영향력을 행사했지. 아이라는 아티 소콜로와 서재에 틀어박혀 큰 탈 없이 지나갈 수 있는 감상적이고 진부한 표현들을 대본 속에 집어넣느라 골몰했어. 역사적 맥락에 어울리든 안 어울리든, 공산주의적 내용이다 싶은 이념적 쓰레기를 마구 집어넣었지. 자신들이 대중의 생각에 영향을 미친다고 생각한 거야. 작가는 계급투쟁을 관찰하고 묘사하는 것에 그치지 않고, 그 투쟁에 참여해야 한다. 비마르크스주의 작가는 객관적 현실을 무심코 드러내고, 마르크스주의 작가는 그 현실을 변형시키는 데 기여한다. 당이 작가에게 주는 선물은 유일하게 옳고 정확한 세계관이다. 그들은 이 말을 모두 믿었어. 허풍과 선전. 하지만 허풍은 법으로 금지된 게 아니지. 그 시절에 라디오방송은 허풍으로 가득했다네. 〈강력계〉. 〈당신의 FBI〉. 케이트 스미스가 〈신이여, 미국을 축복하소서〉*를 불렀고, 자네의 영웅 코윈도 거기에 가세했지. 미국 민주주의의 이상을 선전하는 작가로. 결국엔 별로 다르지 않았어. 그들은 아이라 린골드와 아서 소콜로처럼 첩보원이 아니었어. 선전원이었지. 여기엔 차이가 있네. 그자들은 싸구려 선전원이었고, 여기에 대항하는 유일한 법칙은 미학, 문학적 취향의 법칙이지.

당시에 조합이 있었다네. AFTRA.**이 조합을 지배하려는 싸움이 치열했어. 고성이 난무하고 끔찍한 내분이 일어났지만, 온 나라의 노조가 그런 형국이었지. 내가 속한 노조뿐 아니라 거의 모든 노조에서 우파와 좌파, 자유주의자와 공산주의자가 지배권을 놓고 싸웠어. 아이라는 조합 이사회에 있었기 때문에, 많은 사람들과 전화 통화를 하고 분명히 소리도 질렀을 거야. 물론 이브가

* 제2의 미국 국가로 불리는 노래.

** The American Federation of Television and Radio Artists. 미국 TV · 라디오 연예인조합.

있을 때도 그랬겠지. 아이라의 말은 모두 진심이었어. 당은 아이라에게 논쟁하는 곳이 아니었어. 토론클럽이 아니었네. 시민자유연맹하곤 달랐지. 당은 뭘 의미했을까, '혁명'? 실제로 혁명을 의미했어. 아이라는 그 말을 곧이곧대로 받아들였지. 자신을 혁명가라고 부르려면 진지한 헌신을 보여줘야 하네. 그건 꾸며낼 수 있는 게 아니야. 진정한 태도가 필요했지. 아이라는 소련을 진지하게 받아들였어. AFTRA에서 아이라는 진심으로 일했던 거야.

난 아이라가 그런 일에 몰두하는 걸 본 적이 없었네. 틀림없이 자네도 본 적이 없을 거야. 하지만 이브의 눈에는 그런 일 자체가 들어오지 않았어. 그녀는 그 모든 것을 의식하지 못했지. 현실은 이브에게 중요한 게 아니었네. 그녀는 항상 주변 사람들이 하는 말을 건성으로 들었어. 인생사에는 완전히 문외한이었지. 그건 그녀에게 너무 천박했거든. 그녀는 공산주의나 반공이데올로기에 마음을 쓴 적이 없었네. 눈앞에 존재하는 어떤 것에도 마음을 쓰지 않았지. 실피드가 있을 때를 제외하고는.

'대필'이란 그 악랄한 이야기가 처음부터 끝까지 그랜트 부부의 창작이란 걸 의미했지. 그건 이브를 위한 게 아니었어. 또 단지 아이라를 파멸시키려고 그런 것만도 아니었네. 물론 카트리나와 브라이든은 아이라를 끔찍이 싫어했어. 아이라에게 닥친 결과는 그들이 느낀 재미의 일부였을 거야. 하지만 요점은 그게 아니었네. 그랜트 부부가 그걸 꾸며낸 건 방송계에 침투한 공산주의를 이슈화해서 국회로 가는 길을 닦으려는 브라이든의 수작이었지.

그 글. 〈저널 아메리칸〉의 기사. 거기엔 카트리나의 구문, 카트리나의 감수성이 녹아 있었어. 글 전체에 그녀의 지문이 묻어 있었지. 이브가 쓴 게 아니라는 걸 바로 알겠더군. 이브는 그렇게 서툴게 쓰지 못하거든. 이브는 교양이 넘치고, 아주 박식해. 그런 그녀가 왜 그랜트 부부에게 대필을 맡겼을까? 그녀는 계획적으로 철저히 노예가 되었던 거야. 강자만 소름끼치는 짓을 할 수 있는 게 아니라 약자도 소름끼치는 짓을 할 수 있지. 모두 소름끼치는 짓이지.

『나는 공산주의자와 결혼했다』는 1952년 3월에 나왔네. 그랜트는 이미 출마를 선언한 상태였지. 그리고 11월에 아이젠하워가 압도적으로 승리했을 때, 그랜트는 뉴욕 주 제29선거구에서 압승을 거둬 국회에 들어갔어. 어쨌든 그는 당선됐을 거야. 부부의 라디오방송은 토요일 아침의 인기 프로였고, 그는 오랫동안 칼럼을 썼고, 등뒤에는 해밀턴 피시가 버티고 있었고, 어쨌거나 대통령의 자손이었으니까. 하지만 아직까지 의심스러운 건, 만일 '그랜트의 정보망' 덕분에 방송계에서 빨갱이 거물들을 폭로하고 추방하는 성과를 올리지 못했다면 과연 조 매카시가 더치스 카운티까지 가 그의 유세를 도왔을까 하는 거라네. 다들 포킵시에 몰려가 그랜트의 유세를 도왔지. 웨스트브룩 페글러*도 갔고, 허스트 신문제국의 모든 칼럼니스트가 그의 편이었지. 루스벨트를 증오하던 놈들, 민주당원을 빨갱이로 몰아 쓰러뜨린 놈들. 이브는 자기가 그랜트 부부에게 어떻게 이용당하는지 까맣게 몰랐을 거야. 아니, 어쩌면 알면서도 상관하지 않았는지도 모르지. 공격자가 되어보니 아주 강해지고 용감해져 괴물을 물리치는 기분이 들었을 테니까.

하지만 아이라를 잘 아는 그녀가 어떻게 그 책을 출판하고 무사하길 기대했을까? 그건 징크타운으로 보낸 석 장짜리 편지가 아니었어. 큰 충격을 불러일으킨 베스트셀러였지. 거기엔 베스트셀러가 될 모든 요소가 들어 있었어. 이브는 유명인이었고, 그랜트도 유명인이었고, 공산주의는 국제적인 위험이었으니까. 아이라는 두 사람보다 덜 유명했지만, 그 책 때문에 두 번 다시는 라디오에서 일할 수 없을 거라는 건 불 보듯 뻔했지. 또 그 책이 판매순위 1위를 차지했던 대여섯 달 동안에는 가끔 들어오던 링컨 공연 섭외도 뚝 끊겼다네. 하지만 아이라는 그 어느 때보다 유명해졌어. 단 한 방에 이브는 자신의 삶을 몰개성적 삶으로 만든 동시에 공산주의라는 유령에게 인간의 얼굴을, 그것도 자기 남편의 얼굴을 씌워준 거야. 난 공산주의자와 결혼했다, 공산주의자와 잠을 잤다, 공산주의자가 내 아이를 괴롭혔다, 아무 의심

* 뉴딜정책과 노동조합에 반대해 유명세를 탄 1940년대 칼럼니스트.

없이 미국은 라디오방송에서 애국자로 가장한 공산주의자의 말에 귀를 기울였다. 두 얼굴의 사악한 악당, 진짜 스타들의 진짜 이름, 냉전이라는 거대한 배경, 당연히 그 책은 베스트셀러가 되었지. 아이라를 고발하며 밝힌 이런 내용은 1950년대에는 큰 청문회를 열기에 충분한 것이었네.

그뿐이 아니었어. 아이라의 프로에 관여했던 유대인 볼셰비키들을 아무렇지 않게 낱낱이 거명했다네. 냉전 편집증의 밑바닥에는 반유대주의가 잠복해 있었지. 그래서 이브는 그랜트 부부의 도덕적 지도하에 할리우드뿐 아니라 뉴욕에서도, 영화뿐 아니라 라디오에서도 바위를 들추면 나오는 공산주의자가 열에 아홉은 유대인이란 걸 비유대계 미국인에게 확인시켜줌으로써 개인적인 편견을 정치적 무기로 변형시킬 수 있었네. 물론 그랜트 부부 본인들은 리처드 닉슨이 그랬듯, 도처에서 말썽을 일으키는 유대인을 사랑했지만 말일세.

하지만 그녀는 이 공격적이고 성미 급한 녀석이 앉아서 당할 거라고 생각했을까? 그녀의 저녁 식탁에서 거칠게 말다툼을 벌이던 녀석, 거실을 휩쓸고 다니며 사람들한테 고함을 지르던 녀석, 결국 공산주의자였던 녀석, 정치적 행동을 취하는 게 뭔지 아는 녀석, 끈질기게 싸워 노조를 손에 넣었던 녀석, 소콜로의 대본을 수정하고 깡패 같은 아티 소콜로를 쥐고 흔들던 녀석인데? 그녀는 그가 아무 행동도 취하지 않을 거라고 생각한 걸까?

그녀는 그를 전혀 몰랐던 걸까? 그 책에 나오는 그의 초상은 어떻게 된 걸까? 만일 그가 마키아벨리라면 마키아벨리답게 굴지 않겠어? 다들 몸을 사리게 말이야.

그녀는 이렇게 생각한 거야. 난 정말 화가 난다, 패멀라 때문에 화가 나고, 헬기 때문에 화가 나고, 오두막 개조공사나 그가 실피드에게 저지른 못된 짓들 때문에 화가 치민다, 내가 이 호색한에 비정한 마키아벨리놈의 주의를 끌어야겠다. 그녀는 당연히 아이라의 주의를 끌었지. 남들 앞에서 아이라의 엉덩이에 뜨거운 부지깽이를 쑤셔넣으면 그가 펄펄 뛰면서 화를 낼 게 뻔하잖아. 그런 모욕을 누가 참고 넘어가겠나? 거짓말로 자신을 비난한 책이 베스트셀러에 오르는 걸 누가 좋아하겠어? 아이라 린골드가 아니어도 당연히 노여워하겠지. 그리고 당연히 행동을 취하겠지. 하지만 그녀는 이런 생각을 전혀 하지 않았어. 그녀의 계획을 부추긴 정당한 분노, 그 계획에 불을 지핀 결백함이 누군가가 자신에게 응수할 거라는 생각을 가로막은 거야. 그녀는 단지 원한을 푼 것뿐이었으니까. 온갖 끔찍한 짓은 아이라가 저질렀고, 그녀는 단지 자기 입장을 얘기한 것뿐이었으니까. 그녀는 마지막 한 방을 날린 거고, 자신이 얻어야 할 결과만 생각했어. 당연한 일이었지. 내가 뭘 했다고 그래?

바로 그 제 눈 가리기 때문에 페닝턴, 프리드먼, 실피드, 패멀라, 그랜트 부부, 심지어 헬기 페른과의 일이 그렇게 고통스러웠던 거라네. 결국 그 제 눈 가리기가 그녀를 파멸시켰지. 고등학교에서 셰익스피어를 가르치는 선생은 그걸 가리켜 비극적 결함이라 부른다네.

이브는 그럴듯한 명분에 사로잡혀 있었어. 겉으로 보기엔 공산주의의 물결에서 미국을 구하는 헌신적 투쟁이었지만, 그 숭고한 외피 뒤에는 그녀만의 목적이 있었지. 사람은 누구나 한 번은 결혼에 실패해. 이브는 네 번 실패했지. 하지만 그녀는 남다를 필요가 있었어. 스타였으니까. 그녀는 자기가 중요한 인물이고, 영리하고, 싸울 힘이 있다는 걸 보여주고 싶었어. 아이언 린이라는 배우가 누군데? 배우는 바로 나야! 나야말로 이름을 가진 배우라고, 이름의 힘을 가진 배우! 난 너희가 멋대로 갖고 놀 수 있는 나약한 여자가 아니야. 봐라, 난 스타야! 결혼에 실패했지만 평범한 실패가 아니야. 이건 스타의 실패한 결혼이라고! 난 딸과 함께 비참한 함정에 빠져 남편을 잃은 게 아니야. 무릎을 꿇고 '이렇게 애원할게요'라고 빈 것 때문에 남편을 잃은 게 아니야. 금니를 한 주정뱅이 창녀 때문에 남편을 잃은 게 아니야. 그보다 더 숭고해야 해. 그리고 난 흠잡을 데가 없어야 해. 인간의 척도를 뛰어넘는 이유를 고백하면 멜로드라마 같고 거짓말 같아서 잘 팔리겠지. 그래, 난 공산주의에 남편을 잃은 거야.

그 책이 실제로 무슨 내용이고, 무슨 결과를 낳았는지 이브는 눈곱만큼도 몰랐어. 왜 그들은 아이언 린을 국민 앞에 위험한 소련 첩보원으로 내놓았을까? 공화당원을 한 명 더 국회로 보내기 위해서였어. 브라이든 그랜트를 국회로 보내고, 조 마틴을 의장석에 앉히기 위해서.

그랜트는 결국 열한 번이나 당선됐고, 의회의 유력인사가 됐네. 카트리나는 워싱턴의 공화당 안주인이 되어 아이젠하워 시절 내내 권력을 휘두르며 사람들의 사회적 지위를 좌우했지. 시기와 자만에 빠진 사람에게 로이 콘* 맞은편에 앉을 사람을 결정하는 것보다 더 뿌듯한 일은 세상에 없었을 거야. 지위에 대한 불안이 가득했던 워싱턴의 파티 석상에서 카트리나의 능력에 대적할 상대는 없었네. 지배계층 안에서 그들이 받을 디저트를 주기도 하고 뺏기도 하면서, 최고 권력을 향한 그 식인종 같은 탐욕은 뭐랄까…… 물을 만난 꼴이었지. 그 여자는 칼리굴라의 포학한 사디즘으로 초대 명단을 작성했네. 그녀는 권력자들에게 굴욕을 주는 즐거움을 알았어. 미국의 수도에 한두 차례 지각변동을 일으킨 것도 그녀였지. 아이젠하워 밑에서, 나중에는 브라이든의 스승인 닉슨 밑에서 카트리나는 워싱턴 사교계를 쥐고 흔드는 두려움 그 자체였네.

1969년에 닉슨이 그랜트를 백악관으로 부를 거라는 추측이 잠깐 돌았을 때, 그 국회의원 남편과 소설가 안주인은 〈라이프〉

---

* 1950년대에 매카시의 오른팔 역할을 했던 변호사.

지의 표지를 장식하기도 했어. 그랜트는 홀드먼처럼 되지 않았지만, 결국엔 워터게이트 때문에 무너졌지. 닉슨에게 운명을 걸고, 자기 대장에게 불리한 모든 증거를 외면하고, 사임하는 날 아침까지도 의사당에서 그를 옹호했어. 그것 때문에 1974년 선거에서 패했지. 하지만 처음부터 그는 닉슨을 따라 했다네. 닉슨에게 앨저 히스가 있었다면, 그랜트에겐 아이언 린이 있었지. 정치적으로 출세하려고 소련 스파이를 한 명씩 내세운 거야.

닉슨 장례식 때 C-스팬 채널에서 카트리나를 봤네. 그랜트는 그보다 몇 년 전에 죽었고, 그녀는 닉슨이 죽은 후 얼마 뒤에 죽었지. 그녀는 내 또래였는데, 나보다 한두 살 많았을 거야. 하지만 요바린다에서 있었던 그 장례식에서, 야자나무 사이로 조기가 휘날리는 닉슨의 고향에서 그녀는 여전히 우리가 알던 그 카트리나였지. 머리는 하얗게 세고 피부는 쭈글쭈글해졌지만 무척이나 정정했고, 바버라 부시, 베티 포드, 낸시 레이건과 잡담을 나누고 있었네. 삶도 그녀가 자신의 위선을 포기하는 건 고사하고 인정이라도 하게 만드는 데 실패한 것 같았어. 여전하더군. 미국을 지배하는 청렴한 권력자의 굳은 의지, 어떻게든 옳은 일을 행하겠다는 엄숙한 표정. 거기서 그녀가 우리의 또다른 위대한 도덕적 횃불 돌 상원의원과 얘기를 나누는 모습이 나오더군. 그 모습을 보니, 자신의 모든 말이 무엇보다 중요하다는 오만한 생각을 한 치도 포기하지 않은 것 같더군. 여전히 무언의 반성 따윈 안중에도 없고, 다른 사람의 잘잘못을 감시하는 정의로운 감시견 같았지. 뉘우침도 없었어. 신처럼 완전무결하게 그 터무니없는 자아상을 뻔뻔스럽게 과시하더군. 자네도 알다시피 우둔함에는 약이 없는 법이야. 그 여자는 도덕적 야망의 화신이었고, 그로 인한 유해성과 어리석음의 화신이었지.

그랜트 부부에게 중요한 건 오로지 아이라를 그들의 대의에 어떻게 이용할까였네. 그렇다면 그들의 대의는 뭐였을까? 미국? 민주주의? 애국심이 이기주의나 자기헌신이나 자기숭배의 구실이 되기도 하네만…… 자네도 알다시피 우리는 셰익스피어를 통해 이야기를 할 때는 어느 등장인물한테도 상상적 공감을 늦춰선 안 된다고 배웠네. 하지만 난 셰익스피어가 아닐세. 난 여전히 그 악귀 같은 놈과 악귀 같은 여자가 내 동생에게 한 짓을 혐오하네. 그것도 손 하나 까닥하지 않고 개한테 현관 앞의 신문을 물고 오라고 시키듯 이브를 이용해서 한 짓을. 글로스터가 늙은 리어 왕에 대해 뭐라고 했는지 기억하나? '폐하께서 대단히 노하셨습니다.' 요바린다에 있는 카트리나 반 태슬을 봤을 때 그런 분노가 치밀어오르더군. 난 스스로에게 말했네. 저 여잔 별볼 일 없어, 아무것도 아니야, 그저 한심한 배우일 뿐이야. 악의적인 이데올로기로 가득한 20세기 역사에서 그녀는 잠깐 광대역을 했을 뿐, 그 이상은 아니야. 하지만 그녀를 보는 건 여전히 참을 수 없었네.

실은 미국 37대 대통령의 장례식 전체가 참기 어려웠어. 국민의 생각을 틀어막고 몽환상태로 유도하는 해병 군악대와 합창단의 노래와 연주. 〈대통령 만세〉 〈아메리카〉 〈당신은 훌륭한 깃발〉 〈공화국 승전가〉. 그리고 국민의 기억을 순간적으로 마비시키는 마약 중에서도 가장 선동적인 마취제 〈성조기여 영원하라〉. 빌리 그레이엄 목사의 감정을 고양시키는 설교, 국기를 늘어뜨린 관, 여러 인종으로 구성된 운구대원, 장례식 전체를 마무리하는 〈성조기여 영원하라〉 연주, 그뒤에 울려퍼진 스물한 발의 예포와 '영결 나팔', 대중을 좀비로 만드는 데 이만한 것은 없지.

장례식은 약삭빠른 현실주의자들이 지휘했네. 거래를 하고 거래를 깨는 데 도가 튼 전문가, 가장 파렴치한 방법으로 반대자를 짓뭉개는 대가, 도덕적 관심은 항상 맨 마지막 자리에 갖다놓는 놈들이 죽은 사람의 진짜 모습은 쏙 빼놓고 누구나 아는 황당하고 위선적인 헛소리만 잔뜩 늘어놓더군. 클린턴은 닉슨의 '놀라운 여정'을 찬양했어. 그리고 자신의 순수함에 도취해 닉슨이 '현명한 상담'을 해줬다고 은근히 감사를 표했지. 피트 윌슨 지사는 대부분의 사람들이 리처드 닉슨을 생각할 때 그의 '우뚝 솟은 지성'을 떠올릴 거라고 장담했어. 밥 돌은 눈물겨운 척 진부한 표현을 줄줄 늘어놓았지. 고상한 마음, 심오한 정신의 키신저 '박사'는 최대한 과장되고 이타적인 어조로, 게다가 오염된 물에 적신 듯한 그 목소리에 차가운 권위까지 실어, 살해당한 부친을 '우리의 용맹한 친구'라고 한 햄릿의 유명한 대사를 인용하더군. '그분은 어느 모로 보나 진정한 남자였다. 두 번 다시는 그런 인물을 볼 수 없을 것이다.' 그렇게 노골적으로 자신을 포장하는 현자에게 문학은 일차적 진실이 아니라 값비싼 소파 거죽에 불과했어. 햄릿이 선왕을 두 번 다시 볼 수 없는 분이라 표현했던 그 모호한 문맥을 그는 전혀 이해하지 못했던 거야. 하지만 그 순간에, 다들 엄청난 압박감 속에 엄숙한 얼굴로 닉슨이 저지른 죄를 영원히 은폐하는 과정을 지켜보는 자리에서, 그 유대인 아첨꾼이 걸작을 부적절하게 들먹인 게 문화적 과실이라고 누가 지적하겠나? 거기서 누가 그에게, 그가 인용해야 할 건 햄릿이 선왕에 대해 말하는 부분이 아니라 삼촌 클로디어스에 대해 언급하는 부분, 부친의 왕위를 빼앗은 살인자인 새 왕의 행위에 대한 부분이라고 충고하겠나? 누가 거기 요바린다에서 감히 이렇게 외치겠나? '이봐, 박사. 이 대사를 인용해야지. "대지가 은닉해도 악행은 사람 눈에 탄로나는 법."'

누가 그러겠나? 제럴드 포드? 난 제럴드 포드*가 그렇게 지성이 충만한 표정으로 집중하는 모습은 처음 보았다네. 거기가 무슨 신성한 땅인 양 말일세. 로널드 레이건은 제복을 입은 의장병에게 그 유명한 경례, 항상 반쯤 실성한 것처럼 보이는 경례를 하

* 실각한 닉슨의 뒤를 이어 대통령에 오른 정치인.

더군. 밥 호프가 제임스 베이커* 옆에 앉아 있었고, 이란-콘트라 사건**의 무기거래상 아드난 카소기는 도널드 닉슨*** 옆에 앉아 있었어. 천하의 사기꾼 G. 고든 리디****도 번들번들한 머리를 오만하게 치켜들고 있었지. 미국 역사에서 가장 치욕스러운 부통령 스피로 애그뉴도 파렴치한 강도 같은 얼굴을 내밀었고, 가장 인기 있는 부통령 댄 퀘일은 생기에 찬 표정을 짓고 있었네. 그 불쌍한 작자의 영웅적인 노력이란. 그는 항상 지성을 내세웠고, 항상 실패했지. 그렇게 기소자와 불기소자, 기결수와 미결수가 한자리에 모여 산들바람이 부는 캘리포니아의 햇볕 아래에서 허튼소리를 내뱉으며 애도하는 동안, 닉슨의 우뚝 솟은 지성은 결국 성조기를 씌운 관 속에 담겨 더는 무제한 권력을 휘두르지 못하게 됐다네. 이 나라의 기강을 뿌리부터 흔들었던 자, 엄청난 국가적 재난을 일으킨 자, 미국 역사상 재직중에 저지른 모든 위반과 범죄를 마구잡이로 뽑은 후임자로부터 전면적이고 무조건적으로 사면받은 유일무이한 대통령.

* 미국의 정치가. 닉슨의 대통령 선거전에 참여했고, 부시 선거대책본부장 및 레이건 선거운동본부 차장 등을 지냈다.

** 국가안전보장회의가 레바논에 억류된 미국인 인질을 석방시킬 목적으로 비밀리에 이란에 무기를 판매하고 그 대금의 일부를 니카라과의 콘트라반군에 지원한 사건.

*** 리처드 닉슨의 동생.

**** 닉슨 대통령의 재정 자문역이자 닉슨 재선위원회의 실세.

그들 사이에서 브라이든, 그 사심 없는 공복의 친애하는 미망인 반 태슬 그랜트가 자신이 얼마나 중요한 인물인지 한껏 뽐내며 재잘대더군. 장례식이 진행되는 동안 카메라 앞에서 우리의 국가적 손실을 애도하는 슬픈 표정으로 경박하고 사악한 주둥이를 계속 나불거렸어. 그 여자가 미국이 아니라 중국에서 태어나지 않은 게 애석할 뿐이라네. 이 나라에선 베스트셀러 소설가로, 유명한 라디오방송인으로, 워싱턴의 상류층 안주인으로 만족해야 했지. 거기였다면 마오의 문화혁명을 이끌었을 텐데.

구십 년을 사는 동안 난 웃음이 나올 정도로 신나는 장례식을 두 번 봤다네, 네이선. 첫번째는 열세 살에 봤고, 두번째는 삼 년 전인 여든일곱에 TV에서 봤지. 두 장례식은 내 의식의 범주 내에서 어느 정도 이해할 수 있는 것이라네. 신비한 사건은 아니었지. 그 의미를 파헤치는 데 천재성이 필요하진 않아. 둘 다 의미를 뚜렷하게 드러내는 자연스러운 인간사라네. 마치 도미에*의 그림이 인간의 독특한 특징, 얽히고설켜 인간사의 매듭을 이루는 천한 가지의 이중성을 드러내듯이 말일세. 첫번째는 루소마노 씨의 카나리아 장례식이었어. 구두장이 루소마노 씨가 작은 관과 운구자들과 영구마차를 구해 사랑하는 지미를 장대하게 묻어주었지. 그날 꼬마 아이라가 내 코뼈를 부러뜨렸고. 두번째는

* 프랑스의 화가, 풍자만화가, 석판화가.

스물한 발의 예포와 함께 리처드 밀하우스 닉슨을 묻은 장례식이었네. 예전의 1구역에 살던 이탈리아인들이 요바린다에 가서 키신저 박사와 빌리 그레이엄을 봤으면 좋았을 텐데. 그들이라면 이 볼거리를 어떻게 즐겨야 하는지 알았을 거야. 부도덕하기 짝이 없는 영혼을 고상하게 띄우려고 두 작자가 아등바등 꾸며낸 억지 찬사를 들었다면, 그들은 데굴데굴 구르면서 웃었을 거야.

아이라가 살아서 그걸 들었다면, 모든 게 잘못되어가는 세상에 다시 미쳐버렸겠지만."

8

"이제 아이라는 비난의 화살을 자신에게 돌렸네. 어떻게 이 어릿광대극이 내 인생을 망가뜨렸을까? 곁가지에 불과한 모든 것, 오데이 동지가 조심하라고 경고했던 인생의 부수적인 잡동사니들인데. 가정, 결혼, 가족, 정부(情婦), 간통, 부르주아적인 그 모든 쓰레기! 왜 나는 오데이처럼 살지 못했을까? 왜 나는 오데이처럼 매춘부를 찾지 않았을까? 진짜 매춘부, 에스토니아인 마사지사처럼 입이나 나불거리는 아마추어가 아니라 규칙을 아는 믿을 만한 전문가를.

자책이 그를 괴롭히기 시작했다네. 애초에 오데이를 떠나지 말아야 했다고, 레코드공장의 전기노련을 떠나지 말아야 했다고, 뉴욕에 오지 말아야 했다고, 이브 프레임과 결혼하지 말아야 했다고, 자신을 아이언 린이란 거창한 인물로 부풀리지 말아야 했다고. 아이라는 지난 일들을 곱씹으면서 자신이 중서부를 떠난 이후 했던 그 어떤 것도 하지 말았어야 했다고 생각했어. 인간으로서 세상을 경험하고 싶은 욕구, 앞날을 읽지 못하는 인간의 무능력, 실수 쪽으로 이끌리는 인간의 성향에 걸려들지 말았어야 했다고, 남자답고 야심만만한 사내가 갖는 세속의 목표를 단 하나라도 좇지 말아야 했다고, 공산주의 노동자로서 이스트시카고 단칸방의 60와트 전구 아래서 혼자 살아야 했다고, 그것이 지금 지옥에 떨어진 그가 도달했어야 한 금욕의 높이라고.

산더미처럼 쌓여가는 굴욕, 그게 문제였다네. 아이라에게 던져진 건 그냥 책 한 권이 아니었어. 그 책은 아이라에게 던져진 폭탄이었지. 자네도 알겠지만, 매카시는 존재하지도 않는 공산주의자 목록에 이백 혹은 삼백 혹은 사백 명의 이름을 올렸어. 하지만 비유적으로 한 명이 그 모두를 대신할 필요가 있었지. 앨저 히스가 가장 큰 예라네. 히스 사건이 터지고 삼 년 뒤 아이라가 또다른 본보기가 된 거야. 어디 그뿐인가? 보통 사람들에게 히스는 여전히 국무부와 얄타회담의 거물이고, 평범한 미국인과는 거리가 멀었어. 하지만 아이라는 대중문화 속에 침투한 공산주의의 사례였던 거야. 혼란에 빠진 대중이 상상하기에 아이라는 서민적인 공산주의자였지. 이 사람은 에이브 링컨이었어. 이해하기 아주 쉽지 않은가. 외세를 대변하는 비열한 에이브 링컨, 20세기 미국 최대의 반역자 에이브 링컨. 아이라는 모든 국민에게 공산주의의 화신, 인격화된 공산주의자가 되었어. 아이언 린은 만인에게 빨갱이 역적이 되었어. 어느 면에서는 앨저 히스가 따라올 수 없을 정도로.

녀석은 아주 강하고, 여러 면에서 꽤 둔감한 거인이었어. 하지만 눈덩이처럼 쌓여가는 중상모략은 결국 이겨내지 못하더군. 거인도 나무처럼 쓰러지는 법이지. 아이라는 숨을 수 없다는 걸 알았어. 그리고 자신은 시간이 지나 수그러들길 기다릴 수 없을 거라고 생각했어. 이제 만천하에 밝혀졌으니 어딘가에서 항상 뭔가가 닥칠 거라고 생각하기 시작했네. 이 거인은 거기에 어떻게 대처해야 할지 효과적인 방법을 찾지 못하더니, 결국 굴복하고 말더군.

난 가서 녀석을 데리고 왔네. 아이라는 우리 집에서 지냈지만, 결국 우리가 더는 손쓸 수 없는 상황이 왔지. 난 녀석을 뉴욕의 병원에 입원시켰어. 처음 한 달 동안 아이라는 의자에 앉아서 아플 때마다 무릎을 주무르고, 팔꿈치를 문지르고, 아픈 갈빗대를 움켜잡고만 있었어. 그러지 않을 땐 멍하니 무릎만 바라보고 죽기만을 바라면서 시체처럼 지냈지. 내가 면회를 가도 거의 입을 열지 않았어. 아주 가끔 이렇게만 말했지. '내가 원한 건 그저……' 그게 다였네. 그 이상은 절대 소리내어 말하지 않았어. 몇 주 동안 나에게 한 말은 그게 다였어. 두어 번 이렇게 중얼거리긴 했지. '이렇게 될 줄은……' '그럴 생각은 결코 아니었는데……' 하지만 대개는 '내가 원한 건 그저……' 이 말뿐이었네.

그 시절엔 정신병 환자에게 도움이 될 만한 게 별로 없었어. 약이라고는 진정제뿐이었지. 아이라는 그마저도 먹지 않으려 했네. 녀석은 1병동에 있었어. 정신장애병동이라 부르는 데였지. 침대가 여덟 개 있었네. 환자복을 입고 슬리퍼를 신은 아이라는 하루하루 지날수록 링컨을 더 닮아가더군. 수척하고, 지치고, 쇠약해진 에이브러햄 링컨의 비탄에 잠긴 마스크. 난 면회를 가면 동생 옆에 앉아 녀석의 손을 잡고 생각했어. 링컨을 닮지 않았다면 너에게 이런 일은 일어나지 않았을 텐데. 겉모습을 책임질 필요가 없었으면 좋았을 텐데.

사 주가 지난 뒤 아이라는 준정신병동으로 옮겨졌네. 거기서는 환자들이 사복을 입었고, 레크리에이션 요법을 받았지. 어떤 환자들은 병동 밖으로 나가 배구나 농구를 했지만, 아이라는 관절통 때문에 그럴 수 없었어. 녀석은 일 년 넘게 고질적인 통증에 시달렸는데, 아마 그게 세상의 비방보다 더 힘들었을 거야. 어쩌면 아이라를 무너뜨린 적은 신체적 고통이었을지도 모르네. 건강 때문에 비틀거리지 않았다면, 그 책은 절대 녀석을 쓰러뜨리지 못했을 거야.

몸과 마음이 동시에 무너졌지. 병원은 끔찍했지만, 아이라를 집에 둘 순 없었네. 녀석은 로레인 방에 누워 자기 자신을 저주하고 심장이 터지도록 고함을 질렀어. 오데이가 말했어, 오데이가 경고했다고, 이란의 부두에서 오데이는 이미 알고 있었어…… 도리스가 침대 곁에 앉아 두 팔을 붙잡아도 녀석은 계속 울부짖었다네. 그 눈물 뒤에 감춰진 그 엄청난 힘. 무서웠지. 자넨 모를 거야. 평생 세상에 덤벼들고 자신의 타고난 성격과 싸워온 반항적인 거인의 마음속에 얼마나 단단하고 오래된 고통이 쌓일 수 있는지. 그 고된 투쟁이 전부 녀석의 가슴에서 터져나오더군.

난 가끔 두려웠네. 벌지전투에서 폭격을 당할 때와 비슷한 느낌이었지. 녀석은 덩치가 아주 크고 오만했기 때문에, 어느 누구도 녀석을 도울 수 있는 방법이 없을 거라 느꼈다네. 녀석의 여위고 수척한 얼굴이 절망에, 모든 무력감에, 실패에 일그러지는 걸 보고 있자니, 나마저 공황에 빠지게 되더군.

수업을 마치고 집에 돌아가면 난 녀석이 옷 입는 걸 도와주고, 매일 오후 억지로 면도시키고, 버건 스트리트로 함께 산책을 나가자고 우겼네. 그 시절에 미국 어느 도시의 거리가 그보다 친근할 수 있었겠나? 하지만 아이라는 적들에게 둘러싸여 있었어. 파크 극장 입구의 차양을 봐도 겁을 내고, 카츠먼 식당 진열창의 살라미소시지를 봐도 움찔했는데, 특히 샤크트먼 과자점 앞 신문가판대를 보면 기겁했지. 녀석을 조롱하는 기사가 자취를 감춘 지 몇 주가 지났는데도, 모든 신문에 자기 기사가 실렸을 거라 믿었어. 〈저널 아메리칸〉은 이브의 책에서 발췌한 글을 실었고, 〈데일리 미러〉는 1면을 아이라의 얼굴로 도배했지. 심지어 점잖은 〈타임스〉도 유혹을 이기지 못했어. 방송계의 사라 베르나르가 겪는 고통을 휴먼스토리로 다루고, 소련 첩보원의 활동에 관한 모든 헛소리를 꼭 진짜처럼 기사화했지.

원래 그런 거라네. 인간의 비극이란 게, 일단 완성되고 나면 언론인들한테 넘어가 오락거리로 전락하지. 그건 그 말도 안 되는 미친 이야기들이 우리의 문턱을 넘어 쏟아져들어오고, 신문의 어설프고 의심스러운 시시콜콜한 이야기들을 우리가 그냥 지나치지 못하기 때문이야. 난 매카시의 시대가 전후에 가십, 세계에서 가장 오래된 이 민주공화국을 통합시키는 이념으로 끌어올려진 가십의 승리를 선포한 시대라고 생각하네. 우리는 가십을 믿노라.* 가십이 복음이고 국교가 됐지. 매카시즘은 결코 진지한 정치의 출발점이 아니라, 대중에게 재미를 선사하기 위해 진지한 모든 것을 오락거리로 만드는 행위의 출발점이었네. 지금은 도처에 만연한 미국인의 몰지각함을 전후에 처음으로 활짝 꽃피운 게 매카시즘이었어.

매카시는 빨갱이 색출에 직접 나서지 않았어. 다른 사람은 아

* In Gossip We Trust. 미국 화폐에 새겨진 "우리는 신을 믿노라(In God We Trust)"를 패러디한 문장.

무도 몰랐지만, 그는 알고 있었어. 매카시가 애국심을 앞세워 이끈 여론 조작 재판은 보여주기 위한 쇼에 불과했네. 카메라를 비추면 바로 현실 같은 거짓된 진실을 보여주지. 매카시는 입법을 업으로 삼은 자들이 연기를 하면 훨씬 유리하다는 걸 앞선 어느 정치인보다 잘 알았다네. 또 굴욕이 오락으로 가치가 있다는 걸 이해했고, 어떻게 하면 국민들에게 과대망상의 쾌락을 제공할 수 있는지도 잘 알았어. 그놈은 우리를 이 나라의 출발점으로, 죄수에게 차꼬를 채우던 17세기로 데려갔어. 이 나라는 그렇게 시작했지. 도덕적으로 망신을 주는 게 대중의 오락이었어. 매카시는 흥행주였던 셈이지. 볼거리가 난폭할수록, 비난이 격렬해질수록 방향감각은 사라지고 재미는 만발하거든. 〈조 매카시의 자유와 용기〉, 이 쇼에서 내 동생은 일생 최대의 역할을 소화한 셈이지.

뉴욕의 신문만이 아니라 뉴저지의 신문까지 가세했을 땐, 음, 아이라는 죽을 맛이었지. 그들은 서식스 카운티에서 아이라와 알고 지낸 사람들을 이 잡듯 뒤져서 인터뷰했어. 이 라디오 스타와 친구로 지냈던 농부, 노인네, 아무것도 아닌 시골 사람들까지. 모두의 입에서 한 가지 이야기가 나왔어. 아이라가 이 사람 저 사람 만나고 다니면서 자본주의의 해악에 대해 얘기했다는 거였지. 아이라의 징크타운 친구 중에 박제를 하는 괴짜 노인이 있었는데, 아이라는 거기에 놀러가 그 노인네의 얘기를 듣곤 했지. 그런데 그가 그곳을 찾아간 기자에게 귀가 번쩍 뜨일 뉴스를 주었어. 동생은 믿지 않았지. 하지만 그는 아이라가 계속 자기를 속이더니, 어느 날 어린애를 한 명 데려와 둘이서 그와 그의 아들을 세뇌시켜 한국전쟁에 반대하도록 만들려 했다고 말했네. 더글러스 맥아더 장군을 맹렬히 비난하고, 미합중국에 온갖 욕설을 퍼부었다고.

FBI가 직접 찾아와 박제사를 조사했어. 또 그곳에서 아이라의 평판이 어땠는지도. 사람을 감시하고, 동네에서 파멸시키고, 이웃들을 찾아가 밀고하게 만들고…… 자네한테 말해야 할 게 있네. 아이라는 자네를 찌른 게 그 박제사일 거라고 항상 의심했어. 아이라와 갔던 게 자네였나, 그 박제공장에?"

"네. 호러스 빅스턴은 작고 유머러스한 아저씨였어요. 저한테 사슴 발가락을 선물로 줬죠. 어느 날 아침엔 여우 가죽 벗기는 걸 구경하며 앉아 있기도 했어요." 내가 말했다.

"그런가? 그 사슴 발가락의 대가를 치렀군. 여우 가죽 벗기는 걸 구경한 대가가 자네의 풀브라이트 장학금이었구먼."

난 웃음이 터져나왔다. "아이라가 그의 아들도 반전주의자로 전향시키려 했다고 생각하세요? 그 아들은 귀가 완전히 먹었어요. 귀머거리에 벙어리였죠. 한마디도 알아듣지 못했어요."

"매카시 시대엔 그랬지. 그런 건 중요하지 않았어. 오두막에서 조금 떨어진 곳에 아이라의 이웃이 한 명 있었네. 아연광산에서 사고를 당한 광부. 아이라를 위해 일하곤 했지. 아이라는 그곳 사람들을 자주 만나 뉴저지 광산회사에 대한 불평을 들어주고, 그들이 체제에 대해 갖고 있는 생각을 변화시키려고 노력했어. 그런데 아이라가 항상 먹을 것을 챙겨주던 이 각별한 이웃이 무슨 짓을 했는지 아나? 박제사가 시키는 대로 아이라의 오두막에 찾아오는 모든 자동차의 번호를 적었다네."

"저도 그 남자를 만났습니다. 함께 식사도 했고요. 이름이 레이인데, 바위가 머리에 떨어져 머리뼈가 깨졌다고 했어요. 레이먼드 스베츠. 세계대전 때 전쟁포로였고, 아이라를 위해 잡다한 일을 했죠."

"레이는 모두를 위해 잡다한 일을 했구먼." 선생님이 말했다. "그는 아이라를 찾아온 사람들의 자동차 번호를 적었고, 박제사는 그걸 FBI한테 넘겼지. 가장 많이 기록된 게 내 차 번호였어. 나한테 불리한 증거로 쓰였지. 공산당 스파이인 동생을 그렇게 자주 찾아가고, 때로는 밤새 머물기까지 했으니. 단 한 사람만 의리를 지켰네. 토미 미나렉."

"저도 만나봤습니다."

"멋있는 노인네더군. 교육을 받진 못했지만 똑똑하고 기개가 있었어. 어느 날 아이라가 폐석장에 로레인을 데려갔는데, 토미가 로레인에게 공짜로 광석을 줬지. 로레인은 집에 와서 하루종일 토미 얘기만 했다네. 신문에 난 기사를 본 토미는 차를 몰고 오두막으로 달려가 곧장 안으로 들어갔지. 그러곤 아이라에게 말했어. '내가 배짱이 있었다면, 나도 공산주의자가 됐을 걸세.'

아이라를 되돌려놓은 사람이 바로 토미였네. 토미가 아이라를 방구석에서 끄집어내 세상으로 끌고 나왔지. 토미는 아이라를 폐석장으로 데려가 자기 옆에 앉혔네, 사람들이 아이라를 볼 수 있게. 그는 마을에서 존경받는 사람이었기 때문에, 사람들은 점차 아이라가 공산주의자라는 걸 용서해줬어. 전부 다는 아니었지만 대부분이 그랬네. 두 사람은 삼사 년 동안 폐석장에 앉아 이런저런 얘기를 나눴고, 토미는 광석에 대해 자신이 알고 있는 걸 전부 아이라한테 가르쳐줬어. 그는 뇌졸중으로 죽으면서 지하실에 가득한 광석을 아이라한테 물려줬고, 그때부터 아이라가 토미의 일을 대신했지. 마을 사람들도 받아들였어. 아이라는 거기 앉아 쑤시는 관절과 근육을 주무르며 징크타운 폐석장을 꾸려가다 죽음을 맞이했지. 눈부신 어느 여름날, 광석을 팔던 곳에서 무릎을 꿇고 쓰러져 숨을 거뒀네."

나는 논쟁하고, 반대하고, 반항하고, 또 필요하면 법도 어기겠다는 바위 같은 다짐이 아이라의 마음속에서 눈 녹듯 사라졌는지, 아니면 폐석장 입구에 앉아 가끔 길 건너 기계조립공장으로 용변을 보러 가기도 하면서 토미의 광석을 파는 동안에도 여전히 그 모든 것이 그의 가슴속에 불타고 있었는지 궁금했다. 분명 불타고 있었을 것이다, 그 어느 때보다. 그의 가슴속에선 그 모든 게 계속 타올랐을 것이다. 이 세상에 아이라만큼 쉽게 좌절하거나 자기감정을 다스리는 능력이 부족한 사람은 없었다. 치밀어오르는 분노, 그걸 누르고 아이들한테 오십 센트짜리 광석 봉투를 팔다니. 죽는 날까지 폐석장에 앉아 완전히 다른 사람이었길 바라면서, 개인적인 속성들(그의 덩치, 그의 증오, 그에게 고통을 안긴 아버지) 때문에 운명적으로 다른 존재가 되어버렸다고 믿으면서. 세상을 바꾸기 위한 출구가 없다는 것에 화가 치밀었을 텐데. 그 속박에 격분했을 텐데. 그는 어떻게 그것을 억눌렀을까, 결코 단념할 줄 모르는 힘이 분출하는 걸 어떻게 속으로 잠재웠을까?

"샤크트먼의 신문가판대를 지나 버건 스트리트에서 돌아올 때면 아이라는 현관을 나설 때보다 더 비참한 몰골이었지." 머리 선생님이 말했다. "로레인은 차마 그 모습을 보지 못했어. 위대한 삼촌이, 함께 '히-호 히-호' 하며 노동자의 노래를 부르던 삼촌이 그렇게 초라해지다니, 로레인으로서는 감당하기 어려웠지. 그래서 아이라를 뉴욕의 병원에 입원시켰던 걸세.

아이라는 자기 때문에 오데이가 파멸했을 거라 생각했어. 이브가 카트리나에게 넘긴 두 권의 작은 일지에 이름과 주소가 올라 있던 모든 사람이 파멸했을 거라 믿었지. 실제로 그랬네. 하지만 오데이는 여전히 그의 우상이었지. 오데이에게 받은 편지들이 이브의 책에 폭로된 뒤 여러 신문에 조각조각으로 인용되자, 아이라는 이제 오데이는 끝났다고 믿었어. 그리고 엄청나게 미안해했지.

난 조니 오데이에게 연락을 취해보려 했네. 전에 그 사람을 만난 적이 있었어. 난 두 사람이 군대에서 얼마나 가까웠는지 알고 있었지. 아이라가 캘러멧 시에서 그의 단짝이었다는 것도 알았고. 난 그 사람을 좋아하지 않았고, 그의 사상도 좋아하지 않았네. 우월감과 교활함이 합쳐진 성격, 그가 공산주의자로서 부여받았다고 생각하는 그 도덕적 면죄부가 맘에 들지 않았어. 하지만 그가 모든 책임을 아이라에게 돌릴 거라고는 생각하지 않았네. 오데이는 나름대로 잘 지낼 거라고 믿었어. 결국 아이라는 그러지 못했지만, 그는 공산주의의 원칙을 따르는 강하고 비정한 사람이니까 신경쓰지 않을 거라 생각했지. 어쨌든 내 생각이 틀리진 않았다네. 난 지푸라기를 잡는 심정으로, 만일 누가 아이라를 구할 수 있다면 그건 오데이일 거라 생각했지.

하지만 전화번호를 알 수 없었어. 게리, 해먼드, 이스트시카고, 캘러멧, 시카고를 뒤져봐도 그의 이름을 찾을 수 없었네. 난 아이라가 알고 있는 마지막 주소로 편지를 보냈지만, '수취인 불명'이라고 되돌아왔어. 시카고에 있는 모든 조합 사무실에 전화를 걸고, 좌파 서점에 전화를 걸고, 생각할 수 있는 모든 단체에 전화를 걸어 그를 수소문했지. 그러다가 포기하려고 할 즈음 한밤중에 전화가 걸려왔어. 오데이였네.

내가 원한 게 뭐였겠나? 난 그에게 아이라가 있는 곳을 알려주고, 어떤 상태인지 설명했어. 만일 그가 주말에 동부로 와 아이라가 입원한 병원에 가서 아이라 옆에 앉아 있을 의향이 있다면 내가 기차 삯을 우편환으로 보내겠다고, 우리 집에서 하룻밤 묵어도 좋다고 말했지. 솔직히 그러고 싶지 않았네만, 어떻게든 그를 꼬셔야 했어. '당신은 아이라에게 중요한 사람입니다. 아이라는 항상 당신에게 칭찬을 들을 만한 사람이 되고자 했어요. 당신이라면 아이라를 도울 수 있을 겁니다.'

그러자 인생에 중요한 게 딱 하나밖에 없는 냉혈한에 정나미 떨어지는 그 개자식이 조용하고 딱 부러지는 어투로 말하더군. '이보쇼, 선생. 당신 동생은 날 제대로 속여먹었소. 난 누가 진짜고 누가 가짠지 안다는 걸 항상 자랑스러워했는데, 이번엔 감쪽같이 속았소. 당, 모임, 그 모든 것이 개인적 야망을 가리기 위한 방편이라니. 당신 동생은 사회적으로 성공하기 위해 당을 이용했고, 그런 뒤 당을 배신했소. 만일 그가 배짱 있는 공산주의자라면 뉴욕의 그리니치빌리지가 아니라 투쟁이 벌어지는 곳에 남았을 거요. 하지만 아이라가 신경쓴 건 모든 사람에게 대단한 영웅으로 보이는 것뿐이었소. 그는 항상 남의 역할을 연기했지, 진짜가 되어본 적은 한 번도 없었소. 키가 크다고 해서 링컨이 될까? "대중이여, 대중이여, 대중이여"를 외친다고 혁명가가 될까? 그는 혁명가가 아니었소. 링컨도 아니고, 아무것도 아니었지. 그는 사람도 아니오. 사람 연기를 한 거지. 위대한 사람의 연기를 한 거요. 그는 모든 걸 연기했소. 하나의 변장을 지우면 다른 어떤 게 되었지. 당신 동생이 정직한 줄 아시오? 천만에. 그는 사람들이 정직하게 봐주길 원했지만, 절대 그렇지 않았소. 그는 자기 자신에게만 충성스러웠지, 그 외에는 별로 충성스러운 인간이 아니었소. 그는 모조품이고 멍청이고 배신자요. 자신의 혁명동지들을 배신했고, 노동계급을 배신했소. 매수당해서 넘어간 거지. 그는 완전히 부르주아적 인간이 됐소. 명성과 돈과 부와 권력에 눈이 멀고, 할리우드의 그 잘나빠진 계집한테 눈이 멀었지. 혁명의 이념은 흔적도 없이 사라지고, 기회주의적인 얼간이가 됐소. 어쩌면 기회주의적 끄나풀이 됐을지도. 당신은 그가 그 물건들을 우연히 책상에 남겨뒀다고 말하고 싶겠지? 당원이라는 작자가 우연히 그걸 남겨뒀다? 아니면 선생, FBI와 뭔가 있었던 건 아닐까? 그가 소련에 있지 않은 게 너무 애석하군. 그들이라면 배신자를 어떻게 처리할지 잘 알 텐데. 난 변명 따윈 듣고 싶지 않고, 그를 보고 싶지도 않소. 행여 그를 본다면 몸조심하라고 말할 거요. 그에게 전하시오. 그가 아무리 번드르르한 말로 합리화해도 벽돌에 피가 튈 날이 올 거라고.'

그게 끝이었네. 벽돌에 피가 튈 거다. 난 대답조차 할 수 없었지. 평생 순수함밖에 모르는 투사에게 누가 감히 순수함의 파탄을 설명할 수 있겠나? 살면서 단 한 번도 오데이는 이 사람에겐 이런 사람이, 저 사람에겐 저런 사람이, 또다른 사람에겐 또다른 사람이 되어본 적이 없었어. 그에겐 모든 인간에게 있는 흔들림이란 게 없었지. 그 이념가가 다른 사람보다 더 순수했던 건, 모든 사람에게 한결같은 이념가였기 때문이야. 난 전화를 끊었네.

이브가 찾아오지 않았다면, 아이라가 준정신병동에서 얼마나 오래 썩었을지는 신만이 알 걸세. 병원에서는 문병을 권유하지 않았고, 아이라도 나와 도리스를 빼고는 아무도 보고 싶어하지 않았어. 그런데 어느 날 저녁 이브가 찾아온 거야. 주변에는 의사가 없었고, 이브가 아이라의 아내라고 자신을 밝히자 간호사는 별 생각 없이 복도 끝을 가리킨 거야. 이브는 병실로 들어갔어. 거기에 여전히 시체처럼 말도 제대로 못하고 초췌하게 앉아 있는 아이라를 보고 이브는 울기 시작했다네. 그녀는 미안하다는 말을 하러 왔지만, 그를 보니 그저 눈물만 나온다고 했어. 미안하다, 자기를 미워하지 말아달라, 그가 미워한다면 숨을 쉬고 살 수 없을 거다, 자기는 끔찍한 스트레스에 시달리고 있다, 그게 얼마나 끔찍한지 그는 이해하지 못할 거다, 자기는 그렇게 하고 싶지 않았다, 그렇게 하지 않으려고 갖은 노력을 했다……

그녀는 두 손으로 얼굴을 가리고 하염없이 눈물을 흘렸지. 잠시 후 그녀는 그 책을 한 문장만 읽어보면 다 알 거라고, 그 책은 처음부터 끝까지 그랜트 부부가 쓴 거라고 아이라한테 말했네.

그러자 아이라가 말했지. '왜 그렇게 하도록 놔두었소?' 이브가 대답했어. '그들이 강요했어요. 그녀가 날 협박했어요, 아이라. 미치광이예요. 야비하고 끔찍한 여자예요. 끔찍한 여자, 정말 끔찍한 여자라고요. 난 아직도 당신을 사랑해요. 이 말을 하고 싶어서 왔어요. 제발 내 얘길 들어줘요. 카트리나도 당신에 대한 내 사랑을 막을 수 없었어요. 제발 그것만은 알아줘요.' '그 여자가 어떻게 협박했소?' 아이라가 여러 문장을 잇달아 말한 건 몇 주 만에 처음이었네. '그 여자가 나만 협박해서 그런 건 아니었어요.' 이브가 말했네. '물론 나를 협박했죠. 협조하지 않으면 끝장내겠다고. 브라이든이 손을 써서 다시는 일을 하지 못하게 할 거라고 했어요. 빈털터리로 만들겠다고. 난 안 된다고 계속 말했어요. 그러지 말아요, 카트리나, 안 돼요, 그러지 말아요, 그가 나에게 무슨 짓을 했든 난 그를 사랑해요…… 그러자 그 여자는 그렇게 하지 않으면 실피드의 경력을 싹부터 잘라버리겠다고 했어요.'

그 순간 아이라는 본래 모습으로 돌아왔네. 그는 준정신병동의 천장을 치기 시작했지. 주변이 온통 아수라장으로 변했어. 준정신장애는 아직 준정신장애 상태에 있다는 뜻이야. 그 병실에 있는 사람들은 농구도 하고 배구도 했지만 여전히 정신이 허약했지. 두어 명이 발광하기 시작했어. 아이라는 목청껏 소리를 질렀지. '실피드를 위해 그렇게 했다고? 당신 딸의 경력을 위해?' 이브가 울부짖기 시작했어. '당신만 중요한가요, 당신만! 내 아이는 어쩌고요? 내 아이의 재능은!' 그때 환자 한 명이 소리를 질렀어. '저 여자를 몰아내! 저 여자를 몰아내!' 또다른 환자는 눈물을 터뜨렸고, 간호사들이 달려올 즈음 이브는 얼굴을 숙이고 주먹으로 바닥을 치면서 소리를 질렀어. '내 딸은 어쩌라고!'

간호사들은 그녀에게 구속복을 입혔어. 당시에는 그걸 사용했지. 하지만 재갈은 물리지 않았어. 그래서 이브는 끝까지 할말을 다 했지. '난 카트리나에게 말했어요. "안 돼, 그렇게 소중한 재능을 짓밟을 순 없어." 그 여자는 실피드를 짓밟을 수 있었어요. 하지만 난 그렇게 놔둘 수 없었어요. 당신도 그럴 거라는 거 알아요. 난 힘이 없었어요. 단지 힘이 없었다고요! 난 카트리나에게 내가 줄 수 있는 가장 작은 걸 줬어요. 그 여잘 달래려고. 실피드 때문에, 그 재능 때문에요! 그게 옳지 않을 수도 있겠죠! 하지만 세상에 어느 엄마가 자식을 고통받게 놔두겠어요? 다른 엄마라면 그렇게 했겠어요? 대답해봐요! 어른들의 어리석음 때문에, 어른들의 생각과 태도 때문에 내 아이를 고통받게 놔둘 수 있어요? 어떻게 그걸로 날 비난할 수 있죠? 나한테 무슨 선택권이 있다고? 당신은 내 심정을 전혀 몰라요. 어떤 사람이 "네 자식의 경력을 짓밟아버리겠다"고 말하면 엄마는 어떤 심정이 되는지 당신은 전혀 몰라요. 당신은 자식을 길러본 적이 없으니까. 당신은 부모 자식의 관계를 이해하지 못해요. 당신은 부모도 없고 자식도 없잖아요. 그러니 희생이란 게 뭔지 모른다고요!'

'나한테 자식이 없다고?' 아이라가 소리를 질렀네. 그때 간호사들은 이브를 들것에 싣고 밖으로 나가는 중이었지. 그래서 아이라는 그들을 뒤쫓아 복도를 달려가면서 소리를 질렀어. '왜 나한테 자식이 없는데? 당신 때문이잖아! 당신과 당신의 탐욕스럽고 이기적인 딸년 때문이라고!'

그들은 이브를 싣고 가서 방문객에게는 역사상 처음 해보는 조치를 취했네. 그녀에게 진정제를 먹이고 정신장애병동의 침대에 눕힌 뒤, 문을 잠그고 다음날 아침까지 병원을 나가지 못하게 한 거야. 아침에 그들은 실피드의 소재를 파악했고, 실피드가 와서 제 엄마를 집으로 데려갔지. 이브가 어떤 충동에 이끌려 병원에 왔는지, 그녀가 내뱉은 말에 조금이라도 진실이 있는지, 아니면 그랜트 부부가 시켜서 그 추태를 보였는지, 그게 그저 새로운 거짓말이었는지, 심지어 미안하다는 말도 과연 진심이었는지, 우린 전혀 알 수 없었다네.

아마 그랬을 거야. 충분히 그럴 수 있지. 그 시절에는 모든 게 가능했으니까. 다들 살기 위해 아귀다툼을 벌였지. 이브의 말이 사실이라면, 카트리나는 천재, 정말 조작의 천재일세. 카트리나는 이브의 급소를 정확히 알고 있었어. 그 여잔 이브에게 배신할 사람을 선택하게 했고, 이브는 나약한 척하면서 선택할 수밖에 없는 대상을 선택한 거야. 인간은 상황에 따라 결정되는 존재라지만, 이브만한 사람은 없었다네. 그녀는 그랜트 부부의 의지를 수행하는 도구가 되었지. 꼭두각시처럼 그 두 사람 손에 놀아난 거야."

"며칠 뒤 아이라는 안정병동으로 옮겼고, 그다음 주에 퇴원했다네. 그런 다음엔 아주……"

선생님은 잠시 생각에 잠긴 뒤 말을 이었다. "글쎄, 아마 아이라는 정치와 가정과 성공과 명성의 모든 발판을 다지기 전으로, 도랑 치는 인부를 산 채로 묻어버리고 에이브 링컨의 모자를 쓰기 전으로, 도랑을 치면서 터득한 예전의 간단명료한 생존 방법으로 돌아간 것뿐일 거야. 원래의 자기 자신으로, 자신에게 주어진 삶을 연기하는 사람으로 말이야. 아이라는 몰락한 명배우가 아니었어. 그저 처음 자리로 돌아간 것뿐이지."

"아이라가 내게 말했네. '복수하겠어.'" 머리 선생님이 말했다. "아주 분명하고 침착하게 말하더군. 천 명의 죄수, 무기징역수가 숟가락으로 철창을 두드리는 소리도 그보다 명쾌할 순 없었을 거야. '복수하겠어.' 연민을 불러일으키는 수동적인 항변과 받은 만큼 돌려주겠다는 강렬한 복수심 사이에서 선택은 분명했지. 아이라가 여기저기 관절을 천천히 주무르면서 그녀를 파멸시키겠다고 말하던 모습이 기억나는군. 아이라는 말했어. '그녀의 인생을 그 딸년의 변기에 처박아버리겠어. 그런 뒤 내 인생도 같이 처박아버릴까? 아니, 그건 나에게 손해야. 불공평해. 형, 내가 그녀에게 철천지원수인가? 좋아, 그렇다면 그녀도 나한테 그런 거야.'"

"아이라가 정말로 이브를 파멸시켰나요?"

"이브가 어떻게 됐는지는 자네도 알 거야."

"죽은 건 알고 있습니다. 60년대에 암으로요. 아닙니까?"

"죽었지. 하지만 암이 아니었어. 내가 얘기했던 그 사진 기억나나? 아이라가 프리드먼의 옛 애인한테서 받은 사진, 아이라가 이브와 타협하는 데 이용하려고 했던 사진? 내가 찢어버렸다는 그 사진 말이네. 그걸 아이라가 이용하게 놔뒀어야 했어."

"그런 얘길 하셨죠. 그런데 왜요?"

"아이라가 그 사진을 이용하려 했던 건 그녀를 죽이지 않을 방법을 찾기 위해서였네. 실은 아이라의 인생 전체가 남을 죽이지 않을 방법을 찾는 과정이었다네. 이란에서 돌아왔을 때, 아이라의 인생은 폭력적인 충동을 가라앉히려는 시도 자체였지. 그 사진 말일세, 난 그게 무엇을 숨기려는 도구인지, 무슨 의미가 숨겨져 있는지 깨닫지 못했어. 내가 그걸 찢어버리고 무기로 이용하지 못하게 했을 때, 아이라는 '좋아, 형이 이겼어'라고 말했지. 멍청하게도 난 이제 됐다고 생각하면서 뉴어크로 돌아왔네. 한데 아이라는 징크타운의 숲에서 사격 연습을 시작했어. 또 칼도 몇 개 준비해놨지. 다음주 동생을 보러 갔을 때 녀석은 아무것도 숨기려 하지 않았네. 혼자만의 상상에 골똘한 나머지 아무것도 숨길 수 없었어. 오로지 죽이는 얘기밖에 하지 않았지. 내게 말하더군. '화약 냄새가 최음제 같아!' 완전히 돌았지. 난 녀석이 총을 가지고 있다는 걸 전혀 몰랐네. 어떻게 해야 할지 막막했어. 마침내 두 사람의 진정한 친화성이 느껴지더군. 서로 싸울 수밖에 없는 영혼을 가진 두 사람, 아이라와 이브의 절망적인 뒤얽힘. 일단 시작되면 끝없는 싸움을 향해 대책없이 이끌리는 관계. 아이라의 폭력성은 이브의 히스테리의 남성적 대응이었어. 한 물줄기가 서로 다른 성으로 표현됐던 거야.

난 아이라에게 가지고 있는 무기를 모두 내놓으라고 했네. 그것들을 즉시 나한테 넘기지 않으면 경찰에 연락하겠다고 했지. 그리고 말했네. '나도 너만큼 고통스러웠다. 난 네가 아버지 밑에서 겪은 것보다 더 큰 고통을 겪었어. 왜냐하면 내가 먼저 겪어야 했으니까. 육 년 동안 나 혼자서. 넌 아무것도 몰라. 내가 권총을 들고 누군가를 쏘고 싶은 심정이 어떤 건지 모를 것 같지? 지금 네가 그녀한테 하고 싶어하는 모든 걸 난 여섯 살 때 하고 싶었다. 그때 네가 태어났어. 난 너를 돌봤어, 아이라. 내가 집에 있는 동안에는 네가 최악의 일을 겪지 않도록 보호했었다.

네가 두 살이고, 내가 여덟 살이었을 때 무슨 일이 있었는지 넌 기억 못할 거다. 너에겐 말한 적 없어. 넌 이미 수많은 굴욕을 감내해야 했으니까. 우린 이사를 해야 했다. 팩토리 스트리트에 살기 전이었어. 넌 아기였고, 우린 래커워너 철로변에 살았지. 나소 스트리트 18번지. 철로 바로 옆이었어. 방 네 개에 불도 안

들어오고 시끄러운 집이었다. 월세가 십육 달러 오십 센트였는데 집주인이 십구 달러로 올렸고, 그 돈을 못 내서 쫓겨나게 됐어.

짐을 다 빼고 나서 아버지가 어떻게 했는지 아니? 널 데리고 엄마와 내가 팩토리 스트리트의 방 두 칸짜리 집으로 짐을 나르기 시작했을 때, 아버진 텅 빈 낡은 아파트에 혼자 남아 주방 한가운데에 쪼그리고 앉아 똥을 쌌어. 그 주방에, 우리가 둘러앉아 밥을 먹던 자리 한가운데에다 무더기로. 그러곤 그걸 벽에 발랐다. 솔 같은 건 없었어. 그런 건 필요 없었어. 손으로 칠했으니까. 시원시원하게, 위로, 아래로, 옆으로. 아버지는 모든 방에 똥칠을 하고 싱크대로 가서 손을 씻은 뒤 문도 안 닫고 나왔어. 그뒤로 몇 달 동안 아이들이 날 뭐라고 불렀는지 아니? 똥칠이. 그 시절엔 누구나 별명이 있었다. 넌 엉엉이었고, 난 똥칠이였지. 그게 아버지가 나한테, 여덟 살짜리 장남한테 물려준 유산이었다.

그때 난 널 보호했고, 지금도 널 보호할 거다. 네가 그 짓을 하게 놔두지 않을 거야. 난 인간답게 사는 나의 길을 찾았고, 너도 너의 길을 찾았어. 한데, 넌 지금 다시 그 길로 돌아오지 않으려 하고 있어. 넌 이해하지 못한 것 같은데, 설명해줄까? 넌 왜 애초에 공산주의자가 되었을까? 생각해본 적 없어? 내가 인간답게 사는 길은 책과 대학과 학교였고, 너의 길은 오데이와 당이었다. 난 너의 길에 찬성하지 않았어. 반대했다. 하지만 둘 다 합법적이었고, 둘 다 효과가 있었지. 하지만 지금 벌어진 사태를 넌 이해하지 못하고 있어. 사람들은 공산주의를 폭력에서 벗어나는 길이 아니라 폭력을 위한 강령이라고 못박았다. 그들은 너의 정치활동을 범죄로 만들었고, 너까지 범죄자로 만들었어. 그런데 넌 그들이 옳다고 입증하려는 거냐? 그들이 널 범죄자라고 부르는데, 넌 지금 총을 장전하고 허벅지에 칼을 차고 있어. "빌어먹을, 그래 난 범죄자다! 화약 냄새가 최음제 같아!" 이렇게 말하면서.' 네이선, 그때 난 목이 쉬도록 얘기했네. 하지만 이런 말로는 격노한 미치광이 살인자를 진정시킬 수 없다네. 오히려 분노를 자극하지. 격노한 미치광이 살인자 앞에서 그 아파트의 구조를 일일이 설명하며 어린 시절 얘기를 꺼내봤자……

이보게, 난 자네한테 아이라의 얘기를 다 하지 않았네. 아이라는 이미 사람을 죽인 적이 있었어. 그래서 어렸을 때 뉴어크를 떠나 외진 시골로 들어가 광산 일을 한 거야. 몸을 피한 거지. 난 아이라를 데리고 서식스 카운티로 갔네. 당시로서는 아주 먼 곳이었지만, 그 일이 잠잠해질 때까지 내가 녀석을 만나 도와주지 못할 정도는 아니었지. 내가 직접 아이라를 태워다주고, 새 이름을 지어주고, 안전하게 숨겼네. 길 스티븐스. 그게 아이라의 첫 번째 가명이었어.

그들이 더이상 찾지 않는다고 생각할 때까지 아이라는 계속 광산에서 일했어. 아이라를 찾는 건 경찰이 아니라 갱단이었네. 내가 자네한테 리치 보이아르도 얘기를 했을 거야. 1구역의 두

목, 비토리오 캐슬 레스토랑을 소유한 그 갱 말일세. 아이라는 보이아르도의 졸개들이 찾고 있다는 낌새를 알아차렸어. 그래서 그 즉시 도망친 거야."

"아이라가 뭘 어떻게 했는데요?"

"삽으로 사람을 죽였네. 열여섯 살 때 한 놈을 죽였어."

아이라가 삽으로 사람을 죽였다니. 내가 물었다. "어디서요? 어떻게요? 무엇 때문에 그랬습니까?"

"아이라는 태번 레스토랑에서 웨이터 보조로 일하고 있었어. 육 주 정도 됐을 무렵, 아이라는 새벽 두시에 바닥 청소를 마치고 혼자 거리로 나와 셋방으로 향했지. 드림랜드 공원을 따라 난 비좁은 거리에 있는 방이었어. 전후에 주택단지가 들어선 곳이었지. 아이라는 엘리자베스 애비뉴에서 미커 애비뉴로 방향을 튼 다음, 위콰익 공원 맞은편 어두운 거리를 따라 프릴링하이젠 애비뉴 쪽으로 걸어갔어. 그때 밀먼 핫도그 노점 자리의 그늘 속에서 웬 놈이 불쑥 튀어나와 아이라의 머리를 노리고 주먹을 휘둘렀지. 그러곤 삽으로 아이라의 어깨를 내리쳤어.

아이라가 학교를 그만두고 도랑을 칠 때 같이 일했던 이탈리아인 인부 중 한 놈이었네. 아이라가 도랑 치기를 그만두고 태번에서 웨이터 보조로 일한 것도 이놈과 계속 마찰이 있었기 때문이야. 1929년, 태번이 문을 연 해였지. 아이라는 레스토랑에 들어가 보조에서 웨이터로 올라가려고 열심히 일했네. 그게 아이라의 목표였어. 나도 거기에 들어가는 걸 도왔지. 그랬는데 그 이탈리아놈이 술이 잔뜩 취해 아이라에게 달려든 거야. 아이라는 그놈이 들고 있던 삽을 빼앗아 그놈 이를 갈겨버렸지. 그런 다음 밀먼 노점 뒤, 그 칠흑 같은 주차장으로 그놈을 끌고 갔어. 자네 어렸을 때 젊은 애들이 밀먼 노점 뒤에 차를 세워놓고 데이트하던 곳, 거기서 아이라는 그놈을 두들겨팼다네.

그놈 이름은 스트롤로였어. 스트롤로는 도랑 치는 인부 중 유독 유대인을 증오하는 놈이었지. '마추 크리스트, 주데 말레데트.' 그리스도 살해자, 악한 유대인…… 그런 뜻이라네. 스트롤로는 그런 말을 예사로 하는 놈이었어. 아이라보다 열 살 정도 많았고 덩치도 거의 아이라만큼 컸지. 아이라는 그놈이 정신을 잃을 때까지 머리를 때린 다음 그를 거기에 내버려두고 왔어. 아이라는 스트롤로의 삽을 내던지고 거리로 나와 집으로 향했지. 하지만 뭔가 풀리지 않은 게 있었어. 아이라에겐 절대 풀리지 않는 뭔가가 있었지. 열여섯 살에 힘이 넘치고 분노가 끓어오르던 시절, 녀석은 열이 오르고, 땀에 젖고, 흥분한 상태였어. 이성을 잃은 거야. 그래서 다시 발길을 돌려 밀먼 노점으로 돌아가 스트롤로가 죽을 때까지 머리를 쳤네."

밀먼은 위콰익 공원을 산책한 뒤 아이라가 나를 데려가 핫도그를 사주던 그 노점이었고, 태번은 아이라와 이브, 머리 선생님과 사모님이 처음 대면한 날 밤 갔던 식당이었다. 그때가 1948년이었다. 그보다 이십 년 전 아이라는 그곳에서 사람을 죽였다. 징크타운의 오두막, 아이라에게 그 오두막은 내가 결코 이해하지 못했던 다른 의미를 지니고 있었다. 그곳은 그의 교도소였다. 자신을 감금한 독방.

"보이아르도하고는 어떤 관계가 있었는데요?"

"스트롤로의 형이 보이아르도의 아지트인 캐슬에서 일했네. 주방에서 말이야. 그가 보이아르도한테 스트롤로 얘기를 했어. 처음엔 아무도 그의 죽음과 아이라를 연결시키지 못했네. 아이라는 이미 그 구역을 떠났으니까. 하지만 이 년 정도가 흐른 뒤 아이라를 찾기 시작하더군. 난 보이아르도한테 아이라를 찍어준 게 경찰일 거라 짐작했지만, 확신할 수는 없었다네. 누가 우리 집 문을 두드리고 동생을 찾았다는 것만 확실할 뿐. 작은 괭이가 날 찾아왔어. 작은 괭이와 난 한동네에서 자랐네. 작은 괭이는 배수로 골목에서 주사위판을 벌이곤 했어. 또 경찰이 들이닥칠 때까지 그란데 당구장 뒤에서 지코넷 게임을 벌였지. 나도 그란데에서 작은 괭이하고 당구를 치곤 했어. 그놈이 작은 괭이란 이름을 얻게 된 건, 밤고양이처럼 지붕을 타고 몰래 창문으로 들어가 물건을 훔치는 걸 업으로 삼았기 때문이라네. 형하고 같이 했는데, 형은 큰 괭이였지. 이미 초등학교 시절부터 형제는 밤마다 도둑질을 했어. 어쩌다 학교에 나오는 날이면 책상에 엎어져 잠을 잤고, 아무도 놈들을 깨우지 못했지. 큰 괭이는 병으로 죽었지만, 작은 괭이는 1979년에 진짜 암흑가 스타일로 살해당했지. 롱브랜치의 바다가 보이는 아파트에서 발견됐는데, 목욕가운을 입은 채 머리에 32구경 총알 세 방이 박혀 있었지. 다음날 리치 보이아르도가 자기 친구한테 이렇게 말했다더군. '차라리 잘된 건지 몰라. 그 자식, 말이 너무 많았거든.'

작은 괭이는 내 동생이 어디 있는지 알고 싶어했어. 난 몇 년 동안 동생을 보지 못했다고 말했지. 그가 그러더군. '부트가 찾아.' 그들은 보이아르도를 '부트'라고 불렀어. 보이아르도는 1구역의 이탈리아 사람들이 '전화부트'라고 부르는 곳에서 전화를 걸었거든. '왜?' 내가 묻자, '부트는 이 동네를 보호하니까, 부트는 어려움에 빠진 사람들을 도우니까'라고 대답하더군. 그건 사실이었어. 보이아르도는 다이아몬드가 박힌 버클을 차고 돌아다녔고, 지역 주민들한테 성인 같은 교구 신부보다 더 큰 존경을 받았네. 난 작은 괭이가 한 말을 아이라한테 전했어. 그리고 그로부터 칠 년이 지난 1938년에야 아이라를 다시 볼 수 있었지."

"그럼 아이라는 대공황 때문에 화물칸에 올라탄 게 아니었군요? 쫓기고 있었기 때문이네요?"

"왜, 놀랐나? 자네가 특별히 존경하던 사람이라서?" 선생님이 물었다.

"아니요, 놀라지 않았습니다. 이해할 수 있는 일이에요." 내가 대답했다.

"그게 아이라를 무너뜨린 한 이유였네. 녀석이 로레인의 침대에서 그렇게 울부짖었던 것도 그 때문이지. '모든 게 실패했어.' 그걸 극복하기 위해 애써 만들었던 인생이 산산조각난 거야. 모든 노력이 허사가 됐어. 동생은 인생의 출발점인 혼돈으로 되돌아가고 말았네."

"'그게' 뭡니까?"

"제대한 뒤 아이라는 같이 있을 때 자신의 화를 돋구지 않을 사람들과 지내고 싶어했어. 그래서 그런 사람들을 찾아 나섰지. 마음속의 폭력이 무서웠던 거야. 아이라는 그게 다시 폭발하지 않을까 두려워하며 살았어. 나 역시 두려웠지. 그렇게 어려서부터 폭력성을 보인 아이였으니까. 무엇이 녀석을 막을 수 있었겠나?

그 때문에 아이라는 결혼을 원했던 거야. 그 때문에 자식을 원했던 거고. 그 때문에 이브의 낙태가 뼈아팠던 거라네. 또 그 때문에 낙태 뒤에 감춰진 진실을 안 그날로 우리 집에 와서 머물렀던 거야. 그리고 바로 다음날 아이라는 자넬 만났지. 녀석이 결코 되어본 적이 없고, 결코 가져본 적이 없는 모든 걸 가진 소년을 만난 거야. 아이라가 자넬 끌어당긴 게 아니었네. 자네 부친은 그렇게 생각했겠지만, 아닐세. 자네가 아이라를 끌어당긴 거야. 그날 아이라가 뉴어크에 건너왔을 때 낙태는 여전히 쓰라린 상처였어. 그래서 아이라에게 자네가 못 견디게 매혹적인 존재로 비친 거지. 아이라는 매정한 가족에, 눈도 나쁘고, 교육도 못 받은 뉴어크의 소년이었는데, 자넨 모든 것을 가진 잘 자란 소년이었고. 아이라의 할 왕자*였던 거지. 자네가 바로 조니 오데이 린골드였던 거야. 자네는 그런 존재였어. 자네가 알든 모르든 그게 자네의 일이었네. 아이라의 본성, 그 커다란 몸에 들어찬 엄청난 힘, 그 모든 살인적 분노에서 그애 자신을 지키도록 돕는 것. 그건 평생 내 일이기도 했어. 많은 사람들의 일이기도 했고. 아이라는 절대 드문 경우가 아닐세. 많은 사람들이 폭력적으로 되지 않으려고 노력하지 않나? 이게 자네가 물은 '그것'일세. 그런 사람은 어디에나 있어. 도처에 널려 있지."

"아이라가 삽으로 사람을 죽였다니요. 그후 어떤 일이 벌어졌습니까? 그날 밤 무슨 일이 있었나요?" 내가 물었다.

"그때 난 뉴어크에서 근무하지 않았네. 1929년이었으니, 위콰익 고등학교가 생기기 전이었지. 난 어빙턴 고등학교에서 근무하고 있었네. 첫 직장이었지. 난 솔론즈 목재저장소 옆, 철로 근처에 방을 얻어 살았어. 새벽 네시쯤 아이라가 찾아왔네. 내 방은 1층이었는데, 아이라가 창문을 두드렸지. 밖으로 나가보니, 녀석의 신발과 바지와 손과 얼굴이 피투성이인 걸 한눈에 알겠더군. 난 녀석을 낡은 포드에 태우고 달리기 시작했어. 어디로 가야 할

---

* 셰익스피어의 「헨리 4세」와 「헨리 5세」에 등장하는 인물. 헨리 4세의 아들로, 헨리 5세가 된다. 신분이 다른 폴스타프와 어울려 다닌다.

지도 모른 채 무조건 달렸지. 뉴어크 경찰서와 멀리 떨어진 곳으로. 그땐 보이아르도가 아니라 경찰을 생각했다네."

"아이라가 선생님에게 다 말했군요."

"그렇다네. 아이라가 또 누구한테 말했는지 아나? 이브 프레임이야. 한참 후지. 둘이 연애하던 때. 그해 여름 내내 두 사람은 뉴욕에서 단둘이 지냈네. 아이라는 이브한테 푹 빠졌고, 그녀와 결혼하고 싶어했지. 하지만 그전에 자기가 어떻게 살아왔고 어떤 끔찍한 짓을 저질렀는지 그녀에게 진실을 말해야 했어. 그녀가 기겁하고 달아난다면 어쩔 수 없지만, 그녀가 알아야 할 부분을 말해주고 싶었던 거야. 자신은 거친 남자였지만, 이제 그 거친 남자는 깨끗이 사라져버렸다는 사실을. 아이라가 그 얘기를 한 이유는 개심한 사람이라면 누구나 그런 고백을 하기 때문이었어. 그래야 그녀가 붙잡아줄 테니까. 그때 아이라는 중요한 걸 몰랐다네. 영영 알지 못했어. 이브가 가장 필요로 하는 게 거친 남자라는 사실을 말이야.

맹목적으로, 그게 그녀의 방식이었지. 이브에겐 자기 자신을 꿰뚫어보는 눈이 있었네. 그녀는 짐승이 필요했지. 이브는 짐승을 원했어. 누가 그녀를 더 잘 보호할 수 있겠나? 짐승과 함께 있으면 안전했어. 그래서 페닝턴이 젊은 남자들을 찾아다니고 그들과 밤을 샌 뒤 서재에 만들어놓은 옆문으로 들어오던 시절에도 페닝턴과 같이 살 수 있었던 거야. 그 문은 이브가 부탁해서 만들었지. 그럼 새벽 네시에 그가 데이트를 끝내고 돌아오는 소리를 듣지 않아도 되니까. 프리드먼과 결혼한 이유도 그래서였어. 그래서 그 남자들한테 끌렸던 거지. 그녀의 연애사는 짐승 바꾸기의 역사였네. 짐승이 나타나면 그녀는 맨 앞줄로 달려갔어. 그녀는 자신을 보호하기 위해 짐승이 필요했고, 비난을 면하기 위해 짐승이 필요했던 거야. 그녀의 짐승들은 그녀가 애지중지하는 결백함의 담보물이었어. 그들 앞에서 무릎을 꿇고 애원하는 건 그녀에게 가장 중요한 수단이었지. 미와 복종, 그게 그녀의 삶의 원칙이고, 재난을 이겨내는 열쇠였어.

그녀는 자신의 순수함을 되찾기 위해 아이라라는 짐승이 필요했지만, 그 짐승이 필요로 한 건 길들여지는 거였어. 세상에서 가장 우아한 여자보다 그를 더 잘 길들일 수 있는 사람이 누가 있겠나? 그의 친구들을 위한 디너파티, 그의 책들을 위한 훌륭한 서재, 아름다운 말씨를 구사하는 세련된 여배우 출신의 아내보다 그를 더 잘 순화시킬 수 있는 게 무엇이겠나? 그래서 아이라는 그 이탈리아인과 삽에 대해 털어놓았어. 그녀는 그가 열여섯 살에 저지른 짓과 그로 인해 받았던 고통, 그걸 극복하고 살아온 과정, 완벽하고 훌륭한 남자로 변신한 용기에 감동하고 눈물을 흘렸지. 그리고 둘은 결혼했네.

누가 알겠나? 그녀는 과거의 살인자가 또다른 이유에서 완벽하다고 생각했을지. 과거를 고백한 거친 남자이자 살인자에겐 누구에게도 떠맡길 수 없는 실피드라는 존재를 안전하게 맡길 수 있을 거라고 말일세. 평범한 남자라면 비명을 지르며 그 아이에게서 도망칠 거야. 하지만 짐승이라면? 그 아이를 감당할 수 있겠지.

그녀가 책을 쓰고 있다는 기사를 신문에서 처음 봤을 때, 난 최악의 경우를 생각했네. 그렇지 않은가? 아이라는 그 이탈리아 놈의 이름까지 얘기했으니까. 자신이 궁지에 몰렸다고 생각하는 마당에, 누구에게나 뭐든지 말하는 이 여자를 무엇으로 막을 수 있겠나? 그녀가 옥상에 올라가 '스트롤로'라고 외치겠다면, 그걸 무슨 수로 막겠어? '스트롤로, 스트롤로, 난 도랑 치는 인부 스트롤로를 누가 죽였는지 알아요!' 하지만 그 책을 읽어보니 살인에 관한 내용은 전혀 없었네. 그녀가 카트리나와 브라이든에게 그 얘길 아예 하지 않았거나, 그랜트 부부(이브의 또다른 짐승들) 같은 사람들이 그걸 가지고 아이라를 어떻게 할지 조금은 느끼고 자제해야겠다는 생각을 했거나, 아니면 불쾌한 사실은 금방 잊어버리는 편리한 습관 때문에 이미 잊어버렸는지도 모르지. 아니면 그 모두인지도 모르고.

하지만 아이라는 그게 터져나올 거라고 단단히 믿었어. 아이라를 서식스 카운티로 데려간 날 밤 내가 봤던 그 모습을 온 세상이 보게 될 거라 믿었지. 죽은 사람의 피를 뒤집어쓴 그 모습을, 제 손으로 죽인 사람의 피를 얼굴에 뒤집어쓴 모습을. 그리고 웃으면서, 미친 사람처럼 킬킬대면서 '스트롤로는 방금 마지막 스트롤로*를 떠났어'라고 농담하던 그 모습을.

자기방어로 시작된 행동을 녀석은 사람을 죽이는 기회로 바꿔 버렸어. 정말 운도 좋은 녀석이지. 자기방어를 하다가 그 와중에 살인할 기회를 붙잡다니. '스트롤로는 방금 마지막 산책을 떠났어.' 어린 동생은 그렇게 말했지. 그걸 즐겼던 거야, 네이선.

내가 물었네. '아이라, 방금 네가 무슨 짓을 저질렀는지 알아? 넌 방금 잘못된 길에 들어섰어. 일생일대의 엄청난 실수를 저지른 거야. 넌 방금 모든 걸 엉망으로 만들었어. 왜 그런 거냐? 그놈이 널 공격해서? 아이라, 넌 그놈을 흠씬 두들겨팼다! 완전히 뻗게 만들었어. 그래, 네가 이겼어. 넌 분이 풀릴 때까지 그놈을 흠씬 패줬어. 그런데 그 승리가 성에 안 차서 다시 돌아가 그를 살해한 거냐? 뭣 때문에 그런 거지? 그가 유대인을 깔보는 말을 해서? 그렇다고 죽여? 유대인의 역사가 바위처럼 아이라 린골드의 어깨를 짓눌렀냐? 웃기지 마! 아이라, 넌 방금 되돌릴 수 없는 짓을 했어. 악하고 광기 어린, 네 인생에서 영원히 지울 수 없는 짓을. 오늘밤 넌 절대 바로잡을 수 없는 짓을 한 거야. 살인은 공개적으로 사죄한다고 바로잡히는 게 아냐. 살인은 그 무엇으로

* '산책'을 뜻하는 단어 stroll과 스트롤로의 이름이 비슷한 것을 이용해 말장난을 하는 것.

도 바로잡을 수 없어. 절대로! 살인은 한 사람의 목숨으로 끝나지 않아. 반드시 두 사람의 목숨으로 끝나. 살인은 살인자의 삶까지도 끝장내버린다고! 넌 절대 이 비밀에서 자유롭지 못할 거다. 이 비밀을 무덤까지 갖고 갈 거야. 그걸 영원히 안고 갈 거라고!'

난 사람이 살인 같은 죄를 저지르면, 도스토옙스키의 진실 같은 게 작동한다고 생각한다네. 평생 책을 가까이하고 영어를 가르친 교사로서, 아이라의 마음에 도스토옙스키가 묘사한 심리적 손상이 나타날 거라고 예상했지. 살인을 저지른 사람이 어떻게 괴로워하지 않을 수 있겠나? 그건 사람을 괴물로 만들어, 안 그렇겠나? 라스콜리니코프가 노파를 죽이고 나서 이십 년 동안 멀쩡하게 지내던가? 라스콜리니코프 같은 마음을 가진 냉혹한 살인자는 평생 자신의 냉혹함을 돌이켜보며 살아. 하지만 아이라는 자기성찰과는 거리가 멀었어. 아이라는 행동하는 기계였지. 라스콜리니코프의 범죄는 그의 행동을 왜곡했지만…… 아이라는 다른 방식으로 대가를 치렀다네. 아이라의 참회, 자신의 인생을 되살려보려는 처절한 노력, 똑바로 서기 위한 안간힘, 그의 방식은 완전히 달랐지.

이보게, 난 아이라가 그걸 견디고 살아갈 수 있다고 믿지 않았네. 또 내가 그걸 견디고 살아갈 수 있다고도 믿지 않았어. 정신줄을 놓고 그런 살인을 저지른 동생과 산다고? 자넨 내가 동생과 의절하거나 억지로 자백을 시킬 수도 있었을 거라 생각할지 모르겠군. 사람을 살해한 동생과 살면서 모른 척 덮어버릴 수 있다는 생각, 인류에 대한 의무를 면제받은 것처럼 지낼 수 있다는 생각…… 살인은 그렇게 넘기기에는 너무 엄청난 일이야. 하지만 난 그렇게 했네. 네이선, 모른 척 덮어버렸어.

하지만 내 침묵을 비웃기라도 하듯, 이십여 년이 흐른 뒤 그 모든 것의 밑바닥에 묻혀 있던 뿌리가 드러나려 했다네. 에이브러햄 링컨의 모자 밑에 감춰져 있던 냉혹한 살인자 아이라를 온 세상이 보게 될 판이었어. 녀석이 형편없는 쓰레기란 걸 온 세상이 알게 될 판이었다고.

그리고 보이아르도는 복수를 벼르고 있었지. 그 무렵 보이아르도는 뉴어크를 떠나 뉴저지 교외에 꾸린 궁전 같은 새 근거지에서 지내고 있었어. 그게 1구역을 지키는 부트의 졸개들이 스트롤로 형제의 원한을 잊었다는 이야기는 아니었지. 난 그 당구장 패거리가 아이라를 잡으러 오거나, 갱단에서 아이라를 해치우기 위해 누군가를 보낼 것 같아 항상 불안했네. 특히 녀석이 아이언 린이 된 후로는 말일세. 아이라가 우리 부부를 이브에게 소개한 날 밤 함께 태번에 갔다고 이야기했지? 그때 샘 타이거가 우리 사진을 찍어 식당 입구에 걸어놓지 않았나? 난 그게 정말 싫었다네! 그건 최악이었어. 아이라가 아이언 린이란 영웅으로 변신한 것에 얼마나 도취했다는 소린가? 범죄 현장이나 다름없는 곳에 돌아와 벽에다 자기 수배사진을 걸어놓도록 놔두다니. 녀석은 자기가 누구였는지, 무슨 짓을 했는지 잊었을지 모르지만, 보이아르도는 잊지 않고 총알을 날릴 수 있었어.

하지만 이 모든 걸 책 한 권이 대신해냈지. 『톰 아저씨의 오두막』이 나온 이래 책 때문에 변한 게 단 한 가지도 없는 이 나라에서, 두 기회주의자가 이브 프레임을 봉으로 삼아 번지르르하게 꾸며낸 '연예계의 모든 것' 유의 책이 그 일을 해낸 거야. 아이라는 리치 보이아르도를 떨어냈지만, 반 태슬 그랜트 부부는 피하지 못했어. 아이라를 처치한 건 부트의 졸개들이 아니라 가십 칼럼니스트였지.

도리스와 살면서 나는 한 번도 그 얘기를 꺼내지 않았어. 하지만 아이라의 총과 칼을 갖고 징크타운에서 돌아온 날에는 그 얘길 하고 싶은 마음이 들더군. 아이라에게서 모든 걸 넘겨받은 건 아침 다섯시쯤이었네. 난 그걸 앞좌석 밑에 쑤셔넣고 곧장 학교로 출근했지. 그날은 수업을 할 수 없었어. 아무 생각이 안 났지. 밤에는 잠을 잘 수도 없었고. 그때 도리스한테 거의 얘기할 뻔했다네. 녀석의 총과 칼을 빼앗긴 했지만, 그게 끝이 아니란 걸 난 알았지. 어떻게든 녀석은 이브를 죽일 참이었으니까.

'그렇게 시간이 돌고 돌아 그의 복수를 끌어들이네.' 뭔지 알겠나? 「십이야」 5막에 나오는 구절일세. 광대 페스테가 '옛날 옛적 천지가 개벽하던 날/ 헤이호 바람이 분다, 비가 내린다'라고 노래한 다음 연극이 끝나지 않나? 페스테가 이 사랑스러운 노래를 부르기 전에 말볼리오에게 하는 말이지. '그렇게 시간이 돌고 돌아 그의 복수를 끌어들이네(And thus the whirligig of time brings in his revenges).' 이 구절이 계속 머릿속에 맴돌았지. 뒤로 갈수록 미묘하게 약해지는 암호 같은 g, '돌고 돌아(whirligig)'의 억센 g, 그 뒤에 오는 '끌어들이네(brings)'의 콧소리 나는 g, 그 뒤에 오는 '복수(revenges)'의 부드러운 g. 그리고 어미의 s…… '그렇게 그의 복수를 끌어들이네.' 복수명사 'revenges'의 허를 찌르는 치찰음. 그, 즈, 스. 비수처럼 파고드는 자음. 그리고 정확히 고동치는 모음의 밀물치듯 높아지는 음조, 그 속에 휩쓸려들어가는 느낌이었네. 낮은 음조의 모음 뒤에 몰려오는 높은 모음. 베이스와 테너 뒤에 몰려오는 알토 모음. 확실하게 장모음화된 i가 등장하고, 바로 뒤에서 운율은 약강에서 강약으로 전환하고, 문장은 그 전환점 주위에서 긴장의 북소리를 울리지. 단모음 i, 단모음 i, 장모음 i. 단모음 i, 단모음 i, 단모음 i, 쾅! 복수. 그의 복수를 끌어들이네. 그의 복수. 치찰음. 그으으으의! 아이라의 무기를 차에 싣고 뉴어크로 돌아오는 내내 그 열 단어가 맴돌았네. 그 음성학적 치밀함, 그 놀라운 혜안…… 셰익스피어 안에 갇혀 질식하는 느낌이었지.

다음날 오후 난 수업을 마치고 다시 오두막에 찾아갔네. 난 말했어. '아이라, 간밤에 잠을 이룰 수 없었다. 온종일 아이들을 가르칠 수도 없었다. 네가 여기서 멈추지 않으면, 블랙리스트보다 훨씬 더 소름끼치는 일이 닥칠 게 뻔해. 블랙리스트 사건은 언젠가 끝날 거다. 이 나라는 너처럼 억울하게 당한 사람들한테 보상까지 해줄지 몰라. 하지만 살인으로 감옥에 가면…… 아이라, 넌 지금 무슨 생각을 하는 거냐?'

녀석의 생각을 알아내기까지 꼬박 그날 밤의 절반이 걸렸네. 결국 아이라는 입을 열었고 난 말했지. '아이라, 병원에 전화를 걸어야겠다. 법원 명령을 받을 거야. 이번엔 널 영원히 가두겠다. 널 평생 감옥에 가둬두게 하겠어.'

아이라는 그녀를 교살할 생각이었어. 그 딸애도 같이. 하프 줄을 끊어서 말일세. 펜치도 갖고 있었지. 정말 그럴 작정이었어. 하프 줄을 끊어서 둘의 목에 감고 죽을 때까지 조르려 했던 거네.

이튿날 아침 난 펜치를 갖고 뉴어크로 돌아왔어. 하지만 소용없다는 걸 알았지. 난 수업을 마치고 집에 돌아가 도리스한테 그간의 일을 얘기했네. 그 살인에 대해서도. '아이라가 잡혀가게 놔둬야 했어. 경찰에 넘겨 법대로 처리하게 했어야 했어.' 난 도리스에게 그날 아침 아이라의 집을 나오면서 했던 말을 해줬네. '아이라, 그녀는 그 딸애와 살아야 한다. 그게 그녀의 벌이야. 끔찍한 벌이고, 그녀가 스스로 자초한 벌이야.' 그러자 아이라가 웃으며 말하더군. '맞아, 끔찍한 벌이야. 하지만 그걸론 부족해.'

그렇게 오랫동안 동생의 뒤를 돌봐줬는데, 난 그때 처음으로 무너지고 말았네. 도리스한테 모든 걸 얘기하고 무너졌지. 난 내

속마음을 다 털어놓았어. 비뚤어진 의리 때문에 잘못된 행동을 했다고, 어린 동생이 피범벅이 된 걸 봤는데 그 아일 차에 태웠다고, 난 스물두 살이었는데 잘못된 행동을 했다고, 그리고 이제 시간이 돌고 돌아 그의 복수를 끌어들인 탓에 아이라는 이브를 죽이려 한다고, 이제 할 수 있는 일이라곤 이브한테 가서 실피드를 데리고 도시를 떠나라고 말하는 것뿐이라고, 하지만 난 그럴 수 없다고, 이브와 그 딸애한테 '내 동생이 당신을 죽일 기세니 달아나 숨는 게 좋겠다'고 말할 수 없다고.

난 패배자였네. 평생을 바쳐 불합리한 상황에서도 이성을 지켜야 한다고 나 스스로를 가르치고, 내가 엄격한 객관성이라 즐겨 부르던 걸 가르치고, 나 자신과 학생들과 내 딸을 가르치고, 내 동생을 가르치려 노력했지만, 실패하고 말았지. 아이라를 아이라답지 않게 만드는 건 불가능했네. 불합리한 상황에서 이성을 지키는 것도 불가능했어. 그건 이미 1929년에 입증되었지. 그때, 1952년에 마흔다섯 살이 되어 되돌아보니, 그동안의 세월은 그저 헛되이 흘러간 것 같았네. 내 꼬마 동생은 또다시 그 모든 힘과 모든 분노를 휘둘러 살인을 저지르려 하고, 나는 또다시 그 범죄의 액세서리가 되려 하고 있었으니까. 그 모든 것, 아이라의 모든 노력, 우리 모두의 모든 노력이 무색하게 녀석은 다시 선을 넘으려 하고 있었다네."

"내 얘기를 다 들은 뒤 도리스는 차를 몰고 징크타운으로 갔네. 도리스가 나선 거지. 그녀에겐 그런 권위가 있었어. 그녀는 집에 돌아와서 말했네. '아이라는 아무도 죽이지 않을 거예요. 내가 그러길 원하지 않는다고 생각하지는 말아요. 하지만 아이라는 살인하지 않을 거예요.' '다른 계획이 있다는 거요?' '우린 협상을 했어요. 아이라는 빚을 청구할 거예요.' '그게 무슨 말이오?' '친구들한테 부탁할 거예요.' '대체 무슨 소리요? 갱을 말하는 건 아닐 테고.' '기자를 말하는 거예요. 아이라의 기자 친구들이오. 그 사람들이 그녀를 무너뜨릴 거예요. 당신은 가만있어요. 아이라는 내가 맡을게요.'

왜 그 녀석은 내 말은 안 듣고 도리스의 말은 들었을까? 그녀는 아이라를 어떻게 설득했을까? 누가 그 이유를 알겠나? 도리스는 아이라와 통하는 게 있었어. 그녀만의 생각이 있었지. 난 그녀에게 동생을 넘겼다네."

"그 기자들이 누굽니까?" 내가 물었다.

"아이라에게 동조하는 기자들." 선생님이 말했다. "꽤 많았다네. 아이라를 민중의 진정한 문화적 전형으로 보고 존경하는 사람들이었어. 아이라는 노동계급 출신이었기 때문에 그 사람들한테 무게감이 있었네. 노조에서의 투쟁 경력 때문에. 이브의 집에서 파티를 열 때도 종종 갔던 사람들이야."

"그래서 그 사람들이 복수를 해줬나요?"

"이브를 발기발기 찢어놨지. 맞아, 그들이 했네. 그녀의 책이 철저히 조작됐다는 걸 보여줬어. 아이라가 결코 공산주의자가 아니라는 것도. 아이라는 공산주의자와 아무 관계가 없다는 것도. 방송계에 침투하려는 공산당의 음모가 기상천외한 거짓말이라는 것도. 그게 조 매카시나 리처드 닉슨이나 브라이든 그랜트의 신뢰도를 뒤흔들진 못했지만 뉴욕 연예계에서 이브를 무너뜨릴 수는 있었지. 거긴 급진적 자유주의가 지배하는 세계였으니까. 생각해보게나. 기자마다 그녀를 찾아와 그녀가 하는 말을 남김없이 수첩에 적어서는 모든 신문에 내보냈어. 뉴욕 라디오방송에 잠입한 거물 스파이. 그 조직의 지도자인 그녀의 남편. 재향군인회가 그녀를 옹호하고, 연설을 요청했어. 기독교십자군이란 반공 종교단체도 그녀를 옹호했지. 그들은 그녀의 책에서 몇 장(章)을 뽑아 자신들의 월간지에 실었어. 〈새터데이 이브닝 포스트〉는 그녀를 찬양하는 기사를 내보냈네. 〈리더스 다이제스트〉는 그 책의 일부를 요약해서 실었는데, 사람들이 아주 좋아한 덕분에 〈포스트〉와 함께 미국의 모든 병원과 치과의 대기실에서 아이라를 볼 수 있게 됐지. 모든 사람이 그녀의 얘길 듣고 싶어했고, 모든 사람이 그녀에게 자기 얘길 하고 싶어했어. 하지만 시간이 흐르자 기자들이 더는 찾아오지 않았어. 아무도 그 책을 사지 않았고, 차츰 아무도 그녀와 얘기를 하고 싶어하지 않았지.

처음엔 아무도 이브를 의심하지 않았네. 그렇게 세련돼 보이는 여자가 그 냄새나는 책을 들고 나타나 팔아먹어도 사람들은 유명 여배우라는 지위 때문에 의심하지 않았어. 프레임 사건은 국민을 바보로 만들었지. 공산당이 아이라에게 그녀와 결혼하라고 지령을 내렸을까? 그게 그의 공산주의적 희생이었을까? 그것까지도 사람들은 의심 없이 받아들였어. 공허한 삶에서 조화롭지 않은 것, 무의미하고 성가신 우연들을 잘라버리고, 대신에 앞뒤가 맞는 것처럼 보이게 단순화시킨 것, 그래서 모든 걸 오해하게 만드는 것을 사람들은 넙죽 받아들였지. 당이 그에게 지령을 내렸다고, 모든 것이 당의 음모라고. 마치 아이라에겐 제 힘으로 그런 실수를 저지를 능력조차 없는 것처럼, 마치 아이라가 코민테른의 도움으로 불행한 결혼을 한 것처럼 말일세.

공산주의자, 공산주의자, 공산주의자. 하지만 미국의 어느 누구도 공산주의자가 정말 어떤 건지 전혀 몰랐어. 공산주의자는 뭘 하는 사람일까, 무슨 이야기를 할까, 어떻게 생겼을까? 그들은 모이면 러시아어로 말할까, 중국어로 말할까, 이디시어로 말할까, 에스페란토로 말할까? 그들도 폭탄을 만들까? 아무도 몰랐어. 그래서 이브의 책이 그랬던 것처럼 공산주의의 위협을 이용해먹기가 아주 수월했던 거지. 하지만 그때 아이라의 기자들이 팔을 걷어붙였고, 〈네이션〉 〈리포터〉 〈뉴 리퍼블릭〉에 실리기 시작한 기사들이 그녀를 난도질한 거야. 그녀는 대중이라는 기계를 작동시켰지만, 대중은 항상 원하는 방향으로 가진 않는다네. 자기 스스로 방향을 잡지. 아이라를 깔아뭉개주길 바랐던 대중이라는 기계가 그녀 쪽으로 방향을 틀기 시작했네. 암 그래야지. 여긴 미국이니까. 대중이라는 기계는 일단 스위치를 켜면 모두를 파국으로 몰아넣기 전에는 멈추지 않거든.

아이라의 반격이 시작되자마자 그녀는 흔들리고 약해졌어. 무슨 일이 벌어지는지 파악할 여유조차 없었고, 이런 싸움에서는 뭘 하지 말아야 하는지 충고를 들을 기회조차 없었지. 브라이든 그랜트가 최초의 공격인 〈네이션〉의 공격을 눈치챘다네. 아직 교정쇄일 때였어. 〈프라우다〉라면 몰라도, 〈네이션〉에 뭐가 나오든 왜 그랜트가 신경을 써야 했을까? 〈네이션〉에 뭐가 나왔길래? 그랜트의 비서는 그 교정쇄를 이브한테 보냈어. 그걸 보고 이브는 틀림없이 변호사한테 전화를 걸었을 거야. 〈네이션〉이 그 기사를 발표하지 못하게 판사한테 가처분 신청을 청구하라고. 거기에 실린 모든 내용이 악랄한 허위이고, 자신의 이름과 경력과 명성을 무너뜨리기 위해 꾸며낸 거짓말이라고. 하지만 가처분 신청은 사전 금지 청구라 판사도 법적으로 어쩔 수가 없었어. 기사가 나온 뒤에 명예훼손으로 고소할 수는 있었지만 그것으로는 부족하고, 또 그때쯤이면 이미 치명상을 입은 후라 너무 늦을 수밖에 없었지. 그래서 이브는 〈네이션〉 본사로 달려가 그 기자를 보자고 요구했어. 그런데 그게 하필 L. J. 포델이었던 거야. 〈네이션〉에서 추문 폭로로 알아주는 독설가 제이크 포델.

사람들은 그라면 벌벌 떨었는데, 다 이유가 있었어. 물론 포델이 삽을 든 아이라보다는 나았지만, 별 차이는 없었다네.

이브는 포델의 사무실로 들이닥쳤고, 그때부터 아카데미상이 아깝지 않은 명장면이 펼쳐졌다네. 이브는 포델에게 그 기사는 전부 거짓말이고, 악의적인 날조라고 소리쳤어. 그런데 뭐가 가장 악의적인 거짓말이었는지 아나, 그 기사 전체에서? 포델은 그녀가 신분을 감춘 유대인인 걸 확인했어. 그는 자신이 직접 브루클린으로 가서 진실을 밝혀냈다고 썼지. 그녀의 이름은 하바 프롬킨이고, 1907년 브루클린의 브라운스빌에서 태어났고, 홉킨스 애비뉴와 셔터 애비뉴 모퉁이에서 자랐고, 아버지는 가난한 이민자 출신의 페인트공이자 폴란드계 유대인이라고. 그녀의 가족 중 영어를 하는 사람이 한 명도 없었는데, 아버지와 어머니는 물론이고 그녀의 오빠와 언니도 마찬가지였다고. 두 형제는 이브보다 먼저 폴란드에서 태어났다고. 하바를 제외하고 그들 모두 이디시어를 썼다고.

어디 그뿐인가? 포델은 그녀의 첫 남편 뮐러까지 들춰냈네. 뉴저지의 바텐더 아들, 그녀가 열여섯 살 때 함께 달아났던 전직 선원. 포델은 그가 여전히 캘리포니아에서 살고 있는데 형편이 어렵다, 심장병으로 경찰에서 은퇴했고 가족으로는 아내와 두 자녀가 있다, 이 심성 착한 노인은 하바에 대해 나쁜 얘기는 한마디도 안 하고 좋은 말만 했다고 썼지. 뮐러는 이렇게 말했어. 하바는 아름다웠다. 배짱이 있었고, 믿기 힘들겠지만 작은 무법자였다. 그녀가 그를 따라서 가출한 건, 당시 덩치 큰 멍청이였던 그를 사랑해서가 아니라, 진작부터 알고 있었던 것처럼 그가 브루클린을 벗어날 수 있는 기차표였기 때문이다. 그는 이 사실을 알았고 또 그녀를 동정했기 때문에 그녀의 앞길을 가로막지 않았으며, 그녀가 크게 성공한 후에도 절대 그녀를 찾아가 돈을 뜯어내지 않았다고도 했어. 포델은 심지어 낡은 사진도 몇 장 얻었다네. 뮐러가 (밝히지 않은 액수의 대가로) 친절하게 넘겨준 스냅사진이었지. 포델은 그걸 그녀에게 내밀었어. 말리부의 뜨거운 해변에서 드넓게 펼쳐진 태평양을 배경으로 찍은 하바와 뮐러의 사진. 수영복을 입은 잘생기고 건강한 남녀의 들뜬 표정, 언제라도 푸른 바다에 첨벙 뛰어들 것 같은 활기 넘치는 이십대 젊은이의 사진이었지. 결국 그 사진은 〈컨피덴셜〉이란 잡지에 실렸다네.

그때까지 포델은 유대인을 폭로하는 기사를 쓴 적이 없었어. 그도 유대인이었지만 인종에 무관심했고, 이스라엘을 지지한 적이 한 번도 없었다네. 하지만 이 여자는 평생 자신의 배경을 속이며 거짓말을 했고, 이젠 아이라에 대해서까지 거짓말을 하고 있었어. 포델은 브루클린에서 이런저런 노인, 이웃이라는 사람, 친척이라는 사람을 만나 취재한 내용을 증거로 내밀었지만, 이브는 다 한심한 가십이라고 일축했네. 그러면서 만일 그 멍청한 사람들이 유명인을 놓고 꾸며낸 거짓을 사실처럼 보도한다면, 그 잡지를 고소해서 폐간시키고, 그를 개인적으로 고소해 빈털터리로 만들겠다고 했지.

그때 누군가가 카메라를 갖고 포델의 사무실로 들어와 은퇴한 영화배우가 포델에게 자신이 어떤 짓을 할 수 있는지 경고하는 장면을 찍었지. 그러자 이브한테 간신히 남아 있던 자제심마저 사라지고, 알량한 이성적 판단력도 허공으로 증발해버렸다네. 그녀는 흐느끼면서 복도를 내달리다 마침 거기에 있던 편집장하고 마주쳤지. 편집장은 그녀를 자기 사무실로 데려가 자리에 앉히고 말했어. '이브 프레임 여사 아니세요? 난 당신의 열렬한 팬입니다. 무슨 일입니까? 내가 도울 일이 있을까요?' 그녀는 자초지종을 얘기했어. 편집장은 '오 저런, 그런 일이 있었군요'라며 그녀를 진정시킨 뒤, 그 기사에서 뭘 바꾸고 싶냐고 물었지. 그녀는 자기가 매사추세츠 주 뉴베드퍼드에서 태어났고, 그녀의 집안은 대대로 배를 몰았고, 증조할아버지와 할아버지가 양키 범선의 선장이었고, 부모님이 결코 부자는 아니었지만 아버지는 변리사였고, 그녀가 어렸을 때 아버지가 돌아가신 뒤로는 어머니가 아주 멋진 찻집을 운영했다고 늘어놓았네. 편집장은 진실을 알게 되어 매우 기쁘다고 말했어. 그리고 이브가 택시를 탈 때까지 동행하면서, 그녀의 이야기가 반드시 잡지에 실리도록 해보겠다고 그녀를 안심시켰지. 포델은 편집장의 사무실 밖에서 이브의 말을 한마디도 빼놓지 않고 받아 적었고, 편집장이 말한 대로 그걸 기사에 포함시켰네.

그녀가 떠난 뒤, 포델은 다시 기사에다 그날의 사건을 몽땅 집어넣었어. 그녀의 방문, 영화 같은 명장면, 그 모든 것을 말일세. 오래전부터 무자비하기로 소문난 독설가는 그런 종류의 조롱거리라면 사족을 못 쓰는데다, 특히 아이라를 좋아하고 이브를 싫어했거든. 그는 뉴베드퍼드 이야기를 아주 자세히 적어 기사의 결말에 넣었어. 포델의 기사가 나간 뒤 다른 기자들이 그 내용을 인용하면서, 그건 이브에게 적대적인 기사들의 새로운 주제, 이브가 아이라를 공격한 또다른 이유로 받아들여졌지. 이제 아이라는 공산주의자가 아닐 뿐 아니라 오히려 자존심 있고 신중한 유대인, 썩 괜찮은, 뭐 그런 사람이 돼버렸네. 그들이 아이라라고 부른 인물은 이브가 아이라라고 부른 인물만큼이나 진짜 아이라하고는 거의 무관했지. 이 모든 잔인한 지식인들이 세세한 사실까지 충실히 들이대면서 그 여자를 끝장냈을 즈음, 아이라와 이브의 이야기라고 떠돌던 추악한 진실을 어디에서든 조금이라도 찾아내려면 현미경을 들이대야 했을 걸세.

맨해튼에서는 도편 추방이 시작됐네. 친구들이 떨어져나가기 시작했어. 사람들은 그녀의 파티에 오지 않았고, 전화도 걸지 않았지. 아무도 그녀와 말을 하려고 하지 않았고, 아무도 더이상 그녀를 믿지 않았어. 저 여자가 거짓말로 남편을 파멸시켰다며?

저 여자의 인간성을 믿을 수 있을까? 점차 일도 떨어져나갔지. 라디오드라마는 갈수록 시들해졌어. 처음엔 블랙리스트 때문이었고, 그다음엔 TV 때문이었지. 이브는 살이 쪄서 TV에서는 관심을 받지 못했어.

난 그녀가 TV에 나와 연기하는 걸 두 번 봤다네. 아마 TV에 나온 건 그 두 번이 전부였을 거야. 처음 봤을 때 도리스는 깜짝 놀랐지. 아주 유쾌해하면서 말했어. '저렇게 체중이 느니까 누구하고 비슷한 줄 알아요? 골드버그 부인, 브롱크스 트레몬트 애비뉴의 그 여자하고 비슷하네요.' 〈골드버그 가족〉의 몰리 골드버그, 기억나나? 남편이 제이크였고, 아이들이 로절리와 새밀리였지? 필립 러브. 필립 러브를 기억하나? 아이라 소개로 자네도 만났을걸? 아이라는 그를 우리 집에도 데려왔었어. 〈골드버그 가족〉에서 필립은 오랫동안 파파 제이크 역을 맡았지. 1930년대에 라디오에서 그 프로가 처음 시작했을 때부터. 그런데 1950년에 블랙리스트에 오르는 바람에 그는 TV 프로에서 잘렸지. 그때부터 일을 못해 청구서를 납부할 수 없었고, 빚도 갚을 수 없었지. 결국 1955년에 태프트 호텔에서 수면제를 먹고 자살했어.

두 번 다 이브는 어머니 역을 했다네. 끔찍하더군. 브로드웨이에서는 항상 조용하고 재치 있고 지적인 여배우였는데, TV에서는 질질 짜면서 사방으로 몸을 던졌지. 애석하게도 그녀 자신과 아주 흡사한 연기였어. 하지만 그 무렵 그녀는 대개 혼자였고,

옆에서 충고해주는 사람도 없었지. 그랜트 부부는 워싱턴에서 지냈고 시간도 없었어. 그녀한테 남은 거라곤 실피드뿐이었네.

하지만 그것도 오래가지 않았어. 어느 금요일 밤 그녀와 실피드는 그 당시 인기가 아주 좋았던 TV 프로에 함께 출연했네. 〈사과와 나무〉라는 프로였지. 기억나나? 부모에게서 이런저런 재능, 특성, 직업을 물려받은 아이가 나오는 삼십 분짜리 주말 프로그램이었어. 과학, 예술, 연예, 체육계 인사들이 나왔지. 로레인이 그 프로를 좋아해서 우린 가끔 아이와 함께 보곤 했다네. 볼만한 프로였어. 재미있고 훈훈하고 때로는 흥미롭기도 한, 가볍게 볼 수 있는 오락 프로였지. 물론 실피드와 이브가 게스트로 나왔을 땐 그렇지 않았네. 둘은 〈리어 왕〉의 무단 삭제판을 보여주었어. 실피드가 고너릴이자 리건이었지.

도리스가 나한테 한 말이 생각나는군. '그 많은 책을 읽고 이해한 여자가, 그 많은 배역을 해석하고 소화한 여자가 제정신을 차리는 게 저리 어려울까요? 저렇게 경험이 많은 사람을 도대체 무엇이 저리 대책 없이 멍청하게 만들었을까요? 사십대 중반에, 세상이 다 알아주는 사람이, 어쩜 저렇게 무지할 수 있죠?'

내 관심을 끈 건 말일세, 그 여자가 『나는 공산주의자와 결혼했다』를 출판하고 홍보한 이래 단 일 초라도, 지나가는 말로라도 그 책 뒤에 숨은 악의를 인정한 적이 없었다는 거라네. 어쩌면 벌써 그 책과 거기서 파급된 모든 영향을 편리하게 잊었을지도 모르지. 어쩌면 그녀가 늘어놓은 아이라 이야기는 그랜트의 손을 거쳐 반 태슬화된 이야기, 괴물 같은 이야기가 되기 전의 것이었는지도 몰라. 하지만 그 이야기로 되돌아갈 때 그녀가 보여준 태도 변화는 꽤 볼만한 구경거리였다네.

TV에서 이브는 아이라를 얼마나 사랑했는지, 아이라와 얼마나 행복했는지, 그들의 결혼이 사악한 공산주의 때문에 어떻게 파괴됐는지 따위를 늘어놓았네. 심지어 사악한 공산주의가 깨뜨린 모든 행복을 회상하며 울기까지 했지. 도리스는 자리에서 일어나 TV 앞을 왔다갔다하더니 자리에 앉아 분을 삭였지. 나중에 이러더군. 'TV에서 눈물을 흘리는 그 여자를 보는 건 그 여자가 요실금에 걸린 것만큼이나 충격이네요. 이 분만이라도 울지 않을 수 없대요? 맙소사, 명색이 배우인데. 나이에 맞게 행동하는 게 그렇게 어려울까요?'

그렇게 카메라는 빨갱이의 순결한 아내가 우는 걸 비추었고, 수많은 시청자가 빨갱이의 순결한 아내가 우는 걸 지켜봤지. 그런 다음 빨갱이의 순결한 아내는 눈물을 훔치고 이 초마다 불안하게 딸을 쳐다보면서, 이제 모녀 사이는 모든 게 훌륭하고, 평화롭고, 과거는 다 지나갔고 예전처럼 모든 신뢰와 사랑이 회복되었다는 걸 확인하려고 딸애의 협조를, 아니 허가를 구했어. 이제 그 빨갱이를 치워버렸으니, 우리보다 더 화목하고 사이좋은 가족이 어디 있겠냐는 거였지. 〈로빈슨 가족〉에 나오는 것 같은 분위기 말일세.

이브는 실피드를 향해 얄팍한 억지 미소를 지으면서 고통스러우리만치 애절한 눈빛으로 '그래요, 엄마, 엄마를 사랑해요, 정말이에요'라고 말해달라고 거의 애원하는 듯한 표정을 지었어. 아예 노골적으로 '얘야, 그렇게 좀 말해주렴, 방송을 위해서라도'라고 빌고 있었지. 하지만 그때마다 실피드는 제 엄마를 무섭게 노려보거나, 무시하는 태도를 보이거나, 이브가 하는 말에 사사건건 짜증으로 응수하면서 자기 속내를 고스란히 드러냈지. 급기야 로레인마저 인내심을 잃고 말았어. 갑자기 우리 아이가 TV 화면을 향해 소리를 지르더군. '거기 두 사람, 사랑 좀 표현해봐요!'

애처롭게 매달리는 그 여자한테 실피드는 단 일 초도 애정을 보여주지 않았어. 이해는 고사하고 눈꼽만큼도 아량을 베풀지 않았지. 엄마를 위로하는 대사 한 줄 말하지 않았어. 난 어린애가 아니네. 사랑을 이야기하려는 게 아니야. 행복, 화합, 우정 같은 걸 얘기하려는 것도 아니고. 그저 화해에 대해 말하려는 걸세. 그 프로를 보면서 내가 깨달은 건, 그 아이는 제 엄마를 절대로 사랑하지 않는다는 거였네. 엄마를 조금이라도 사랑하는 사람이라면 가끔 엄마를 그저 엄마가 아닌 다른 존재로 생각해볼 수 있거든. 엄마의 행복과 불행을 생각하고, 엄마의 건강을 생각하고, 엄마의 외로움을 생각하고, 엄마의 광기를 생각하지. 하지만 그애한테는 그런 상상력이 전혀 없었어. 그 딸애한테는 여자의 일생을 이해하는 능력이 눈곱만큼도 없었지. 그저 '나는 고발하겠다'는 생각밖에 없었던 거야. 그애가 원하는 건 제 엄마를 만천하에 까발리고, 머리끝에서 발끝까지 끔찍하게 보이도록 만드는 것뿐이었으니까. 사람들 앞에서 제 엄마의 뼈를 갈아버리겠다는 거였지.

난 그 장면을 절대 잊지 못할 걸세. 이브는 끊임없이 실피드를 바라봤지. 제 엄마의 모든 실패를 상상할 수 있는 가장 잔인한 잣대로 심판하는 딸한테 자신의 모든 존재감과 모든 가치가 달려 있는 것처럼. 자네도 실피드가 짓던 그 조소를 봤어야 하는데. 기회가 있을 때마다 경멸이 드러나는 찡그린 표정으로 제 엄마를 비웃고, 콧방귀를 뀌며 능글맞게 웃었지. 그렇게 공개적으로 타격을 입힌 거야. 유명한 엄마를 카메라 앞에 세워놓고, 단지 그 조소만으로 자신의 힘을 과시하면서 '그렇게 존경받던 당신은 사실 멍청한 여자일 뿐이야'라고 말한 셈이었지. 아주 옹졸한 태도지. 대부분의 아이들이 열여덟 살쯤 되면 가려낼 줄 아는 태도, 지독하게 자기현시적인 태도. 누군가의 삶에 그렇게 늦은 나이까지 그런 태도가 남아 있는 걸 보면, 성적 쾌감이 느껴진다네. 그 프로는 온몸을 꿈틀거리게 만들었어. 딸애의 적개심이라는 무자비한 곤봉만큼이나 엄마의 무방비한 연극적 태도도 빛을 발했지. 하지만 가장 소름끼쳤던 건 이브의 얼굴이었네. 상상할 수 있는 가장 불행한 얼굴이었지. 이브에게 아무것도 남지 않았다는 걸 알겠더군. 완전히 소멸해버린 존재 같았지.

마지막으로 진행자가 실피드의 시청 독주회를 언급하자 실피드는 하프 앞에 앉아 연주를 시작했어. 그거였어, 이브가 그런 모욕을 감수하고 TV에 나온 이유는 그거였던 거야. 실피드의 경력을 위해서. 모녀의 관계를 이보다 더 잘 보여주는 은유가 또 있을까 싶은 생각이 들더군. 이브는 잃어버린 모든 것 때문에 대중 앞에서 우는데 딸은 개의치 않고 하프를 연주하고 독주회를 홍보하는 모습이라니.

이삼 년 뒤 그 딸애는 이브를 버렸다네. 제 엄마가 급격히 몰락하고 그녀를 가장 필요로 할 때 독립을 찾아 떠났어. 서른 살이 되었을 때 실피드는 밤마다 자길 끌어안고 자는 중년의 엄마와 한집에서 뒤엉켜 사는 게 자신의 정서에 안 좋다고 결정을 내린 거야. 대부분의 아이들은 열여덟 살이나 스무 살쯤 부모를 떠나 십오 년이나 이십 년 동안 독립해서 살다, 때가 되면 나이든 부모와 화해하고 부모에게 도움의 손길을 내미는데 실피드는 정반대로 하고 싶었던 모양이야. 현대 심리학의 이유 중에서도 최고의 이유로, 제 아버지에게 빌붙어 살려고 프랑스로 건너갔지.

페닝턴은 이미 병들어 있었고, 이삼 년 뒤 간경변으로 죽었네. 실피드는 저택, 자동차, 고양이, 페닝턴가의 유산을 물려받았지. 페닝턴의 잘생긴 이탈리아인 운전사를 포함해 모든 걸 손에 넣었고, 그 운전사와 결혼했어. 그래, 실피드가 결혼을 했다네. 아들도 낳았지. 인생이란 돌고 도는 거 아니겠나? 실피드 페닝턴도 결국 엄마가 된 거야. 여기 타블로이드지에선 굉장한 뉴스거리였네. 왜냐하면 프랑스의 한 유명한 무대디자이너가 길고 지루한 법정 소송을 걸었거든. 이름은 잊었네만, 한때 페닝턴의 오랜 연인이었지. 그는 그 운전사가 매춘부 같은 놈이고, 재산을 노리는 사기꾼이라고 주장했어. 얼마 전에 느닷없이 굴러들어와 페닝턴의 심심풀이 애인 노릇을 하다, 아무튼 유언장을 지어냈거나 조작했다고 말이야.

실피드가 뉴욕을 떠나 프랑스에 정착할 즈음 이브 프레임은 가망 없는 주정뱅이가 되어 있었지. 어쩔 수 없이 집을 팔았고, 1962년 맨해튼의 어느 호텔 방에서 술에 취해 혼수상태로 죽었어. 그 책이 나온 지 십 년 후였네. 모두에게 잊힌 채 쉰다섯 나이로. 이 년 뒤 아이라도 죽었네. 쉰한 살이었지. 하지만 동생은 그녀가 고통스러워하는 걸 보고 죽었어. 녀석이 그걸 즐기지 않았다고는 생각하지 말게나. 실피드의 가출을 즐기지 않았다고는 생각하지 말게나. '그렇게 입에 달고 살던 사랑스러운 딸은 어디로 간 거야? "엄마, 내가 도와줄게"라고 말해줄 딸은 어디 있냐고? 사라져버렸잖아!'

이브가 죽자 아이라는 원시적인 만족을 되찾고, 도랑 치기 인부의 쾌락원칙을 해방시켰네. 일생의 대부분을 충동적으로 살아온 사람에게서 사슬처럼 옥죄던 체면, 야만인을 교화하는 모든 사회적 구속이 사라지면 간헐천이 폭발해, 안 그런가? 곧 분출이 시작됐네. 적이 쓰러졌다, 그보다 좋은 게 뭐였겠나? 물론 녀석이 바라던 것보다 시간이 좀 오래 걸렸고, 그가 직접 손쓴 것도 아니었어. 뜨겁게 솟구치는 피를 얼굴에 뒤집어쓰지도 않았고. 하지만 그녀가 죽자 얼마나 좋아하던지. 그런 모습은 처음이었네.

이브가 죽었을 때 녀석이 뭐라고 했는지 아나? 그 이탈리아인을 죽이고 도망치던 날 밤에 했던 것과 똑같은 말을 했어. '스트롤로는 방금 마지막 산책을 떠났어.' 삼십여 년 만에 처음으로 그 이름을 입 밖에 꺼낸 거야. '스트롤로는 방금 마지막 산책을 떠났어.' 그런 다음 또다시 미친놈처럼 킬킬대더군. 날 건드릴 테면 건드려봐 하는 웃음. 1929년에 내 기억에 깊이 새겨진 그 반항적인 웃음이었네."

난 머리 선생님을 부축하고 테라스에서 세 계단을 내려간 뒤, 어두컴컴한 길을 따라 내 차가 주차되어 있는 곳으로 갔다. 우린 아무 말 없이 구불구불한 산길을 따라 마다마스카 호수를 지나 아테나 시내로 들어섰다. 얼핏 보니 선생님은 고개를 뒤로 기대고 눈을 감고 있었다. 처음엔 선생님이 잠들었다고 생각했고, 그다음엔 혹시 돌아가신 건 아닐까, 아이라의 이야기를 모두 기억해내고, 자신의 입으로 말한 모든 이야기를 직접 들은 뒤라 누구보다 인내심이 강한 이 사람에게서 삶을 지속하겠다는 의지가 소진된 건 아닐까 하는 생각이 들었다. 그러고 나선 고등학교 시절 선생님이 책상 모서리에 걸터앉아, 그 위협적인 칠판지우개를 들지 않은 채 우리에게 「맥베스」의 장면들을 읽어주던 영이 수업시간이 떠올랐다. 선생님이 과장되게 들리는 것에 개의치 않고 모든 주인공의 목소리를 흉내내며 읽어주는 동안, 나는 선생님이 직접 연기하면 문학이 얼마나 남성적으로 느껴지는지에 감동했었다. 머리 선생님이 읽어준 「맥베스」 4막의 마지막 장면이 기억났다. 맥더프가 로스를 통해 자신의 가족이 맥베스에게 몰살당했음을 알게 되는 장면이었다. 다른 모든 것을 압도하는 미적 차원의 정신상태를 처음으로 경험한 순간이었다.

로스의 목소리로 선생님이 낭독했다. "경의 성은 습격당했고, 부인과 어린 자제들은 참살당했습니다……" 맥더프가 그 말을 이해하는 동시에 이해하지 못한 상태에서 오랜 침묵이 흐른 뒤, 맥더프의 목소리로 선생님이 나지막이, 허탈하게, 그 자신이 어린애가 된 것처럼 대꾸했다, "어린것들까지?" 로스 역의 선생님이 말했다. "부인, 아이, 하인 할 것 없이 눈에 띄는 대로 모조리." 맥더프 역의 선생님이 다시 침묵했다. 반 전체가 침묵했다. 수업을 듣는 학생들은 어느덧 교실에서 사라지고 없었다. 믿을 수 없다는 말과 다음에 이어질 대사를 제외하곤 모든 게 사라졌다. 맥더프 역의 선생님이 말했다. "아내도 참살당했다고?" 로스 역의 선생님이 대답했다. "예, 그렇습니다." 교실 벽에 걸린 커다란 시계는 두시 삼십분을 향해 재깍거린다. 바깥에선 14번 버스가 챈슬러 애비뉴의 언덕길을 힘겹게 올라오고 있다. 몇 분 뒤면 8교시 수업과 함께 긴 학교 일과가 끝난다. 하지만 정말 중요한 건, 방과 후에 일어날 일이나 심지어 미래에 일어날 일보다 더 중요한 건, 맥더프 역의 머리 선생님이 과연 언제 그 청천벽력 같은 일을 이해하느냐다. 선생님이 말한다. "그자는 자식이 없으니." 선생님은 누구를 말한 걸까? 누가 자식이 없다는 걸까? 몇 년 뒤 나는 맥더프가 말한 사람이 맥베스라는 것, 자식이 없다는 "그자"를 맥베스로 보는 것이 일반적인 해석이라고 배웠다. 하지만 머리 선생님이 읽어줄 당시에 맥더프가 가리킨 "그자"는 아찔하게도 맥더프 본인이었다. "나의 귀여운 아이들을 모조리? 모조리라고 했지? 모조리? 귀여운 병아리와 어미닭을 단번에 죄다 채갔다고?" 그리고 이번엔 맬컴이 등장한다. 맬컴 역의 머리 선생님이 마치 맥더프를 잡고 흔들듯 거칠게 말한다. "대장부답게 참으시오." 맥더프 역의 선생님이 말한다. "참으리다."

그런 뒤, 내 삶이 다할 때까지 수백 번, 수천 번 울려퍼질 짧고 강렬한 구절이 선생님의 목소리로 흘러나온다. "하지만 대장부 역시 슬퍼할 수밖에." 다음날 선생님이 우리에게 말한다. "십 음절, 그게 전부다. 십 음절, 다섯 박자, 약강 5보격…… 아홉 단어, 세번째 약강격 강세가 가장 중요한 다섯번째 단어와 완벽하고 자연스럽게 일치한다…… 여덟 개의 단음절과 두 음절짜리 단어. 이 세상에 존재하는 어느 단어 못지않게 흔하고, 평범하고, 편리한 단어지…… 하지만 거기 있는 걸 그대로 전부 합치면 얼마나 큰 힘이 나오느냐! 간결하지. 간결하면서 망치와 같아!"

"하지만 대장부 역시 슬퍼할 수밖에." 마지막으로 선생님은 두꺼운 셰익스피어 희곡집을 덮은 뒤, 수업이 끝날 때마다 늘 그러듯 "또 보자" 하고는 교실을 나간다.

아테나에 들어섰을 무렵 선생님은 눈을 뜨고 있었다. 선생님이 말했다. "훌륭한 옛 제자를 만났는데, 제자에겐 말할 기회를 주지 않았군. 자네 얘기를 물어보지 않았어."

"다음에 해드리겠습니다."

"왜 자넨 그 산속에 틀어박혀 혼자 지내나? 세상을 향해 마음을 여는 게 어떤가?"

"전 이렇게 사는 게 좋습니다." 내가 말했다.

"아니, 자네가 내 얘기에 귀기울이는 걸 봤네. 자네는 이렇게 사는 걸 좋아하지 않아. 그 충만한 열정이 사라졌다고는 한순간도 생각하지 않았네. 자넨 어렸을 때도 그랬어. 그래서 자네한테 관심을 쏟았지. 자네의 주의력 때문에. 자넨 지금도 그래. 하지만 이 산골에 주의를 기울일 만한 게 뭐가 있나? 어떤 문제인지 모르겠네만, 거기서 벗어나야 해. 포기하고 싶은 유혹에 지는 건 현명하지 않아. 어느 나이에 이르면 그것도 질병처럼 사람을 못쓰게 만든다네. 자넨 정말 병든 화초처럼 시들다 최후를 맞이할 심산인가? 고독이란 유토피아를 조심하게. 숲속 오두막, 분노와 슬픔을 차단하는 오아시스에 유토피아가 있다는 생각을 조심하기 바라네. 난공불락의 고독. 아이라의 인생은 그렇게 끝났지. 녀석이 숨을 거두기 오래전에."

나는 학교 안 도로에 차를 세운 뒤, 기숙사로 난 길을 따라 선생님과 함께 걸었다. 새벽 세시가 가까웠고, 모든 방이 컴컴했다. 아마 머리 선생님이 그 기숙사를 마지막으로 떠날 노인 학생이고, 그날 밤 그곳에서 잠들 유일한 학생인 듯했다. 나는 선생님을 집으로 모시고 싶었다. 하지만 선뜻 내키지 않는 구석도 있었다. 내 소리나 눈길이나 냄새가 닿는 곳에서 누군가가 잠을 잔다면, 그동안 어렵사리 쌓아온 일련의 습관이 허물어질 것 같았다.

"뉴저지에 가면 찾아뵙겠습니다." 내가 말했다.

"애리조나로 와야 할 걸세. 이젠 뉴저지에 살지 않아. 애리조나에 산 지 오래됐어. 난 유니테리언 교파에서 운영하는 교회 북클럽 회원일세. 도서관에서 책을 빌리기가 여간 어려워야지. 자네가 마음을 단단히 먹는대도 지내기에 썩 좋은 곳은 아닐 걸세. 다른 문제들도 있고. 내일은 뉴욕에서 머물고, 모레 피닉스로 떠날 예정이네. 날 보고 싶다면 애리조나로 오게나. 꾸물대지 말고.” 선생님이 웃으며 말했다. “지구는 핑핑 돌아, 네이선. 시간은 내 편이 아닐세.”

세월이 흐르니 강한 애착을 느끼는 사람과 작별하는 것보다 더 힘든 일은 없는 것 같다. 나는 항상 작별을 고하는 순간이 되어야 그 애착이 얼마나 강한지 깨닫는다.

“전 선생님이 아직 뉴저지에 계신 줄 알았습니다.” 이게 내가 표현해도 되겠다 싶은 최소한의 위험한 감정이었다.

“아닐세. 도리스가 죽은 뒤 뉴어크를 떠났지. 도리스는 살해됐다네, 네이선. 우리 집 길 건너 병원 뒤에서. 그렇지 않았으면 그 도시를 떠날 일은 없었겠지. 어느덧 문제가 많은 가난한 흑인 도시가 됐지만, 단지 그 때문에 평생을 살고 가르친 도시를 떠날 생각은 없었으니까. 그 폭동이 일어난 뒤 도시가 텅 비었을 때도 우린 리하이 애비뉴를 떠나지 않았어. 거기에 남은 유일한 백인 가족이었지. 도리스는 허리가 아프고 몸이 안 좋았지만, 병원에 다시 복귀해 일을 했네. 난 사우스사이드에서 가르쳤고. 복직한 뒤 위콰익으로 돌아갔지만, 거긴 이미 가르치는 게 쉽지 않은 곳이 됐더군. 이삼 년 뒤 사우스사이드에서 영어과를 담당해보겠냐는 제안이 들어왔지. 한데 거긴 훨씬 더 열악했어. 흑인 아이들을 아무도 가르칠 수 없어서 나한테 제안했던 거야. 난 거기서 마지막 십 년을 보내고 은퇴했네. 가르치는 건 고사하고 폭력을 단속하느라 진땀을 흘렸지. 징계, 그게 업무의 전부였어. 징계를 내리고, 복도를 순찰하고, 언쟁을 하고, 학생이 선생에게 주먹을 휘두르면 퇴학시키고, 그게 다였지. 내 인생에서 최악의 십 년이었네. 해고당했을 때보다 더 안 좋았어. 현실을 깨달은 게 충격이었다고 말하고 싶진 않네. 내겐 상황의 진실을 꿰뚫어보는 감각이 있었어. 하지만 그 경험은 충격적이었네. 무자비했지. 우린 이사를 가야 했지만, 가지 않았어. 그게 문제였네.

하지만 뉴어크의 교육계에서 난 평생 선동가였어, 안 그런가? 옛 친구들은 날 보고 미쳤다고 했지. 그 무렵 친구들은 다 교외에 살았거든. 하지만 내가 어떻게 달아날 수 있겠나? 난 그 아이들이 존중받으며 클 수 있게 하는 일에 관심을 쏟았네. 인생을 개선할 기회가 조금이라도 있다면, 학교가 아닌 어디에서 그런 기회를 잡을 수 있겠나? 게다가 난 교사로 일하는 동안, 흥미롭고 가치 있다고 생각되는 일을 부탁받으면 언제든지 '그래, 그 일을 하고 싶다'고 말하고, 그 일에 나를 던졌지. 우린 리하이 애비뉴에 계속 살았고, 난 사우스사이드로 출퇴근했네. 난 영어과 선생들에게 말했어. '우린 학생들이 희망을 갖고 노력하도록 유도할 방법을 찾아야 합니다.'

난 두 번 습격을 당했네. 처음 당했을 때 이사를 갔어야 했고, 두번째 당했을 때는 만사를 제치고 이사를 갔어야 했어. 두번째 습격은 오후 네시에 집을 나와 길모퉁이를 막 돌 때였는데, 세 아이가 날 둘러싸더니 권총을 들이댔다네. 그런데도 우린 이사를 가지 않았어. 어느 날 저녁 도리스는 병원을 나섰지. 자네도 기억하겠지만, 병원에서 집에 오려면 그 길만 건너면 됐어. 그런데 도리스는 그 길을 건너지 못했네. 누가 그녀의 머리를 친 거야. 아이라가 스트롤로를 죽인 곳에서 고작 0.5마일 떨어진 곳에서 누가 그녀의 머리를 벽돌로 내리친 거야. 텅 빈 핸드백을 뺏으려고. 그때 내가 뭘 깨달았는지 아나? 내가 당했다는 걸 깨달았어. 유쾌한 생각은 아니지만, 그뒤로 계속 마음에 담고 살았네.

자네가 궁금할까봐 하는 말인데, 나 자신한테 당한 걸세. 그 모든 도의를 고집한 나 자신한테. 난 동생을 배신할 수 없었고, 내 교육을 배신할 수 없었고, 뉴어크의 불우한 사람들을 배신할 수 없었네. '난 아니다, 나만큼은 이곳을 떠나지 않겠다, 난 도망치지 않을 테다, 다른 선생들은 자기 필요에 따라 그럴 수도 있다, 하지만 난 이 흑인 아이들을 버리지 않겠다.' 그 결과로 내 아내를 배신하게 된 거였지. 난 내 선택의 책임을 다른 사람에게 씌워버렸어. 내 공민의식의 대가를 도리스가 치른 거야. 그녀가 내 고집의 희생자가 되었지…… 이보게, 이건 끝이 없다네. 내가 살아오면서 노력했듯 종교, 이데올로기, 공산주의 같은 명백한 망상에서 자신을 해방시켜도, 여전히 자신의 선량함이라는 신화는 족쇄처럼 남는다네. 그게 최후의 망상이지. 또 내가 도리스를 희생시키게 만든 망상이고.

그만하세. 모든 행동에는 손실이 따르는 법. 이게 그 체계의 엔트로피야." 선생님이 말했다.

"어떤 체계 말인가요?" 내가 물었다.

"도덕체계 말일세."

왜 선생님은 더 일찍 부인 얘기를 꺼내지 않았을까? 그 과묵함은 영웅심이었을까, 고통이었을까? 그것 역시 선생님에게 일어난 일이었다. 그 밖에 또 무슨 일이 있었을까? 다른 특별한 일이 아니라 고등학교 교사의 길을 선택한 머리 린골드라는 사람이 그 시대의 혼란에서 벗어나지 못한 이야기, 결국 그의 동생처럼 역사의 희생자가 돼버린 이야기를 전부 들으려면, 우리 집 테라스에서 육백 일 동안 밤마다 선생님과 앉아 있어야 할지도 몰랐다. 그게 미국이란 나라가 선생님에게 제시한 삶이었다. 그게 선생님이 합리적 사고로, 비-판-적 사-고를 통해 부친에게 복수함으로써, 불합리 앞에서 이성을 지킴으로써 자기 자신을 위해 연 삶이었다. 그게 미국이란 나라에서 합리적 사고가 선생님에게 안겨준 삶이었다. 그게 자신의 신념을 고수하고 포학한 타협의 손길을 거부한 용기가 그에게 안겨준 삶이었다. 인생을 개선할 기회가 조금이라도 있다면, 학교가 아닌 어디에서 그런 기회를 잡을 수 있겠나? 최선의 목적을 가망 없이 부여잡고 이제 신기루가 돼버린 건설적인 방향을 향해, 더는 통용되지 않을 공식과 해답을 향해 평생 동안 현실적으로 매진했던 삶.

한쪽에서 배신을 억누르면 결국 다른 쪽에서 배신이 튀어나온

다. 그건 정적인 체계가 아니기 때문이다. 살아 있기 때문이고, 살아 있는 건 모두 움직이기 때문이다. 순수함은 돌처럼 굳은 것이고, 거짓말이기 때문이다. 조니 오데이나 예수 그리스도처럼 금욕의 귀감이 아니라면, 오만 가지가 충동을 다그치기 때문이다. 그랜트 부부가 성공하기 위해 휘둘렀던 독선의 쇠몽둥이가 없고, 왜 이렇게 행동해야 하는지 일러주는 독선의 거짓이 없으면, 매 순간마다 "왜 이렇게 해야 하지?"라고 스스로에게 물어야 하기 때문이다. 그리고 몰라도 별 수 없이 참고 견뎌야 한다.

이 순간 우리는 상대방을 포옹하고 싶은 충동에 동시에 굴복했다. 머리 선생님을 두 팔로 안은 나는 그가 얼마나 노쇠했는지를 단지 팔이 아닌 더 깊은 곳으로 느꼈다. 그의 인생에서 가장 고통스러웠던 사건들을 엿새 밤 동안 그렇게 열정적으로 떠올린 힘이 어디에서 나왔을까 의아했다.

난 한마디도 하지 않았다. 무슨 말을 하든 잠시 후면 차라리 아무 말도 하지 말걸 하고 후회하며 운전하고 있을 거라는 생각에서였다. 마치 아직도 좋은 일을 하고 싶어 안달하는 순진한 제자인 것처럼 나는 이렇게 말하고 싶어 죽을 지경이었다. "선생님은 당하지 않으셨어요. 그건 선생님의 인생에 대한 정당한 평가가 아닙니다. 절대 그렇지 않다는 걸 아셔야 해요." 하지만 나 자신이 한 인간의 역사를 면밀히 들여다보면 달갑지 않은 온갖 결론에 도달할 수 있다는 걸 아는 노인네라, 끝내 아무 말도 하지 않았다.

선생님은 쇠약한 몸을 일 분 가까이 내 품에 맡기더니, 갑자기 내 등을 철썩 때렸다. 선생님은 나를 보고 웃었다. "아흔 살 먹은 노인네가 떠나는 게 마음이 아픈가?"

"네. 그렇습니다. 그리고 다른 모든 것도요. 사모님한테 일어난 일. 로레인의 죽음. 아이라. 아이라에게 일어났던 모든 일들도요." 내가 말했다.

"아이라와 그 망할 놈의 삽." 선생님이 말했다. "그 삽 때문에 아이라가 스스로에게 지우고, 스스로에게 강요하고, 스스로에게 요구한 그 모든 것. 그 잘못된 사상과 순진한 이상. 아이라의 온갖 로맨스. 녀석은 중요한 사람이 되기를 열렬히 바랐지만 어떻게 되어야 하는지 알지 못했네. 녀석은 자신의 인생을 끝내 발견하지 못했어, 네이선. 아이라는 평생 그걸 찾아 헤맸는데. 아연광산에서, 레코드공장에서, 퍼지공장에서, 노동조합에서, 급진적인 정치에서, 성우 연기에서, 민중 선동에서, 프롤레타리아 생활에서, 부르주아 생활에서, 결혼에서, 간통에서, 흉포한 행동에서, 예의바른 사교활동에서. 하지만 어디에서도 자신의 삶을 찾지 못했어. 이브는 공산주의자와 결혼한 게 아닐세. 자신의 삶을 끊임없이 갈망한 남자와 결혼한 거야. 그게 녀석을 분노에 빠뜨리고 혼란에 빠뜨리고 파멸로 이끌었지. 아이라는 자신에게 맞는 삶을 쌓아올릴 줄 몰랐어. 터무니없이 잘못된 노력만 기울였지. 하지만 사람의 오류는 항상 수면 위로 떠오르지, 안 그런가?"

"이 모든 게 오류다. 지금까지 말씀하신 게 이거 아닌가요? 삶 자체가 오류다. 여기에 세계의 본질이 있다. 아무도 자신의 인생을 찾지 못한다. 그게 인생이다." 내가 말했다.

"이보게. 난 경계를 넘고 싶진 않네. 오늘은 그 말에 찬성하는지 반대하는지 말하지 않겠네. 자네가 피닉스에 오면 물어볼 게 있어. 왜 그런지 나한테 얘기해주게."

"뭘 말인가요?"

"자네가 혼자 지내는 이유." 선생님이 말했다. "난 그때를 기억하네. 자네가 인생에 뛰어들기를 고대하는 열정적인 소년이었던 때를. 이제 소년은 육십대 중반이 되어 숲속에 혼자 살고 있어. 자네가 이렇게 세상 밖으로 떨어져나온 걸 보니 놀랍기만 하네. 자네가 사는 삶은 너무 금욕적이야. 명상시간을 알리는 종만 있다면 완벽한 수도원이지. 미안하네, 하지만 이 말은 해야겠어. 내 기준에서 자넨 아직 젊은이야. 거기 틀어박혀 있기엔 너무 젊어. 무엇이 자네를 감금시켰나? 대체 무슨 일이 있었던 건가?"

이번엔 내가 선생님을 보고 웃었다. 든든한 느낌, 내가 모든 것에서 독립되어 있다는 만족감을 되살려주는 웃음, 속세를 떠난 사람에게서 마술처럼 나올 수 있는 웃음이었다. "선생님의 이야기를 주의 깊게 들은 일, 그런 일이 있었죠. 안녕히 가십시오, 린골드 선생님!"

"또 보세."

테라스에 켜두었던 시트로넬라 양초는 집에 돌아왔을 때도 여전히 알루미늄 버킷 안에서 타고 있었다. 낮은 지붕의 윤곽을 비추는 희미한 오렌지색 달빛을 제외하고는, 그 작은 불꽃이 집을 알아볼 수 있는 유일한 불빛이었다. 차에서 내려 집으로 향하는 동안, 길게 뻗어 가물거리는 그 불빛에 라디오 다이얼이 기억났다. 작은 검은색 숫자들 밑에 달려 있던 잘 익은 바나나 껍질 색 다이얼은 손목시계 문자반보다 크지 않았지만, 어린 동생과 내가 부모님의 지시를 어기고 밤 열시까지 좋아하는 프로를 들을 때 어두컴컴한 방에서 식별 가능한 유일한 물체였다. 우리 둘은 트윈 베드에 나란히 누웠고, 침대 사이의 협탁 위에는 대성당을 본떠 만든 묵직한 필코주니어 라디오가 놓여 있었다. 아버지가 거실에 에머슨 콘솔형 라디오를 들이면서 우리에게 넘겨준 라디오였다. 우린 볼륨을 최소로 낮췄지만, 세상에서 가장 강력한 자석처럼 우리의 귀를 끌어당기기에는 충분했다.

나는 향내 날리는 촛불을 훅 불어 끄고, 테라스의 긴 의자에 몸을 뻗고 누웠다. 문득 칠흑 같은 여름밤에 간신히 형체만 보이는 머리 선생님에게서 흘러나오는 이야기를 들은 지난 며칠이, 내가 검증되지 않은 그 모든 신념을 이야기로 포장해 전국에 방송함으로써 세상을 변화시키겠다고 마음먹은 야심찬 소년이었을 때 우리 방에서 라디오를 듣던 때와 꽤나 비슷했다는 걸 깨달았다. 머리 선생님과 그 라디오. 허공에서 울려나와 마음속의 모든 생각을 지배하는 목소리, 공중에서 맴돌다 귓속을 파고드는 순간 눈 뒤쪽에서 드라마처럼 펼쳐지는 복잡다단한 이야기, 머리뼈는 그걸 담는 컵이고, 그 컵은 지구처럼 둥글고 광대한 무대로 바뀌어 모든 인간을 담는다. 우리의 청각은 얼마나 깊은 곳까지 도달하는가! 단지 귀에 들리는 것만으로 이해한다는 것이 어떤 의미인지 생각해보라. 귀가 있다는 것은 신과 같다는 뜻 아닌가! 어둠 속에 앉아 누군가의 말을 찬찬히 듣기만 해도 인간 존재의 가장 깊숙한 오류로 돌진해들어갈 수 있다는 건, 최소한 반쯤은 신과 같다는 뜻 아닐까?

먼동이 틀 때까지 나는 테라스 의자에 누워 별을 바라보았다. 혼자 이 집에 들어온 첫해에는 행성, 큰 별, 성단, 고대부터 전해오는 별자리 모양을 혼자 터득하고, 〈뉴욕 타임스〉 일요판의 두 번째 섹션 구석에 틀어박힌 천문도를 참조하면서 별의 운행 궤도를 도표로 그렸다. 곧 나는 신문과 그림을 산더미처럼 쌓아놓고 오로지 별과 관련된 것만 찾아보기 시작했다. 나는 '밤하늘 관찰'이라는 이 단짜리 작은 박스기사를 오려냈다. 설명 글 위에 천구지평선을 나타내는 원이 그려져 있고, 다음 한 주 동안 밤 열시에 별자리들이 어느 위치에 올지 찍어주는 칼럼이었다. 그 밖의 글이 실린 4파운드에 달하는 나머지 신문 뭉치는 미련 없이 내버렸다. 나는 곧 그 일간지마저 내팽개쳤고, 더는 아옹다옹 다투고 싶지 않은 모든 것을 내팽개쳤다. 그러곤 살아가고 일하는 데 필요한 것에만 관심을 기울였다. 과거라면 내 눈에 턱없이 부족하게 보였을 최소한의 것에서 나는 충분한 만족을 얻기 시작했고, 오로지 글쓰는 일에만 열심히 매달렸다.

날씨가 나쁘지 않고 밤하늘이 맑으면, 자기 전에 십오 분이나 이십 분 정도 테라스에서 하늘을 바라보거나, 손전등을 들고 흙길을 따라 가까운 언덕 꼭대기에 펼쳐진 넓은 목초지로 나가 하늘이 잘 보이는 곳에 자리를 잡고 새까만 숲 위로 한꺼번에 몰려나온 천체 집단, 사방팔방으로 펼쳐진 별을 바라본다. 이번 주에는 동쪽 하늘에 목성이, 서쪽 하늘에 화성이 떴다. 우리가 태어났다는 것, 그곳이 여기라는 것은 믿기 어렵지만 엄연한 사실이다. 명백하고 논쟁의 여지가 없는 사실. 오늘도 나는 별 탈 없이 하루를 마무리하고 있다.

머리 선생님이 떠난 날 밤, 내가 어렸을 때 할아버지는 별이 되었다고 들었던 말이 떠올랐다. 어린 소년은 할아버지가 돌아가시자, 죽은 사람은 어디로 가는지 알려달라고 떼를 쓰며 잠을 자지 않았다. 어머니는 나를 침대에서 일으켜 집 옆 차도로 데리고 나갔고, 밤하늘을 바라보며 별 가운데 하나가 할아버지라고 설명했다. 그 옆의 별은 할머니이고, 또 그 옆의 별은 누구라고. 사람은 죽으면 하늘로 올라가 반짝이는 별이 되어 영원히 산다고 어머니는 말했다. 내가 밤하늘을 자세히 살피다 "저게 할아버지야?"라고 묻자 어머니는 그렇다고 대답했다. 우리는 안으로 들어갔고, 나는 잠이 들었다.

그때 어머니의 설명은 그럴듯했고, 그날 밤에도 그 무엇보다 그럴듯하게 다가왔다. 나는 그 모든 이야기를 들은 뒤 찾아온 포만감에 정신이 또렷하기만 해서, 동이 틀 때까지 문밖에 누워 생각에 잠겼다. 아이라는 죽었다, 이브도 죽었다, 예외적으로 실피드는 프랑스 리비에라의 저택에서 부유한 일흔두 살 할망구로 살아 있을지도 몰랐다. 선생님의 이야기에서 아이언맨의 몰락에 한 역할씩 했던 모든 사람은 이제 더는 삶의 순간에 붙들려 있지 않고, 죽어서 그 시대가 놓은 덫에서 풀려났으리라. 그 시대의 사상도, 인류의 기대도 개인의 운명을 결정하지 못했다. 오로지 수소원자만이 운명을 결정할 뿐이다. 이브와 아이라가 범할 실수는 더이상 존재하지 않는다. 배신 따윈 없다. 이상주의도 없다. 어리석음도 없다. 양심도, 양심의 부재도 없다. 어머니와 딸도, 아버지와 의붓아버지도 없다. 배우도 없다. 계급투쟁도 없다. 차별이나 린치나 흑인차별 정책도 없고, 아예 존재한 적도 없다. 불의도, 정의도 없다. 유토피아도 없다. 삽도 없다. 전해오는 얘기와 달리 하프도 없고, 있다면 동쪽 하늘의 은하수에서 조금 서쪽으로 올라가 큰곰자리와 작은곰자리의 남동쪽에 높이 걸터앉은 거문고자리가 있을 뿐이다. 2천만 도로 불타는 아이라의 용광로와 이브의 용광로만 있다. 소설가 카트리나 반 태슬 그랜트의 용광로, 국회의원 브라이든 그랜트의 용광로, 박제사 호러스 빅스턴의 용광로가 있고, 광부 토미 미나렉, 플루티스트 패멀라 솔로몬, 에스토니아인 마사지사 헬기 페른, 실험실 연구원 도리스 린골드, 삼촌을 사랑했던 도리스의 딸 로레인의 용광로가 있다. 칼 마르크스의 용광로, 이오시프 스탈린의 용광로, 레온 트로츠키의 용광로, 조니 오데이의 용광로가 있다. 그리고 빨갱이 사냥꾼 조 매카시의 용광로가 있다. 누구보다 의리 있는 형이자 최고의 영어 교사였던 선생님은 두 달 뒤 피닉스에서 운명했다. 머리 선생님이 세상을 떠난 그날 밤처럼 눈부시게 맑은 날 밤, 나의 산 위에 마련된 이 조용한 연단 위로 실수라는 것이 주제넘게 끼어들 수 없는 저 우주가 펼쳐져 있다. 거기에서 상상할 수도 없는 것을 본다. 반목이라곤 찾아볼 수 없는 거대한 장관. 광대한 시간의 뇌, 인간의 손길이 닿지 않고 피어오르는 무수한 불덩이를 두 눈으로 직접 본다.

별은 없어서는 안 되는 존재이다.

지은이 **필립 로스**

1998년 『미국의 목가』로 퓰리처상을 수상했다. 그해 백악관에서 수여하는 국가예술훈장을 받았고, 2002년에는 미국 문학예술아카데미 최고 권위의 상인 골드 메달을 받았다. 전미도서상과 전미비평가협회상을 각각 두 번, 펜/포크너 상을 세 번, 영국 WH 스미스 문학상을 두 번 수상했다. 2005년에는 『미국을 노린 음모』로 미국 역사가협회상을 받았으며, 2011년 백악관 국가인문학훈장과 맨부커 인터내셔널 상을, 2012년 스페인 아스투리아스 왕세자 상과 2013년 프랑스 코망되르 레지옹 도뇌르 훈장을 받았다. 2018년 세상을 떠났다.

옮긴이 **김한영**

서울대 미학과를 졸업하고 서울예대에서 문예창작을 공부했다. 오랫동안 전업 번역을 하며 예술과 문학의 곁자리를 지키고 있다. 옮긴 책으로 『위대한 미국 소설』 『신의 축복이 있기를, 로즈워터 씨』 『마더나이트』 『나라 없는 사람』 『삶과 죽음의 시』 등이 있다. 제45회 한국백상출판문화상 번역 부문을 수상했다.

문학동네 세계문학
나는 공산주의자와 결혼했다

1판 1쇄 2013년 4월 30일 | 1판 8쇄 2021년 12월 14일

지은이 필립 로스 | 옮긴이 김한영
책임편집 오영나 | 편집 김나리 류현영
디자인 윤종윤 이원경 | 저작권 박지영 이영은 김하림
마케팅 정민호 정진아 김혜연 정유선 | 홍보 김희숙 함유지 이소정 이미희
제작 강신은 김동욱 임현식 | 제작처 더블비(인쇄) 경일제책(제본)

펴낸곳 (주)문학동네 | 펴낸이 염현숙
출판등록 1993년 10월 22일 제406-2003-000045호
주소 10881 경기도 파주시 회동길 210
전자우편 editor@munhak.com | 대표전화 031) 955-8888 | 팩스 031) 955-8855
문의전화 031) 955-3576(마케팅) 031) 955-2652(편집)
문학동네카페 http://cafe.naver.com/mhdn

ISBN 978-89-546-2127-4 03840

잘못된 책은 구입하신 서점에서 교환해드립니다.
기타 교환 문의 031) 955-2661, 3580

www.munhak.com

미국 현대문학의 거장

필립 로스

Philip Roth

죽어가는 짐승 **정영목** 옮김

시간의 흐름과 자유의 의미에 대한 맹렬하고 탄탄한, 때때로 짐승 같은 고찰. _데일리 텔레그래프

네메시스 **정영목** 옮김

죽은 자들의 무덤에까지 가닿는, 문학과 인생에 대한 마스터클래스. _가디언

전락 **박범수** 옮김

품위 있다. 무자비하다. 직설적이고 절박하며 절제된 문장으로 그려내는 열에 달뜬 꿈같은 이야기. 로스는 거장이다. _로스앤젤레스 타임스

굿바이, 콜럼버스 **정영목** 옮김

필립 로스가 계속 단편소설만 썼다 해도 그는 여전히 우리 시대 최고의 작가가 되었을 것이다. 그의 데뷔작이자 유일한 소설집인 『굿바이, 콜럼버스』는 그만큼 훌륭하다. _래리 다크(편집자)

포트노이의 불평 **정영목** 옮김

이 작품을 즐기면서 조금도 죄책감을 느끼지 말기를. 『호밀밭의 파수꾼』 이래 이런 기쁨을 주는 미국 소설은 처음이다. _뉴욕 타임스

울분 **정영목** 옮김

청춘의 격정으로 불탈 만큼 여전히 분노하고 동시에 그 격정이 스스로를 파멸시킬 수 있음을 이해할 만큼 충분히 현명한 작가로부터 나오는 폭발을 볼 수 있는 소설. _워싱턴 포스트

에브리맨 **정영목** 옮김

제게 『에브리맨』은 올 최고의 소설이 될 것 같습니다. 이처럼 읽는 이를 뒤흔들 수 있는 소설은 만나기 쉬운 게 아니니까요. _이동진(영화평론가)